本书获2019年贵州省出版传媒事业发展专项资金资助

贵州新文学大系

1990—2019

GUIZHOUXINWENXUEDAXI

短篇小说卷

第二卷

2002—2008

贵州省作家协会／编

1990—2019

贵州出版集团
贵州人民出版社

图书在版编目（CIP）数据

贵州新文学大系. 1990—2019. 短篇小说卷. 第二卷, 2002—2008 / 贵州省作家协会编. -- 贵阳 : 贵州人民出版社, 2022.12

ISBN 978-7-221-17589-2

Ⅰ. ①贵… Ⅱ. ①贵… Ⅲ. ①中国文学－当代文学－作品综合集－贵州②短篇小说－小说集－中国－当代 Ⅳ. ①I218.73

中国版本图书馆CIP数据核字(2022)第252575号

书　　名　贵州新文学大系1990—2019 · 短篇小说卷 · 第二卷（2002—2008）

丛 书 名　贵州新文学大系1990—2019

编　　者　贵州省作家协会

出 版 人　朱文迅

统　　筹　黄　冰

责任编辑　梁　丹

装帧设计　王丹丽

出版发行　贵州出版集团　贵州人民出版社

社　　址　贵州省贵阳市观山湖区中天会展城会展东路SOHO办公区
　　　　　贵州出版集团大楼（邮编：550081）

印　　刷　深圳市新联美术印刷有限公司

开　　本　787 mm × 1092 mm　1/16

字　　数　700千字

印　　张　34.75

版　　次　2022年12月第1版

印　　次　2022年12月第1次印刷

书　　号　ISBN 978-7-221-17589-2

定　　价　78.00元

概　述

中国新文学已经走过了百年历程，贵州新文学的脚步亦步亦趋，漫长的一个世纪的确需要回眸和展望。前辈已经编辑出版了《贵州新文学大系1919—1989》，本书是对1990至2019年贵州新文学短篇小说的巡礼，完成贵州新文学短篇小说三十年的回眸。《贵州新文学大系1990—2019·短篇小说卷》选编的基本原则是作品在国内核心刊物上发表或获得省级以上奖项，并且具有较高的质量和一定影响力，能够代表贵州三十年来的短篇小说创作成就。

1990年代以来，随着社会转型和各种文学思潮的兴起，短篇小说创作明显走向多元化，无论是创作题材、手法、语言还是主题意蕴，都与过去有很大变化，呈现出丰富多彩之势。这也同样反映在贵州作家这一时期的短篇小说创作中。

欧阳黔森无疑是这一时期贵州短篇小说创作的佼佼者，他的短篇小说几乎都是在《当代》《人民文学》《中国作家》《花城》《长城》《新华文摘》等国内一线刊物上发表。早在2003年中国文联出版社汇集了当时全国优秀短篇小说家，由著名学者孟繁华主编“短篇王文丛”，欧阳黔森的短篇小说集《味道》列入了第一套六位作家六本专著出版。这些小说继承了从蹇先艾到何士光优秀短篇小说的传统，立足贵州生活，书写贵州形象，艺术上精雕细琢，语言上独树一帜，给我们提供了精致写作和精致阅读的典范文本。1999年，标志着欧阳黔森的创作进入喷发期的小说《十八块地》，讲述的便是“我”

于20世纪60年代在十八块地农场下乡接受再教育的经历，知识青年留下的只是对逝去的青春岁月和美好感情的无限怀念。欧阳黔森的短篇小说不少是以地质队的故事为题材，这与作家年轻时的地质勘探工作经历有关。《丁香》《远方月皎洁》《有人醒在我梦里》都是写地质队的爱情故事，这些故事无不含蓄、温婉和感伤，让人动容。

欧阳黔森的小说题材广泛，作品内容十分丰富，如《心上的眼睛》写娄山关革命圣地和现代军人的崇高，充满了理想主义和英雄主义情怀。欧阳黔森在小说开篇写道："我不止一次站在娄山关的隘口，俯瞰一片巍峨的群山。"这就奠定了小说的豪迈基调，接下来针对娄山关地势险要，发出是否不可逾越的诘问，引出对历史与现实的书写。小说结尾处，眼盲军人摸到刻在娄山关山壁的毛体字时，突出了他的主角形象，生理失明的军人拥有无比明亮的内心世界，并依托"心上的眼睛"遥望连绵起伏的群山。《兰草》书写了对青春爱情的追忆。第五军在知青下乡时期来到武陵山腹地的三个鸡村，认识并爱上了当地女子兰草。他为了兰草不仅参军参战，还励志成为诗人，写了许多关于兰草的诗。多年后的聚会上偶遇兰草，谈话间对她的生活有所了解，昔日纯洁无瑕的兰草，在生活的摧残下已不复当年美好。第五军对年轻时节的美好回忆，终止于一场嬉笑怒骂的聚会。《姐夫》延续了欧阳黔森对爱情主题的表达，书写生活中的真情与假象。"我"与肖一水相爱两年，都已经到了谈婚论嫁的地步，却迎来了未婚妻一水的不辞而别。"我"与一水看似感情亲密，但彼此并非真心相爱，只是表面的假象而已。一水对前男友李成栋旧情难忘，离家出走只为寻找李成栋并与他和好。而"我"在历经一水出走一事之后才发现，"我"真正喜欢的人是一水的妹妹二清，最终四个有情人都终成眷属，这个令人啼笑皆非的结局，也不禁令人思索，爱情才是走向婚姻的基础。《丁香》写了一则还未来得及说出口的爱情故事。文中始终郁结着一股丁香般的忧愁，作者以诗意化的语言表现丁香姑娘香消玉殒的短暂人生。《梨花》中塑造了美如花开、洁白无瑕的梨花形象。梨花不同于寻常的农村妇女只会操持家务。她是三个鸡村唯一考起中等师范学校又被分回公鹅乡中学当老师，更增加了人们对她的敬重。从梨花嫂、梨花老师到梨花校长的身份转变，描绘了梨花积极进取、富有事业心的成长过程。《五分硬币》以谐谑的笔调讲述神圣爱情被世俗消解，甚至沦为世俗的替代品。小说主要讲述"我"对感情的珍惜和怀念，表达的是对青春、理想和爱情的向往和追求，主旨颇具象征意味，幻想的破灭更加表现了"我"对感情的珍惜。《有人醒在我梦中》讲述"我"在农场下乡时懵懂而又真挚的初恋，后来"我"又鬼使神差地离开了白菊，以至于白菊在以后的岁月里不断来到“我”的梦里。小说既有对知青下乡辛苦劳作的回忆，又有对青年时代甜蜜初恋的怀念，表达了对青春易逝、爱情难得的感慨。在《远方月皎洁》中，欧阳黔森仍在讲述“我”对青春时代的初恋的怀念，“我”在做地质工作时认识了卢春兰并与她有了朦胧的感情，但由于地质工作需不断迁徙，我们相约在不久的将来在七色谷见面。然而，卢春兰送给“我”的黄狗被同事宰杀，“我”不仅没有保护好黄狗，也没有兑现自己的诺言。小说试图指出，年轻人很容易忘却一生中最美好的东西，但青春易逝、年华不在，美好的事物不可能再次出现，人们只能是无眠地睁开双眼怀念远方皎洁的月光。小说《味道》则讲述三个层面的爱情故事：“我”与方冰的恋爱关系、方冰父母动人的爱情传奇、“我”编造的乱七八糟的爱情剧，欧阳黔森讽刺了现实生活和虚构剧本中虚假的爱情故事，而对方冰父母忠贞如一的爱情经历表示崇敬。

2003年，欧阳黔森发表小说《断河》，这部小说是欧阳黔森运用民间传奇的代表性作品。《断河》写尚武的古朴民风，充满了蛮荒和神秘色彩，充分展示了作家极其丰富的想象力，该小说在2004年就入围第三届“鲁迅文学奖”。《断河》虽然主要讲述了麻老九在断河边的人生经历，但在残酷的争斗中却包藏着深切的爱。龙老大闯荡江湖，仇家众多，为了保护同母异父的弟弟麻老九，他不与弟弟相认，而是狠心地让麻老九在断河里打了几十年的鱼，其目的是不让仇家来向麻老九寻仇，这是在乱世中不得已而为之的办法。小说不仅表现了浓厚的亲情，还表现了深厚的爱情，梅朵对老刀和老狼都怀有真挚的爱情，最终却以死殉情；麻老九经常在梦中会见死在断河的女人，他为这个梦境守候了一辈子。在高山深谷、尚武成风的武陵山脉，在残忍的爱中总是蕴藏着浓厚的情感与人性。小说《断河》在短篇小说的篇幅内讲述了百余年的历史，截取时代断面讲述历史变迁和人物命运；小说讲述了传奇式的事件与情节，塑造了传奇式的人物形象。小说写道：“老刀说一不二。老刀刀法绝顶，百发百中。老刀以刀为荣，老刀视刀为生命。老刀一头野猪毛似的黑发，一身古铜色的横肉，站在哪儿都是一堆力的肉阵。每当人们出口称赞他时，他眉一扬，横肉一抖，然后从他厚实的唇中咬出：‘无他，唯手熟尔。’”“老狼也是这一带出名的刀客，刀又快又准，且胆大包天，打地上走的猎物，从不用枪。一次与一头云豹相遇，只用了两刀，一把刺中喉咙，一把刺中心口。老狼浓眉大眼，一堆黑肉凸起来，油亮亮能看见人影。”

老刀与老狼的冲突是因为老狼与老刀的女人偷情，老刀决定与老狼决斗。决斗完全依照江湖规矩，正所谓一言既出驷马难追，英雄惜英雄，即使有夺妻之恨和杀狗之仇，老刀也坚守江湖规矩，老刀坚守自己的枪从不打地下走的，但老风又规定他不能用刀，因此老刀两次有机会杀死老狼，老刀都放弃了。龙老大也是《断河》的主要人物，他纵横江湖、心狠手辣，是乱世中的枭雄。龙老大为了保护弟弟麻老九，让弟弟几十年如一日地在断河里打鱼，在这乱世中他不得不这样做，既表现了他的狠毒之心，又表现了他的兄弟之情。龙老大重兄弟情义，希望麻老九强大起来，他送给麻老九一个女人，后又狠心淹死这个女人，就是想激起麻老九的血气，但麻老九是个软骨头，龙老大不得不继续对他狠下去，因为只有这样，麻老九才能活下去。小说结尾，解放军枪毙了龙老大，小说主人公的命运安排极具象征意义。

何士光曾评说："人们在说到欧阳黔森的短篇小说的时候，常常会说起他的《敲狗》。这固然是一篇精粹的作品，在那仿佛是不动声色的叙述后面，黔森以一种慈悲的胸怀，对人性作了一次深深的审视。但黔森让我乃至都有些惊讶的短篇小说，又还是他的《断河》。文学作品中不是有一种境界，叫作史诗？不妨望文生义的话，这种境界里就有史也有诗，是诗一般的史，史一般的诗。通常史诗都会是长篇巨制，但《断河》却绰绰约约地让人感到，黔森就只用了短短的篇幅，来窥探了这种史和诗的意境。"

《敲狗》所描写的屠狗方式"敲"，比"杀"更加凶残，厨子为了做生意，以这种方式屠杀了无数条狗。因为陷入经济困境，中年汉子才神色黯淡、很不情愿但又无可奈何地把自家的黄狗交给了厨子。经济状况稍有好转，中年汉子首先想到的就是赎狗，原来他是因为父亲得急病要钱救命才卖狗的。但厨子不吃这一套，不认"赎狗"这样的道理，由此与中年汉子产生矛盾而相持不下。最后是徒弟在半夜偷偷把黄狗放了。小说通过厨子、中年汉子、徒弟对待黄狗的不同态度，探讨了人性的温度与深度，中年汉子和徒弟都表现了人性的温暖。何士光认为《敲狗》"是一篇精粹的作品，在那仿佛是不动声色的叙述后面，黔森以一种慈悲的胸怀，对人性作了一次深深地审视"。《敲狗》写人们食狗肉的不人道行径，表达了对狗的同情、怜悯，小说的语言独具特色。《敲狗》2009年获得第二届"蒲松龄短篇小说奖"榜首，其颁奖词写道："小说在无情中写温情，在残酷中写人性之光，是大家手笔和大家气派。大黄狗再次绽开的笑脸，狗主人与大黄狗之间难以割舍的真情，使得徒弟冒险放掉了师傅势在必得的大黄狗。大量生动鲜活的如何敲狗的铺排，只是为了最后放狗的一笔，在狗的眼泪里，我们看见了人的眼泪，有狗性引申出来的是对人性的思考，对提升人的精神品质的呼唤。小说不仅在结构上有中国古典小说的神韵，在道义和人性的刻写上，也见出传统文化的底蕴，小说通过写狗对主人的依恋，厨子对情感的冷漠及徒弟的被感动，折射出人性的光芒，把人性解剖这个文学的宏大主题，用‘敲狗’这个断面展现得曲尽其妙，称得上是短篇小说的典范文本。”《敲狗》曾是全国中考和高考阅读理解大题，其意义不言而喻。

欧阳黔森在短篇小说《扬起你的笑脸》中讲述乡村教师田大德在梨花寨教书的故事。田大德学问高，为人洁身自好，他甘于清贫，扎根乡村；他心地宽广，宅心仁厚；他特别关爱学生，就像漫漫长夜中的火光照亮了学生的心灵。小说结尾以极具象征意味的语言描绘了田大德对学生心灵的影响，那山谷里夜的火光和斑斓从未熄灭从未消失从未离开他们的心，他们的心从此没有寒冷的感觉，他们的心有了灵魂的温度，扬起笑脸就成了他们的一种人生态度。欧阳黔森在小说中写道：“在我的脑海里，那堆火从来不曾熄灭过，而那张在火光中辉映的笑脸，至今灿烂无比。”“扬起你的笑脸”既可以说是欧阳黔森特别看重的一种处世哲学，也可以说是他重点张扬的人类精神。欧阳黔森试图通过田大德对学生的关爱赞扬乡村教师的奉献精神；欧阳黔森希望以爱的火光温暖心灵，希望以爱的火光照亮人世，他认为田大德老师的心可以用人间最美好的词来赞誉。美好人性一直是欧阳黔森小说创作的重要主题，尤其是生活困难的革命时代，人们最终都得回归日常的物质生活和人际关系，人性美放射出耀眼的光芒照亮人心，温暖时代。

谢挺也是贵州的实力派作家，他善于写小人物和庸常生活，总能把生命之轻与生活之重表现得入木三分，让人不禁唏嘘。《怎样给别人，也给自己一个机会》把一个离婚又再婚的中年男人的处境深刻地勾画出来，故事平淡而富于人情味。《靠近》以一个中学地理教员“我”的视角进行叙述，没有明显的故事情节，只有对小人物庸常生活的真实记录。这个显得有些“无厘头”的作品，却给人一种说不清道不明的感伤，这多半是因为作者以其深厚功力写出了人们在庸常生活中的困顿、挣扎和无可逃脱。《杨花飞》《扶贫札记》《玉米粒的下午》《手心的温度》都写出了小人物的生存困境。谢挺的作品中也有另类风格，如《华山论剑记》是对“华山论剑”故事进行的新编，这篇在《人民文学》上刊载的故事新编充满了机巧。而《普陀》则以先锋派手法叙述了麻风村人寻求自救的故事。谢挺的短篇小说集《有青草环抱的房间》荣获第四届“乌江文学奖”。颁奖词写道：“以诡异的景象，曼妙的意趣，迷惘的记忆，或探寻现代都市人内心矛盾与精神缺失，或言说特定时期人们的内心流向，表现出作者对短篇小说创作的把握。”正是因为谢挺对短篇小说创作的准确把握，才成就了他实力派作家的地位。他的小说《杨花飞》获得《北京文学》杂志文学奖。

如果说欧阳黔森、谢挺还多以现实主义创作为主，偶尔尝试现代主义的手法，那么冉正万、王华、戴冰等则在现代主义的道路上走得更远了。冉正万的短篇小说以新和奇见长，它们往往荒诞不经，但却并非脱离生活，相反地，它们正是以荒诞的表象反映了生活的本质。《飞鼠》写村民汪中文夫妇最初因家中出现一只长翅膀的老鼠而显得恐慌，继而他们发现了飞鼠的商业价值，以卖票的形式向前来看新奇的乡邻们收取费用，最后，村民们竞相仿效汪中文的发财路，各自施展手段企图也能逮获飞鼠。《口叼鲜花》里出现了一只会说话的猫，不过，它不是大自然创造的奇迹，而是人类有意制造出的行骗工具。主人公为了这只会说话的猫耗费了自己的所有积蓄，也葬送了爱情。这样的荒诞故事也许在现实生活中并不多见，冉正万正是把这种人为的荒诞揭示出来给人看。《路神》虽然将文久良对儿子的思念描写得几乎成了神话，但能看出老父亲想念和期盼与儿子见面的那份亲情的可贵与感人。所以这应该是一种回归现实主义的写作。《一只阔嘴鸟》讲述了一位高寿老人的孤独与怅惘。以照片为楔子，通过老人的回忆，把现在、过去、未来相串联。在跳跃的时空中感慨世事无常、昔人已逝、光阴不再的苦闷情绪。阔嘴鸟则寄托了老人对伴侣的思念以及对少时的回忆。

王华善于讲故事，同时也善用文学语言，她笔下的故事情节与文学语言是不可分割的，离了其中任何一个，王华的小说世界将会大大逊色。《一只叫耷耳的狗》把狗与人置于相对照的位置上，展现了狗的忠诚、友善以及人的势力和不义。小说结尾处写道，“狗和人不一样，狗只记恩不记仇，人只记仇不记恩”，可谓点明了全文主旨。《曹赛是条狗》同样也表达了“狗和人不一样”的主题，只是，它不再是赞扬狗的忠诚，而是揭示了在趋炎附势的社会中人不如狗的怪象。《白猫黑猫》从两名进城孩童的视角，展现了城市的浮华和底层生活的艰辛。《逃走的萝卜》可以说是一篇把王华的语言天赋发挥到极致的作品。它以儿童的思维和视角进行叙述，充满天真童趣，语言跳荡而清新，有一种不经意间引人会心微笑的魔力。《埃及法老王猫》和《香水》延续了王华短篇小说的主题意蕴和叙事风格。《惩罚》却把底层叙事发挥到了一个更为宽广的层面，夏貌貌寻找遗弃的自闭儿子，不惜离家甚至遭亲人唾弃，与福利院跑出的残疾儿周森森相依为命，流连于城市街头，如痴如醉地按照最笨的方法寻找着，故事感人至深，催人泪下，回归了现实主义叙事。

戴冰的短篇小说创作成果丰硕，其作品风格多样，涉猎面广。《弑》以奇特的想象力讲述了一个君王被刺的故事，历代君王以及最新继位的“我”，无论怎样设法祛除暴戾，推行仁政和励精图治，都难逃宿命一般的最终被臣子暗杀。世界万物无不在一个圆圈之内循环，这种循环不是简单的周而复始，万物只是循着既定的轨迹前行，在这种重复中，它们早已发展，由此生生不息。戴冰的小说，建构的是一种富有荒诞意味的艺术世界，揭开荒诞的外壳，却发现荒诞中隐含着生活真实，小说家正是要借不同于我们习以为常了的日常生活形态而把生活的多义性与丰富性展示出来。《杀心》以充满魔幻现实主义的手法讲述“我”多次“杀人”未遂的故事。透过少年的视角回忆往事，揭露在少年内心隐秘的角落，潜藏着极端化的个人想法。作品以小见大，通过家庭生活的杂芜呈现世界的纷繁复杂，以晦暗的童年生活展现人与人之间的隔阂与猜忌，少年的“杀心”之举，实则为抚平个体心灵的创伤。在《拾枪》等小说中，戴冰多次谈到了博尔赫斯，不仅是谈到，而是以博尔赫斯的方式，将博尔赫斯的文本组织进了自己的文本之中，其景仰之心昭然若揭，其匠心无疑深得博氏三昧。戴冰也有现实关怀的小说，《桃花》以一个女疯子的故事为题材，展现了作者对“底层”的关怀。《天籁》以音乐为引线，抒写了对青春岁月的怀念。

作家赵剑平始终把目光投向人们的现实生活，试图以一支笔来反映人们的外部生存状态和内部精神世界。但他又绝不是谨守着现实主义写作方法，对现实生活作白描式的刻画，相反的，更重视作品氛围的营造。赵剑平的短篇小说一般没有引人入胜的故事情节，作者似乎有意淡化故事，甚至有意把主题意蕴埋藏起来。例如在《白羊》中，作者呈现给我们的故事再简单不过了——雨山爷只爱养黑山羊，某天，他的一只黑山羊被别家用白羊调换，耿耿于怀的雨山爷坚持寻找黑山羊，但当他得知黑山羊被腰子伯所养，而且它给腰子伯带去了好运，雨山爷毅然放弃了换回黑山羊。《白羊》不仅表现了雨山爷对腰子伯的宽容与友善，它那种透露着淡淡苍凉的叙述中更映射出一种人世的凄苦与人性的温情。《美丽的恐惧》与《白羊》有异曲同工之妙，它表面上写蛇的故事，实际上是写人事。蛇本是一种令人恐惧的动物，整个小说几乎弥漫着悬疑和恐怖气氛，但正因为对蛇的恐惧，反而让主人公涂康与周丽丽夫妻两人破除嫌隙、重归于好。这种对小说氛围的精到把控，可以说是赵剑平的长项。《事故》中讲述了眯老汉的儿子外出务工，在工地上意外触电身亡，应用工方的要求，乡长长庚带领眯老汉一家以及向家湾的族人，前去深圳谈判这起事故的解决方案。作者通过这起农民工事故，展现了官商勾结的丑恶嘴脸，肇事方试图以金钱收买人心，暗箱操作，防止事态扩大化。在凹眼睛与向家湾人、长庚的交涉过程中，将商人与官僚、平民百姓间的区别对待展现得淋漓尽致。但在小说结尾，乡长长庚打算向上级汇报事故调查报告的行为，体现了对生命的尊重，同时也表达了对人性的呼唤。

赵朝龙的作品似乎都与乌江有关，这条蓝色的大动脉是赵朝龙小说创作取之不尽的源泉。小说《祭江》刻画了一群为生活所迫铤而走险的祭江汉，他们虽然违反法纪偷伐国家林木，但是在面对森林火灾时，他们毫不犹豫地放弃了个人小利，齐心协力扑灭了大火。祭江汉们是血性的，尽管他们在生活的重压下变得彪悍蛮横，但这磨灭不了他们骨子里的深明大义。《蓝色乌江》写青年大学生王孝毕业后被分配至乌江边的绞滩站工作，为此他与恋人分手，忍受江边孤寂、清苦的生活，为改造乌江挥洒汗水。但他最终得知，自己之所以会被分配到乌江，是因为自己的上司兼好友赵桥从中操作。王孝感到愤懑，但他无法去恨赵桥，因为他像赵桥一样知道，乌江需要一批有知识有力量的青年来改造和守护。所以，尽管王孝委屈不平，但他除了感慨命运的捉弄之外，依然坚守乌江，为改造乌江天险奉献自己的光和热。赵朝龙笔下的乌江汉们具有许多共性，他们都正直、有血性、重道义，在艰苦的生存环境下奋斗不息，为情和义不惜抛洒热血。

袁政谦是一个现实主义作家，他的作品多朴素、平实，其动人之处往往在于，作者善于从细小的事物中发掘深意，以小见大，让有限的故事生发无限的内涵。在小说《九九》中，作者把人物置于老人九九无意中捡到四万元巨款这样一个戏剧化事件中，以此反映众生百相。捡到巨款并没有给老人带来好运，老人反而为此担惊受怕，忍受良心的煎熬，另外，子女们也因利益之争与老人的关系变得非常微妙。老人在临终前把巨款的藏匿地点告诉了失主，为自己保住了清白，寻得了解脱。《还乡》写“我”带着十六岁的儿子重返当年插队的乡下，缅怀当年的岁月。这个作品没有明确的故事情节，它更像一篇叙事抒情散文，其巧妙之处在于，作者设置了十六岁儿子这个角色。儿子从小在城里长大，不知人间甘苦，对乡下的一切显得漠不关心，他与当时十六岁便下乡插队的“我”形成对照，这样一来，现在的时代与过去的岁月也形成了对比。

杨打铁是一位骨子里带着诗意的小说作家，她的作品不刻意追求故事情节的跌宕，而是注重文字的感觉和作品氛围的营造。可以说，杨打铁是沿着萧红、迟子建等女作家的道路前行的，她们小说作品的内质是相通的，即充满童真和诗意、散文化倾向明显、在平实的叙述中尽现人生世相。《铁皮屋顶》是一篇散文化的小说，它没有明显的故事情节，而像是儿童呓语一般，语言里充满了孩童般的天真，叙述视角也自然而然融会了孩童眼睛里的新奇。读者或许可以从《铁皮屋顶》中读出萧红《呼兰河传》的某些感觉。《碎麦草》也是以孩童为主角，以孩童的口吻进行叙述。《碎麦草》的感人之处在于，它虽然在叙写着一个并非明快的故事，但却举重若轻，让人并不觉得感伤。作者对生活中的苦难抱以宽容之心，正是这样，才更让我们感受到她对生命的热爱。

何文的《老爸贵干》写一个略带叛逆性格的少年与常年不相见的父亲之间的龃龉与和解。作品的语言俏皮、跳跃，略带一些痞气，并且很好地融合了贵州本地方言俚语，因此使整个小说显得有韵味和张力。这篇小说很好地展现了青少年在成长过程中对亲情、友情的渴望，他们虽然叛逆不羁，但其实内心里始终充满善与爱。《人相》的行文风格与《老爸贵干》一样放荡不羁，其故事看似荒诞不经，却折射出人世百相。小说主人公夏米因怜悯贫病交困的叔叔，而毅然放弃财产和爱情，决心回去照顾叔叔。但我们又绝不能以此断定夏米是一个正直、老实的人，他身上表现出来的人格远比这复杂。身无分文的夏米在小吃店蒙混吃喝，他故意刁难店员，与女顾客纠缠，尽显出无赖和野蛮的本性。尽管如此，夏米仍不忘在自己吃饱喝足之时，努力争取为叔叔打包一碗面回去，足见其内心善良的一面。最戏剧化的是，叔叔的贫与病全是装出来的，他实际生活光景非常好，还是这家小吃店的老板，他认定夏米的归来是为贪图财产。《人相》把人性的复杂和人生的荒诞刻画得淋漓尽致。《猎狗》也是一篇挖掘人性的小说，文中描写了一个出人意料的结局。在一次旅行中揭露故事真相，撕开了伪装下的双重面孔。一向被视为放荡不羁、生活混乱的叔叔，其实早已失去性功能，他只是习惯了过洒脱自由的生活，而表面上看起来保守规矩的苏尼和晓君才是真正的放浪之人。

杨村以塞罗拉为题材的两个作品——《钟声悠扬》《天高云淡》可谓是姊妹篇，二者的人物形象、故事情节、主题意蕴都相关联。《钟声悠扬》塑造了韩太师这样一个“多余人”形象。韩太师曾是年轻有为的大学毕业生，他放弃女友和留在城里工作的机会，毅然奔往塞罗拉这个偏僻中学，试图在这里实现抱负，成就伟大的教育事业。可事实上，他很快就被现实磨平了理想，又因为恋爱的打击，他变得精神失常，从此只能以敲钟为生，逐渐沦落为一个可笑而可悲的多余人。《天高云淡》中的主人公德厚与韩太师在精神特质上神似。德厚原是塞罗拉中学的一名语文老师，他有着文人的附庸风雅和迂腐固执，骨子里却又趋炎附势、善于钻营。德厚试图在仕途上出人头地，可实际上他最终止步于乡文化站站长的位子，并最终一败涂地，成为一个人见人厌的酒鬼。韩太师和德厚虽然都可笑而可悲，但作者并非完全以戏谑的笔调来调侃他们，而正相反，这是一种带泪的笑，作者以他们的悲剧来展现小人物的命运沉浮。

姚辉的《狗影中的时光》用过去与现实交错叙述的方式，讲述了一个有关光阴流逝的故事，颇具先锋小说的意味；王剑平的《城市形状》以白描手法勾画出了城市的浮华、困顿和荒诞。这些作品的出现，无疑也为贵州20世纪90年代短篇小说创作带来了新的活力。

黄冰小说的主角几乎都是女性，她以极其细腻的笔触，描画了女性内心世界最隐秘的角落。《红楼里的小乔》故事说不上新颖，但那如喃语一般的诉说，它便带上了独特的韵味。小说通过一个年轻女性“我”的视角，描绘了小乔的生活悲剧。小乔年轻时儿子病夭，她随之被丈夫离弃，独居多年的她再度遭遇爱情，却最终以失败和绝望收场。小乔的悲剧其实正显示了女性的脆弱和无助。女性的这种脆弱与其性格、能力、地位等因素都无关，而是由女性的自然角色所命定的。女性身体里的母性和妻性让她们把“情”看得如此重要，一旦这种“情”崩塌，她们便会在生活里变得无所适从。小说独特的视角和构思极具艺术性。

与上述颇具现代和先锋意味创作风格的作家相比，进入新世纪的第一个十年，郑吉平、韦昌国、孟学祥等人则依然走着传统现实主义之路。郑吉平的《李茶叶》写农村人李茶叶通过买苦茶脱贫致富的故事，《你在我的城市，我在你的家》刻画了从滨海城市到贵州山区支教的女教师形象；韦昌国的《城市灯光》写农村人进城务工而改变了生活境遇，《麦子的夜晚》讲述了农村留守妇女的不幸遭遇；孟学祥的《老牛·老人》叙述了老人与老牛之间的深情厚谊，《迎春》描绘了毛南地区老年妇女过迎春节的美好画面。这些作品都极尽朴实，它是农村生活的真实写照。

进入新世纪的第二个十年后，有实力的青年作家肖江虹、肖勤等作家开始跻身贵州短篇小说行列，但发表的数量不多，肖江虹有《天堂口》和《当大事》两篇，肖勤有《丹砂的味道》《艾蒿地》两篇。而更年轻的作家如李晃、曹永等也崭露头角，他们在短篇创作上势头强劲。

肖江虹的小说作品往往充满沧桑之感。《天堂口》刻画了一个火葬场老员工的形象。范成大在火葬场的岗位上兢兢业业，在他的眼里，他的工作是送每一位逝者去往天堂。范成大对死者的尊重，其实也是对生命的敬畏与尊重。《当大事》由农村老人去世而无人手操办丧事这样一个事件引申开来，以小见大，反映了因农村青壮年进城务工，造成农村劳动力流失的危机。

肖勤的小说似乎总与现实生活保持着一定的距离，因而具有一种神秘的美。《丹砂的味道》从仡佬族人去世后以丹砂陪葬这样一个事件为线索，叙述了奶奶一生的故事。“我”被老祖公认为是奶奶的“转世之身”，这当然是迷信之说。“我”这个角色的设置，正好与奶奶是相对照的，奶奶的经历代表了老一辈人的生活，而“我”是代表了新生的一代，“我”是奶奶那个时代终结的见证者。小说故事离奇，又有着“转世”“冲傩”等情节因子，充满了神秘意味，以及一个时代逝去的感伤氛围。《艾蒿地》以虚实结合的手法，设置了房地产开发商与琴师这两组俗与雅相对照的角色，描画了人在现实生活中被欲望钳制的困境，展示了人们接受“雅”的洗涤并最终逃脱世俗物欲的可能。

李晁、曹永、钟华华等八零后作家虽然是后起之秀，其起点却都比较高，他们在近年的贵州文坛乃至全国文坛发出了自己的声音。李晁笔下的故事多与青春有关，充满了对青春岁月的缅怀之情和淡淡感伤。《纪念麦黄》以少年麦黄和“我”为主角，叙写了人在年少成长过程中的青涩、迷惘和执着。《童年朋友》等小说无不是这一题材的继续延伸，它们构筑了李晁文学世界中的独特怀旧情绪。怀旧书写也是文学创作的永恒主题，但八零后的李晁能把怀旧感伤写得如此精致，的确有其过人之处。

曹永是个擅长讲故事的人，他的小说构思巧妙，情节曲折离奇，以故事的出人意料来突显深意。《我们的生命薄如蝉翼》以少年李碗丧父和弑叔一事为线索，展现了困苦环境下生命的轻贱。李碗很早就失去了母亲和哥哥，在父亲坠崖去世后，他便彻底成了孤儿，但这还不是李碗悲剧的全部内容。因为赔偿金的问题，李碗一怒之下亲手杀死了叔叔。这无疑是一个深重的悲剧，而这悲剧正好诠释了“我们的生命薄如蝉翼”。《关于怪胎的处理方法》与冉正万的《飞鼠》惊人的相似，只不过曹永笔下的怪胎不是长着翅膀的老鼠，而是一只长两个脑袋的猪。长两个脑袋的猪最初被人们认为是怪胎，被竞相参观，可自从村中降生了一个长三只眼的婴儿之后，怪胎便很快被人们冷落了。《龙潭》写村民曹多奎受全村人推举下龙潭寻找水源，而重利轻义的乡邻们却因不愿兑现对曹多奎许下的利益，有意将他葬身于龙潭之底。传说中的龙潭巨蟒没有吃掉曹多奎，反而是人比蟒歹毒，为了利益不惜制造出人吃人的悲剧。

钟华华是一个始终关注乡土、关注底层生活苦难的作家，他的作品沉郁而感伤，语言充满张力。小说《乌鸦停在黑瓦上》讲述了一个因兴修火电厂而家园被毁的故事，它是为现代文明冲击下失落的家园所唱的一首挽歌。《渡》通过胡屠夫与提调官两家人从友好到敌对再到相安无事的故事，强调了宽容与谅解的可贵，“渡”既是渡人也是渡己。

尹文武的小说风格多样，善于刻画小人物的琐碎生活，长于心理和细节描写，以此展现人生事态，并运用黑色幽默的手法，使得文中处处充满辛辣的讽刺和悲凉的意味。《王熙凤》由一群务工人员的日常生活折射出当代人精神上的空虚。住在幸福小区的王登峰过得并不幸福，从始至终都无人领会他的特立独行。王登峰与用“大红花”票券去迎春楼消费的王辣狗、张东羊等人不同，闲暇之余用来看书学习，票券也是用于兑换生活费，一次偶然的机会让他把对生活的希望寄托在小桃子身上。但透过窗户的缝隙，不仅看到了小桃子的行为举止，也看到了王登峰的宿命。这个被王登峰命名为“王熙凤”的充满情欲与暧昧的窗口，同时也成为终结他生命的命运之窗。《铃声悠扬》通过哑巴的感情线串联起一曲爱情的悲歌。哑巴十年如一日的守候，坚持每日规律性的打铃，铃声也在无形中成为张瞎子和哑巴感情的催化剂。但作者并未朝着这条线索续写二人的感情，而是以意在言外的方式表现了哑巴的一往情深以及张瞎子默默无闻的爱意。《铃声悠扬》把世俗人生中纯粹的爱刻画得入木三分。

夏立楠的《猫眼》讲述了“我”的打工经历，以及“我”与一个陌生女孩从相知、相识到相爱、相离的情感历程。透过猫眼“我”能看到诡异奇谲的画面，在文中建构起虚实相生的场景，使小说带有实验性色彩。女主角飘忽不定的踪迹，成为男主角心中挥之不去的魅影，又像是他想象的幻影。无疾而终的结局隐喻身处大千世界，在百无聊赖的生活中，存在着许多令人意想不到的事件发生。《春河》的风格与《猫眼》不同，作者将目光聚焦于生活在城市边缘的人群。他们居无定所，四海为家，辗转于城市与乡村之间，在暖春时节出发，寒冬之际返程，不断地为生活奔波，渴望拥有自己的家。文中围绕“我”生病的母亲，讲述了在面对苦难生活时，邻里间相互依存共克时艰的岁月。生活周而复始，只剩下疲于奔波的身影一直在继续着。

丰一畛的《后遗症》讲述了知识分子褚楚和许东陌的庸常人生。小说明显具有后现代和荒诞性质，作者以其冷峻的笔调，不动声色地描摹了知识分子一地鸡毛的生活琐事。炸酥肉、房间布局、烧水、洗澡等看似无足轻重的细枝末节，却有力地烘托了主题。二人作为精英阶层，仍然过着杂乱无序的生活，通过对社会精英——知识分子从物质到精神上的剖析，对这个充满欺和瞒、拜金主义盛行的浮躁时代进行有力地鞭笞。文中所表现的精神症结可谓是当代社会的写真，就如C城是理想，K城是现实，二者之间始终存在不可磨灭的裂隙。

贵州文学传统是以短篇小说而闻名于中国文坛的，从蹇先艾的《水葬》到何士光的《乡场上》《种苞谷的老人》《远行》再到欧阳黔森的《断河》《敲狗》《丁香》等，都是耳熟能详、脍炙人口的作品。蹇先艾、何士光、欧阳黔森是不同时代贵州文学的领军人物，他们支撑起了贵州文学的高地。纵观近三十年的短篇小说作品，我们可以把它们分成三个时期来考察，即1990年至1999年段、2000年至2009年段、2010年至2019年段。这三十年间，贵州短篇小说创作显现出新与旧交织的景象。到新世纪的第一个十年期间，贵州短篇小说已经进入了相对成熟和稳定的发展期，其风格逐渐形成。迈入21世纪的第二个十年时，贵州短篇小说的现代品质更加彰显。近年来，一批青年新锐作家突起，为贵州短篇小说的创作加入了新鲜强劲之力，这是传承贵州文学传统的希望所在。

（执笔人：谢廷秋　颜水生）

目录

2002

2003

2004

2005

2006

2007

2008

2002年

谢　挺

怎样给别人，也给自己一个机会

老许回“那边”是取他漏在那儿的几个笔记本，他儿子打电话问他还要不要。这已不是第一次了，前几回老许的精力都放在衣服和书籍这些容易想到的东西上，轮到收拾小杂物时，尽管他提醒自己一定要小心，不要遗漏，但百密一疏，总会有几样从他眼皮底下溜过去。其实也很自然，毕竟这个家他已经生活了二十多年，他就是一棵植物，根须也应当从各个方面和它联系在一起，纠缠在一起，因此清理——或者说剥离得并不顺利，都得掉层皮。

家里装修了一遍，儿子替他开门时，老许立即发现了这个变化——上一次来时还是水泥地的地板上已经铺上了白瓷砖，墙上是新刮的瓷粉，莹莹闪光。他们甚至还买了音响。他敲门前在楼道里听到的《红梅花儿开》，原来发自他老婆的喉咙，当然是他的前妻，年轻时前妻最喜欢这首歌。老许注意到儿子脚上穿着一双拖鞋，他犹豫着要不要换，从前他们家没有换鞋的习惯，他也不用换，现在他是客人，客人对主人家的习惯总是应当尊重的。儿子却没有理会，引着他朝厨房边的阳台上走过去。外面刚刚下过一场雨，老许看到他那双布满泥点的皮鞋在瓷砖上留下一只污浊的脚印，接着是第二只，他小心又无奈地走着，心里面一下子布满了揪心的歉意。儿子停在阳台门边，指着阳台上一只网兜说，全在那儿了。儿子不看他，自从他和他妻子决定离婚的时候起，老许就没看见儿子对他笑过。老许低下头，假装看网袋里的本子，有几张是他得过的奖状，底下那只盆是他洗下身用的，现在它们和一堆垃圾放在一起。对不对？儿子问。对，对！他的态度绝对像在认领失物，这很别扭，好像取笔记本是他找的借口。

老许开始在口袋里掏烟，离开前他打算跟儿子再聊上几句，但就在这时候他注意到里屋的歌声忽然停了，连音乐也停了，沉默变成他前妻怒气冲冲的样子，他还能想象她坐在床头扭着身子生他的闷气，她一生气就不吃饭，然后心口痛。他得赶紧离开这个地方，老许果断地朝身后丢了一句：走啦！提着网袋急急忙忙地朝外面走，即使这样他也没忘记踩着来时的脚印走出去。到三楼时老许听到猛烈的撞门声，他原本就走得很快，因为这关门声他走得更快了，简直就像在逃命，搪瓷盆底不停地在和楼梯叩击，但老许还是有了一种感觉，这种感觉一旦产生就不那么容易摆脱了：老许觉得不是他要离开这个家——他是被人合伙赶出来的！

那一年老许五十五岁，离婚一年，新婚四个月。老许的新婚曾经是单位最引人入胜的话题。以他的高龄而能娶到一位年轻女人，自然免不了一连串各式各样的猜测和议论，这一点老许非常清楚，但他把这全当成羡慕——对他的羡慕，人们只有对他们办不到的事情才会投入这种谈论的热情。像他这样年龄的人有几个能从原来的生活里脱身？而且脱得那么彻底！他们全是口头革命派，说得热闹，是调侃是嘲笑是惊奇，骨子里谁不往肚子里吞咽口水？看他们和他打招呼时含义丰富的表情就知道了。从前老许也是这么一个往肚子里咽口水的人，好在他现在不是了，他已经身体力行，就让别人来咽他的口水吧。

也是这个原因，在他那个简单朴素的第二次婚礼上，老许请来的宾客差不多都是年轻人，年龄比他的孩子大不了多少。他们单纯的祝愿是和婚礼相配的，他们不会把他当成对手或者讥讽的对象，他们话里没话，直截了当，他们的狂放只会让老许觉得自己还年轻，他虽然被旧的世界所排斥，却被另一个更新的世界所接纳，引为同类。他甚至把自己的冠心病都放在了一边，无须深劝就和他们喝酒划拳。

新娘子叫冯丽，三十六岁，中学老师，结婚是第一次，也没有性经验。他们是在一次交流会上认识的，两个人坐在一起，简单的闲聊后，彼此都留下了好感。冯丽觉得他风趣，而他惊叹的是冯丽在纸上留下的一连串娟秀的字迹。那张会上用来闲聊的字条一直由老许保留着，再转给冯丽收藏，上面除了双方的姓名、工作单位还有不少趣事，比如老许写的——请注意主席台右数第三位，他的头发全是假的，一根真的都没有！这段话没有回答，被冯丽现场压抑的笑声替代了。老许还记得当时冯丽为了掩饰笑声，不得不埋下头，把嘴摁在自己的手背上。会议上的文字游戏使他们远离了报告的无趣和冗长，也使他们在会后的联系有了铺垫，他们开始通信，即使再次见面、热恋，甚至他被离婚闹得焦头烂额，这种游戏都没有停止过。

自然，通信最初并没有谈婚论嫁，比起那些更年轻的笔友，他们是不太容易滑到主题上去的，都在兜山绕水地说闲话。是那次不期而遇使这种平衡发生了变化——有一天老许站在大十字附近一家报摊前翻看报纸，忽然就听见身后有人喊，回头发现是冯丽。冯丽说，你走得真快——我在对面就看见你啦。她一边说一边用一块手巾往脸上扇风。

这么说她应当是从对面跑过来的了，先上天桥，再从大转盘上下来，赶上他——可她说得那么轻易，好像遇上他也有巨大的欢喜。回去后老许脑子里乱了套，全是那块手巾飞舞的动作，还有那块白净的脖颈，他忍不住写了封信，加了些亲近的话，它们是朝冯丽脚下垫的石头，就看她愿不愿意踩——冯丽很快回信了，自然已经踩在那块石头上。

原本老许准备过一年再结婚，这一年应当从他离婚那天算起的，这是老许对自己的一种约定。他需要一段时间调整一下，而且结婚是件严肃的事，需要慎重。结果他们都没有给自己时间，老许发现他和冯丽其实都耽搁不起，尤其冯丽，她虽然没明说，可他离婚的轻松丝毫就没有感染她，她会突然地陷入沉默，这种沉默是有含义的，因此沉重。她是不是在怀疑他与她的交往动机，他只是在借助她的力量离开原有的生活？而她的不安也反过来让他烦躁。那时候他已经搬到他哥哥家，虽然是哥哥家，但也是别人家，儿女成群，又不是太宽敞，老许只能赖在冯丽那儿很晚都不想离开，影响他哥不说，连冯丽也休息不好。持续了一段时间，老许终于退了一步，他这么想——我们现在这样其实和二人世界没有什么分别呢？我到底需要什么呢？冯丽不是完人，真是完人他才会受不了。这个结论或许有些自欺欺人，真正让他动心的是一个平静温馨的生活其实就在他身边，他不可能长久的视而不见，于是老许对自己宣布考察结束，正式向冯丽求婚。

新婚生活虽然并没有让老许脱胎换骨，但他还是觉得很满意，尤其是他脑子里对新旧两种生活不断也是无法控制地比较——女人有女人味，也有品位，虽然略微的有些神经质——看来真得感谢当初那个抛弃冯丽的人，没有那次刻骨铭心的痛，难说冯丽还会这么完好地把自己留给他。他们的新家就安在冯丽那儿，冯丽的房子，他出钱装修，他十来年积攒的私房钱差不多全投在上面了，终于弄出一个不输于任何新婚家庭的新房，对他们来说它就是宫殿。他哥哥说他傻，他也知道这是补偿心理作祟，可是控制不了。他知道自己的毛病，只是希望不要做得太明显，明显的冯丽都觉得自己吃亏。他是要冯丽体会到他的付出，她对他的重要，有时候他甚至像一个刚恋爱的男孩那样希望发生点什么事，好让他证明这一点。老许正在体会一种近乎完美的幸福，他受的一点小小的挫折与这种幸福相比是根本不值一提的。所以那天他离开“那边”后，提着那只网兜在街上漫无目的地走着，仅仅几条街下来，他就恢复了常态，刚刚还在困扰他的那种伤感的失落，也像那天的大雨，由滂沱而到淅沥，最后又被蒸发得无影无形。他到家时一缕夕阳正巧落到他们家阳台上，而这时他手里除了那只网兜外还有他为新娘子专门买的两斤红富士和一束红玫瑰。他是作为一个体面的丈夫从外面回来的。

晚饭照常进行。吃完饭冯丽才想她的疑问，她先吃完，走到门边打开了老许从“那边”提来的网兜。她迟迟没提这个疑问是因为觉得多余。那天他们吃的是山东肉饼卷大葱就皮蛋粥，老许记得那么清楚是因为晚上他不习惯吃面食，他一吃面食就反胃，这一点冯丽显然还没弄清楚，需要找个时机巧妙地提醒一下。冯丽这时候把那一堆东西翻完了，她甚至还拿起那只掉了瓷的盆问明了它的用途，最后她才发现里面什么也没有。“我的信呢，你没要回来？”

老许立即意识到他犯了一个很大的错误，这个错误比他晚上吃面食可要严重多了，但他还是坚持把剩余的半碗粥喝完，他尽量慢条斯理，其实已经开始想对策，对策也是立即就有的——就是不能承认忘记。忘记的另一面就是不重视，另外忘记是老年人的专利，所以承认忘记就等于承认不重视和衰老，老许像忌讳他的冠心病一样忌讳这个字眼。就在他仰脖喝最后那口粥时，他突然说：“她不肯给。”“她”自然是他的前妻了。老许说完连自己也被吓了一跳，他没想到慌忙之下会撒一个谎，但很快他就可以看到这个谎的好处，它显然比忘记更有说服力。

冯丽当然信以为真，她原本蹲在地上，这时候猛地站起来。“她不给——凭什么？这又不是她的东西！”冯丽的脸上涌起一团红晕，她停了一下，才想起要批评老许：“那你刚才进来那么高兴——我还以为你拿到了！”

冯丽说的信其实就是她和老许大半年的通信，自然是她写给老许的那部分，结婚前冯丽就让老许拿给她，她准备和老许写的那部分合在一起，比照着阅读，以后也是个纪念。她已经催促老许好几次了，但他左拖右拖，起初说是在办公室，后来又说可能在他前妻那儿，怎么能让她不生气？这一次去“那边”，她千叮咛万嘱咐，结果还是没拿来。

冯丽一屁股坐到沙发上，第一次没去厨房刷碗。“怎么办呢？她那种人要是真来闹，把信复印了再贴遍学校，你看我还怎么活？”冯丽这么一想，似乎就看到那些信布满学校的样子，学生们人手一份，交头接耳地说两句再狂笑，还有她同事诡秘的笑容，她的脸在里面越缩越小。冯丽越想越怕，况且那些信都写了些什么她是一点印象也没有了，但那是情书，情书的热度她是知道的，所以冯丽又忍不住在沙发上跳了一下，“怎么办嘛？”她使劲甩自己的手。

老许收拾着桌上的碗筷，安慰起他的新娘子：“不会的，你放心，她不会这么不理智。”但他也知道这样的事很有可能发生，离婚时他前妻那几场又泼又踹的大闹可以证明这一点。

冯丽不吭声，她的意思更明白——不会才怪！

老许只得放下手里的活儿，在冯丽旁的沙发扶手边坐下。他说：“你放一百个心，我再去找她——就是跑断腿，我也会把它要回来，只是我们要讲点方式方法，对不对？把她逼急了，没什么好处，对不对？”老许发觉冯丽已经开始同意他的说法了，只是低着头啃自己的手指甲，啃得很专心。老许觉得刚才的话太像个领导甚至像个父亲，所以他换了种口气：“看看，我的小丽丽急成什么样子了，我这就去要，我这就去要——”说着他把冯丽的手拉过来，搁到自己的掌心里，捏着拍着，冯丽挣了两下才把自己交给他。

其实，那些信究竟在不在他前妻手上，老许也不能确定。他记得那些信是藏在办公桌里的，他闹离婚那段时间，听同事说有一天中午他老婆来过了，打开他的抽屉又取走了什么，那一摞用皮筋扎好的信可能就在里面。老许气愤他老婆这种赶尽杀绝的政策，又庆幸自己有先见之明，事先把两张存单送到他哥哥家里。那些信他自然不会像冯丽看得这么重，如果真是她拿的，就让她看好了，一个女人如何对他好——不气死她也得气个半死！他只是不好先开这个口——刘锐英，这信是不是你拿的？她要是反咬一口呢，或者干脆说是我拿的，怎么样？除了生气你还有什么办法，逼急了她真有可能去单位上闹，那个女人他算是了解的，毁掉他半辈子，还想毁他一生。她自以为拿到一颗定时炸弹了，你越当回事儿，她就越相信它的威力。只是目前他还不清楚刘锐英拿了这几十封信的意图，甚至他怀着一种侥幸心理，希望刘锐英仅仅出于无法克制的好奇心——当然这又有些自欺欺人了。

老许把女儿约出来，因为是上班时间，他把女儿请到一家冷饮店，选了一个不容易被人发现的角落。女儿是他和刘锐英的混合体，三分像她妈，七分随他，因此女儿有着和他一样的肉墩墩的脸。这种脸当然说不上漂亮。她高考失败后就进了一家报社当打字员，可能工作上不如意，她脸上也很少有笑容，他离婚就是她刚进报社不久，现在还很难说对她是不是个打击。老许看着女儿用吸管拼命地吸着酸奶，那只酸奶瓶是放在桌上的，这样女儿不得不将身体向前倾。这个姿势说不清为什么会让老许看得有些揪心，这种感觉只有看到小孩故意作践自己来气大人时才会有。老许看着女儿用这种笨拙的姿势把一瓶酸奶吸完了，他没有说话，只是结束时他才问她还要不要。女儿用纸巾擦着嘴，摇了摇头。

不管怎么样都得开口了，指望女儿问他是不可能的，所以老许咳了一声，润了润嗓子，开始磕磕巴巴地解释来意。这让他觉得很痛苦，因为这样一来他就得解释那些信的来由了——和你“冯姨”是如何认识的，如何交往，为什么通信，又为什么藏在办公室最后又被你母亲拿走。女儿听他说着，无动于衷，至少看起来她是不感兴趣的，他说的时候她一直不停的在用纸巾擦嘴。

“那你为什么不找哥哥呢？现在妈什么都听他的。”女儿突然冒出来一句。

的确，那小子可能更管用，长得漂亮又能说，刘锐英从小就对他偏爱，说不定他一开口什么问题都能解决。“你又不是不知道——你哥哥理都不理我。”老许发觉这句话说得有些低声下气，但他猜想中更可能的情形是，“谁？哪个‘冯姨’——”儿子肯定会这么反问，一副桀骜不驯的样子，弄得你根本没法下台。

“那么我替你跟哥哥讲嘛。”

他的本意是想让女儿替他在家里找一找，趁她母亲不在的时候把那些信拿出来，现在，他再也开不了这个口了。

女儿原本想走的，她站起来，大概是不忍心看到他那副挫败的样子，才重新坐下。她说："你也不要怪哥哥，你要是那时跟我们讲讲，商量一下，哥哥也不会这样子。"

是的，如果讲一讲，商量商量，肯定不会这样子，但商量什么？怎么讲？他在和一个三十多岁的老姑娘恋爱？可笑！但他还是点点头，表示同意，表示不该这么不把他们兄妹放在眼里，才导致了今天这种格局。女儿走了，老许有些后悔写那些信了，为什么放在办公桌里呢？为什么不一起放在他哥哥家呢？他自怨自艾，黯然神伤，女儿走时那种不以为然的表情也深深地刺激着他。

儿子的电话打到单位，大概女儿立即和他联系了。"小莘说你找我！"儿子现在经营着一家电脑公司，生意不错，让他听上去总这么咄咄逼人。

"是啊，是啊，她都跟你说了吧？"

"她就跟我说你找我！"儿子显然要逼他再说一遍。但现在在单位，谁不竖着耳朵等他的新闻，"什么事？"儿子又逼他一下。

老许对着话筒压低喉咙说："我把一些信放在办公室，是冯丽写给我的，被——"

"什么？"儿子打断他。他是故意的，但没办法，他只得咬咬牙，说得大声些，让儿子听得见，也让他的同事听得见，他们果然有反应了，每个人都朝这边张望了一下。他豁出去了。

儿子在那边笑，幸灾乐祸。"有这种事？"停了停问，"你要我怎么办？"

"你能不能让你妈把它们还给我？"

儿子沉吟了片刻才答应，但又说不能保证拿到这些信。老许觉得自己尽了最大的努力，如果这样都不成功，那他也没更好的办法了，只有等那颗定时炸弹自己上门了。

晚上他把情况告诉冯丽，但这和没取到又有什么区别呢，冯丽不为所动，她甚至陷入一种更难堪的境地，现在可能连那两个孩子都会看到她的信了。

老许进门时，冯丽正躺在床上看老许给她写的那些信，那些信现在都是按顺序一封封排好的，有序号。有一段话老许是这么写的："一个健康的家庭应当就像一艘可以正常航行的飞船，左右两翼是平衡的保证。"另一封信老许又这么写："你的信是我现在最梦寐以求的东西。它们像一支支排列成行的爱情的利箭朝我射来，可我却总嫌不够。希望我的信也有丘比特之箭的效果，将你打动。"冯丽几乎想恸哭，现在那些利箭，她发出去的爱神之箭已经没有了，很可能它们还会变成一枚枚毒箭朝她射来，无论她怎么躲，都逃不掉。能不焦心吗？一连数天，她都梦到自己住在一幢没有地基的楼房里，它危险耸立着，像一幢空中楼阁。她恨老许，不把她当回事儿，不爱惜她，她原本以为一个老点的会待自己好些，其实全都一样，他哪是那些信里面的那个男人，这么自私又无能。

这是冯丽第一次和老许闹，当然她是另一种闹，她不听解释，不让老许碰她，不到九点就说头痛然后蒙头大睡。老许也有些火起，一想到自己在小孩面前丢失的威信，就十分委屈。这还不是为你冯丽？那些信又能怎么样，难道真能把你杀死？难道不是我把你从老姑娘的队伍里解救出来？他抱着被子睡在客厅里，对着电视机睡着了。半夜，老许被电视里哗哗的声音吵醒，屏幕上一片雪花，不知道几点了，电视节目早已结束，他蹑手蹑脚地走进卧室，爬上床，轻轻地吻了一下冯丽的脸庞。她并没有睡，一下子睁开眼睛，开始哭："你来干什么？你去那边好了，就我不好，不会让你高兴，只会让你生气——"他们把信的问题放在一边，和好如初。

那次"约会"是儿子给老许安排的。儿子回去问他母亲，那些信果然在她手里。母亲说，什么信，鬼才知道他们的信！但小许一听就知道信肯定被他母亲拿去了，这一次他决定站在父亲这一边。他说："妈，你就把信还给他们吧，你们——你拿着又没有什么用。"刘锐英的态度是斩钉截铁的："不给！我凭什么给？！他们做的那些丑事——一个老莲花白，老不收心，一个三十多岁不嫁人，不是变态是什么？！"小许再一劝，刘锐英就哭开了。"儿子，我是不服这口气呢，你家老子在别人面前都是怎么糟践我的——说我不会持家，一天到晚凶巴巴的，还说他从来就没得到爱的感觉，他一个老家伙，还爱的感觉，好不好意思？"又说，"把我逼急了，看我不去泼他们，我就是要让他们学校的老师都看看，为人师表，就是这样破坏别人家庭的！"

小许劝了五天，五天后他给老许打电话。他告诉老许，他可以去和他母亲谈一次，他已经做好工作了，剩下的事就得看他的了。

那是个星期五的下午，老许如约去"那边"。一路上他都在惴惴地想象会遇到的各种情形，因为那些信，他显得很心虚，但有一点，他知道这一次就是为了谈判来的，而且是不平等的谈判，谈不好就没有下一次，除了像儿子说的那样，多说好话或者少说话外，没有别的办法。她要闹的话就由她闹——老许决定任刘锐英如何撒气都不还口。

儿子替他开了门。这一次他叫他了："爸爸，来啦。"但老许怀疑这一声是故意喊给他母亲听的，老许嗯了一声，这一次他换了拖鞋，跟在儿子身后朝客厅走过去。拖鞋是塑料的，拖在瓷砖上有点滑。他们其实应该弄地砖的，他铺的就是地砖，这样走在上面才比较稳当，当然这已经不是他的事情了，老许这么想着，临到客厅时真的差点滑了一下。

客厅里摆着新买的大彩电和音响，两只大落地音箱分放在两边，老许都是头一次见到，它们的对面是一个高档红木沙发、大茶几，刘锐英和一个留碎发的小姑娘就在那儿坐着。这屋里只有那排书柜还是原来的，有一多半还空着。刘锐英当然知道他来了，故意装着和小姑娘聊天，把头朝窗口那边扭着，弄得那个小姑娘看到他进来站也不是坐也不是。她是儿子新交的女朋友，这当然是大好事，儿子给他们作介绍，小姑娘终于有机会站起来，用清亮的嗓子喊了一声"伯伯"。老许点头，忙说"好好，来了"。他注意到刘锐英这时候虎着脸，假装在看电视。他想接着问一下小姑娘的职业、年龄，刘锐英却把话题抢过去，继续她们刚才的谈话，小姑娘看过刘锐英漏看的一部港台连续剧。这样轮到老许看电视了，他留心刘锐英的表情，至少她没有刻意地生气，看起来她对儿子的新女朋友还是比较满意的，其实在她眼里儿子什么都好，他交的那么多女朋友，她好像个个都喜欢，老许偷偷松了口气，心想只要她不乱发脾气就行了。

女儿也回来了，身后也跟着个小伙子。女儿也恋爱了，他不知道，这当然也是天大的喜讯——据说男朋友还是儿子的同学，儿子做的媒。女儿的脸上现出一丝她那个年龄应当有的活力，她甚至爱笑了，能开玩笑了，她介绍那个略为拘谨的小伙子时甚至说他是他那所医院最帅的帅哥。小伙子脸红了，女儿又笑他居然敢承认。

做饭时几乎所有的人都抢着去了厨房，刘锐英是不想和他在一起的，这一点老许知道。其他人，儿子女儿的女朋友男朋友都乐于表现，跟着去打下手，择个葱剥个蒜，一阵一阵的笑声从外面和着油烟味飘进来，只有儿子女儿穿梭在厨房和客厅之间，陪他聊两句，女儿还记着给他倒杯茶。那时候他一个人在客厅里，眼睛在那几个他认为可能藏信的地方搜索着，但他不想动，总不至于搜吧，有一刻他甚至想问女儿她母亲藏信的地方，但她知道吗？她就是知道会告诉他吗？而且这么做是不是太下作？老许庆幸自己没冲动到问出这种无趣问题的地步。

吃饭时，儿子刻意的安排更加明显了。他甚至想让他母亲和他父亲坐在一起，但刘锐英死活不干，结果她坐在女儿和儿子中间，他则坐在未来女婿和媳妇中间，刚好是刘锐英的对面。晚餐是丰盛的，那天他还喝了点酒，儿子和女儿的男友陪他，他喝了两口开始对他们说“别客气，放开了吃，多吃点菜”。这样的话他重复了两遍，刘锐英不住地看他，他才发觉自己说了错话，他早已不是这里的主人了，可偏偏他还是一副主人腔调。

儿子的安排，吃完饭他们四个小辈在他妹妹的房间里打麻将，让他们两个老的在这边聊天，但刘锐英说聊什么聊，我也要打牌，就把他晒到这儿了。老许只得坐在沙发上看电视，因为喝了点酒，身体也有些乏，真想躺下来舒舒服服地睡一觉，可惜的是他不能这么做，这地方尽管熟悉，甚至很可能还残留着他的影子和气味，但实实在在不属于他了，地板换了，书柜空了，他也只能将就着把头靠在沙发靠背上，把眼睛合拢。他听到哗哗的洗牌声、和牌者的尖笑。电视里的男女微妙地调情，他的对面原来是一张一挂二十多年的结婚照，最后那张照片被刘锐英用剪刀一分为二，现在那地方挂了一把大红折扇，折扇上有个“缘”字。他不想，也不愿意回忆过去，但朦朦胧胧之中还是身不由己地追了上去，他看到二十五岁的他，二十二岁的刘锐英，就在公园一棵大樟树下，他们的手让介绍人拉到了一起……

他是被他们母子的对话吵醒的，刘锐英说：“我真的不想谈，有什么可谈的！”儿子压低声音说："他能和你离，为什么不能和她离？"儿子的话显出他的用心，最后他把母亲推进来。那时候老许真有一种不知身在何处的感觉，他也许真的睡着了，可能是五分钟，也可能只有几秒，一下子他觉得脑子里空空的。刘锐英重重地在门边的一张小方凳上坐下，她的架势摆明了就是他在缠她，她厌烦，"那么，聊嘛！"刘锐英说。他还没有完全清醒，嗯了一声，然后喝了口茶，用这口茶漱口。

"说嘛，你想聊什么？"刘锐英又重复了一遍，这一次她眼睛甚至挑衅地朝他一翻。

老许想知道几点了，叹了口气，说的却是："你啊，就是这样——"

"是啊，我就是这样，这张嘴啊，全都怪这张嘴啊，这张嘴除了吃喝，最好一声不吭，你才称心——要不然你怎么找到我的毛病？"

"你看，你看，我哪是那个意思。"老许打断她，他忽然有些上气不接下气，声音是沙哑的，很可能中间某种哀婉的东西打动了她，也可能听上去有些像他发病的前兆，刘锐英的调子才跟着和缓下来，她抱着腿说："我就这么让人讨厌，就这么烦人，这二十年了，你说，小武小苹，这家里什么大务小事不要我操心，现在好了，儿子也大了，老婆也老了，就开始动歪心思，你就动坏脑筋也用不着这样贬损我！"老许说："我怎么贬损你啦？""没有？那姑娘信里面写得清清楚楚——你说你的生活就像一座坟墓，无法呼吸，还有，你说你就像生活在黑暗中，被乌云笼罩着——白纸黑字你赖得掉？"

老许的脸突的一下红了，因为刘锐英在引冯丽给他写的信时，有意念得抑扬顿挫，他忽然间就觉得肉麻得厉害，好在他刚才喝了酒，脸上的红润还未褪尽，为了摆脱那种感觉他忍不住想笑。

"你还笑，还有脸笑——这么大的人了——我都说不出口！"刘锐英的脾气又被他逗上来。

她最让他生气的就是这些话，骂他几十岁的人，儿女多大了。她说了多少遍了，别人早该听烦了，可她还在兴致勃勃的，老许忽然间有些心酸，她真以为揪住他的把柄了？很可笑吧，但也可怜。可能是刚才那个梦境，他想起当年那个温婉羞涩的小姑娘，她走到今天毕竟是和他在一起，再被他甩掉，也是事实。老许垂下头，看着自己两只叠在一起的手指慢慢地缠绕着转动，他说："对不起，对不起了——"他说得很轻，这应该是他的杀手锏，路上早就想好的，不到万不得已绝不出手，但老许说的时候觉得自己的眼睛都有些湿润了。这是他第一次说这几个字。

刘锐英明显一怔，但她立即用更大的声音说："迟啦——我不会原谅你的，这些信我也不会还你的，你总要我公道点，若想公道打个颠倒，你替别人想过没有？想一想这辈子你是怎么过来的，你亏不亏心！我这辈子都不会原谅你！"

显然，她又一次误解他了。不过她不再说这辈子都不放过你啦，她的语气尽管激动，但已经没有原来那么饱满的怒气，她侧过身去擦了一下眼角，这个刚烈如男子般的刘锐英，母亲过世都没流过一滴眼泪，现在还不是让他感动得流泪。

老许回到家后向冯丽汇报他去“那边”的进展，他告诉她信虽然没拿到，但刘锐英的口气明显已经松动。他奇怪的倒是冯丽，似乎对他的话并不怎么在意。那天她去了一趟她姐姐那儿，带回来两件香港时装，她站在他面前慢慢地试，冯丽一直在谈她去姐姐家的感受，她们姐妹小时候的事情，那些信她好像已经不在乎了。老许默默地听着，心里面却一下子低落下去。他有些奇怪，他觉得自己是个有婚姻经验的人，为什么却总是不懂女人？

那几天老许都是在“那边”度过的，听儿女们唱歌或者坐在一起打小麻将。刘锐英甚至都和他说话了，虽然只是递烟的时候狠狠地说“接着”，或者把茶杯蹾在桌上说“拿去”。他不再提那些信的事，刘锐英也不再提。晚上他回去向冯丽汇报这一天的进展，他都是说“快了，快了”。

那是一个周末的下午，老许下班后回了趟家，和冯丽照了个面，然后照例去“那边”。老许兴冲冲迎着落日走着，因为一连半小时都没经过一辆顺路车，老许还显得有些焦急，于是他干脆伸手拦了个的士。那辆绿色的桑塔纳猛地在他的身边刹住了，车篷却在他进门前将他的头重重一撞，等他稳稳地把自己放到椅背上，才觉出自己有些急相，于是老许哑然笑开了。这时候阳光透过街上的梧桐树枝，从车窗不时落到他微合的眼皮上，在他面前形成一片鲜艳的红光，那情景仿佛触手可及，就像他此刻是在一条红色的管道中飞行着。这是一种什么样的情景呢，老许想，就这样飞吧，一直飞到“那边”去吧，不要停，他甚至觉得他的生活如果总是这样——在“这边”和“那边”连成的管道中穿行，也很好。

老许认为他看到了真相，那是他下车的时候——当初是刘锐英把他逼出去的，然后再由冯丽把他送回来！然后老许扶着路边的一株梧桐树，慢慢让自己滑到人行道上。汽车已经不见了，老许看到有许多双脚在他头顶上匆忙地走过去，各式各样的脚都有，都没有停下来，也许它们此刻都走在去“那边”的路上。

（原载《人民文学》2002年第1期）

2002年

谢　挺

靠　近

学校里的人都说钱贵平怪，是个怪人，至少表面上不是这么回事儿，钱贵平既不缺鼻子也不少眼睛，相貌平平却十分正常，第一眼看上去比他怪的大有人在，可连他们也说钱贵平是怪人，要同他区别开来。

证实这个说法最好的办法当然是进入钱贵平的世界，这远比想象的要容易，钱贵平的世界原本就像一棵开放的猪笼草，只要你像一只苍蝇那样有一点儿不小心，一小点儿盲目就成了，当然你要出来也会像那只苍蝇那样不容易。这是我事后的印象。

那是1989年，用时髦话说——上个世纪的事情了。当时我刚刚毕业，刚分到这所中学教地理，学校没有多余的宿舍，便把配电室连着整幢教学楼都交给我。最初当然是意外，因为总有些不长心眼的小偷摸进来偷东西，所以有那么几个晚上我们都在为捉小偷忙碌着。对平淡的生活来说，抓小偷当然是很好的调剂，所以我们都很兴奋。

这是其中的一个晚上。

照例我们挨着楼层一间教室顺着一间教室把灯全部打开，没开灯的教室越来越少，也意味着小偷藏身的空间也越来越小，就要到水落石出的时候了。但这一次的小偷却不愿意这么简单地束手就擒，最后他已经被我们逼到三楼的电教室里，却拉着扇窗户，把半个身子都吊在窗外，电工带来的那匹大狼狗可不吃这一套，它朝窗台一扑就把他扑了下去。小偷发出一声惨叫随即从我们眼前消失，接着是“扑通”一记落地声——当然他没有死，小偷要死也不容易，他只是断了一条腿，在一楼那块煤渣地来回地打滚呻吟。事情到这儿性质发生了一点变化，也就是说在我们送他去派出所前得先送他去医院。两个工人不知从哪儿找来只破竹筐，然后他们把小偷装进去，连拖带拽地朝医院方向走。

他们可一点都不同情他，小偷哼的声音略大，他们就气汹汹地骂起来。

那天去医院的除了我、那两个工人外，还有我们学校的一个副校长和总务处长。这时候大概快夜里十二点，医院的急诊室是唯一热闹的地方，因为撞车断了腿的，醉酒而杀了人的多半总要这时候送进来，大门像个无底洞那样迎候着这些客人们。两个工人已经累得精疲力竭，他们吭哧吭哧用尽全身最后一点气力把那个负了伤的小偷拖进走道右侧的外科诊室，跟着他们的自然是忧心忡忡的副校长、总务处长，其次是我。奇怪的是，在拐角那儿，副校长和他身后的总务处长都不约而同地来了个九十度的急转弯。这个多余的动作令人生疑，对他们的年龄来说自然显得生硬而滑稽，尤其第二个也就是我们的总务处长，已经一头白发了，他就像在模仿走在前面的副校长，做这个动作让他一下子变成一个笨拙又顽皮的孩子。

当轮到我时，我就明白了，因为就在对着大门的那间病房里我看到了钱贵平，我没有选择急转弯而是走进去。现在，我当然知道这是因为我没有经验，也就是没有成见，我才会比关心一个断腿的小偷更关心钱贵平。

钱贵平当时就冲着门口站着，脸色惨白，手里拿着一只巨型的白瓷杯，里面是一种蓝阴阴的药水，药水的波纹印在他的眼镜片上。床上躺的是他的老婆蒋文丽。我见过，学校就这么大，不可能没见过，所以一进门我就认出来了，可能我出现时脸上的表情是“你们怎么在这儿”，但对钱贵平来说这是无须解答的问题，看到我他就像看到了救星一样。他说，小谢，来，来，你帮我抓住她的手——就像我是为了帮他抓手才走进来的。

凭着那点粗浅的医学知识，我也猜到这是在替蒋文丽灌肠。我要抓的就是蒋文丽的手，蒋文丽也让我抓她的手，她把手软软地放在我的掌心，同时她却在床上扳起来。我不喝了，我不喝了，太难喝啦！那张被日光灯印得发灰的脸左右躲闪着那个不断靠近的白瓷杯，最后被逼无奈，她才喝了一口。蒋文丽商量着说，就一口噢，就一口！钱贵平却咧着嘴狠狠灌她一大口，药水从蒋文丽的嘴里溢了出来，她被呛住了，开始剧烈地咳嗽。

再来一口！这一次蒋文丽开始坚决抵制，连我也揪不住她了。

钱贵平走到一只蓝色的塑料桶前，用一根树枝拨着里面的秽物，“53、54、55——”，他数了两遍，还是只数出55枚药片，于是狠狠心又提着药水上来了。

“我不喝，我不喝啦！”蒋文丽又开始闪避，这一次听得出她是坚决的，她甚至不让我再抓她的手臂，蜷起身来准备来个彻底地反抗。“平时我都要吃十多颗才睡得着。”

钱贵平能做的只是重新蹲到塑料桶前去数药片，我听到的仍然是五十五。这时候蒋文丽用手巾抹了抹嘴，她看着我说：“你就是谢顶吧，我看你头发蛮多的，为什么他们都叫你谢顶？”没人回答她，我是不知道怎么答复才好。我看着钱贵平，他茫然地举着那个瓷杯在塑料桶和病床之间徘徊着，无计可施，又欲罢不能。

这件事怎么收场的我就不知道了，那天我一定是先回去了，所以我不知道蒋文丽是否吐出那些药片，还是她的确对安眠药迟钝，并不需要把它们全吐出来。几天后我又见到了活着的蒋文丽，所以我想她应当是抢救回来了。可能是这个原因，从此钱贵平就和我成了好朋友，有事没事他都爱去我那间配电室里坐一坐，课间十分钟去抽支烟，再闲聊几句。两个不太熟的人变成朋友理由很多，最初我还认为是因为看到了别人不该看到的秘密，钱贵平为了这个秘密来跟我发展友谊，但后来我发现钱贵平似乎对这件事并不忌讳，我不止一次听到他当着我的面“教育”小蒋——如果她再这样，我肯定不管了。小蒋则软软地反击——你不那样，我会这样？他们“好”的时候常常在我面前吵这种“媒子架”，也就是假的，专门吵给别人看的意思。这时候我会想，他们怎么会成为一家人的？两个人这么相像，都糯了吧唧的，还能走到一起？

关于他们的事我后来多多少少听到了些，一旦什么事情上了心，总会有一些转弯抹角的信息流到你耳朵里，有一次一位知道他们底细的老师这么谈到钱贵平，她说钱贵平就是太老实，也不管蒋文丽是怎么回事就跟她好上了，后来想甩都甩不掉——她似乎在暗示蒋文丽不干净，他们的孩子也长得不像钱贵平，他们的婚姻完全是因为蒋文丽耍赖的结果。蒋文丽又不上班，长期在家泡病假，靠钱贵平那点工资，他们自然免不了要争吵——我记得最后这位老师似乎还让我少跟钱贵平来往，免得麻烦——这句话显然我没听进去，当时我二十三岁，哪是怕麻烦的年龄，我只是需要友谊，友谊再多也不嫌多，况且钱贵平还说过一句话。他说：“我们就算了，小谢真不该来教这个书！”我是真被这句话感动过的，这么多人，我父母、兄弟包括王岚都没说过的话让钱贵平给说了，虽然我也不知道自己该干什么，但至少不该来这个该死的学校，把时间都消耗在一帮没心没肺的小兔崽子身上，为了这一点我也该对钱贵平另眼相待。

那时候王岚还是我的女友，她一个星期来看我一次，一起吃顿饭，等我刷完碗筷再一起看场电影。我们原来是同学，现在她是一家银行的秘书，而我则是一所中学的地理教员，我们的关系中自然隐藏着危机。钱贵平和蒋文丽都不怎么喜欢王岚，他们认为她对我不够好，既然是谈朋友，何必把自己弄得假模假式的，他们是替我气不过。有一次蒋文丽就不客气地对王岚说，你应该帮他收拾一下，你看他这儿这么乱。结果王岚没动，倒是小蒋帮我把一张方桌上的书重新归拢起来，再把堆在地上的垃圾撮到垃圾箱里。小蒋似乎在用行动告诉王岚应该怎么做，应该怎么对待自己的男人。我担心王岚会生气，所以小蒋做这些事情时我一直都在阻拦她。果然，等他们离开后，王岚低低地骂了一句“变态”！我以为说的是钱贵平他们，结果错了，王岚在说我，她说我跟两个加起来快八十岁的大男人大女人混在一起真变态！

王岚说的没错，是变态，如果你是中学地理老师，一个月拿七十块钱，你的女朋友只会和你拉拉手，不让你碰她，你就肯定会变态的！那时候我和王岚交往两年了，我们却还停留在接吻时不把嘴巴弄潮湿的程度。那一天我多么希望她能留下来，哪怕不接吻，不拉手，只是静静地陪着我。我都要准备出卖朋友了，只要王岚肯留下，我可以保证今后再也不理钱贵平他们。但王岚不会在乎的，她也不会管接下来的一星期我会怎么过，她离开了我会多难过多孤单，这些全部加起来也抵不上她受的委屈。

那一段真是我这辈子最低潮的时期，无聊，因为没有性，也没有钱，而爱呢，又是岌岌可危的。每天上完课吃完饭，除了看电影只能在录像厅里打发时间，在录像厅我最担心的就是遇上我的学生，别处他可能不喊，但录像厅里没准他劲头上来了，一鞠躬，再喊声“老师好”——那天王岚用她短风衣把她两瓣圆滚滚的小屁股一裹就气冲冲地出门了，我送她到家门口（自然是不能够上去的），然后一个人恹恹地走回来。在离学校不远的地方新开了一家五金店，重要的是里面坐着一个奇丑无比的姑娘，后来我发现她不光丑，而且五官和胸部都极大，脸上该描该抹的地方一样不少。当时正有几个人替她的店里下货，她坐在柜台后面，仰着脸，胸杵在玻璃柜上，然后毫无心机地看着他们。后来我发现这几乎是她的标准姿势和神态，因为五金店并不是时时有生意，所以她也几乎不怎么动，最多在门边散散步，看几个老头下象棋，也是这么背着手，挺着胸，像一个退休老干那样坦然、无辜。

有一段时间我几乎每天都要借故从她的门面前经过，目的就是看看她的样子，我不知道究竟什么原因会让这个形象这么吸引我，甚至我还会有些兴奋，就像即将到来的是一个令人高兴的目标，而且每次我都会加深从前的印象，她的确丑，真丑，而且丑得那么让人伤心。我想我是被她迷住了。

下一个星期六，我带着王岚去参观这个重大发现，我们故意去看电灯看水管，还问了钉子、螺丝钉的价钱，眼睛当然一刻不停地盯着那张脸。后来我们终于兴味盎然地走出来，王岚同意我的看法，也认为她极丑，末了，她忽然笑着摇起头来，自言自语地说，悲剧啊，悲剧！我不知道她指的是什么，反正左一个变态，右一个悲剧是她随时随地的口头禅。

自然悲剧发生了。两个月后我收到了王岚的绝交信，又过了那个漫长的假期，我收到了她的结婚请柬。现在我当然不想再否认这次分手对我的打击，当时我已经做得够漂亮了，不光西装革履地出席了庆典，还送去了我两个月的工资。但回来后，我就发觉不行了，我已经忍到了极限，已经无法从那种遭到遗弃的情绪中解脱出来，我开始变得自怨自艾，破罐子破摔。

那几个月我不洗澡，不刮胡子，不剪头发，上课时我卷着裤腿就像老农民进庄稼地那样进了教室，而学生们稍稍有些吵闹我就停下来，我不讲课了，我让他们上自习。这本来是钱贵平教我应付学生的方法，但我却做得变本加厉，这时候我才发觉自己已经变得毫无耐心，对任何不如意都失去了承受力。学校已经注意到这一点，校长亲自找我谈话，结果毫无作用，对此他们也毫无办法。学校已经连续两年没来新老师了，而且来一个走一个，没有走的就得去参加女朋友的婚礼。

我很想离开学校，离得远远的，一走了之，去广州、海南、深圳，任何一个地方都会比我此刻的处境好。那是1990年，各种关于特区的传闻充斥在我们的生活里，但那几乎都是会计师、建筑师、计算机专家、企业家的神话，唯独没有地理教员，特区似乎不需要地理教员——不过也对，那是连王岚都不需要的东西，我猜想正是这种自暴自弃的想法让我最终留了下来。

冬天来了，我们的城市也随之进入一个沉闷的时期。长达数月的阴雨天气，寒冷潮湿，即使不下雨，低垂的黑云也似乎总能找到你，并在你的头顶上悬浮着，让人觉得压抑、绝望。我不知道就在这样的氛围中，我身边的一场战争（或者叫战争的游戏）正在悄然地演化、升级，无情的战火就要将我席卷进去，把我那点残存的留下来继续做地理教员的想法统统烧个精光。当然这也可以看成是个巧合，时间上的巧合，说到底对这场战争来说我只是个旁观者。

你应该猜到了，我说的就是钱贵平和蒋文丽，我已经有段时间没见到他们了，这说明他们很“好”，过得不错。有一次我在钱贵平家房门上看到一块写着“机织毛衣”的牌子，这就是说钱贵平或者蒋文丽开始做生意了，问题是这是学校，满打满算也就百十来户人家，况且又都是熟人，谁又会上门去机织毛衣呢，所以不久牌子摘掉了，接着我听到了蒋文丽去某个商场替别人看柜台的消息。

那是12月的一个晚上，我记得很清楚，那一天很冷，从录像厅出来后已经快十二点钟了（看完录像后，我又在夜市上吃了碗面）。校园里一片漆黑，也很安静。当时我吹着口哨，用僵硬的手指摸出钥匙准备开教学楼的大门，钥匙串发出哗哗的响动，很清亮地在球场上回荡着。这一点我也记得很清楚。就在这时，大门边最黑暗的地方突然间分离出一个黑影，黑影慢慢地长高长大，慢慢地变成一个人。如果是一只猫，一只狗，我都不会这么惊奇了，但那是一个人，凭空钻出一个人来，我被狠狠地吓了一跳。

黑影还在移动，“它”的头朝我这边延伸过来，就在我忍受的极限到来之前，黑影终于开口说话：“是小谢吧？”蒋文丽！她的脸还在朝这边延伸，还在无限地靠近，我已经可以看清那张打着粉底的白脸了。

我后退了一步，从鼻腔里重重地咦了一声表示不满，接着我说：“你在搞什么？吓了我一跳！”但我随即想起这是蒋文丽，对蒋文丽来说，这些都毫无用处。我有一种不祥的预感。

果然，蒋文丽说：“小谢，你能不能帮我去看看钱贵平，他刚刚差点要勒死我，吓死我了，我真怕他出什么事——”

我故意打了个哈欠，说句“累死了”，我知道这没用，但还是把情绪都做出来。我想起明天的课程，第一节就是我的课，如果睡晚了起不来，肯定又会有一个漂亮的小女孩被打发来敲我的房门，最近他们就用这一招来对付我，他们觉得这样一来我顿时就会无地自容了。不过，即使这样我也要去钱贵平家看看吧，他是我的朋友，而且很可能快要死了，我只是希望他们不要闹得太厉害太出格了，连我的睡眠都被剥夺掉。

我把钥匙重新挂回腰上，然后朝钱贵平家走去。我走得大步流星，目的就是不想让蒋文丽那么轻易地跟上我，不想让她那么顺心如意，果然蒋文丽在我身后深一脚浅一脚地走着，走得气喘吁吁，通往家属区的那条小路没有路灯，她要追上我的确很费劲。这时候我注意到蒋文丽身上大概只有一件薄毛衣，所以她那两只打哆嗦的手一直交叉着抱在肩上，更走得摇来晃去的。

我问蒋文丽又怎么了。蒋文丽哼哼唧唧地说，还不是他，你又不是不知道他，神经兮兮的——这种话听了只会让人糊涂，我猜，倒不是蒋文丽存心不说实话，有些人的确是这样，永远都不清楚自己在干什么。

家属区在学校的最深处，这边似乎更安静，也更黑暗。都睡熟了，连我脚底踢到几枚石子都听得很清楚。钱贵平家住的是老楼，就在水池边那一间，我正想敲门，一伸手才发现门根本就开着，门“吱”的一声开了。蒋文丽靠在门框上，伸手在墙上找灯绳，她一把没抓到，就开始咦咦啊啊地叫唤起来，我赶紧把这个倒霉女人推开，也伸手在同样的位置摸了几下，还好，灯绳只是挂在一颗铁钉上改变了方向，我深吸了口气就把灯打开了。

泛蓝的日光灯下什么也没有，一切正常，只有桌子边的地上不知什么原因倒扣着一只塑料烟灰缸，烟蒂像水花一样朝四处溅开，这也是唯一让人起疑心的地方。里屋的门同样虚掩着，蒋文丽不敢进去，她只会跟在我身后探探头，又是我深吸一口气后把那道门踢开来，还好，里面虽然混乱，床上堆满了被卷和倒腾的衣物，却没有钱贵平，也看不出他藏在哪个柜子里的迹象。最后我连厨房也去看了一遍，里面也还是厨房，没有成为我想象中的凶案现场。我松了口气，一下子变得很高兴，路中间倒着的一张小圆凳被我一脚踢开，接着我又把掉在地上的几件衣物捡起来，丢回床上，我注意到那是两件镂花女式内衣，应该是蒋文丽的。

蒋文丽抱着双肩站在床头，她的样子就像在冥思苦想，现在钱贵平的下落当然是个疑问，所以蒋文丽才会问，他会去哪儿呢？这么晚了，他会去哪儿？说完她就满怀期望地看着我。我警觉起来，我害怕蒋文丽一高兴又要我陪她满世界去找什么钱贵平，所以趁她那些想法还没成形，我抢先说，算了吧，你也别管他了，今晚你也别在这儿住了，你看看要不先去哪儿躲一躲？这句话我不说，我猜蒋文丽这辈子也不会想起来。它就像一句指令，一个命令，所以我说完，蒋文丽就开窍了，她终于知道怎么打发接下来的时间，蒋文丽说可以去她妹妹那儿住一晚上。

说完她就开始急匆匆地收拾东西，蒋文丽找来一个纸袋，把一些乱七八糟，很可能是无用的东西统统装进去。

那天我真乐观地以为就要这么结束了，我就要回去睡觉了，我做了一回好人，所以干脆好人做到底，我把走投无路的蒋文丽带到大街上，准备亲手替她拦辆出租车。那真是个倒霉的晚上，平时到处是空出租车的大街上空空荡荡，足足二十分钟，我们都没有看到一辆空车，所以那段时间我一直在冲着蒋文丽说一种叫作好聚好散的道理，那情景真像是在上课，课已经讲完了，口水也说干了，但就是听不到下课铃。

终于一辆空车经过我们身边，就在我伸手拦车时，蒋文丽忽然拉拉我的衣袖，她指了指对面，示意我。我仔细看了看，果然在马路对面的一棵树干后仿佛站着一个人影，蒋文丽当然没理由认错。我冲过去，那时候我应当是满腔愤怒，一想起被他们合伙谋杀的睡眠和明天的课，我就气不打一处来。

是钱贵平，他靠在一棵树上，手里面也提着一个提包，他应当看见我的，看见我满脸杀气、理直气壮地冲过来，但他却盯着对面，眼光柔软和顺地看着学校那幢已经渐渐清晰的教学楼。

钱贵平，你要干什么？你不知道我们找你一晚上，你不好好过日子还要杀老婆，你这种人也配当老师，也配活在世上——应当是我让自己停下来，因为就在我滔滔不绝发泄愤怒的过程中，钱贵平的脸色根本没有变更，他的小眼睛一直在镜片后面一眨一眨，他的眼睛压根就没有离开过教学楼，也就是说他压根就没有看过我一眼。他就这么无愧于心？这么一想我的怒气自然消失了。他在想什么呢？这个杀妻未遂犯，我该拿他怎么办？

此时我仍然觉得自己有责任，这该死的责任感，如果是把鼻涕你可以糊在墙上，但钱贵平和蒋文丽你真不知道该怎么办才好，我想起校长、副校长、保卫，的确他们都应该比我更有理由负起责任，但现在他们却睡在床上，夜已经很深了，他们却可以像猪一样熟睡——最后我脑子里一闪念，想起了派出所，我对钱贵平说：“走吧，上派出所吧！”他应该反抗的，理论上他至少应当抵制，但钱贵平同意了，他无动于衷，面不改色心不跳，就是同意的意思。

我没想到，你大概也不会想到钱贵平会这样出现在派出所，他甚至抢在我前面，目的也是为了表明他虽然杀妻未遂，却有自投罗网的勇气。当时钱贵平把两只手腕一靠，就冲着派出所那两个警察过去了。“我是来投案自首的！”他的神情大义凛然。

那一天真是个太平的夜晚，没有小偷没有抢劫也没有强奸，只有杀妻未遂，但这时候好人和坏人都必须坐在炉火边那条长椅上。为了澄清，我自我介绍和钱贵平是一个学校的，专门送他过来。

这也是我第一次进派出所，所以钱贵平没有被马上送进小黑屋的确有些出乎我的意料，两个警察显然也没把这当回事儿，慢条斯理地继续他们的事，小的那个打开我们面前的炉子，趁我和钱贵平一闪身，把一铁锹煤块送进炉膛里。老的那个终于喝够了茶，过来拿起钱贵平的提包，他打开来，从里面抽出一条绳子，他看看钱贵平，又看看我说："这是准备逃跑吧，杀了老婆，再逃走？"钱贵平仍然眨着他的小眼睛，就像他刚才看教学楼，不置可否，老警察从提包里拿出的东西越来越多，内衣裤，一件外衣，一条长裤，还有一本英汉词典，逃跑的说法越来越像真的。

这时候进来一个年岁更大的警察，从他们的态度和称呼上我知道是这个派出所的所长。所长进门后扫了我们一眼开始洗手，洗完手才问怎么回事儿。老的那个介绍，这个人要杀他老婆。所长点点头。那个呢？他的头朝我一点。我的介绍和那个老警察一样快，我（他）是他（杀妻犯）的同事，送他来的。所长又点点头，点完头后说，上午不是来过吗？

原来钱贵平他们已经闹过一次，因为闹得过火，学校才把他们送到派出所来解决。蒋文丽甚至在派出所还一头撞进一台风扇里，幸亏当时停电，否则后果不堪设想。我注意到屋角果然有台立式电扇，因为早不是夏天了上面落满了灰尘，会不会就是这台？只是这时候插头已经被拔下来。"你们这些老师啊——"所长大概是要去休息了，临走时他感叹了一句，他是看着我摇着头说这句话的，他应该知道这一来打击面就太大了，但他并没有改口的意思。老的那个忽然问："你家婆娘是搞哪样的，偷人啦？"他的问话实在像闲聊，而不是审讯，所以钱贵平身体扭了两扭，喉咙哼哼啊啊地却没有回答，眼光仍旧是迷离的。年轻的那个还在玩炉钩，不时地把炉盖掀开，让里面带蓝焰的火苗蹿出来。这时候他对那个老的警察说，他还是我们的老师呢——

他当然是钱贵平老师了。

"真的？你也是我们学校毕业的，哪一届的？那我们是校友啦！"我的兴趣上来了，这也是这一晚上我唯一高兴的时候。我注意到钱贵平老师的身体又扭了两扭，他应当也认出来了吧，他的学生正坐在他的对面，而他刚刚还杀妻未遂。钱贵平的眼睛不再是迷离的了，他的脸上第一次有了些愧色，这对他的学生们来说未必是什么秘密，老师经常自杀，经常吃药，经常玩杀妻游戏——这样的人现在就站在他们面前的讲台上。钱贵平的头已经埋了下去，他似乎陷入一种深深的自责中，这让他显得无助而又可怜。我甚至觉得自己已经在可怜他了，但我不准备这么做。后来我发现自己正在不停地和小警察套关系，我准备请他去做客，请他回学校玩——但结果证明这是没用的，我还是无法把他的老师留下来，送进小黑屋里，就因为他只是杀妻，但未遂。大概四点钟的时候终于送来一个小偷，一个真正的小偷，我们离开的时间也就到了。

我一直沉浸在一种一事无成的情绪里，瞎折腾白忙活了一夜似乎还站在原地，什么问题都没有解决，而我也累了，极度地厌倦。出门时我才发觉蒋文丽从墙边站起来，她硬是在那儿乖乖地蹲了两个小时，而这时天色已现晨曦，他们也才像两个玩累的孩子一样跟着我，一左一右，一前一后地回家。到校门口时，蒋文丽又追上来，她问我能不能把钱贵平带到我那儿，因为她害怕——“你害怕什么？”我没等她说完就发起火来，我知道这时候只要稍稍一犹豫，连钱贵平也会同意跟着我回去。所以我说，你进去后，把里屋的门锁好，谁喊都不要开！

你们自己玩吧，两个人加起来都快八十了，为什么还要我这个小兄弟来替你们负责任？当然，如果那天晚上，他们中任何一个死去，我仍然会内疚的。所以第二天一早，下了第一节课我就赶紧去传达室探听消息，结果没事，他们中间谁也没有死，这也证明了那句话，死其实也并不容易。出事是第三天晚上，蒋文丽割腕，听说当时钱贵平用一床毯子把她包好了送往医院。知道底细的人都说，下一个应该轮到钱贵平了。

我说过这是上个世纪发生的事情，1990年冬天，就要到1991年了。1991年元旦，市里搞了一次歌咏比赛，我们学校那个造反派出身、热爱群众运动的校长非常看重这次比赛，他的理想是我们学校虽然是个后进单位，但我们的教职工生活却照样可以生龙活虎，比先进的还要先进。离比赛还有半个月我们就进入了倒计时状态，每天下午练歌一小时，另外，为了保证演出质量，校长还专门跑到歌舞剧院为我们每人租来了一套礼服。

彩排那天我们才知道原来礼服是男生一套白色的西服，女生则是一条紫红色的连衣裙。千万不要小看这身衣服，人靠衣服马靠鞍，穿上这身礼服后，果然就产生了不一样的效果，那些徐娘半老的女老师，腰身虽然早已消失，但胸脯照样可以挺起来，这一变化同样让那些上了年纪的男教师心里发潮，他们的青春同样也回来了，他们的脸也开始幸福得红润，腰板也挺得笔直。所以我们的歌声与没换衣服时相比就是不同，饱满、有力。当然校长也体会到了，但他为了让我们不骄傲，还是说情绪应该更饱满一点的，更自豪一点的。

你可能不相信我们激昂的旋律竟招致漫天飞雪。下雪了，这是这个冬天的第一场大雪，我们这座城市已经有多少年没下雪了，现在因为我们的歌声却让它下起了大雪。先是地面上铺了一层雪粒，融化后，就飘起了鹅毛大雪。

当然钱贵平和蒋文丽也要出场了，这毕竟是他们的故事。就在我们第三遍演唱《长征》时，我看到了蒋文丽，当时她埋着头从我们的临时舞台前匆匆经过，说实话，我并没有要出事的预感。

“金沙水拍云崖暖，大渡桥横铁索寒。更喜岷山千里雪，三军过后尽开颜——”

这时候钱贵平出现了，显然他是出来追他的老婆蒋文丽的。钱贵平喊：“你站住！你站不站住？”钱贵平的喊声插入我们的歌声中，就像一根棍子在烂泥巴里用力搅了一下，还好，歌声受到打扰，明显慌乱了一下又稳稳地站住，但我们的情绪却受挫明显，因为都知道钱贵平，都了解他的，只有蒋文丽还在坚定地朝校门外走着。

“你再走，再走！”

钱贵平拿出一只瓶子，他几乎就在我们的舞台对面，就像我们这儿不是舞台，而是他站在舞台上，我们只是一群盛装的观众。他从裤包里掏出一药瓶，我们已经都不唱歌了，只有很少几个老师，凭着惯性在跟着旋律往下哼。要出事，要出事。我听到我身后一个男老师这么说。

钱贵平仰起脖子，把整瓶药都倒进嘴里，然后他看着校门方向，一边用手捧住脖颈，一边用力地往下吞咽，钱贵平老师就像在急匆匆地偷吃什么好吃的食物，那些咽不下去的药片，情急之下还是不停地从他的嘴角冒出来，最后落在雪地里，和那些没有融化的雪花混在一起。蒋文丽终于回头了，只有等到蒋文丽回头，钱贵平才放任地让自己倒在地上。

应当说那时候我们都没有动，因为一时我们都没有反应接下来应该做什么，只有几个善良的女老师在喊——不好，不好，出事了。蒋文丽几乎尖叫着跑回来：“你搞什么？你搞什么？”但她回来时，钱贵平已经把眼睛闭上了，他干脆来个眼不见为净，所以蒋文丽只好看着我们，她朝着我们这队奇形怪状的人群喊起来，直到今天我还能记得她的喊声。蒋文丽一开始就喊的是“救命，救命”，她把钱贵平抱起来，但很显然钱贵平老师不愿意站起来，所以蒋文丽一松手，他又倒回地上，躺在那层潮湿的雪地里。

我猜校长其实恨死了钱贵平夫妻，因为被他们这么一闹，我们演唱就再没有找到刚穿上礼服时的那种激动了，相反，我们的声音里总有种懒洋洋的疲倦。当然，厌恶归厌恶，却不能见死不救，校长点名了，他点了我，还有一个和我几乎同一年来的年轻老师，他让我们俩把钱贵平老师抬走，送往医院。

我和那个叫陈武的老师从队伍里出来了，我们俩嘻嘻哈哈地朝医务室跑着，一到楼梯口，我们的脚步就放慢了，我们都有些恼怒为什么这么轻易地就被挑出来。我也不知道是不是这个原因，1991年，我们俩都先后离开了那所学校。

我们拿着担架回到操场，再把钱贵平抬上去。钱贵平很轻的，真的很轻，就像不存在，就像一根羽毛一样被我们抬起来。这时候他闭着眼睛，不知是不想看到我们，还是不想见到蒋文丽，反正他像一条死鱼那样被我们抬起来，由我们摆布，如果不是亲耳听到他哼过一声，我甚至怀疑他是不是已经被药毒死了。歌声在我们离开学校大门时重新响起来，但情绪明显没有那么高昂了。我知道我们完了。

现在回想，那一幕真不像是真实的，两个白衣青年在一个大雪纷飞的黄昏，抬着一个正在死亡的人走在前往医院的路上，连街上的行人也在配合我们的情绪，我听到他们在说“搞哪样？搞哪样？拍戏啊”。他们为我们让路，随即目送我们，并四处寻找隐藏的摄影机。我和陈武一直都在笑，我们也不想把这弄得太认真，就当拍戏吧，不是真的，我们跑得跌跌撞撞，按我的意思最好把钱贵平老师摔在地上，然后我们再把他捡起来，放回担架上，这样就更不像真的了。当然更好的办法是雪再下得更大些，这样我和陈武都会消失，而钱贵平老师就会像躺在一副会飞的担架上，自己朝着医院飞过去。

我们走到中山路口时，一直跟在我们身后的蒋文丽忽然气喘吁吁地追上来，她又喊起来，往左往左，去二医，去二医！我感到担架晃了几晃，显然是钱贵平坐了起来，然后他拉了拉我的衣袖，也说往左，去二医，二医洗胃洗得要好一点！

我该说什么呢，那时候我的两眼竟有些潮湿，大家都在等着我的决定。我的前面是不尽的绵绵而降的大雪，这个冬天的第一场大雪啊，它们堆积在路面上，被汽车碾碎，被行人的脚底融化，它们就这么轻易地被毁掉了，而我呢，我不知道怎么才能从我已经被毁掉的生活中走出去！

（原载《青年文学》2002年第11期）

赖梁盟

河边的故事

一

那年农历大年三十，女人和男人一起吃年饭的时候，女人就对男人说她要去城里为男人打一场官司。男人劝女人说，别费劲了，我们是普通老百姓，是农民，老百姓哪里打得赢国家呀？你好好保养身体，多活几年算了。女人说，有理走遍天下，无理寸步难行，现在民告官胜诉的多得很哪。男人说，我听老人说，天上星多月不明，地上坑多路不平，河中鱼多搅浑水，世上官多不为民。女人说，那都是老皇历啰。

女人听不进男人的话，才过了十五，她就已经到县里去了好几趟了，有些单位还没有开始上班，要过完十五才能找得到人。

男人没有在家里住，男人的工作任务是每天二十四小时要坚持守护水泵房。女人有时在家里住，有时在水泵房住。

女人起了床，对着长方形的镜子梳头，包镜子的铁皮已经生了铁锈。镜子里有女人的头像，还有男人睡在床上丑陋的样子。男人看着破了五分之一的镜子说：“镜子都被你照烂了，照了几十年，就是照不出一朵鲜花来。”

女人呵呵地笑，半关着眼门瞅男人，送给男人一个歪嘴。

女人的木梳子张着可爱的口子，咬着女人一半黑一半白的头发，一下子不见了齿儿。女人屈着手抓了卡在梳子上的头发，挽成卷丢进燃得红通通的蜂窝煤火炉里，炉火里发出吱吱的响声，满屋子散发着焦烤的臭气。女人用木梳将头发从头的中间分朝左右耳，先偏头朝右边，梳子上下滑动。又偏头朝左边，梳子上下滑动。女人的两只手交叉着，三五下就扎起了两条辫子，辫子顺时针像蛇一样盘卷在头上，她瞅一眼断了五条齿的木梳，多像一个掉了牙齿的老人，她微微一笑，喃喃自语："等打赢官司以后，我再叫你下岗。"女人又习惯性地把黄杨木梳子插进头发里，远看像一条别致的木夹子，近看却像一条爬在头发林里的无脚虫。

木梳是很久以前男人去峨眉山专门为女人买来的。那个时候的男人还没有开办石厂，男人的身上也没有多少票子，他把黄杨木梳子作为定情之物送给了自己心爱的女人。女人当时就将梳子插进头发里，脸上闪烁着灿烂的光彩。从此，木梳就像女人的忠实伙伴，时时陪伴着女人。已经过去十几年了，女人还不忍丢舍，女人说这是为了记住自己的男人。

男人很感动，眼睛里浸着一些晶莹剔透的东西发射出迷人的容光。

男人架着拐杖使劲杵着地下发出嗑嗑的响声，甩头晃脑地围着女人的身子绕着圆圈儿。女人心里蹦蹦跳跳地抖动着心脏，肚皮在颤栗，眉毛弯弯，嘿嘿傻笑。

"一定，一定叫木梳子下岗，换一把牦牛角的，"男人又补充说，"不是，应该叫木梳子退休，女人生孩子都兴退休呐，不可能七八十岁的女人还生一个坏小子呀。"男人睥睨着女人，笑得傻乎乎的，很难看。

"说话吞吞吐吐的。"女人急了性子。

"我说，梳齿齿儿都折断了，还留着日夜伴着你。"男人不停地眨着涩涩的眼睛，心里像喝了酸辣汤似的。

"走到哪里，木梳就得跟我到哪里。"女人的嘴巴快翘到天上去了。

"我觉得这辈子对不住你，让你受苦。我和木梳子一样，老了。说句真话，我……"

"什么？"

男人睥睨着女人："我下岗算了，你可以重新找一个好脚好手的男人，省得我拖累你，我对不起你。"

"胡说。我还是那句话，人在家在。"女人送给男人一个白眼。

"你小我八岁，还年轻，你应该考虑今后的前途，不能总守着一根枯木，守着一个糟老头子呀。"女人觉得男人的话里冒着一股酸气，男人以前是一条刚强汉子，这话不像出自男人的口。

"你真想让我们的婚姻画上句号？"女人认为自己猜得很准。

"我是替你着想。"男人说。

"你呀，吃了一辈子的白米怎么没个长进。"女人有些生气了，翘着嘴巴，投给男人一个不舒服的眼神。"知道吗？你的话伤着我了。"

男人傻傻地笑了。

男人盯着女人的头，眼神一会儿贴着女人的鼻子，一会儿贴着嘴巴，一会儿贴着胸脯。在胸脯那儿停留了很长时间，才缓慢移向女人的下身，眼珠子最后贴到了女人的脚尖上。毕了，男人的眼睛就死死地牵着女人的眼睛。男人的头脑里好像有一样东西嗡嗡地叫了一下，此时男人觉得有些伤感。“看来，你是真心爱这把黄杨木梳子了。”

“是呀，这把梳子将会陪伴我下半辈子。”女人深情地说。

男人说：“下半辈子要拖累你了，女儿、亲戚和邻居都是纸做的墙，靠不住。我原来吼你骂你对不住你，你千万别往心里去。”男人的心跳明显加快，眼睛里涌出亮晶晶的东西把眼睛团团挡住。

“唉，我说多少遍了，算命先生也说了，这是命。”女人凝视着木窗外深邃的蓝天。

“是啊。”他说。

女人有个比她大十岁的哥哥，父亲穷，没有钱给哥哥娶媳妇是一个方面，二是哥哥有点痴呆，再说哥哥属狗，长得像狗，人家都喊哥哥黑狗。父亲狠心，硬逼女人嫁给城里的张老头，那人做矿石生意，很有钱，大女人二十岁，身体不好。张老头答应娶女人的条件，就是可以从很边远的地方买个女人给女人的哥哥做媳妇，女人的父亲和哥哥都很高兴。不得办法，女人不愿意嫁给张老头，半夜逃到男人的碎石厂。男人本来是想做好事，暂时把女人藏起来，等风声过后，再叫女人走。没有想到一直把女人藏到现在。

女人正眼看了男人，眼里有泪花。女人哧哧地咬着牙齿说：“我一定要为你打赢这场官司，我就不信胳膊扭不过大腿。就算不为我，也不为你，但起码也要为正义。有理不能走遍中国？我不信。我不得文化，我懂正义。”女人的话说得非常肯定。

男人说：“我也想打，可我这个样子，你去是可以，你不要累坏了身体。再说，家里值钱的东西都已经卖掉了，我们经济上有困难。”

女人回答：“不要紧，哪怕去要饭，去卖血，我也要打赢这场官司。”

二

男人是个残疾人。健康人的脚一共有两只，男人的脚才有一只，男人的另一只脚是木制的拐杖。拐杖里面有个故事。

那年，男人去开办石厂，开山卖石头，大块的石头卖给房开公司砌房子下基脚，小块的和细碎的石头用机器打成石砂，简直是供不应求，修公路的建房子的人都去男人那里订货，有人常为买不到石头吵架。那几年，男人的腰杆儿硬了好些日子，走路时挺胸昂首，脸上挂满春风，眯着眼睛，戴着墨镜，背起双手，脸总是朝着蓝天。有一次男人走路不小心撞到了电杆上，额头上冒起了大包，他自己也觉得好笑。

男人以农民企业家的身份，佩戴着大红花，出席过县里、地区和省里的大会小会，坐过红旗牌的高级轿车，到处去做演讲唱高调频繁点头握手，搞赞助，领回枣红色的锦旗，还和很多的高级领导人物照相留念，男人很有精神享受的。当时，男人成了县里打起灯笼也难找的体面人物，经常在电视上露面。

正当男人春风得意的时候，石厂上出了罕见的安全事故。那天，许多工人正在埋头劳作，山上的石头山崩地裂般滚下山去，人们到处躲闪。来不及了，已经来不及了，几百斤重的石头僵硬地贴在工人张哥的左腿上，鲜血成了石头的红色染料。一人重伤，另外三人轻伤。男人自己驾驶双排座的车子送受重伤的张哥去了县人民医院。张哥的左腿断了。张哥是四川来的，已经来男人的石厂好几年了，张哥有一些朋友在贵州，是才来的，张哥没有亲戚在石厂里，县里也没有。张哥住院期间，女人就自己去护理，男人没有时间去护理张哥，石厂一时一刻也离不得男人，假若石厂再出点什么事，那简直就要了男人的命。

女人把张哥当作自家兄弟，每天帮助张哥在病床上拉屎拉尿，张哥感到很不好意思。女人买饭给张哥吃，削水果给张哥吃，倒开水给张哥喝，尽量满足张哥的一切生活上的需要，让张哥多开心一点，减少一些烦恼，这样女人反而觉得思想上轻松得多。女人说她自己去护理张哥，也许张哥的腿要好得快一些。

经医生诊断，张哥的左腿是粉碎性骨折，医生想尽了一切办法也治不好张哥的左腿。张哥一直在医院住了很长时间，他治疗用去的所有医疗费、住院费、医药费以及各种费用简直吓死人。张哥的身体被搞惨了，男人的经济也被搞惨了。

由于张哥的开销过大，让女人难以承受。

男人一天哼哼唧唧的，实在牵扯全家人的精力。女人做啥事都不安心。

一场灾难，男人辛辛苦苦挣的钱花得所剩无几。

张哥可怜，那三个轻伤的工人可怜，男人可怜，女人也可怜，这是少有的咄咄怪事，这种倒霉的事情往往容易摊在穷人和可怜人的身上。

三个轻伤的工人很快处理好了，他们都回老家去了。

女人就去与张哥协商，与医院协商，请医生给张哥截了左肢。

本来事情没有那么复杂，谁也不愿意发生这种悲惨事件，法律规定该怎么办就怎么办好了，这样两家人都不会有什么分歧。

事情处理好了以后，张哥老家的亲友听说了这件事情，匆匆赶来。那些人不讲道理，把自己的意见当成了至高无上的法律，他们认为男人有钱，不问青红皂白，一开口就向男人索赔二十万元，他们还对男人说如果男人不拿钱就要放男人的血，就要放火烧男人家的房子。

女人吓得差点休克。她担心的不是二十万元的问题，女人生怕张哥家的亲戚伤着自己的男人。

换句话说，男人就是把家什全部当光，把家给卖了，也拿不出几万元人民币了。男人想方设法去借了一些钱也不够，结果赔了三万元还挨不着边儿。过不得几天，张哥家的三个哥哥带了一帮人冲进男人家里，咬牙切齿地把男人捶得半死半活，凶手们背起张哥就跑回四川老家去了。

男人的右腿就这样被打断了。

女人说这是灾难临头。

女人托人送男人到医院住院治疗。伤筋动骨一百天。一百天之后，医生再也想不出什么更好的办法去救男人的右腿。

男人听了女人的话，忍痛割爱，只好按照医生的意见切去了右肢。

女人说这件事情肯定是有预谋并经过精心策划的，张哥的左腿被石头砸断，男人的右腿被坏人打断。一个左腿断了，一个右腿断了，两抵了，这也叫公平。

从此，男人走路就靠一只左脚和一根拐杖。拐杖的底端钉了铁块，杵在地下发出铮铮的声音，一下一下地打在女人的脑门上。

女人坚持要去控告凶手，男人也想告。反过来想一想，就是告赢了，官司打胜了，又会有什么结果呢？就算公安局的警察到四川去抓坏人，凶手还不一定在家。就算法院判凶手赔钱，不管赔多少钱，如果找不到债务人，到时候恐怕一分钱也得不到。赢了官司输了钱，白告，划不来。

“算喽。”男人深深地叹了口气。

“不行！一定要打。”女人的意志坚如磐石。

但是女人始终没有去与张哥家亲戚打官司。女人说：“张哥家亲戚也是农民，穷人打穷人，越打越穷，算了，算了。”

农历四月八，水冲老母鸭。这是南方的俗话，说的是滂沱大雨一连下了七天七夜，河里涨大水了。到了今天凌晨雨才停住。

男人劝女人别出门了，在家好生休息几天。女人说她要去跑官司的事情。

对这个官司，男人信心不足。男人眼睁睁地瞅着女人，从女人的眼神里看见了希望。

男人对女人知根知底。男人和女人结婚不久，明显发现女人身上有许多优点。尤其是女人的记性、知识和口才都要超过男人，超过男人接触过的所有的人。男人和女人一起看电视时，只听见女人一下说这个人物的名字，说这个人物怎样怎样，一下说那个人物的名字，说那个人物怎样怎样，好像电视剧是女人导演的一样。

男人习惯地问：“你怎么知道呢？”

女人漫不经心地回答：“我的记性又没被狗吃了。”

男人笑了：“我发现我家婆娘还是个难得的人才。”说毕，男人就用粗糙的手摸女人头上的木梳。

“什么人才？种庄稼和卖小菜还差不多。”女人说话时脸部没有什么表情，轻轻地拉过男人的手，眼睛睥睨着男人。

男人发觉女人不知什么时候喜欢起法律来了，女人爱在男人面前评论案子，一会儿说上寨的刘老者砍伐林木不合法，一会儿说下寨的萧强说刘老者乱伐林木不合法是对的，村长应该去找公安机关严肃处理。男人听后有时也在自作聪明，插嘴说上几句，但得到的只是无休止的反驳和说服。

女人爱管闲事，女人被选举当上了人民调解员，女人被村长派去负责调解各种民间纠纷，女人曾经被省司法厅评为优秀人民调解员。

男人向女人点头示意，伸出大拇指，嘴里发出咋咋咋的响声："厉害。"

女人整天忙于兑菜卖找点小钱，女人还到城里做钟点工搞家政服务，一个钟点二十元钱。女人顾了男人的吃饭穿衣，还要找律师请教法律政策。律师是法律的老师，女人信。女人累得熬不住的时候，就地靠着墙根，闭着眼睛，一坐就是一两个小时。有个小偷还以为女人是乞丐。

三

孩子长大了，男人和女人老了。

孩子又长大了，孩子长大后到外地打工去了，男人和女人感觉自己更老了。

一年过去了，又一年来了，连年往返，往返流年。男人和女人年复一年地数着日子。

男人在工厂的水泵房上班，高度警惕地守护着非常重要的电闸门，不让坏人搞破坏，保证了工厂改造基础设施期间的所有用水，保障了工厂一万多职工的饮用水，多年来从未出过什么事情，也不能出什么差错。工厂领导和同志们对男人寄予了高度的信任和爱戴。但是，男人有一块心病一直没有得到解决。多年来，工厂的工人同志们都加好几次工资了，不知道为何缘由，工厂就是没有给男人加工资，男人和女人最想不通的就是这件事情。

家里的被窝里再也没有了男人的汗臭气味，男人日日夜夜在水泵房坚守岗位。男人经常性的一只脚和一条拐杖矗立在绿茵茵的河边，泥巴地上留下了深深的足印，男人看着哗哗流淌的麦溪河水，迎来东方的日出，送走西去的斜阳，眺望阳宝山雨雾缭绕，阳光过后，美丽的彩虹像一座天桥。

每天，男人除了上厕所，其他时间寸步不离水泵房。

女人守家，夏天听蚊子叫，冬天听老鼠叫。家里虽然没有几个值钱的东西，始终是自己的家，除了几十年积攒下来的一些破破烂烂陈陈旧旧，最可贵的是，家里依然还保留着男人和女人的温馨。女人经常想到男人大包小包地从外面扛着东西回家，那个时候，男人的腿脚挺方便的，家里的粗活重活都是男人抢着干，男人舍不得累坏了自己的女人。

男人想女人那个的时候，吃罢晚饭就对女人说“今晚上你不走了，就在水泵房住”，女人会意地点点头。要不男人就捎个信儿给女人，说他的断肢伤口又疼痛了，叫女人过水泵房去看看他。有时，女人来不及安排其他人守家，检查毕了门窗，直接去了水泵房。女人懂得男人的心思。有一次女人的月经来了，男人也要女人，女人将就了男人。宁伤身体，不伤感情。女人心想。

女人想男人那个的时候，就早早地带信去请自家妹子来看家，拎起一包红薯或者洋芋去水泵房做夜宵。女人去水泵房住上一夜，第二天一大早就返家。

水泵房把男人和女人相隔，水泵房把男人和女人相连。男人说这是命。女人也说，真的，这是命。

是这么回事。

水泵房占用的这块水田，原是男人和他父母一起分得的水稻田，父母已经过世了，留给男人唯一的家产就是水稻田。女人自从嫁给男人以后，他们两人共同耕耘这块水田，春天在水田里播种，秋天在水田里收获，秋耕过后，播下小麦，冬天松土，施肥，锄禾，收割，在这块土地上愉快地生活了许多年，除了其他的自留地之外，一家人吃白米、吃小麦就只有靠这块水田了。殊不知，政府从远方迁来了一个工厂，是生产飞机零件的单位。工厂根据建设的需要，征拨了男人家的这块水田，并在河边修建了水库，工厂修建了现在的水泵房和一条平整笔直的水泥路，灰白色的水泥路一直铺进了工厂的后门，平平整整的，像一条洁白的哈达。男人和女人在水泥路上漫步的时候，小青蛙一个劲地往路两旁的水田里跳，清水里发出扑通扑通的声音。女人特别喜欢听这种声音，男人和女人特别喜欢在路上散步。

男人与工厂签订的协议规定，男人终身享有在水泵房上班的权利，直到死亡，每月工资六十元钱，今后，不管政策、情况有什么变化，征拨水田的条件不变，每月工资不变。当时，男人和女人高兴死了。虽然男人的户口还是农村户口，但是男人有了相当于正式的工作，每个月有了固定的工资，直到死的那天，男人不再当农民，男人的工作称为上班，不再叫种田。男人和工厂的厂长一样，每月按时到工厂财务科去领取工资，男人领的工资比当时工厂工人的工资还要稍微多一些。男人不再整天为自己的瘸腿犯愁，男人有了一个适合于断肢男人干的活儿，女人不再为养活残疾男人焦虑。女人不再去种田了，其实女人也不喜欢种田，女人害怕水田里游来游去的水蛭。女人可以去种自留地，去兑小菜卖，兑米卖，兑水果卖，去干其他适合女人干的活儿。只要愿意干，农村和城市有很多的劳力活儿。

殊不知，女人和男人的这种高兴是暂时的。

等男人眼巴巴地看见工人涨工资的时候，等城市郊区的农民一律转为菜农，用购粮证到粮店买粮食吃的时候，男人和女人真的犯了天大的忧愁。

男人每天依然坚守水泵房，女人每天除了干一点农活以外，就去跑男人的工资，女人请求工厂给男人增加一点工资，就那么一点儿，只要求与工厂普通工人的工资一样多就行了。因为男人已经成为工厂的合同制工人，工资改革了，物价上涨了，工资应该有所改变。

女人是个高中生，虽然原来读不进书，但是，女人当了人民调解员后，看了许多的书。女人要用知识武装自己，女人是在学以致用，村里人都说女人的脑子好用。女人和男人的女儿已经长成大人，到深圳一家玩具厂打工，生活有了着落。女人现在想事、办事、处世、为人都是很利索的，经常得人夸奖。

这么些年来，男人对女人很满意，男人没有什么可以挑剔女人的，男人唯一的希望是叫女人在外面不要跑垮了身体，留下自己的好身体，多活些日子要好一些，人死早了没有多大意思。再说，还要等着抱外孙呢。

女人为男人的工资在外面跑了许许多多数也数不清的日子。女人跑来跑去基本上没有什么好的效果，至今男人的工资没有涨一分钱，工厂工人的工资现在已经涨到了每月八百元钱，工厂已经重新换了三任劳资科长了。

女人找厂领导解决问题的时候，换一任厂里的劳资科长，就换一个说法。

第一任劳资科长不仅是个不讲道理的男人，而且还是个流氓，他说要解决工资可以考虑，但是，除非……他的话还没有说完他就伸手去摸女人的脸，那个时候，女人长得十分乖巧。

后来女人再也没有去找过他。

第二任厂里的劳资科长说："第一，你家的事情是前任科长的事情，我厂有一万多职工都管不过来，哪里还有时间去管你家的鸡毛蒜皮？第二，合同规定，不管政策、情况有什么变化，直到死亡，每月工资不变。白纸黑字，不得反悔。这样吧，你男人也可怜，每月给他加十元吧。"

女人鞠躬表示了谢意。

第三任厂里的劳资科长说："前面两任科长都解决不了的问题，我可能也够呛。说实话，我的水平和能力有限，工厂的能力有限。再说，我又没有三头六臂，哪有办法帮你解决这个疑难杂症。加上协议上载明，征拨水田的条件不变，工资不变，那么，我又怎么好帮你男人解决呢？这样吧，你男人二十四小时值班也辛苦，多年没有出过事，领导也信任，每月给他加二十元吧，就算是给你男人的加班补助费。你看怎样？"

女人鞠躬表示了深深的感谢。

第四任厂里的劳资科长说："我的农民同志，现在，厂里的职工下岗了三分之二，我连他们的温饱问题都解决不了，怎么还能解决农民的问题？解决'三农问题'那是政府的事情。就算应该帮你解决，我个人也解决不了。死了这条心吧，我的农民同志。实在不行，你只有通过打官司来解决。法院怎么判，厂里就怎么办。到时候，该发六百就发六百，该发一千就发一千，哪怕发一万我也发给你男人。厂里不会有意见，我更不会有意见。不过，这样吧，我国重要的问题是解决农民的问题，你们家确实也困难，你又跑了多年，每月给你男人加三十元。但是，有一个条件，如果你们要与厂方打官司，这三十元就不能补助，如果不打官司，可以补助。”

这回，女人没有向这位科长鞠躬，她扯身走的时候，甩给科长一句话：“谢谢你的提醒，告诉你，农民不是好欺负的，这个官司我打定了。”

这些劳资科长，职务虽小，权力却很大，一句话，说加多少工资就加多少工资。当然，这种“工资”实际上是一种误餐补贴。前三位劳资科长一句话就解决了男人的补贴，不管补助了多少钱，对于男人来说，都叫工资。因为都是在工资册上清楚写着的人民币。

男人很感谢女人。男人感谢女人的方式就是——“乖乖，过来，我亲亲，我的腿不方便。过来嘛，别害羞。”

女人跑男人的工资很多年了，80年代过去了，90年代过去了，20世纪结束了，已经进入了新的21世纪。女人含辛茹苦地跑了快二十年了，还是没有把男人的工资跑得下来。前三位劳资科长解决的每月六十元的补助，加上合同规定的六十元工资，每月可以拿到了一百二十元，翻了一番。尽管这样，男人也挺高兴，起码来说，女人没有白跑。

女人没有钱去请律师，对于农民来说，现在的律师费高得吓人，她要亲自为男人打官司，她已经铁了心的。

男人口头上劝女人不要太辛苦了，但心里还是不服气，他当然也想打赢这场官司，他觉得女人的思路是正确的。

男人说打官司要花钱，家里没有钱怎么打官司。请律师要交代理费，到法院立案要交诉讼费，托人办事要包红包，女人在外面跑要花脚费钱，就算口渴了可以去求一口自来水喝，肚子饿了还得吃一个红薯对付对付呀，女人也是体面人，自己在家里吃的差点不要紧，总不可能为打官司去讨饭嘛。

“难讲。”女人笑着回答男人。

女人心细，平时比男人还要节约。她到县里打官司之前，先把男人每天吃的粮食准备好。男人现在已经再不像过去那样子挑嘴，男人吃东西还是没有干活时吃得那么香。男人的生活非常简单，吃的主要是面条，三块钱一把面条有两斤，够男人吃三天了。同样是三块钱，拿去买两斤白米，还不够男人吃两天。吃白米没有吃面条划算。有时，男人动手熬点稀饭，煮一些女人种的红薯，或者几个洋芋、两个玉米都可以凑合一顿。男人煮的稀饭很好吃，有南瓜稀饭、红薯稀饭、洋芋稀饭、棒豆稀饭、玉米稀饭，品种很丰富。

男人很久没有吃纸烟了，最便宜的纸烟也要几块钱一包，男人一天就算吃一包纸烟，一个月也要花不少钱。男人如果吃烟，每个月的工资就会用去一半。这不行，男人一百二十元的工资里面，起码要拿六十元钱给女人，否则，良心上说不过去。男人如果像女人那样去兑小菜卖，也不只挣这几个小钱。男人烟瘾发的时候，就用瓷缸舀水往肚子里面咕噜咕噜地灌，胀得肚子鼓起来了，烟瘾就不见了。泉水不花钱，划算。

要打官司单靠男人的工资是不行的，从农村到县城，从县城到省城，路途那么遥远，花费也很大，女人还得去打工挣钱。

四

盛夏，天边才打鱼肚白点的时候，凉风徐徐，水泥路灰蒙蒙的，女人就匆匆出了门。

女人穿着深蓝色衣裤，背着浅黄色挂包。

挂包是男人当兵的时候留下来的，挂包新的时候是土黄色，用肥皂越洗越白，现在黄色已经基本见不着了。挂包里装的是打官司的材料，还装有女人亲手做的葱油烙饼、大头菜，还有晕车药、雨伞、卷纸什么的，女人来月经时就用卷纸代用，女人舍不得买专用的卫生巾，现在经济条件差了就简单一些。女人晕车，有时也用伤湿止痛膏贴肚脐眼，那样子弄一弄不会晕车，要不吃啥吐啥，让司机和乘客反感和讨厌。女人只看实际效果，讲不出究竟是个什么道理。有时晕车也是人的心理在作怪，心情不好也会晕车。

女人在县城转悠了很长时间，她找到林城律师事务所，听说是一个国资所改制的合伙制律师事务所，所里的律师是县里最棒的，出庭率比较高，听说县政府的法律顾问都由他们担任。但律所的贾主任说，男人要告的工厂是县里的纳税大户，书记和县长时常挂在嘴巴上要保住名声的企业。王律师的意思是他们所的律师不便于出面去告工厂。女人反而觉得为难了，不知说什么才好。

“主任，你得帮我出点主意。”女人焦急地说。

“我是想帮助你，可我确实为难。你的官司不大，却很实际，很难打。”王律师说。

“我又不是找你开后门打官司，你怕什么？”女人感到很纳闷，怎么律师也不敢主持正义呢？

“可有时依法办事也得讲究方式方法呀，我们本来就要为县长解决疑难问题，现在却要给县长出难题，你说我们难办不难办。如果我们换位思考呢？”王律师说。

“为了不得罪县长，不得罪厂长，难道你们就不帮助老百姓说公道话了？”女人有些急了，端起矿泉水瓶咕噜咕噜喝了一大口。

“我怕？哼！我打官司是什么人都不怕的。”王律师自信地说。

“好了，好了，我不说了，也不让你为难了。我有一个难题，还得请你帮助。”女人说。

“这还差不多。”王律师说。

“工厂的现任劳资科长说了，只要法院下判了，判多少钱工厂就付多少钱，拿判决书去交给他们就行，保证一分不少。”女人说。

王律师是个干脆人，他给女人写了一张条子，介绍女人去省城找法律援助中心。县里的法律援助中心也不便为女人打官司，每年县政府都要为法律援助工作慷慨解囊。如果是女人与老百姓打官司，王律师才可以帮忙。

女人摇了摇头。

女人谢过王律师，匆匆赶到农公站，坐上了开往省城的汽车。

女人在县城和省城里跑了一段时间以后，男人发现女人的心态非常怪异。女人回到家里，有时高兴，有时垂头丧气。男人每天都要看女人的挂包，男人养成了习惯。男人不是看女人的别的什么东西，男人是看女人带去的钱用完了没有，男人担心女人舍不得花钱买东西吃，亏待了自家的身体。男人掐指算了一下，女人除了乘车的车票可以证明女人花了钱之外，女人带在身上的钱一分也没有花。男人觉得心里真不是滋味。男人知道女人吃的是红薯和洋芋，肚子里没有进一粒米饭和荤菜，就连两块五毛钱一份的快餐女人也舍不得吃。女人说他喜欢吃一块钱五个的馒头。一块钱就可以打发饥饿的肚子。

但男人却发现了新大陆，男人看见女人挂包里增加了证人的证明材料和复印的一些政策法规资料。这些材料的原件，女人是用塑料袋子包了里三层外三层的，女人说即便遇见天上下暴雨，雨水打湿了全身，打湿了挂包，也爬不进塑料袋子里去。这些材料都是女人自己去跑来的，是证人亲笔写的，有老村长家父亲证明砌水泵房之前水田的具体情况，有村民组长证明签订协议时的情况，有退休了的第一任老厂长的证明材料，有物价部门证明农民生活和市场的统计资料，有劳动部门证明工厂劳资的情况，有工厂工资改革的情况，材料太多了，还有工人调资的证明，国家劳动部对调资的有关规定。奇怪的是，挂包里还有《中华人民共和国合同法》《中华人民共和国民法通则》《中华人民共和国民事诉讼法》的单行本。

每当男人翻看这些资料，男人的心就怦怦乱跳。

男人觉得在情感方面，离女人越来越近；在知识方面，离女人越来越远了。男人为女人感到高兴，也为官司感到高兴，自己却有一种淡淡的自卑和惆怅。

女人在外面打官司的情况，男人只知其一，不知其二。

男人每次看见女人回到家的时候，不管女人的脸上挂着兴奋还是忧伤，男人孤独了一天，寂寞了一天，好不容易盼了女人回来，总想主动去找女人说说话，看一看风尘仆仆的女人，问一问官司的进展情况。但是，男人看见女人极度疲惫的容颜，神秘莫测的神态，泛起血丝的眼睛，他不忍心让女人说打官司的事，他就故意问一些与官司无关紧要的话题。

“吃饭了，锅里还有米饭。”

“不饿。”女人说。

“劳累一天了，过来休息一会儿。”

“不客气。”女人说。

“喝口水吧，嘴皮都脱皮了。我刚泡好的苦丁茶，回甜的，解暑。你看你，你连水都舍不得买吃，你太亏待自己了。”

女人摸出矿泉水瓶子给男人看，自己笑了。

“里面还是我给你盛的冷开水。”

男人实在找不到什么话说的时候，就对女人说：“你，你就上床先躺一会儿吧。”

“还早呢。”女人作了简单的回答。女人心想，今天他到底怎么了？女人觉得男人越活越小气了。女人突然觉得自己关心男人不够，感到有点抱歉。

女人按照省法律援助中心律师对她说的建议，从省城回到了县里，女人到县劳动局去申请了劳动仲裁。开庭以后，仲裁庭没有采纳女人的建议，工厂同意一次性补助男人三千元人民币。女人拒绝签字，女人的意见很简单，女人打官司的目的是要求工厂增加男人的基本工资，不是向工厂索要什么赔偿。女人觉得道理全部握在自己手里，无论走到哪里也不怕，但官司却打输了。

女人生气的时候对仲裁员说：“如果不行的话，工厂可以归还我们的良田。”

“你的良田全部变成了房子，怎么还给你？你无理取闹。你们农民就是不讲道理，没有文化的军队是愚蠢的军队，严重的问题是教育农民，简直不懂政策。”仲裁员也不示弱。

后来，熟人告诉女人一个可靠的消息：“你说县里的那个仲裁员是谁？”

“快说，他是谁？”女人问。

“那个仲裁员是厂长家侄儿。”

女人虽说气愤，但却自信地对仲裁员说：“只准州官放火，不准百姓点灯，是有点市场经济化了，现在的社会现象有点让老百姓心灰意冷。记得有人对我说，天上星多月不明，地上坑多路不平，河中鱼多搅浑水，世上官多不为民。我觉得不应该是指我们这个社会，我们是社会主义，共产党领导的社会主义要为老百姓办事。没有共产党就没有新中国，没有新中国就没有老百姓，没有老百姓的社会叫什么社会。一个人都没有了，社会就成了空架子，就像空房子不得人住。但我就不信，在这个世界上，找不到老百姓说理的地方。”

女人在外面是气宇轩昂的，但心里的苦衷却充分地表露在眼神里。

女人在官司方面遇到的这些情况，没有直接告知男人，女人不想让男人和自己一起为打官司担心和焦虑。男人截肢以后的这几年，睡得不好，吃得又少，身体状况明显下降，人也清瘦了许多。女人只希望男人多活几年。都是多年的夫妻了，什么苦难都见过了，什么福分都享受过了，多么不容易啊。

女人觉得自己一个人能扛得住。

男人不是傻子，男人从女人的眼神里看见了女人的焦灼。男人没有表露出来，男人对女人说："你不要太劳累，闲一闲就好了。"

"好。"女人微笑着说。

"你心里有话没说。"男人说。

"你吃饭了？我指中午饭。"女人问。

"面条，好吃。"男人笑了。

"什么好吃？我知道家里肉末都没有了，你吃了一碗素面。"女人心里很难过，她伸手去摸男人沧桑的脸庞。男人脸上的皮肤像贵州大山里的喀斯特地貌。

"我煮了一碗素面，一勺酸辣椒就对付了。可你呢，你每天在外面都吃些啥？"男人表现得很痛心的样子。

"我对不起你，我没有服务好你。"女人抱歉地说。

"是我对不起你，不是你对不起我，过来，我亲亲，"男人说，"真的，我问你，你对我说真话，你每天在外面都吃啥？"

女人笑了笑："我带有煮熟的洋芋、红薯，有时人家律师还请我吃盒饭呢。真的。"女人说着，靠在男人的肩膀上，微微地闭着眼睛。省城里的律师真的好，人家不在乎一个盒饭，人家在乎服务态度，在乎一种人与人的情意。

男人没有说话，眼巴巴地盯着女人，双唇在微微翕动，眼睛里面含着一些亮晶晶的东西。男人怕女人看见自己难堪的样子，就用劲咬得牙齿咔咔地响。男人用手正准备揩去泪花的时候，这一动作被女人刚睁开的眼睛揪住了。

"怎么了？"女人问。

"没什么，人老了，眼睛的缝大了，小虫子钻了空子。"男人说。

"我帮你看看，眼睛弄坏了可不是闹着玩的。瘸了就瘸了，可不能瞎呀。"女人站了起来，拇指和食指掰开了男人的眼皮，勾着头，认真地检查。

男人没等女人看到自己的眼睛，就一把抱住女人的头。对女人来说，男人的手劲依然很大，男人把女人抱得很紧，像一条情感绳索把女人箍住，女人差点喘不过气来。男人很久很久都不松手，女人感到有一种湿润的东西滴到自己的脖子里，热乎乎的。

男人忽然发现女人脖子上的项链不见了，手上的结婚戒指也不见了。男人相信女人不会去干傻事。男人用手摸着女人的脸蛋。

“你看你，这些都怎么了，真的苦了你了。”男人说话时声音跑调了。

没等男人再往下说，女人嬉笑着切断男人的话：“无论怎样我也瞒不过你，项链和戒指都送到典当行去了。”

“我心里很难过。”男人说。

“你以前不是这样，你现在有点婆婆妈妈。”女人显得很严肃的样子，她说完话，摆了摆头。

“往后，我再也没有能力为你买项链和戒指了。”男人更难过了，“那是我们结婚的纪念啊。”

男人来回活动了一下曲酸了的大腿。

男人终于哭出声了。男人像一个受了委屈的孩子。

“别难过，房子还在，命还在我心窝窝里躺着呢，谁也拿不走，那是留给你的。”女人的样子很乐观。“再说，我又不是患癌症了，你这样难过会把自己身子弄坏。好了，乖乖，我的好乖乖，听话，啊。”男人已经不再是一个强壮的男人，在女人的眼里，残疾男人是一个很乖很听话的男人，是很值得怜悯和爱戴的丈夫。

女人笑着对男人说：“明天是什么日子，记得不？”

“记不得。”男人感到迟疑。

“端午节，也是你的生日。我把糯米买来了，我们家要包粽子，要过端午节，要为你过生日。”女人笑着说。

男人爽爽地笑了。“哪个记得这些哟，又不是娃儿，哪个还过生日？”男人停住笑，一本正经地说，“是该包点粽子。”

女人把粽子叶洗干净放在簸箕里，整理了一些用来捆粽子的糯米草芯子。

男人见了很是兴奋，男人痛快地说：“我会包粽子，那年我在大姨妈家学的。”男人挽起袖子，开始操作起来。

女人烧水煮了两碗面条，吃罢面条，天就渐渐黑尽了。女人喜欢这个时候出门。她穿着脏裤子，拿出铁丝编织的笼子，将胶块放进铁笼子里，背起鱼篓便出了门。女人将胶块点燃，火灯闪亮着，照红了女人的脸庞。火灯像灯笼，灯笼有罩子，火灯没有罩子。但火灯比灯笼亮得太多了。女人沿着田坎，举着火灯，寻找着黄鳝的足迹。黄鳝在这个时候会出洞穴来休闲，有时还会钻出水面呼吸。哪怕见不着黄鳝，只要看见黄鳝的洞穴，女人就用手将黄鳝撵出洞穴，黄鳝只要出来，就会被火灯的强烈灯光刺射，黄鳝还没有反应过来是怎么回事的时候，女人就猛地伸出了竹片自制的齿夹，一条黄鳝就被竹夹子夹出了水面，稳稳当当地装进女人腰间的竹篓子里。女人只花了一两个小时，就捉到了一两斤黄鳝。女人抓黄鳝不仅留着自己吃，吃不完还可以卖给工厂的人。

明天的端午节男人就有黄鳝肉吃了。女人心想。

五

秋天不知不觉过去，冬天的冷空气就降临了，窗外已经见着茫茫的大雾。

女人起床的时候男人还没有睁开眼睛，女人提着筐子，踏着洼地边上的水草，到河边去洗红薯。女人忽然觉得身后好像有人，她掉头看见是男人，就问：“起了？”

男人说：“你这么早？”

“河边没个坐处，石头很凉，你回去吧。要不我去给你端板凳来。”女人补充说。

“我每天都在练金鸡独立，这是少林功夫，不练白不练，有时间往一个位置一站就是五六个小时，现在我可以一只脚独立站着，不需要拐杖。如果现在不练，下半辈子怎么办？不信，你看看。”男人自我安慰，丢开了拐杖。

“河边风大，很冷，小心着凉了，”女人又关切地说，“就你犟。”

“你摸冷水都不怕，我怕哪样？”男人笑了。

女人洗完红薯之后就搀扶着男人回了水泵房。

今天女人要去办的事儿很多，最重要的是去县法院请院长批准缓交诉讼费的事。院长很忙，不容易找，如果不先过庭长那一关是找不着院长的。过了庭长的关，还要去办手续，办了手续还要与院长预约，说起来挺麻烦，小小一个老百姓，要去见七品芝麻官不费些口舌哪里能行。但女人还是要去，她无论如何也要找到院长。她不甘心男人的官司就此了结在仲裁庭。

女人穿着深蓝色的父母装，这是结婚的时候男人买的。女人的身段苗条好看，别看她是个农村女人，对于中青年人来说，女人还是有回头率的。

男人看见女人出门时急匆匆的样子，预感到案件已经到了紧要的关头。男人的心里有说不出的兴奋。但男人的心里似乎多了一些恐惧。

女人走的时候，天上突然阴沉沉的，黑黑的乌云盖了一头，只有东山那头看得见朦朦胧胧的一些光亮，空中有很大的雾气，山下的树林中，折叠着许多软绵绵的雾霭。

山里的湿气太重，幕后躲着一个冷飕飕的冬阳。

男人的身躯一扭一扭地出门相送。

男人的嘴唇一直在细微地抖动，男人不愿意看见女人这样下去，残酷的官司给男人带来无限的伤感，他焦灼地对着女人喊：“案子能办就办。如果不好办，你就早点回家啦。”

女人不时回头示意男人快回去。男人不停地向女人招手致意，女人的身躯越来越小，直到高大的厂房遮掩了女人的身影。

女人把男人的眼神和魂儿都给牵走了。

男人忐忑不安地回到水泵房，长长地躺在床上，大大地睁着双眼，木窗像照相机的取景镜头，穿过木窗上的玻璃，镜头里是满窗的迷茫和猜测，浓稠的雾气、模糊的树影子装在眼里。寒气开始无声无息地向水泵房的四周缓慢游离，把大路旁的水泥电杆子吞噬。

雾气散去之后，毛茸茸的太阳就快乐地露出赤裸裸的身子。冬阳照在身上没有刺人皮肤的感觉。

离水泵房不远，横亘着宽厚的田埂，男人把拐杖放在一边，费力地坐在田埂上面。他拿出一支女人为自己买的香烟，点燃，深深地吸了一口，烟雾慢慢地爬上了他的鼻子和额头，钻进了他的头发，又飘向了他的脑后。

以前，水泵房还是水田的时候，离水田不远是一条清水潺潺的小河，河水澄澈透底。姑娘们淘米、洗菜，村里人的饮用水，都离不开这条河。男人和女人经常到河里去钓鱼，用细红精干的蚯蚓去钓鲫鱼。鲫鱼很多，喜欢吃钩，男人可以一次双钩钓到两条鲫鱼，女人抓过鱼线，把鲫鱼取下养在塑料桶里，鲫鱼在桶里欢快跳跃。男人还可以在河里网到河虾和鱼鳅。然后，油炸小鱼和鱼鳅，用于下酒，确是一道好菜。有时，男人与女人用许多柳树条编织成拦河网，两个人拉紧网子的两端，往一个方向快走，把游在网前的鱼儿撵到河沙处搁浅，就在河沙上捉起活蹦乱跳的白条鱼。有一种角角鱼儿，脊背上立着一根坚硬的鱼刺用于防御，女人用手去抓，鱼刺刺伤了女人的手。有一次，男人和女人下河摸鱼，结果鱼没有摸着，男人却摸到了一条黑灰色的水蛇，扎实把男人吓了一跳，女人被男人的惊叫吓了一跳。可是，从20世纪80年代初起，工厂的环保搞得不好，污水流到河里，河水被污染了，鲫鱼和河虾都看不见了，角角鱼、水蛇都不见了影子，这块水田就变成了水泵房。

男人了解女人，挂念女人，担心女人，离不开女人。男人有几个男性朋友，他们有人找到了钱，就养二奶，让二奶再生一个儿子。有人跟原配离了婚，重新找一个年纪小的娇妻，日子过得很潇洒。朋友说了男人几句，男人就说朋友是流氓商人，他学不来，也不愿意不忍心去学。男人说他有自己的女人就够满足了。

过了晌午，男人还在田埂上坐着想他与女人以前的故事。他没有吃中午饭，男人不觉得饥饿，一顿饭吃不吃，男人认为关系不大。男人担心的是女人在外面买东西吃了没有。女人有时也太节约了，一块钱的馒头也打发肚子。钱是个坏东西，但没有钱还不行。

女人到县里找到了县法院法庭的庭长，庭长不看女人一眼，就叫女人把缓交诉讼费的申请放在内勤那里，庭长的不负责任，使女人有些心烦。女人干脆直接上楼去找法院院长。女人找了几趟也找不到院长，很多人都不愿告诉她院长的去处。她坐在法院门口的石阶上，等院长的出现，她认识院长，因为在法院的宣传栏里，有院长接待当事人的照片。可是，法院的同志们已经下班了，她还没有见着院长。女人耐心地等待，等法院的同志们下午上班来了，她一狠心，就到了法院立案庭，女人向立案庭交了律师给她写的状纸，她把身上所有的钱拿出来交了诉讼费，她早有一手准备的。她不想为这件事再去求人。

案件总算在法院立起来了，可是女人的身上只留下五元钱坐车回家，多一分钱也没有。女人走出法院的大门，饥肠辘辘的。听见卖“贵钢馒头”的人路过，她的心就痒痒的，口水一个劲地往肚子里咽。她歪头过去看了一眼。钢铁工人力气大，做的馒头好吃，女人吃过几次，不用大头菜下也挺香，软软的。女人真想饱餐一顿再说，但是买了馒头吃，她就别想买车票回家了。到时候，在水泵房外金鸡独立的男人不知道有多着急哟。

女人顺着屋檐下边走边看，歪头扭身，不知道她的眼睛究竟想摄些什么好的镜头，好像这个世界的一切都与她有关系似的。她不停地将口水往肚子里咽。

女人去找王律师索取一份资料，她刚走到律师事务所门口，一股饭菜的香味传进了她的鼻子，律师们人人手里端着白色的快餐饭盒，米饭鼓囊囊地包在嘴里。

“哟，你来了，”王律师抢前一步，对女人说，“你吃饭了没有？我去给你买个盒饭。”

她特别想说些什么，脸面带着激奋的笑容，但她不停地往肚子里咽口水。“我来取资料，不知王律师弄好了没有？”女人说这话的时候，费了很大的勇气，她的声音都在打颤。她多么想让王律师为她去买盒饭，可不知怎么了，她说出来的话却是“谢谢，我吃了”。只有她自己听得清楚她的声音，她的肚子对她很有意见地叫了几下，她鼓起勇气，让肚皮带弹性地收缩了几下，像是对肚子提出的严重警告，她要让肚子给她一点面子。

王律师放下手中未吃完的饭就去给她找资料去了，她恨不得律师更快一点为她找好资料，她必须早些离开这个害她饥肠辘辘的地方。

她拿到了资料之后，几乎是连走带跑地离开了律师事务所。

下午的太阳来了，女人满头是汗。

女人上了街，站在路灯边上，显得懒洋洋的。她振作了一下精神，选了一条近路。她准备到书店去查找关于劳动法方面的资料，她来一趟县城不容易。

“饿就饿吧，干脆让肚子多饿一会儿，饿过了就不饿了。”她宽慰着自己的肚子，“对不起，委屈你了。”

刚想着米饭，肚子又咕噜咕噜叫起来了。“1960年的粮食难关都过去好多年了，你还作怪哟。”女人喃喃自语。

女人顺着街边走，两眼锁定地面，像是觅寻丢失的白金戒指似的。一辆出租车嘀嘀叫了两声，恶狠狠地吓了她一跳。

她经过兄妹饭店门口，从饭店里听见“干杯”欢笑声的时候，她的大腿就像吊着一块千斤重的石头，怎么也无法挪动沉重的步子了。她突然感觉头有些发晕，周身无力，饥饿的滋味太难受了，这时候，她就像一辆缺少汽油的轿车。她看着四周，找了一个合适的位置，用报纸垫着坐了下来。她一抬头，正好看见“兄妹饭店”四个大字。虽说隔着一条街，但她觉得自己闻到了饭店里传出来的米饭味道。她想休息一会儿再去书店。

仅靠一楼的窗户边上坐有一男一女，像是一对恋人，又像同事，好像又比同事还亲近，谈话时很投机，咬耳朵的动作比较多，笑的次数也比较多，男青年帮助女朋友拈菜，为女朋友递去白色的餐巾纸。两个人点了一桌子的菜，男青年在摆阔气。那些葱油蟹之类的大菜女人也曾吃过，那是在男人开石厂的时候，以前吃这些菜没什么稀奇的，女人和男人的钱用不完。可现在就让女人想得口馋了。男青年突然举起手机紧咬着耳朵，脸面变成了铁青色，女朋友甩挂包靠在背上，开了钱，头也不回地走了。女人不知道他们之间究竟发生了什么事情。

女人看清了服务员根本还没来得及关注这一男一女。她的神经猛然紧了一下，像有人提醒她什么事情一样。她几乎是从地面上蹦了起来，她不慌不忙地拍去屁股上沾的尘埃，急中生智蹿了出去，几乎是在一男一女走出饭店的同时，她就走进了饭店。她根本就没有环顾四周，郑重地在刚才那个姑娘的位子上坐下，她觉得这样不好，又迅速地站了起来，她大声地对一个身穿红色服装的服务员喊道：“服务员，来一下。”她说的话前没有加“请”字，口气非常干净利索。服务员都是些十几岁的小姑娘，肯定是农村来的。她看见服务员惊奇地走到了自己的面前，极为认真地说：“帮我把这些菜打包。”

高个子女服务员说：“你……谁说的？刚才是一男一女两个青年人？你是？”

“快，别耽搁时间了，那是我家主人，你们收了钱不认账了不是？”女人郑重地说，显得十分生气的样子，眼睛里射出了凶光。

矮个子女服务员说：“谁是你家主人？这里坐的是一男一女的年轻人。你是不是搞错了？”

“小同志，我说的就是刚才那一男一女，男的姓蔡，女的姓汤，结婚两年了，生个孩子改名叫蔡汤。我是保姆，是克宝家政公司派我去的，请你们给我搞快一点，我忙回家做事情。我没有时间与你们啰嗦。”女人看见旁边的客人都在用诧异的眼光瞧着自己，女人抓紧说：“他的亲戚从美国回来了，还不快打包去，耽误了时间你负责呀，你不怕老板炒你的鱿鱼呀。”女人看见服务员还在半信半疑的时候，就反复地强调，女人越说越微妙，越说内容越丰富，越说越让人相信。

高个子和矮个子服务员不再怀疑女人，连忙说声：“老阿姨，对不起，对不起。”就赶快帮助打包去了。

女人趾高气扬起来，她说：“这个菜叫椒盐大虾，那个叫西芹百合，那个叫葱油螃蟹，那个叫泡椒牛蛙，那个叫蚂蚁上树，如何？我说得对不？真是头发长见识短。”

高个子服务员说了一声“老阿姨真厉害”就再也没有说什么了，只是微微一笑。

女人愁眉莫展的，装出万分焦急的样子，唠叨地念着：“快点，像你的这种手脚，家政公司简直不敢聘用。”

等那些好菜拎在女人手里以后，她更是显得十分焦急的样子。女人说：“快点，把米饭也打包，他们还没有吃饱，装成两盒。”尽管如此，女人还是对服务员说了声“谢谢”，嘴里不停地唠叨着什么，急急匆匆，一路小跑，拐了右弯就不见影子了。

“好险。”女人心想。女人没有停下脚步。

女人的肚子又咕咕地叫了。

女人拍着肚皮说：“急什么，真不像话。”

女人也觉得好笑。

女人担心男人一个人在家里寂寞，她找了一个清静的地方适当地解决了自己的温饱问题之后，留下几个好菜。她不再去书店，赶紧去了车站。她毫不犹豫地摸出了口袋里仅有的五元钱递给售票员，换了一张回家的客车票。

女人离水泵房还很远的时候，就看见在水泵房门口金鸡独立的男人了。

“回来了？”男人急迫地问。

“回来了。”女人说。

“这是什么？”男人问。

“好菜。”女人说。

“谁给的？”男人刨根问底。

“法律援助，好人有好报，就是你以前经常吃的大餐，点的菜太多了，可惜了，丢了也是浪费，我就……”女人笑了，很自然。

“法律援助还请你吃大餐？”男人摆摆头，“我还是信你，不信你，信谁呢？”

男人虽然曾经吃过椒盐大虾、葱油螃蟹，甚至是更好的宴席，但是男人吃得还是很少，男人有钱的时候就是个勤俭节约的小老板。

男人感谢女人有什么好吃的都留给他。

女人说她不留给男人吃留给谁吃呢。

吃罢晚饭，女人出门站在田坎上伸了个懒腰，天就黑下来了。

怪了，都冬天了，黑黢黢的天上，月儿和星斗都相继争着从黑夜里出来亮相。

女人说：“我该回家一趟，我的花该浇水了。”

男人说：“今天不回去了，在这里住。”

女人说：“改天好了，我今天很累。”

男人说：“我有话对你说。”

女人不再说话，把挂包挂在墙上，把木躺椅抬到坝子里，扶男人躺在椅子上。

她靠在男人的身旁坐着。

“你瘦了。”男人说。

“好像长胖了几斤呢。”女人呵呵地笑了。

“不会，肯定瘦了，”男人说，“你太亏待自己了，你不能总是和自己的身体过意不去。人家说，一个人什么都可以亏，就是不能亏待了自己的身体呀。”

“不会，我怎么会亏待身体呢？”女人笑了。

“说句真话，你真的没有亏待身体？”男人的话很认真，也很严肃。

“没有。”女人说得十分恳切。

“真的？”男人又问。

“是啊。”女人的神态有些变了。

男人伸手进荷包里摸了半天，递给女人一个红色的本子，是缎子的封面，上面印有黄色的《无偿志愿献血证》的字样，烫金的，很庄重，扉页上写有女人的姓名，这是女人献血的证据，盖有公章。红本子里记载着女人已经五次献血的日期和献血量，证号为15892，血型为AB型。

女人看了红本子之后，半天都回不过神来：“你怎么就知道了？”

男人把女人抱得很紧。“我知道得太晚了，你不能这样。一个女人爱一个男人是一件好事，但是，那个女人无论怎么说，也不能割自己身上的肉去炒给她心爱的人吃呀，”男人停顿了一会儿说，“你这样做，伤害了身体，救不了别人。你今后绝对不能再伤我的心了。”

“这是没有办法的办法。”女人显得无可奈何的样子。她第一次看见别人献血，心里着实害怕，她不知道自己的血能卖多少钱。正当她站在血库门口徘徊的时候，有个胖女人把她拉了过去，小声地问她是不是想卖血，她说是，急着用钱。胖女人的单位正好完不成献血任务，她和胖女人的口头协议谈妥了之后，她就替胖女人的那个单位挽起袖子，露出了白净的手，大针扎进了血管，鲜血顺着塑料管流进了塑料袋子里，她输出的血像一袋两百毫升的酱油。她每一次去献血，就可以拿到胖女人的单位付给她的三张红色的一百元人民币。是不是胖女人的单位需要献血，对女人来说，已经不那么重要了。但是由于她只管献血，没有加强身体的营养调剂，又没有休息好，身体显然不如以前。

“你太对不起你自己了，你总是让我放心不下，”男人说，“现在你的身体很差，动不动就感冒，就咳嗽，抵抗力很弱。”

“如果家里有钱的话，我也不愿意。”女人以前有一百一十斤，自从她开始去献血之后，体重只有九十斤了。

女人依偎在男人怀里，闭着眼睛。

男人抚摸着女人的脸庞，像摸着一个熟透了的果子。

六

河边上的柳树枝发绿了，青草也冒出了头，春天来了。

男人站起来，拍去身上的泥土和碎草，往水泵房走得十几米远的时候，看见有四五个人从工厂那边走向水泵房，走在最前面的是自己的女人，一点没错，是女人。女人在老远的地方向男人招手，就像久别重逢的样子。

“这是我男人，”女人介绍说，“这些同志都是省里的大记者。”

男人与来人分别握了手。扛着摄像机的人是省电视台《焦点访谈》的记者，旁边站着背黑包的人，包里装的是蓄电用的东西。女记者是省里党报来的，另外一位胖子是省法制报的记者。

记者们给男人拍了照，摄了像，又向男人了解了一些情况。男人从认识女人的时候讲起。男人讲到断肢的时候很伤心，男人再也不想回忆那段悲伤的日子；男人讲到工资的时候很气愤，男人说他与工厂的协议里，签订了每天工作的时间，规定每天只能工作八个小时。后来，工厂的领导专门对他讲，晚上也要请男人在水泵房值班，可以多少发给他一点加班费。但是，快近二十年的时间了，男人没有领到一分钱的加班费。报纸的记者一下子翻了十几次本子。有的地方，男人讲得过快，记者又请男人重述一遍。

采访结束，四名记者叽里咕噜地咬了一下子耳朵，一人拿出五百元钱，由女记者把两千元钱交给了女人。女记者微笑着说：“拿着吧，好姐姐，是个小意思，买东西不方便，你们两口子也该买点好吃的补一补了。你的执着非常让人羡慕。”

女人用双手接过两千元钱，心跳加速，手在颤抖，一时不知说什么才好，就连谦虚之类的话，感谢之类的话，不知道一下子藏到什么地方去了。

泪水打湿了女人的衣襟。

男人“扑通”一声，单腿跪在水泥地上。“同志，感谢了。”男人的脸上挂着喜悦和忧愁。

几乎是在同时，几位记者一起弯腰去扶起跪在地上的断肢男人。

“起来吧，农民兄弟。”法制报的记者说。

“起来吧，别这样。”

“别忘了，晚上看节目。”几个记者异口同声地说。

“看，一定要看。”女人回答。

男人催女人快点回家。

女人笑着说：“急什么，要到晚上才播放呢，哪里是一打开电视就可以看哟。”

男人把水泵房的工作仔仔细细地检查了一遍，出了门。男人第一次离开水泵房。女人和男人住在窑山脚下的一个小院落。房子是用石头砌的墙，水泥平顶。原来，房顶上是用来晒谷子的。两间厢房，一间正房。房前有一棵桂花树，篱笆墙边上开着一些紫色、红色和黄色的大洋花，花瓣比银杏树叶还大。虽然女人经常在外面跑，大洋花还是照样开得如此鲜艳。男人虽然很久不回家，家里仍然涛声依旧。地面干干净净，玻璃明亮，红色木制沙发虽很陈旧，却没有一点灰尘。但是，大米却没有了，猪油也没有了，菜油不多了，盐还有一点，味精、花椒粉、胡椒粉、酱油、醋、香油都没有了。

电视机的颜色全部不见了，成了正宗黑白。

女人一边看电视，一边激动地说："你看，国家主席说了，共产党要代表人民的根本利益。我说，现在这些人就不管老百姓的死活，瞧不起农民。"

"好人多，坏人少。"男人显得很公正的样子。

终于等来了《焦点访谈》节目。

"快看。"女人说。

"是那个女的。"男人指着屏幕说。

"厉害。"女人赞叹不已。

"厉害。"男人应和着。

主持人讲了话之后，电视里开始看见了男人和女人的镜头。但是电视机突然成了哑巴，一定是喇叭坏了，图像还存在，男人照样看得起劲。

男人看见了一个活生生的自我，激动得热泪盈眶。

女人专心致志地听主持人讲话。她看着主持人的两片嘴皮上下扇动，仿佛听清了主持人的话，主持人所讲的每一个字女人都没有放过，律师在电视上作了发言，她看得更是认真。女人为打这场官司，已经跑了不少地方，女人见到了各色人物，长了不少见识。

女人从挂包里拿出一包红遵义香烟。女人要到高兴或者遇到好事的时候，才给男人买香烟，男人以前把香烟当饭吃。

男人说："又花钱了？"

女人说："拿着，以后少抽点，抽多了对身体不好。"

男人说："以前我抽过中华。"男人叹气，摇摇头。

女人说："我们的日子过得很好，不是没去当乞丐吗？"

男人叼起香烟，女人给男人打火。男人猛吸一口，烟雾徐徐爬上了男人的鼻子，爬上了男人的眼睛和额头，索性钻进头发林子里去了。

女人的眼睛像弯月亮，用手赶着烟雾，咳咳喘喘的，带着诚挚的笑意。

昏暗的灯光下，女人温柔地依偎在男人怀里。男人虽然断了下肢，男人的胳膊却很粗，是女人的精神依靠。

女人温柔地摸着男人的胡子，有点初婚时的感觉。女人感到全身都在发热。

男人亲切地摸着女人的脸，摸着女人发结里插着的黄杨木梳。

女人和男人说话的声音越来越小了，互相咬着耳朵。

“你身上的肉都捏不着了。”男人说。

“你等一下，今晚我陪你去水泵房熬夜。”女人说。

“你想我？”男人说。

女人的声音突然大了起来。“等补得工资以后，一定要去感谢法律援助律师和记者。”女人一边说话，一边把衣服脱光，让被子遮掩着白皙的身子。

男人在女人的耐心配合下，心里非常舒心和惬意。

女人自己穿好了衣裤以后，又协助男人穿好了衣裤。女人把床面收拾干净，关好家里的门窗。

“走，水泵房是工厂的心脏，离不得人的把守。”女人说话时态度很严肃。

“走。”男人爽快应答。

男人和女人一起出了门，刚走了几步，男人又折回头，把门打开。

女人问男人要干什么，男人没有回答，男人进到屋里去，在抽屉上拿起了那把黄杨木梳子。“带上吧，看见梳子，就像看见残废的我。”男人内疚地说。

女人说：“你真好。”

夜里，只有春风，没有月儿。

水泵房的电灯亮了，灯光划破了黑暗，两条人影长长地拖在田野上。

七

男人经常发现鼻子不通，像什么东西塞住一样，他拼命使用滴鼻净，医生说这种药水的作用在于收缩血管，让鼻子畅通无阻，出气时稍微畅通一些，起码不会让男人出现老张开嘴巴出气的坏习惯。起初，一瓶滴鼻净男人要滴十天。后来发展到男人一天滴五瓶滴鼻净。最后，医生诊断男人患了鼻癌。

男人不在乎，他说鼻子会长什么癌症！

女人叫男人抬着头，用电筒照男人的鼻孔，差点把男人的鼻子翻了个儿也没有看出什么名堂来。女人说癌症是绝症，患了癌症的人，相当于阎王爷把脚拉去了一肢。男人本来就只有一只脚。

女人忙外头又忙家里头，忙得天一头地一头。

女人心想：是不是自己忙得不对头？

县法院民事法庭早就开庭审理了女人状告工厂的案子，女人不知道究竟是什么原因，迟迟不见法院下判决。等得女人和男人吃睡都不安稳。

“早知道当初收下工厂补助的三千元，得点实惠。”男人深有感触地说。

“这不完全是三千元的问题，这是农民的权利问题。如果我们收了三千元钱，有点自己看不起自己。”女人说。

男人知道女人打官司的真正用意，不在其一，却在其二。摆在面前的问题不得不让女人焦虑，男人治病需要用钱，女人在外面跑官司需要用钱，女人家菜园子里没有种摇钱树，天上不会掉馅饼，急死人啦。

男人长长地躺在自己的床上，盖着颜色很陈旧的棉布被子，脸色有些发青。男人的周围有很多人，女人的妹妹妹夫来了，男人的亲戚也都来了。男人不肯去医院，男人说他不能离开水泵房。

女人管不了这么多了，女人托人通知了医院。

救护车“呜啦呜啦”地开来停在水泵房门口，白衣护士把男人直接送进了医院住院部。

急救室外面站着的，蹲着的，在长椅上躺着的，全是男人和女人家的亲戚。

一位女医护人员从值班室走了过去，直白地问：“你们家的单子。”

女人问：“医生，你说的是什么单子？”

“交钱的单子，知道不？你们家要先到住院部去办手续，办了手续才能住院，记住，住院部要在上面盖章，这是医院的规矩。”医生指着单子。

“我们现在交不起钱。医生，能不能……”

“还不快去想办法交钱，救人要紧。第一次必须交五千，快去交，不交钱我们拿不到你男人的药，没有药怎么救人。巧妇难为无米之炊。”

“医生，我们一下子拿不出那么多钱，能不能……”女人急了。

“对不起，我只管拿单子去取药，其他的事情我也管不了。”

女人和男人的亲戚分别从荷包里掏钱，东拼西凑也只有一千多元。女人和男人的亲戚都是农民，没有那么多钱揣在身上。大家正在万分焦急的时候，工厂的同志来了，他们带来了五千元一次性缴了医院的费用，急救室门外的气氛开始活跃起来了。但是好景不长，男人的病情加重了，要请省里的专家来动手术，要不就必须把男人转到省里的大医院去。医院给女人考虑过了，请省里的专家来少花钱，建议不要转院。这种建议女人感谢还来不及。

男人的亲戚从遥远的地方前来看望男人，按照风俗习惯自然要由女人去安排招待的问题，这是人之常情。女人拿什么好的东西招待亲戚呢？女人不可能回家去煮饭给亲戚吃，女人的经济条件不允许女人请亲戚进馆子，那样会花掉很多的钱，但是女人还得带亲戚上街，小十字那条街有很多吃的，五毛钱一个的馒头很便宜，但女人觉得过于简单，街上最便宜的是三元钱一碗的面条，在女人的亲戚眼里，面条实在太少，只有吃加面，每碗三元五角。看见亲戚吃着面条，女人说：“对不起你们喽，我们家不是开石厂那个时候，不管什么时候都可以请大家吃大餐，现在手头紧了，对不起亲戚。”大家吃得很香，表示非常满意。

看着医院催缴药费的单子，女人犯难了。男人是工厂的合同工，女人只有找工厂，要求工厂解决男人医疗费的开支问题。女人没有乘车，走着去到工厂劳资科，不巧，科长出了差，女人求死求活，副科长也不敢签字。女人找到分管劳资的吴副厂长，吴副厂长说涉及钱的问题要找分管财务的刘副厂长，女人找到刘副厂长，他说他只能签三千元的补助，因为原来准备给女人家男人的三千元生活补助是经过厂办研究过的，女人苦苦哀求了半天也不顶用，女人就去找工厂的党委书记，遗憾的是，党委书记已经出国在外，看来远水解不了近渴。女人家里的东西都卖光了，再也没有支付男人治病的能力。女人设法找到了中介输血的胖女人，喜事上门乐得胖女人笑裂了牙齿，胖女人带女人去输血，医生说女人的身体不对劲，不能让女人输血。女人歪歪扭扭地离开了血站。

女人垂头丧气地回到医院，亲戚朋友围着女人水泄不通，女人上气不接下气，脸色惨白，有人递给女人一瓶矿泉水，许多人上前去安慰女人。

医生又一次讲了，病人家属要交钱了才能给男人动手术。

有个高个子男人给女人出了主意，以前有个房开商问过女人家的房子，房开商看中了女人家住的那块风水宝地。女人一下子明白是怎么回事，以前曾经有人对她说起过这事，一想到急着用钱，女人就顾不得其他，救人的事比任何事情都重要。于是，女人着急地问房开商愿意出多少钱购买她家的房子，女人知道房开商主要是想买她家的地产，如果只是女人家的房子，那肯定是不值几个钱的。女人在心里认真盘算过，迫不得已把房子卖掉，只要男人的身体好就行，女人和男人可以去住水泵房。再说，深圳的女儿早就想接父亲和母亲到深圳长期居住了，所以女人并不完全留念自己的老房子，女人想的是早日拿到钱来医治男人的病。女人曾经想向女儿要钱，在深圳工作，日子固然很艰苦，馒头包子充饥的时候居多，存几个钱不容易，再说女儿准备在深圳买房子，没有几十万就去做梦去吧，女人哪里忍心要女儿的钱，女人指望着女儿在外面能平平安安地过上好日子就不错了。女人没有把父亲的情况告诉女儿。

房开商说话奸猾，他说目前的房屋开发不好做的，钱不便于回笼，所以他只肯出十万元的价钱。女人找人测算过，她家的地产至少要值十五万，她觉得不划算，怎么也不肯答应。可怕的一幕又出现了，医生朝女人走来，医生的手里拿着催女人交钱的单子，女人接过单子木愣了，她的心在颤抖，她那哀愁的眼光没有躲过房开商的眼睛，现实情况使她妥协了房开商的价格。房开商如天上掉馅饼，做事非常爽快迅速，不用一杆香烟工夫，房开商就叫人送来了合同书和一万元现金，女人没有琢磨合同书里面的条款，拿起笔就匆匆忙忙在合同书上签下了自己的名字，女人拿到一万元钱，给房开商鞠了一躬，说声“谢谢”，就去住院部办理了手续。

当女人到了病房以后，医生残酷地递给女人一张病危通知书。医生说经过医生会诊，男人的手术不用做了，男人的生命已经不能挽救。

女人终于倒在男人的病榻前，亲戚朋友搀扶起女人，急匆匆把女人送进了急救室。

（原载《山花》2002年第9期）

杨打铁

桑塔·露琪亚

那是一幢刚交工的楼房，满楼上下充满了穿墙凿壁的敲击声和冲击钻的轰鸣。相比之下，高亚一个人在空阔的房间里，将带槽的柚木地板一块一块地贴在墙上，显得有些悠闲自在。下午的阳光照在墙上，那一片已经贴好的木板，大概有两平方米，白蒙蒙的，反着油光。高亚从铝合金折梯上下来，细心地把胶桶盖好，靠墙坐在地板上。打火机打不出火了，只好拿着烟去厨房，用煤气灶点着。回到客厅，边抽烟边看着墙上的木板，一处并不明显的偏差引起了他的注意，正想拿起工具上去修补一下，这时就听到了门铃声。

一扇灰绿色的防盗铁门，门铃模拟女人的声音，带着本地口音连声发问：哪个？哪个？哪个？既有难以掩饰的兴奋劲儿，又似乎有点不安。高亚还不习惯这门铃声，恍惚觉得它已经响了好久了。会是谁呢？高亚是个腼腆的小伙子，个子不高，尽管很容易对人产生好感，甚至过于殷勤周到，但从不主动跟人套近乎，也不大可能深交。他在这座四面环山的小城市生活了六七年，朋友寥寥无几。买了这套房子后，除了他的高中同学刘立明，知道这地方的只有几个为他干过活的民工。

我们是从大十字经过小十字，顺着中山东路拐进这条小街的。其实一开始我就有点后悔了，我为什么要带老费来找高亚？高亚偷偷摸摸地买了房子，偷偷摸摸地搞装修，本来就不希望别人来打扰他。我担心老费没说实话，他这次来似乎漫无目的，真要是在这儿待一段时间，随时都可能来麻烦高亚。

老费这家伙，一开始就会把自己弄得天时地利人和，然后非常仔细地利用你对他的那点好感。不过话说回来，老费短暂地出现在你的生活中，顶多勾引勾引你的女人，穿走你最好的衣服，或者明火执仗地拿点不值钱的小玩意儿。这家伙会把一切都做得轻松自然，落落大方，弄得你只能恨自己是个凡夫俗子，到死也别指望能超越什么。

自从大学毕业，我和老费天各一方，很长时间失去了联系。那一天阴雨绵绵，老费穿着一身休闲式运动装，忽然来到我们这座人口稠密的小山城。当时我只觉得眼前一亮，就好像我们办公室那几块脏乎乎的茶色大玻璃不翼而飞，阳光一下子灌了进来。老费那副模样，如果不是职业运动员，起码也有点大旅行社导游的派头。我仿佛看见他带来的一帮花花绿绿的港台老头老太太，正兴致勃勃地走在我们这儿破破烂烂的街面上。老费从前真的当过冰球运动员，据他自己说差点入选国家队，受了伤才成为大学的特招生，和我做了同班同学。他总是有一股充沛的精力和自信，永远见多识广，哪怕刚从监狱里放出来也照样带着优越感。不过老费也经不起仔细推敲，也许你能从他那张长得比较像样的脸上看得出来，他也是穷苦人家出身，小时候一家七八口住着破烂的小平房，合睡一铺大炕，顿顿窝头就咸菜。

老费说他这次要去云南买飞机，为了看我一眼特意坐火车绕道而来。不光是我，我们办公室的人也以为听错了，老费的口气就像去买辆自行车。

老费是东北人，操一口地道的京腔说他跟航校联手搞了个航空俱乐部，办准航证和适航证特别麻烦，跑了半年多才办成。航校有现成的机场，可以请那些教官当驾驶员，机械师就更不成问题，就差几架小飞机了。飞机一到手，老费轻轻敲了敲我那只为他举火点烟的手说，我们就跟几家大公司正式签包租合同。嘿！我说老费，你居然成了航空公司的老总！老费笑了一下说，只要有一架小飞机就算航空公司了，再不济也能撒撒骨灰喷喷农药什么的，亏不了本儿的。话题一转，老费又头头是道地讲起钢材行情，还异彩纷呈地讲了一段炒股的经历，效果相当不错，总是在我担心他吹得过火的时候刹住车。

我请了病假，拎着个小傻瓜相机陪老费满城乱转。这城市一天一个样，到处都在盖楼，修路架桥，充满了一股疯劲儿。老费似乎对什么都感兴趣，对什么都要来点分析和议论，当然也少不了讥讽嘲笑一番。在老费看来我们这地方太小了，也就相当于他们那儿的一个区，人口密度却大得惊人。满街都是人，好像都没住上好房子，个个喜欢出来瞎走乱逛。唯一让老费看好的是商业异常活跃，小店小铺鳞次栉比，连巷口两边房屋的山墙上都挂满了女人的内衣。在百货大楼前的小广场上，有几个卖望远镜的家伙吸引了老费的目光。我见过他们几次，大概有一两个月了，他们一直在这行人穿梭往来的地方占道摆摊，好像也没人敢管他们。他们都是中年男人，属于那种非常满意自己的身体和气质的家伙，穿着又好又旧的小皮夹克、宽裆窄腿的裤子，脚上是那种牛气哄哄的美式陆战靴。

他们是不是有什么来头？该不是下岗工人吧？老费哈哈大笑。

我也笑着说，没准是从部队下来的老兵。

他们各自面前的货摊是一件铺在地上的军用雨衣，卖的是仿二战时期的双筒军用望远镜，拿在手上沉甸甸的，说是十六倍的，开价两百四十元，可以讨价还价，估计一百元就能买到手。老费跟这伙人中一个老大模样的家伙搭上了话，两人站在一棵树下聊天的时候，我遇见了我们单位的一个人，扯起单位里的事，瞎骂了一通。老费喊了一声：刘立明，拿烟来！我把整盒烟扔了过去。他接着又喊：火机！真把我当成了贴身奴才。老费和那家伙抽着烟，聊得很投机的样子。我暗暗称奇，才多大工夫老费就轻车熟路，似乎已经加入了这个刚刚起步就带点黑社会性质的组织了。

老费忽然变了脸，换了一种口气跟我说话。

刘立明，你都在这儿混了这么多年，还一事无成，穷光蛋一个！

猫有猫道，鼠有鼠道。我说我知道自己该做什么。

老费言辞恳切地说，你不是当官的料儿，别指望在这方面混出什么名堂。可在你们那种破单位，不混个一官半职还有啥奔头！

甭跟我来这套！老费，我烦着呢。这几天我供你吃的喝的，陪你游山玩水，花钱如流水，可你对老子还不满意！

你这个鼠目寸光的家伙，再这样下去就彻底没戏了。没钱什么都是虚的，什么都靠不住，什么你都玩不起！

我又开始厌烦老费了。这种感觉过去也常有，好像我跟他在一起的目的，就是为了随时得到他的责备和指教。这是他的一贯做派，总是想当然地把别人当作可怜虫，以为你相信他那一套大话。老费尽管早就出来做生意了，但肯定还没搞出什么名堂，否则也不会老提钱的事。我不晓得他这是对自己不满意，还是对别人不满意，一个劲儿瞎唠叨，跟我那两岁的小侄子差不多，一犯困非得闹上一阵不可。

那天下午，我们逛到城外，到森林公园看了看野猴子，爬上了一座山的最高峰。下山后在一座寺庙开的素斋馆吃午饭，然后又顺原路走回城里。我本想带老费坐车去趟南郊，那儿的经济开发区有座新建的公园，我还从来没去过呢。我想让老费看看经我牵线搭桥，别人从外地贩来的一批花草树木，据说有黄杨翠柏、牡丹、玫瑰和爬墙虎什么的，长得都挺不错，有些可能已经开花了。这是我头一次做生意，玩空手道，没费什么事一下子就赚了五千元，相当于我两年的工资收入。我想说关键是咱园林局有人，那人和我是在东北读大学时结识的师兄，是一个手里有实权的小科长。也许我该壮起胆子吹一次牛皮，把五千说成五万，索性让老费急红了眼把我生吞活剥了。然而我忍住了，我清醒地意识到，我说我有五万，老费就会有五千万，反正我永远也拼不过他。再说钱不是一切，钱只不过是穷人眼里的好东西。这时我们走到大十字了，老费说，去游泳怎么样？你不觉身上黏糊糊的吗？

老费喜欢步行，倒是省了我不少钱。可是一连几天顿顿下馆子，中午和晚上还得来点酒，我真有点招架不住了。想想游泳馆门票一张二十元，老费如果不需要五十元一小时的按摩小姐，至少也需要两三罐价钱有点离谱的科罗拉啤酒吧。我大概头脑发热，忽然问了一声老费，你还记得高亚吗？

高亚在这儿吗？老费很吃惊，你怎么不早说呀！

我说高亚混得挺不错，刚刚买了一套房子。

我们读大三那年，我带着老费坐火车去洛阳找高亚。高亚和我是高中同学，我们上的是县一中，头两年在一个班，文理分科后才分开了。我家在一个小镇上，我父亲是中学的语文老师。高亚他们家在县城，他父亲是个副县长，母亲已经去世，继母好像对他不怎么样。我只去过他家一次，对一个卧病在床的老太太还有点印象。那次我和老费一人带了把吉他，跑到河南高亚他们那所工科大学，无非是混点吃的喝的，顺便看看当地的风景。记得我俩怀抱吉他，站在高亚他们学校那座庙宇式大礼堂门前的石阶上，老费唱刚刚走红的崔健的歌，我唱《离家五百里》《桑塔·露琪亚》之类的外国歌。还真的有人开玩笑，拿来一只绿花的搪瓷碗搁在地上。我们收了不少花花绿绿的塑料饭菜票、糖果和散支香烟，把那只破碗都给盖住了。总有人请我们，我们在男生宿舍喝用暖瓶装的散啤酒，吃带壳花生和烧鸡；在女生宿舍如沐春风，吃点小零食，谈笑风生。自然都是老费唱主角，我得不时提醒他，咱们可是冲高亚来的，别把这茬儿给忘了。

高亚在学校默默无闻，省吃俭用，买了一部价值五百多元的珠江DF照相机。他们班有什么集体活动，由他出相机，大家凑钱买胶卷，风花雪月一通乱拍。我想这给高亚带来莫大的满足。他好像喜欢这样，不计功利，盲目地散发热情和善良。老费当着高亚的面夸道，多好的孩子，他只想看着别人高兴！那还是个黑白年代，我们去洛阳，高亚特意买了彩色胶卷，相机多半都挂在老费的脖子上。老费从没好好玩过这么好的机子，自我感觉的确有锦上添花的意思。我们三个俨然成了铁哥儿们，一起去公园看牡丹花展，游览龙门石窟。在关老爷庙前，我和老费抡起据说重达八十一斤的青龙偃月刀，也没觉得多吃力，还嘱咐高亚瞅准机会抓拍几张照片。

自习时间在阶梯大教室，高亚他们集会竞选学生会干部。正式开会之前我和老费接受邀请，登台献艺，也算是作告别演出。老费拨着吉他派头十足地说，首先感谢某系某级某班的高亚同学，我们亲爱的朋友，他使我们在这里度过了一生中最难忘的时光……他把老崔的《一无所有》献给了高亚。他们还觉得不过瘾，一窝蜂瞎起哄，让老费再来一通竞选演说。老费有点发怵，支支吾吾不知说什么好，脸都红了。这小子来不得正经的，既没文化又不懂政治，只有那点游戏人生的本事。我和高亚坐在第一排靠边的位置上。我蹿上前去接过老费手里的吉他，小声提醒他说，蠢货，给他们来个赵庆林的段子嘛。老费顿时来了精神，搓了搓手，一开口就说起了带山东味的河南话。

赵庆林是我们班同学，一个靠近山东那边的河南农家子弟。有一次我们班搞了一场以畅想未来为主题的演讲比赛，这位老兄真诚无比地操着土腔土调预言，随着伟大的祖国逐步走向繁荣富强，毕业后不出十年，我们人人都将有自己的住房，都将开着自己的小轿车上下班……用普通话说起来没啥意思，只有用那种方言土语才能说出一种滑稽的效果。老费天生就有语言天赋，学什么像什么，学得最好的就是赵庆林的这段演讲。老费在洛阳的最后一场表演非常成功。那一刻我和高亚都很激动，只觉得老费是我们的朋友，我们的铁哥儿们，跟他在一起，我们感到骄傲和自豪。

高亚发财了吗？老费有点不以为然。

差不多吧。我不想多说，口气却相当肯定。

老费还记得高亚的照相机，仍然感到不可思议。他说那小子当年跟咱们一样，一个月顶多四五十块钱的生活费，不到三年时间，他居然攒了五百多！

油菜刚开花，老费就穿上了短袖衫和大裤衩，腰上拴着个主要用来装手机的黑皮钱袋，脚上是那种挺野蛮的皮凉鞋。他这一身行头明显的反季节。高亚这厮老实巴交的，老费唠叨说，他怎么就发财了呢？

我说，我怎么知道？反正不是勒着裤腰带省下来的。

老费刨根问底，非要知道高亚是如何发起来的，究竟是一笔多大的数目。我还是沉得住气，一问三不知，死猪不怕开水烫。一方面是不想泄露高亚的隐私，一方面我也想气气老费——人家发财了你急什么！

我和老费走进一条正在扒老房盖高楼的小街，远远看去一幢临街的九层楼，以白瓷砖贴面，间杂些杏黄色的线条，坡面屋顶上铺着水红色的鱼鳞瓦，特别引人注目。这楼有点像塔式建筑，欧派风格，1994年，在千篇一律的小学生作文一样的楼房中，它好歹算是有自己的想法和个性了。楼底层是一排开间相等的门面，全都装上了铝合金卷闸门，亮晃晃的，特别抢眼。我站在路边往楼上看了看，看到有的人家给封闭式的阳台装上了铁栅栏，给铝合金框架的窗子上加了花花绿绿的塑料雨篷。高亚的房子在八楼，这两样东西都还没安装。我猜他应该在家，今天是周末，他阳台上的蓝色玻璃窗有开有合，遮挡太阳的花窗帘给风吹出了一角，像一面小旗轻轻地飘动着。

我们进入一条小巷，踩着烂砖碎瓦绕到楼背后，一进楼就感觉到了工厂的车间。每层楼都有人搞装修，叮叮咚咚，非常刺耳的电钻声此起彼伏。几个四川民工抬着一大块水泥预制板下楼时挡住了路。老费看出了什么似的，问他们这板儿从哪儿拆下来的，他们说是阳台上的护栏板，那户人家要把阳台搞成全是玻璃的小温室。真够邪门的！老费对我说，我喜欢你们这儿，你们这儿的人真敢整！

爬着爬着楼梯，我就开始犯傻了。

老费你听我说，假如有一笔钱，你不要别人也当你得了，你会怎么做?

废话，不要白不要!

不过有一定的风险，弄不好要栽。我卖着关子说。

钱到手了走人啊!

也不是多大的数目，在这儿也就能买个房什么的。

肯定是一笔回扣。老费好像真急了，转过身就要给我一拳。这种钱你还犹豫，我打死你!

你还当真了？真有这种好事，老费你说，我用得着麻烦你吗?

玩笑归玩笑，当我和老费走到高亚的门前，说实话我还真有点心虚。我在心里安慰自己说，老费是个外人，事情总不会坏在他身上的。本来我可以把老费带到高亚他们学校，三人聚一聚，喝点酒说说废话，然后各忙各的去。如果老费好意思开口，也许临走时会向高亚借点钱。老费口口声声说要去云南买飞机，可他连买火车票的钱都没带够，他已经有意无意地暗示过我了。老费真要开口的话，我会多少给他一笔钱，根本不指望他归还，这种事情我以前领教过多次。

趁我按门铃时，老费溜到隔壁看了看。那户人家房门大开，工人正在用电刨子对地上已经铺好的杂木拼花地板进行刨光打磨，一屋子粉尘伴着噪声直往外窜。老费跟什么人聊了几句就把房价摸清了，过来对我说真便宜，搁北京那儿没有三四十万拿不下来。莫名其妙！我心想，搁北京那儿干吗？咋不搁你们东北那疙瘩呢？高亚不在，我有点幸灾乐祸地说，咱们走吧！老费埋怨我，刚才你应该打个电话，人不在就别过来了。我说高亚没装电话。老费说那应该在楼下喊几声，人不在就不用上来了。他气呼呼地上前按门铃，屋里还是没有动静。老费嘴上说最后一次，这是最后一次，手却像长在了门铃的按钮上。

讨厌的铃声响个不停，哪个？哪个？哪个?

来了！来了！我们终于听到高亚大声叫着奔过来。

嗨！老费像一只大虾，躬身笑问，高哥儿们?

高亚愣了一下，张口就叫出了老费的名字。

高亚究竟搞到多少钱，我至今也不清楚。他在大学学的是土木建筑，毕业后分到师范专科学校。学校就是冲他这个并不对口的专业才要他的。高亚暂时被分到基建办公室，参与了整座学校的搬迁和新建工作。后来我才知道，他们基建办公室主任是个转业军人，高亚的父亲和他是老战友。这老宋我见过，老油条，牢骚满腹，满口粗话，豪爽得不得了。按说老宋从工程上吃回扣，不是非得拉上高亚不可。但是天上掉馅饼，这种好事确实落在高亚的头上了。不过也说不清，高亚的父亲毕竟是个副县长，没准他有用得着的地方吧。

那一次，高亚胆战心惊地提着钱，走到银行门口了却不敢进去。他给我打电话，叫我赶紧打车过去。高亚神色慌张地把我拉到一边，简单地说了事情的经过。钱来得这么容易，他对我说，我心里虚着呢。我开导高亚说，咱们在这儿毫无根基，势单力薄，要想搞点钱太难了。为了说明这种事司空见惯，并不像他想得那样危险，我给他举了个例子：我们单位管基建的小科长，不要说整个一幢九层办公大楼，光是安一部电梯他就能吃几万元回扣。吃肯定是吃了，大家心知肚明，问题是没人会撬开他的嘴，看他吃了多少。我劝他说，既然老宋都安排好了，你就别想那么多了。

高亚打开手里的公文包，让我看了看。我们那时每月工资才一百多元，头一次见到那么多钱，我感觉手和脸微微发麻，出了一身冷汗。全是刚刚发行的百元大钞，整整十万，一沓一沓地用橡皮筋勒着。钱是我存的，开了个户头，用的是个假名字。高亚虚弱地靠着柜台站在一边，当我问他填个什么密码时，他慌忙转过身来结结巴巴地说出了几个含混不清的音节。出了银行，我把存折交给高亚说，别忘了密码是六个五。随后我们就去了我的宿舍，一路上走了半个多小时，几乎没说什么话。

高亚早有准备，从西装内袋里掏出一万块钱，红着脸让我收下。

我怎么能要你的钱？高亚，别这样，我也没做什么，弄得跟真的似的！

就当是我借给你的，高亚把钱塞在我手里说，你想什么时候还就什么时候还。

我又凑了些钱，用那笔钱买了一台电脑搬回宿舍，把跟我同屋的两个家伙吓了一跳。那时我们单位刚买了一台四通机用来打字，居然还管这叫办公自动化。过了两年成立了计算机室，因为我是唯一懂行的人，他们就让我当了副科级的副主任。

高亚解释说他把地板买多了，不好退货，于是又买了一些，打算把客厅四壁都贴满。我说不出是什么感觉，要是我可能不会这么做。老费却一个劲儿说不错不错，挺有意思的，配上合适的家具和摆设，就跟猎人小木屋似的。高亚说他看着工人铺了两间卧室的地板，剩下这些往墙上贴的就留着自己慢慢弄。老费心细，发现一块板有点歪了，登上梯子，用起子撬下来，收拾收拾，补了点胶，重新贴了上去。高亚问老费，这活儿你干过？老费说没干过，太简单了嘛，我再帮你贴几块。高亚和我在下面打下手，老费往墙上布胶贴板，用起子把儿敲敲打打，找齐找平，干得又快又好。

我对高亚说，老费的意思是再过一两天，看过白龙洞后就去云南。高亚说急什么，多玩几天，来一趟不容易。我不怀好意地说，老费要去云南买飞机。高亚似乎吓了一跳，老费要买飞机？是的，他要去买飞机。我冲高亚笑了笑，意思是说，别把老费当一回事。

老费站在梯子上，一边干活一边轻描淡写地说了说买飞机的事。他说云南那边有到期退役的直升机，一架才两三万块钱，但不一定买得上。老费跟我说这事的时候虽然也没有吹得天花乱坠，但他骨子里的确有蒙人的意思。也许老费看出高亚有钱，不好意思瞎吹了，调子放低了许多。想想老费也不容易，也不是没有可取之处，比如他对金钱的向往，对有钱人的尊重，绝对是真诚的。高亚问我，老费住在你那儿？我说借了个行军床，三人一间屋，凑合着住吧。我把这几天陪老费在本市观光的情况讲了讲。

高亚喊老费下来歇会儿。我们一起抽烟的时候，高亚好像想起了什么，换下拖鞋就要下楼去。我问他干什么，他说买啤酒。我说等一会儿就该吃晚饭了，一起出去喝吧。

老费过去看了看堆在次卧里的地板说，两个人一块干，一天时间就能贴完。高亚，明天有空吗？我过来一趟，咱们把它弄完算了。

我说我也可以过来，不过明天是星期一，我必须先到单位打一趟才行。

高亚说他并不急着住进来，每天下班后过来干一阵，一个人慢慢干就像玩一样。最后见推脱不过就答应了老费。他说他也只有明天有时间，后天要出差去重庆。

老费问我，刘立明，你什么时候能弄上一套房子？

我们那种事业单位根本就没钱，好多年都没盖宿舍楼了。我住两人一间的集体宿舍，只有等那家伙结婚搬走后，才能达到独居一室的目的。我说光靠那点工资，仅够维持我一人的生活，就是十年不吃不喝也买不起一套商品房。有时我真盼望国家哪天不拨款了，我们单位彻底完蛋，到时候大家一块下岗，是骡子是马自个儿遛去。

老费阴阳怪气地说，现在你要是走的话，你们单位不会阻拦吧？

当然不会，我算老几？可现在出来有点晚了，早两年就好了。

高亚说，现在要想做什么生意，是不如以前容易了。但机会还是有的，就看你找没找到路子。刘立明你懂电脑，去广东那边找份工作，应该不成问题。

老费说，不行你跟着我干，咱哥俩干啥不行？

我说，老费，我玩不过你，你把我卖了我还帮你数钱呢。

老费说，你又不是大姑娘，我卖得出去吗？

我相信我们三个人中，只有高亚过得不坏。有钱就沉得住气，可以关起门来搞自己的事情。他是连续三年没考上研究生，才决定买房子的。他备齐了材料和工具，自己动手满墙根钉上地角线，还重新布线，安了一些插座和开关，挂了几幅大窗帘，最后是往墙上贴满木地板，享受一种修身养性的劳动乐趣。老费去卫生间时，高亚对我说，平时我也没什么花钱的地方，这回把钱都投在房子上了。我点点头，表示相信他的话。我看他好像放下了心里的一块大石头，从此可以清静地过小日子了。不过我知道，高亚这家伙患得患失，内心仍然惴惴不安，天知道这房子能带给他多少快乐！

高亚发财以后在电教中心当了老师，还像以往一样循规蹈矩地生活。事情已经过去五六年了，看来他已经没什么危险了，拉他合伙搞钱的老宋已经提前退休，据说回老家开锌矿发了大财。可高亚照样处处小心，买了房子也没敢声张。他连女朋友都没有，却对我说，也许要等结了婚再搬过来住。他平时在学校住，周末才过来。至于吗？我有点不以为然，莫非还有人盯着你？单位里的人就是知道你买了房子，也完全可能相信是你家里出的钱。这时他父亲已经干到正县级，快到退休年龄了，明升暗降，在县里一个非要害部门当头头儿。倒也不是这么回事，高亚似乎当真地说，学校比这儿方便，水电不要钱，晚上还可以去图书馆看看书，去教研室玩玩电脑。

老费四处看了看，三室一厅，八十多平方米，没什么家具，大件的只有一张单人床和一只大的皮沙发。老费唏嘘不已，拍着高亚的肩头说，挺宽敞的，搁我们那儿厅局领导都不一定住得上。我见床角靠着一把吉他，拿过来问高亚，什么时候买的？高亚说半年前买的。老费说，绝对是一把好琴，两千多块吧？高亚说了一个相近的数目。老费坐在床上调着琴弦说，以前爱玩的时候幻想有把好琴，现在买得起了，却没什么心思玩了。

高亚到底离开了一会儿，回来时提了几罐啤酒和几盒好烟。老费对我说，我看你们这儿的人比猴子还精，像高亚这么实在的人，属于凤毛麟角吧？高亚为老费开了罐啤酒，有点不好意思地说，老费你来了我真的很高兴，这么多年，我的大学同学一个都没来过。老费余兴未尽，继续夸奖高亚说，你的情况我不太了解，但看得出你混得挺不错，哪像刘立明这小子，小农意识到现在还没褪干净，整个儿找不着北！我不会看错的，高亚，你是大智若愚那种人，靠一点小运气就能成大事。

我怕老费扯远了，赶忙岔开话题。

提起我和老费那年去洛阳的事，高亚还记得我们唱了哪些歌，带有一股怀旧的情绪。老费抱着吉他弹起《魔笛》主题变奏，依旧派头十足，指法华丽，牛气哄哄的。当然，他也不是没有变化，比如说，皮肉有点松弛了，眼角有些时隐时现的小皱纹，胳膊发泡，腰也粗了，肚子眼看就要凸起了。高亚说，我这方面先天不足，怎么都学不会。我们班原先没人玩吉他，你们走了，有几个家伙开始学，最后也就那么回事。我告诉高亚，我们回去后收到过他们学校几个女生的来信，有一个还主动找上门来。老费说那个姓胡的姑娘找过咱们，她叫胡什么来着？我说胡凤池，陕西人。老费没吭声，一副若有所思的样子。其实那胡姑娘是奔我来的，结果跟老费有点不明不白。我怀疑老费这家伙心狠手辣，当天晚上就把她带到校外农民的出租房里了。

可能是喝了点酒的缘故，我心里热乎乎的，对高亚说，你知道我是跟老费学的吉他，他是我师父。那几年我一边傻呵呵地追随他，一边又老想摆脱他。

去你的刘立明！老费哈哈大笑，我记得你写过一首破诗，简直把老子连人带琴捧上天了。

晚上我们去小十字吃酸汤鱼，那家街边小馆子的生意非常红火，一桌一桌的小火锅从屋里摆到屋外，把一段人行道都占满了。空心小方桌上坐着个双耳铝锅，食客围成圈坐在塑料小凳上，高亚请客，要了一条四斤多的鲤鱼，咕嘟咕嘟在锅里煮着，边吃边加点豆腐、白菜什么的。老费入乡随俗，连烫带辣，吃得他满面红光，直冒热汗。他把身上松松垮垮的大背心卷得无袖无腰，大概像古代女人穿的抹胸式的东西。可惜没有冻过的啤酒，就这样我们也足足喝了二十来瓶。见老费吃得那么过瘾，高亚问我还有什么好吃的风味。我说青椒童子鸡火锅，这玩意儿现在很流行。还有狗肉，也是火锅吃法，再热的天都有人吃。说实话，我心里多少有点过意不去，觉得这几天真的没好好招待老费。

吃完酸汤鱼，高亚说他回学校去，叫老费到他那新房去住。老费欣然接受，说他正好可以在那里洗个澡。我们三个顺原路回去，到了楼下，老费说你俩就不用上去了。高亚掏出钥匙交给老费，告诉他怎么开防盗门，顺时针逆时针地说了半天，显然有些啰嗦。其实我跟高亚平时并不怎么往来，尤其是收了他那笔钱后，在一起似乎也没多少话可说。这次我把老费带来，没想到他俩这么投缘，俨然成了莫逆之交。他俩说好了明天早晨一起往墙上贴地板，正在分手之际，高亚忽然说等一下，然后穿过窄小的街道，到对面一家小店买了一条毛巾和一把牙刷。老费接过东西，得意万分地冲我挤了挤眼睛。第二天，我一上班就被抓了差。领导说，小刘，你到街道办事处去开个会。我说什么会，我都不知道街道办事处的大门朝哪开。领导说本来应该办公室去人，让你去是因为他们有些材料叫咱们帮着整理一下。我没法跟高亚和老费取得联系，高亚和我一样没配呼机，老费倒是有个手机，但我不知道号码，好像也没见他用过。

开会的人挺多，都是这个街道办事处辖区各单位来的人，烟雾缭绕之中，沿椭圆形大桌子差不多坐了两圈。有人开始传达文件的时候，坐在我旁边的一个姑娘掏出笔和本子，装模作样地趴在桌上做记录。我俩之间的桌面上放着个插满塑料花的大花瓶，我看不清她长得什么样。大概是个动员报告，说是为了迎接全国性的卫生大检查，我市提出一个奋斗目标：保住倒数第二名，争取倒数第三名。那个人刚把这句话念完，我身边的姑娘就咯咯地发出笑声。大家的目光一齐扫过来时，她把头埋得低低的，哧哧发笑，浑身抖动着，整个人要钻到桌子底下去了。我从地上捡起她的圆珠笔，轻轻碰了她一下，她把笔接了过去。她到底平静下来，把笔记本架在空心抽屉的边上，低着头往上面画小人儿。我凑近前问了她一句，上一次卫生大检查是什么时候的事？啊！她抬起头，愣了一下，反问道，你说什么？我重复了一遍。她看看我发愣，一刹那间又蹦出笑声，捂着脸跑了出去。

中午开完会，几十个人去一家招待所吃饭。我们又坐在一起，她没怎么说话，但好像随时都想笑。她的门牙长得有点怪，我逗她说，你长得有点像兔子。去你的！她笑着说，有人说我像巩俐，也有人说我像刘晓庆。我说美女长得都有点像。是吗？我算美女？她故意神经兮兮地说，我们不能要求过高，我们的目标是保住倒数第二名，争取倒数第三名。她咯咯地笑起来，像是吃错了药。我不明白，这句话有那么可笑吗？心想这一天她都会反复地嚼这么一块口香糖，直到恶心了为止。这么一个朴实无华的标语口号，我对她说，应该受到充分尊重。她肯定不是美女，个儿也不高，还煞有介事地戴着一副眼镜，那模样似乎刚刚高中毕业。我想也许这姑娘更适合高亚，便有意跟她套近乎。高亚这个书呆子，对饮食男女几乎一窍不通。他如果有幸不落在泼妇手里，最好就找这种单纯活泼的姑娘，过一种有点小资情调的小日子。

这一次卫生大检查，我市究竟取得了什么名次，压根就没公布过，我也忘了找谁问问。从第二天开始，神差鬼使，我跟那位姑娘好了三个来月，还跟订婚似的带她回了趟老家。她在一家不太景气的工厂当小报编辑，后来不知跟什么人跑到什么地方去了。我是在电话里才知道自己被甩了，她说对不起，有人比你还爱我。

那天老费和高亚并没有把地板贴完，到了晚上还剩下半壁白墙。我是实在走不开，在街道办事处忙了一整天，晚上又有人约我玩麻将，玩了一通宵。他俩跟我联系不上，在街上吃过晚饭后去了游泳馆。第二天早晨在电话里，高亚说他要出差去了，个把星期才回得来。老费说他明天上午争取把活干完，打算当天晚上坐火车去昆明。刘立明，你别耍花招，明天下午你哪儿也别去，在家等着老子！可是第二天老费根本没来找我。第三天我上午去了一趟高亚的新房子，晚上也去了一趟，隔天又去了一趟，前后三次都扑了空。最气人的是，我每次留在门上的纸条都不翼而飞。我拼命地按门铃，咚咚咚砸门，指名道姓地高声咒骂老费。什么可能我都想到了，隔着那扇灰绿色的铁门，我甚至看见老费正在埋头肢解一具女尸。大概又过了两三天，我们办公室的老吴说刚才有个北方人打电话找你，让我转告你，他已经办完事离开了云南。我顿时松了一口气，心想不管老费上天入地，再也不关我的事了。

不过那些天我总有一种不祥之感，电话铃一响就急忙奔过去，实在没法相信老费就这么神秘地走掉了。当我拿起电话听到是高亚的声音，头一句就是问他，老费哪天走的？高亚好像没听清，反问我一句，你说老费哪天走的？我说不知道啊，老费是不是把钥匙带走了？高亚吞吞吐吐说他根本就进不了门了。我心里发毛，迫不及待地对高亚讲起与老费失去联系的整个过程，下意识地带着洗清自己的动机。高亚支支吾吾地说，事情很复杂，现在说话不方便。我想肯定出事了，急切地问他，到底出了什么事？他思忖了一下说，老费把房子卖了。不可能吧！我大吃一惊，紧接着就像一件充满悬念的事情已经真相大白了，一时哑口无言。

这种事我在报纸上看到过，不过一般是骗子冒充房主，把别人的房子租出去，收上一年半载的押金而已。该死的老费，真够黑的！他把房子卖给什么人了？无论如何，也就一个星期的时间，老费人生地不熟的，竟然做成了这么一桩离奇的买卖！我说，对不起，高亚，我真不该把老费带到你那儿去。多年不通音讯了，我根本不知道这家伙在干什么。旋即我又给高亚打气说，即使找不到老费，咱们也有办法把房子要回来。我真的很激动，可是说着说着上来一股虚无感，简直怀疑自己也不是好东西，只不过胆子太小，才把作案的机会让给了老费。高亚平静地说，什么办法我都想过了，没用。你知道这事很麻烦，真要打官司的话，会牵扯到其他事情，弄不好可能要引火烧身。你想嘛，能够说明他拥有这套房屋产权的相关证据，高亚一样也拿不出来，都跟房子一道落在别人手里了。而且更离奇的是，高亚说那个从老费手里买房子的人，已经办好了过户手续。

我心虚地问高亚，老费这么猖狂，是不是他知道什么实情?

沉默片刻，高亚鼓足了勇气说，我把一切都跟老费讲了。怎么说呢，这些年我过得非常压抑，钱并没有给我带来多少好处。我没有安全感，我总是惶恐不安……

我说，高亚你怎么了？事情都是我引起的，你让我想一想，是不是找什么人商量一下？我不会放过老费的，你也别灰心，我们一定会有办法的。

高亚打断我说，事情已经过去了，我觉得自己解脱了，这回可以安定下来，一门心思考研了。这时我真感到一种前所未有的虚无，我和高亚就像两只灰溜溜的小老鼠，竟然在电话里说起道德良心、因果报应之类的蠢话。一时间，我们真的相信，假如一个人发了一笔不义之财，有的只是无尽的烦恼和痛苦。而老费那只大肥猫，刚刚得心应手地做完一件漂亮活儿，正心满意足地走在阳光灿烂的大街上。

我想完全可能，老费那几天上街四处搜寻，终于找到了一个了不起的地痞流氓，两人一拍即合，策划了这出匪夷所思的盗窃大案。我忽然想起那些卖望远镜的家伙，这么一笔无本生意送到跟前了，他们还用铺着军用雨衣摆地摊，挣那仨瓜俩枣吗?

尽管高亚不大情愿，我还是叫上他和我一道去看看他失去的房子。情况正如高亚所述，防盗门的锁芯已经换了，有个家伙躲在屋里，透过铁门上猫眼上方的小窗口打量我们几眼。你又来干什么？他冲高亚说，我都跟你把话说清楚了，还不服气呀！你欠了人家多少钱我不晓得，我只晓得这房子现在是我的，是受法律保护的。说完，他咣的一下关上了小窗。我砰砰砸门，我说，我这就去报警，你等着吧！那家伙又把小窗打开，拿着一本封面上红皮烫金，印着国徽的房屋所有权证，翻开一页，贴着小窗让我们看了看，然后晃了晃说，你们想告就告去，肉烂在锅里，煮熟的鸭子飞不了。

来年秋天，高亚考上研究生，也没对我说哪天走，就悄悄地坐火车去了洛阳母校。

我感到悲凉，更多的是自责，感觉自己失去了唯一的朋友。我想起我们念高中时，有一次高亚被人放在一口装过石灰浆的大铁锅里，他们把他摇得天旋地转。高亚从大锅里出来，脸色发青，像是哭了，独自走到一边，低着头在那儿站了一会儿……当时我俩挨得很近，高亚没吭声，我也不知该说点什么。我还想起当年在洛阳我和他挤着睡一张床，一个头朝东，一个头朝西，睡到半夜跑到外面去聊天。

有一天高亚终于打来电话，声音一点没变。他说，刘立明，我在电视上看到你了。

那是个叫《一见钟情》的配对节目，是我省卫视亦步亦趋跟湖南台学的，办得相当乏味。其实经别人牵线搭桥，三个月前我就对一个中学语文老师一见钟情了，并且凑足了一笔购期房的首付款，已经开始满大街看房了。这回我是当真的，决定放弃一些过高的期望和可笑的想法，乐呵呵地上前一步，一把抱住眼前的生活。她说没这么简单，终身大事不可儿戏视之。好嘛，你想玩点什么花样？她说我们上电视吧，看看我们能不能换个地方也一见钟情。我根本不想去凑这种热闹，真正的俗人不应该让自己显得太俗。咱们公事公办，她威胁我说，你到底去不去？她没有多少幽默感，只想追风赶时髦，逮住机会露露脸而已。我没办法拒绝，人生本来就是一场戏，随便玩玩吧。于是我俩装作彼此不相识，专程跑到省城去电视台报了名，并参加了一次排练。电视节目播出时高亚正在洛阳，可能是周末晚上寂寞无聊，把家乡的一个破节目从头看到了尾。

我们六男六女于台上分坐两排，明码标价一般，各自面前的小牌上写着姓名、年龄和职业。台下坐满了各路亲友团和赞助单位的人，热热闹闹地打出了广告牌和标语。我没带亲友团，为了不让人认出，事先还特意剃了光头，在单位招摇了几天，临出场时花几十元买了一副假发戴上。有个展示个人才艺的环节，每个人都得露一手。有个家伙上来叽里哇啦说了一通英语；一个女的五短身材，穿着专业服装跳了一段健美舞……我的女朋友披挂上阵唱了一段京剧。轮到我时，我弹吉他唱了《桑塔·露琪亚》。刚一过门就有掌声，唱完了是非常热烈的掌声，不少人喊我再来一个。我也就怎么看待婚外情这个话题谈了看法，说出具体问题具体对待之类的废话。结果，我当选为最佳表现先生，六个女的投了我五票。做节目之前，我和女朋友隔三岔五地见上一面，一旦条件允许就会来点床第之欢。可是在台上，她根本就没找到游戏的感觉，似乎动了真格的。一开始我当她是开玩笑，她对一个银行小职员表示了好感，但银行那小子只对那跳健美舞的姑娘感兴趣。

高亚起初不相信，电视上那个叫刘立明的家伙是他认识的那个“刘立明”吗？“刘立明”这个名字过于普通，电脑工程师满大街都是，三十一岁的光棍更属稀松平常。高亚一时难以做出判断，只好死盯着电视仔细观察，偶尔啜一口百喝不厌的茉莉花茶。主要是那一头假发把我弄得面目全非，平添了几许艺术家的气质。当时我正偷着乐呢，简直不晓得自己身在何处。这种感觉从未有过，有如孙悟空变出了另一个孙悟空，我和我的替身处在同一时空，他的一举一动在我眼里一文不值。我是多么愿意出卖他，放纵他，嘲弄他，把他当猴耍！

当电视上刘立明开始表演节目，高亚这才看出了门道。谁弹吉时会显得痛苦万状，像大猩猩一样兜嘴抬着大下巴？谁会闭着眼睛、通体舒泰地唱那首意大利老歌？没错，是刘立明！他在电视里抚琴吟唱，仿佛坐小船徜徉于夜色撩人的海面上，小风吹着，幻想着近在眼前的姑娘离他很远很远，远到他看不见摸不着，足以对她一往情深，思之若渴，以便一声声地呼唤：桑塔·露琪亚，桑——塔·露——琪亚……

我那个“桑塔·露琪亚”显然受到重创，一脸的悲愤，节目一录完就提出跟我分手。为什么？我感到非常意外，一把抓下头上的假发。我们在一起不是很快乐的吗？那可是你说的，跟我在一起特别放松。她支支吾吾地说，其实感觉不是很到位。刘立明，你是个好人，幽默风趣，举重若轻，做朋友没得说，做丈夫好像有点不够分量。我脸上突然发热，就好像给她一下子击中了要害，理屈词穷，眼泪都要下来了。我把假发扔到路边的花丛里，转身离她而去。我头顶烈日，背着吉他，走在一条全然陌生的街道上。路中间的隔离带，一道漆成天蓝色的铁栅长长地排下去，使我感觉一阵阵恶心。我对我们那座不伦不类的小山城没有好感，对这座陌生的大山城更没有好感，对自己也从未满意过。理想和现实之间总是隔着一道无法拆除的障碍，如同这道铁栅栏，它通风透气，不高不矮，可你就是不能翻越。它鲜艳夺目，让人心烦意乱，如影随形，坚不可摧。我俗不可耐，这座城市俗不可耐，俗不可耐的生活就像刚才的电视节目，俗不可耐，俗不可耐……我在天蓝色的刺激下，直想翻江倒海地狂吐一场。

刘立明，我在电视上看到你了。

我瞎胡闹，太傻了。

你好像变样了，变化很大，我简直认不出你了。

我摸摸自己的光头说，我戴了假发。

那首意大利民歌，你唱得比以前还好。

我苦笑一下说，是不是多了点沧桑感？

片刻沉默过后，高亚说，你知道吗？刘立明，桑塔·露琪亚不是一位姑娘，我在一本书上看到的，是意大利拿波里岛上一座教堂的名字。

我一下子蒙了，如果不是一位姑娘，也不应该是一座教堂啊！说着我哼了两句，马上又觉得非常可笑。高亚你没记错吧？可能我们记的歌词不同。既然是一座岛，它有没有可能是岛上的一座灯塔？

真的是教堂，高亚肯定地说，书上是这样说的。不知道为什么，每次听你唱这首歌，我就想告诉你。其实也没什么，一座教堂和一位姑娘，都是美好的事物。

这些年，我和高亚的联系时断时续，没想到隔着几千公里，我们在电话里认真地谈起这种事儿。就好像我们一直过着幸福高尚的生活，从没放弃理想和信念，从不妥协退让，从不同流合污，从不玩世不恭；我们没受到污染，没受到捉弄和伤害。我们不知道什么叫迷惘和困惑，一切都来得真实自然。我们真诚无比地怀念一座我们从未见过的耸立于海岛之上的小教堂，到了夜晚它透出五颜六色的灯光，看上去就跟灯塔一样。我们都喜欢红色，红色最有穿透力。我们一致认为，当人们夜晚归航，远远地看到桑塔·露琪亚，就感觉回到家了……这时，我几乎热泪盈眶，我说，他们怎么给一座教堂取了这么美的名字？

（原载《飞天》2002年第11期；
收入新夜郎文艺丛书《碎麦草》，贵州人民出版社，2004年6月；
《碎麦草》获第八届全国少数民族文学创作骏马奖）

2002年

王　华

一只叫耷耳的狗

郑二的女人死了，镇医院要他赶紧弄出去，郑二弄不动，他坐在天井里，怀里抱着渐渐冷却的女人，腿骨软得跟面条似的。他无助地看着身边的人，频频发问：怎么就死了呢？怎么就死了呢？被问的人你看我我看你，都觉得自己不具备回答这个问题的能力或者资格。之后，两个穿白大褂的强壮男人从郑二怀里夺了死人，抬到门外马路上放下了。

郑二拖着软绵绵的腿跟出来，看看天，对两个医生说，要下雨了。其中一个医生厉声说，知道要下雨了还不赶紧把她弄回去？郑二看了他们一眼，不再理会。他看见女人咬着下嘴唇，脸色青灰，好像很不情愿躺在马路上。郑二颓然地坐到女人身边，抓起女人干柴似的手，忍不住悲声大作。

大地吐出一层厚厚的氤氲，天和地重合在一起了。风卷起一些碎纸片，拍打出冷冷的声音。人们突然感到冷，都忍不住把注意力从郑二那里分散出来，去看纷纷扬扬的碎纸片。

有人给郑二一块纸板，要他给死人垫上。又有人给他一张草纸，要他拿去盖死人的脸。

郑二说，她刚满月子哩，月子里头喊头痛，活生生拖成了一把骨头。

郑二去掰死人的嘴，想叫死人松开牙，别咬着嘴唇，可他的手一放，死人的牙齿还是咬着嘴唇。郑二说，死都死了，还咬着嘴巴忍哪样哇？

有人问郑二，你媳妇得的什么病？

就是头痛。郑二说。

头痛能死人？

郑二不知道。

一个又黄又瘦还在住院的病人对他们说，可怜得很啦，来看病，只有五块钱。他们（噤声指指医院）说这病得住院，要他交住院费，他说没钱，开点药就行了。两口子都老实，开了几颗药片片，还没吃，人就不行了。

这里嘛，有病没钱莫进来。

他们该到郎医生那里去，他那里可以赊。

人家医术也还可以，不比这里头的人差。

就是。

人们突然意识到这种议论对郑二已经毫无用处，不说了，静下来听郑二吸溜吸溜的抽泣声。天怎么冷起来了？这时令离冬天还远着哩。他们说。抬头看看天，更觉得寒意逼人。他们问郑二是哪个村的。郑二说是顶峰。他们惊叹，顶峰好远哩。问他在街上有没有亲戚朋友。郑二想了想，说政府办的江山主任是他们村的。他们说，那你去请他来看住你媳妇，你快回去请人来抬呀。郑二犹豫着。他们说，你还不快去，天都要黑了。郑二就去了。

郑二去了很久才回来。江山跟在他后面，没好气地说，你快去快回，我可没时间等你。

郑二急忙点着头走了，拐弯时回头看了一眼，踩在一个烂可乐瓶上，差点摔了一跤。

郑二一走，江山便钻进医院。里面“江主任江主任”喊成一片。江山由衷地微笑，打着官腔说，你们忙吧。然后叉开两腿，很官方地坐在医生们让出来的椅子上，嘬了一口护士递给他的热茶。他问他们，你们有没有塑料布？我拿去把外面那个死人盖一下。

江主任认识？

一个村的。

医生们抱歉地嘘叹，哟。

江山说，男的有点呆，家里穷得灰都没有多余的。

他们找了一块塑料布，替江山拿到外面盖到尸体上，还挺负责地在四周压了几块石头，以防风掀开。江山说，谢谢了。

医生说，死人又没人偷，守它干什么。

于是江山回去了。

雨随着夜幕降临了，夜把雨染成了黑色。雨点拍打在塑料布上，悦耳地唰唰响。镇医院关上了厚重的大门，把灯光也关在了里面。

不知何时，一条白狗坐到了尸体旁边。眼睛像两枚星星，在黑夜里幽幽地闪烁。街上的人看见了，他们担心起来，它要干什么？是不是要啃那死人呢？

有人过去赶开狗，在医院的檐下点了两支蜡烛，以为有烛光照着它就不会来了。谁知道他刚转身，白狗又端坐在雨里了。烛光把它的影子推得很远，比它的身体大了十几倍。

人们远远地看了一会儿，还提着棍棒大声吼吓着把白狗赶了好远。他们说这下它再也不敢来了。可当他们气刚喘匀，白狗又回来了。它端端地坐在雨里，烛光把它的影子推得很远，很高大。

人们正不知道拿这只狗怎么办，郎医生来了。他听街邻说他的狗守着郑二女人不走，专门来喊它的。他用手电晃了晃白狗，喊，耷耳，耷耳。白狗听见主人的喊声，抖了一下身上的水，走了过去，摇着湿漉漉的尾巴。

关于郑二女人的事，郎医生已经听街上的人说过了，他看了看尸体，掩了掩塑料布，然后喊耷耳回家。他对耷耳说，你又不是没吃饱，怎么能打死人的主意？耷耳抖了一下身体，跟着郎医生犹豫不决地走了两步，又回到死人旁边坐下了。

郎医生很意外，说，你要做什么？

耷耳看了他一眼，不说它要做什么，只是专心致志地看着死人。郎医生怎么唤它它也不理。郎医生说，你是不是要替郑二守尸？耷耳沉默着，看着死人脸上的水珠在烛光下闪烁。郎医生想了想说，那你就替他守吧，正好这尸体没人守哩。

郎医生又对围观的街邻们说，没关系的，我这狗不是要啃这死人，它是想在这儿替郑二守尸哩。

人们听了郎医生的话，觉得烛光里的耷耳神秘而高大起来。有人走过去，在尸体旁边烧了些纸钱，还点了三炷香。

雨是什么时候停的，没人知道。天亮后，人们发现天空薄了许多。尸体上面的塑料布溅满了泥水，乍一看，像盖在女人身上的一块花被单。蜡烛早燃尽了，香也燃尽了，但耷耳狗还坐在那里。雨水被它的体温蒸发成一团白雾，在它身上袅袅升腾。远山被水洗过，又青又亮。

郑二叫着抬尸体的人赶来已经是中午了。郑二不知道白狗坐在这里干什么，吼了一声，叫它让开。白狗默默地退到一边，看着几个人把尸体放到担架上。

这时江山沿着狭长的老街走过来了。他本来是去郎医生那里给父亲抓药，觉得应该顺便看一看郑二的媳妇抬走没有，就过来了。泥猴一样的郑二看见江山过来，把手舞了舞说，江大哥，我把人抬走了。江山说，抬吧，早点安葬了，这天气，太阳一出来就跟六月似的。江山心里隐隐闪过一丝愧疚，他想再跟郑二说点什么，但又觉得没什么好说的。

江山来到郎医生的诊所，把处方递给郎医生。这处方是他请县里的一位老中医开的。郎医生把处方放在桌子上，没有马上抓药。他先递支烟过去，给江山点上火，问，老人家吃了这药有效没有？江山说，效果还可以。

郎医生提起小秤开始抓药，把抽屉拉得哗哗响。化石的药还在吃吗？他问。在吃，江山说，昨天还排了半截米那么大的一粒出来。这时一道白光一闪，白狗耷耳冲了进来，接连打了几个喷嚏，甩了江山满裤子泥水。江山火了，抖着裤子吼耷耳，你这破狗，去哪里弄这一身，脏兮兮的。郎医生忙放下手中的事情，进屋拿了条毛巾给江山擦裤子。耷耳回头瞟了一眼江山，躺到一边去了。郎医生一边抓药一边告诉江山，这狗昨晚替郑二守了一夜灵。江山心里有些不自在，却说不清为什么不自在。郎医生把药给他的时候，说想请他帮着开个证明。郎医生觉得这不过是句话的事，可江山仿佛没听见，支支吾吾地走了。郎医生心骂，老子给你的好处都喂了狗了。他以为江山是还要他送点东西才给他办。其实江山这下在想耷耳和郑二女人的事。

江山回到家，他爹问他郑二媳妇抬走没有。他没好气地说，不抬走摆在街上卖呀？自从儿子当了主任，当爹的就怕儿子了，仿佛当了主任以后儿子就成他爹了。他来儿子家里养病已经好几天了，儿子不准他出门他就不出门，规矩得像个听话的儿子。他先煎药，然后还要把饭煮在电饭煲里，当教师的儿媳一会儿回来做菜。如果她放学回来又要煮饭又要做菜，她的脸色就会像锅底一样黑暗。

老头拿着药罐去加水，江山夺了过去，像从一个逞能的孩子手里夺东西一样，他刚往里面装好水，对面就有人喊起来：江山，接电话。

吃中饭的时候，媳妇的脸灰灰的，怪江山把饭煮得太稀了。江山说，县委组织部今天要来人，办公室事情多得很，我哪有时间煮饭，是爹煮的。

吃好饭，江山和爸站在阳台上剔牙。老头子说，今天这个天，好薅秧哩。江山不知道这天好在哪里。老头子说，我看我还是回去算了。回去？你的药还没吃完哩。屋里传来儿媳洗碗的声响，感觉像是在砸碗，弄得老头子不知所措。江山把衬衣松垮垮挂在身上，两手叉在赤条条的腰上。这一点很像他爹。老头发现这一点，又高兴起来。儿子是顶峰村出来在政府部门工作的唯一的一个人，他这个当爹的在顶峰村的面子可大了。他得尿结石痛得满地打滚，儿子带他到县医院住院，现在又留在他家里养病，顶峰村的哪个有这么好的福气？正想着，江山突然心急火燎地穿好衣服，往楼下跑去。老头子看见了一辆蓝色轿车开进了政府大院，儿子跑到车前，俯着身子，脸上堆满了微笑。

老头子很不喜欢儿子那个样子，又不想进屋看儿媳寡淡的脸，便下了楼。

老头子对赭色瓷砖修的镇政府大楼和轿车都不感兴趣，他感兴趣的是庄稼地。出了大院，有一洼水田，秧苗绿油油的叶子在风中轻轻招展。可他刚走到田边，就被厕所角上的垃圾堆吸引住了。那里居然有一台电视机。他寻思电视机肯定不可救药了，要不人家也不会放在这里。他捡起一块石头，想砸开它，把里面的铁拿去卖钱。他砸了好一阵，砸得满头大汗也没能把它砸开，砸起觉得好玩，没想到在儿子家摸都不敢摸的电视机居然有这么结实。

老头子想找一块大点的石头，抬起头来发现旁边坐了一条狗。狗和他对视的时候眼睛眯了眯，尾巴虽然杵在地上，但它依然讨好地摇了摇。

耷耳是跟郎医生一起来的。郎医生自己写了份证明，想叫江山盖个章。前几天县工商局来人，要他办一个营业执照，否则就要封掉他的诊所。

郎医生来到二楼办公室，从玻璃门里看见里面坐着三个很有派头的陌生人，镇里的书记正跟一个大胖子说着什么，江山挨个儿发烟。不是一人一支，而是一人一盒。郎医生觉得不便，一时又不知去哪里，就进了楼道里的厕所。他在里面郑重其事地撒完了尿，磨蹭了半天才出来，江山还在里面蹭着。于是他决定到楼下待一会儿再上来。

耷耳一直守在老头子旁边，但老头子没理它。他把电视搬在一边，准备一会儿回去找个锤子来敲。他已经发现了一口铁锅，心想至少有两斤铁。他把铁锅捡到一边，又看见了露出半个头来的啤酒瓶。他把啤酒瓶拔出来，又看见了别的。他发现这里好多东西都可以卖钱，他兴奋起来，在垃圾堆上挖个不停。耷耳汪汪朝他叫了几声，像是要和老头说句什么话。可老头子已经着迷于挖掘了，他被垃圾堆里的宝贝们深深地吸引住了，懒得理这狗。

郎医生在院子里溜达的时候，无意中看见江山抱着一个精美的茶叶筒急急地从家里出来，往大楼跑去。他很想喊一声江主任，没等他喊出来，江山已经陷进楼里去了。江山夸张地要求秘书小李把刚才泡的茶倒掉，泡他拿来的好茶叶。那几个坐轿车来的人笑笑说，好，我们尝尝小江的好茶。江山顿时感到心花怒放，恨不得自己也像茶叶一样一头扎进沸水里让领导们当茶饮。

几个人品着茶，大胖子对书记说，嗯，好茶。书记笑得没了眼，说，小江是专门买来招待上宾的，平时我们都没得尝过。

大胖子说，小江这就不对了，书记对你可是不错呀，哈哈哈哈。江山也跟着笑，傻里傻气地笑。

书记很有内容地笑着说，小江不错的，不错的。一边说一边邀大胖子和他的随同去他的办公室坐坐。几个人放下茶杯站起来，江山急忙撕开一盒烟，诚恳地请他们再来一支。

这些人一走，江山顿时觉得办公室特别空。他泡好的好茶，他们只尝了一口。有人甚至一口都没来得及尝，怕烫。他想把茶给他们送上去又觉得自己是瞎操心。他哪里也不敢走，怕一会儿他们有事吩咐。即使没事，他也得等他们走的时候送送他们。他站在走廊上抽烟，刚点燃，他便被喝住了：江山！

是一位副书记，站在楼梯上，手里拿了份文件，居高临下地批评道，你这文件是怎么校对的？好几个错字不说，还漏了一段，这个也能发下去，也能往上送？江山仰视着并不高大的副书记，恭敬地接过文件。副书记说，这样严肃的工作都搞得漏汤滴水的，重新打印！今天必须拿出来，明天必须往上送！

江山大气不敢出，等副书记走了，他才拿着文件回到办公室。解开衬衫，露出光肚子，透了股冷气，然后去找打字员出气。

打字员正在玩游戏，江山把文件往他面前一拍，像是要打架：你打的哪样文件？打字员是个刚来不久的愣头青，被江山吼得不知所措。江山扯起衣襟扇着风，把副书记的话重复一遍：这样严肃的工作都做得漏汤滴水的，重新打印！今天必须拿出来，明天必须往上送。

郎医生看见江山出来，连忙迎上去，很小心地说，江主任，麻烦你盖个章，看不看都可以。可江山却认真看起来，还没看完，楼上有人喊“小江”，江山把证明还给郎医生说，等一下。

虽然没盖章，但“等一下”还是让郎医生感到高兴。他又有尿意了，但他决定到院子外面的厕所里去解，以便把无聊的时间打发掉。走到院子外面，他看见江山的爹正忙得满头大汗。耷耳看见主人走来，高兴地汪汪叫了两声。

老人家，你挖这些东西干什么啊？郎医生问。

不做啥。老头子说。

你老人家也是，你还缺这点钱花不是？你生着病不说，掏这些东西，江主任晓得了会不高兴的。

老头哧地笑了一下，说，你们这些年轻人。耷耳见主人和老头说话，很高兴，呜呜呜绕着他们跑了个“8”字。老人说，这是你的狗？郎医生说，是。老头子说，我好像在哪里见过它。郎医生说，上个月派出所要打狗，我没管它，它跑出去十多天才回来，莫不是跑到你们那里去了？老头笑着说，那就是它了，它跑到顶峰去了，我还喂过它几块红苕哩。郎医生说，难怪，你看它还记得你哩。

郎医生回到办公楼，江山站在办公室门口，他把证明递上去，心想这下没什么问题了。可江山说，你去镇医院开个证明来。郎医生急了，他说，你是知道的，他们说我抢了他们的生意，早就不高兴我了。江主任你给我盖个章就行了。我开了这么多年诊所了，你是知道的，连国家发的医疗机构证我都有，我肯定属于合法行医嘛，你帮个忙行不行？

没有镇医院的证明，我不敢盖这个章。江山的口气和表情让人感觉郎医生得罪过他。

郎医生看出他脸色不好，知道政府的人麻烦多，心想换个时候来吧。临走时想讨好一下江山，就小声对江山说，你去招呼一下你老人吧，他在那边挖垃圾哩。

江山走到院子外面，看见他爹在刨，耷耳狗也在刨，他气不打一处来，一脚踢在电视机上，发现了一个很响的声音。耷耳吓得跑了，老人猛一抬头，眼前一黑，栽倒了。

后面赶来的郎医生帮江山把老头子扶回家，认真号了脉，说是要输液。江山没说什么，郎医生跑回家，把输液瓶的那套拿来了。老头子已经醒了，耷耳坐在床边，像个孙子一样守着。老头子拍了拍狗头说，郑二在我家看见它，便把它唤回去，说他媳妇要生娃儿了，好叫它给他娃舔屁股。郑二媳妇喜欢它，天天给它好吃的。

江山撇嘴说，他家会有什么好吃的?

他爹说，别的也没有，他们吃什么就让它吃什么，对狗来说，这就算最好的待遇了。

郎医生说，难怪耷耳要去替郑二女人守尸呢。

江山爹说，狗和人不一样，狗只记恩不记仇，人只记仇不记恩哩。

郎医生说，就是。

江山也说，就是。

（原载《民族文学》2002年第12期;《小说选刊》2003年第3期转载）

2003年

欧阳黔森

血　花

雪花像一朵朵透明无瑕的小小银伞，在没有北风吹的山野里飘动。天空一刹那纷纷扬扬起来。这是红土高原的雪朵儿，美丽、轻盈、奇妙、梦幻。

老杨坐在驾驶室，忧虑而担心地数着那慢慢降落的雪花。可他怎么也数不清，数不清让他的心越来越忧虑。半山坡上的钻塔里钻工们正在收拾，是呀！今天是大年三十，老杨得把他们带回 队部，队部有他们的老婆、孩子在等他们吃团圆饭。

说起来老杨还算好，一年能回家十几次，他是司机，回队部是常事。回队部的公路虽然崎岖难行，老杨还是乐于往返，这样可以常回家看看老婆孩子。他是队部家属和野外钻机场的钻工们最受欢迎的人，什么家信呀问候呀好吃好喝的呀都由他传递着。

老杨在地质队开解放牌汽车已十年了，技术是大家公认的，从他十八岁当汽车兵到退伍再到地质队，从未出过一次事故。每当人们称赞他解放军的水平硬是不一样时，老杨是很自豪的。在这崇山峻岭中的公路上，出事故的驾驶员太多了，于是哪里的路越险哪里就有老杨的车。地质队的职工们只要一坐上老杨的车，再险的路况心里也踏实。

天气太冷。老杨看了看水银测温表，零下三摄氏度。这在红土高原东部是少有的冷天气了。分队长说今天收队，老杨一大早起来就把车篷盖好了。他足足盖了一个多小时，那支撑杆冻得滑溜溜的，他虽戴着麻线手套，却握也握不住。他只好跑到一里地远老乡的田里抱来稻草，升起火来烤，等那支撑杆出了汗，滑溜溜的冰便变成了水珠，一颗颗贴在支撑杆上，老杨伸手一抹没有了，可一会儿那水又变成了冰冻结在手套上，使老杨觉得手硬壳壳的，一张一握嚓嚓地响。不过老杨顾不了这么多，他得赶快把五根十个支点的撑杆插入铁洞里去，然后铺摊上篷布。

铺篷布更费力，幸好他身材高大，力气也是钻机场前几名的，这样他才勉强把那冻得硬邦邦的篷布拖上车头顶，一层层打开，一点点一角角地拉开。铺好了篷布，他回到驾驶室点上一支烟，深深地吸了一口，心情很愉快。

他的车最少可以站五十人，甚至更多。八十公里的路程，不下雪得走三个小时，看今天这天气没有五个小时是不成的。

他吸完了那支烟才想起走五个小时同事们站在车厢里太难受，他想上车厢在支撑杆上拴些麻绳，好让同事们手里有抓的，不至于被颠来颠去站不踏实。

他出了驾驶室，风一吹，突然感觉浑身刺冷。其实山里的风并不大，可风只要有就无孔不入。他穿着的棉衣是用绳子扎好了的，风不易钻进去。他的冷是刚才铺篷布出了一身汗，在驾驶室休息了一会儿，那汗就凉了，这一出车门就变冷了。

他上牙咬不住下牙地用老虎钳剪出一节节绳子，一条条系上支撑杆，一连系了几十条才罢手。回到驾驶室他想换内衣内裤，才想起早上起来时已换了最后一套。他心里有点怪自己，这么多年的野外生活，居然太大意了。明明知道要铺篷布的，为什么不铺完了再换内衣裤？嗯，人一激动就大意，这是他总结出来的。他今天不能不激动，大年三十，又快三个月没有回家了。早上醒来，翻出留了很久的干净内衣裤穿起来，是一件很正常的事。只不过应该晚穿一会儿就完美了。

埋怨了自己一会儿也就不再埋怨了。他想同事们从开春时出野外，到现在才回家。三百多天没有回家，自己比起同事们来，的确要好得多。现在冷是冷了点儿，可自己毕竟在驾驶室，发动机的温度可以让自己好受得多。只要不再出车门，撑回家是没问题的。

渐渐起北风了。老杨看见车窗外的雪朵儿朝南斜飞。他开始担心起来，起了风，公路上的落雪会变成冰的。这样路太滑，车就没法走了。

山腰上的同事们已陆续下来，这是他们最后一次上钻，看来今年的钻进任务是超额完成了。

大家七手八脚把早已准备好的行李抛上了车，就等着分队长喊声出发了。钻工们在空地里生起一堆大火，火把天空烧了一个洞，那些雪朵儿在洞口飘不了几下，就幻化成白烟气直往天空升，升不了多高，白烟又消失在满天飘落的雪花里了。

老杨看了看表，已快十二点了，他想要走得赶快走，天黑了更不好走。风是越来越大了，他想莫非这一百多人又要在野外营地过年三十么？他的想法不久得到了证实，他看见停在他左右的车上有人正往下抛行李。他连忙回头从后窗看，见自己的车上还没有人抛行李，后山村老李家送给他的一竹篓鸡蛋还夹在背包中间。

老李家也够困难的，可每次回去都要送给他一些鸡蛋。他与老李家交上朋友是在一次春季的大雨中，那雨大得吓人，像天空漏了似的，雨似乎不是在下，而是像瀑布一样地泻。几十年难见的山洪暴发是肯定要来的了，队长号召所有的职工抢运放在小溪岸上的岩心，那可是打了半年的钻探取上来的样品，被水冲走，损失就大了。老杨当然参加了抢运，抢运中他遇见一个不像职工的人，那人搬起岩心箱飞跑，来回几次，不知劳累。一些职工早已累得趴下，四脚朝天躺在地下，任雨水淋，一张喘气的嘴还上气不接下气地吞着雨水。老杨没趴下，一直到搬完样品。大家松了一口气，刚站在高坎上的工棚里，那洪水说来就来了。洪水像一条狂奔的黄龙，呼啸着。那平时潺潺而流的小河顿时显得异常凶猛，狂流中一会儿半沉半浮着巨大的残树，一会儿浪卷着猪呀羊呀牛呀的，甚至翻滚着一条扁担长的蜈蚣，惊得几个平时在小河洗衣的女职工爹呀妈呀地喊。有一个还下意识抱紧了老杨的胳膊，老杨任她紧抱了，心想，看来号称铁女人的“三八红旗手”也只能这样了，但她至少还能站在这惊涛骇浪前大声叫唤，换成其他女人早昏了过去。

年初开工时，由妇女组成的“三八钻工班”，各分队都不敢要，偏偏老杨所在的分队要了，并成立了“三八钻机场”，说是男人能干的活女人也能干。女人们也确实干下来了，但这在老杨看来，他并不同意分队长说的什么“妇女能顶半边天，不要旧思想看妇女”的话。老杨其实没半点小看女人的意思，他只觉得女人们不管干什么活，都要比当钻工好，这是荒山野岭中的粗活，原本最适合男人干的。老杨看着分队长左跑右窜地到处查实女钻工的人数，心里骂开了。在这当女钻工，看起来是尊重妇女，其实是不把妇女当女人。地质队员与解放军野战部队差不多，老杨在部队十年，女兵是见过，可从来没见过女野战军。老杨对地质队把妇女也放在第一线是很有意见的。看着分队长手忙脚乱，老杨心里感觉很解气。人的气只要一解就高兴，一高兴就喜欢找人讲话，那时旁边刚好站着老李，他伸手拍了拍老李说，你当过兵？老李说当过，于是他俩成了朋友。一篓蛋老李家的那几只老母鸡要生一个多月。老杨想春天回到这里，一定给老李多带些粮票来，反正自己家人口多，粮票一年能剩下百十斤。不行还可向同事们要点，凑足两百斤，也好让老李家拿粮票充充公粮。老李家那二亩水田瘦，产不了几担谷，上了公粮也剩不了多少，老李家一年到头吃杂粮，日子过得清苦。有了两百斤粮票，老李也就有了两百斤谷子，一家人也能吃上大白米了。

老杨正想着，有人敲车窗。老杨一看是分队长，赶紧下车。

分队长说，老杨，这会儿刮起了北风，车是不能走了吧！老杨说，刚刮起不久，一下子凝冻不起来，要走得赶紧走，只要过了老岭山就没有什么危险了。分队长说，你硬是艺高人胆大，人家小杨和老张的车是叫他们走也不敢走了的。算了吧，这年就在这里过吧！反正又不是第一次。

老杨跟着分队长进了简易工棚。分队长见一些职工们聚在一起不散，就说，给你们讲不能走你们不相信，人家老杨是老司机了都不敢走，你们就安心吧！说完一指采购员小王，耶，不是安排你去后山村联系买几头猪回来杀吗？过年总得有猪肉吃。说完分队长盯着小王看。小王眼一横说，队长，你不想想，都年三十了，有猪的都杀了，即使幸存一头两头的，年三十人家也不会卖猪嘛，这是常规。

分队长说，叫你去你就去，不试一试怎么知道没有。说完用手去推小王起来。

小王一下子站起来说，队长，你上月回家一次，哥儿几个是一年没回家了。这次是你事先表的态，说今年回家过年的，咋个又不算数了。分队长说，我又不是神仙，咋个知道这天会下雪。小王说，去年回家，一进门老婆还认得我，可我三岁的儿子叫我叔叔。你说队长，你总得让我回去给儿子亮亮相吧！你不想办法让我们走，打主意买什么猪嘛。小王话音刚落，身旁一下子站起来了七八个钻工。身材高大力大无穷一只手能提动二百多斤钻杆的钻工罗老三，一把揪起分队长的衣领说，老子不在这里过，不行老子走也要走回去，不就是一百六十多里路么，老子走到大年初二也要走。

分队长挣脱开罗老三的手说，罗老三，你不要耍狂，你是一个职工，得听组织上安排。罗老三狂叫，老子老妈好不容易从家乡来队部看我，一家人过个年，你不想想办法，拿组织上来吓什么人。十天前我们班组就完成任务了，你说要超额完成，多钻一孔。老子们听了你的，到了年三十了，你又不让走了。你说给的什么光荣花你自己要多少你拿多少，老子们不要了，老子们只要回家。

分队长捡起罗老三丢下的大红花说，罗老三，你不要耍横，否则我开除你。

罗老三说，你凭什么开除老子，都是国家职工，你没比谁多一张嘴，多一双手的。老子一不杀人，二不赌博，三不旷工，四老子干好了国家交给的任务，你要开除老子，你还没那个权力。哼，不要以为当了个分队长，就以为能代表国家，老子告诉你，大家来自五湖四海，都为了一个共同的目标，为国家找矿。我们是分工不同，给国家干事没有什么贵贱之分的。你不要惹得老子火起，老子眼里认得分队长，拳头可不认什么分队长。

分队长听后火了，他说，谁要走回去就走，要老子派车打死老子也不干。再说党支部已讨论过了不能发车，就是我想派也派不出。

司务长小王说，你不是兼支部书记嘛，你可以召集支部再讨论一次。

分队长说，小王，你到底去不去买猪？

小王说，这得问一问大家。说完回头问钻工们，同志们，买不买猪？

同志们异口同声地说，不买。

小王一副大义凛然的样子调头对分队长说，毛主席说少数服从多数。伟大领袖毛主席才逝世两年，你就不听话了。

分队长睁大了眼睛，指着小王说，你，你，你……最后你不下去了，说，好，我去买，我就不相信买不来。

看着分队长走了，大家你看我我看你，意思很明了，接下去应该是大家拎起背包，回宿舍铺开，下决心在这冰天雪地的山野里过年。

谁也不愿先拎包，似乎谁先拎了包就是谁垮了意志，谁就要遭人唾骂。

老杨坐在一截圆木上，心里很难受，他是深深地理解大家的归心似箭。他也理解分队长，分队长又兼着支部书记，是这个钻探分队一百多人的一把手，他是肯定不敢下决心叫发车的，出了事他负不起这么重的责任。其实雪才下不久，路上肯定还未铺满，就是铺满了雪，过几辆车还是不会滑的，就怕老岭山这时已有车过。车轮压黑了雪，北风一吹雪一凝冻就滑了。其实现在就是抢时间，谁先下决心走谁能冲过去，只要过了老岭山就没危险了。

老杨一支接一支地埋头抽烟，地上已丢了十几个烟头。嘴已抽得有点麻木了，他才抬起头来。不抬头则已，一抬头吓了他一跳。原来他以为大家已陆续散了，结果几十人都围在他的身旁，大家也不说话，几十双目光对着他。

老杨一下站了起来说，干什么？干什么嘛？

大家依然不说话，依然用目光对准他。

老杨又坐下，取烟，点烟，抽烟。

半小时过去，地下又丢了十一支烟头。当第十二支烟头被老杨摔在地上弹起来又跌下去时，从老杨牙缝里咬出一句话："走。"

于是三机场、四机场的钻工们上了老杨的车。这两个机场的人是老杨车的老主人。每次搬迁都坐这辆车，他们信任这辆车就像信任自己一样。

老杨他们踏上了归途。

这个故事似乎是讲不下去了，因为老杨他们如果安全回到家或出事故回不了家，作为故事讲下去都会落了俗套，要命的是这个故事并非小说可以由作者凭感情任意结尾。

这个并非小说的结尾，它影响的就不只是读者看后心灵的一震，这个故事的结尾最后影响了地质队两代人。这个故事，从老杨他们踏上归途我就讲不下去了，其实大家都能猜得出来，所以我更讲不下去了，落了俗套的故事，也许在现实生活中恰恰最动人。我要结束这个故事前，想最后讲有关这故事在二十年后的情况。

二十年后，《中国地矿报》文艺副刊登了一首诗歌，诗是分队长的侄儿子写的，标题叫《血花》。我现在把这首诗抄录下来作为这个故事的结尾也许更好。

题记：20世纪70年代末，在云贵高原的地质队里，有一位好心的司机大年三十送久居深山的队员们回家团聚，由于路滑不幸撞山身亡。

车终于开了
为了久居深山的队员们
那急切的面孔
他决心违章一试

本来他可以不开
本来他还来得及丢车跳出
为了妻子们门前长久的盼望
为了队员们进门能听一声那
羞涩的童音
为了渐渐失控的车不摔下
万丈深渊
他毅然朝山壁撞去

工伤的队员们
死也不肯让救援的人们抬下山去
内疚地望着那
永远不会被授予烈士的遗体

血花开在雪地里
鲜艳灼人

从此他孤零零
睡在这路边
没有纪念他的墓碑
只有记事牌一块
“小心路窄坡陡
曾出恶性事故”
多少年过去
每当老队员从这里经过
眼睛总被那朵鲜艳的雪花灼痛

（原载《中国作家》2003年第6期；《小说精选》2003年第9期转载）

2003年

欧阳黔森

丁　香

丁香。姓丁名香，绝对没有想占戴望舒先生《雨巷》名气大的便宜。

丁香的父亲是地处深山老林一条省道公路道班的养路工人，斗大的字倒是识得几个，不过对于轰动诗坛的名诗——《雨巷》，他是无意知道的，即使是知道了，他也认为那是吃饱了撑得慌的人喜欢的东西。他甚至不知道丁香是一种可以入药的植物，也不知道丁香是开着五瓣的花儿并被文人比拟成幽怨的象征。因为在他从小长大的村子里没有这种叫丁香的花儿。

丁香的父亲是招工进了道班的，一干就是二十余年。他从未出过远门，走得最远也就是离三个鸡村约八十公里的县城了。他娶了后山寨野鸭塘的麻秀妹，人家说三个鸡村的汉子讨了野鸭塘的妹崽，第一胎肯定是个妹崽，果然一年后生下一小女崽，那时八月桂花正香，于是就取名叫丁香。这与村寨里的麻香、田香、龙香一样，没有什么特别的，朴素之至，平常之至。也许丁香就会与其他香一样，长大了嫁人，生孩子，然后被寨里称为香姑。被称为香姑，就更没什么特别的了，香姑在这一带起码也有五十人，是田家的香姑，还是龙家的香姑，找人还得机灵一点，要不然找不着人，必须说是田家三香姑或龙家六香姑才能名对人不错。丁家在这一带是上两辈迁徙来的，在这儿是小姓，仅仅几户人家。丁香在家族排行第三，小名也叫丁三，嫁人后只要打听到丁家三香姑即可。

二十年后的一天，有一群有知有识的地质队员来了这儿勘探，却引起了一波三折，也许这就打乱了丁香原来的生活，这是始料不及的。

这时候，丁老头已退休了，其实叫他丁老头不妥，因为刚过五十大寿。还未到花甲，怎么称老呢？地质队的人喊他丁老头，主要是丁香常说“我们家老头怎么的怎么的”。丁香的老头精神着呢，他在道班周围种了很多地，有苞谷、番薯、大豆等，还修了一排猪圈，在里面养了八头猪。他在这一带算是小字辈了，这儿七十以上的人多的是，正常情况下，八十以内的老人还干农活，百岁老人都还干点小活儿。老人们遇见丁香家爸就说：“小崽，你狗日的福气硬是大，公家人这点岁数就不干公家活了，钱还照样发这么多，不得了啊，你小子要是活上我这岁数，还得领五十年，这多好呀！不干活白领公家五十年的钱，一年领几千，五十年有几十万呢！丁香呀，看好你爸爸哟，他是棵摇钱树哟！”

听到这些，丁香爸一脸幸福，丁香也颇感自豪。丁香爸去年提前退休，不是为了儿子丁来，儿子丁来在县城读高中，明年该考大学了，女儿丁香于是接了他的班。他曾试图想让丁香不占他的岗，可人家人事部门说了，内招指标没有，知识分子可以落实政策照顾一个内招，你是工人不行，如果公路局所有的职工子女都要求招工，公路局就人满为患了，最后的政策是退一个顶一个，晚一点儿可能还没这个政策了，他被吓唬住了，等不了儿子考得考不上大学这个结果，急急忙忙就要丁香顶班了。

丁香才上班一年，一个地质小分队来到了这一带勘探。这一群人有二十几个，一部分住在了道班的三间空房里，一部分住在了对面的公粮所里。

这一群地质队员，一半的人都戴眼镜，斯斯文文的，给人的印象很好。这群人工资很高，钱多的是，这一带的鸡呀鸭呀他们吃得差不多了，他们就开着吉普车到几十公里外的县城买肉。他们都称丁香为马路天使，不过这儿的人不知道马路天使是什么。

从地质队中十几个年轻人的眼神里，看得出他们都很喜欢丁香。

这里是武陵山脉的腹地，公路就沿着原始森林的边缘蜿蜒不断。这路自然没有像国道一样多是柏油铺成，这路是用细石铺就的，三个鸡村离道班最近约三华里，道班也就叫三个鸡道班了。这村子为什么叫三个鸡村？老祖宗们也说不清楚。

三个鸡道班就坐落在一条大峡谷的底部，峡谷中有一条清亮亮的小河淌过，河上有一座古朴而结实的石拱桥，桥的南边就是道班的一排八间红砖青瓦房。峡谷两边是高入云端的一座座大山，公路从南面坡的垭口下到峡谷底有十几公里，再从北上坡到北面垭口也有十几公里，三个鸡道班就管理着这二十几公里的路段。细石子路经不得大雨冲刷，一下大雨路面就坑坑洼洼，道班在不远处开了一小石场，一台小破石机供应着修补路面的石沙。

雨过天晴的日子特别鲜活明媚，因为有丁香戴着一顶用稻秆编织的草帽在公路旁劳作。这大森林养人啊！丁香生得脸蛋蛋白里透红，身段也极其诱人，地质队的年轻人也喊她玛丽莲·梦露。丁香说，你们这伙人真坏，马链拉都还蒙路，你们是咒我眼瞎，出门就回不了家是不？真坏。说完了丁香扬起漂亮的脸蛋，美丽的大眼睛一眨一眨地亮闪闪。地质队的年轻人一个个争先恐后地说："跟我走，包你能回来。"丁香脸一红，走了。

丁香是地质队年轻人的偶像。那些年刚好收音机里总在播李双江激情饱满的歌曲，最合年轻人口味的就是最后一句"丁香啊！丁香"。年轻人也就学会了这一句，结果在峡谷山巅到处都是歌声"丁香啊！丁香"。

下雨时，地质队员上不了山找矿，就聚在一起谈论丁香，大家寻找着种种理由找丁香，只有一位地质诗人从来不当着大家的面谈论丁香，不过他的眼睛却贼着呢。一见丁香就亮晶晶地看丁香，丁香看他时，他就昂起头看着远山上的云朵。丁香对他很感兴趣，因为他从来不与丁香开玩笑，也不当着丁香面唱李双江的歌，丁香认为这小伙子很实在，对他笑的时候脸特别灿烂，小伙子哪里受得起如此待遇，于是偷偷地昂起他那理想者的头颅写了一首诗：啊！紫色的丁香，长长的蔓藤／把离别的思念拉长／拉长／但是，记忆的春风／会把每片花瓣／变成心曲的音符／吹响遥远的山谷／吹响，勘探者绿色的帐房。

不过这首有着浪漫色彩的诗章，他只是写在日记里，并没有敢拿出来给丁香看，当然同事们更不可能看到。同事们对他写诗也从不友好，说这小子本职工作不好好干，一天写什么狗屁诗，老子们出野外是为了找矿，找到大矿找到富矿才是好汉，诗写得再好有屁用，莫非写诗还能写出一座钢城、铝城、煤海来。同事们当面也说他，他也不争辩，心想老子写诗总害不了别人，你们找出大矿来最后还不是要破坏大自然，地质灾害的后果与获得的资源成不成正比还很难说。像人家美国佬就很聪明，发现了矿床很少开发，矿石原料都进口。

他对丁香的好是藏在心里，不像同事们一个个都在嘴巴里。这在心里和在嘴里有着本质的区别，这区别就在于他为了丁香可以与德高望重的同事老夏打架。

这事还得从一条狗说起。

化探组小王他们从老林山王家寨带回来了一条白色的母狗。当然这条狗不是他们买回来的，而是这条狗背叛了它的主人，跟着几个混熟了又有鸡骨头、猪骨头的人跑下山来。小王他们在王家寨住了一个月，回到三个鸡道班带来了一条母狗的消息传遍了整个分队，分队部就设在公粮所里的空房内，分队部的食堂也就设在了公粮所旁边的一座石头房子里。

那狗跑下山来，它的确见到了更多的鸡骨头猪骨头，不过它还未来得及好好地享用，便被炊事员夏排骨打死，用稻草秆烧得个身子黄澄澄的，只有嘴巴还露着一排排白尖牙。

夏炊事员其实就人瘦一点，本来也没有多大关系，要命的是他一米八的个子太高了，远远地看去似电杆一根。他做饭炒菜又喜欢脱掉上衣，露出一身肋骨，于是就得了一个外号，叫夏排骨。夏排骨初来时对丁香特别好，丁香不知夏排骨这名字是大家调侃着玩的，她一口一个“排骨叔好”，喊得很甜。年轻的地质队员们听着就一个个露出牙齿来暗笑。

年轻人一般都很尊重夏排骨，因为他们好吃，夏排骨可以多打一点菜给他们吃，这对于上山采集标本体力消耗大的人来讲是很重要的，因而夏排骨在年轻人当中可谓德高而望重。丁香一口一个“排骨叔好”，喊得他们想大笑而又不敢笑，人家夏排骨也是近五十岁的人了，怎么敢大声笑他呢？孔子说五十而知天命，夏排骨再傻怎么会看不出来。心想你丁香为什么不喊姓字——夏叔，偏偏要喊名字——排骨叔。其实丁香是想喊得亲热点，因为排骨叔平常很慈祥，经常邀请她吃鸡吃鸭的。

狗炖好了，夏排骨通知大家吃狗肉，照例也把丁香喊来了。大家都端着碗还未分狗肉，夏排骨先盛了一碗狗肉给了丁香。这一碗肉真香呀！远远地看着很诱人。年轻人一个个口水直淌，却不能吃，因为分队长和分队技术负责还在协商工作，要等他们来后才能吃。丁香是客人，可以先吃一碗，那碗肉就在丁香手里，热气腾腾冒着狗肉香，特别是有一根腿骨冒出碗沿来，骨头上的肉黄亮亮的，硬是让人马上想拿起来就啃。果然丁香拿起骨头啃了起来，一边啃还一边说，你们都没吃，真不好意思，小王带头说，没关系没关系，你吃，你吃，我们真高兴。这家伙是这一群年轻人中最花口花嘴的，又最有心计，年纪轻轻就当了组长，他对丁香最用心，今天给丁香采一束花，明天给丁香上山打板栗，让所有的年轻人心烦。

丁香啃那肉骨头似乎没费什么劲，那肉就进了丁香的嘴巴，她美丽的嘴巴左动右动地来回几次，硬是吞不下去。搞得几个年轻人也忍不住动嘴巴，口水直往肚子里咽。

最后，丁香终于咽不下，“啪”的一下吐了出来说：“这肉还未炖熟。”然后喝了一碗汤，说声“谢谢排骨叔”就走了。

夏排骨一脸怪怪地看着丁香走远了才说，你们猜她吃的是什么？大家说狗肉呀！夏排骨说是狗B。大家说不会吧！夏排骨说那骨头是腿杆子，肉是我啃了，我原先把狗B割下来放在一边，没有与狗肉一起炖，待狗肉炖了一半熟的时候，才把狗B放进锅里，其他肉都炖熟了，狗B肯定只是半熟，我用啃完了的狗腿子骨串起狗B，这不像是骨头上炖好了的肉么。说完露出一嘴黄牙大笑起来，大家一起哄都笑了起来。连平常最殷勤丁香的小王也跟着笑了起来。这时候只有一个人未笑，那就是小王最看不起的地质诗人，他惊讶地看着夏排骨，随后像电影里的慢镜头一样走上去，一挥左拳打在夏排骨的排骨上，夏排骨根本想不到有人会打他，他夸张地惨叫一声弯下腰去。紧接着地质诗人一挥右拳打在夏排骨的鼻梁上。这样打得夏排骨双手没空，一手护腰一手护鼻子，圆瞪着一双凸出的牛眼望着愤怒的地质诗人，他想迎战，又打不过这个壮实的年轻人，只好忍气到一边生气去了。

诗人转身走了，他决定不吃狗肉了，走时他说：“太不像话了，拿狗的生殖器给人家一个小姑娘吃，这个老不要脸的东西，太不像话了。”然后又威严地走到小王面前说：“这事你们谁也不能告诉丁香，要不显得我们这一群人太下流了，谁告诉了，老子与他拼命，太不像话了。”说完昂首挺胸而去。

结果，所有的年轻人都没有吃狗肉，他们都无声地支持了他们并不喜欢的地质诗人。

这事最后分队长肯定知道了，就把夏排骨好好地骂了一顿了事。

不久，地质诗人带着他写着丁香诗的日记本回市里了，单位送他去省城学习。

走的时候，他没有去给丁香道别，其实他是很想去找她一次，因为他心里爱上了丁香。他用了几个小时爬上峡谷的山巅上面对着丁香家说：“你等着，我得志了，一定来娶你。”

不过丁香不知道地质诗人在山巅上说了些什么。不久，她与小王好上了，后来小王回到市里的单位上，就不再与她联系。

一年后，丁老头带着丁香来到市里的地质队大队部找到了小王，小王这时已结婚了。

再过了几年，从出差经过那儿的同事那里传来消息说，丁香在抢修路基中，山体滑坡埋住了她。

她从此没能再在公路上戴着草帽美丽地劳作。

所有在那儿工作过的人仅仅一声叹息。只有地质诗人闻讯在家里拍案惊呼，丁香！我们的故事还未完呐！你怎么就那个了呢？然后泪流满脸。

丁香不知道他曾在日记里为她写过诗，丁香不知道他为了她与排骨叔打架，丁香不知道他曾爬上山巅发誓要娶她，丁香也不知道他会为她泪流满脸。

他和她都应深深地遗憾。

很多年以后，地质诗人早已不写诗了，他调到了省里工作。

在一个春天鲜嫩了阳光的日子里，他独自开车不远千里来到了大峡谷。那道班依然静静地坐落在那儿，小河水依然清清地流向远方，那云朵依然在山巅上散着步。

他伤感极了，他根本没有勇气进道班见一见丁香的父亲。

他默默地开车掠过道班，爬上了那南面坡的山垭口，面对着丁香家。

他想，我是不是得志了？

仰望着远方，一片苍山如海，他泪水长流……

坐在那儿久了，他忍不住秉性又写了一段诗：

此时，我什么都不想

只想，对你说些愿望
可愿望带着伤口
像一朵红花
你可知道
带伤的东西非常美丽

（原载《北京文学》2003年第1期；《中华文学选刊》2003年第2期转载）

欧阳黔森

断　河

断河其实不断，它是条流了很久很久的河，没有人知道这很久是多久，总之它还要很久很久地流下去。

麻老九提起撑杆，一串串晶莹剔透般的珍珠撒满碧蓝的水面，乌篷船悠悠荡荡划破了莲花般的云朵。

这河为什么叫断河，是小时候寨里老人告诉麻老九的，长大后，麻老九明白了，其实没有人告诉他，他也知道为什么叫断河。河水是从一匹大山脚的石缝里涌出来的，那石缝样子很恐怖，像一条巨鳄张开的大嘴。也许水在黑暗里流得太久，见了天空后，就成了天空的颜色，清清亮亮碧蓝的水像逃离了什么，兴奋地汩汩冒着快乐的浪花，争先恐后拥挤向前，水顺着峡谷的形状而变化着形态向东流了五华里后，又跌进了一座大山脚同样像巨鳄嘴的深洞里。因此这峡谷也叫断谷，位于断谷西三华里的几十户人家也就叫断寨。

这一带的方言，“断寨”和“断崽”一个音，这不是要断子绝孙么，因而凡是嫁到断寨的女人，必须很会生孩子。

断寨地处红土千里的喀斯特高原东部，这里耸立着千里连绵不断的小山头，像一支扬帆而又永远走不动的船队。断寨就坐落在这船队的尽头，东走三华里就是高山耸立、河谷深切的断谷，断谷再往东走五十里就是雄伟巨大的武陵山脉，武陵山脉的大森林养人呀！可自从两百年前，麻姓兄弟离开了黑湾寨，来到这块红土地上扎寨，麻姓男人就再也不能回去了。麻姓女人是可以嫁过去的，正如黑湾寨只有龙姓女人可以嫁过来。

不知是哪一辈老人给麻姓寨子取名断寨，“断寨”和“断崽”的同音，导致了麻姓男人的恐慌，他们不断的与女人们疯狂地生着孩子。

红土地瘦啊！一座座多半是裸露的山体上，偶尔有一层层分布不均且薄薄的红土，生长着长了千年也长不高的小树。在山凹凹山湾湾处那些鸡零狗碎的几十亩田地，早已养不活繁衍了几代的麻姓人，于是断寨的先人立了一条规矩——凡排行老三以后，不得定居断寨。

“断寨”这名，断寨人是早想更改的，更改了几次都不理想，外寨人还习惯叫断寨，也为了外出谋生的子孙们能找回家来看看，断寨人也就彻底放弃了更改寨名的想法。

麻老九是唯一以老九定居在断寨的男人。原因很简单，老九以上全是姐姐。

老九五十有一，却已弯腰驼背，一张皱巴巴的脸，像红土地上一块饱经风吹雨打裸露着的石头。石头上纵横交错呈风化刀砍状的纹络，不是一天两天、一年两年、十年百年、千年万年能形成的，石头的万年是人的一天么?

橹摇碎了水中天，船划裂了天中云，老九咧咧嘴，脸上没有笑容却憋出了几声笑，黑黄黑黄两排却已残缺的牙漏着风，使他的笑声有了呜咽的味道。

老九在这之前的几十年里，除了不懂事的童年，从未笑过，是因为黑湾寨的寨主龙老大。龙老大让老九活着，却让他黑夜比白天多。老九一个断寨普普通通的寨民，为何与八面威风的龙老大扯上关系，还得从老九的爹麻老刀说起。

上溯七十五年，老刀要与老狼比刀。老刀说一不二。老刀刀法绝顶，老刀以刀为荣，老刀视刀为生命。

老刀一头野猪毛似的黑发，一身古铜色的横肉，站在哪儿都是一堆力的肉阵。每当人们出口称赞他时，他眉一扬，横肉一抖，然后从他厚实的粗唇中咬出：“无他，唯手熟尔。”

这句他学于黑湾寨里唯一上过私塾的老风那儿，本是一句千古的谦虚之言，然一出老刀之口，却凭他的气势成了骄横之语。

老狼也是这一带出名的刀客，刀又快又准，且胆大包天，打地上走的猎物，从不用枪。一次与一头云豹相遇，只用了两刀，一把刺中喉咙，一把刺中心口。老狼浓眉大眼，一堆黑肉凸起来，油亮亮地能看见人影。

老狼名副其实，这一带女人，见到他就躲。这一次老狼色胆大于天，居然敢动第一刀老刀的女人梅朵。这一方的第一美女当然只能是第一刀的。老狼敢动梅朵等于挑战第一刀老刀。

老刀十四岁死爹死妈，只有一条五岁的老狗与他相伴。老狼偷他相好的事，还是老狗从草堆堆中拖出了老狼来不及穿走的裤子而铁证如山的。

就在老狼带着那女人走出寨口时，老刀旋风似的带着老狗赶到。他只往路口一横，整个路口被古铜色的肉阵拦住。眉一扬，刀也出鞘。老狼退后十步，浑身是胆，拱手请老刀发刀。老刀傲然大笑，第一刀怎能先发刀？老刀自信后出手也能把老狼的刀拦在空中，而自己的第二刀不等老狼的刀出手已飞入老狼的胸膛。

老狼怎能输了胆气，绝不肯先发刀。

于是两人请来了黑湾寨寨主老风做主，老风是寨上唯一上过私塾的老秀才，且见多识广，在黑湾寨权倾几代人。老风不愧寨主风范，只见他干巴巴的细手一挥，决定先者用刀，后者用枪，各原地退后十步，站立不动，谁先谁后抽签定夺。结果老狼先用刀，老刀后用枪。

老狼心中得意，老刀默默不语。

老狼后退十步，拱手一声断喝："承让。"老狼如此客气是自信一刀就能断送老刀。

老风不懂刀，规定了站立不动，怎能显示高超的躲刀手段？老风害了老刀，老刀刀再快，却不能拔刀。

老刀自知死已难免，心头坦然如石，他从怀中取出一块肉抛给老狗，这是他最后一块肉。老狗机敏地一跃而吞。然后，老刀昂头扬眉瞪起一双牛眼盯着老狼，他要看着老狼的刀是怎样飞入他的胸膛。

老狼狂呼一声"看刀"，声未到刀已出手，快如闪电，直向老刀飞去。刹那间，只听得一声惨叫，倒下的不是老刀，却是老刀那条凶猛而敏捷的老狗。那刀从老狗口中射入，不见了刀柄，只露出刀尾一簇红缨。老狗在老狼出手的一刹那，飞跃而接。老狗吞刀不倒，回头圆瞪着眼看老刀，摇了摇尾巴后才轰然倒下。

老狼目瞪口呆。

老刀恳请也用刀，老风不允，说先刀后枪，一言既出，驷马难追。老刀只好叫人取来猎枪，这枪是他用一张虎皮与来此地开采丹砂矿的英国老板换的。

老刀慢慢地举起猎枪，对准老狼。老刀刀法第一，枪法也是第一，只要他扣动扳机，老狼必死无疑。

梅朵见状大惊，连滚带爬过去抱住老刀的大腿，大呼："老刀枪下留情。"

老狼大骂梅朵是烂婆娘，老子死了算了，你求他干啥。

梅朵又狂奔过去挡在老狼前面说："要死一块死。"

老狼一脚踢翻梅朵，狂叫道："死算个啥。老刀你是好汉就开枪打死老子，老子搞了你的女人，杀了你的狗。"老狼毫无惧色，视死如归。

老刀放下了对准了老狼很久的猎枪，傲然道："老狼，你是英雄，不怕死。不怕死，老子打死你有啥意思。今天记下这一枪。"说完扛起老狗走了。

一晃三年过去，老狼与梅朵日子过得恩爱，添了二女，时下梅朵又怀孕在身已经十月，眼看又要临产。

老狼盼望梅朵能生下儿子，忙忙碌碌地准备起来。

一天，老狼正从山中打猎回寨，半路上有人报喜生了个胖儿子。老狼狂喜无比，抛下猎物往回飞跑。刚跑到寨门，寨口一支枪正对准他。老刀已在此等候多时，老刀依然傲然无比。老狼站在寨口无话可说。

老刀也不说话，慢慢地抬起枪口对准老狼的脑袋，圆瞪着一双牛眼盯着老狼不放。

枪影在日头下渐渐拉长。

老狼的脸渐渐发青，汗开始在脸上缓缓地流，一滴滴久久地悬挂在下巴的胡须上，在日头下的轻风中凝结成一颗颗晶莹闪亮的盐粒。

老刀不开枪，依然对准老狼的头。

老狼看似坚毅，但眼睛闪过一丝求生之意。这逃不过老刀锐利的目光。

老狼正神色不定时，只听轰的一声枪响，一只白鹤鸟从空中掉在面前。

老刀扬眉抖肉，牛眼一横道："老子的枪从不打地上走的。老风不懂刀，害得老子不能用刀，要不然老子一刀割死你。"说完扬长而去。

老狼回家看了一眼儿子，出门对着老刀走的方向一刀刺进了自己的胸膛。

老刀厚埋了老狼，他决定养大老狼的儿子，等小狼长成大狼，再与他比刀。

这儿是为龙老大。

一年后，老刀带着梅朵及二女一男定居断寨。

龙老大十二岁就从多嘴的寨上老人那里知道了老刀不是他亲爹，他终于明白了困惑他很久的问题——两个姐姐与自己姓龙，而五个妹妹姓麻。

老刀每天认真地教授龙老大刀法。龙老大十四岁那年，在练习老刀的刀法时，无意间闪了一个刀势，颇具当年老狼的风采。龙老大懂了老刀的刀路，悟透的却是老狼的刀气。老刀一声长叹，不语。

龙老大道："爹。"

老刀道："你赢不了我的刀。"

龙老大道："赢不赢都是你的刀。"

老刀沉思后道："对的。"

龙老大道："爹，我龙老大乃堂堂汉子，恩怨分明，亲爹生了我，你养了我，我绝不会与你比刀。"

老刀道："我杀了你亲爹。"

龙老大道："那不是你的刀。"

老刀想了一会儿道："对的。"

龙老大道："你要妈生一个兄弟，长大后与我比刀。"

老刀沉默了半天道："对的。"

三天后，龙老大带着两个姐姐认祖归寨，离开断寨定居黑湾寨。

老刀在黑湾寨安顿好了龙老大回到断寨。梅朵与五个女儿正围在桌上吃饭，老刀进门左手提起梅朵往内屋走，右手猛一关门，把梅朵往床口一扔，搞得梅朵死去活来。

老刀在床上证实了自己的强壮，可一年后生出来的还是女儿。

老刀大骂梅朵，说梅朵更喜欢老狼，给老狼生了二女就有了儿子，给他生了六个女儿却没有一个儿子，说完打得梅朵满寨躲藏。梅朵扬言，两个老子都喜欢，总有一个先走，这是命。说你老刀无儿也是命，你认命了吧你。老刀不信。梅朵曾要老刀找别的女人试一试，老刀不肯，说一定要梅朵生的儿。梅朵被老刀打得青一块紫一块依然和老刀疯狂地生育，是她明白了老刀的用心良苦。她知道两刀相遇必有一死，而刀刀相报便没了尽头，只有她为老刀生了儿子，兄弟之刀才能只有胜负没有生死。

疯狂地生育，也没有儿子，生了第八个女儿时，老刀已几乎被现实压迫得日渐苍老。四十岁的老刀，只愁得两鬓斑白。梅朵心痛难过，她知道人之痛莫过于心痛。她几次想劝说老刀放弃比刀，终于没有说出口。老刀刀法第一，毕竟要有刀法第二的刀来证实。要一个最优秀的刀客放弃刀比登天还难。梅朵明白，梅朵懂得。她不忍看着老刀日渐衰落，她仍然想与老刀做最后的挣扎，老刀却没有了信心，他不再与梅朵上床，无论梅朵怎样地柔情似水。

一天，梅朵非要拖老刀上床，老刀不肯，梅朵不依，老刀一怒追打梅朵。梅朵一气之下跑了。

老刀也不找梅朵，整日在家喝酒。

三天后，梅朵回家，见老刀醉卧在床，她剥光了老刀的衣服。

十个月后，梅朵产下一子，是为麻老九。

老刀顿时精神大爽，在寨子里大摆宴席，狂欢了七七四十九天。

是年，龙老大已十八岁，正值八国联军进占北京，龙老大背插老狼留下的刀，满怀悲壮地独自进京勤王去了。

老风闻讯，在病床上连吼三声英雄，不顾年老体弱带着少寨主小风骑马追了三天，终于在沅江之畔桃源县追上了龙老大。一番慷慨激昂之后，挥泪道别。

老风回到黑湾寨三天，再也撑不住早已衰老的身体，落气前的回光返照时，他挣扎着起来望北而拜，费尽最后一点力气大喊："皇上，臣民无能兮！幸有壮士一名前来保驾。"喊完伏跪于地。等小风扶起老风，老风已没了声息。顺理成章，小风接了寨主之位。

在麻老九十二岁那年冬天，大雪纷纷扬扬，在通往断寨的小道上，数十骑飞奔，马蹄扬起雪花，远远望去为首一骑黑马黑风衣在雪道上格外耀眼。

麻老九正在寨口与一群小崽玩雪，马队掠过他们，在老九家的吊脚楼下勒住马缰，为头的黑马扬起雪白的蹄凌空嘶鸣，一高大的汉子飞身而下，跪于雪地大呼："爹……妈。”

这时候老刀只剩下一口气未落，听得马叫猛睁双眼，一下坐了起来。

梅朵狂奔出门，来不及与分别十余年的儿子抱头痛哭，拉起跪于雪地的龙老大匆匆进屋。麻老九心怀奇怪地跑来看热闹，见状知道是他哥回来了，拔腿跟了进去。

进屋后，梅朵推龙老大于老刀床前喊：“快，快给你爹跪下。”

龙老大急跪于地喊：“爹。”

老刀的脸泛起了红潮，却不说话，示意梅朵带麻老九出去。梅朵拉过麻老九指着龙老大道：“快喊你哥。”

麻老九正想喊哥时，正遇见龙老大一双虎眼回望，吓得他躲在了梅朵身后，梅朵只好带他出去。

老刀从枕头下摸出刀来，抽刀，收刀，长叹一声，递刀给龙老大。

龙老大起身接刀。老刀憋足最后一口气哽咽道：“快，气死你爹。”

龙老大急道：“爹。”

老刀：“快，气死你爹，气死你爹。”

龙老大手指着屋外大叫：“他是我兄弟，不是你的儿。”

老刀喷出一口鲜血，大笑三声而亡。

龙老大捧起刀，给老刀磕了三个头。

梅朵闻声进来扑在老刀身上狂哭，哭声中翻身喊道：“你气死了你爹。”

麻老九捶打着龙老大的背，哭诉道：“哥，你咋个杀了爹。”

龙老大一抖身站起来，麻老九差点摔了个跟头，他哭兮兮地跑过去抱住梅朵的大腿，可怜的眼睛挂着两行泪害怕地看着龙老大。梅朵摸着麻老九的身子哭不出声了，任泪水在脸上横流。她睁着一双泪眼盯着龙老大道：“你怎么知道的？”

龙老大道：“刀。”

梅朵长久地看着龙老大手里的刀。

一连两天，梅朵领着龙老大、麻老九为老刀守灵。第三天，梅朵进屋，龙老大以为母亲年迈累了就没在意。一会儿，忽听屋里有呻吟声。他飞奔而入，只见梅朵身上插着两把刀，口里涌着血泡。龙老大扶起梅朵叫：“妈。”

梅朵抚摸着两把刀柄道：“都是好刀啊。”然后，猛一把抓住龙老大的手道：“你一定要把你爹和我埋在你亲爹旁边。”

龙老大说：“好。”

梅朵又一手抓住龙老大衣襟道：“快，答应妈，你要老九活下去。”

龙老大喊：“妈……”

梅朵说：“老九的亲爹不用找了，是过路人。老九身子弱，你要他活下去。”

龙老大喊："妈……"

梅朵发狠道："快，答应妈。"

龙老大一咬牙道："好。"

梅朵身子一软，撒手了。

麻老九这时进屋来大哭，想过去抱梅朵，见龙老大抱着又不敢去，直哭得声音发抖。龙老大拔了梅朵身上的刀，擦干血迹横眼对麻老九吼道："不许哭，是不是汉子？再哭你就见爹妈去。"说完把刀抛过去，吓得麻老九爹啊妈啊地乱叫。

三天后，龙老大带领马队驻扎黑湾寨。

一个月后，龙老大要寨主小风让位，说如今乱世，武人当政，你回家好好过日子吧！别掉了脑袋还不知道。小风摸着脑袋眼睁睁看着龙老大当了寨主。

龙老大当了寨主，并没有给麻老九带来什么好处。龙老大把未出嫁的老七、老八带到了黑湾寨，唯独留下十二岁的老九在断寨。从此，麻老九再也没见过龙老大。龙老大当然也管他，派了手下在断河边造了一条船，说是这船归老九，让老九为他打鱼。一月二两银子的工钱。这工钱够多的了，与开采丹砂矿的工人工钱差不多。此时已是民国，英国人早已不能在这方开采丹砂矿了，矿坑当然是不能荒废的，龙老大花了不多的银圆就开始开采丹砂了。丹砂开采出来为鲜红透明的石头晶体，用火烧熔后就变成了呈金属光泽的白色水银。龙老大靠水银发了横财，他购了很多枪支，组织了一支百十人的护矿队。从此龙老大更是雄踞一方。

这断河里只有一种鱼，这鱼浅黑底纹上长满了乌黑的斑点，且味道极其鲜美，形状似剑，传说只有天上才有，故名天麻剑。断河水的清亮是可断定这鱼在白天是看不见的，它只有在月亮皎洁的夜晚才从悬崖下的暗河口游出来，听得一点声响便退了回去。老九只能在黄昏时把船划到洞口，放下石锚，静静地苦等。

要命的是天麻剑即使是在月圆如银盘的夜晚也不一定要出来。而这鱼又是龙老大的命根子，说他嗜鱼如命毫不夸张。只苦了麻老九为他守候那鱼，麻老九的夜晚多于白天。守候一月下来，最多也只能打到十斤左右。龙老大的手下隔三两天来看一次。

麻老九二十五岁那年秋，龙老大手下给他送来一女人，说是给老九做老婆。没有接亲送亲，那女人就住在了麻家的老屋里。很久没有了人气的老屋，有了女人才有了点生气。原来麻老九很少回老屋住，多半是在乌篷船上睡。来了女人后，麻老九除了守夜打鱼都回老屋睡。女人是一农家人，很会过日子，也安心与老九过，看着男人辛苦很心痛。于是女人常常埋怨老九，说该睡时你不来，不该睡时你回家。日子久了不免唠叨几句龙老大的不是。夫妻间斗嘴的事，断寨人都不知道，不知怎的，龙老大居然知道了。望着女人被龙老大手下捆住投下断河时那绝望的眼神，麻老九哭天喊地，对天发誓说不是他告的密。女人在沉下去的最后一刻相信了老九，大喊："老九，你生不如死，一起走啊！”女人似乎还要喊什么，却只有水面上的水泡一个一个冒上来又一个一个地破灭。麻老九再也不知她还要喊什么。麻老九血往心上涌，疾步跑到河边，脚在岸边的石坎上打了几个颤，又急退几步跪在地上对着黑湾寨方向大叫：“哥呀！哥呀！”

此时龙老大正骑着一匹黑骏马手握望远镜看麻老九。看完了对天喊道：“妈，儿尽力了，儿何尝不想有个兄弟，打虎还得亲兄弟，上阵还需父子兵。妈，你别怪儿无情，老九就这样活着吧！儿见他第一眼就知道他是个无用之人。儿对他如此之狠，他也不敢做什么呀！原想逼他狠起来，你看他那软骨头，自己婆娘被我淹死，他连跳河都不敢呀！妈，儿只能对他继续狠下去，他才有可能活下去，儿有今天仇家太多啊！”

麻老九当然不能理解龙老大的用心良苦。龙老大这些年称霸一方，当然要有无毒不丈夫之狠。

这狠他也不愿对麻老九的，可不能不这样也让以硬心肠著称的龙老大心里有点内疚，其实他是很可怜老九的，但他只能把这可怜藏在心里，不能表露出来，他知道只要承认了老九是兄弟，不知有多少仇家拿老九开刀。在这尚武成风的武陵山一带，道上的规矩是男不和女斗，老九的姐姐们是安全的。龙老大答应了母亲梅朵让老九活着，他只能这么做。他虽然强大，可要他以武力让谁绝对安全地活着，他是办不到的。这乱世无理呀！他只有更无理才能更强。不说大了远了，就这千多户人家的黑湾寨寨主之位也是几易其手。龙老大是尝够了被人夺位又夺回来的争斗之苦。有时候他还羡慕老九，不就是黑夜里打鱼么，没有什么惊心动魄的未必不好啊！

断河的鱼是天上少有地下无双，他常常怀念小时候与爹练刀后下河打鱼的日子。爹怕他长得不够强壮，就想尽了办法多搞到鱼让他补正在疯长的身体。那鱼多美啊，他在外的那十几年里虽混得不差，但他无时不想念那美味无比的鱼，最后下决心回家乡发展，至少有一半是为了这鱼。这一方人都知道打断河里的鱼苦，谁也不会干，这无疑与被官家判刑做劳役一般。让老九干这事，无疑是龙老大向道上人宣告：他麻老九是麻老九，与我龙老大无兄弟之情。道上人与龙老大争斗什么，自然也就与麻老九无关系了。

麻老九无用，无用之人知不知道什么用心良苦毫无意义。老九依然黑夜比白天多，日复一日年复一年地打鱼。

一晃很多年过去，他依然没见过龙老大，龙老大也未给他送来什么。这一带的人都知道他只是一个打鱼的，虽然他姓麻，继承了麻家的祖屋，可断寨没有人承认他是麻姓的英雄麻老刀的儿子，他的同母姐姐们也不认他是麻家的传人。

鱼打上来，总有人来取，他也从不过问打鱼以外的任何事，他甚至想不起有一个他怕得要死的同母哥哥。龙老大这些年不像以前总给他点什么，还曾送过女人。既然没有送什么，他也就淡化了对龙老大的害怕。

鱼一个月依然只能打到十斤左右，来取鱼的人不再给银子，有时候给银圆，有时候给粮食。他很多年没有回老屋，回老屋就只能听到女人的唠叨声。他害怕就不再回去，他宁愿在船上，他几次在梦中看见女人从河里湿漉漉地爬上船来。他每次都惊喜无比。为了这惊喜他更不愿回断寨了，他守候在断河里，有时候他越想，女人还真不来，他守候一年，也就来那么一两回。

他不再回老屋，老屋也就不是他的了，听寨里偶尔来看他的儿时伙伴麻狗娃讲，老屋被龙老大卖了购了枪炮，说是要与什么赤匪决一死战。最后决没决战他不知道，鱼照样有人来取，照样留下些钱粮能让他糊口。鱼是什么味道，他早就想尝一尝，可他从来不敢吃，哪怕是偷偷留下一条。

三十四岁那一年，他有了一次机会。几个背着枪、戴着灰布帽子的人来到了河边，找到他问路，他看着他们很奇怪，灰帽子上怎么有五个角角的红布布，他伸手摸摸，摸不下来。那几个人也不恼他，很和善地看着他。他望着他们嘿嘿地像笑却没有笑容。他们问路，他不知道。他只有鱼，于是那几个人便煮鱼吃。老九是第一次看见鱼在锅里挣扎，鱼不再挣扎后，被煮沸的水泡推起来又沉下去时，一阵清香钻进了老九的嘴里。口水一下溢满了嘴，他拼命地吞着口水却不敢吃，无论那几个人怎样喊他他都不敢吃。他失掉了唯一的一次机会。

那些人走的时候给他留下一块银圆。

日复一日，年复一年，鱼依然只能打到十斤左右。

四十岁那年秋，一个提着枪的人来取鱼，问他是不是麻老九，老九点头不说话。他惊奇地看着这人的黄帽子上八个角角的蓝白色星星，他伸手摸摸是铁的。那人啪的一下打他的手说“你疯啦”，然后很不情愿地给了他五十块银圆，他一惊，不敢收，来人不耐烦地骂了他几句，说：“我想要，还真不敢要，上头说少给你一块要砍我的头。”说完骂咧咧地骑着马走了。

过了一个月，又有人送来一个三十岁女人，随女人还带来了两百块大洋。女人在断寨买了一幢房子，购了两亩地，住了下来。

一年后，女人生下一子，女人称之为麻老大。麻老九依然黑夜比白天多，该睡的时候不回家，不该睡的时候他回家了。女人不像前一个女人总埋怨老九，这女人来后从不因什么埋怨老九，说她不喜欢不安心与老九过吧，她又在过着，说她安心与老九过吧，她又对老九——你来不赶你走，你不回她也不喊你回。女人更不会因什么唠叨龙老大，她似乎不知道或者是知道装不知道老九有一个同母的狠心哥哥，她似乎知道老九的前一个女人是怎样死的。

日复一日，年复一年，一晃十年过去，麻老九在十年里依然打鱼。虽然来取鱼的人不再给他钱，他其实不再需要钱，因为他总有饭吃。前几年是女人送米送菜来，后几年是女人叫寨里一孤寡老人送来，再后几年是儿子麻老大送来。

麻老九五十有一了。他老了，老得与他的年纪太不相符。女人几年前就不再过问他的冷暖与回不回家。老九也乐在其中，他可以好好地等着一年有那么一两次的好梦。梦中唯一的惊喜依然是前一个女人在半夜里湿漉漉地爬上船头。儿子也很少来看他了，他觉得儿子不像他，倒有点像同母哥哥龙老大，长得虎背熊腰，才十岁的崽与他差不多高。后来儿子连十天半月的送米送菜也不来了，来的是老九儿时的伙伴麻狗娃。麻狗娃是光着脑袋扛着十多斤米来的。老九有很多年未见到麻狗娃了，说："狗娃你咋个头光了眉也光了呢？"麻狗娃说："还不是为了烧熔那丹砂矿，那砂熔了就是水银，水银有毒，我原来也不去干那活的，可前些天日子难过没饭吃，一家老小在家等米下锅呀！如果还有点办法我不想去的，我害怕得很，原来寨里去烧矿的人都慢慢中毒没剩下几个人了。我只去干了五年就成了这样子了，这五年可能要折二十年的寿啊！"麻老九说："你饿死也不要去。"麻狗娃说："你哥是条狼你还不知道，矿上缺人他想着法子让我不得不去。算了算了不讲了，讲起让人伤心。"

鱼依然只能打到十斤左右。那鱼生命力很强，力气很大，常常跳起来，尾巴拍打着水面。他知道，鱼力气再大，也逃不掉网的。他喜欢看见活鲜鲜乱蹦乱跳的鱼被来人从水中捞起来放进鱼桶里，他甚至喜欢听鱼尾在水桶里拍打桶壁的声音。这日子日复一日，年复一年，也没有什么过不去的。

可是在1951年春的一天，鱼儿已打二十斤，还没有人来取鱼。他心情烦躁起来。眼巴巴地望着从峡谷上蜿蜒而下的山道，他盼望有人来取鱼。一天，两天，他急坏了。第三天，终于来了两个戴着黄帽子的人，但他们似乎并不关心鱼，上船后问了老九很多问题，老九只会点头，只眼巴巴地望着黄帽子上的五角红星星，他忍不住伸手摸了摸，他摸明白了，哦，不是红布布的了，是铁的。那人笑眯眯地拿下他的手说："老乡，回家吧！"

老九道："家在这里。"

那人说："以后你不用黑夜打鱼了，匪首龙老大已被判处死刑枪决啦。"

老九道："什么是枪决啦？"

那人说："杀了。"

老九道："你们杀了我哥？"

那人说："他是你哥？"

老九道："是的。"

那人说："我们是了解的，你是个老实人。"然后起身下船上岸。走上山道时回头喊："回家吧，麻老九，你的黑夜结束了。"

第二天清早，老九提着鱼回家，女人没有出来迎接他，在屋里哭。

儿子麻老大迎出来接了鱼说："爹，全部煮来吃。"

麻老九道："煮，全煮。"

麻老大兴高采烈地煮鱼去了。

麻老九坐在明亮宽大的屋里想：这是我的家？这么好的家，女人哭哪样？他想归想也不去问女人，他有很多年没有与她讲话了。

晌午，儿子把鱼端了进来，女人也来了，一家人围在桌子上吃鱼。麻老大狼吞虎咽，一下吃了十几条。

吃着吃着，麻老九问儿子麻老大，这鱼像什么。

麻老大包口包嘴地说："鱼就是鱼，像什么？"

麻老九想象着小时候爹给他吃鸡的味道。过了好一会儿道："像鸡吗？"

麻老大"啪"地吐了一嘴鱼刺正想回话，被他母亲踩了一脚……

麻老九决定去断河，他要在白天里好好看一看断河。乌篷船一直在五华里长的断河里来来去去。天渐渐黑了，老九也没有上岸的意思，他想在船上睡，他希望惊喜地看到他心爱的女人从河里湿漉漉地爬上船来。

后　记

麻老九心爱的女人，在那半夜没有从水里湿漉漉地爬上船头。麻老九醒在自己的梦中，泪流满面。从此，他像泪一样永远消失在断河水里。

寻找不到父亲尸体的麻老大，才十二岁不懂事，他遗憾地望着潺潺的水发呆。一会儿后，他突然问母亲："那天爹回家你为什么哭？"他母亲说："不是哭你爹，是因为我们家的田下有丹砂矿，矿务局要征地。那田多肥呀！以后就种不了粮食了。"麻老大似懂非懂。又问："那你为什么踩我的脚？为什么不让我回爹的话？"麻老大平时与他爹并无很深的感情，今见爹不在了，心里毕竟难过，于是总找母亲的不是。他母亲说："傻儿，你爹老了，嘴没了味道。"

再后记

几年后，在这一块土地上建立了最早的一个经济特区，其主要经济资源为丹砂矿。丹砂又名朱砂，烧熔后名水银，化学元素称汞。

麻老大长大后成了汞矿的工人，那时候特区已被誉称为"世界汞都"。幸运的是那时候炼水银的技术和对工人的有效保护已经很完善，所以麻老大能在矿里工作三十余年。麻老大退休时，特区早已是一座城市，矿上工人已发展到几万人。

十年后，日子已到快跨世纪了。在世纪末充满沧桑的一天里，被誉为汞都的特区却因为汞矿石枯竭而宣布破产。汞矿没有了，城市还存在。这个城市还继续是特区政府所在地。

采过汞矿的土地是不能复垦的，汞是一种对人体有害的东西，种出来的粮食一定会含汞量超标，太不符合人类食品的健康要求。

是的，当老虎岭没有了老虎，当野鸭塘没有了野鸭，当青松坡没有了青松，或者，当石油城没有了石油，当煤都没有了煤，这也是一种味道。

（原载《当代》2003年第5期；
《新华文摘》2003年第12期转载；《断河》入围第三届鲁迅文学奖）

欧阳黔森

梨　花

桃子开花李子结，
麻子婆娘惹不得。

这两句童谣说的是桃花开了的时候，李子就已经结束开花开始结果了，这时候呢，麻子婆娘脸上的麻点儿就开始隐隐发痒了，痒得麻子婆娘心里发慌，谁也不敢招惹她。

梨花的阿嫂麻姑小时候出水痘麻了脸，本来有一个好名字翠莲硬是没人叫了。未嫁前人们还忌讳着几分，不敢当面叫麻妹崽，自从嫁给了梨花阿哥，那起先忌讳的几分也就荡然无存了，人们便无所顾忌地喊起了梨花嫂为麻姑。本来按乡里习惯，她嫁到田家是应该叫她田姑的，人们不这么叫她也不恼怒。

一些晚辈小崽还追着梨花嫂唱那童谣，但梨花嫂从来未打过小崽们，不像村东头那恶麻子婆娘梅姑直打得小崽们满山跑，不过也只是打了东跑了西，起不到效果，结果满山都是那歌谣儿。梅姑气得麻子泛紫直喘粗气，也没法奈何那些小崽们。每年春天里桃花盛开了，她就回娘家躲上十天半月的，反正家里那点薄地缺了她也荒不了春。

梨花嫂麻姑却不这样，任小崽们唱麻子谣，她也不恼。小崽们喊得无趣了，也就不喊了。梨花嫂不但不恼还下河边笑眯眯地洗衣服。人们说麻子有两怕，一怕家里的镜子，二怕河边的台子。那河边的水清得比镜子还明亮，所以打死梅姑，她白天也不会到河边洗衣挑水，为此梅姑男人没少打她。男人说，麻子婆娘你麻得怪，你不到河里就不是麻子婆了？你不去老子打死你，你哪样都不少还多了一脸麻子，老子都不嫌多，你还嫌少呀！说着打得梅姑团团转，就是转不到河里去洗衣挑水。镜子家里可以不用，可以不照，可那河水却天天不息清清地流淌，想弄浑浊了河水，她梅姑又没那本事。梅姑躲开的办法是晚上洗衣挑水还聪明地选择没有大月亮的时候。但梨花嫂却不躲，虽然一村老少都叫她麻姑。

日子久了，村里人都说梨花嫂心善心好呵！人人都这么说，人人都这么敬重梨花嫂麻姑，当然不仅仅是她心善，主要是梨花是三个鸡村唯一考起中等师范学校又分回公鹅乡中学的本地老师。

梨花美如花开，洁白无瑕。按理说梨花小时候也天天在山野里跑，顶着太阳干农活儿，可那太阳硬是晒她不黑。梨花上完小学本来也该回家放牛打猪草，就等长到十八岁好嫁人了。就在那年梨花嫂嫁到了梨花家，阿嫂过了门却改变了梨花的命运。

过了门的阿嫂是麻子，梨花并不在意，因为没过门前梨花就知道她哥要娶一个麻子婆，家里穷呀！她哥不娶麻子还能娶哪样呢？再说麻子阿嫂也是她哥赶乡场对山歌对出情意的人。其实阿嫂就是脸麻了一点，身材极好，腰细屁股大，是生娃崽的好料子。梨花与嫂子下河洗澡总羡慕阿嫂那身肉，该凹的凹，该凸的凸，确实叫人爱，难怪阿哥把麻子阿嫂当个宝。她想起梅姑男人虽发狠打梅姑，可两口子也还爱得紧，赶场还一起去，一路还哼几句情歌。何况她哥还从未打过阿嫂，看着阿哥对嫂子的好，梨花想自己以后的汉子是不是也像她阿哥。

麻子阿嫂带了丰厚的嫁妆，阿嫂娘家在洋溪乡田坝子上的龙家寨，是鱼米之乡，富得奔了小康。阿嫂知道梨花家穷供不起梨花上初中，就变卖了嫁妆供梨花上初中。梨花阿爸说她阿哥才上完小学，一个女娃崽还上么子初中，认得几个字，能把钱数得清楚就行了。梨花阿嫂说，阿爸，梨花妹崽生得好看，这么水灵做农家人可惜了，让她读书吧！将来出息了，也是我们田家的光荣。田老头终于拗不过儿媳妇，最后终于让梨花上了初中。梨花也给阿嫂争气，初中毕业考起了市里的民族中等师范学校，毕业后又分回了乡里的中学教书。

梨花从小就认真读书，在师范学校也是优等学生，到中学教书一年后又考起了省里的师范大学。在她任教的中学，她是出了名的书呆子。她生得漂亮美丽，人又单纯得可爱，私下被全县乡级中学评为第一美女教员。她这个美女教员的称谓，不仅仅是因为她美丽，还得益于她涉世不深单纯得可爱极了。由于她的单纯闹了不少笑话，最典型的是两个。一个是她刚分到中学不久，本来她是教语文的，由于教师不足，她还加上生理卫生课。其实她也仅仅是从书本上获得一些浅薄的那方面知识。她是一个做事很认真的人，总想把课上好，但学校又穷没什么器材，她回家很不好意思地和阿嫂讨论了很久。遇到麻烦问题梨花总是找阿嫂，梨花妈生了梨花第二年就得病去世了。梨花说女的太复杂做不出来，男的好办。阿嫂找来木棍做成了一根男性生殖器。她揣着到了课堂上，当讲到男性生理卫生这一节时，她拿了出来。女同学们哗的一下炸了窝，全部用手蒙面，当然也有些胆大好奇的微微移动手指看那东西。她当时一看女学生这反应就急了，因为她也是纸上谈兵从未见过实物，情急之下忙说："同学们别害怕，真的没这么大。"

她这句"真的没有这么大"并没有安慰住女同学们，继续一片炸了窝似的喧哗。校长还以为出了大事，忙跑了过来。校长是一位年届四十的男人，问明了情况后，一把从她手中抢过那做得很像的男性生殖器说："你怎么知道没这么大？"本来校长问明情况后，是想抢过那惹女同学哗然的东西收起来走人，却不料校长也没见过这场面，情急之下也竟然冒了一句傻话。如果就这样，也就该收场了，因为校长明白了傻话后脸一红已跑到了门口，却更不料梨花还居然冲着校长的背影答了一句说："我阿嫂说的。"

她这一答嘴，就成了一个完整的笑话故事，其实这本身不是故事，这是真的。结果一些小崽们没事放了学就拿着根木棍削尖了模样跑到梨花阿嫂面前说："真的没有这么大。"一些婆娘一见梨花阿哥就说："田阿哥，你太小。"梨花阿哥有时气不过，但也没办法。

另一个笑话是几年以后，那时她已从师范大学毕业回到了公鹅中学一年，已当上了副校长的时候。

那次是乡里一次历史性的重要时刻。这个乡从成立以来，还从未来过省里的领导。乡长接到省里要来一群领导视察穷困山区的消息，从接到通知乡长就一直未睡好觉，急得像热锅上的蚂蚁，跑东跑西不得个章法，见这么大的领导，他也是头一回。后来还是退休了的原公社书记想出了办法。这老书记可是当地德高望重的人，在位了几十年，这乡里的前几届领导都曾虚心地请教过他，当然请教归请教，对老同志也只是客气客气，肯定不会听命于他，乡长们都有自己的一套工作方法。来这儿工作的乡长们都要拜望一下老公社书记，并不是因为他的政绩，而是因为老书记的为人，老书记在位几十年，这儿穷得叮当响，但他坚持了一个共产党人的本色，一直与乡亲们战斗在一起，吃苦在一起，从不贪污受贿。

不过那时候也没什么可贪污的。说这句话的人当然不是现任乡领导，要不现任领导就太没水平了。这人说这话的意思，很明显是说如果老书记到今天就会腐败。因而这人既不讨好老书记，也不讨好现任领导。这人当然是老书记当年的副手，他说这话的起因是因为每当人们称赞老书记时，总忘了加上"及其副手某某某"。老书记因而也从来不谈到副手。现任领导倒是常谈起，那是他语重心长地讲给副手们听："同志们啊，我们这一届班子要团结呀！你们看看老书记的副手，人都老了，台也下了，还在争名分，共产党员嘛，为人民服务嘛，个人哪能斤斤计较呢，我们得切记历史的教训啊！”

老书记的办法也是现任乡领导班子讨论下的决心，乡长一咬牙从并不富裕的乡财政里拿出了几百元，买了很多黄黄绿绿红红紫紫的彩纸，让乡里的小学生、中学生每人做一个花环。学生们挥舞着彩色花环练习了几天，喊的口号很好记，就一句“欢迎，欢迎，热烈欢迎”。

关于喊什么口号，还专门开了会，当然公社书记当年的那些口号是绝对不行的，可乡长急了半天也想不出适合的口号，最后还是去年才分来的大学生也是乡长的秘书建议说：“我看别搞复杂了，搞复杂了反而多事。不如简单一点，就喊‘欢迎，欢迎，热烈欢迎’，这样朴实又不会喊错什么。”最后常委们一致通过。

那天本来通知是早上十点钟到，可大家左等右等总不见来，乡长亲自指挥学生们演习了几遍，学生们的热情都快喊没有了，领导还未出现。看着快十二点了，乡长说他爬到小山头上看一看，并吩咐一切听梨花校长指挥。他说：“梨花校长喊什么你们就喊什么，听到没有？”学生们异口同声说听到了，乡长才放心走了。

乡长爬上山头刚站定，只见前方公路上七八辆小轿车呼啸而来。乡长见状一路狂奔下山一边大喊：“来了，来了，他们来了！”

梨花见状对着学生们也喊：“来了，来了，他们来了！”这一下坏了，本来梨花是想提醒等待已久心烦了的同学们，领导来了。同学们一见车队停在了队伍的中间认为是该喊口号了，结果两百余人的学生队伍挥舞着花环，把憋了很久的声音发挥到了最高处，甚至有的学生呈歇斯底里状，只听见像炮炸了的声音，“来了，来了，他们来了”响彻云霄。

当然梨花最后还是急中生智地让学生们高呼了“欢迎，欢迎，热烈欢迎”这句口号，但似乎这口号并没有讨得领导们的喜欢。一个大领导模样的人，下车后并没有像大领导一样潇洒地挥挥手，相反还皱了一下眉头，看似要发怒的样子。乡长的确精明，一见不对赶快补救。本来安排是由他介绍本乡各项情况的，他非拉着梨花一起汇报，他说教育方面的问题，梨花校长最有发言权。县长一想，也行。这样梨花就破天荒地见到了省里领导。汇报终于没有变成批评会，但乡长最后还是差点被县长撤职，说他搞形式主义。

后来乡长追问责任，自然是追到梨花那儿，按说梨花还立了一功，至少领导们肯定了乡里抓教育抓得好。领导们临走还幽默了一句：“我们的女校长才貌双全啊！这样的人才不多呀！”就这样梨花的名声大了，又有才人又美，美女校长的名声迅速在县教育界传开了。

追责任最后追到了原公社书记那儿，不过公社书记是老同志了，乡长拿他也无法，乡长只好与公社书记各打了半斤苞谷酒，按当地的习惯一人一口喝完了事。乡长说：“算卵了。你老人家的那一套太臭，差点让老子完蛋。”乡长说完手一挥走人。本来乡长追到责任人，是想大骂一通出气的，后来半斤苞谷烧一喝，头一昏反而清醒了，最大的责任人不就是自己嘛，自己是当政的一把手呀！这一想也骂不出来了。再说人家毕竟是老领导，他“算卵了”一出口，证明他已谅解这件事。在这一带“算卵了”这个词不是骂人的，而是一句口头语，这句话的意思与汉语词典里的“罢了”近似。乡长罢了，老书记还未罢了。他脚颤颤地追着乡长渐渐远去的身影喊：“娃崽，你现在当政不自已做主，来问老子干什么，老子当政时就这套管用。唉！算卵了。”喊完，老书记一手抹眼睛，一手撑着拐杖颤颤悠悠地转身走了，一副失去了当政领导信任的失落像。也不知他手抹的泪是风吹的呢，还是老年人习惯性泪流？老书记的确已到了风吹眼泪流、放屁屎就来的年纪。

公鹅乡离三个鸡村沿公路有二十华里，在峡谷的南坡上。大峡谷里森林密布，而到了大峡谷的上面，却很少见到森林，虽没有光秃秃之感，但比起峡谷里那些参天大树，却是给人一种荒凉感。要说这荒凉其实也就是人的感觉，如果不进大峡谷的人来看这南坡上，却也是一派郁郁葱葱，首先是山不高，像丘陵地形。山上虽然没有参天大树，却也长满了灌木。山坳里的农田显然比大峡谷里多得多，人户也比峡谷里多得多，也富裕得多。如不走弯弯曲曲盘山而下的山路，直接从出梁子往下走，离三个鸡村也就五华里。三个鸡村坐落在大峡谷的深处，由于两边悬崖陡峭，村子就委屈地沿着山壁脚东西延伸，长长的细细的连绵了几百米，住着百十户人家，这百十户人家是出美女的地方，这大森林养人啊！

在以前的日子，三个鸡村是默默无闻的，村民们种着小河冲积细泥滩堆成的几亩薄水田和山壁一些零星的旱地，人均田、地不到一亩。前些年女人们上山采野生香菇，男人们伐木材到公鹅乡乡场上去卖，换回一些大米、盐之类的东西，这日子也还算过得下去。但不久，连这种穷日子也不能过了，木材是不准伐了，香菇也越来越少，村里的那些田地是远远养不活百十户人家的，每年得靠国家救济。穷日子过惯了，百十户人家也相安无事，平平凡凡，只有村里田家在这平凡中光荣无比，这仿佛给三个鸡村鸡窝里飞出了一只金凤凰，这只凤凰当然是梨花了，梨花考起民族师范，考起省师范大学，惊喜紧接着一个惊喜传回三个鸡村，每当得到这些消息，三个鸡村像过节日一样，仿佛梨花这个女状元，不仅仅是田家的女崽，而是三个鸡村全体人家的女崽，全村光荣啊！有了梨花这只凤凰，仿佛这村到处都充满了灵气，渐渐地村民开始关注外面的世界，渐渐地他们懂得了“人挪活，树挪死”的道理，也明白了总不能守着几亩地等着国家救济吧！于是男人们陆续出门打工，几年后一些女人们也开始出门打工。村里留下来的劳动力是足够对付那几亩薄地的，再说这年月又来了什么科技扶贫队，帮助村里种上了新品种水稻，产量也比原来多了，再加上一些养鸡养鸭等副业，日子已不是肚子里没油的时候了。日子好过了，时间也就闲暇了。老人们总三五成群议论女人打工的问题，说是娃崽们出门打工是没有什么可担心的，反正横竖汉子一条，你说搞哪样就搞哪样，这女崽不一样啊！他们干哪样活呢？老人们想，城里缺人手，也不会缺女劳力吧！后来一些女人们回来说只不过给饭店洗洗涮涮打扫卫生，老人们这才停止了议论，放心地晒太阳下河钓几条小鱼散心。春耕秋收的事儿自然是媳妇们的事儿，媳妇们包揽了所有的活儿，累也累不到哪儿去，就那点田地，的确也无需多少劳力，媳妇们累在精神上，汉子们一年回来一次，媳妇们平常想男人想得慌。仅存的几个不出门打工的懒汉子乐于周旋于媳妇们当中，乐在其中更不愿出门打工了。日子就这样过下去，没有什么可说三道四的。

日子闲得久了，总会有这样那样的事情，这很正常的，没什么特别的。但在一个夏日太阳把老人晒得心烦的时候，关于女人们出门打工让老人们不踏实的事儿，终于从公鹅乡传了过来。五华里的路程是不遥远的，只有半天全村都投入到这事儿里去了。开始传回消息说三个鸡村出名鸡，村里人听说后说想不到我们三个鸡村的鸡还有人识得。看来乡长说的话是对的，走出门去与外面交流，不出去打工，谁知道我们村有这样好看的鸡呢？这话说得句句在理，三个鸡村的鸡的确好看漂亮，一个个雄壮，多为冠鲜红羽腹黑尾长，不注意看还以为是一个野鸡。有人推算三个鸡村地名也许就出自这鸡，老人们也未反对，因为他们也搞不清楚这村名的来历，反正他们一生下来听得懂人话后，就知道这村叫三个鸡村。至于为什么不叫三只鸡村，公鹅乡中学的语文教师做了权威的考证，因为这一带的人从来不用“只”字，善于用“个”字，那么鸡、鸭、狗用“个”字这个量词是符合当地民情的。语文教师把这个当成一种发现，常常挂在嘴上，一见外来人就夸海口，说他研究民俗文化，终于有一天校长忍不住了，打断了他的夸张嘴说：“你研究，你研究个卵，人家赶一乡场，什么都知道了，满乡场都是买个鸡买个猪的，还研究，吃多了你撑得慌是不是？”

语文老师从那以后当然不再夸口，可却与校长结了怨。于是常常跑到县教育局变着花样打小报告告校长的状，虽然起不到决定性作用，但各种小报告多了，始终对校长不是好事，教育局的人也不可能为每一个小报告来落实，这样为后来梨花取校长而代之起了催化作用，这是老校长不可能弄明白的。

村民们正得意于村里的鸡是名鸡时，一次村长从乡派出所领回了一个鸡才粉碎了村民们的得意，由此村民才知道了原因。村长那天领着村尾杨家女崽黑着脸回到村里，召集了人说：鸡是妓。这里出名鸡，不是我们村里的鸡，而是出名妓。村长鸡呀妓呀的涨红了脖子说了半天，村里人也未搞明白。村长最后急得摔碎了一个喝水的碗才消了一点点气，但还是怒气冲天。他说：“妓是什么？妓就是女人天天让人家外面人搞。”说着一把抓过杨家女崽，推在人们面前说：“这就是妓，人家城里人管叫鸡，我还以为我们村的鸡真出名了呢？原来是这个烂女崽，气煞人了。”

县里抓了鸡送回乡里，乡里送回村里，村里送回杨家。杨家阿爸虽满脸羞愧，却也未打他家女崽。因为杨家阿爸抽的烟和新盖的一间房全是女崽寄回来的钱，拿女崽的钱嘴软。杨家阿爸的嘴软，手也就软了，还自嘲了一句软话：“反正女崽嫁出去，又不是我杨家的人。”

杨家女崽没有气死杨家阿爸，却把梨花气个半死，因为杨家女崽是她的学生。

她闻讯赶到乡政府，正赶上乡派出所所长审问杨家妹崽。

所长坐在椅子上，先是一阵沉默，两眼死盯住杨家妹崽，看得杨家妹崽心里发毛后，他突然一拍面前的桌子大喝一声道：“杨英，你今天必须交代清楚，不交代清楚那是不行的。”杨家妹崽一看这阵势，知道了家乡的公安比县里的厉害得多，顿时吓得花容变色，一下子昏了头根本答不出话来。

过了好一会儿，所长又才说：“你是上过初中的，咋个不知羞耻，打工就好好打工嘛，咋个就干上那事了。”

杨家妹崽说：“刚开始我还不是认认真真洗盘子打扫卫生，后来……”杨家妹崽停了口气说不下去了。

“后来，后来咋个？讲嘛。”所长非让她讲清楚不可。

“后来，后来有一天老板说我是绿色食品，要吃我，我说我是人不是东西，他说他要吃，我不是东西他知道。我说我没被吃过，他说他东西不大，就这么一点大。”说着杨家妹崽做了一个脱裤子的动作。

所长说：“后来你就让他吃了？”

“给你多少钱？”所长又问。

“没给。”

“真的没给？”

“后来老板找人来吃才给了，一次一百块。”

“吃了多少次了？”所长一脸的怒气。杨家妹崽一看所长发怒了，颤抖着声音说：“数……数……数不清楚了，反正没来红就大大吃。”

所长还要继续往下审时，梨花在门外喊了起来。她在外面等急了。

所长出了审问室，见副所长带着梨花在院里，就问副所长：“三个鸡村来人啦。”

副所长说：“还没有来，这是梨花老师。”

所长说：“哦，是梨花老师。你们学校出这样的学生，太不像话了。”说完话也不理梨花朝他办公室走。梨花和副所长跟进了所长办公室。所长说：“梨花老师，你们学校也有责任，校长来了没有？”

梨花说：“我是校长。”

“你是校长，”所长一脸怒气说，“那你要配合我们把学校里的色狼查出来，怎么能在课堂上把那东西拿出来给学生看？”

“给同学看什么？”梨花一脸迷茫。

所长奇怪地看了梨花一眼说：“就是男人的东西。”见梨花还没反应又说：“就是那撒尿的东西。”然后不由梨花反应又抢着道：“我希望校方能如实提供男教师的名单和平时表现证明。”

梨花被所长一连串的话给弄昏了，好半天才说：“我们学校绝对没有这样的老师，再说杨英初中没上完，已出校门五年了。”

所长说：“五年前你是校长吗？你能肯定学校没有色狼？”

梨花说：“肯定。”

所长还要说什么，被副所长拉到一边去了。

一会儿，副所长进来了，先给梨花道歉说：“梨花校长，你别生气，所长才调来一个星期，对本地情况不太了解。”然后走近梨花，把嘴凑近梨花耳边放小音调说：“田姐，你别理他，这小子刚来，想要点威风，你可是我们这方的名人，他是狗眼看人低，别理他。”

梨花看得出副所长是恨不得所长马上犯错误调走。但梨花哪是那种没水平的人，她才不参与所长与副所长的矛盾里去。她是很熟悉这个副所长的，他从一个治安民警爬到副所长这个位子，是因为他土生土长在这儿工作十几年，很了解这儿，要不是他有白吃白喝的毛病可能眼下这个所长也调不进来。当然副所长从来不承认他白吃白喝的毛病。有人经常反映他的毛病，当然是所里窥视副所长位子的干警。乡长找他谈话，他说，我都是吃的亲戚家的，都是乡里乡亲的谁人要钱呢？我不是副所长还不是一样的吃。乡长一听也没法。就是因为副所长这人没原则的小毛病，就注定了他资格再老也只能当副的。

梨花说：“怎么会生气呢？出了这种事，学校应该配合教育嘛。”

副所长见梨花这样说，只好做了一个鬼脸自嘲。

不一会儿，所长进来说：“梨花校长，梨花校长，久闻大名呀！”

梨花说：“不客气，不客气。”

所长说：“学校出了这样的人，也不怪学校，您回学校吧！您忙啊您。我们已通知了她家长，再说她早已不是您的学生了。”

梨花说：“不行，我曾教过她，我要教育她重新做人。”

梨花就这么一个人，认真。

最后梨花当然没能再教育杨英，三个鸡村的村长已赶来把人领了回去。

梨花快三十了才当了校长。要说升职慢了点也不慢了，比起老校长五十了才当校长要快多了。对于这一点，三个鸡村的人们是很满意的，说梨花不到三十当校长真是大快人心呀！可他们也有不痛快的，因为梨花快三十岁了还未结婚，这是三个鸡村风俗所不能谅解的。

要说梨花没有爱过，谁也不会相信，梨花是这一带出了名的才女加美人，梨花难就难在，她低的看不上，高的又没有人愿意来这边远的山区落户。人们说："三个鸡几代人出了一个凤凰，谁家的树枝硬，落得住这个凤凰哟。"有了这样的说法，梨花嫁给本地人的可能性不大，嫁给外地人吧，来这边的外地人工作几年都得走，谁愿意在这边远的山区待一辈子呢？来这儿工作的外地人都是来"镀金"的，一旦身上罩上了来贫困山区工作过的"光环"，目的达到就赶快走人。以前来这儿工作的外地人，曾与梨花有那么一点意思了，但最后还是都走了。他们都会对梨花产生这种感慨，那就是："在那遥远的地方，有位好姑娘，她那美丽动人的眼睛，好像晚上明媚的月亮。"可感慨归感慨，真要他们抛弃什么，他们还真的下不了决心，何况来到这里还轮不到他们去放牧羊。这样他们也揭示了这首歌的真谛，那就唱的是一套做的是一套的本色。最后这歌只能成为他们偶尔回忆起的一段美丽的岁月，仅仅是一个美丽而动人的理想吧！

在离中学五百米处，有一地名叫梨花坪，这梨花坪方圆几十亩生长着一棵巨大参天的梨树。据百岁老人讲，他们小的时候就在树下玩耍，那时树怎么看也就这么高了，看来这树快两百岁了是没有太多疑问的。

一到春天，梨树叶青花白，满枝绽放，它似白云一片洁白了这方土地。百岁老人含一旱烟杆，"吧嗒吧嗒"地抽着烟，慢条斯理地说："这梨花开了百年，也该成仙了，这不正应在了梨花身上，梨花女崽是树仙啊！"老人家说着一副可爱相。这儿的老人朴实啊！找不到赞美梨花的词，就编着故事说。你别说，这古老得掉了牙的故事放在梨花身上，再加上出自一位老掉了牙的老人之口，再平凡的故事也就变得具有传奇性了，这传奇在人们的口中不断完善，最后成了一个美丽、动人而色彩斑斓的传奇故事。这故事又是在说一个活着的人，这就更加具有故事的美丽和真实。好像这一切是不争的事实。

梨花是一只凤凰，或者是一个树仙，可以说在家乡这一方热土，人们已经把人世间最美好的词和祝愿都给了她。她三十岁了还未结婚，这对于热爱她的家乡人来讲，的确是难以谅解的。这儿的村民们就是这样朴实，他们认为这儿的凤凰居然嫁不出去，是他们的耻辱。他们就没有想这一点，不是凤凰嫁不出去，而是这儿没有栖凤的树枝。当然梨花的想法肯定与村民们的不一样，如果一样她就不可能被喻为凤凰了。

梨花三十岁那年才真正地算是谈了一回恋爱，要说梨花还真的是第一次谈恋爱，梨花还谈得很从容，她没有让那男人进入她学校的宿舍谈，她认为在学校为人师表，要谈就上梨花坪。

那人是青岛人，毕业于一所名牌大学，家里条件也很好。他本人下了几年海开了公司挣了很多的钱，后来不开公司了，报名参加了“中国青年志愿者行动”来到了这儿扶贫。

这小伙子长得高大英俊，又来自于大城市，但一点那种大城市人常见的优越感也没有。对待乡里人很好，他自己除了教书外，还常常抽空走村过寨访问，哪家孩子上不了学，他都自己拿出钱来补助。他还联系青岛的一切关系，为这儿捐款捐物。

梨花对他一直有好感，小伙子也对梨花有好感。梨花是校长又没有谈过恋爱，当然得采取保守姿态，而小伙子是教员又谈过多次恋爱当然要主动。小伙子在日记中写道：“谈过几次所谓的恋爱，不能说没有动过感情，但那些感情没有一次是刻骨铭心的，而这次我是用尽了我全部的热情，我才知道什么是爱，爱不是得到，而是付出。”

小伙子主动进攻的几个方面是：一、好好地教书，得到同学们的爱戴，因为他知道梨花是一个工作积极、负责的人，搞好这一点是首要的。这样才能得到梨花的好感。二、献爱心，扶助失学儿童。因为梨花善良，他只有充分地展示他的爱心，才能激发梨花对他的好感。三、每天写一封信给梨花，表达爱慕之情。因为对于梨花这种人，用城市里那先进的、花口花嘴的一套办法是不行的，用这种古老的办法可能更好，虽然他们近在咫尺。

最后他的进攻起到了效果。终于有一天吃了晚饭，梨花校长对他说：“李老师，我们散散步吧！”

于是他们从学校门口出发，前往梨花坪，那时刚好是春天，梨树正叶青花白，满枝绽放。

月亮在不知不觉中挂上了树梢，梨树林里一片银辉。雪白的梨花洁白了月亮，月亮才显得是那样的皎洁，“皎洁”这个词对于大学毕业的他来讲并不陌生，他陌生的是真正有着能用“皎洁”这个词的地方。就像我们知道很多美丽的形容词，却无法体验它。无法体验就是还没有真正地懂得它，要懂得它就不仅仅是从书上看到它，更重要的是像小伙子一样现在正亲身地体验着什么是皎洁。天人合一地体验一个美丽的形容词，这本身就是一种美丽。

李老师面对身边亭亭玉立的梨花、清香四溢满枝盛开的梨花和洁白无瑕铺满小径的梨花，他从未有过的激动和澎湃的思绪在那一刹那间涌上了心头。他不知道该说什么好，结果一张嘴来了一句诗，尽管他从不写诗。这诗应该是誓言比较恰当，他说：“你长发飘动，像风帆，啊！你是我的船长。”

李老师说完就在心里抽了自己一耳光，他想我怎么这么傻，表达爱慕是这样表达的么！这也太有舞台效果了，这是在演戏么？不，这是真的呀！这人就是怪，原来在城里搞爱情游戏像真的一样，现在真的爱了反而像在舞台上演戏，这不，连说出来的话都是台词，这台词他记不清是在哪本杂志上的小说里看过，他此时非常恨这本杂志和小说。

梨花与李老师在梨花坪散步的消息像长了翅膀的风，吹遍了公鹅乡和三个鸡村的每一个角落。

最欢喜的自然是梨花阿嫂麻姑了，麻姑听到消息的那一天傍晚，搞了一桌子的菜，喊了梨花回家吃饭。梨花阿嫂很久没有见到梨花了，一是春天忙农活，梨花阿爸是干不动活了，梨花哥又在外地打工，家里那一亩六分地主要是她自己干。二是梨花是校长了，更忙了。自从当了校长还未回家好好吃餐饭，虽然离家也就那么五华里，下一个坡上一个坡就回来了。

梨花进门一看这么丰富的菜，忙问阿嫂说："我哥回来了？"梨花阿嫂说："校长阿妹，看你说的，偏要你哥回来才吃好东西？这几年生活好了，家里的田靠科技扶贫种上了新品种，够我们一家人吃了，你哥这几年在外打工修公路，一年也能挣几千块回来，国家的救济粮，我们早不领了。"

梨花阿嫂一唠叨就没个完，梨花是知道的。阿嫂一般唠叨的都是一些鸡毛蒜皮之事，要么摆哪家男人在外搭上了女人，要么说这家女人因男人在外打工起了歪心，偷起了汉子，或者是讲哪家牛生个崽了这家猪生几个娃了。今天怎么会唱起了乡长时常挂在嘴边的高调呢？其实要说这是高调吧，那倒也不是，这几年乡里的确发生了很大的变化，大部分乡民脱了贫，一部分还进入了准小康，这可是事实。可梨花回家来，这话不应该由阿嫂来讲呀！讲这话应该是乡长的事呀。阿嫂今天咋个了？原来阿嫂总是亲热地喊阿妹，咋个这次回来阿妹的前面加了"校长"二字。

梨花说："阿嫂，没事吧？"

梨花阿嫂说："没事，没事。"

梨花是很感激阿嫂的，要不是阿嫂嫁给她哥卖了嫁妆供她上学，可能她现在早成了人家的婆娘和两个崽的阿妈了，哪里还当得上人人都尊敬的校长？对于这个校长，梨花是很自豪的，因为她是这所中学唯一一任本地出生的校长。这所中学是这一带唯一的中学，附近两个乡的学生都在这里读书，由于是三个乡共同的中学，因而中学虽地处公鹅乡，但并不归乡里管，学校直属县教育局，校长与乡长是平级别的。以前的校长都出自另外那两个乡或是县里派来。三个鸡村的村民们对校长这么尊敬，除了对校长本身还因为它与乡长官一样大。这不连阿嫂见了她都不说那些虽烦恼却很体现亲热的话题了，都说一些场面上的话，好像见到校长就必须这样说。其实梨花很想给阿嫂说，你尽管说这些鸡毛蒜皮的事儿，以前梨花听得进去，现在还是听得进去。但这话到了嘴巴上，硬是没吐出音来。她想她说了也是多余的。

梨花阿嫂看着梨花吃菜，阿爸在一旁抽旱烟，"吧嗒吧嗒"地吸得欢快。那旱烟杆一人多高，是用后山老竹根做的。阿爸用了怕有几十年了吧！烟孔时常被烟垢堵塞，梨花阿嫂找了一截废伞钢丝，阿爸拿来捅一捅，通了又继续抽，烟杆身子被日子磨砺得油光闪亮。阿爸老了，他一手拿住烟嘴头，一手扶着烟杆支架，“吧嗒吧嗒”地抽着烟，像一张挂墙的老照片，只有那浓浓飘动的烟说明阿爸是坐在门前的。梨花阿嫂也不催阿爸吃，她知道阿爸是饭前一袋烟，饭后一袋烟，雷都打不动。

梨花说：“阿嫂，你吃呀！”

梨花阿嫂一边纳布鞋底一边说：“校长阿妹，你吃你吃，你光荣了，我们家就都光荣了。这些年你给的钱阿嫂存起来了，等年底给你在屋后建一间新房，你也该成家了。”梨花阿嫂这样说就是已经把梨花当成田家男人一样看待了，梨花不是嫁不出去，而是招婿上门，好像梨花嫁了出去就不是田家的光荣，而是别家姓的光荣了。这似乎并不是梨花阿嫂个人的想法，可能梨花阿爸和一些乡亲都有这个想法。

梨花皱了一下眉头。梨花现在学会了皱眉头。她皱眉头的样子，有点像省里那大领导下车后皱眉头的样子。自从当了校长，不知道为什么，一遇上什么事儿总皱眉头，而一皱眉头，她就想起那大领导皱眉头的瞬间，非常气派，非常潇洒。她知道阿嫂没什么文化，不知道怎样用词，这“光荣了”的另一个意思她显然不知道，哪能为一句“光荣了”的话而认为不吉利呢？再说阿嫂说的“光荣了”，指的是她现在所取得的成绩。

幸好她皱的那一下眉头，阿嫂并未发觉，阿嫂正沉醉在她这个阿妹取得的光荣上。梨花只皱了一下眉头就舒展了，她想与阿嫂拉拉家常，可一下又找不到从哪儿说起，一时半会儿她总找不到讲的，她在心里自嘲了一下，是不是当了校长，就真的与阿嫂有了距离？县里来人考察过她，说不定她要调到县里去，听说这次是准备选拔一个女副县长。她知道她有几个优势：一是大学毕业，二是女校长，三是少数民族。就凭这三点在这次考察中可能被列为候选人之一的，现在不是讲搭配干部么。她此时身上就揣着进省委党校学习的通知，她不知道，是否应该拿出来给阿嫂看一遍。

本来梨花是准备吃完饭就拿给阿嫂看的，如果不是梨花阿嫂说起了李老师的事。

最后梨花决定不给嫂子看了，她经过这几年的磨炼已经成熟多了，不再像前些年那么幼稚了。这几年她把自己塑造得相当完美。不管是在教学上还是在组织上，她都严格要求自己，获得了县教育系统的好评，从优秀教师到优秀校长，她是一步步走过来的。前年县里曾考虑她当乡长，她考虑了几天后放弃了，她说她是一名教师，热爱教育工作，不能胜任乡长职务。看起来她的理由很充分，组织上也未为难她，其实她心里早有数，她是没有把握当这个乡长的，这是个汉、土家、苗几个民族杂居的乡，情况复杂，虽还达不到自治乡的条件，但少数民族占了不小的比例。她是看着乡里那几个领导一天愁眉苦脸的样子的，春耕啦，秋收啦，计划生育啦，税收啦，乡财政远远不够支付工资啦，等等。她觉得还是干她的教书行当顺手。这几年乡领导苦过了，乡里的日子也好过了，她并不动心去乡里，乡长前段日子还与她开过玩笑，说梨花来乡里吧！你来当乡长，我当副的，能给女豪杰穆桂英当副手是我的光荣。听后她总是一笑了之，她想原来要去就去了，艰苦的时候不去，现在好过的时候去，这不是让组织上小看自己嘛，乡长一句玩笑话哪能当真。再说乡长也有他自己的目的，乡里几年没有正书记，这乡长当副书记兼乡长主持工作三年了，不提正他又不调正书记来。乡长急呀，心想梨花来当乡长，他就可能提正当书记了。其实这也是乡长个人的算盘，他就没想过万一梨花来乡里当书记怎么办。

梨花没有想到与李老师才散步一次，居然就传遍了乡里。看着阿嫂那兴高采烈的样子，她知道阿嫂是作为一个女人的角度为她高兴的，是呀，再优秀的女人毕竟是女人，都得嫁人生崽过日子，这也是阿嫂作为女人的全部，她深深地理解阿嫂这样的幸福，她从阿嫂对他哥的那份情上，知道作为一个平凡的女人也是幸福的。可是阿嫂把她送上不平凡的道路，她也只有不凡，她也喜欢不凡，当然这不凡并不能以婚姻作代价。

梨花已把自己变成了一个理想主义者，她经过多年的奋斗，从一个普通的教员成了几个乡合成的一个重点中学的校长，可能不仅仅是她过硬的教学水平，更重要的是她把自己变成了一个顾不上个人生活而拼命工作的铁女人形象，以此博得了组织的信任。她要实现的东西太多了，而她认为婚姻是一个理想主义者失败的起点，她不止一次地思考过这个问题，难道真的结了婚就会影响前途么？但她分明又从她周围的环境中看出，结婚对于她来讲是不利的。

阿嫂送她出门到了开遍映山红的山上后分手，她目送着阿嫂回家的背影下了决心，她不再与李教师散步，她不知道这个决定是否正确，总之她已下了决心。

李老师的信当然不断地在写，虽然与她近在咫尺，可李老师再没能听到“李老师，我们散步去吧”这句动人心魄的话。

不久，梨花去了省委党校学习。回来后调到了县里任宣传部副部长。再不久当选为县里的副县长，分管科教文卫。

一年后，在青岛志愿者回青岛的欢送会上，李老师见到了梨花副县长。

梨花副县长握住李老师的手说：“感谢你们，感谢你们为贫困山区的教育事业所作的贡献！贫困山区的人民将永远铭记着你们。”

李老师看起来很不自然，因为梨花副县长握住他手的时候，旁边根本没有其他老师。他是在会上寻找了很久的机会，才迎面遇上梨花副县长的，而梨花副县长一口一个“你们你们”的，让他很失望。

欢送会是开过了，但李老师却不走了。这个决定让同来的教师大吃一惊，尽管有人忍不住伸手摸了摸他的额头，但谁也没有阻止他的决定。

李老师回到了公鹅中学。不久当了副校长，至今未婚。

多情是出诗的人，李老师写了很多的诗，不过梨花看不到。

一年后，省报发表了一首李老师写的诗，诗名叫《这是那夜月的错》：

一起走过
我们没能携手
这是那夜月的错

梨树，叶青花白
静静地绽放
梨花白的清香啊
正从你身上溢出
如手指顶在我的腰上
别动
我乖乖地举起双手
你的笑
一抹娇红
写上你的脸庞
钻进我的心房

这世界不能宽容
这是那夜月的错

那夜后
我热爱梨花
热爱梨花的白
热爱梨花白的清香

每当月圆
银光照耀
梨树叶青花白时
我总会屹立在
那条依旧铺满梨花的小径上

这时，总是月满枝头
传送花开的声音
依依月意随微风

暗涌，却是残香无迹
是你啊，是你
带走了梨花白的清香

这首诗，梨花当然是看到了，也只有她看得懂，她几次拿起电话又放下，最后她还是打电话给公鹅中学的副校长李老师了。

（原载《红岩》2003年第4期）

欧阳黔森

味　道

一

我正写到吴冰说“我爱你”的时候，桌上的手机响了，我看也不看来电显示，伸手按了红键。

手机不响了，我可以继续完成这一集的结尾了。剧里的吴冰历经沧桑几经反复终于说出了“我爱你”，接下来应该有一个小高潮出现了，可我这剧本里的男主人翁江河硬是激动不起来。当然，江河之所以不激动是因为我没激动，这小高潮起不来，这一集无法结尾。这个该死的电话，我在心里开始恶狠狠地骂开了。

嘴在骂人，脑子却一片空白。五分钟后，我才想为什么要开手机呢？写这一集之前我是把手机关了的，写到吴冰打电话约江河时，我脑子特别想休息一下，于是开手机与老婆讲了几句话。讲着讲着感觉有戏了，就赶紧挂了电话，急着想马上进入戏里。我把手机放在桌子角时，大脑里闪了一下关机的念头，可既然放在那里了手又不愿再伸过去按红键，我的手指迫不及待地敲键盘，电脑里出现吴冰的好戏时，我脑子居然能一心二用地想——朋友们这几天打我的手机无应答，早打烦了，不会再打我手机的。

我这一心二用的错误想法在不久把剧本的结尾废了，这是我始料不及的。手机响在了戏的高潮之前。其实要怪手机叫起来也很牵强，因为写电视剧我几乎不受外界影响。之所以关手机不是怕吵，而是怕朋友们有事，有些事是不知道就算了，知道了还不得不去。制片人司马亮事先讲好的，要接这活，就得暂时告别朋友。这剧急呀！非要一个月拿出二十集的本子来。朋友嘛，我见他急也只好就急找朋友张真一起写。张真写前十集我写后十集。为了该剧不出现前后脱戏，我们在一家宾馆开了个套房，两张桌子对面放，一边侃剧情一边写。这样热闹呀！为了更热闹，电视也开着，里面正播放着一个乱七八糟的爱情剧，这根本影响不了我们，我们也正写着乱七八糟的爱情剧。写这玩意反正是为了钱，又不是像写小说一样费尽心思要求高质量，何况这又比小说来钱快，所以我是愿意一年有那么一两次给电视当“枪手”的。别人写三角爱，我写五角；别人写五角，我写七角。只要有女的就要有男的，要他们爱也爱不完，总之不能让他们爱得清楚，爱一旦清楚了就没有味道了，一句话讲透了就是——写爱情片一定要像王大妈的裹脚布一样，越长越臭就越好。你要是明明白白清清楚楚升华了爱情故事，那些在家里闲着没事一天翻着看爱情秀的女人们还真得换了频道。所以，只好搞她们喜欢看的了。

男主角江河不激动，这一集真没法结束。本来想一鼓作气写完这一集去二楼酒吧喝一杯的，越想快点，它越是收不了尾。光靠女主角吴冰说“我爱你”是结束不了这一集的，太落俗套，如果男主角再来一句“我也爱你”来结束本集，不但落了俗而且臭不可闻。憋了十分钟，男女主角的精彩还是出不来。我的手只好离开那能让男女主角出戏的键盘去拿手机，不想这一拿还拿出了真戏，是我千想万想也不会想到的。

我翻看未接电话号码时，对面的张真说，看哪样看嘛！别理这么多事，赶快搞完这一集好去喝一杯，我这一集快结尾了。你要注意，我在第三集埋下了吴冰与江河的朋友李欢有纠葛的伏笔，你这集是该出现了。

我不理他，心想看看不行么？天大的事老子不去就行了。心情特别坏，也许是这几天写得太快，两天一集。剧本里的人物已到了王大妈裹脚布的中段了，味道已经开始熏人了。本不想那味熏人，可又不得不这样写。剧本大纲是通过论证会了的，要改变人物的情节安排，还得通过制片人司马亮，想起司马亮那张马脸，我也只好老实了，反正是他的戏，我是懒得为了什么去看他那脸的。

那天要真听了张真的话也许好也许不好，有些事是不能简单地用好坏来衡量的。比如一件令你心烦的事来了，看起来不好，可就因为这不好来了，也许一件更糟的事才与你错过。有了这样的认识，所以我还是较能从容地处理身边那些注定要来的好事与坏事。那天我的心是听了张真的话，因为在我那不听话的手翻看未接电话时，已下定决心，天大的事也不走。

本来就是手痒随便看看，可一看坏了，我特别想回拨电话。如果是看到一个熟悉的电话，那我根本不会有回电话的念头，要命的是一个陌生的电话号码。我这人对陌生是非常好奇的，这是我的优点也是缺点，优点是让我这四十岁的人还有一颗二十多岁的心，缺点是让我有时候自找没趣。当然如果把好奇而不得明了和因为好奇而得了一句“你打错了”的没趣，我也宁愿要那没趣的一句——你打错了。我就是这么一个人，为了好奇而不惜一切代价。虽然为了好奇我吃过不少亏，可似乎不吃这亏我更亏，身体是一切的根本，我再笨拙也不会为了不吃亏而亏身体，原因是我经过长期体验认识到即便是好奇吃了亏也比因为好奇而朝思暮想伤了身子好。为了不让这陌生的电话使我好奇，我只有把这好奇搞明白。

电话通了。

“喂，我是谁？”

这问声让我心里一震，这是一个遥远而熟悉的声音。只有妖精方冰才是这种打电话的方式。

我恶狠狠地回了一句：“你是谁，你就是要死了，只要还哼得出一点声音来，我就知道你是谁。”

“你是谁？”

“我是你未来的丈夫。”

对话依然和十年前一样。当然后面的对话就没法再一样了，她早已不是我的未婚妻，我也不再是她的未婚夫。

现在的她说，你在哪里？我来找你。原来的她是说，我在这里，你来找我。现在的我说，好！我马上来。原来的我也是说，好！我马上来。

现在的她哈哈地笑了，原来的她是不会有这花一样的笑声，原来的她像五瓣的丁香一样张开着忧愁，即使成了我这个乐天派的未婚妻也没开成快乐的桃花。

是我来找你。那哈哈笑的后面是这一句。

现在的我也哈哈地说，我承受不了这巨大的荣幸，还是我来找你。

现在的她说，我与同事来出差，不方便。

现在的我说，贵州饭店一楼音乐茶座。

放下电话，我看见张真一脸怪相，就知道他以为我在演戏逗他玩。我只好对他说，是我未婚妻，我不得不去。

张真的脸一下不怪了，说：“李进兮，我要提醒你，我们写剧本可以乱来一下，这现实生活中一乱来就乱套了。”我见他那认真样子，觉得他很好笑。这小子从来就不正儿八经的，平时也是个爱侃乐的家伙，今天这是怎么了？看来他也是写剧本写昏了，要一下子从剧本中回到现实中来还有点困难，除了“李进兮”这三个字不像台词，其他的话都像戏里的台词。

我说真的是未婚妻。张真没好气地挥手说：“走走走，不想喝一杯就算了，你想独自去轻松一下就轻松一下，借口一点也不幽默。”

看来他真不相信我说的话，我心里暗自高兴。正好，朋友到了这分上了，一些话真不真假不假的不是十分重要，重要的是能经常在一起真真假假地干些事，还不能为什么事真生气和红脸。他张真不相信我的地方的确太多，比如我说我的恋爱经验比他丰富，打死他他也不相信。他乐于相信他的恋爱经历。当然啦，这次他不相信我，对于他来讲更是自信，因为他早已确切地知道我已结婚八年，女儿已七岁。还有他与我是一对好朋友，他老婆与我老婆是一个单位，他女儿与我女儿是一年级的同班同学。

我逃似的跑到停车场，兴奋地开上我的红旗轿车狂奔而去，惹得看守人跳起脚在后面喊慢点。

二

方冰为什么不是我的妻子而永远只能是我的未婚妻？这事情还得从十年前说起。十年前，她在当了我三年的未婚妻之后，突然一下成了别人的未婚妻，这是我始料不及的。起因是我半年出门徒步乌江未归，这起因看起来是不能上升到我要失去她的高度的，徒步乌江是没有什么的，这只能说明我爱大自然，这不是问题的关键，关键是问题的焦点，这焦点就是我冲进她房间的那一声断喝。我不是那种没礼貌不经敲门就破门而入的人，可这是我当时未婚妻的门，况且这门我半年未进。那因急切的心情而产生愉快的吆喝一声推门是可以让任何一个爱我的人原谅的。这吆喝一声如果是她一抹娇红的惊喜就好了。但不是，是她和另外一个男人惊吓得突然一下分开。吓得他们要死，气得老子要死。

从一声愉快的吆喝到一声愤怒的断喝，是没有时间思考什么的，那时我只想大喊大叫地招来她的妹妹弟弟爸爸妈妈。我是有十足的理由这样做的，因为她一家人都喜欢我，早把我当成一家人了，现在她方冰想不要我还不成，我得招来一家人声讨她。

结果她的确被声讨了，特别是比她小十个月的妹妹方雪声讨得最卖力。方雪说，人家李进兮对你这么好，你为什么要这样？

她的爸爸妈妈也同声附和，她的爸爸妈妈是有着一段动人的爱情传奇故事的夫妻，他们对爱情的忠贞和对爱情的理解，使当时年轻的我崇敬不已。他们用六年时间生了六个孩子，其中方冰与方雪的出生只相差十个月，这不是一个爱的奇迹吗？等于妈妈生方冰的腹肌还未完全收好，方雪就已经进去了。

这不仅仅说明她爸爸是个猛男，而且是一个非常会爱女人的男人，要不然一个再爱孩子的母亲也不会这么急的，她妈妈能在那种时候同意她爸爸把方雪送进肚子，不仅仅是因为她爸爸是个猛男，而是她妈妈面对她爸爸爱的方式无法拒绝。猛男对女人的成功往往不是因为粗暴的勇而是因为爱得细致之极。所以即便是现在只要有她妈妈的地方就有她爸爸在，除非为了生计不得不暂时分开，就是分开也会让人感动不已。她爸爸先回了家第一句总是问，你妈呢？她妈妈先回家总是问，你爸呢？问完了不是去胡同口看看就是热饭热菜等着。

那时候他们有手机就好了，你看他们彼此挂念得如此揪心，你又使不上劲，只有希望他们一切都好。爸爸妈妈是最痛恨男女谈恋爱不真诚的，所以他们不但附和方雪的声讨，还面带愧疚地支持我，他们愤怒地对方冰说，你滚出去，你不要我们要。读初中的小弟弟比方冰小很多，不好声讨姐姐，只同情地看着我的怒火。我很感激他们异口同声的声讨和同情，至今想起来仍然让我感动。

事后我是后悔了的，我想如果注定要分手也不能分得这么壮烈，这样的壮烈是足以使人伤心很久的。也许当时我不该大喊大叫，也许方冰现在就是我的妻子，因为在我大喊大叫之前，我分明感觉到了方冰的难堪和似乎有隐衷的表情，并从她胆怯和内疚的目光中读懂了她要我冷静下来。

我根本是故意不要这机会，那时候我年轻呀，血气方刚朝气蓬勃怎容得了？在她一家人满胸怒火的声讨声中，我发现方冰原来的胆怯逐渐消失并在怒火中越烧越坚强，最后拿出了要在烈火中永生的气概。只见她歇斯底里地大叫起来，她指着那位被这突发事件蒙昏了头的男人说，我就喜欢他，你们能把我吃了？

她的底牌一亮出来，这声讨和同情就弱了气势，他们再有支持我之心，再有同情我之心，方冰如不想与我成一家人，那他们是改变不了我事实上不能与他们是一家人的命运，他们所能做的也只能是对方冰愤怒地抗议和对我的同情。

方冰那天被她爸妈喊滚了出去，在她滚出去后不久，我也只好装得举重若轻地走了。我不可能在她家等着她又滚回来，虽然小木楼的二层她小弟弟的房间里有我的一张床位，我知道事闹到了这份上，那张床从此再也不能让我安详入眠了。

方雪一直把我送出很远，并吩咐了她的一个同学照顾我才离开，她要去找她那滚出去了的姐姐。方雪的这个同学我认识，与她家是世交，常来她家走一走，不想今天一走让他看了一场好戏。

走在冰凉的大街上，冷风吹得我的头异常地清楚，我说我不用照顾的。他没有停步但放慢了步子拉着我的手说，是的，反正你也没事，不如到我那儿去玩一玩。那时候风像针一样扎我，梧桐叶满街乱跑。那时候我脑子特别清醒，可心里糊涂。我想我要是离开了他，又能上哪里去呢？这时候回家是不行的，老爹老妈见我这样，一问，准把今天的事给问出来。他们是早把方冰当儿媳妇了的，那我不是这边的事还未完，那边的气又要惹上身嘛。

于是我跟着他走。以前我与他见过几次面，记忆中他是在一所大学教书，那所大学地处郊区，平时是要坐车去的，因他的脚有一点微微的瘸。那天我们没有乘车，我们走得很慢，像是在散步，一路上谈一些与今天无关的事。那路似乎很近，平时一定觉得很遥远。

到了他的房间，看得出他是一个单身汉，他跛着腿从床底下拖出一个电炉来，我们就围坐着烤火，也不谈今天的事。可我的泪水就在这时候流了起来，我感觉两行泪的脚在我脸颊上热乎乎地往下走，一些走进了我的嘴，一些掠过脖子钻进了我的胸襟。这泪在脸上是热的，在嘴里是苦的，在脖子上是凉的，在胸口上又是热的了。这是我泪水空前绝后的一次大游行，但他似乎并不在意我泪水哗啦啦的呐喊，我们愉快地谈着别的什么，我不擦泪水，他也不递手巾给我，我只好任泪水欢乐地沿着顺畅的两行水路奔腾不息。整夜他没有评说一句我与方冰的事，我们只是痛快地谈着未来。

第二天清早，他是要上第一节课的，我说不用他送了，他坚持一定要送，他微微地瘸着腿送我出了校门。我与他告别后走了几十米，忍不住又回头看他，他正小跑着一高一低地跛着脚向教学楼奔去。从此，他那一高一低走路的身姿就永远的留在了我的记忆里，至今还没有比这更让我怀念和感动的背影。

这是我第二次为女人流泪。第一次流泪是在方冰面前，但不是为方冰，却是为方雪。为她流泪的时候她却看不到。时隔很多年后，我不带任何偏见地分析了当时的我们，其实她是爱我的，我也是爱她的。

我们分手的原因——我是一个没有练习过爱情的人，在方冰之前我没有与谁谈过恋爱。而她方冰却是第二次，她的第一次是伤痕累累的，正因她受过伤，她的心才如此脆弱，她真的不该怀疑我的泪水，虽然我在她面前为另外一个女人流泪。

这泪也是我故意在她面前流的，这并不是说我有演员的天赋，泪水是真实的，但并不说明我不爱她，我之所以故意在她面前为另一个女人流泪，其实是想告诉她我是一个有情有义的人。当时方冰是我的未婚妻，应该在我心中占据最重的位置，我为她妹妹方雪流了两滴泪，她只应该这样理解——我对姨妹的事流泪，有感情，对未婚妻的事那不是更有感情吗？

最后我的泪起了反作用，是我无法用语言来解释的，解释不清我只能肩扛着。一对恋人为了什么而误解，而这误解又只有其中一人肩负着，到了最后双方都要为此付出代价，这代价就是她从此从心里休掉了我这个未婚夫。当然这些只有我们俩心里明白，要真行动还是一个漫长的战斗，且不说她无法向她父母交代，就是我父母她也不好交代，我们毕竟恋爱了三年，这三年中最少有两年我们完全是自由恋爱，第三年双方父母加了进来后，我们就上升到了恋爱的最后阶段——未婚夫妻。

要说三年一千多天的感情，说散就散确实不易，我们坐下来谈判了一次，结果是双方都讲冷静半年。我受不了她这么深的误解，负气徒步乌江去了。我很后悔那天当着她的面为方雪的事流泪，仅仅是两滴呀，莫非就能冲洗掉我和方冰三年的感情？但话又说回来，如真能冲洗掉三年的感情，我也没什么后悔的。这事闹成这样，原因还是只有一个——那就是我没练习过爱情。方冰是我的第一个未婚妻。

那起反作用的泪，我是可以等她不在的时候悄悄流的，为什么没有这样做？还应该归罪于我没有练习过爱情，如果我和方冰换一下位置，她是第一次恋爱而我是第二次恋爱，就不会出现那拙笨的场景了。一个少男的爱情泪应该是为恋爱的第一个女孩子流的，这在于我却不是。这正是方冰想休掉我的理由。这事情的由来是方冰有一天兴冲冲地告诉我，她妹妹方雪要结婚了。听着听着我流了两滴泪，方冰拉过我扭在一边的头，惊讶地说，你哭什么？我说我高兴。方冰夸张地肩一耸手一分说，你一个准姐夫为一个准姨妹要结婚了而高兴得流泪？你讲给谁听也不相信。说完她气得脸色发青，转身咚咚咚地踏着楼板就跑了，只剩下我挂着两滴来不及擦的眼泪站在窗口看着荷塘发呆。

当我到跳水台上找到她，已是黄昏。跳水台下是蓝色的江水，江水蓝得透明，在下面游泳的一个男人仰泳着，他的四肢游动着却不见他走开，我一细看才发现他在逆流凫水，水的流速和他向上凫的力相等，所以他停在那最佳的位置看着我们。我很生气，这江上有几十个跳水台，你偏要跳这个呀。我拉方冰走，她不肯，我苦口婆心地给她解释，她不听。拉拉拖拖地急了，她说，你心里爱着谁我不在乎，可要我爱一个爱我妹妹的人，我是绝对不能容忍的。我说没有的事。她说，你是不是第一次流泪？我说是的。她说，莫非不相信眼泪？我说，你听我说好不好。她说，听你说一万年也改变不了什么。看着她不与我讲理，我把凉鞋从脚上掼下跳水台，也不知打到那仰泳的人没有，反正落下去有十米高，他如果不是听我们吵架听傻了是应该躲得开的。

的确如她所讲，我也相信我的泪水是真实的，可和她想的不完全一样，她是不正确的，这不正确的武断想象来自于她第一次谈恋爱所受的伤，这伤又将伤害到另一个初恋者就成了必然。爱情的发展往往是一个老手教会另外一个新手，这也许正是爱情的魅力所在，这也正是为什么爱情会让人那样刻骨铭心。这是正确的，一个老手和一个新手相爱的成功率远远大于两个新手或两个老手。你亲眼见过两个初恋的人，从相爱到结婚到当爸爸妈妈最后到当爷爷奶奶外公外婆的吗？

为什么说我的那两滴泪是真实的？这还得从方冰的妹妹方雪与我认识讲起。我认识方雪时，方冰是谁我真的不知道。方雪那时才从美院毕业一年，在一所中学教美术。本来她学美术的与我的专业没多大关系，她搞她的美术，我搞我的文学，大家认不认识都无所谓。要命的是这么小的城市偏偏也有一个叫文联的组织，把搞美术的、搞文学的等招在一起开迎春联欢会。这就宿命地注定我们要认识。这一认识，我的文学生涯和爱情世界从此有了她在白宣纸上画画的色彩。

方雪那天说，你的爱情诗写得真棒！那时候我刚从台子上朗诵完我的那些空想的情诗下来，脸还被掌声拍得红红的。她手里拿着一卷画，对我说话时画筒很自然地贴近了她的嘴唇，所以我第一眼看见的是她那明亮而蓝黑色的媚眼。正当我被她美丽的目光笼罩时，画筒一下离开了她的嘴，她那娇好惹人心醉的唇一下鲜亮开了，这让我的视线无比地灿烂。她亭亭玉立白净得像一个俄罗斯美少女，不仅肤色像，眼睛像，嘴唇也像，整个脸合起来，真有西方油画里美少女的味道。顿时让人感觉周围的一切显得高雅而崇高。

后来我曾问过她，祖上是不是有白种人的血统？她说八国联军打进北京的时候，她的祖先早就定居在这座小城了。她的那个画筒贴唇又一下分开的动作，我一直认为是个飞吻，从那时的环境，从她那西方美少女的味道来看，我有这个想法是很正常的。但那真是飞吻吗？这个问题一出现就折磨我至今。如果这是一个西方女人的飞吻，这个问题是不会折磨我的，也许我早已忘记。但我一直认为这是一个单纯的中国女孩子对一个中国男孩子有好感而由衷表示亲昵的举动。如果真是这样的话，那么，对于爱情来讲这就是伟大的一见钟情了。她是一见钟情吗？这问题同样折磨我至今。当然最折磨人的还是那时候，那时候我是对她一见钟情了。第一次钟情于谁的男孩子，总是喜欢把情藏起来。这似乎是初恋少男少女们的通病，就像水痘一样，只要是人就得出一回。我也注定逃不掉这自然法则，虽藏得并不高明，但毕竟是藏了起来。

我们经常见面，谈的却是什么抱负啦理想啦。好像谁先说了什么，把那藏起来的东西一不小心露出来，就显得谁浅薄了似的。那年月又是男孩子们崇尚深沉的时代，我只好藏得比她深得多。这玩深沉害了我，很多年后想起来我还骂日本电影《追捕》里玩深沉的明星高仓健。日本不能用武力打中国人了，就来文的。那年月国内确实没有什么高水平的影片，那《追捕》进来一演，顿时引起轰动，搞得少男少女们都喜欢高仓健。

我们就这样躲躲藏藏地过了一年，在这一年里有几次机会我都想脱口而出——我爱你，可每次都在心里说下一次一定说。这是我年轻时犯下的最痛心的错误，这错误在我们认识后第三百八十九天的下午给了我致命的一击，这一击宣告了我青春期对女孩的单相思永远只能是单相思了。我只能用单相思来描绘我当时的处境，我想如果她在意我的相思，或者她也有相思，她是应该有耐心等我那句话的。

那个下午，小城一派春意盎然，法国梧桐嫩绿了街景，燕儿纷飞划破了天空，看似热闹却显得一片宁静。街道有三三两两的男女在信步闲逛。我也在闲逛，情绪非常好，心里不由感慨着春天又来了，感慨一番后觉得心情好得还不够，在这美丽的时刻应该来一点奇迹，这奇迹我想就是方雪突然来到了我身边，然后让我们在这美妙的一刻信步走过小街。

命运这东西有时候就是这样怪，它要不怪的话，我想也就没有那么多人费尽心机地想掌握于手，成功的人和不成功的人都在与命运拼搏，可没有哪一个逃得掉命运的折腾。命运怪的现象之一就是——奇迹它说来就来了。命运怪的现象之二就是——你梦想中美好的奇迹来临时，也许正是破灭你美梦的时刻。不幸的是，这命运怪的现象之一之二同时折腾我。先是奇迹般方雪走进了我的视线，后是她大方地介绍旁边的一个男生是她的男朋友。我差一点在我梦想的奇迹中晕过去，所幸我那时候年轻，强健的双腿支撑起了我空空荡荡的身躯。我的脑子像电脑里侵入了致命的病毒，一下子什么也不会了。过了好一会儿，我才傻乎乎地笑了，笑得脸皮直往肉里挤。完了，我又怕紧绷的笑脸变成了青脸，赶紧逃似的走了。逃跑后半年不敢给方雪打电话。

方雪是有男朋友的，人家只是把我当好朋友来交往的，我一天胡思乱想些哪样哟！我为自己的不高尚而感到内疚。方雪是多好的一个朋友啊！不能为了自己的单相思把这样好的朋友丢了。是的，我是没有任何理由埋怨她的。半年内我总是在自责。

如果仅仅只是这样，方雪也只是永远的留在我美好的记忆里。可命运说事情不能就这样完了。在一个优秀青年的青春心灵史上，如果只是像一个画家在白宣纸上轻绘素描的话，那是不利于这个年轻人茁壮成长的，如果一个青年不能在情海汹涌澎湃的波涛上勇于搏击，那么他将失去的是一片晴空一片蔚蓝。命运说天生我材必有用，所以它不能让我在情感上弱智，于是它在前方安排了我能茁壮成长的事情。这事情在我的世界里重重地狂涂上油彩，使我的天空像油画一样有层次感。

当然是方雪的手笔。她在半年后突然出现，首先是她的声音。她说，前进啊！你来学校门口接我。

我一听到她叫我前进啊，心里就掀起一阵热浪。这浪在我心海里狂涌，几朵欢乐的浪花还差点从眼眶里飞溅而出。这是久违了的前进啊！我叫李进兮。“兮”字在诗人的祖师屈原的《楚辞》里多用为叹词，像现代汉语的“啊”字。她在认识我第五天的时候说，你姓李太可惜了，如果姓钱（前）多好啊！前进啊！多富有号角性。

她是站在一棵白杨树下神彩飞扬地说的，让我脑海里闪烁着嘹亮的心曲，这心曲嘹亮得似乎要从胸腔里喷薄而出，震得我双耳直响。这是大作曲家雷振邦的曲子，是当时最流行的歌曲。一个怀春的青年遇上了美妙的事，是会很自然地在心里把它唱出来的：“白杨树下住着我心上的姑娘……”

可是，她后来不是我心上的姑娘，因为她不让她成为我心上的姑娘。歌曲里心上的姑娘是唱歌者的恋人。那时她也的确是我心上的姑娘，但却没有恋人的含义。恋人在《辞海》里解释为“双方相爱的人”。我只是单相思的话，是不能把我们称为一对恋人的，但她确实是我的“恋人”，我恋她嘛。中国字是很容易被偷换概念的，也许这正是方块字最有魅力的地方。所以我才爱好文学，爱好文学多好啊！如果不爱，我就不可能遇上她，也不会被她赞美说“你的爱情诗写得真棒”！这句赞美之词让我激动了很久。是的，人生的美丽就在于它无数次被什么激动着。虽然那些爱情诗在今天看来是多么的幼稚，平时开玩笑时还拿出来调侃一下，但似乎并不影响我对那些诗带给我的美好怀念。

她的电话无疑再次激动了我。我像瘪了的球突然被一张红唇吹满了气，一下子轻飘起来。我语无伦次地飘了几句话，然后飘出办公室，骑上自行车一溜风飘到了她的学校门口。我飘下自行车，轻轻飘飘地推着车走向她。她依然像西方油画里的美少女一样微笑，依然像西方美少女一样天真大方。她说，前进啊，你真快。

她轻跳上自行车后座，我感觉她五十公斤的身躯似乎没有重量，像一幅油画一样，自行车照样飘一样地奔向前方。她大方地用手轻轻扶着我的腰部，以免飘下自行车。这样已经让我很兴奋很知足了，是呀，我们又不是一对恋人，她再大方毕竟是中国姑娘，我怎能奢望她抱着我的腰呢？很多年以后，当我能熟练地掌握汉字，并能把动词用得很好的时候，也感觉没有比“扶”字更恰当的动词了。这动词充分体现了她的心思我的处境，那种场景用形容词来展示是很蹩脚汉语使用者的。

我感觉她的手扶在我腰上之时，她的声音也顺着她的手触电般的到了我的心上。她说，到我家去吧！她的话几乎震断了我的心脉，让我的身子一下沉重起来，自行车重得偏了重心斜斜地差点撞上法国梧桐。这事过了很多年，想起来仍然庆幸我的青春心灵史的起点是在故乡——地处西南的一座美丽的山城。小山城的街道是没有什么车的，我的自行车可以自由且从容地在街心飞行。如果那天是在北京一样的城市，我想因她那句话震得一边斜的自行车，肯定不是被奔驰而来的汽车撞飞，就是被后面蜂拥而上的自行车撞翻。

值得让我脑海里永远怀念和我心灵里长久感激的是，在自行车歪斜着即将飞倒的危险中，她信任地抱紧了我的腰。有了她的这个信任，自行车终于没有一头撞上街边的法国梧桐，而是摇摇晃晃曲曲弯弯倔强地前行，只要车轮还在地上转动着走，车就没有倒下的理由。真是很危险，车速的快是有可能掠过树子掉下河里，那我们与自行车的一个二十米高台跳水将成为河岸上一道亮丽的风景以及成为街头巷尾饭后茶余的话题。

当她的手由抱再次回到扶时，我已从惊险中平静了下来。我说，你看为了让一块小石头差点把你摔下来，太不好意思了。她是横着坐的，看不见前面是否有石头，我只好这样说来掩盖我的窘态。

要到她家的时候，我又开始觉得自行车重了起来，因为我脑子里总闪现进了她家门，她如何给他妈介绍我。她家就在城东小十字南边的一棵大槐树旁的巷子里，以前来送过她几次，她都是在大槐树下下了车，进巷子口前，她总是把画卷贴上嘴又分开，一张脸微笑得灿烂无比地与我再见。

自行车的重当然不能再次使我手忙脚乱，再解释为让小石头的原因就太牵强了。我尽管很注意地掌握着车，但要到大槐树下时，我的车还是不自然地猛偏向一边，所幸是偏向她脚的一边，她顺势跳下站稳在大槐树下，我急得发虚的心才踏实了。心想要是不争气，车偏向反面还不摔她一大跟斗。

要是那天她带我回家是为了给她妈看就好了，可惜不是。她要做的不是我想象中的事。于是她姐姐方冰不可阻挡地成了我真正的恋人，这是我始料不及的。这个意义上的恋人没有偷换概念，是词典里的正解，我与她姐相爱了。

时隔多年，我一直怀疑方雪是有意精心安排的，但十年后也没有谁证实这一点。可我认为在一个未成熟青年的青春心灵历程中，心证似乎比人证更为准确。

三

到了贵州饭店茶艺厅，我要了一壶菊花茶。方冰是有迟到习惯的，即便十多年过去她也不会改变。在她没到之前我拨通了方雪的电话。我说，方雪，你姐要来找我你知道不？方雪那边传来一声很吃惊的声音后，接着传来笑声，她说，我姐就这么一个人。我说，什么样的人？什么样的人？她说，你都是作家了还要问我呀！我说我当然知道，但我想知道你这样说是褒义还是贬义？方雪说，当然是褒义，她是我姐姐，我怎么可能有贬义呢？我嘿嘿地笑。方雪说，你在等她是不是？我说我请她在贵州饭店茶艺厅喝茶。方雪说，那你就好好等她吧，我挂了。我说你慌哪样，我还没说完呢。她说，算了，我姐是个很敏感的人，等会儿她进来见你打电话她会多心的。我说她都当妈八年了，再说我早已不是她的未婚夫，她多什么心嘛！方雪说，你听我的没错，就这样。我说我还听你的，你还没有把我害惨是不是？方雪在那头嘿嘿嘿，只笑不讲话了。我还想说几句让方雪感觉不好听而又不得不听的话时，我的视线中出现了方冰。她正昂起细长的脖子左右张望。其实我知道她早就看见了我，左右望只不过是想要我先喊她。我只好先喊她，免得她昂着头在大厅远望。

我听着手机站起来，举手喊方冰。方冰看见了我，朝我走来。我对着手机说好好好。方雪在电话里已不笑了，她说，好什么好，我姐出现了是不是？我看你也改变不了以前的什么，挂手机吧！说完，不等我挂她就先挂了。

方冰坐下来第一句话不是问我好，她说，我妹的电话是不是？你告诉了她我来找你是不是？我说，没有的事，我的一个同事。方冰说，算了吧！别人不了解你，我还不了解，不是方雪我自杀。我说，算了，你最好被他杀，你的自杀一次也没成功。方冰说，别做梦了，我就要活在你心中，气死你。我说，你这么自信？你还活在我心中？方冰说，别以为你是作家了，会编几个俗气的爱情故事了，就自认为是个人物。我告诉你，这方面我一辈子都是你师父。

方冰这样说是有一定道理的，可怜我那年被她折磨得死去活来。是的，当时我是不想与她结婚了，可毕竟好了三年，她说散了就散了。我一下子昏了头，不相信她这么绝情，我想人间自有真情在，莫非就偏偏不给我？在那种我自己本身不想娶她的情况下，我竟然上演了几场不说惊天动地也可说是地动山摇的爱情故事。我做出了非娶她不可的架势，不管她有怎样的对爱情不忠之前嫌。我们原来确定双方都冷静半年后再说。但我的第一个架势是等不了这半年的，一个月后我就开始出击找她。她很得意地不理我，她在她的同学和同事面前，出尽了有男人紧追不舍的风头，我完成了一个将爱进行到底的纯情男孩形象。这个爱情故事最后演绎到我满面泪水不成熟地敲打她同学的门，她就在她同学家不出来。一个要将爱进行到底，一个要快刀斩乱麻撒手不理，任我怎样地表演，甚至比电影和小说里还逼真，她也始终不为所动。她看准了我的心思，我的心思是我通过这些让她重新回到我身边来，然后等她以为我们之间已解除危机，我又一脚踢开她，让她想哭都哭不出来，但我的心思注定不能成功，因为她是老手，我是新手。

不过她还是被我感动了一下的，至少我让她的同学们知道了，有这么一个男人爱得她死去活来，她还不领情，似乎除了我，她还会有很多这种场景出现，只要她愿意，她就有这种魅力。她在同学面前出尽了风头，苦了我用了无数个连环苦肉计却无法成功，结果是苦中苦，我也只好认了，又不可能在某一时候我突然宣布，我的苦肉计是假的，这有失纯情男孩的形象。其实这种做法在那时候也是够蠢的，我都这样表演了，谁还不知道我是一个爱的失败者，谁都知道失败于爱情的人将不会是一个纯情男孩。

不过这些表演我是得到了一些回报的，也许正是因为我没有在某一时候宣布对方冰的感情是假装的，我的表演完善了她作为一个女人的骄傲。半年后，回报来了。那天，她突然光临了我的房间。这房间曾留下我们多少次卿卿我我，但说实话她一次也没有让我进入她的身体，最多与我亲吻或拥抱，每次要成了，她说别，等结婚那天多好呀。我相信了她的话，结果三年工夫全费了。我正懊恼不已时她来了。我对她的突然光临并不惊喜，因为这时我对她已有了逆反心理。心里没有了爱，我进入她的身体干什么？我那天的懊恼并不是后悔没占有她，而是懊恼在我们相爱的时候为什么不占有她。所以她光临我的房间，我根本没往那方面想。人就是这样，你想的时候怎么也搞不定，没想法的时候说有戏就有了。

方冰也不管我招不招呼她。她像以前一样说，我累了，休息一下。说完就倒在床上睡了，搞得我傻乎乎地坐在床边，说话也不是，沉默也不是。两者都不是，我走总可以。我站起来准备走时，她就醒了，她翻身向我招手。我说干什么，她说你来嘛。我只好坐过去。她像原来一样把头放在我的肩上，不说话。我也不说话。过了好一会儿我终于忍不住说，你葫芦里到底卖的哪样药？她说别这么说。我说别来这一套，我早就受够了。她说叫你不说你就不说。我说我偏要说。她说那你说个够。我却又找不到什么说的，只好让我的肩承重。承重久了，我也只好半躺在床上，她就偏头依在我的肩上。如果原来是这样，我最多能忍住几分钟，就会用嘴去找她的嘴，可今天不一样，我忍得住，因为她那张嘴说过不爱我，说过嫁谁也不嫁给我的话，说这些话的嘴不是我要找的嘴。我就这样承重着，她别想再拿她那张嘴来让我激动。我的头脑不激动，可心跳确实比平时要快一点，别说她耳朵正贴在我左胸，就是我的耳朵离胸部有一尺远我也听到了咚咚咚的响得异样。我正想推开她，不让她听我的异样时，我感觉一张热乎乎的嘴贴上了我的嘴。我想喊什么却什么也没喊出来。她很热烈，我也渐渐热烈起来，甚至比原来更激烈。我心里突然升腾起一种占了便宜的感觉，不是我的女人了，却在我怀里。

很久很久过去，我的嘴已经有点麻木了，才停下起来歇气。我躺在床上自己用舌头来回舔双唇，让我干渴的唇湿润一点。我正享受着唇的快感，突然耳边响起了方冰温柔的声音，她说“啊”，这是带了我的爱称的“啊”，因为我叫李进兮，“兮”字同“啊”字一样是叹词。原来她啊啊啊的，我听得很亲切很甜蜜，这一次她的“啊”让我觉得有点受捉弄。

见我没什么反应，她一会儿又说“啊”。我说你“啊”什么“啊”，像一只鸟飞过天空。你有话就说，有屁快放行不行？我这个态度非常恶劣，这要是在以前是肯定不会说出这么不中听的话语的。不过她似乎并不在意，她继续温柔地说，“啊”，你不是一直想要么？今天，今天就给了你。我听了一惊，不是开玩笑吧？原来千方百计地说什么也搞不定，今天一计都没有，她反而中什么计啦？莫非不设一计反而是计？不可能，这家伙今天卖的什么药。我于是装听不懂。她说，在我最黯淡的日子里你来了，一来就是三年，这三年真的感谢你对我的好。我说，就没有坏？她说，当然也有，这正是我要离开你的缘由。我说，是好多还是坏多？她说当然好多。我说，好多你记不住，坏一点你就离开了，女人真不是东西，最毒妇人心。她说，无毒不丈夫，男人也不是好东西，这次让你毒一回怎么样？我说，毒一次就是我把你占有了，然后你又不与我好了是不是？她说这还不算毒呀！我说是你毒还是我毒还讲不清楚，世界上没这么便宜的事。她说今天就是便宜了。我说没有无缘无故的便宜。她说就是今天便宜了，没有理由。我说便宜了老子也不要这便宜。她一翻身起来铁青着脸，整理好头发一昂头恢复了高傲。她说，喊你最后一声“啊”，再见！

那天没占她便宜，我也没后悔。五年后我结婚时，面对老婆，我底气十足，没有什么心虚的。所以十年后的今天我与老婆还是很好。

我老婆是一个很实在又让我感觉安全的人，她从认识我的那一天起，就开始喊我李进兮。不管我们的关系到了什么程度，从认识到恋爱到结婚到生儿育女，她始终喊我李进兮。我本来就叫李进兮。什么方雪的“前进啊”，方冰的“啊”，我早已不习惯。

不习惯，也只能听。方冰这时就在对面依旧说，“啊”，你夫人好吧？她这时叫的“啊”显然是加重了语气，语气加重了反而没有了原来那种亲密和温柔。她这时叫我“啊”纯属习惯或者是调侃。

我说，现在的女人见到过去的恋人总是问人家的老婆好不好。她说，俗气了是吧！不过俗气没什么不好，更有人情味，我总是盼望你找到好的，想法总是善良的嘛！

我说，你善良当初会撒手不要我了。她说，“啊”，何必呢？今天我们不说以前，年轻的时候应该允许这样错了那样也错了是不是？不过正因为我们都年轻有纠正错误的时间，我们年轻就可天下无敌。你不是过得很好？我不是过得很好么？我们都对了。如果我们俩好了，说不定就是两个错误在一起了。算了，不讲了，讲的都像所谓作家的话了。我说什么所谓不所谓。她说就是所谓不所谓。我说，你到底想干什么？她说唱歌去。我说去就去。

走出大门，我故意掉在后面，仔细地看了她的身段，比原来更加好。我不知道我为什么有这种感觉，十年后比十年前好，这是无论如何说不过去的。

可确实如此。方冰的脸也是变化不大，正如方雪所说，我姐姐看似一个琼瑶小说里的纯情少女，幽怨而孱弱，其实她心里偷着乐，一张不用装也显天真的脸，不显老。不像有的人，一到三十，过几年就起皱纹了。我姐可不一样，十年前是什么样子，十年后还是什么样子，变化不大。今天看到方冰，我相信了方雪的话。其实她原来那愁怨不完全像琼瑶小说里的少女形象，那愁就从来是只上了眉头不下心头。她仅仅长得一副林妹妹的忧伤相，其实心里偷着乐。方雪真是绝了，把她姐姐看得这么透彻。

我感觉方冰身段比原来好这个感觉，看似没有道理，其实很有道理。你想，原来与方冰好的时候，的确太年轻，真的看不懂女人。那时候我只是把她当爱人来看，只注意她的脸，揣摩她的心思，根本没有把她当女人来看。我现在把她当女人来看，显然要求不一样，女人的身段似乎比脸更加重要一些。而她的身段极好，腰细，臀部突出，这都是女人性感身段的要求。我曾努力回想她原来的身段，怎么也想不起如何的性感。一想起她总是她的脸，除了脸什么也想不起。这就对了，原来她是我的恋人，不是我的女人。

进了一家卡拉OK包房唱歌，她兴致很高，唱个不停。我却唱不下去，一唱就觉得喉咙发痒。我明白我的毛病了，我一见身段好的女人，心里就想入非非，这心思强烈地涌上心头，一激动，喉咙就发痒。我忍不住把她抱在怀里唱，她不反对，嘴却不停地唱。然后我得寸进尺地夺了她的话筒，说别唱了，放音乐，我们跳一曲舞。她也不反对。我们就在很小的舞池里跳舞，我搂紧了她，她也搂紧了我。

跳完一曲，我按了服务灯，要了口香糖和一些小吃，其实我要口香糖是真要小吃是假。我心里盘算着下一曲要亲吻她，可我嘴里有烟味太臭，这是我老婆说的，老婆从来不让我亲她的嘴。我赶紧嚼了几块口香糖，舞曲又开始了。我再次搂紧她，正想用嘴贴她的嘴时，她用手隔开我的嘴说，这不好吧，你背着你老婆干坏事。我说，这不算干坏事，我们好的时候，她是谁我也不知道，你是前妻嘛，这不算背叛。我找了一个浅薄的理由想亲吻她。她最后没反对，我们亲了个昏天黑地。我们似乎都很有兴致。兴致越来越高我就想不仅仅只这样，我忍不住离开她的嘴说，我们不跳了，送你回宾馆。她说，好的，我也累了。

我成功了。我带着以为成功的步伐与她去了宾馆。

进了宾馆她也不招呼我什么，脱了外衣进了卫生间洗澡去了。我心花怒放地在沙发上左也不是右也不是，一般这种时候是饿烟了，可我忍住了不抽。一是怕污染房间空气，二怕等会儿臭了她的嘴。

一会儿，她围着浴巾出来了。我起身去卫生间。她说，你去干什么？我说洗一下。她说，坐一会儿，你回家去洗嘛。

我一下呆了。

然后我不甘心地去抱她亲她。

然而不管我怎样折腾她，她还是不让我进入她的身体。久了，我不免恼了起来。说，你原来不是要给我么？

她一把抛开我，说，原来我是要给你的，可你那时不想占便宜，不占就永远不要占，再说现在没便宜可讲。

我说，那你这次找我干什么？你这不是逗起闹么？

她笑哈哈地说，找你是要你不要忘记阶级斗争。

我说，别哈哈哈的，我没心思与你调侃。

她说，我怎么调侃了？

我说，原来送上门来我都忍得住。不干就不干了，有哪样稀罕的。

她说，问题是你想了。

我说，想了又能咋了？

她说，我就是来试试你到底是不是像原来一样有骨气。十年了，我还以为你该活出个我认为不一样的男人来了，结果没有两样。你还是你，一万年也改不了。

我说，你不干还讲这么多干什么？

她说，我讲我的，你可以不听。但是我要告诉你，我就是要让我永远活在你的世界里，让你感觉我活在你心里你想抹又抹不掉的味道。

我说，我走了，你在我心中活不了多久。

她说，试试看，十年后，我不敢讲，五年后，我还来找你。

我说，我根本不接电话。

她说，五年后再说，我要睡了。

我走到门口，正准备搭门把她关在里面把我关在外面时，在那门即将关闭的一刹那，从门缝里挤出的一束光线带出了她的一句话："啊"，再见。

（原载《百花洲》2003年第4期）

赵剑平

利　刃

一

张品夫那年从五七师大毕业回来，学校拿他当宝贝，把他安在毕业班把关。尽管“社来社去”，张品夫还是有一种得意。“腰杆上挂电筒——射来射去”，这个很有名的歇后语，就是张品夫那阵编出来的。事实上，城里那些年轻人尚且打着红旗唱着歌的，大老远跑来“上山下乡”；张品夫能够走出山门，到大学晃两晃，也应该知足。只是在外人看来，他原来叫张干劲，不知在大学的年头怎么弄的，把爹妈给他的名字搞丢了，好像有些忘本。但这似乎并不要紧，要紧的他还是原来那个人，是那个场口铁匠铺张铁匠的儿。因为这一层，上头格外看重张品夫，还想设一个高中部让他来教。“我们自己的子弟。”公社书记那时候就这么和学校说着，“有哪样不放心的？”那口气，好像只要是自家土里长出来的，不管哪样东西，哪怕一把草呢，都可以吃一个饱。学校很为难，硬不起来，也软不下去，借口其他科老师配不了，才把事情拖了下来。张品夫上课，大家都是知道的，常常一篇课文半中拦腰的，他就跑了调儿，摆起山里那些精精怪怪的龙门阵来。而字是打门锤，他的板书不知怎么弄的，始终有些歪斜，常常学生在下面叫：“老师，上坡呐。”他才会醒悟。但笔头一倒，一行板书又滑下来。“老师，下坡呐。”学生又在下面叫。他于是又开始往上走。这么折腾来折腾去，就有一黑板波浪。所以到了后来，学校可以自己做主了，加之经费紧，就不大想要他。张品夫这工夫才明白，他那两年的大学算白上了，由乡里财政开支的“公办”没有份不说，连“民办”的资格都要由学校来定。跟校长怄了一回气，张品夫发起奋来，参加省的统考，终于被录到县的师范学校了。

因为光阴蹉跎，张品夫成了班级里的老大哥，大家对他格外敬重。也许受了启发，张品夫后来填表，在家庭出身那一栏里堂而皇之地写上了两个字：工人。他这一招把大家都弄得有些迷糊，“你那个乡旮旯，哪里钻出来的工人阶级？”就有人问。“工人做工，农民种地。”他说。“做哪样工？”“打造工具。”原来是打铁的，大家这才明白，觉得顶多不过是一个小手工业者，却硬要往庞大的工人阶级队伍里挤，有投机之嫌。但不涨工资，也当不了饭吃，就没有人认真。而且，这个人毕竟上大学晃两晃的，多少有一点神秘。事实上，学校开的那些课，张品夫吊儿郎当的，也能拿一个及格。他好像很满足这点本事，尽管他曾经很努力，最后也只是拿一个及格。学习没有压力，做起学生来很自在。夜里，张品夫躺在床上，东想西想的，浑身阵阵燥热，就想趁亮过河，捎带着把个人问题给解决了。学校里女同学有限，阴阳不平衡，但难不倒张品夫。为了稳实一些，他同时盯了几个女同学。有一回来了兴致，喝了二两酒，张品夫还麻乌乌地向人炫耀，这叫广种薄收。也确实有效益，居然有一个姑娘，看上去还不错的，就跟他有了那么一点意思。张品夫有了一种幸福的感觉，这种感觉让人晕乎乎的，变得无所顾忌起来。学校大略理解这种大龄青年的难处，睁一只眼闭一只眼，没有太计较。但张品夫不大把握分寸，快毕业那几天，慌了神，乱了性，把那姑娘约到学校附近的林子里动手动脚的，还撕破了衣裳。结果，那姑娘翻了脸，跑到班主任老师那里把他咚地一状告了。班主任捂不住，报到校长那里。学校愣了几天，还是给张品夫记了大过，差一点没有毕业。大家都离开学校了，张品夫才阴悄悄从校长那里拿到了毕业证书。

二

回到学校，还是原来那间学校。张品夫有一个发现，自己花了两年工夫走了一个圆，所不同的是出发前的那个位置如今被人占了，而且好一点的位置都差不多被人占了。他找校长，想回毕业班去像原来那样把关，仿佛学生分了年级，教师也分了等级。但校长有校长的想法，一摇头，说这两年学校还考了几个学生到县城高中，总不能无缘无故把人家换了下来。话里有话，张品夫明白，他那两年没有送一个学生上高一级的学校，说明水平有问题。但张品夫显然不吃这一套：“我读了这两年的书，总不会读倒转去吧。”校长找不着话应对，看着张品夫，“这倒不一定，”无可奈何地说，“比如，原先你在我们学校教书，哪个敢处分你？你是上面的红人。”这句话分量不轻。张品夫愣在那里，知道学校看了他的档案，大半天说不出一句话来。校长看他那情形，心里动了恻隐。“你的问题，主要是上头的问题。本来嘛，大学读了，又读中专，就怪古稀奇的。但是呢，事情要向前看，你现在毕竟是‘公办’了。”张品夫那么看一眼校长，仍然一句话也没有说，就灰头灰脑地走了。

但张品夫显然不会就这么算了。

一天早晨，第一节课，上课铃响了老半天了，校长发现初一年级张品夫那个班的娃儿还在操场上闹着，便推开窗子，站在屋里就吼了起来。“不回教室上课，都放敞马了！”“没老师。”学生们也高声大气地应着。“张老师的课。”校长听着，出门来奔教导处清问张品夫的下落。教导主任一头雾水，说张品夫既没有请假，也没有找人代课。事情显得有些蹊跷，校长来到张品夫门前，门扣没有上锁，说明屋里有人。是不是睡过头了？校长心想着，便乒乒乓乓喊起门来。没有人应门，里面死一般寂静。那一瞬间，校长脑子里一下蹦出来一个恐怖的念头，忙绕到后窗。窗子也从里面闩死了。他踮着脚尖，拉长身子，一张脸贴在玻璃上，眼珠子都要鼓出来一样地往里瞅着。除床脚和桌子下面看不到，巴掌大一块地方，哪里有张品夫。校长这工夫急了，脸青面黑地来到办公室，一个肩头抖得高高地摇着电话，找到乡里派出所，颤声颤气地说：

“我们这里……出了案子……”

就这么报了案。

不一会儿，听着“突突突”一阵响，两个穿黄衣裳的人驾着三轮摩托赶了过来。两个人一个窗子一个门看了看，年轻的一个就叫人找来一把斧子，几下在门板上劈出一个洞来，反手从里面拉了插销，开了门。校长在门前叫着保护现场，把大家堵在外面。两个黄衣裳走进去，尖细眼睛找着线索。屋子空空的，床上被头掀着一角。一个人用手试了一下，还有些温热。床脚除了一双沾了泥的胶鞋，什么也没有。最后，两个人的目光集中到了书桌下面一只鼓鼓囊囊的麻袋上。麻袋在书桌的阴影里鬼魅一样蹲缩着。两个人对望一眼，老辣的一位猫了胆子，走上去呼地把麻袋从书桌下面拖了出来。麻袋在光亮中晃了晃，便倒在地上，哗地倒出来一地的书。两个人长吁了一口气，脸上松活了一些。但另一种神秘的恐惧却紧接着钻了出来，这屋里既然没有人，那么人到哪里去了呢？上天？入地？一间屋子像一个格子，墙是水泥的墙，地是水泥的地，门和窗都是那种老式的插销，只有从里面才能闩死。

“呜喔——”随着一声苍凉的嚎叫，一个老人分着人群跌跌撞撞闯进了现场。张品夫的爹，大家一眼就看了出来。铁匠显然刚刚听到消息，从炉子上赶了过来，一脸的烟尘，披挂在身上的皮围也还没有来得及摘下来。他来到屋子中间，咚地冲着两个警察跪了下去。“我的儿撞鬼了！”这么叫唤着，“政府救救他吧。”

两个人愣一阵，年纪稍长的一位才把铁匠扶了起来。“哪里来的鬼？”这么说着，“白日青光的……”后半句话咽了回去。

没有鬼，张品夫又怎么离开这屋子的？

“你要找儿子，你就要和我们配合。”两个人稳住铁匠，询问起情况来。

“昨晚还跟我扯风箱，”铁匠说，“他这一阵常常到炉子上跟我扯风箱。”接下来，也就一味地摇头。

没有头绪，两个侦探愣在窗前，透过玻璃，迷茫地望着校园。

操场上已经拥了很多学生，却也被什么东西罩住一样，懵头懵脑地往这边张望。

“会不会遇着外星人了？”有一个年轻的声音这工夫在走廊上迟迟疑疑叫了起来，“前一阵报纸还登了飞碟的事情。”

两个公安听着，都心里动了动，来到走廊上，“哪个说外星人？”问着，“哪个说飞碟？”

但一拨人你看看我，我看看你，却没有一个人站出来。

两个人摇着头，便让校长集合全校师生。铁匠跟在后头，忙不迭地跟人作揖道：“找到儿子，我送老师们一个人一把菜刀。”张铁匠的菜刀打得好，这是大家都知道的；县城十字街头的五金铺，还设了专柜，门前总有一个人拿着他打的菜刀在地上不断地砍着铁丝招揽生意……

“大家都看见了，”校长站在高处，望着整个操场的人，凄惶地说，“我们学校的张品夫老师失踪哪。”整个场子静悄悄的，这使校长有一种莫名的感动。“麻雀飞过都有一个影子，”他的声音高了起来，也坚定起来，“我们乡场就这么一点地方，根据公安同志的侦察，张品夫老师天快亮的时候都还躺在被窝里，我是唯物主义者，我就不相信哪样鬼啊神的，大家积极行动起来，三个一群，五个一伙，找张品夫老师去，找遍我们乡场的每一寸土地，也要把张老师找出来，活要见人，死要见尸。大家有没有信心？”

整个操场的人都愣了一下，“有。”地动山摇一声响应，仿佛事情憋到现在才有了总的爆发。老师学生们漫出校门，便四下里散去。很快，凝固的山野响起了执拗的回声，“张老师——张老师——”此起彼伏，喊魂一样的。

那时候，几个学生在河边大石堡上找着张品夫了。大石堡是一块奇怪的石头，有人来考察过，认定它是几百年前从天上掉下来的。张品夫光着脚，穿着内衣内裤，在大石堡上弯成一张弓，一动不动，看上去像死人一样，没有一个学生敢走近去。直到两个乡警赶到，蹲在地上听一阵，才惊异地发现张品夫其实还在睡梦中，鼻子里响着微微的鼾声。他们一边叫着，一边抓着身子摇着，总算把张品夫弄醒过来。张品夫看起来并没有受什么伤害，只是一双眼睛雾蒙蒙的，痴痴地盯着一片天空，好像那上边隐藏着他的秘密。大家都跟着他的目光看一阵天空，天空跟往常一样，并没有让人感到有什么特别……

不知哪一个人提议，两个体育老师架着张品夫的胳膊，就急急忙忙地去了卫生院。卫生员是一个小伙子，一看来了病人，抖擞精神，不问青红皂白，就给张品夫打吊针。一针扎下去，张品夫皱一下眉头，迷迷浊浊的目光从很远的地方收回来，望着卫生员说："这是哪里呀？我怎么会在这里呢？"

"这正是我们要问你的呢。"跟着来的乡警这工夫趁热打铁地插了进来。

张品夫摇着头，有些兴奋地说："我什么都不知道。只看见一片白光，整个人轻飘飘飞了起来，做梦一样的……"

乡警听着，就感觉一阵轻松。"这显然不关我们的事情，神神秘秘的，这算哪样案子啊，又没有死人伤人，又没有偷人抢人，这显然不关我们的事情。"就往后缩着。"事情的真相没有弄清楚，"校长堵在两个乡警跟前说，"这不能算破案。"

"案子本来就没有立，还破哪样案，"乡警说，"老实说，这属于科学的事情，我们又不是科学家。"

校长哑了。

两个人拨开校长，就离开了卫生院。

张品夫输完一瓶水，拔了针头，翻身起来，穿上张铁匠给他从寝室拿来的衣服，蹬上鞋子，跟什么事也没有发生一样的，大摇大摆回了学校。

三

这种事情啊，传起来还真快。没有两天，就从上头来了几个人。他们大包小包的，带了不少仪器，烧开水的老吴不知从哪里知道的，说光磁铁就有好几坨。他们来到学校，跟校长要了一间屋，又从教室里把张品夫从讲台上叫来，很放松地坐下来，问一阵情况，然后就把带来的那些东西连接到张品夫的胳膊腿，还在心脏那儿捆了一个小包。这么一拨人关在里面，认认真真研究起来。

那天下午，整个校园显得格外安静，没有唱歌课，也没有体育课，老师学生都在教室里一刻不停地写啊算啊。放学了，老师学生都拥在操场上，望着像血一样红的太阳慢慢地往下掉，就是不愿意散去。好不容易挨到那几个人从屋里走出来，像来的时候那样，他们还是大包小包地挎着，只是什么也没有说，和大家神秘地笑笑，就走出校门，消失在渐浓渐深的暮色中……

张品夫最后走出来，苍白的脸上挂着一种笑，有些不怀好意的笑。大家围上去，仿佛被大半天的焦灼烤昏了，烤疯了，那么七嘴八舌的，问张品夫他们把他怎样了。张品夫笑笑："他们怀疑我被一种神秘的力量带离过地球。"然后又说："我什么也不知道，只看见一道白光，整个人轻飘飘飞了起来，做梦一样的……"还是那几句话。

大家听着，都感到一种莫名的兴奋。"这么说，外星人来了我们学校了。"七嘴八舌的，"星外文明对地球上的学校有兴趣了。"

只有校长，他站在边上，总拿着一种疑惑的眼光看着张品夫，这工夫岔进来。"看来外星人对地球人的教育感兴趣了，”不阴不阳地说，“要弄一个老师去研究研究，只是半道上发觉不对劲，又把你放回来了。”

“这倒没有哪样稀奇，有的人死了两三天，居然也有活过来的。”张品夫稳稳地说，“我这一劫，就当死了一回。”

校长听着，愣了一下，多少咂出来一点味，便不再吭气。

事情到了这一步，张品夫显然不是一般人了。那几天，从上头接连来了一些人，说领导也是领导，说专家也是专家，就冲着张品夫，想聊一聊，想看一看，好像他是一道风景，一道神奇的风景。尽管张品夫也还是那几句话，也还是那一个人，可唯其如此，仿佛也才更真实，也才奥妙无穷。而对一些重要的人物，张品夫则会毫无保留地带他们到大石堡，那是现场，说起来更生动。有时候，这些人里面还真有一两个懂行的，拿着一个放大镜在大石堡上照啊照的，居然就认出来那是一块陨石。这一来，不用张品夫费一点口舌，大家一张脸紧绷绷的，就只顾点头，聆听真理一样，神圣且义无反顾……

那一天，还来了一位科学家，不是一般的科学家，是著名的科学家。他站在张品夫跟前的时候，张品夫脸都青了，一双手古怪地搓着，那么发窘发怵的，简直不像一个人。但毕竟是科学家，那么谦和，又那么深刻，看了，听了，就打了一个比喻，“你知道收音机电视机吧？”这么望着张品夫说着，“收音机电视机有声音有图像，因为有频率有频道，频率也好，频道也罢，说到底都是一种时空，这和我们人的生存必须在一定的时空是一样的道理，你想一想，收音机电视机有时候也会串音串台，人的时空有时候也会串，只不过这种串的因素很复杂，人的感觉太有限，我们不能把握的东西就显得复杂，收音机电视机倒退一百年，也是不可思议的，那会被认为魔鬼附身……”

张品夫听着，感到很新鲜，也很踏实。闹半天，这其实也是一种自然现象。

但事情毕竟可遇而不可求。想一想，偌大一个国家，偏偏让张品夫摊着，这就稀奇得不得了。

来的人多了，张品夫已经不可能正常上课。校长也无奈，很多人还相当有身份，是县里乡里打招呼要接洽的。到了后来，校长不得不安排人代张品夫的课，让他像大熊猫一样待在寝室里，专门等候那些前来看稀奇的人。像祥林嫂一样的，“我什么也不知道，只看见一道白光……”张品夫还是重复着那几句话。张品夫不用起早追学生做操，也不用熬更守夜批改学生作业和准备第二天的课程，休息得很好。而且还要常常给那些来访者一点面子，去乡街上的馆子里敞开肚皮整一顿。不知不觉中，原来瘦壳壳的坯子，就像筒筒吹一样，很快肥硕起来。这种体态上的变化，前面来的人不知道，后面来的人不觉察，莫名其妙地又成了一种优势。“一脸福相。”人家说。说的人多了，张品夫动了心眼。“我可能是张三丰的后人。”他顺势爬竿地说。殊不知人家说：“现在时髦的还是佛，你要是哪一个菩萨转世就好了。”张品夫灵机一动：“如来佛还跟玉皇大帝收拾过孙猴子呢。”没有更多的话，但张品夫心里明白，来的人更希望他是“佛”这个体系的。

张品夫要得好，吃得好，还可以漫无边际地吹牛皮，这让学校多少有一些想法。“你的课程还是大家兼起来的，张老师，”有一天，校长小心翼翼地说，“学校条件又不是太好，这毕竟是你发迹的地方，总应该改善改善。”他现在对张品夫很客气，“找你的人那样多，你是不是利用你的优势，让上面拨一点钱，跟大家修一幢宿舍楼？这样，我也好跟大家交代。”张品夫听着，大大咧咧地，一拍胸膛说：“包在我身上。”校长听着，人一下矮了大半截。没有几天，也不知道张品夫用了哪样招，县教育局的电话就打到了学校，通知写报告上去拨款。那一天，全校教师像过节一样，特地摆了席，请张品夫坐上首，隆隆重重地庆祝了一回。

尝到了甜头，乡里上上下下才觉得张品夫是一个宝。乡的三干会一直开到村民组长，书记乡长在会上说到资源优势，就强调要开发张品夫，带动全乡经济上新台阶。张品夫的事情，一下成了致富奔小康的关键，哪一个人敢怠慢？首先，在有关方面策划下，张品夫从那间屋子搬了出来，两个民间艺人在里面忙乎两天，塑了几个太空人，完全根据他们的想象，都凶神恶煞的，人不像人，鬼不像鬼。但张品夫往里一坐，还真有一点身临其境的感觉。接下来做大石堡的文章，那块石头也是从天上掉下来的，很关键。人显然不能活生生地躺在上面，这不雅。要重现当时的情景，只有辛苦两位乡里雕塑家，黄泥巴外面糊一层水泥，塑一个睡着的张品夫……

俗话说，顺风要不了几桡片，一只船就动起来了。那时候做大事情，甲子乙丑丙寅丁卯的，都要请人算一算，图一个吉利。可乡里却乱做乱发财，也许像老百姓说的那样，政府啊学校啊这些东西是压邪的，既不看日子，也不举行仪式，就顺顺当当搞了起来。来的人只管来，去的人只管去，一股银水流。乡街一下闹翻腾，小酒店小食店的像雨后春笋唰唰直往上长，小摊小贩天兵天将一样布满大大小小的路口。那些玉啊银的玩意儿，从来跟乡里不挨边的东西，也不知道从哪里冒出来，一下成了特色产品。连河湾里的草鞋跛子，也提了一坨草鞋一颠一颠窜上窜下地叫着名牌。张铁匠的菜刀更不用说了，他找了帮手，又新搭起来一个炉子，炉火照天地，红星乱紫烟，日夜忙个不停，还是供不应求。人气旺了，要风得风，要雨得雨。乡里趁热打铁给县里打了一个报告，为了适应迅速发展的形势，乡委乡政府那幢20世纪70年代修的楼寒酸了，要求气气派派修一幢，很快又得了一笔款子……

有一天，居然来了一个外商。不是外乡外县外省的那种商人，是外国的商人。还带了一个女翻译，想在这里建厂，开发太空食品。外商说，美国有一个被外星人绑架的人，回来不久就死了，现在世界上只有张品夫一例被绑架后又放回来还安然无恙。所谓太空食品，其实也是常人取用的，不过要借势打一打张品夫这张牌。大家谈得很投契，书记乡长指着一个河谷一划，表态在哪块土地上建就在哪块土地上建，一点也不含糊。

也就是一顿饭的工夫，一个意向性的协议达成了，皆大欢喜。外商和他的女翻译走了，运作去了。

消息传开来，省里县里的领导三天两头有来视察的。书记乡长免不了汇报，内容也就一次一次地提炼，“我乡旅游业的发展经历了一个从自发到自觉的过程。”说着，很攒劲地扬一扬头，“成功的主要原因是我们抓住机遇，打张品夫这张牌，全乡广大干部职工更新观念，心往一处想，劲往一处使，开发和利用好张品夫。”到了激动的地方，声音都有些嘶哑，“展望未来，我们豪情万丈，决心不辜负上级领导对我乡的关怀，进一步炒好张品夫，尽快组建以星外文明寻踪这一旅游项目为主要内容的实业集团，争取股票早日上市……”

四

乡里没有察觉张品夫这时候其实很忧郁。

这年景，入党好像不特别吸引人，而且张品夫上五七师大那工夫就已经把这个问题解决了。他们给他涨工资，每个月明的暗的加起来有好几百块。还请媒人跟他找媳妇，只是乡下姑娘想法怪，媒人碰了壁还找不到原因。折腾好一阵，有一个泼辣的姑娘才吞吞吐吐地说张品夫既然被外星人绑架，就可能被做了实验，那么差了哪一个零件也说不定，这里面水深得很，怕不能够过日子。媒人没有多少经验，回过头来找着张品夫，支支吾吾的，就要他脱了裤子，看一看器官。张品夫听着，铁青一张脸，闷声不出气的，呼地就送过去一耳光。媒人一愣，“帮人好，逗狗咬。”就骂骂咧咧地，上去和张品夫抓在一起，要决出一个高下来。媒人其实也有一点背景，乡街上的人都知道，乡里那些干部们的婚事，有的还翻汤泼水的，差不多都是他找的女人。但这一回，上来拖架的居然都护着张品夫。媒人冤天枉地地挨了些拳脚，鼻青脸肿的，就跑到书记乡长跟前，“那些忘恩负义的家伙哟，”鼻涕一把泪一把，“过河拆桥哟。”殊不知，书记乡长也很毛，瞪着眼睛说：“你活该。你把他打来摆起，我们拿哪样发展经济。”恶炸炸地，“他是天王老子，他是摇钱树……”媒人听着，总算有一点醒豁，“惹不起，还躲不起么。”捂着一张脸，病快快地走了。

这里，张品夫也不快活，“不要媳妇，我看也死不了人，”他这么说着，“简直欺人太甚。”大家听着也不知道他是认真的，还是跟哪个人赌气。但不管怎么说，张品夫看上去是越来越愁闷了，好像他真的被太空人弄伤了哪一个关节，又不好说出口来。这时候，乡里才隐隐约约地意识到事情有一点玄，只是人已经骑到虎背上，不把虎驯服，就要被虎伤着。

这么提心吊胆的，直到有一天，从哪里戳出来几个记者。他们看了听了，便在乡街上住了下来，不忙着走。白天，他们跟着那些游客，好像特别有兴趣，照例地要看一回，听一回。晚上，几个人待在屋里，叽叽咕咕的，还开会。事情反映到了乡里，书记乡长的沉不住气。半夜里，他们把张品夫从被窝里叫了起来，正儿八经找他谈话。

“这些人盯住你了，”书记乡长说，“看你经不经得住考验。”

“我什么也不知道，”张品夫迷迷浊浊的，还那几句话，“只看见一道白光……”

“他们把你当了‘焦点’，”书记乡长说，“不死也要脱一层皮。”

“人怕出名猪怕壮，”张品夫嗫嚅着，一脸的凄惶，“他们打我的主意了。”

“真金不怕烈火炼，”书记乡长说，“你看看战争年代那些先烈……”

张品夫听着，木木地摇一摇头，便没有一句话。

书记乡长看那样子，更没有谱。但事情到了这一步，也只有往宽里想。不是吗？可知与不可知，像两个力量不相上下的人打架，没有人解交，其实也只有在那里僵持着。何况乡里的事情，都宁愿信其有，不愿信其无。上头不是来人了吗？带了那么多仪器，还是没有哪样结论。秀才造反，又能够起多大的势呢。

第二天，还大清早的，那些记者果然找上门来。像当初那些搞研究的人那样，他们把张品夫叫在一起，一拨人关在一间屋里，那么面对面地坐下来。他们搞哪样名堂，没有人知道。也不过一两个钟头，门开了。记者们出来，也不打一个招呼，便坐上车去，一溜烟地走了。书记乡长一直在外面等着。这工夫，看张品夫从屋里出来，蔫耷耷地靠在门框上，他们就眼睛发黑……

“我承认这是一场骗局。”张品夫说着，有气无力的，却清清楚楚，明明白白，“我承认这是一场骗局。”

大家听着，哆嗦了一下，冻僵了似的，就愣在那里。

“张品夫……”有人缓和过来，“张铁匠的儿……”又刻薄又凶险的，“你说话要负责任。”

张品夫苦笑了笑，只是摇着头。

“他们是不是威胁你了？”有人带着几分怜惜，又几分希望，“搞你的逼供信哪？”很攒劲地吼着，“张老师，你说出来，我们给你撑腰。”

张品夫愣在那里，只是一味地摇着头。

“天哪，”有人在那里哭了起来，“你知不知道你做了一件天大的笨事，”很凄惨地叫着，“你把我们大家的财路断了。”

“这一回好了，”也居然有幸灾乐祸的，“还搞开发呢，开发个屁呀。”

……

这一天，整个乡场，从乡公所到学校，都像被一把刀骗了，流血流泪的，沉浸在一片愁云惨雾中。场口张铁匠有些颟顸，仿佛儿子靠不住了，更要化悲痛为力量，把风箱扯得悉乎悉乎的，抓紧打他的菜刀，那是在县城都叫得响的东西。有人从那里走过，实在看不顺眼，就拿瓷盆舀了一盆水，劈炉子淋下去，红红一团火“噗”地就灭了。铁匠黑着眼圈瞪了瞪，也就只好摘了皮围，坐在门槛上，擤着鼻涕流着泪的，跟着大家一起哭，一起在心里哭……

傍晚，张品夫失踪了。大家没有怀疑张品夫被外星人掠了去。好比水的蒸发，张品夫的失踪合情合理。而且，他在桌子上给大家留了一封信，特别说明这是他经过深思熟虑后的一种选择，要大家不要找他，他过一段时间会回来……

五

张品夫一去两个多月。

那学期快结束的时候，一天晚上，有人发现他那间屋子的灯亮着，这才知道他又回来了。事情已经过去，大家都安静了许多，并没有多大嫉恨，尤其乡里和学校，毕竟还修了楼。再说呢，一个人到了背井离乡的地步，也怪可怜的。当然，也有不少人想看稀奇，张品夫好啊歹啊，毕竟非同寻常。谁又能够保证他这回出去规规矩矩的，不过散了散心，并没有耍哪样新花招？

不约而同地，大家凑到了张品夫屋里。

张品夫看上去并没有太大的变化，只是头发长一点，显着几分怪气。

“一个人犯了错误，”书记乡长说，“敢承认错误，就是好同志。”

“我去了西藏。”张品夫说着，眼睛亮了一下。

书记乡长愣了一下，盯着张品夫看了看，有些摸不着头脑。

“其实，从人才学的角度讲，”书记乡长接上又稳稳地说着，“你也应该是一个人才……”

“我去了西藏。”张品夫又冒了一句。

书记乡长的话被打断了，又愣愣地看了看张品夫。

“西藏是一个好地方，”书记乡长迷迷糊糊地应了一句，又接上说，“我们也有一定的责任，没有把你用好……但还有机会，我们已经调整规划，旅游业垮了，可以发展其他产业嘛，比如工业，只要搞一个项目，现在搞项目，事实上，老老实实是搞不成的……”

“我在西藏受高人点拨，”张品夫目光停在虚空，晃晃悠悠说着，“已经超然物外，不想经历这种轮回……”

这光景，大家才多少咂出一点味来。

“在西藏要不要吃饭？”

好一阵，有人回过神来这么应着，多少带一点讥诮。

“要吃饭，”张品夫说，“只是吃法不一样。”

“哪样吃法？”

“你没有看见，这说明你无缘。”张品夫说。

“哪样缘？你神神秘秘的……”

“这就叫‘缘’。”张品夫应着，呼地从床脚拖出一个包来，又呼地一拉，从里面拿出来一些东西，哗地往桌子上一扔：“这就叫‘缘’。”

那是几把匕首，刀柄嵌着五颜六色的石头，很精致，也很漂亮。

“我说藏刀，你们一点概念都没有，这叫无缘，”张品夫说，还在空中做了一个手势，“但我指着这些刀子说这就是藏刀，你们看一看，摸一摸，再试一试它的刀锋，你们就和藏刀有缘了，只是深浅不同而已。”

大家听着，虽觉得张品夫有些神神叨叨的，却也忍不住伸出手去，拿起那些刀子来把玩。哪一个人不小心，手被划了一下，咧着嘴巴唏唏唏地说：“这刀……太快……”

张品夫听着，拿过刀去，对着灯光看了看，说：“这刀不算快，它只是想让你记住它而已。”

大家望着张品夫，多少表现出一些兴味来。

“一事一物都是有灵性的，”张品夫说，“只是受我们所在的角度限制，看不见罢了，比如，这床脚还有哪样东西，我们现在看不见，但我们弯下腰去，换一个角度，也就能够看见了，所以人的世界是一个现实的世界，现实的世界是一个功利的世界，所谓‘功利’，实际上是一个角度，‘我’字当头……”

“还有比这更快的刀？”大家对刀更有兴趣一些。

“有啊，”张品夫说，“它一直在我手中握着。”

大家看张品夫的手，都空空的，哪有哪样刀啊？

“你们没有缘，所以看不见，”张品夫说，“你们只有一个角度，一把刀有刀柄、刀背、刀口、刀刃，越大越好看，越小越不好看，其实‘大’是为‘小’服务的，一把刀关键在刀刃。”

“刀刃总也还是能够看见啊。”有人提出来疑问。

“万事万物都有一个临界状态，”张品夫说，“刀刃就是这样一种状态，眼睛看见看不见，只是一个标准，并不表明存在不存在，从理论上说，刀刃越细小越锋利，那么细小到看不见，自然就锋利无比。”

大家愣在那里，脸阴阴的，莫名地有一种凄惶。

“现代科学的发展已经证明，”张品夫说，有一种莫名地亢奋，“看不见的东西才是最厉害的，细菌、病毒、基因、放射线，这些东西才是最厉害的……”

“看来，”校长在一边插了进来，“你出去这一趟长进还不小……”

“我命中注定和西藏有一种缘，”张品夫说，“我的师父说，他已经在那里等了我十年了。”

“哪里？”有人好奇地问着，“布达拉宫吗？”

“雪山脚下一个很小的寺院，”张品夫说，“寺院的大小和修行的深浅没有多大关系……”

“你还想着教书，”有人说，“你有这种缘，就应该一心侍候佛祖，现在‘佛’也很时髦。”

“我不属于我自己，”张品夫说，“我属于佛，佛要我回来，我就回来。”

“你是不是想修一座庙？”

“你们认为‘庙’是什么样子的？”张品夫说，“‘庙’在我心头，比如，我觉得这学校是庙，它就是一座庙。”

大家听着，就有些笑。

“学校是传播文化科学知识的地方，”校长还有几分凛然，“不是封建迷信场所。”

“这是你悟的结果，”张品夫说，“不是我悟的结果。”

“我不跟你狡辩，”校长说，“学校有学校的教育方针。”

“其实一点也不冲突，”张品夫说，“‘佛’不是一种理论，它只是一种方法，一种立体的方法，在我们的日常生活中，在我们心中……”

这么东拉西扯的，张品夫就把那些匕首送给了大家。

“你自己不留一把？”书记乡长拿着一把，这么客气着。

“我刚才说了，”张品夫说，“我有一把最好的。”

“那把看不见的匕首？”书记乡长半开玩笑半认真地说。

“现在看不见，”张品夫说，却一本正经的，“说不定哪一天能够看见，有了缘了，就能够看见。”

大家听着，心头咀嚼着，就出门，走过乡街，引来几声狗吠，在一片模糊的夜色中渐渐散去。

六

张品夫又开始上课。好的班级都被前面的人占了，只有差的班级，人家愿意甩出来。张品夫很安静，像接受命运一样接受了一个差的班级。

“救苦救难，”他说，“这是佛的‘旨意’。”

大家听着，笑一笑，却不置一词。

“这有一个过程，”张品夫说，“我理解你们，因为你们是在过程的开始，我是在过程的结尾……”

大家掉过头去，好像听祥林嫂说她的阿毛被狼叼了，有些腻。

但对那把神秘的匕首，大家的兴味却依然浓浓的。茶余饭后的，几个人凑在一起，就要张品夫把那匕首拿出来开一开眼界。

“缘分还没有到，拿出来也看不见。”张品夫通常就这样拒绝。

不过，一个人两个人的，有时候在路上遇着，他也会伸手到怀里摸一把，然后给你看；也就是一个巴掌，空空的，哪里有哪样匕首。

但有一天，还真有一位老师，他看见那把匕首了。“夹在指缝，像一块冰。”他这样描述着。

事情有了一种印证，大家一下子认真起来，三天两头地缠着张品夫，总想从那巴掌中看见那神秘的匕首。没有多久，又有一个人，烧开水的老吴，居然看见了。

“那把刀粘在手心，像一根虫，大青虫。”老吴得意地说着，好像抽彩票中了大奖。

学校一下热闹起来，大家都想看一看那匕首，试一试运气。无形中，能不能看见那匕首，仿佛成为一个标准，可以升级和涨工资的标准。有脾气爆的，接连几次看，张品夫那巴掌都无情的空着，上来性子，“还不如厨房烧开水的。”就自己骂着自己，恨恨地打自己的脸。

到了这一步，人心都散了，还搞哪样教学。校长不得不开会打招呼。

“我们虽然不能够解释张品夫老师那把小刀的问题，”校长说着，带着一种悲壮，“但我们是学校，不是研究机构，所以从今往后，我要郑重告诉大家，最好离那把小刀远一点……”

大家听着，悄无声息的，好像被那要命的刀子折腾累了。

而事情终究是摆在那里的，也不可能成为千古之谜。纵然是千古之谜，也还有穷追不舍的；何况张品夫还在眼前活蹦乱跳呢。所以明里暗里，大家也还悠着那匕首。

直到学期结束，又过了一个漫长的暑假，老师学生都散了，那匕首才像一个传说，终于遥远起来，也飘渺起来……

多少年过去，大家几乎忘了那匕首。

直到又一个新学期开始，张品夫走上讲台。这时候，谁也想不到，出了一个意外，完全是意外，又把匕首的事情给牵了出来。那工夫，张品夫正跟学生讲一个故事，讲一段在西藏的亲身经历，他是不可能忘记西藏的，他讲的是他和他师父的一件事情……

这时候，张品夫一脚踏空，一个趔趄，就从台上跌到台下。他站起来，哪样事情也没有发生一样，弹一弹裤子上的灰，又走上讲台，继续着那个已经开头的故事……

故事正走向结尾，忽然，一个学生叫了起来，一个班的学生都叫了起来。张品夫低下头去，这才发现自己站在一片血泊中，裤管成了血管，一股红血顺着腿股流下去，从裤管里流出来，漫出讲台，漫出教室……

张品夫一脸死白，腿一软，一下坐在血红的讲台上……

法医鉴定：有一种锐器戳入身体，失血过多，休克性死亡。

听着这样一个结论，大家脸青面黑的，这才又想起那匕首来。

事情看上去很偶然，但谁说这里又没有一种必然呢。

大家想解剖尸体，最后找一找那匕首，但张铁匠不同意。

张品夫带着他的匕首，被葬在河边大石堡，那块巨大的陨石旁边。

那神秘的匕首终于又成了一种悬疑。

（原载《人民文学》2003年第9期）

郑吉平

李茶叶

李茶叶不叫李茶叶，李茶叶叫李兴富。李茶叶是何许人？怎么不兴叫李兴富，却兴叫李茶叶？李茶叶是一个山里农民，几年前种苞谷的他忽然业余弄起了茶叶，种苞谷的如果可以叫作王苞谷张苞谷，那么他们这边山里，人人都可以以苞谷取名。正因为人人都可以以苞谷取名，反倒人人都不以苞谷取名，免得一呼百应。李茶叶业余弄茶叶，他的寨邻乡亲就觉得他跟他们有了不同之处，不同之处当然在于他们一年到头只弄苞谷，而他除了弄苞谷，还弄茶叶，干脆喊他李茶叶算了，以示区别。其实，李茶叶是首先在县政府大院里喊开的。不消说，大院里所有的人包括守门的扫地的都是机关的工作人员，就他一个人背着一口袋茶叶在里面推销，是卖茶叶的，谁一说李茶叶来了没有李茶叶走了没有，另外谁谁自然而然脑子里就会出现一个肩膀上耸着一个篾背篓，背篓里一麻纱袋，麻纱袋里满或不满的自制土茶，看是蹒跚实则是磨蹭时间，听是会说实则是死皮赖脸，这么一个中等个头的中年人来，娃娃脸，没胡须。

李茶叶为什么在几年前要开始弄茶叶，寨邻乡亲没有一个想得明白。要是那些个三年五载就要捏细一根锄头把的山里人个个都想得明白，李茶叶他也不会弄茶叶。

那年，乡政府要迎接基本扫除青壮年文盲验收，每个村办了个扫盲班，很多人没进去，李茶叶们的茶林村，村长陆大贵连踢带骂赶了些进去，王苞谷张苞谷们都说白喇喇耽搁瞌睡，只有李茶叶，觉得不收钱的扫盲班，不读白不读，读了也不亏，有朝一日进一趟县城，能找得着男茅厕。就他一个如此想得明白。

想得明白也就学得认真，验收那天，村里所有的青壮年文盲都被陆大贵扫除出村去，怕被验收组的人撞见写下个幺二三问他识不识。陆大贵知道李茶叶用了功，信得过，就没将他扫除。谁知差点被李茶叶一个螺丝打坏一锅汤。

那是陆大贵对检查组致欢迎辞。欢迎辞是乡长的秘书事先帮他写好的。陆大贵是念过几年书，但没念好，平时传达文件，他认不得的字，农村人认字认得奸，一字认半边。村民小组长也没几个认得上百把字，普通村民就更甭说，都被他糊弄了，还觉得他水平蛮高的，文件念得不打蹭。乡长的秘书也没对陆大贵的墨水程度进行调研，欢迎辞写得不乏水平。陆大贵念：等下没有什么好招待大家的，幸好通过扫盲，我村农民有知识有文化，科学养了些黑山羊，也才有几口羊肉吃，我们村委会真的是见鬼得很……刚读到这里，李茶叶在人堆里嚷了起来：

“读错了读错了，不是见鬼是惭愧，是惭愧，惭愧！”

陆大贵见乡里的陪同干部朝自己吹胡子瞪眼，意识到可能真的是自己这一回没蒙准，就闹了个大红脸。检查组的心想，村长都还没怎么脱盲，村民的情况可想而知了。组长把李茶叶叫过来问：“你读过几年书吧？”李茶叶说：“只进过几天扫盲班嘛。”组长说：“你别蒙我，下面的招数我都晓得，定是把你们这些读过书的人拉来冒充扫盲对象。”李茶叶说：“我的祖祖讨饭，我的爷爷帮工，我的爸爸死得早，我的妈妈跟人跑了，我能读书吗？舅子诓你！”组长当时很激动，对乡里陪同干部说，这个村不用再查啦，扫盲扫到这个程度，太不容易啦。结果是验收顺利通过。

吃羊肉喝烧酒，组长特地叫陆大贵把李茶叶找来，和他在一起吃喝。人人都喊组长沈局长。沈局长问李茶叶有多少孩子，孩子们是不是都在念书？李茶叶说，本来是想多生几个，但政策不允许，只两个，小的是儿，大的是女。这时李茶叶已是微醺，眼睛一潮一潮的，说：“局长，我李兴富屁出息没得，小玲玲去年读到四年级，我不让读了……”局长说：“那她想读吗？”李茶叶说：“想么，还怕不想，做梦都在背书，可是，除非我是头牛，卖了，但局长你想，就算我是头牛，卖了又够她几年书费呢……”李茶叶竟然淌了两颗眼泪，把碗里的酒砸了两个漩涡。

局长说：“这样吧，过些天，我看，就下个星期一，你到教育局来找我，我给你办个减免手续，叫你姑娘继续把书念下去，啊？”

没进城时，李茶叶是很想进城的，可真的要进城了，却不知怎么个进法。当然李茶叶愁的是给沈局长带个什么礼物。验收组刚走，李茶叶就为这事犯起愁来。送钱吗？李茶叶没钱，再说，他想人家本来就是帮你解决钱的问题，你生拉硬借地送去，人家说你这不是有钱的嘛，不解决了，咋办哩？李茶叶也听说了，现在找当官的办事，不送钱办不成，只是他想，反正是你自己答应的，我没撬开你的嘴说，你办，是你正该如此，你不办，也就是小玲玲读不成书，和你不许愿也没两样。但李茶叶是隐隐的觉得，那局长会帮他办这事儿，喝酒都比陆大贵耿直嘛，这种人是说得出来就做得出来的。不管人家办不办，只要说过了，对我李兴富就算够意思，陆大贵他对我李兴富说过这话吗？屁都没放一个，我这一去，即使不是为小玲玲的事，拿点东西感谢人家也对头。

李茶叶妻子何小会见他一晚上滚床板，听见公鸡喔喔叫，对他说："把公鸡抱去不就得了。"李茶叶说："我还没想过不是？你不兴想想，连乡下这些官，一下来顿顿吃鸡吃羊，那些在城里头当官的，哪一顿吃的不是龙肉海参了，你抱个鸡去，人家吃又不想吃，叫人家关在哪里呀？"何小会说："不抱最好了，抱去了，哪时候天亮我们都不晓得。"

睡那头的何小会朝里翻了个身，说："爱想你想去，我是要睡觉。"李茶叶轻轻踢了她屁股一脚："我口干，你给我抬茶去。"

何小会下了床，磕碰着屋里乱七八糟的家什去碗架上抬茶，嘴里唠叨道："你真的是饿酒喝啊，得一顿就要醉死。"

李茶叶说："那局长叫喝嘛，人家那么能喝都醉了，我还不醉吗？"他咕嘟咕嘟灌了一气茶水，说："还好，这茶苦是苦，解酒得很。"

何小会瞌睡正浓，闭着眼睛伸着手等男人把碗递回来她好搁碗架上，半天也没接着。她说："怎么了？喝好了就把碗给我呀，我忙着睡觉呢。"

李茶叶说："我知道拿什么去送局长了——就拿茶叶。"

李茶叶他们这边山里有一种野生的茶树，真的是树，不像很多人亲眼见到或在电视报纸上见到的那种矮丛丛，一群姣美姑娘玉指尖尖轻掐轻揪的那种。李茶叶的村子叫茶林村，就因为山上有一林一林的茶树。村民叫的是苦茶树。茶树形状有些僵曲，显然长得很费劲，一株楼高的，长了那是不下一百年，但也怪，长到楼高，它再也不往高处去，余下时间往四面伸展，所以看上去像个庞然大物。树干上不断长出岔枝儿，岔枝儿上再长出岔枝儿，疙疙瘩瘩的，枝儿上面有一根根刺，刺得穿鞋底，没钉子用，使斧头连根劈去兴许也能将就，用十年也不生锈。山上的树一年年见少，倒没人动茶树，原因大概就两个：一是它立不得房子，做家具更是休想；二是但凡有苦茶树的地方，土壤必酸无疑，茶树根边有一眼泉，水也是酸的，酸土不太养庄稼，磨两回斧头才放得倒一棵茶树，开出一方地来，种的苞谷只有尖镖那么大个，这不是疯子的行径是什么。

但是，山里人把苞谷栽完，有顺手的苦茶树，就捋些正长得嫩的茶叶兜了半围裙回家，或蒸或煮，把它的苦水挤丢掉，一个太阳晒干，死了人泡一碗，守一夜灵堂瞌睡不来，醉了酒泡一碗，人还没醒酒已醒掉，拉了稀泡一碗，不亚于灵丹妙药的功效。只是在山里人眼里，并不把它看重，见着了，刚拉好肚子的也许会说"哦，这是苦茶树"，要不然都只认它是长在这山里的许许多多东西中的一种东西，要在五六月间，一粪如命的农人还恨它怎么刺多叶少，不能割到厩里去沤粪。这些山里人轻易还不敢喝苦茶水，因为它特别刮油水，他们肚子里油水本来就不多，舍得让茶水剐才怪。

李茶叶按着沈局长定的时间进城了。

走了一上午，来到县城。平时看陆大贵家两层楼的砖房很大的，可比起城里成堆的楼房来，李茶叶心想：他那个，太小啦。李茶叶也顾不得开眼界，专拣老爷爷老奶奶问路，因为他听说现在城里的年轻人坏透了，吃毒药，两家的对象换着睡，乡下人问地方，明明在东他说在西，叫人白费脚力。李茶叶问了个老大爷，老大爷说教育局大概是在县政府里面。他又问了个戴眼镜的老大娘，大娘说，教育局啊，不是在县政府里面么？你顺这条街去，往右拐，对，就是往正手这边拐，走一阵再往左拐，也就是往撇手这一边拐，就看到了，你识字吗？大门边挂的有县政府牌子的。

李茶叶找到县政府大门了，但他没从门两边找到教育局的牌子。那时正当下午上班之际，李茶叶看见三三两两的人往里走。进去再说——他一想，就往里走。

“干什么干什么？”李茶叶刚走进大门，就听见门里有个声音恶疾地喊着。李茶叶不知是谁在对谁说。但接着那声音更恶疾了，“站住，提书包的！”李茶叶就不得不站住了，因为他提着小玲玲的书包，书包里装着苦茶叶。李茶叶才转头，一个鹰眼钩鼻的壮汉已从大门后面的一间小平房里朝他冲来，一把扯住他书包，上上下下地打量他一身土布，说：“喊你呢，进去干什么？你！”

李茶叶说：“我找个人嘛。”钩鼻问他找谁。李茶叶说：“找沈局长，沈局长叫我来的。”钩鼻说：“哪个沈局长？”李茶叶暗忖，搞不好姓沈的局长还不止一个啊，就说教育局的。

“过来过来。”钩鼻口气和软了些，叫李茶叶跟他走进值班室。钩鼻打了个电话，李茶叶听出来了，他是找沈局长，问是不是有这么回事。显然是找到沈局长本人了，钩鼻挂掉电话就放李茶叶进去。只是当李茶叶问他教育局在哪儿，他却肿声肿气地说：“到大楼里问去。”

李茶叶找到沈局长，沈局长显然没那天热情了，好像跟李茶叶对门山说话。但他还是叫人给李茶叶办了个手续，其实也就是张纸条。沈局长对办手续的姑娘说：“赶紧把陈局长顾局长他们帮扶贫困学生的名单收齐，天把就报上去，啊？”

李茶叶从书包里拿出个纸包，在沈局长的注视下打了开来，说：“局长，我没什么好东西感谢你，这是内人做的一点苦茶……”

沈局长没等他说完，说：“拿回去拿回去，茶我这里有呢。”他指了指办公桌上一个黑漆盒子。李茶叶想那里面一定装着茶叶吧。李茶叶说：“局长，我晓得你好茶有的是，但你尝尝我这土茶，醒酒最好呢！”

“是吗？”沈局长说，“那我倒要试试了。”他边泡茶边骂：“他娘的，昨晚又挨整醉了。”

李茶叶接着沈局长的话说：“我就想，像局长这样的人，烧酒喝得比较密实，晚上熬夜加班的时候又多，才想到给您拿些苦茶嘛，这茶苦是有点苦，但既解酒，又醒瞌睡哦。”

沈局长坐下来随便问了问小玲玲的学习好不好，在家苦不苦，茶叶就沉到了杯底。“好黄！”沈局长说了声，端过杯子饮了一口，龇牙咧嘴地说“好苦好苦”，但旋即皱着眉头道：“真的是有点意思的啊！”说完一仰脖子把一杯茶水喝了个干净。“嗯，不错不错，感觉清爽多了。”李茶叶在一旁那叫一个高兴，高兴得都有点感激涕零，高兴自己拿对了东西，感激沈局长认可自己的礼物。

沈局长要李茶叶经常告诉他小玲玲的学习情况，下次再来，叫他一定给他还带些苦茶。

李茶叶再到教育局，沈局长埋怨他怎么不早些天来。他说，你那茶真是好东西呐，醒酒，熬夜，还减肥哩。他说那些茶早被他那些局长科长的一帮朋友瓜分精光。

李茶叶说：“局长，下年春天我多整些，你好分给他们。”

沈局长说：“才不分呢，一个二个酒桌子上好死心。”

沈局长想了想说：“你不是恼火吗？这样这样，你是要多整点拿来，拿来卖给他们这些酒疯子！”

李茶叶说：“局长，山上的树叶子，哪是什么稀奇物，拿来卖钱……”

沈局长打断他：“哎，这你就不懂啦，市场经济嘛，你不仅要卖，而且还要卖高价！”

苦茶树发芽比较早，开春来，李茶叶和何小会一个背一个背篼，山坡上哪儿嫩绿往哪儿去。茶山每年都要长出一些新茶树来，茶枝上一串嫩芽儿，从根往梢一捋，就是一小把芽儿在手里，两人一天一个捋两背篼天不黑。李茶叶边捋边在心里打鼓：妈妈，钱真的是可以这么轻轻就捋在手里？何小会则全然不当回事，只当玩耍，边捋边唱山歌：打猪草来割白蒿，背篼不满是好心焦……她说：“哎，这真的比打猪草还简单嘞，只可惜是苦的，猪不吃。”

要知道，才开春，猪吃的草还没发齐，一天打一背篼都费力。

陆大贵撞见李茶叶两口子背苦茶叶回家，问拿来干什么。

李茶叶真的不相信这些草会卖得出去，说拿去卖，万一卖不掉，岂不被人笑话，只好说，我一个亲戚赶乡场收鸡蛋，叫我们帮他整点晒干，他拿去垫在箱子里头装鸡蛋。李茶叶两口子不独诓村长，对其他人也这么讲。

捋了几天，李茶叶心虚了，说不捋了。

李茶叶把猪食锅洗干净，大锅大锅煮那些茶，也不敢在白天煮，怕被人撞见不好意思。瞌睡来了，就舀一碗茶水灌下肚子里去。为煮茶，烧掉好几炉煤，何小会说：“这是在干什么，干什么哟！”茶叶晒干来，蓬松着装了满满一个囤箩，幸好囤箩里面已经没有几颗苞谷，把苞谷腾在一只麻袋里，就用它来装了，要不李茶叶还真把这些树叶子找不了放处。

李茶叶用一个小篾背篼，只敢装小半箩，背了进城。当然他先去找沈局长。

沈局长对李茶叶是前所未有的热情。他连着两日来，酒喝得多，鱼肉吃得多，肚子闷缸了，又不太敢吃药，他怕经常吃药会对身体产生副作用，今天李茶叶要再不来，他也只好老办法吃药，但李茶叶来了，来了他当然高兴啦。

沈局长说："我们说过的，今年你来就不是送茶叶了，而是卖茶叶。"

李茶叶说："局长！你是我家小玲玲的大恩人，我收你的钱，我就是地上爬的！"

沈局长只好把钱揣了回去，但他给李茶叶留了一半多茶叶，叫他拿到其他单位去试一试市场。李茶叶嗫嚅着说："局长，说玩耍归说玩耍，叫我拿树叶子卖钱，真的不敢。"

局长说："怕什么怕什么？现在餐馆里卖得比肉还贵的野菜，那不是猪草？"

说到这里，局长又有想法："对了，你还可以整些野菜来卖到餐馆去——嗨，我刚说的嘛，野菜就是你们割来喂猪的那些草呀。"

李茶叶连连摇头："那不行那不行，怎么拿猪草卖给人吃？不行不行……"

沈局长说："那随你，先去把茶叶卖了吧。"

李茶叶说："真的有人买呀？"

这时局长有事了，说："快去吧快去吧，你说没人买，你看我喜欢不喜欢这些树叶子呀？"

李茶叶心里这才说："是呀，那就去试试吧，要真卖不掉，把它背回来都给沈局长不就行了吗？"

"局长，那你说，该叫人家出几角钱一斤才不整人呢？"李茶叶问。

"什么！"局长说，"你真的是舍得呀，几角钱一斤！你卖黄泥巴不是？十五块钱一斤，记着，别矮过这个价了，这院子里面的人买茶，没哪个掏自己腰包的！"

李茶叶惊得两个眼睛珠子回不了眶子里去，他那张娃娃脸都拉成了小叫驴。十五块，这不是活抢人？

局长看出了李茶叶心里想的什么，说："你先到财政局去试试吧，就算卖不掉，不就多走几步路，一定按我说的这个价，啊？"

李茶叶按沈局长的指点找到财政局，爬到一幢富丽堂皇的大楼的三楼。他腿在爬楼，心里却老是想要后退，已经到三楼了，他终于还是下决心撤退。刚要转身，那走廊两边不是有两排打开着的门嘛，一个门里就探出一个脑袋来，一眼看见了他，看见了他就说：

"是卖茶叶的吧？"

李茶叶只好硬着头皮走过去，小心小意地问他："同志，请问你们单位买两斤茶叶不？我这茶可以……”

那人说：“别说了别说了，快背进来吧，我们局长都等不耐烦了！”

李茶叶忐忑不安地走进办公室。一个十分发福、鼻头红通通的中年男子坐在沙发上，一见李茶叶进来就说：“把茶叶拿来我看。”

李茶叶心想：他们怎么会晓得我要来呢？他想了想，哦，对了，肯定是沈局长打了电话。他边想边已走到沙发前，把背篓放了下来。

沙发上的男人往背篓里瞄了一眼，说：“对头，老沈给的就是这种。”他问：“多少钱一斤啊？”

李茶叶一时有点发窘。旁边人说：“我们局长问你呢，没听见？”

李茶叶就发了发狠，说：“这茶虽说是山上出，但很难整的，十——块！”

局长哈哈大笑，说：“你老实得很啊，称吧。”

李茶叶说：“我没带秤呢，你们要多少？”

局长说：“那你讲这些茶有多重？”

李茶叶约了约，说：“大概两斤吧。”

局长就对旁边人说：“给他二十块钱，哦不，先泡一杯给我。”

李茶叶惊讶地说：“全要了？”

直到钱拿在手里，李茶叶都还在怀疑这是在做梦。

局长说：“姓什么呢？”李茶叶说姓李。局长说：“家里还有吗？”李茶叶说还有。局长说：“个把月再背些来，啊？”李茶叶说要得要得。

李茶叶第二天赶紧背了茶叶进城跑其他单位，第三天又来，连着几天一芽茶也没剩回家去。他就这样把市场打开了，李茶叶也在政府大院里叫响了。

又一天下午，李茶叶背着背篓才刚走进大门，就听大门内侧的值班室里传来一声喊：“李茶叶！”

李茶叶扭头一看，钩鼻向他招手。李茶叶走过去，钩鼻示意他进屋。

钩鼻说：“听说你的茶叶好，给我点。”

李茶叶便把背篓放在地板上，先将插在麻丝口袋与篓壁间的杆秤抽出来放在敞窗前的桌子上，然后提出麻丝口袋搁地板上——原来口袋底他买了一沓黑塑料袋平放在篓底。李茶叶边做着这些事边对钩鼻说：“对了，您熬瞌睡正用得上我这茶叶。”他扯了个塑料袋，问钩鼻：“你要多少呢？”钩鼻把脸埋在一个大竹烟筒里咝咝地吸着水烟，听问，抬起头来呼的一口，用鹰眼瞪着李茶叶说：“你看着给嘛。”说完又把头埋进烟筒里去了。

李茶叶见屋里还有一个小伙坐在床上看电视，猜测值班室就他们两个工作人员，心道：他两个也吃不了多少，我先给他称斤把。念着守门工作要辛苦些，李茶叶实际称了一斤二两，说："班长，整整一斤。"

李茶叶原本有点语言基础，在村里就很会说，自从开始卖茶叶，一张瘪嘴更是用蜂蜜涂过似的，到局机关，见谁都叫局长，到办公室，见谁都叫主任——他也不知自己为何没几天工夫就变得这样。他见钩鼻门侧钉的小牌子写的是值班室，却不知道这值班室其实就是保卫科，当然就喊钩鼻班长了。

钩鼻显然对绰号不如其他局科室那些人认真，抬头朝李茶叶手里的黑口袋支了支嘴："搁桌上。"说完又把头埋进烟筒。他那是从四川买回的一个黄竹烟筒，烟筒里装着半筒水，筒半腰伸出一小竹管，管里装的是云南烟丝，一吸，烟筒里的水咕嘟咕嘟响。吸一口，就侧过脸去呼地喷一口。钩鼻吸了几口，发现李茶叶还站在屋里，就抬起头说："怎么，你还不卖你的茶叶去？"

李茶叶满面堆笑地说："班长，您还没给钱嘛。"

钩鼻有点吃惊，一伸手把烟筒靠在墙脚，说："给你什么钱？"

李茶叶也有点吃惊，指着桌上的黑口袋说："你不是买茶了么？班长。"

钩鼻的鹰眼立时露出凶光，正待发话，坐床上的年轻人站起身来，说："李茶叶，你不要班长班长的好不好！"李茶叶望着他，顿时有点望一座山的感觉。年轻人说："我们科长天天放你进去卖茶叶，你感谢他点烂茶叶难道都舍不得？嗯？"

李茶叶说："班——哦，科长，你是见着的啊，我这茶叶一不发霉，二不生蛆，它是好茶叶，并且，一可醒酒，二可熬瞌睡，三可……"

钩鼻说："怕它是金宝卵！绿茶放着我还没吃呢，你以为我就瞧得起你这土东西？"

碰巧了，沈局长上班从值班室的大窗子跟前经过，听见钩鼻的声音大，扭头往这边瞄了眼，瞄了眼后，就走了过来，他已经晓得钩鼻的声音大八成是和李茶叶有关了。沈局长探身在窗口问明原委，就责怪李茶叶："这就是你的不是了。"他转进屋里，在钩鼻肩上拍了一把，说："是李茶叶他一时没想通，莫计较莫计较！局长把李茶叶拖走了。"

离值班室远些，局长说："嗨，你是不想再进大门了啊？"李茶叶说："那大门是他家的？"局长说："那倒也不是，卖你的茶叶去吧。"

李茶叶仿佛明白了什么，又仿佛什么也没明白，但他最相信沈局长，就一言不发地卖茶叶去了。

光阴荏苒，山上茶树成了李茶叶一家的宝物。一打春，两口子背上大背篼捋茶去。那茶叶捋了又发，一春可捋两道。第一年时，两口子诓了村里人，说茶叶捋给亲戚装鸡蛋用。之后见他两口子把山都捋黄了，村民有点不信了。但两口子一腔话不变：捋给亲戚装鸡蛋用，信就信，不信就算球。两口子商量过了，好不容易踩了这么条小财路，走的人多了不好，其他人家又没小玲玲这样的读书人，他们不愁，我们愁哩。陆大贵也有个儿子读着书，但他家还能修楼房，可见他瞒着大家吃独食的事还少吗？他都瞒得，我们就瞒不得？

可后来村里人还是知道李茶叶卖茶的事了。那是陆大贵到县里开三干会。他听说搞项目挺挣钱的，就找扶贫办主任争项目。陆大贵拼命叫苦，意思是差不多全村的人都要饿死了。主任一笑，说：“我就知道有两三个人还饿不死哩，像你，还有那个李茶叶。”陆大贵蒙了：“我们村哪里有个李茶叶了？”主任也说不出李茶叶的真名，就把李茶叶的相貌给陆大贵描述了一番。陆大贵心里那个恨啊，直骂李茶叶竟敢诓他，心里骂了千百遍：老子就想怎么一个赶乡场收鸡蛋的，会年年都要那么多干草草！陆大贵回去碰上李茶叶，就泼了他一顿口水。村民们也才知道李茶叶悄悄找钱。有人想学李茶叶，但实在没有闯进县政府大门的勇气，个别的去闯了闯，从此知道了什么叫先来后到，人家全是李茶叶的老主顾，订着李茶叶的货哩。多少卖了点，一算时间和劳力，好划不来，就断了与李茶叶争江山的念头。但村民们也不让李茶叶两口子霸占坡上的茶树了，一开春就有人同他两口子争着捋，捋了背去卖给他两口子。李茶叶算算账，块把钱一斤生茶叶，收生茶卖干茶也是划算的，心想这山坡又不是他一家人的，也该让大家多少找几文钱才对头，所以，村民背生茶来卖，他就收下。这样一来，倒稳固了李茶叶在城里头的市场。

再一日，李茶叶来到县报社。报社老总是个须发皆白的老头，看上去慈眉善目的。老总发了支烟给李茶叶，说：“小李啊，你也来过报社不是一回两回了，想来你卖茶也有点搞头的吧？”李茶叶说：“社长，没有啥搞头，只比种庄稼划得来一指甲片。”

“是吗？”老总一听来了兴趣，连说：“你坐你坐，你给我说说划得来在哪点儿。”

报社在五楼上，李茶叶爬累了，也想歇口气儿，就放下背篼在老总对面坐了下来。老总前三后四地问他：栽苞谷的收成如何？怎么会想到要卖茶叶？卖茶叶的收成又如何？报社给李茶叶买过不少茶叶，李茶叶也见老总和蔼，就学生答老师一般说了个子丑寅卯。说完了，李茶叶的气也喘定了，卖了两斤茶也就离开了报社。

也不知过了多久的一天，反正已经入冬，春天做下的茶叶卖得只剩不到半囤箩了，李茶叶从城里回到家，见两个穿税务工作服的青年等在家里。男的说：“老李，我们都等你好半天了。”李茶叶看了一眼脸色有点不太好的何小会，何小会说：“他两个是财政所的。”从她的话音，李茶叶听出她对两人不太好感。

李茶叶放下背篼，坐到一张板凳上，把走酸了的腿伸得直直的，两脚跟搭在地上，这样就感到松和多了。从前的李茶叶是不兴买纸烟的，现在卖茶叶，进门总要有个见面礼，身上就揣了纸烟，牌子不好，但也歹不到哪儿去，他坐定了就把烟掏出来请两位财政干部抽，小伙接了，姑娘笑眯眯说还没学会。

李茶叶帮小伙把烟点燃，这才小心小意地问道：“这个哥，这个姐，你们等我干什么呢？”

小伙说："收点税嘛。"

李茶叶说："何小会，你把我们家单子翻给哥和姐看，我们家的农业税已经交给陆村长了。"他边说边小心小意地望着两个财政干部笑。两个财政干部也是笑眯眯的。

何小会可没他这么好的脾气，肿声肿气地说："人家不是收农业税的！"

李茶叶一愣，依旧笑着说："哥和姐，你们还收什么税呢？"

小伙说："哦，老李，可能你还不晓得，我们财政所不止收农业税，还收特产税呢。"

李茶叶正要问什么叫特产税，姑娘看破了他心思，说："你做茶叶卖，就要交特产税嘛。"

李茶叶心说："哟，怎么我弄茶叶的事他们也知道了？"再一想，这一定是陆大贵见不得穷人喝稀饭，把他出卖了。但弄茶叶卖要收税他真的是第一次晓得，他估摸自己真正有多少收入两个财政干部也不会知道，就在心里定好了策略。

李茶叶说："两个财神菩萨，要是我晓得卖茶叶要交税，我会主动到财政所来交的。"

小伙说："老李，过去的我们不说你偷税，今天你把今年的交了就行。"

李茶叶说："我这是在做玩耍，没有收入的，但你们大老远的来，我也不让你们白跑。"

李茶叶解了两层衣服的扣子，从贴身的衬衣口袋里掏出二十块钱，双手递过去，说："向国家尽点义务是应该的。"

小伙并不接钱，大笑着说："老李，二十块不够呀。"

李茶叶十分吃惊，说："你们要我交多少？"

小伙拿出个计算器来，说："让我算算。"他边摁计算器边说："百分之八的正税，百分之八的地方附加，总的税率也就是百分之八点六四。老李，你一年卖茶的收入是三四千块，那么就给你算三千得了，该交二百五十九元二角整，你看算错没有，老李？"

李茶叶大叫："算错了算错了，我一年哪能卖三四千块，三四百都卖不到哟，唉，你们别凭想象啊，算错了算错了！"

姑娘等李茶叶叫够了，这才笑眯眯地从小皮包里拿出张报纸来，说："我们没凭想象，这是有依据的呢。"她起身走到李茶叶身边，指着报纸给他看，说："看见这个标题没有？《昔日李苞谷，今天李茶叶——我县农民传统观念正在打破》！"

李茶叶嘴里叫着"这是谁干的这是谁干的"，一把抢过报纸去看。其实他已经隐隐地知道是谁干的了，一看，果然标题下面有一行小字：

本报记者　孟天书

李茶叶赶紧往下读，有的字认不得，但很多还是认得的。里面真的有一句：据李兴富本人保守介绍，他一年卖茶叶的收入在三四千元左右，加上卖野菜的，大概是五千元的样子。

哎哟，李茶叶差点叫出哭声来："孟社长呀孟社长，哪晓得你要拿我登报纸，要晓得你要拿我登报纸，我……"

"没说的了吧！"姑娘笑眯眯地说。

李茶叶站起身来，气恼地顿了顿脚。这一顿，他好似有点办法了，马上堆出笑来，摸出烟抽根给小伙，还不忘劝姑娘，姑娘依旧笑眯眯地说："还没学会。"

李茶叶帮小伙把烟点燃，说："哥和姐，国家政策我是晓得的，该交还得交，管它多少，只是今天我身上真的没钱，看这样行不行，过几天你们再来，我把钱准备好等你们？"

终于讲通了。哥和姐说了句"抓紧准备啊"就走了，李茶叶提着菜刀做出捉公鸡的样子留他们吃饭，他们也没留下来。

次日，李茶叶起了个绝早，赶在下班前来到财政局。红鼻子局长一见他就说："昔日的李苞谷今天的李茶叶又来了啊？这个孟老二！我当了四五年局长他还没专门写过我呢，你卖几年茶叶他就给你整了一大版！是不是他吃你的茶叶你没收钱？嗯？"

李茶叶哭笑不得。他把背篓放下，说："局长，这一背篓茶叶都送给你！"

局长哈哈大笑："开玩笑的，开玩笑的，你别当真嘛。"

李茶叶说："你开玩笑，我可没开玩笑！"

局长正经起来："为什么要送茶叶给我？"

李茶叶这些年也跟局长混熟了，晓得局长脾气不是太坏，他梗着脖子说："你们整我，你还装糊涂！"

局长就真的糊涂了："你在说些什么哟？李茶叶。"

李茶叶说："刚才你不是还在说我上了报纸嘛！"

局长说："孟老二写你上报纸，难道你说是我整你？与我何干？"

李茶叶说："与你太有干啦，你们财政所的人拿着报纸找我收税去啦！"

"哦——哈哈哈哈！"局长大笑，说："是不是你们乡财政所的人找你收特产税了？嗯？"

李茶叶歪着脖子气鼓鼓的不说话。

局长说："坐下坐下，坐下——李茶叶你听见没有？"

李茶叶就坐下，气鼓鼓的。

局长说："你卖茶叶有收入，交点税还不应该？"

李茶叶说："我那是多大点收入！"

局长说："不管你收入多少，那是要按税率的，又不是全部给你收掉，哦，他们给你算多少税率？”

“百分之八点，八点……”李茶叶记不起尾数。

“八点六四对不对？”局长说。

“对。”

局长说：“这是对的嘛，你气什么？”

李茶叶说：“气什么？好不容易有点门路，才卖两三千块钱，你们就收税，还叫人走下去不？”

局长说：“嘴挺厉害的呀，李茶叶，你想叫我干什么呢？嗯？”

李茶叶说：“如果不登报，他们也不晓得我卖到点钱，那不是一分也收不到吗？现在晓得了，算他们运气好，走路捡得一小笔，你叫他们少收点好不好，总比一分没收到好，你说是不是？两百多块嘞，都够我姑娘交年把书费了。国家政策我也晓得，但现在我这种条件，收我两百多块，只好叫我姑娘不读书了。要是我一年卖几万，收我几千我也不心痛！”

李茶叶说完了，眼圈有点红。局长一直悄没声息地听着，这时就拿起电话，摁了几个肉嘟嘟的键子。

局长对着话筒说：“青山财政所吗？我是曹凤翔。”

局长说：“庞所长，你们所昨天哪两位同志去茶林村找李茶……哦李——兴富收特产税的？哦，哦。你帮我表扬这两位同志。喂，我说啊，据我了解，李兴富同志现在家庭条件有点困难，你们是不是可以从扶持的角度考虑一下，将他的计税额调整调整？对，就是少收一些——你们酌情考虑嘛，注意，既要体现税收政策的严肃性，也不要一棍子把人打死，对。喂，庞所长呀，我提个建议，你们是不是考虑把茶林村，甚至全乡的苦茶种植和保护，作为一个后续财源来抓呢？对呀，城里很多人都喜欢这种茶，对对，尽快着手，到时候，把李兴富同志请去作技术指导嘛，尤其啊，他在推销上是很有一套的。行，需要资金可以打报告到局里来。好，有进展及时跟我讲一声。行，再见。”

局长挂了电话，朝李茶叶看来。李茶叶说：“局长，你不用说了，我都听见了。”

李茶叶说：“局长，今天你不收下这些茶叶，我就不答应！”

局长说：“你想陷害我不是？你是不知道啊，最近我们在搞整风，你送我茶叶，就是用刀子在背后捅我，晓得不？嗯？”

局长又说：“不过茶叶还是要留在这里的，你称吧，十块钱一斤，一分都不少给你。”

（原载《民族文学》2003年第9期）

王 华

曹赛是条狗

曹赛是条狗!

妈是用一种气咻咻的口气跟我说的。我不知道妈的脸怎么变得那么快，电话在她耳边时她还笑得晴空万里，刚把电话移开，脸上就阴云密布了。曹赛是条狗你也好好地说呀是不是?我又没惹你是不是?可我妈说，你倒没惹我，是你奶奶惹我了。这就怪了，奶奶哪里就惹她了呢?奶奶不过是给她打了个电话。

奶奶说，我是妈。

妈说，啊!妈，您好!好久没来看您了，身体还好吧?

奶奶说，曹赛近来患上了郁闷症，需要换个环境散心，明天我请个人送你们家来，你们照顾一下。

妈说，好的好的，一定照顾好。我叫曹前天天带曹赛去玩，妈您就放心吧。

奶奶说，我顺便带个食谱来，曹赛吃东西很挑剔的。

妈说，好的好的，妈您想得真周到。

奶奶说，那好，明天我就找人送来。

妈说，妈您也来玩几天吧!现在我们这里旧城都改造完了，不像以前那么难看了。

奶奶说，我哪里走得了?家里谁管啊?

妈在这边不住地点头，点完头，脸就阴了。

我说，妈，曹赛是弟弟还是妹妹呀?

妈说，曹赛是条狗!

不就是条狗吗?还能比侍候一个人难啦?你说我妈是不是太小题大做了?可我妈

说，你以为曹赛是条一般的狗啊？

第二天，曹赛就来了。曹赛来得很隆重，是爷爷的司机送来的，坐的是中国绝大部分人都坐不上的那种小轿车。虽风尘仆仆赶了几百里，但曹赛的衣服仍然纤尘不染，连头上的毛都没乱一下。爸管司机，妈管狗又管司机，这是事先就分配好了的。所以，曹赛下车的时候，妈就急忙敞开怀奔过去，可曹赛却是一副懒得理睬的样子，把伸出来的前腿收回去，不打算下车了。还是司机把它抱下车，送进我们家。司机好管，茶水一杯，烟点上，就剩下和他说话了。可曹赛却不是那么好管。曹赛怕生，不管妈笑得多美，唤得多脆，它就是不理。瞧它那样儿，穿得一身华贵，体态臃肿，懒怠怠地躺在我家沙发上，还真有些派头。我正好处在很多事情都看不惯的年龄，能容得下它这般模样？我喝道，下来曹赛！曹赛没被吓一跳，妈倒被吓了一跳。妈大惊小怪地喊，曹前你疯了？我又看不惯妈了，我早就看不惯的，这会儿就更看不惯了。我说，妈，曹赛是条狗呀！妈说，你不管它是谁，它是你奶奶送来的，你就要对它好。难道是奶奶送来的，狗就不是狗了吗？我的话刚吼完，妈就一把把我扯出客厅，塞进我的房间里，把门关上了。

我知道妈又去冲那狗奴颜媚骨了，我真想一脚把门踹烂。

该去吃饭了。爸早让秘书定好了的，在我们这城里最好的宾馆里定的包间。妈要抱着曹赛去。爸说算了吧。妈说不能把曹赛一个人留在家里的。妈跟爸说话，却去看爷爷的司机。司机说，就放家里吧，反正这家伙这几天都不太吃饭。妈才没去抱曹赛。

送走了司机，妈开始按照司机送来的食谱给曹赛做饭。按照食谱上的做法，曹赛的晚饭应该吃一根火腿、半斤牛肉、一杯牛奶。妈煮了牛肉，切了火腿，再放进一勺饭。曹赛却不吃。曹赛露出一种很不屑的眼光看着妈忙活了半天为它做好的饭。妈说，吃吧曹赛。曹赛却闭了眼要睡。妈说，你不吃饭怎么行呢？你不吃饭我们怎么照顾你呢？曹赛呻吟一声，再不作声了。我想妈该冒火生气了，要是这会儿曹赛不是曹赛而是曹前，她就甩碗了。可妈没有，妈说，难道是我没把饭做对？曹赛不回答她，她就急忙要打电话问奶奶。想了想又觉不妥，可一时又不知道该怎么办。那副惶恐不安的样子就好似她这会儿侍奉的不是一条狗，而是她的祖宗。

我在旁边看得真想给我妈一耳光，可我妈却对我说，曹前，你来哄曹赛吃饭。我说，行，你放下，让我来。我想，只要我不看见你那副奴颜媚骨，让我干啥都行。但妈却不走开。妈要看着我哄曹赛吃饭。我说，妈你歇着去呀。妈说，我能歇着去吗？你要哄不好，我还能不接着哄？我说，好吧，你就看着吧。我用闪电的速度给了曹赛一巴掌，用雷鸣的分贝给了曹赛一声断喝：吃饭！

这下屋子里可热闹了，首先是曹赛，它再也没有了先前的涵养了。它把上口皮缩上去，露出牙齿，一跳一跳地骂我，样子很像大街上的泼妇。我猜它肯定骂的是它们狗类最恶毒的话。再说我妈，妈那种吃惊很容易让人想到她的儿子突然在她面前变成了一条狗。其实在我后来真变成了一条狗的时候，妈并没有这么吃惊。

但是这会儿我很快活，我刚才是很不快活的，我打了曹赛，呵斥了曹赛，我就快活了。

因为我打了曹赛得罪了曹赛，妈罚我全程照顾曹赛，而且严格要求我必须照顾到能让奶奶满意为止。条件是如果我表现好，就不要我去学书法学美术。你说居然有这样的母亲！她以前非逼我去学书法学美术，不就是因为我功课不好想让我学点其他本事吗？可为了这条狗，我妈居然就可以不让我学本事了！不过，我原本十分讨厌学这学那，妈的这个条件我也就百分之一百地答应了。

为了让我安心侍奉曹赛，妈专门找我谈过话。

妈说，儿子，听着，你照顾好了曹赛，你奶奶就高兴，你奶奶高兴，你爷爷也就高兴，你爷爷高兴了，对你爸就有好，以后对你也有好。

我说，有啥好？

妈说，有啥好？你说有啥好？你不想你爸像你爷爷那样好？

我想了想，想不出爷爷究竟是哪般光景，觉得爸爸也怪不错的，就剩下我是一个还需要别人给好的人了。于是我问妈，你说对我也有好，有啥好呢？妈突然笑起来，说，好多着哩！

我又想了想，问妈，爸是爷爷奶奶的儿子，我是爷爷奶奶的孙子，我们不照顾好曹赛爷爷奶奶就不给我们好了吗？

妈说，也给，但程度不一样啊。比如说，我手里有一个大桃子，也有一个小桃子，我现在交给你一件事，你办得让我很满意，我就会赏你那个大桃子，你若是办得让我不满意，我就不会给你大桃子了。

既然如此，我何乐而不为呀！更何况，侍奉一条狗是多么有趣的事呀！

奶奶的电话跟着就打来了。她不问其他，就问曹赛好不好。电话是妈接的。妈说好哩好哩，曹赛一到这里就不郁闷了，跟曹前玩得可好啦。妈这是典型的浮夸了。曹赛哪就不郁闷了呢？曹赛哪就跟我玩上了呢？曹赛还惦记着我给它的巴掌哩。对我，曹赛那态度实在恶劣。不管我是笑着还是怎么着，它都冲我龇着牙，鼻子一耸一耸的，喉咙里还有声音助威。我试图用吃的东西讨它欢心，给它牛奶，给它火腿，给它鲜淋淋的牛肉，都以失败告终。它根本就瞧不上这些东西，倒是瞧上了我的手。当然它并没有把我的手吞到它肚子里去，它只把我的手咬了一口，在我的手背上留下了四个冒血的洞。

这回我反倒不生气了。因为爸爸妈妈都生气了，我也就不生气了。这么一点小事，爸爸和妈妈却当成一件天大的事看，已经很过分了。这种过分表明我在他们心目中很重要，这种过分使我的心里像天空一样明朗舒畅。

爸呵斥妈，一条狗嘛，不吃就算了，你倒是让儿子侍奉祖宗一样的！

妈反驳道，我倒是想把它看成一条狗呢，你妈却把它当亲爹哩！我敢对它不好吗？

爸说，你要对它好，那你自己侍奉啊！哪有你这样的，叫儿子不学习了，专门替你侍奉狗哩！

妈说，行！这狗我不管了，它要死要活随便！

妈大概是觉得很委屈，吵着吵着就哭起来，还把曹赛的食谱砸到曹赛的身上，然后就把自己关到卧室里哭去了。

爸一时不知道该吼出点什么，便冲我吼，还不做功课去？

我说，爸，我不能做功课了，我的右手上着药哩。

爸看一眼我的右手，就去瞪曹赛。曹赛和我一样，完全是一副事不关己的样子。爸就顺手操起桌上的花瓶要向曹赛砸去，但爸最后还是没砸。我正巴望着看好戏哩，爸却没砸下去。我说，爸你不敢砸吧？曹赛是奶奶的宝贝哩，你敢得罪奶奶？爸放下花瓶，瞪我一眼，把我的话吞下肚子去，走了。

曹赛得罪了我们全家，却仍然是一副高高在上的样子，这就让我不得不另眼看它了。这个时候我正处在很容易崇拜人的年龄，只要是看起来不平常的我都要崇拜。曹赛的德性实在不平常，你要我怎么着呢？我满面微笑地慢慢地朝着曹赛靠近，我还伸着我的双手，我渴望和它靠近，渴望和它拥抱在一起，我要和它做朋友，因为我崇拜它，尽管它不过是一条狗。

我看到曹赛好像也笑了笑，但曹赛最后并没理我。它从沙发上下来，款款地走向门，然后眯了眼用下巴示意我给它开门。天啦，它是何等的风度啊！我开了门，跟在曹赛的后面，学着它款款的样子，上了街。曹赛穿着一身漂亮的衣服，滚圆的屁股上招摇着一束花似的尾巴，一步一步地，走走停停，走走停停。走时看着前面，停时看看周围，把有一种人的模样全模仿对了。我紧跟在它的身后，倒像它的部下一样的。不过这时候我是不太在意是不是像它的部下的，我更在意的是它这么一条不平常的狗这是要去哪里？要去干什么？我还很在意是不是很多的人都在注意我，曹赛是一条很不平常的狗，这是一眼就能看出来的，走在街上的，只要不是瞎子，就看得见曹赛不是我们这地方的狗，也不是我们这地方的人能买得起的狗。我暗暗地以为和这样的一条狗走在一起是很风光的，我跟所有的普通人一样，生下来就喜欢风光。那么曹赛去哪里我就去哪里吧。

曹赛突然跑了起来。它是去追一辆黑色的轿车。追着轿车的曹赛完全没有了刚才的风度，弓着背，吐着舌头，还喘着粗气，脚下也快不起来。黑轿车很快就逃出了我们的视野。

没追上轿车，曹赛很气馁。坐下来，埋下头，要哭一样的。我说，曹赛你追那车干啥呢？曹赛并不答应我，只顾埋着头伤感。我说，曹赛你是想坐车吧，要不我们叫爸的车？曹赛乜了我一眼，眼睛里仿佛有轻视忽闪了一下。接着又有一辆轿车开过来了，曹赛在抬头间看见了它，就不再垂头丧气了，急忙摇起尾巴哈了脸，好像来的是它妈。

轿车来到我们面前就停下了。打开车门的是山叔叔。山叔叔是我爸的下级，头衔里比我爸多个“副”字。山叔叔打开车门是要招呼我的，可曹赛却凑上去媚着眼把尾巴使劲摇。山叔叔乐出声来，说，曹前，这是从哪里弄来的。我说是我奶奶送下来的，叫曹赛。山叔叔刚叫了一声曹赛，曹赛就跳上了车，硬要挨着山叔叔坐下。山叔叔乐得哈哈大笑起来，说，这狗是咋的？是要坐车呀？我说，它刚才还追过一辆黑色的车。看样子山叔叔不太喜欢狗，虽说曹赛上去过后又是摇尾又是哈脸，但山叔叔还是要它下车。曹赛脸很厚，山叔叔脸都冰冻三尺了，它还准备拿舌头去舔别人的脸。这就有些丢我的脸了。我说曹赛下来！曹赛不下来。它理都不理我。我说，曹赛下来！曹赛还是不理我，只顾着在那里献殷勤。山叔叔说，要不，你来抱它下去？我说我刚被它咬过，我不敢抱它。山叔叔说，那怎么办？我说曹赛是想坐轿车了。山叔叔想了想，下得车来，说，那你也上车去，陪它坐着转转去。我说，我是无所谓的。山叔叔说，那就去吧。

我上了车。

车启动了。

曹赛在我身边做出一副很主人很领导的样子，眼睛眯成一条缝，看着前面。山叔叔的司机问我去哪里，我想了想，决定让他带我们到体育场。我知道那里经常都晃荡着一些狗，我想看看曹赛到了那里又是个啥模样。

或许是已经过足了车瘾，要不就是闻到体育场上那些狗的味儿了。这回我一说“曹赛下车”，曹赛就下车了。曹赛一下车就急忙去追那些跟着主人慢悠悠散步的狗。那些狗没有穿华丽的衣裳，只有一身普通的皮毛。曹赛跑上前去，它们都很自卑很羞愧，耷了耳朵夹了尾，脸上想笑又不敢笑。等到曹赛嗅过了，对它说看上它了，它才把尾巴试着慢慢摇起来，眼睛笑起来，跟上曹赛慢慢走上几步。等到曹赛说“我们找个地方玩去吧”，它就欢天喜地地跟着曹赛跑走了。

这天体育场上有五条狗。有长毛的，有短毛的，有跟着主人的，有独个儿出来的。后来全都跟上了曹赛。它们在体育场上奔跑啊，打闹啊，曹赛的衣服被撕烂，奔跑中布片像旗子一样飘扬。闹得体育场上晃荡的人们不得不暂时放下其他的事不做，放下其他的话不说，专门瞪了眼去看曹赛它们。有人发问，那是哪家的狗啊？这样就有人看到了我，还有人认出了我，认出了我的人急忙喊叫起来，前前，你家的狗真是漂亮啊！我却不认识这人，所以我只看他一眼就算了。那人就大声告诉别人，那是谁谁谁的儿子呀！说完这句话后，他的脸上一片阳光，就像他是刚从天上下来，刚从太阳那里来。接下来他又喊叫起来，前前，你的狗衣服都破了。头脑一热乎，人就变得很幼稚很弱智。大人们也不例外。曹赛的衣服破了谁看不见？只有瞎子看不见。前前，它叫什么名儿啦？这一句倒是我愿回答的。我大声告诉他，它叫曹赛！曹赛？哇！是个好名啊！谁起的？是你起的吧？只有绝顶聪明的人起得出这样的名字来。这人是硬要往我脸上贴光哩，可曹赛这名不是我起的呀！我眼睁睁看着他把一片光贴到奶奶的脸上，心里就有了些气。错就错在这人贴错了脸还不知道，他还在赞叹，这名儿起得好，起得好。这回可是把我气得跳起来，我差点就给了他一记耳光。我说，曹赛的名儿不是我起的！

尴尬吧？谁叫你那么愚蠢？如果你已经感觉到天要黑了，你就赶快回家去，和老婆吵上一架，甩一个茶杯或者一个其他什么易碎的东西。或者你还有其他的招儿，管你呢。

又有两个女人凑上来了。她们唤她们的狗，嘴上责备她们的狗把自个儿弄脏了，眼睛看着我，眼睛媚笑着，像我是她们的老祖宗。这狗不是一般的狗种吧？瞧它多有气质！穿着超短裙的女人蹲到我面前，把一种十分羡慕的眼光放到曹赛身上。那时曹赛正躺在地上，众狗正在曹赛身上又是咬又是舔，曹赛正在享受做皇帝的感觉。我想弄清楚她是羡慕曹赛还是羡慕曹赛现在的感觉。

我说，曹赛的确不是条一般的狗，曹赛值十二万哩。当她那一声“哇”出来的时候，我差一点儿就开逃了。她接着说，十二万啦！又对身边站着的女人说，十二万啦！站着那女人可不像她那么天真那么满面的惊叹号，站着那女人脸上全是鄙夷，她说，一条狗哩，你就信？讨厌的女人就是讨厌，你瞧她那一脸扭坏了的皮肉，要多恶心就有多恶心。我说，曹赛，走，我们回家！

这一句我本来是吼给那讨厌的女人听的，不想曹赛还真听进去了。它抛下众狗，哈着脸朝我走来。这家伙肯定是玩得太高兴了，高兴得把仇恨都忘干净了。它朝我走来了，哈着脸朝我走来了，它看都不看那些狗一眼就朝我走来了。它径直走向我，走进我的怀里，用它那温热的舌头舔了两下我的脸。这狗家伙的意思是，我今天表现不错，它可以原谅我了。可我还是不敢保证它会跟我一起回去，我想要是它再发起脾气来，我不是在这些人面前太丢面子？我跟曹赛说，曹赛我们回家好吗？曹赛哼了一声，但我没听懂它的意思。曹赛坐在我怀里，吐着红红的舌头哈着气。刚才那几个和它厮混的狗家伙在我们的周围坐成一圈，屏声敛气地看着曹赛。可曹赛这会儿却不理它们。

刚才那女人站起来了，要招呼她的狗走了。我冲她说，借一下你的电话行吧？她说行的。说“行的”还点着头笑，很乐意的样子。这个女人肯定讨人喜欢。

我拨通了爸爸秘书的电话。

我说，你到体育场来接我和曹赛，现在就来。

我说，你别让爸知道。

我说，你开车来。

我还电话的时候，女人又跟我笑笑。

我就对她说，这曹赛坐惯了车，叫它走路回去我怕它不干。

女人又朝我笑笑，还点了点头。

爸的车很快就来了。司机一按喇叭，曹赛就跑向车，好似它跟那车有多熟一样。司机打开车门，曹赛便上了车，端坐到位置上，眼睛看着前方。司机跟我笑着说，这狗还真神啊。我说，它坐惯了轿车，我怕要它走路回家它不买账哩。司机说，你今天和它一起玩得肯定开心吧？我说，那还用说？司机说，这条狗享受的是上等人的待遇哩。我说，没办法，是我奶奶惯的。我说刚才它硬追着小车要坐，司机就哈哈大笑起来。

我和曹赛进家门的时候，妈正在接奶奶的电话。奶奶问，曹赛怎么样？妈说，曹赛呀曹赛呀……正好看见曹赛满面春风进屋，妈急忙说，妈曹赛好着哩，曹赛刚和曹前到外面玩了回来。奶奶说，叫曹赛接电话。曹赛还能接电话？妈把耳机放到曹赛的耳朵边，奶奶在那边喊曹赛，曹赛这边就汪汪几声，又呜呜几声。奶奶那边就笑了。奶奶说，曹赛好好玩，把郁闷症玩好了就回来啊。曹赛就大声地吠几声，以示回答。

奶奶后来又对我妈说，我听出来了，曹赛在你们那里玩得很开心。你们要好好照顾它，它不吃饭了就给我打电话。后来奶奶和妈吹了好一半天，我妈把头也点了好一半天。其实电话那边是看不见她点头的。

妈放下电话就忙着为曹赛弄吃的。她把刚才自己扔掉的食谱又找来，认真地看。我说，妈，我也饿了，我是你儿子哩，先准备我的行不？妈说，你就先到冰箱里找点东西对付着吧，我得先给曹赛弄哩。我说，那现在我是曹赛它是曹前，你给我弄吧！妈说，你这孩子怎么这样傻，你怎么能说自己是狗呢？我说，狗怎么了？像曹赛这样的狗比人过得还不错呢，它不是比我还重要吗？妈说，屁话！狗就是狗，它就是再重要也是狗！我说，它就完全是一条狗又怎样？你还不是照样像待你亲爹一样？妈火了，妈说，屁话！

虽然我的课余时间可以不去学美术书法，但上学还得去的。妈为了曹赛不至于在我们不在家的时候寂寞，从小姨家把哈儿狗花妹也抱来了。爸忍不住笑道，你也真做得出来，这是给它找个三陪还是怎地？妈也笑，说，他不跟你们男人一样？

我们把曹赛和花妹关在家里，锁上门，安安心心地上班的上班，上学的上学去了。中午，我和妈慌忙赶到家，客厅里却没有曹赛和花妹。沙发上撒着好些狗食，还有一些类似于枕巾和毛巾的东西，地中间有好些撕碎了的卫生纸。总之，客厅里一片狼藉，却不见了两个狗家伙。妈急得一阵呼喊，不见答应，找到他们的卧室，才发现它们偎在大床上睡觉。妈那个气呀！顺手操起手里的包就向它们砸去。两个狗家伙吓得仓皇逃窜，把床头的台灯碰地上了。

后来，妈在他们的床上摸到了一泡狗尿。妈发现床罩上有一个地方亮晶晶的，伸手一摸，湿的，不是狗尿又是什么？

太不像话了对不对？

妈却忍了。

妈一边打扫一边自言自语，这样看来不行，得马上请个保姆，专门负责在我们上班的时候招呼曹赛。

当晚就有人送来了保姆，是个十多岁的小姑娘，来人说是他的外侄女，很乖巧的。小姑娘收拾得很清爽，脸上红润润的，和我们印象中的保姆有很大的差距。妈说，叫啥名儿？小姑娘抢着说，叫梅梅。妈就问梅梅，怎么没上学？梅梅就去看她的舅舅，舅舅就说，她们家穷，没让她上学。妈想了想说，试试看吧，她要是不习惯了，我们给你们送回来。来人就显得特别高兴，急忙嘱咐梅梅说，要规矩，听话，一定要把曹赛照顾好。说完就急忙走了，怕走晚了妈就变卦一样的。

辞退了花妹，来了个梅梅，也就是在一天时间里。

梅梅的确很能干，我们不在家的时间，她不光把曹赛照顾得很好，还把家里保持得很整洁。她的舅舅经常来看她，每回来都要带一点东西。有时候是一罐茶叶，说是不好，一看却是哪里哪里的极品什么的。有时候又是几磅鲜牛肉或者火腿什么的，说我爸妈工作忙，没时间买狗食，他们平时闲工夫多，顺便给曹赛买了点带来。有一次，梅梅的舅舅送来一条狗索，说带曹赛出去玩时牵着方便。狗索项圈上镶着一排亮晶晶的指头大的水晶钻。梅梅的舅舅每次来都不多说话，只反复嘱咐梅梅要听话，要规矩，要把曹赛照料好。

梅梅其实是正在上学的。这是在一个下午我和她带着曹赛一起去玩的过程中，她不注意漏嘴说出来的。当时我们正坐在一边看曹赛和它的那些狗伙伴嬉闹，我说，要是我也是条狗就好了，就可以不上学，天天玩。梅梅说，你的功课不好吗？我说，你怎么知道？她说，功课不好的就厌学，我们班上的闹闹就是这样。我说，你上几年级了？她说，我上三年级。我说，你不是家里穷没上学吗？梅梅方才醒来，吐吐舌头，脸就红了。我说，你向我们撒谎了，对不对？梅梅不说话，急得眼泪都要出来了。我说，你不要怕，我不告诉别人。她看了看我，才把眼泪咽了些回去，说，是舅舅要我那样说的。

原来她舅舅到她家说只要她去照顾好了曹赛，舅舅就留她在城里上学，而且梅梅上学期间的学费全部由她舅舅负责。梅梅一直向往到城里上学，就同意了。

为了不让梅梅丢失了在城里上学的那个梦，我知道我不能把这些告诉我爸妈。但我又觉得梅梅辍学在我家专门为我家照顾一条狗实在不好。这天，我给奶奶去了电话。

我说，奶奶，曹赛已经好了，你该来接它回去了。

奶奶说，真好了？

我说，当然是真好了。

奶奶说，前前，咋跟奶奶这样说话呢？是曹赛惹你不高兴了？

我说，曹赛没惹我不高兴，我是怕奶奶想它了。

奶奶说，这才像是我的乖孙子在对我说话嘛。奶奶问你，喜不喜欢曹赛？

我说，曹赛是奶奶的宝贝，我当然喜欢。

奶奶说，行，乖孙子，曹赛我送给你了，你就逗着玩吧。

我说，真的吗？奶奶那你想它了怎么办？

奶奶说，奶奶不想它，奶奶要养条狗还不容易呀。

我说，那曹赛就是我的了？

奶奶说，是我乖孙子的了。

当晚，爸妈都在家，我叫梅梅也坐到一起，召开了一个家庭会。我说，爸妈，从现在起，曹赛就是我的狗了。妈说，前前，胡说啥呢！我说，曹赛从此再不是奶奶的狗了，那么我们就不必像对待钦差一样对待它了。我们要根据我们的条件，把它实实在在地当一条狗来对待。比如，我们再不能专门请个人来照顾它了，梅梅不行，其他人也不行。我们也不能像原来那样由着它想干什么就干什么了。比如它想坐轿车，就不能再让它坐了，特殊情况例外。至于狗食，我认为再按原来的食谱也没道理，一是我们家开销不起，二是狗不能比主人吃得还好。要是曹赛比我们还吃得好，那曹赛就成了我们的主人了。总之，曹赛以前享受的那些待遇通通取消。

我一通话说完，就去看众人的表情。妈吃惊的一对大眼瞪着我，好像我正在长出一对犄角。爸倒是笑眯眯的，一副很欣赏我的姿态。还有梅梅，她是完全傻在那儿了。

我清了清嗓说，曹赛从此归我所有，这是奶奶亲口跟我说的。所以我宣布，明天放梅梅回家上学。

妈现在把吃惊的眼睛转向梅梅，你上着学的？

梅梅急忙把头低下去，抽噎声跟着就起来了。

我说，梅梅的确正上着学，而且是班里的尖子生。是她舅舅许诺她家说，只要她来替我家照顾好曹赛，以后他就让梅梅进城来上学，并且由他负责学费。梅梅想到城里上学，就答应了。

妈把正抽噎着的梅梅扯了一下，问，是这样的？梅梅一边点着头一边哭。哭泣声抑制不住往高处走，一颗小头一点一点的。我说，梅梅不怕，这不是你的错，这是你舅舅和我妈的错。爸终于说话了。爸严肃地对我妈说，看你做了件多糊涂的事儿。

曹赛从此在我家待下了，待了很多年。

我读完初中，没能考上高中，爸出高费让我念了三年高中，高中读完后我又没考上大学，爸又让我去读了三年自费大学。回来以后，爸把我安排到他的下一级政府，也就是他原来掌管的那级政府里干事儿。干了没多久，我回家看爸，爸对我说，要注意工作方式，不要跟条狗似的。我认真回想了一下，觉得有些年辜负爸了，就说，爸，没办法，和曹赛待的时间太多，我已经变成一条狗了。爸很失望。

当然，这已是后话了。

（原载《山花》2004年第8期）

欧阳黔森

姐　夫

我的女朋友离家出走了。我是三天后才知道的。

三天后才知道恋人出走，这事告诉谁，谁也会认为不正常。有哪一对热恋中的人，会三天不通信息的?

一对热恋中的人，三天不联系，的确很难。然而，我做到了。我这是自己折磨自己。这并非我的本意。

我这样做，是因为我的未婚妻肖一水。

那天，她在阁楼的阳台上晒太阳。阳光刚出来，斜斜地照着她，显得她一身的神采飞扬。

我是在一楼仰望到她的。本来我是想侧身闪进厨房大吃一顿的。那时候，我的确饿得心慌。然而，我看见了她。没法不看见她，她很显眼地坐在阳光中，非常灿烂。

看她那神采飞扬的样子，我知道，我是不能进厨房了。如果我进了厨房，还不把肖一水气死才怪。

我只能忍耐着肚子的咕噜咕噜叫，抬腿上楼。这仅仅是为了让肖一水知道，我注意到了并仰望到了她的神采飞扬。

为了告诉她我来了，我把楼梯踩得咚咚地响。

我这样做其实是多余的，但是这多余是必需的。肖一水与多数女人一样，喜欢男人为她们做一些看似简单却是重复的事。总而言之，女人在爱恋中，喜欢把简单的事搞复杂。男人在恋爱中，喜欢把复杂的事弄简单。女人要玩简单到复杂的游戏，男人几乎都会痛苦却又会显得乐意地配合。而男人要把复杂弄简单，却几乎没有女人响应。

我与肖一水相恋了两年多，时间不算短了吧！可我不得不请哥儿们原谅我的无能，我还真没和她上过床。

当然，我们肯定在一张床上睡过。我说的真没和她上过床，是指没有与她那个过。虽然，我们还没那个过，可她家的人，我家的人，都已视我们是一家人了。

别看大家都认可了我们是天造地设的一对，其实我们之间也经常扯皮。从这些扯皮的格斗中，只有我以不断的受伤才总结出刚才说的，那些有些像格言的格言。

我现在必须做这件多余的事，正是我想把复杂搞得简单点。我想，我上楼去，赞美一水几句，她就会高兴地放我下楼吃饭。

我知道，我一进巷子，她就看到我来了。如果不是这样，我是真想吃了再上去的。我现在又饿又累，样子一定不好看。

等我吃了饭，喝了汤，洗了脸，有了精神再上去多好呀！那时，我以我的飒爽英姿对她的神采飞扬，然后一起谈笑风生地沐浴阳光，多好呀！但肖一水是一个只重视别人怎样重视她，而从来不重视她怎样重视别人的人。

她先看见了我，而我又仰望到了她。今天要想不复杂都难。因为她有准备地摆了这样一个姿势给我看，一定有她不简单的理由。不过，我想要尽量简单，这是我强忍饥饿而先去见她的理由。

说真的，要不是我与她恋爱了近八百天，要不是她此时正艳丽地在阳光下灿烂着，我真想一脚踢得她像轮胎一样滚下楼梯去，乖乖地给我摆弄菜饭。

我用轮胎来形容我的恋人，并不是她胖得像轮胎。只是此刻我心里想着，我既然飞起一脚踢了她，她最快的反应当然是像轮胎一样地滚。

也许，我的这些想法，体现在了我咚咚咚的脚步声里。肖一水可能有所察觉。

当我咚咚咚的脚步声消失，只剩下楼板吱嘎吱嘎的轻微声时，我便进入了她的视线。

我进入了她的视线和她进入了我的视线，初看起来，不管怎样述说都是一样的。可是语言就这么奇妙，你看似一样的述说却可能是两样不同的结果。

我进入了她的视线，这暗示了她已完全占据了主角地位，她在耀眼的阳光中让我感觉到了她的异样。还没等我向她靠近，她的异样就变得明目张胆起来，只见她在阳光底下，一挥手就止住了我。

我只好站住。

她说，你能不能三天不找我？

我说，你能不能三天不要我？

她说，绝对可以。

我说，可以，绝对。

说完，我笑嘻嘻地起步朝她走去。我已饿得非常难受，脸上笑得是否灿烂？我不知道。但我知道，我的确努力地笑了。

不是所有的微笑都能换来和平。肖一水突然一下站了起来，紧接着是一声断喝：站住，我没和你开玩笑，你可以消失了。不管怎样，三天后再说。

看着肖一水拒绝我于千里之外的坚决样儿，我能怎样？我还能怎样？我只好气壮山河地吼道，别说三天，十天也吓不倒我。

很遗憾，我心里原本是想顺着她的“三天”吼出三年或三十天的，可话到了嘴边却又变成了十天。十天出了口，才感觉嘴憋了口气很不顺，于是这气从口中传到了我的脚上，“咚咚咚”地我把楼梯踩得比上来时还响。还好楼梯只有十五个台阶，十五个“咚咚咚”，要不了一会儿就完了。

刚下到楼梯口，正好遇见一水她妹肖三江。

肖三江说，你们再吵几次，楼梯就该垮了。

我说，没吵。

肖三江说，没吵？你哄小娃儿。见我往外走，她又说，刚才不是直喊饿死了，吃了再逃也不迟。我不信肖一水会吃了你不成。

我说，吃饱了，气饱了。说完继续往巷子口奔。

肖三江说，要想当好我姐夫，后面的气还多得很。你要是这点气都气不完，不出三年，你就气死了。为了我姐能多气你几年，你最好吃了再走。

肖三江讲完话时，我刚好到了巷子口。我当然是来了一个大转弯，一边往回奔一边说，三江，你太正确了。

吃完饭，我一抹嘴说，三江，你叫四海晚上插上门，我这几天都不来了。爸妈要是问起我，你说我出差了。说完，我不容三江再说我什么，飞似的走了。

第二天是星期天，我过得相当轻松愉快。久违了的单身自由，让我兴奋无比。那天，一大早我就去了野外的小河里钓鱼。

自从与肖一水谈恋爱以来，这是我第一次重返钓坛。可能是心里没了什么牵挂，那天的鱼钓得特别地好。下午收竿时，竟然钓了五六斤。

我把鱼提回家的时候，我爸妈很惊诧地说，今天怪了，我崽晓得提鱼回家了。咋个不提到你岳父母家去？是不是又与一水吵架了？

我说，你们才怪了。我回自己的家，这很正常吧，咋个又扯到她肖一水身上去了。

父母奇怪我今天的行为是有道理的。自从今年春节，肖一水正式带我去了她家，肖一水便要我叫她爸妈为爸妈了。我当然得叫了。我叫完了她爸妈一声爸妈，心里一下子升腾起了一种任重而道远的感觉。我的妈呀！从这一刻起，我每天有两个爸两个妈喊啦。

既然开口喊了肖一水爸妈为爸妈，自然每个周末我就住在了一水家。这次周末回家过，父母自然是奇怪了。

一水家有一幢两层木楼，四间房。三间做卧室，一间做了厨房。我与一水的两个弟弟四海、五湖住楼上南面那间。北面那一间是一水爸妈的房间，但他们很少回来住，他们几乎都住在出了巷子往东三百米远的杂货店里。一是他们忙于做生意，二是杂货店晚上总要有人守。请人守他们是不愿意的，自己守还能节约钱贴补家用。

一家七口人，老大肖一水在市象棋厂宣教科工作，老二肖二清在一所中学任教，老三肖三江正在读师专，老四肖四海刚参加完高考，老五肖五湖在读高二。大家都忙，于是请了一位农村来的亲戚打理家务。那亲戚是个十六岁姑娘，喜爱唱歌，她正好与三江有相同的爱好，就一起住进了原本是爸妈的那间房。三江是声乐系的，一天到晚扯嗓门，刚好一水和二清住在下面，天天听得心里发怵。于是用扫把头撞楼板，刚把楼上的美声唱法撞没了，隔壁厨房的民歌又出现了。

一水父母很少回家，这两层木楼便成了我们的世界。五个兄弟姊妹岁数相差不大，几乎是一个大一个一岁。本来五个人在一起够闹腾的了，再加上我和做家务的亲戚就更热闹了。

一水是个很好面子的人，她能一年多就带我回家，我很知足了。其实她早点带我到她家更好，我很喜欢她家有这么多人。我在我家是最小的，哥姐们都不在父母住的这座城市，只有我与父母在一起住。和自己父母是不好玩的，我进了一水家，就像一个小孩找到了好玩的地方。

我几乎每天一下班就往一水家跑，和一水的兄弟姊妹们相处得亲如手足。

一水在家是老大，我便也成了老大。从来没有当过老大的我，过足了老大的瘾。我满足于他们喊我姐夫，我乐意于主动给他们零花钱。

我是高兴了，可一水不高兴了。

有一天，一水的弟妹都不在，一水一个人在房间，我急忙推门而入去抱她。有这种空隙的时间的确太少，兄弟姊妹多了，在家谈恋爱是很不方便的。我拿了三块钱，请了三江、四海、五湖他们去看电影《少林寺》，二清去学校给学生们上晚自习，这个好机会，我怎能错过?

不想一水一把推开我，严肃地说，你是没得老大当是不是?

我说，是的。

她说，这个家就缺你这种热心人来当老大。也好，我这老大正当得烦了，我肖一水是该好好休息了，该找一个好男人嫁出去了。

我说，你有病。

她说，你才有病。你一月有多少工资?一百还差七块。给三江买套裙子，你舍得花八十块。

我说，三江学声乐专业，在学校唱歌没有一套好裙子不行，爸妈赚的那点钱只够大家吃饭，怎么办?

一水说，要买，你拿钱我给她买。你买给她，你这是在收买人心。我看你对三江比对我还好。你看看他们一个个都向着你，都被你收买了。

我说，一水，你说些哪样话，不像个当大姐的。我可是为了你，才对你的弟妹们好的。

一水说，我不像当大姐的，你像当大哥的，好！你来当老大，我嫁人，我嫁走。大哥，你送我哪样嫁妆?

看着一水太不讲理，我也拿她无法。我只好闭嘴。我知道一水的脾气，只要我闭嘴装傻，一会儿就算过去了。

根据以往的经验，我以为一水该停止了。正好相反。她见我不吭气了，更来劲了。她说，晓得我肖一水咋个搞的，找来找去找到了你这个老幺，一点不懂生活的艰难，嫁给你可能是我一生中最大的错误。

听一水说得这么难听，我身上的每一根血管像小溪涨了洪水，那洪水带着呼啸声涌向我的胸膛，搞得我的胸中又痒又热。我终于爆发了压抑很久的不满，涨红了脸说，肖一水，你最后这句话，我记得没错的话，你说你是讲给李成栋的，然后你毅然与他分了手。一年后，我更记得不错，是你说，带我回家认爸妈是你一生中最正确的选择。你这个人，我今天算是明白了，只要你愿意，你可以任意把哪样事都说成——你一生中最大的错误。我真的想不出，你要犯几次你一生中最大的错误才可能正确。你肖一水不要以为这世界都是你说了算。

看着肖一水的眼睛，我知道她很恼怒。我以为她会像我平时惹了她，她追着来拧我的耳朵。但她那会儿并没有张牙舞爪抬腿来追我的意思，我也不便先捂耳朵抬腿就跑，要是我这样做了，她不追来，我不是自讨难堪么。

她不行动，我也不行动。我坚持看着她的眼睛，我知道只要她想行动，她的眼睛必然先动。我断然不能先动，只有等她有所动，我才好对付她。一个字，等是上策。

最后，我是等到了。不过和我的预想完全不一样。她不但没有抬腿向我追来，反而退了一步坐在了竹椅上，还跷起了二郎腿，脚尖还抖一抖的。然后面带一副玩世不恭的面孔说，至少，在我的世界里，我说了算。你要是不愿意，你马上就可以离开。你放心，没人会扯你后腿。

我一边退出她的房间，一边说，我只有前腿，你想扯也扯不着。我说的扯不着刚落口，后腿在门帘处踩到了一样活着的东西。只听得一声尖叫，然后是二清抱着脚在竹门帘外单腿打转转。等我完全退到天井里，二清已坐在天井里的石头凳上，正脱鞋查看伤情。再然后，我和二清都听见房子里传出了一水歇斯底里的吼叫——哪个都不准进来。

这吼声是警告二清的。二清自然不想进去惹事。二清与一水天天都睡在这间房里的一张大床上，一水睡南头，二清睡北头。二清当然最了解一水。

听完一水的歇斯底里，我对二清说，没踩伤吧？

二清说，还好。

我说，走，吃夜宵去。

二清把我拉到厨房一角，轻声说，你咋个又惹了她？

我说，我咋个敢惹她？是她惹得我。没惹着我，她把自己惹翻了。

二清不再说什么，用手指了指楼上。我明白二清是叫我赶快到四海、五湖房间去。那儿也有我一张床。

我说，那你去哪里？

二清指着天井里的石凳说，我坐一会儿就进去。

我说，我陪你坐。

二清说，傻姐夫，那样我姐会更生气。说完，二清做了鬼脸走向石凳。

我也只好上了楼。五湖由于看了电影正赶做作业。我说，四海呢？

五湖说，和同学玩去了。

我说，你回来好久了？没听到哪样吧？我是很注意我在五湖他们心中的形象的。

五湖说，回来好一会儿了。听到肖老大吼东吼西了，早习惯了。说完埋头做他的作业。

我不能再打扰他，要么我躺上床睡觉，睡不着就盯天花板；要么搬个凳子坐到走廊上。最后，我当然是坐在了走廊上，凳子靠着门槛，又不显眼，又能不时看看二清在干什么。

我对我刚才反击一水很满意，我认为我击中了她的要害。说我击中了她的要害，这是有道理的。两年前我与二清认识，二清说我太像大哥了，说要把她姐一水介绍给我。二清说一水如何如何单纯得像一个美少女。说如果能成，我就是她姐夫了，多好呀！

看着二清清清秀秀的脸上那欢乐的样子，我本来想说，我才不愿当你姐夫哩，你二清才是一个美少女。可这句话我又不好意思讲出口。我真的好喜欢二清，二清的性格有点像欧洲少女，活泼而大方，长得也像，她有雪白的皮肤，高翘的鼻梁，褐黑色的眼睛，褐黑色的头发。二清与我交往总是把我看成大哥，这是我始终没勇气对二清说点什么的原因，我怕我说错了什么连大哥也做不成。

二清要带我去见她姐一水，我只好去。二清有意要我与她姐一水谈朋友，我也同意。去之前，我给二清讲，我是第一次，我希望你姐也是第一次。我不喜欢谈过恋爱的人，复杂。你知道我是喜欢简单的。

二清说，你亲自问我姐吧！

那天，二清带着我进了巷子，到了一水房间。一水穿着一身雪白的套裙，正教一个小女孩学习。我心目中的妻子正是这类贤妻良母的模样。二清介绍后，一水抬起了头来。我看到了一水大大的黑眼睛，小小的嘴巴，一张标准的瓜子脸，典型的南方人——小家碧玉。我很奇怪一水和二清为什么长得这么不像。

我喜欢二清的模样，我不知道一水的这个样子我是否也喜欢。不过，男人的喜欢很容易转移的，不久，我把喜欢都转移到了一水的身上。我也不知这样对不对。我想，既然与一水谈恋爱，就要认真，所以我很认真地对待一水，一水也对我很好。

一晃半年，我都沉浸在一水的好里。一水与我手挽手散步，一水每天与我见面，一水每天对我轻言细语。

正当我心中甜蜜得昏乎乎的时候，一水的好也到了尽头。开始，我发现她的头有时候在我的肩头抽泣，起初我还以为她被我的爱意感动。后来我越来越觉得不对，有这么经常激动的人吗？然后，我不住地问她，把她问急了，她带我去了一个地方。那地方有一个男人是我始料不及的。

那地方是一间单身宿舍。一水是挽着我的手臂走进去的。一水很自信地指着我对男人说，这是我男朋友。

那男人说，祝贺你，找到了你心爱的人。

我不明白一水要在这儿干什么，为什么他们要有这样的对话？在这之前，对于这一切我一无所知。

一水不用那男人招呼，自己就坐了下来。看来他们也没什么可说的，我只是听到与这个气氛无关的几句闲话。我更无话可说，说实话，我一进那个房间，我就感觉我是多余的。我来这里干什么？

话不投缘是坐不了多久的，一水挽着我出门时，遇见了一个女的，那女的显然与一水很熟。双方对视了一下，很难堪地一笑。那女人似乎还想说什么，一水不理她挽着我就走。

那天走了也就算了，可是事情注定没完。一水走着走着，她说她要回到刚才那里去。我当然同意，我也正困惑，我正想明白谜底。

一会儿，我们就回到那儿。我以为一水会去敲门，一水没去，只是站在十米远的地方，看着那房间的灯光。

我也不好开口说什么，我此时说什么也多余，在这样一个不熟悉的氛围中，我知道沉默是最好的办法。

一水久久注视着那窗灯，她可能在考虑敲不敲门。

总不能傻里傻气一直陪她看吧！我正想我该怎么办时，一水却拉着我转身走。走了二十几米，那路就要转弯了，一水忍不住回望。这一望，了不得了，只见一水丢下我往回跑。等我追到她身边，才发现原来那间房的灯灭了。一水脸都气青了，她不顾一切地喊，李成栋，你不要脸，你给我出来。

过了好一会儿，那男人终于出来了，说，一水，你疯了？

一水扑上去抓住那男人说，你这个流氓。

那男人举起拳头说，一水，我们早就说好了的，你不要胡闹，小心我揍你。

一水发狠说，你打你打。

这时，我看不下去了。我抓住那男人的拳头说，你们也许有互相打闹的理由，我也不想多事，不过，只要我在这儿，我决不允许男人打女人。

那男人出不了手，被一水推得直后退，一只腿还踩到了阴沟里。

我觉得这样也不对，这不是像在争风吃醋帮一水打人么？我一把扯过一水说，你一水也太那个了，有什么事好点说，打什么架。

那男人从阴沟里拔出脚来，臭不可闻。他却不肯哼一句，似乎怕房间里的女人出来。我也明白，那女人如果一出来，会更热闹。

那男人说，一水，我不想惹你，我们是说清楚了的。

一水说，是的，嫁给你是我一生最大的错误。所以，我才决定嫁给他。一水说完，一双手紧紧地挽着我。挽着我似乎还不够，她又摇着我说，告诉他，你爱我。

本来经历了今天晚上这么多我不知道的事，在一水带我进那男人房间的那一刻，我就决定要与一水分手的。一水骗了我，我与她确定恋爱关系时，我问过她有过男朋友没，她说没有，我才决心与她建立恋爱关系的。我给二清讲过，我要找第一次谈恋爱的人，因为我也是。我喜欢简单、单纯。我之所以陪一水又回来找这个男人，是怕一水想不开出什么事，我无法向二清交代。

此时，我心里正恨一水骗了我，而一水还要我当着那男人的面说爱她。看着一水那可怜的样子，我心软了。我对那男人说，这么一个重感情的女人，你不爱太愚蠢了，我就爱这种人。

一水马上恢复了自信，对着那男人夸张地吐了一泡口水，转身挽着我走了。当然了，一水那口水要想飞到那男人身上，还需她嘴巴有五倍的力量，但一水毕竟表示了她的轻视之意。

那天，我是背着一水回到她家的，而且是光着脚丫。我的鞋掉进河里不见了，是一水跳水跳得太急。一水也真是的，明明知道我在旁边不可能不救她，再说她跳河也跳不死，她会游泳。会游泳的人都知道，跳水是最不诚心的死法。跳下水憋不了多久，肯定还得起来。要淹死会游泳的人，除非他被别人捆绑住了手脚。这样就不是自杀，而是成了他杀。

一水不会不明白这个道理，但她还是在我没有心理准备的情况下跳水了。她裙子也不脱就跳了下去，我也只好来不及脱什么，一跃而下，把她拉上岸来。下水时，由于我从未穿着衣穿着皮鞋下过水，一下子不适应还呛了一口水。我只好憋口气沉进水里脱掉皮鞋。

刚才，一水从那男人那儿出来后，我以为该回家了吧！骂也骂了，打也打了，气总该消了吧！我只想把她早点送回家，交给二清就算完了一桩事，我是不会再与她谈恋爱了。

可是一水不肯回家，说还要到河边散散心。我当时也没多想，心想，散散就散散吧！只要你散了心肯回家，反正今天都由着你一水啦。千想万想我没想到她要跳水，这不是逗起玩嘛。事后，我想，应该让她自己在水里憋不住，自己冒出水来就好了。她自己爬上岸来，也许她自己就明白清楚了。

那时候，我太年轻不懂事，想不到这一层去，急不可待地跳下去拉她上岸来，反而搞得她又哭又闹。那时，虽已是初夏了，可到了深夜，水也是很凉的。不知是她痛楚得发抖，还是她冷得发抖，总之她是站也站不住。我只好光着脚丫背着她走，那一路上的小碎石搞得我脚钻心地痛。

终于把她弄进了她家的巷子里，这时，已是深夜约一点钟了。我准备敲她与二清住的卧室门，她不让我敲，我只好把她背进了厨房。那时她家的厨房是不上锁的，只用根小木棍插在门扣上。我把她搂在怀里，用我的体热使她暖和一点。她在我怀里大约睡了半小时，然后给我说了些温柔的话和关于那个男人不是的话。我不时安慰着她。又过了约半小时，她突然挣脱我说，太困倦了，我去睡了。

我说，当然，你太累了。

她吻了一下我的额头，开门到卧室去了。

那时候，四海、五湖的房间还没有我的床位，我无处可睡。那时候回我自己家又太远。再说，我这么晚回去也会惊动父母的。于是我坐在椅子上处于假寐状态。说是假寐，真是假寐，我的大脑异常活跃。我在想，一水太没良心了，就这样把我丢在厨房里，不说我们已好了半年的感情，就说今天，最少也有为她而战的友谊，她居然自己安心地去睡了。我越想越觉得一水这人太没意思了，越想越睡不着。

正当我痛心之时，厨房门开了。我原以为是一水终于良心发现了，细一看是二清。

二清说，姐夫，走，我带你上楼与四海挤着睡。

我说，二清，你害了我，一水原来谈过男朋友。

二清说，我没害你，我要你亲自问一水的。

我说，一水哄我。

二清说，先睡觉先睡觉，现在不是说这个的时候。

按理说，经历了那天的事，我该与一水一刀两断，可是，我就是下不了决心。想着再也不见一水了，可我的脚却不听话。一天不见我就心慌，非要去找一水不可。我真不知道，我是离不开一水呢？还是舍不得二清喊我姐夫？

后来我直问过一水，为什么骗我说没交过男朋友？

一水说，我没有骗你，李成栋这种男人不值得我想起，我真的忘了他。

这是典型的狡辩，我知道。但我最后原谅了一水。我太喜欢与她的兄弟姊妹们在一起了。特别是二清亲热地喊我姐夫，让我感觉到，如果我不是她姐夫了，我可能就失去了她。

后来，我与一水和好如初。于是我们两家父母见了面，一水的兄弟姊妹们都叫我姐夫。在这以前只有二清私下喊我姐夫。

和好如初，听起来容易，做起来难。说真的，我和一水的真实情况是这样的，我们彼此与双方的家人处得非常好，双方的父母也把我们视为了铁定的婚姻，所以我们吵吵架，他们根本不在意，只当是俩小未婚夫妻婚前无聊的矫揉造作和寻衅而已。这是他们那辈人的经验，正所谓“两口子打架不记仇，晚上睡的是大枕头”。

其实我与一水的感情不是父母们想的那样，我和一水确实在所有亲朋好友面前都体现出要一起过日子，或者说，就是我们自己也是这样体现的。比如，我们谈房子，谈家具。还有一水见我乱花钱就生气，即便是我给她的兄弟姊妹们。一水在家是老大，家境不太好，人口又多，她一个月的工资几乎一大半都得交给她母亲，家里开销太大。

一水和我的这些行为，都是表面现象。这只有我俩知道。我们肯定都想过，我们真的会结婚吗？

我们就在这种疑问中，又恋爱了一年多。说不好了吧，谁也下不了决心；说好好过吧，我们总是吵架。总的来讲，还是她吵得多，我将就她多，她毕竟是我第一个恋人呐！

这次，一水叫我三天不找她，我真忍了三天。第四天一清早，我赶紧跑到她家找她。刚进了巷子，四海、五湖正在吃早餐，见了我就问，姐夫，你咋个现在才回来？大姐都跑了几天了。

我说，哪样意思？

二清那时候正出门准备去上课，说，我来不及了。

我说，一水真的不在家？

二清说，晓得你们一天搞些哪样名堂。你们谁说了真话，我也没时间追究。我走了，要迟到了。

我说，二清，慢一点。

二清说，快一点哟，我要来不及了。她不正面回答我，笑嘻嘻地说声“拜拜”走了。

四海说，不是蒸（真）的，还是煮的呀！大姐这几天真的没回家。

听四海一说，我身子凉了半截，旧恨新仇一下涌上了心头，我立刻展开了搜寻。凡是我们共同熟悉的朋友家，我找了个遍也没有一水的踪迹。

黄昏，我回到一水家，坐在天井的石头凳上发呆。三江在楼上扯嗓门练歌，她的声音像战争中的炮弹在我脑畔炸响。

我继续发呆。不知过了好久，三江来到了我身边，坐在另外一张石头凳上望着我欲言又止。

我诧异地问，三江，干什么？

三江说，姐夫，你真是个好人，但你要多一个心眼，肖老大不值得你这样。

我说，什么意思？你讲明白嘛。

三江说，你走的那天下午，肖老大带回家一个男的，正式宣布那男的是她的男朋友。我们一家都接受不了，爸妈太气愤了，喊肖老大滚，肖老大就滚了。

我一听三江这样说，一下子傻了。

三江又说，姐夫，你别生气，不值得，反正我们都只认你，肖老大就是与那人结了婚，我们也不认。

听了三江的话，我突然醒悟了。我飞似的朝那天与一水打闹的那个男人的住处跑去。

其实我跑去，并不是想闹事，我只是想看看一水挽着那男人，怎样面对她对我的海誓山盟。

很遗憾，他们不在，门缝上夹有一封信。我几次强烈地想把信取下来看，可最后我忍耐住了。我很轻视一水的这种行为，她说什么也该当面给我讲清楚的。

不久，我离开生活了二十三年的城市。从此再未见到过一水。我父母退休后，去了我大哥家住。这座城市便没有了我回去的理由。

三千六百多个日子弹指而过，我终于回了一次那生我养我的城市。当然，我是忍不住要去那巷子里看一看的。这没有什么难为情的，十年前我有勇气出去闯世界，十年后，我一样有勇气面对难堪。

去的时候，我没有开我的奔驰车。我并不想炫耀我发达了。

进了巷子，我首先看见一水的父母坐在石头凳上。我走过去喊爸妈，说还记得我不。一水的妈妈拉着我的手抹着泪说，回来啦，回来啦！一水爸爸扯着嗓子喊二清。

二清从原来的房间奔了出来。二清依然光彩照人，似乎比原来的青春美更胜一筹。她说，姐夫，你比原来更有风度了。

我说，二清，你越来越漂亮了……

那天，我没有回宾馆，就住在了一水家。四海、五湖考起了外省的大学，毕业后就没有回来。三江晚上带着丈夫来看我，给丈夫说，这是我姐夫，原来最疼我了。一水也带着丈夫李成栋来了。三江说，李成栋，最近没欺负我家肖老大吧！李成栋说，哪敢？

不被你家肖老大欺负，我就烧高香了。一水说，李成栋，你在家是老大，但太像老幺。然后指着我说，姐夫，你在家是老幺，却像老大。

我听一水这样说，只能傻笑。我什么时候成了一水的姐夫了。看来，姐夫这个称呼，是我在这儿的专用名。

一水、三江他们走后，二清带我去了她房间。房间里依旧是原来的样子，还是二清与一水睡的那张大床显眼。所不同的是，床上只有一个枕头。我看着床笑了。

二清说，姐夫，你笑什么?

我说，二清，你记得不？一次，不知咋的，你与一水换了个方向睡。我早上起来准备去上班，开门进来亲一水的额头告别。结果是你大喊“错了错了”。

二清笑了起来。

我说，二清，你怎么还睡这头？不怕错了?

二清说，不怕。

我一下子拉过二清，紧紧地搂着她。

过了很久，我听见二清在我肩头上轻轻地说，姐夫，你要是再不来，我真怕我等不了你啦。

泪水一下子模糊了我的眼睛。说实话，我已是三十四岁的男人了，从未流过泪，即便是与一水闹腾，即便是一水丢我而去，我也没流过泪。我说不出话，只能更紧紧地搂着二清。

二清被我紧搂得喘气，可她似乎还有很多话要说。

（原载《山花》2004年第2期；《小说精选》2004年第5期转载）

潘　会

草　结

兰花拉根板凳在朝西的门窗倚框而坐，等待太阳落在窗前的树丫间，她双手挥针纳鞋，两眼盯着那轮火样的太阳，脸颊在期待中带着几分焦急。从太阳当顶就开始等，直到一只鞋底都快纳完了，太阳还在漫不经心地不慌不忙地甚至好像一点没动地老走不到那树丫上，这段时间实在太长，煎熬般使她难受。她越是盯着看，太阳却越是挨着不走，像是要对着干，不知哪点得罪了它。

太阳刚要落脚于树顶，兰花就手挎菜篮，匆匆出了门。

兰花把菜篮丢进离家不远的菜园内，直奔三里外的三岔路口去。兰花几乎脚不着地地飞着走，平膝的衣角频频向后撩翻，那窈窕淑女的身影在寨头山脚的小路上向前奔跑。一根水淋淋绿茵茵的草结在兰花心中躺下，兰花要去把它捡起拿在手上，顺着结头所示的路线去找到他——怀健。

往回都这样，怀健一想和兰花约会，就在河对面看到兰花家窗口的路上打一声熟悉而牵魂的口哨，叽吁叽吁地暗示约见兰花，然后到三岔路口掐一根芭毛草打个活结，小心地放在路边不太显眼的地方，结头朝着指定的方向躺着，自己就急忙走到那个破旧的碾房里或是别的地方等她。兰花得到消息后，手忙脚乱地把碗筷洗好，把地扫好，或是把灶头的火熄好，把熟了的菜锅盖好，遇到舂米落半时，她就赶紧舂完最后一槽，先撮进一个大箩篼里，用簸箕盖上，不让麻雀偷刨，回来再簸糠，然后洗个手抹把脸，进房圈里梳头换衣。如果爹妈在家就说一声去别人家一会儿就来，要么说到菜园去讨点菜什么的，咚咚咚一阵风似的下了楼梯出了门。

这回有点不一样，上回怀健说了，下个场天太阳偏西他就来，和往天一样这个时候到，到时就不用再打口哨了，被发现了不好，到路口看草标就是。兰花也试了多次，相约的每一天，太阳一到树丫里，对着窗口的路上就出现怀健那熟悉的身影。这回也会那样准时的，兰花等得心刨刨的，太阳离树丫还有一截长，她就坐不住了。

兰花下到楼脚，遇到了爹。见她拎着菜篮，爹问，家里不是有菜了吗？兰花说，讨点猪菜。生怕爹发现什么，兰花脸也不回地快步冲出门去，爹转个身看了看，觉得有点不对，进园子里摘菜又不是去赶场，穿那么好？嗯，孩子的事，管她那么多，爹便上楼去了。

兰花离开了爹的视线，便像出笼的小鸟一样，一身轻松，逍遥自在。这只翅膀硬邦、羽毛丰满的小鸟的心早已属于蓝天了，只要一出笼，蓝天下的任何一个地方都是它的归宿，任何一棵树上一簇刺篷或是一堆石林都是它喜爱而熟悉的娱乐场所，它真的要飞了，痛痛快快地飞了。

这条路是一条老路了，不知什么年代用青石板一块一块铺成的，人和畜走的时间长了，变得凹凸不平，有石头的地方凸出来，其余的都被牛踩成坑坑凼凼。兰花根本就不看路，但走得如平路一样顺当，从没走偏过脚落过坑。这条路兰花太熟悉了。还在妈妈背上时，从妈妈那颠簸的脚步里兰花几乎就已心中有数，路有多少弯曲有多少个坑坑洼洼，兰花虽说不清楚但心头有谱；大一点儿就接下爹手上的牛绳子，牵着牛在这条路上吃草，来来回回地吃了几年，每一块石头兰花不只走过而且坐过，还在上面玩泥巴餐过，还在牛身上打死牛虻或捉些牛虱子放在路中间的石头上的蚂蚁群里，让蚂蚁搬回家济助老小过；再大一点儿，便是每天抬柴抬草早出晚归的必经之路，对路边的每一棵树每一根草都了如指掌。在兰花心中，这不是路，而是家门口，是生活家园。最令兰花向往的是伸向山外二十多里远乡所在地的乡场那条弯弯曲曲的路，那才叫路，有很多人穿着新鞋走在上面，宽而平坦，从山里走到山外，从冷落的村庄走到繁华的乡场。

兰花长这么大，才赶过三次场，并且几乎一年才赶上一次。十八岁那年是她第一次赶场，是跟着爹去的，爹要卖猪崽，他一个人抬不完，要兰花帮抬两个。第一次走那么远的路，肩上四五十斤的猪倒不算很重，但路长了，一弯说一弯到，前面总是又有弯，累得脚杆卄始打闪，一路上休息了几次才算到了场坝。到场坝上就按爹喊的价守着卖，卖完了猪崽，爹给买一小块黏黏糖吃了就回家。兰花第一次赶场，看到那么多人，花花绿绿，各种各样都有，兰花感到很新奇而且兴奋，从此兰花便很想赶场，但爹不准，说女孩子赶什么场。

第二次是跟妈去的，妈纳了很多布鞋，上好线后要拿去卖，妈说卖鞋要人守，她还串场买点别的东西，于是爹就让兰花去了。

第三次是兰花自己偷着去，是跟寨上其他姑娘去的，说是场坝演什么戏，好看好看的，兰花就再也按捺不住了，那心像兔子一样总想爬出来。那天兰花早早地扛起锄头去薅苞谷地，半早上有几个女孩叽叽喳喳地说要去场坝看戏，兰花跑到地边问一问，听了听，心就激动起来，扔下锄头在地里，穿起凉鞋到沟边去摇一下脚就跟她们走了。看戏是热闹了，可兰花总是提心吊胆的，瞒着爹妈不薅地自个出去赶场看戏，还得了。没等戏演完她就先回来了，等她到地里一看，锄头不在了，估计是妈已到地里来过，她赶紧回家，打算认错求饶，果然爹妈已经在家等候，听见兰花爬楼梯，爹手拿一根竹鞭，妈垮起脸，个个怒目双睁。兰花前脚刚跨进门槛，爹那根一米多长的竹鞭猝不及防地朝着她的双脚打过来，妈妈那瞪着的双眼声色俱厉地盯着自己追问，你去哪点来？二十二三岁的大姑娘又不好放声大哭，只好忍着疼痛蹲下抱住双脚头埋进双膝间，披头散发地任凭竹鞭横竖抽打，妈妈不再像以往那样护着兰花了，还在旁边添盐加辣，呐喊助威。爹大概是打酸了手，要么就是打得心痛了，骂了几句就出门去，出了气的妈上前来扶兰花起来。兰花全身都是伤痕，隔着一层衣，里面到处是辣痛辣痛的。从此，兰花再也不去赶场了，谁叫也不去了。

怀健是下寨大姑妈家远房侄子，他比兰花大六个月，兰花叫他哥。上寨和下寨相隔里把路，家里没事兰花爱到下寨大姑妈家和表妹玩。大姑妈待人温和，特别疼爱兰花，有一次大姑妈曾跟兰花爹妈说过，要是你们多个姑娘，我就要兰花跟我了。兰花去大姑妈家玩爹妈一点意见也没有，也不敢有什么意见，说句实在话，兰花爹妈对大姑妈还是怕三分的。只要兰花一到大姑妈家，怀健就来和她们一起玩。小时候是什么都一起玩，后来长大了，多少有点那么男女羞怯，但怀健总是找借口来和兰花见面，兰花妹兰花妹地喊得特甜，很久不去了，兰花也总是想念的，小时候是想念大姑妈和表妹，长大以后却想念起怀健来了，再后来他们就干脆相约单独来往。

怀健长得修高而结实，温温的，那张脸特别好看，二十三岁了，还傻乎乎的像小娃崽那样顽皮，左看右看前看后看都顺眼，那双眼睛明亮明亮，像是什么都懂，憨乖憨乖的，人也特别善良，也特别勤快，也会关心体贴别人。怀健在兰花心里比这更好，一想起怀健，兰花就按捺不住激动，总想动手动脚做点什么，她默然地歪着头，抹着额头上的秀发，微红的脸蛋上露出一丝甜蜜的笑容。对怀健的爱恋在兰花成熟的女性心里本能地不知不觉地生了根。他，就是她这只意欲出笼的小鸟的蓝天，就是她的一切。

头一回和怀健约会时就在那破旧的碾房里，当时好像是月十三的晚上，是的，是十三的晚上，兰花记得一清二楚。月光从那破烂不堪的房顶一道道射下来，开始，怀健抱着手靠坐在碾轮杆上，兰花坐在碾槽边边，两人相隔五六尺远，借着月光相互看着，谁也不说话，里面像是没有人，但听出有两人出气的声音。兰花心跳得厉害，不知为什么要约会了，说什么呢？怀健也不开口，憋得有点慌。怀健也好像憋不住了，他先长长地叹了一口气，然后看那摇摇欲垮的房顶说，兰花妹，你害怕吗？兰花嗯一声，其实兰花除了心头的兴奋和别扭以外，还没觉得有什么怕的，她这样应是想靠近他一点，然而怀健也是这个意思，他果然来了，来和她一起坐在碾槽边上。他先是用手臂碰了碰她的臂，然后就捏着她的手放在他的膝盖上，问，冷不冷？兰花说冷，接着他就用右手抱起兰花依偎在他的身上。他歪着头靠紧兰花的头说，你喜不喜欢我？兰花说，不晓得。下次我约你你来没来了？不晓得。怀健咯咯地笑了，你怎么只会讲不晓得呢？兰花轻轻地笑了一下，然后说，我想听你唱歌，听别个讲你会唱。瞎摆，我不会。兰花使劲摇怀健说，你就会，快点唱。你等我想好咯。快点啦。好，唱不好你可别笑啊，怀健轻轻地清清嗓子就小声地唱了起来。

说话声和歌声打破了这破碾房里的寂静，使这原先几乎凝固了的凉秋的空气又流动了起来。兰花顺着那雪白的月光，透过房顶看见那天空的月，皎洁明亮，多美啊，那月亮里面也有两个人在相依坐着，他们坐了多久了呢？都说些什么话呢？她在静静地听着怀健唱歌，沉浸和陶醉于歌的意境之中。

爹说过祝英台和梁山伯的故事，还说他们在读书时共睡一床过，唉，真害羞，她越想越是觉得好笑，但面对怀健，她什么感觉都没有，不羞不怕也不防着。怀健唱完了就轮到兰花唱了。兰花说，我妈教过我几首，不晓得你爱不爱听。怀健说，只要你唱我都爱听。不说唱歌，就听兰花说话，怀健都听得发呆。

兰花的歌声动听，歌词动人，怀健在旁边真是犯了傻，从没听过这么好听的歌声，乘月光，怀健看兰花那脸，仙女下凡一样啊，太美了，他不自觉地双手去捧兰花的头，在她脸上狠狠地亲了一口。

他们开始是约定亥场天晚相会，以后便缩短为巳亥七天见次面，为避免意外，地点经常要变换，由怀健决定，兰花就看路口的草结来明确目标，怀健会在附近等她，然后考虑当晚安全系数大小而决定窝的远近。因为这种事一旦暴露，本地一些犯红眼病的青年就要组织人摸夜来捣乱现场，趁黑打死人的现象是经常有的，死者即便冤枉死，谁是凶手根本就无法查。热天一般都在露天岩脚，铺一把稻草就是窝，冷天或者雨天就到外面全是刺篷的不很深只有他俩知道的山洞里或是那破碾房里。怀健对这些事的考虑小心精明而周到，跟随怀健，兰花很有安全感，于是任由怀健摆布，有时一个晚上怀健要变换几个地方，有时感觉不对，就半夜散伙，他送兰花到家门口后就自个回家去。

今天，兰花一路上心情颇为沉重，心事重重的她猜不透怀健将做何种决定。上个赶场天晚，他没有以往那样高兴，而是满面愁容，在兰花面前还不断地抬手擦眼泪，兰花问，为什么这样伤心？怀健哽着喉咙说不出，越是这样兰花越是要问清楚，兰花越是急着追问，怀健却越是哭得伤心。怀健有个哥叫学远，二十四岁了还没成家，爹妈很为他着急，但总找不到合适的。那天兰花的大姑妈提醒怀健的爹妈说，你们觉得我家兰花姑娘怎么样？和怀健是一命的，小几个月。姑妈的意思是认为怀健的爹妈也知道兰花和怀健正在那个，也该给怀健提亲了，怕时间长了孩子们出事了不好。一提到兰花，怀健的爹妈像是茅塞顿开，高兴极了。啊，对对，娘你不讲我们都记不起来了。还捶着脑袋说，你看你看，但不晓得兰花姑娘喜不喜欢我们学远啊？姑妈说，我是说要给怀健。怀健爹妈固执地说，没，先要给他哥，以后再找别个给怀健。姑妈说，那你们找别个给学远，留兰花给怀健。怀健妈说，没啊，兰花这么好我们不能丢，她跟健儿是一命，不能成夫妻。于是怀健父母就自作主张择好日子，准备下个月初六就来兰花家提亲。怀健为这事几天来吃不好饭睡不好觉，一下子瘦了许多。他也没办法，又是自己的亲哥哥，父母的决定是错是对，他不知道，只是满脑子乱糟糟的，脑水像豆腐渣一样什么都想不出来了。怀健伤心透了，他抱着兰花说，兰花，你说我该怎么办？我不想活了，可又丢不下你啊。兰花听后心中一怔，但立即冷静下来，安慰怀健说，你等我想一想，看还有没有其他办法。一会儿兰花说，我们干脆公开吧，明天我就跟你进家，让生米煮成了熟饭，他们再反对也没用了。怀健摇了摇头说，不行啊，他毕竟是我的哥啊，以后我们还怎么生活下去嘛？我们只有走私奔这条路了。关于私奔的事例只听说过，不曾见过，这事对他们从未出过远门的孩子来说，简直比登天还要渺茫。兰花说，不，那样我爹会打断我的脚的，再则，爹妈只有我一个，我也不能离他们太远，等爹妈都卧床不起的时候，谁来给他们送水送饭呢？怀健觉得也有道理，决定回去再想办法。

怀健回家以后，寻机跟爹妈说了自己和兰花的事。爹妈听后，勃然大怒。老头子大声吼叫，造你的妈，明明知道要讲兰花给你哥了，你还跟她那个。怀健说，我们早就好来的，又不是这几天的事。他爹说，那也不行，你马上收手，从此禁止你和兰花来往，再不听话，将你们装进猪笼扔到河里，淹死你们。为这事怀健找了许多亲戚朋友帮忙说情，大家只能表示理解，了解怀健爹妈脾气的，都不愿帮怀健说话，反倒说怀健的不是，怀健变有理为无理，他实在是无望了。

兰花急匆匆地走到三岔路口，那鲜淋淋的草结，看似不太像往常规整了，像是胡乱地放在路上，那草结也不那么精神，而是松松垮垮垂头丧气的，兰花由心地感到奇怪，一种不祥的预感袭上心头。路口到碾房大概有两百米远，她高矮不分地直冲过去，刚到碾房门口一看，只听见兰花凄凉地惨叫一声：怀——健——！之后则一切平静如初。

（原载《民族文学》2004年第2期）

郑吉平

你在我的城市，我在你的家

李小对她的一个学生产生了兴趣。自打支教来到这所山里学校，发现这个名叫吕松松的少年男孩，李小就心不由已地要去琢磨男孩子的脸庞，他一个灿然的笑，一次羞赧的脸红。

那天，乡教辅站年轻的宋站长为李小背着行李，送她来这里。临行，他再次规劝她：“还是别去了，就留在中心小学，反正都是教书，那儿连电灯都没有。”

但李小坚决地道：“不！我得按我来前的打算，找个艰苦的地方！”

李小的红裙在山间小道上十分惹眼。转过一壁岩石，下面山坳里散散落落的有个小村子隐在一片林间。宋站长说：“到了，看，那间破木房就是学校，还是生产队遗留下来的集体房呢。”

就在这时，一匹白马顺山道奔了上来，马背上骑着个少年。来到离李小他们不远处，这个十来岁的男孩将马勒在道旁让路。男孩穿身半新旧的天蓝运动装，头发蓬乱。

宋站长说：“小朋友，学校报名了吗？”

“报了！”男孩大声说。

宋站长说：“看，你们学校来了位新老师！”

李小就要过去了，偏在这时男孩咧开嘴朝她粲然一笑。这一笑，也不知就勾动了李小的哪一股神经，叫她心底猛地一颤，仿佛一汪秋水里冷不丁掉进来一粒石子儿。

却又巧，开学李小接课，刚走进教室就一眼瞥见这张会忽然绽出一朵笑来的脸庞。李小点名，知道男孩叫吕松松。

李小布置完作业，常就把自己坐成一尊凝思的女神塑像。你看她纤手托腮，发如瀑垂，一双深比秋水的大眼直望着吕松松那张脸蛋儿出神。

那吕松松在写作业，忽然抬头，瞅见貌若天仙的老师注视自己，倏然脸红，赶紧埋下头去，目光却分明找不着本子了。

又是吕松松这一脸红就埋头眼神慌乱，叫李小被电触了一般。

自打那天山道上邂逅，李小就觉得吕松松这张虎里虎气的脸孔好生面熟，可就是想不起来在这以外的其他什么地方见过。李小十分惊疑自己对这张脸会如此的熟悉。怎么可能在这以外的其他什么地方见过他呢，她可是第一次来到黔西北山里呀。她的直觉认为，要开发西部，西部地方人当然是主要力量，但西部地区教育根本跟不上。李小刚刚毕业的专业本来在家乡那座城市都很抢手，父母也已为她找到一家年薪不菲的公司，偏偏她却瞒着父母报名到贵州支教。这的确是她平生第一次来到陌生山乡。

“莫非，”李小沉思，“我和他前世见过？”随即苦笑轻语：

“这想的什么呀？”

有好几回，吕松松的笑和羞赧如电光石火，已经就要给李小提示出什么了，偏一瞬间她思路“咔嗒”一声又断掉了。李小为这一次又一次地陷入苦恼。

最后，李小决定到吕松松家作一次家访。她是一个性格执拗的人，就像违抗父母来黔西北教书的固执劲儿，她发誓非把这个一直困扰自己的谜弄清不可。她希望能在吕松松家里得到些许启示。

这是一个湛蓝的秋日。天已经很高了，树木乍瘦还肥，鸟鸣溪闹。

李小穿白衬衣和瓦蓝色牛仔裤，齐腰的黑发扎成一根大辫子，远远看去，她像一朵白云落在山间。吕松松一路撒着欢儿，不时还躲李小的猫猫，疯跑一阵不见了，让李小赶上来好一阵焦急地张望，这才唰的一声从棵树上溜下来。

趟溪过桥，一栋傍山的老瓦房就是吕松松的家。房前屋后，树木参差。屋前灰渣上，一大群鸡正在刨食，一只梅花公鸡瞪着双色眯眯的眼珠，肆无忌惮地围着几只麻母鸡打转。檐下挂满了红辣椒串。屋子是一间堂屋带两排耳房，两边耳房两扇门上两门神，左为秦叔宝，右是尉迟恭，吹胡子瞪眼，真乃凶神恶煞，却还有铁将军把门。

吕松松搂住房前一株枝曲皮张的梨子树，左弯右盘地往上蹬。李小喊道：“小心啊！”吕松松掉头朝她笑笑，一半是感激，另一半则叫她放心。李小发现这孩子挺爱笑的，一笑就露出两瓣洁白可爱的虎牙，或许，他是为展露这两粒好看的虎牙才那么爱笑的吧！

转眼，吕松松滑下树来，怀里搂了抱大黄梨：“老师，您先吃梨，我去地里叫我妈。”他一阵风似的跑了。

李小环顾屋前，但见苦李闲虬臂，修竹鸣竖琴，几株老梨未卸果，满目青山渐出黄，流水声声，疑是神仙弄乐于房畔，燕语阵阵，恍若伴侣诉语在耳侧。呵呵，多么熟稔的景象！李小这下可想起来了，那个几乎就快被自己遗忘的滨海老家。还在自己孩提时代，那村庄不也是这个样子么？尤其是房前屋后那片大竹林，可是她和小伙伴捉迷藏的好地方。后来，推土机作业打破了往昔的宁静，随后，一幢幢高楼变魔术般拔地而起，一个现代都市崛起了，优美的滨海村庄从此隐入记忆。

“哟，老师过来了！”

李小尚沉浸在旧景重逢的喜悦里，忽听一声响亮的话语。

李小循声望去，只见吕松松跟着个三十二三岁的媳妇往这走来。媳妇背了满满一背箩苞谷棒子，走得却是十分地稳健。吕松松嚷道：

“老师，我妈！”

李小说：“打扰了，姐姐。”她边说边打量，只见媳妇短发大眼，虽说脸上隐隐有些雀斑，却丝毫也不影响其容貌的端庄，身体蛮结实。

媳妇往下一蹲，就把背箩卸在檐下，起身揩了把汗，爽朗地说：

“怎么说是打扰呢！老师这样的贵客怕接都接不来哟！我叫郝莲。快屋里坐，老师！”

郝莲打开左边耳房木门，里头飘出一阵浓浓的草味儿，原来是一个肥胖的泥巴炉子上架口大铁锅煮着猪食，炉边一张木凳上趴着只半睁半闭着眼的花猫。

郝莲操起捏得光滑的大木勺，草草翻了翻猪食，满面羞赧地说：

“农村屋里，乱七八糟的，老师，请到里屋坐。”

中门没有门板，也没有帘子，门楣低矮，李小伸手带上吕松松一只手低头哈腰随郝莲进到里屋。郝莲伸手在靠墙的帐架床上抚了抚床单，说：“老师，坐。”说完打开个黑漆柜子，捧出些核桃、板栗、葵花籽来招呼她。郝莲搓着手不好意思地说：

“李老师，您先坐着，我抬猪食锅去。”

屋里，李小问吕松松：“你家喂有几只猪呢？”

吕松松正在为她砸核桃，头也不抬地说：“两个大的三个小的，老师。”

“还喂有马，对吧？”李小记得那次他骑着匹白马。这时，郝莲在屋外唤道：

“松松，请老师坐会儿，你去把坡上的马吆回来。”

“知道了，”吕松松答应一声，对李小说，“老师，你可别走，在我家吃晚饭啊。”一双明亮的眸子期盼地看着她。

李小不由自主地点了点头。

下山的太阳透过窗户照在屋里。屋里家具简单而老旧，但和屋子是般配的，就像一件粗布衣裳穿在一个干脏活的人身上，并看不出有什么不协调的地方。

李小独自待了会儿，听见屋外传来猪哼哼的声音，便走出屋子。

一群猪在石槽里争食，你掀我一屁股，我拱你一嘴筒子。郝莲边呵斥边给添食。

“喂这么多猪呀！”李小说。

“要松松的爸在家，还喂它三五个哩！”

“怎么，他长期不在家？”

“他呀！我两口子分了个工，我在家种地喂牲口，他在外头打工！过完年就去深圳了。”

“深圳？”

李小猛一激灵，潜意识里觉得心底有什么就快要浮出来了。一种意念勾引着她说：

“吕松松的爸爸一定长得很帅气吧？”

郝莲脸一红，幸福地说：“帅什么哟，丑死了，和松松一个模样，见过的人都说松松是从他脸上一巴掌扇下来的哩！”

“哦。”

一阵晚风轻轻从李小发际滑过，抬起头来，树梢上的天空湛蓝深远，而梨子在夕阳的辉映下闪着金光，多么好的一个秋日傍晚。李小悄悄舒了口气，无声地呢喃道：

“唉，我知道了。”

她脑海里现出一张脸来，那是吕松松的脸，这张脸逐渐有了风霜，冒出胡茬，就变成了那张脸——是的，那张脸李小真是一时半会儿忘不掉。

那天，李小在父母的喝骂声中拽了背包冲出家门，准备打的去火车站。就在短暂的等车时分，一个身穿发旧运动衫的汉子走了过来，操着外地口音问她：

“小——妹，背包要扛吗？”

此时的深圳，外来民工无处不在，李小猜他一准是个打苦工的，心想，我何不照顾他一回活儿，这些人怪不容易的，就点了点头。

小伙一下咧开嘴笑了，接过背包甩到肩上。李小发现他有两瓣十分好看的虎牙。李小好生感慨：如今，这城市到处都塞满了打工仔打工妹，连气力也很难卖出去了，才揽到这么一桩小小的活儿，这人竟就给出如此灿然的一笑！

李小这些时日受够了父母的唠叨，憋了一肚子火气，很想寻点开心散散闷儿。她边款款地走着，边就和民工聊开了。

“你是种庄稼的吧？”

“是。”

“那为什么出来打工呢？”

“土不够种呀，再说种地太不划算，成本高，收入少。”

“家里有媳妇了吗？”李小问。

小伙点了点头。

“你这么强壮，模样又长得帅，媳妇一定很漂亮吧！喂！是不是比我都漂亮呀？”

李小俏皮地直盯着小伙。

小伙畏畏怯怯地瞥了李小一眼，倏地脸红了，慌忙低下头去，头虽低下了，脚却踢着了下水道铁盖，一个趔趄，险些摔了个跟斗。李小在心里笑道：

“一个会害羞的男人！少见！”

都走了半晌，小伙这才记起该问问李小去哪儿了。“去火车站。”李小说。她自己也不知道干吗还要把话说具体：

“我到贵州教书去，听说那边一个老师同时要教几个年级呢。”

火车站在不知不觉中就到了。

小伙把行李小心翼翼地放在候车大厅靠椅上，抬手抹了把汗。“我该给你多少钱呢？”李小问他。尽管她听说过民工宰客的事，一双美妙的眸子还是鼓励小伙对她要价别太低了。她愿意同意他的要求。可李小万万没料到，小伙说：

“一分不要！”

李小好惊讶，说：

“为什么？现在的活儿并不好找！”

小伙一步一步后退，大胆地看着李小，一字一顿地说：

“不为什么，就为你到贵州教书！”

说罢他粲然一笑，一掉头没入滚滚的人流中。

“老师！”

李小听见有人喊，回过神来，一看，却是吕松松驰马而来。

郝莲亲昵地拍了拍马脖子，说：“你也来吃些猪食吧，明天一早驮煤去！哦，李老师，听说我们这儿要办火电厂哩，也不知是真是假，要真的，我就去挖煤，挣钱说不定比他还多！”说罢笑了，就像她看到男人在向她认输似的。

煤油灯亮了起来，吕松松凑着昏黄的光亮写作业。

李小和郝莲就坐在桌边的帐架床上。郝莲说：

“老师，也不知我家松松在班上的成绩咋个样？他爸和我都只念过两年书，我们想让他多学点儿。”

“姐姐，”李小拉着郝莲粗糙的手说，“放心吧，不管吕松松还是王松松、张松松，我都一定好好地教他们！”

（原载《民族文学》2004年第4期）

2004年

何 文

老爸贵干

突然就冒出个父亲来，外婆明明告诉我，母亲去世后他在外已有家室再不会回来的，我不明白他为哪样又要回来，我不是说他不该回来看我，他离开我已经五年，也不管外婆对他印象糟糕透顶，不准他再进我家门，我只是觉得他来得不是时候。本来半个月前外婆住院后，我住着两室一厅的房子逍遥自在。

我有点讨厌外婆，每天早上总是重复同样的话："从小把你带大，你是我的一切，要好好读书。"为了把我培养成人，她把电话都拆了（自从那回我打了九百多元的热线后），也不准我碰那台黑白小电视机，每次出门她都把零件下了带在身上，晚上装好看半小时《新闻联播》，然后一惊一乍地跟我念叨哪里拿脏头发做酱油、用敌敌畏泡火腿、用化工原料卤鸡，哪里又出现黑心棉，瓦斯爆炸死了好多人。我的耳朵都听出老茧了。照她的要求，我只能读书和睡觉，像憨包一样。可我已经十四岁了，哪里忍受得了这种枯燥的日子，要是她知道我迷上网吧，各科成绩一塌糊涂，她会气疯的。外婆住院后，我总算松口气，那时我本应该去郊外分校读书，学校规定初一学生下半学期住分校，我在外婆病床前保证要好好读书，由于住校不能照顾老人家，心里不是一般的难受。我现在已学会撒谎不脸红眼圈红，外婆很感动，还一再安慰我她没事。可是侧过背，我就和学校"拜拜"，把青条带回了家。

我是在网上认识她的。比我大一岁，原是四中学生。不要看她长得靓，成绩也是一团糟，把圣诞节读成"怪蛋节"，刚上初二就辍学了。青条说她原先是班干的话我不信，但是她说"一见你心好跳哦"的话却让我安逸得要命。一开始我就坠入情网，跟着逃学。她说学校规矩多，还要考试，即便将来考上大学也没钱读，不如现在快快乐乐地玩。我完全同意。

青条对来我家双手赞成，但是一进门却说其实不喜欢我家，一样玩的都不得，她喜欢听歌，喜欢SHE、F4组合，搞得我兴味索然。她说她想回家，这一点我晓得她在讲假话，她根本不回家，她家精彩哦，一大堆人个个是赌鬼，爹妈甚至想把她也输掉。青条脱了鞋坐在沙发上吃薯条，我不记得她的嘴哪时空过，总是叽呱叽呱地嚼东西。她有时也喂我一块，但是她不喜欢我趁机咿她手指，她正告我她有男朋友，我不信，后来她果真把男朋友四丁带来了，那个厮儿十六岁，是被三中开除的高一学生，衣着古里古怪，襟襟吊吊的，有好多个荷包，头发染成金黄色。其实四丁还没我长得好，一对马卵眼，又矮，我想我上高中时肯定比他高。可是青条佩服他，他的确得脸，真的，我和他们出去过，烂厮儿只要在各个中学门口一站，就有人乖乖地给他送东西来，四丁胃口大，钱、乘车卡、手机样样要，给慢了还要骂。我真不服气，也学着他的姿势站着，可没人理我。四丁有了钱就去酒店开房，他没有家，到处打游击，他父母先是吸毒被抓，出来后开始贩毒，再进去就不消麻烦。青条每次讲到四丁都连连咂嘴，说四丁早晚也要进去，那语气好像是说他要进名牌大学。

后来四丁索性和青条一起住到我家，占了外婆的大床，还拨打抢来的手机，通知朋友们来玩，来的那些厮儿，都是各个学校最“跳”的，大多已辍学，一来我家就敲桌子拍板凳，然后横七竖八躺一屋子抽烟。我控制不了他们，心里不是一般的后悔带青条来家，那时学校已把我逃学的事通知了外婆，她托邻居来找我，门敲得发抖，我们装憨不开，我没得办法，四丁不准我动，他对我一向抹干吃尽，肯定是青条给他说过我不咋地。我最难受的是，青条瞧不起我，因为我胆小，每次出去搞事我都扯故故落在空里不卖力，连她表妹小蚊子也说话涨我，总比“拿抓”好一点。我晓得，要想被青条瞧得起，除非我干出惊天动地的大事，比如当着她的面抢银行，当然这种事只能想不能干，可受她气我又不安逸。这段时间他们把我家米面全部吃光，不得钱买，加上最近110在各个学校门口巡逻，四丁急了，规定每个人必须想出一个找钱的点子。为了得青条那颗“怪”心，我憋出一个点子：搞巷西渣老伯的饮食店。我知道他的钱柜在哪儿，甚至咋个搞我都想好了，比如晚上青条在巷里喊“救命喽”，等渣老伯出来看，我们趁机进去“扭动”钱柜。我根本就是胡打乱说，也搞不清巷西一溜小吃店哪家姓渣，看着大家兴奋异常，坚持今晚就搞，我心里说不出是悲是喜。青条对我的态度一下有了改变，下午从卧室溜出来叫我，当时屋里很静，他们全是晚上捣蛋白天睡觉，青条只穿了一件内衣，虽然已是三月，天气还很冷，我兴冲冲地走过去，她却是问我要纸，她要进卫生间。我不得好气地称外婆拿到医院去了。她笑一笑，轻轻扯一扯我的耳垂，问藏到哪里了？她的眼神怪怪的，那一刻我发誓她是喜欢我的，我忽然意识到只要我提出和她上床，她不会拒绝，因为我无意中碰到她的胸，她一点也不躲闪，她香喷喷的内衣亮晶晶的，全部是用别针别的，我颤抖着触摸她，她叫我等一等，不要扎着手，她一颗颗下掉别针。

偏偏这时父亲就来了。

打一见面，我就不喜欢他，坏我的好事不说，还不给我一点面子，正门不进，从下水道爬上来，我家住五楼，亏他爬得上来，开头我还以为是小偷，脏兮兮的，满脸灰尘，叼着半支烟，大声责怪我为哪样不开门，当时青条吓得尖叫一声，我实在不好意思说这是我父亲，他和我平常对她吹嘘的老板模样相差太远，连他那种南腔北调的口音都让我脸红，我想拉青条离开客厅，但是他灵巧地跳进屋来，厚皮实脸地抵在我前面，"呸"一声吐掉嘴里的烟，一伸手，揭去我头顶上的毛线帽，说长好高了，怪不得有陌生感，走的时候你才滴滴大。我悄声对青条说他是我家远房亲戚，青条暗骂，老鬼。我讨厌老鬼拿我的帽子拍打身上灰尘，青条说给我的帽子是用最好的毛线织的。我从他手里夺回帽子，他却转过身，得脸兮兮地叫我拿帽子揩他背上沾着的烟筒油，我当然不干，青条更不耐烦，张嘴要骂，我忙侧身对她耳语：他马上就走的。老鬼回过身，怪模怪样指着青条对我说，你叫她现在就走。我不晓得他咋会这样说，正要对青条解释是老鬼听错了。老鬼偏偏对她补上一句：不送你了。这一句话把青条搞惨了，双手蒙住脸跑进卧室去叫四丁，我真的想扑上去咬老鬼两口，他太过分了，还问我她穿的拖鞋是不是家里的，要脱下来。

青条开了卧室门叫我进去，瘦壳郎筋（方言，形容人很瘦削的样子）的四丁懒洋洋地从床上爬起来，套上毛衣，对我说，把老鬼赶出去。我真的讨厌他的样子，半眼都不看我，可是看见青条却深情款款的，我又非常难受，心情复杂地走出来时，老鬼正从窗口把他的行李包吊上来，心安理得地拉开拉链，拿出毛巾牙刷，我吓坏了，央求他不要这样，外婆马上要回来的。他抬眼看一看我，继续往外拿出电动剃须刀。我忽然气急败坏地敲一下桌子，老鬼叫我留点神，桌面冒着小钉子，他刚才看见的。他边说边脱去外衣。卧室门一响，四丁来到客厅，吊着脸往沙发上一坐，从裤兜里摸出袜子穿上。老鬼叫他起来，不要压着他衣服。同时捏紧桌面上小钉子，一用力拔出来，我倒抽一口气。青条窜进窜出，把另一间屋里所有的小厮儿叫出来。四丁斜视着老鬼，老口老嘴地说，这位朋友不肯走？老鬼皱起眉对四丁说，喊你不要压着我的衣服，咋个不听？四丁哪里肯动，老鬼就毫不客气地走上去一把将他提起来，平日八面威风的四丁在我父亲手里像一只小嫩鸡，扑腾几下被摔倒在地，"哎哟"一声，我差点要笑。四丁脸红筋胀地爬起来，摸出刀子要和老鬼"单挖"，青条尖叫起来，那声音吓死人，我一下停住呼吸。老鬼笑嘻嘻地等四丁扑过来，猛然一把捏住他的手腕，一弯肘子，拐得四丁捂着肚子哇哇地叫。"活该！"我差点叫出声。我虽然不喜欢老鬼，但更恨四丁，我赞成老鬼把他转过来，朝他尖屁股上猛射一脚。四丁的头撞在墙上冒出一个大青包时，我非常高兴。厮儿狼狈地朝门口爬，又被老鬼提进厨房，在青包处抹了猪油消肿，然后喊他滚。我吓得浑身发软，认为老鬼不该放他走，四丁肯定要来报复，我想说好话留住其他人，老鬼玩“不论”，全部轰出去，他根本不信哪样“惹祸”的话，一群小逼花花，他一发狠，会把他们打得鸡飞狗跳。青条走在最后，看我一眼，“咣”一下砸上门。

我跟着要溜出去向她赔礼道歉，老鬼一把揪我回来，莫非还要打我？我拼命挣扎，他的力气很大，我根本就是白费力，我从他眼里感觉到杀气，心里非常害怕，搞不懂他咋个会这么对我？老鬼忽然松开手，绳子上吊着的袜子滴水落进他脖里，那是青条的袜子，老鬼匪里匪气地扯下来扔进纸篓。我先前对他的丁点好感随之烟消云散，老鬼才不看我脸色，叫我把旅行包提过来。他从包里拿出一把新门锁，他要换锁。我忙上去制止：这又不是你家，换了锁外婆咋个回来？他像没听见，认真地上紧螺丝，这才对我说他怀疑那一伙人早就配了旧门钥匙。哇，我差点惊叫，同时心里面一跳，他有备而来？又觉不会。老鬼锁上门，我追着要他给我新钥匙，他把我推开。我气急败坏地说，你不要想霸占这里，我会通知外婆的。他根本不看我，换上拖鞋后，叫我立马收拾房间，快点！鬼吼辣叫得让人烦，我想不通他到底要搞哪样，要是外婆在他不消麻烦的，我有点想外婆了。老鬼一跺脚，我不得不忍气吞声照他吩咐的去做。老鬼满意了，一旁吹着口哨，得脸兮兮地把皮鞋放进鞋柜，忽然叫起来：哪个混蛋把口香糖糊进鞋柜？你看，棉拖鞋被烟头烫了一个大洞。我站得远远的，不敢过去，我肯定是四丁他们搞的，那是外婆最喜欢的一双拖鞋，她晓得了会气疯的。老鬼瞪着眼问我，刚才一伙斯儿天天来这里乱整？我吓出一身汗，半晌，说，你不要乱讲，都是我的同学。他关上柜门，又问今天为哪样不上课？我说学校组织看科技展览，放假半天。撒谎嘛，我是高手，老鬼不再追究，我猜想他多半还对烫鞋幸灾乐祸。他不喜欢外婆，我又胆壮，所以当他不准我再和他们往来，我说你管不着。噫，他拿起一只鞋甩过来，幸亏我闪得快，不由鬼火上冒，拿起扫帚，故意搞得尘土飞扬。老鬼冲上来，我虚火，赶紧打开门窗透气。老鬼又叫起来，这次是在卫生间，我进去一看，哇，一池子水里漂浮着无数烟头，更过分的是，把抽水马桶也弄坏了。老鬼边骂边蹲下身子修理马桶。我怕挨骂，一旁有意轻描淡写地说这有哪样稀奇，反正可以再买。老鬼顺手给我屁股一巴掌。哎哟，我赌气冲出卫生间，老鬼更诡诈，一伸腿套我一扑趴，我恨死他了，坐在地上真想找件什么东西摔向他，老鬼说，你想找哪样？我奇怪，明明他背对我修马桶的。我试着朝他做鬼脸，他说难看得很。吔，我忽然明白他是从墙上的镜子观察到我的举止的，有哪样稀奇，我撇撇嘴。老鬼修理完毕出来，叫我打开卧室，他要清理。我战战兢兢，生怕再出问题。还好，就是床上乱一点，藤椅有些松动，不过它伴随外婆已有二十年还指望它完好无损那才怪。老鬼又叫起来，他翻出一盒避孕套，我真的烦他大惊小怪，又不是我用的，况且干那种事是得讲究安全。老鬼铁青着脸，一下扬起手，我赶忙双手抱住头，这次巴掌没有落下来，老鬼的眼光被床头柜上的别针吸引，那是青条遗留的，我赶紧抓过来，他一巴掌给我打掉，拾起来端详，非常仔细，莫非我妈曾有过？我说遗憾哦，老妈走得干净，一样没留下。我说的是实话，当年老妈是席卷了全部细软和人私奔时死于车祸的。

“叠被子！”老鬼又叫起来。

我猜想他是怕我觉察了他的内心，才转移目标的，这么说，他还怀念我妈，怀念这个家。我一阵乱颤，真的怕他是抱着这个念头才回来的。那样的话他会长住不走，这就不是回来得是不是时候的问题了。走开走开……老鬼推开我回到客厅，一边“吧嗒吧嗒”解开纽扣，弄一身臭汗他要洗澡。我再次吓他，你不怕外婆回来？他脱得精光，面朝着我问，你说哪样？我真的不好意思看他的裸体，埋下头，他偏偏还要端起我的下巴，烦死人，挣又挣不脱，他警告我不准带人来，上网的事今后就免了。我吓一跳，他咋个对我的事了如指掌？莫非外婆说的？又觉得不可能，他们一直水火不容。老鬼又神秘莫测地叫我脱下鞋，我莫名其妙地看着他把所有的鞋提进卫生间，然后关上门哗啦啦放水洗澡，我忽然明白他是怕我跑，不由一阵心虚，我不晓得他到底知道我的多少事，想一想，也不怕，无非就是逃学。听外婆说，老鬼原先也不是好东西。我的眼光落在他的行李包上，想翻一翻发现点什么。水声停了，老鬼说包里有给我带的衣服。我大气不敢出，不晓得他从哪里看见的。水声又响，我拿出新衣，带出一个钱包，哇，有好多钱，偷的？事发回来避风？知道外婆住院？老鬼叫我别动钱包，我一吐舌头，说我买学习用具。不管同不同意，先抽出一百再说，不拿白不拿，他被抓钱就泡汤了，现在起码可以买一条烟，青条总说我抽豁皮（方言，泛指白吃白喝）。

有人拍我肩，吓得不轻，侧脸一看，是青条，我不晓得她是咋个进来的，诡诈兮兮，说我没锁门。她的嗓音很尖，我忙指一指卫生间，她悄声说她知道，她在门口站好久了，她才不稀奇看老鬼的裸体，她是回来取袜子的，我赶紧挡住纸篓，但是她比鬼还精，推开我提出袜子。我分辩不是我干的。她咬牙切齿，说他们一伙恨死了老厮儿和我，就是我没赶走老鬼才害四丁遭打，他要报复的。我又气又怕。青条说现在给我一个立功机会，天马上要黑了，带他们去搞定渣老伯。我可怜巴巴地指一指自己的光脚。青条不认为这有哪样，袜子包着还怕？我不干，路上的小石子、碎玻璃会划破我的脚。青条不高兴了，这让我非常反感。青条忽然换了笑脸，说她喜欢的是我，搞定渣老伯后就和我去开房。我顿时血往上涌，呼吸急促，几乎要说开房我愿意，老渣的事是编的。但我没说，我担心她变卦，煮熟的鸭子又飞了。我向她保证等会儿我穿上鞋后去找她。我想的是直接带她去旅店，我向她晃一晃刚得的钱。青条眼光一亮，说和我换两个五十的，一把抓了过去。这时卫生间的水声停了，门锁在响，青条像蛇一样弯出去，我才想起她没给我钱。

五年前，我洗澡出来，父亲急急忙忙找鞋要去追母亲，我妈玩了脑筋，只留下一双拖鞋，父亲穿拖鞋跑不快，结果母亲就跑了。我母亲鬼点子多，又妖里妖气，在这一带是出了名的。父亲曾说最不该做的就是去追她。

五年后面对老鬼，无论我咋个撒谎，说要下去买学习用具，抑或说肚子饿了去吃牛肉粉，最后说去医院看外婆，讲好了的，他一律不准，他说有话要问我。可能又知道青条来过，我真的怕他。

老鬼要我坐下，我才不想提醒他揩头发的帕子是我的擦脚布。他从兜里摸出烟点上，吐出一口烟，说真舒服。吔，我说我也来一支。他一伸手，从我嘴里拔掉烟，手指一弹，沾了我口液的香烟飞进纸篓。搞哪样东东哦，我很不高兴，明明是你引诱我。我催他有话快说。他看我一眼，问，猜我回来搞哪样？

我心里一跳，不过此时我不咋个关心这个了，干巴巴回答“我不晓得”。

他又吸一口烟，说他这次来是要看看我。“然后就走。”我差点补上后面一句，忽觉希望大增。老鬼慢条斯理地把烟灰缸移到跟前，弹一弹烟灰。我急起来，已快傍晚了。我说我晓得他的目的了，我过得很好，你在外尽管放心，打我的事我也不会计较，现在我真的要去看外婆了。说完站起身。“其他事等我回来再说，等不到我就把钥匙放邻居家。”

“回来！”老鬼威严地一拍桌子，我吃了一惊，他命我坐下，我乖乖照办，心里叹气：完了！

对视着。

“你喜欢青条？”

我脸一热，百般抵赖。

他面上浮出少有的亲切，轻声说，但是青条疯疯癫癫喜欢别人。“她喜欢我。”我脱口而出，说了又后悔。老鬼摆摆手说，四丁比你厉害，她逗你的。搞得我半天抬不起头，心中暗暗佩服老鬼，样样晓得。说不定他能帮我出出点子！可我又不晓得咋个说，磨磨蹭蹭地从兜里摸出一包海苔来吃，这是青条给我的，当时我并不感谢她，她是从超市偷来的，才给我一小包，说想多吃去找四丁要，我咋个敢。老鬼问我吃哪样，财迷兮兮地不给他尝一尝。我记着香烟的事，说其实一点也不好吃，一边赶紧把海苔送进嘴，吃了才想起有事求他，后悔万分地央他原谅，目的一个：咋个得到她？老鬼得脸了哦，大腿压着二腿，问我喜欢青条哪样，伙子旺？我差点笑起来，老鬼有点土，应该叫“靓”。老鬼极力掩饰尴尬，好在他皮肤黑，就算脸红也看不出。大嘴一动说，你永远得不到她！“咋个呢？”我不明白。他说，你又胆小，又爱吹牛，只会被人家扎煤子整。我越听越不舒服，我说，你不要把她想得太坏。“咝——”老鬼险些被烟烫住，“等于说她很好？我的一百块钱呢？”我一阵心虚，无言以对，同时又瞧不起他，就会偷听。老鬼骂我是憨包。我非常讨厌那个词，我才不憨，我“奸”得要命。老鬼冷笑，说，小东西，你的出路就是认真读书。我的头脑“嗡”的一下，原来他整个是在套我心里话，我恨得要命，我不信他：“你失去我妈就破坏我的幸福。”老鬼抬腿碰碰我的脚，问我嘀咕哪样。我倔强地扭开头。吔，他要我回过头来，我偏不！老鬼就揪我一头染黄的长发（四丁规定染的），我痛得直咬牙，我认为越怕他，他越得脸，索性古头古脑叫他放开！想不到他更古，一把按住我，操起桌上剪刀唰唰两下剪了我的头发。我咋个也没想到他会这么做，完了完了，我叽啦乌叫，咋个去见青条嘛。我拼命号叫，捶打桌子。他却轻轻松松打着嗝进卫生间拿了梳子出来，叫我坐好不要乱动，搞出血不要怪他。老鬼用梳子剪刀飞快地给我修理好，扔给我一面小镜子，说他外出打工第一桩手艺就是学理发。我一照镜子又想哭，太短了，毛栗头。他却嬉皮笑脸地朝我新剪的头上吹一口气，还问凉不凉快？然后丢下泪眼巴沙的我，兴冲冲进厨房去做饭。我恶狠狠地说，你吃屁，家里一颗米不得。他返身出来，我赶紧闪进卫生间洗头，一边提心吊胆偷看他，老鬼打开行李包，拿出一小袋米，我惊讶包里下层还有许多袋装食品，他提起来得意地朝我晃一晃，说从超市买来的。我发誓不理他，他才不管，我的生气发毛他根本视而不见，叫我把酱油和醋灌进瓶子里，我坚持了一会儿，抱着要他向我道歉的想法走进厨房，老鬼根本不兴这个，还奇怪我咋个呆头呆脑地不动？指手画脚叫我从吊着的碗柜第二格上拿下胡椒面、味精瓶、洗洁精放回第一格。老鬼样样都晓得，比我还清楚，好像不曾离开过。我极不情愿地把盘子瓶子碰得叮当响，他又骂我憨包，我稍微玩点脸嘴，他就瞪眼，我拿他一点办法都不得。外婆说过，我父亲特别霸道，年轻时他拖着我妈在门前青石板地上走，原因是她不听他的，经常和一个叫晓晓的男人往来。外婆说母亲不喜欢我爹的原因就是他太横，疑心又重，常污蔑母亲。这一点外婆要么不晓得，要么撒谎，我亲眼见母亲只穿着裤衩迈着修长的腿躲到窗帘后面观看父亲的背影消失在巷里，然后把晓晓从床底下拉出来亲热，那一年我不到六岁，都知道晓晓不是母亲唯一的情人。有一次我差点就对青条说，你看，我就是在这样的环境里长大的。

原先我一直有点同情父亲的，他当过知青，修过铁路，一直打“烂仗”，脾气暴躁，包括他杀了晓晓一刀差点坐牢，我都站他一边，但是现在我认为换了我是母亲，和他这样的人生活不搭“偏偏”才怪。

老鬼插上电饭锅插头，转身嗒嗒地切着胡萝卜丝，切得非常细，他还当过厨师？我忽然觉得饿了。

“开灯。”老鬼说。这时窗外已是夜幕下垂。

“烧一壶水。”老鬼又吩咐，他硬是见不得我闲着。

又津津有味地切好一盘鸡丁后，老鬼架上锅。这时楼上吴家又把才洗的拖把架到窗口，水流滴滴答答在窗台上，外婆曾上去央求过几回，吴家根本不听。换了老鬼，二话不说，去厕所整泡尿进塑料瓶扔上去，再架块板子将拖把水引到楼下张家，两家互骂得呜呼翻天，而老鬼却专心地打开煤气灶准备炒菜。哇，我差点要赞美起来。说不清是佩服老鬼的想象力，还是喜欢他的搞笑，反正我不由自主地从身后给他拴上围裙。

有人敲门，是青条？我激动得扑出去，又猛地刹住脚步，四处找毛线帽，扣在头上时，老鬼已从厨房飞到大门，真的，我不夸张，和飞差不多，茶几都被他撞歪在一边，我生怕他教训青条，拼命挤上去。

是来收水费的。

我刚松一口气，又开始害怕，这个月水费太高，四丁他们天天在这里洗澡。老鬼却没责备我，默不作声给了钱，又继续炒菜，我提醒他放过盐了，他像没听见，脸色有点阴沉，怪喽。

又传来敲门声。

老鬼夸张地转过身，可能看见我惊讶的神情觉得自己有点烦，刹一刹脚步再出去，我只能在他身后祈求不是青条。

是来查煤气表的。“当当——”老鬼气恼地敲着锅边，斜我一眼，问：“到车站还是只有1路车？”我心一跳，惊问：“你马上要走？”他脸一吊，大声地吼：“水开了！”我在他身后举起巴掌，他一回脸，我赶紧提了水壶灌水。

第三次敲门时，老鬼不去了，我哆哆嗦嗦把手搭在门锁上，准备好对青条说能不能改天见。

门口站着一位陌生的中年女人。

我刚问一句“你找哪个”就被老鬼上来一屁股顶开，我咧嘴揉着被他撞痛的部位，心想原来他在等她，怪不得哦，这下他该得脸了，我惨了，青条肯定生气了。但是老鬼却一本正经地接过对方的包和围巾，问，你咋个来了？斯斯文文，和先前简直判若两人。我好想对她说，他是装的，刚才的动作和饿狼差不多。老鬼的屁股又甩过来，吔，这次我闪得快，还打算整我，休想。女人看着我说，这就是你儿子？我打着哈哈，凭她一口外地口音，不用猜，她就是老鬼的“那一位”了，长得一般，也有点黑，穿一件紫色的对襟薄棉袄，这方面老鬼可不如我有档次了。想起他对青条的态度，我就想报复他，我大个兮兮地对女人说，你不要指望我叫你妈。老鬼一把揪住我，叫我赔礼道歉，原来女人是他老板。我顿觉矮了一截，接着又不安逸，搞半天他和我一样惨，没得女人！

女人咯咯地笑，干巴巴的，还假模假式地把我拉到跟前，我非常不习惯贴着她，她身上有一股子味，卖肉的？还是开饭馆的？我正在猜想。女人又笑起来，说我们父子俩长得很像。“差得远。”老鬼站在我身后，揭去我的毛线帽，手指像弹西瓜一样弹我的后脑瓜。讨厌！我躲开他。老鬼又进厨房炒菜，女人问我哪里上学，我不假思索地回答：

流中。我们一伙都这么回答的，是流氓中学的简称。女人以为是六中，说第六中学在她那里是好学校，我差点笑起来。她又问成绩，我嬉皮笑脸，说是班上前十名。女人摸一下我的腮说，老师肯定喜欢你。我说我的老师只喜欢摸女同学的屁股，我看见的。老鬼威严地喊：

"泡茶！"

女人不喝茶，卷了袖子去厨房帮忙，这一点青条不如她，我承认。

两人叽叽咕咕讲着哪样，我躲在门口偷听，女的边剥大蒜边说，父子情深啊，搞这么多菜。他说是为她准备的。我真想给自己一个嘴巴，哪个让你高兴的。女人说老鬼花口花嘴的，不等同意就跑了，害她关了一天店门。哦，我点点头，懂了，老鬼在她店里当厨师，嫌工资少了，闹情绪跑回来的。女人又唠叨，大家都说你靠不住，劝我废了你，我能追到这里来，足以证明我需要你。嘿，我想这句话应该是青条对我说。又听到"哎哟"一声，一探头，清楚地看见老鬼的手在她肥臀上来了一个"地格爪"，精彩哦，还骗我，他们没那回事哩，我正埋怨自己咋个不像这样对待青条，就看见女人从后面一抬腿顶住老鬼的膝头，老鬼身子朝前一扑，说，不要疯，火烫着我。我"扑哧"一笑，赶紧捂住嘴。女的问他打算在这住多久，她要他晓得，追她的人多哦。我几乎就要进去对老鬼说，她吓你的，追她的多半是跛子瞎子，要她加工资。

老鬼喊我收拾桌子。

我们三人围桌坐下，老鬼感慨有了家的感觉，我没言语，女的也不搭腔，我猜想她又在惦记她的店铺，一天不开门要损失好多。我想劝她不要灰心，老鬼是"油鸡"，故意摆谱，加了钱，跑都跑不赢。

女人笑盈盈地把菜往我跟前挪，说，你父亲手巧，会做很多菜。我撇撇嘴，心想这就告诉你要尊重打工的。她夹一块虾给我，说大家都喜欢我父亲。我真替她急，道理你都懂，就不要只来虚的，老鬼讲实际。"呱"一声，老鬼咬开酒瓶盖，女人问我喝不喝一杯。老鬼不准。我这人就这样，不准的偏要干，趁他们取酒杯、花生米，我端起酒瓶搞了一口，我早就和四丁他们喝过啤酒、葡萄酒了，老鬼的白酒一点也不好喝，辣乎乎的。老鬼走过来，揪一揪我耳朵，警告我不要搞小动作，他不喜欢，要喝长大了拿杯子正儿八经喝。我很不舒服。女人端了花生米过来坐下，老鬼和颜悦色地给她倒了一杯酒。"色迷。"我嘀咕了一句，偏偏又被他听到，我忙说宫保鸡丁好吃好吃。他叫我看着他，我说不习惯，他头顶上的灯太刺眼，一百瓦。他毫不留情，说只有四十瓦。嘿嘿，我干笑两声，嚼着女人递来的鱼片。老鬼问我还乱不乱讲？人小鬼大不学好。我讨厌这句话，酒壮着胆子，便拿筷子敲着碗边说，你听，下雨了，开春的第一场雨。女人在一旁咕咕地笑，我不免得意。老鬼抹下脸，叫我不要乱扯！我一吐舌头，老鬼忽然笑了，第一次看见他笑，也许要在"女上级"的面前装一装，我更加胆大起来。老鬼揉着我的头说我像他。“在嬉皮笑脸方面。”我说。老鬼又笑，他认为我们能沟通，我说，才怪。放肆地把脚搭在一旁女人的椅子上。我觉得没有哪样，老鬼却硬要我放下，我叫他少来这一套，将来我当老板有钱有车你就要听我的。直到老鬼扬起手，我才慌了，女人一旁劝他，老鬼仍气呼呼的，叫我快点吃完，收拾书包明天上学。我心里一沉：他要把我赶走，独霸这里！但是我不敢说，老鬼的样子很凶，我肯定只要我“吊歪”，他会揍我。他一连几声催我快吃，我的眼泪都快出来了，赶紧埋头“吧嗒吧嗒”刨饭，几次拒绝女人给我夹菜。老鬼骂我不懂礼貌，又扬起手，厮儿打人打惯了的，是天底下最坏的父亲。我放下碗离开桌子时，愤怒地说，明天要去告诉外婆。女人笑了，说，你父亲这次回来就是外婆的主意，老人家实在管不了你！我一下目瞪口呆，女人叫我不要奇怪，这些年我的一切费用都是父亲按时寄来的。我烦得要命，特别是老鬼脸上那一副“吃不完”的表情。

窗外雨声一片。

极不情愿地收拾书包，我根本想不起那些混账书扔哪里去了，好像厕所有本物理，语文和历史在床角，沙发后面是不是有几本我搞不清，也不关心，我才不想回学校，假装东找西找，拿了女人手机躲在卧室里偷偷打给青条，告知明天一早去找她，我永远也不要沾老鬼的光。她很高兴，说老地方见。我还叮嘱她不要告知四丁，她对着手机“咂”了我一口，安逸得哦。

老鬼叫我出来，他帮我找齐了书，附带着翻出一沓子检查来，我真后悔当初没有烧掉，缩紧身子等着挨打，他却少有地没有整我，只是催我快洗脸洗脚睡觉。他还给我准备了一个行李包，装进牙膏、牙刷、毛巾，我头皮发麻，提着这些东西去见青条，会惹她笑。老鬼还问我要不要牛奶。我说在分校订得有。也晓得我不在，老师会拿来洗脸。这时女人已漱洗完毕，趿着拖鞋进了卧室，我以为老鬼会马上跟进去，他却偏偏在客厅里磨磨蹭蹭，我猜想他是不愿我看见，便赶紧洗完溜进小屋。刚要睡着，便听见他们吵起来，女的叫他跟她回去，这里无法住，小城市，发展余地也不大。我正要欢呼，可下面的话就让我不安逸了，她说，你儿子油腔滑调，无可救药。我不由咬牙切齿。老鬼犟，说，不去！“哐啷”一声门响，老鬼进了我屋子。我忙蒙头装睡，我实在怕他来和我睡，我肯定会疯。老鬼坐在床边，连喊几声“小朵朵”，那是我的乳名，儿时他给我讲童话故事时取的，那一刻我心里涌上一股说不出的滋味，但是我仍不理他，老鬼出去了，关上门的那一刹那，我很不好受，可能我伤了他的心，转念一想，他还有心？肯定他会厚皮实脸去跟她和好，老鬼又不憨。

次日我起一大早，我想趁他们熟睡之际溜走，偷偷开门走进客厅，不由倒吸一口气，老鬼和衣靠在沙发上，盯着天花板不晓得在想哪样，原来昨晚他就一直睡在客厅里，我发誓那一刻我真的同情他。大卧室的门虚掩着，女人背对着门，显然在生气。屋里气氛凝重，说不定等会儿要打架，老鬼发起毛来不得了，我赶紧跟他说再见，老鬼摆摆手，站起身，他要送我回学校。我没料到他会这样，看他吊着脸，我不敢啰嗦，心里暗暗叫苦。

一路上我都在想咋个摆脱他。那时天麻麻亮，巷里一盏盏路灯还亮着。老鬼帮我提着行李包，他羡慕我去读书，他像我这么大就去“支农”了。他的一只手搭在我肩上，我几次偷偷把书包隔在我们中间，都被他移开。也许是分手在即，他的话特别多，连他五年前离开的情形都搬出来：刘家老房子在维修，刘老者坐在门口抽叶子烟，一群小崽在巷里滚铁环。我叫他先走，我要系鞋带，他却耐心地等我，只好又和他走。他问我听到不得。我没好气地说，你在讲滚铁环。他高兴了，说在那一群小崽中找过我。我没说那天我被关在家里，当时外公还在，他们不准我理父亲，他们一直主张父母离婚，甚至母亲和人私奔死于车祸他们都怪是父亲逼的。我晓得他们烦他的根本原因是嫌他穷。老鬼说他走时，满脑子装的都是“发财”两个字。我不想说“你现在才意识到我的重要性”之类的话，我想从巷东岔口里溜，他却缠住我问，会不会认为我是失败的？我真烦，心想青条可能早不耐烦了。我转着脑筋，经过公厕时，谎称尿胀，钻进去，三两下爬上墙，我灵活得很，在学校我的体育一向头几名。我从墙上跳到另一条巷子，刚落地，就被老鬼摁住。他说，你忘了厕所边可以走到这里。我忙说这边走近些。我暗自惊讶老鬼今天脾气出奇地好。来到巷口小吃摊前，这里有油条豆浆、馄饨、辣鸡面，我说饿了，老鬼一言不发拉过凳子让我坐下然后去排队，这时我看见隔壁家店柜上的电话，我一下栽过去，告知青条我的处境，不要等，我要回学校了。青条在手机里哭，我忍不住马上想见到她。青条叫我一定设法把老鬼带去，她有法让老鬼同意我和她往来，并保证不告诉四丁。

“老地方”在护城河边上，原先是小米米家亲戚专为我们开设的游戏机室。

我对老鬼说，去学校要在护城河边上乘车，我不晓得老鬼脑筋咋个塌方了，说哪样他都信。站在空无一人的机室里，下面是哗哗流淌的臭水，老鬼似笑非笑，大巴掌盖在我头上，说车能开到这里？我大气不敢出，巴望着青条快来，我听见她在外面叫我，我们来到回廊上，我看见她在院里，旁边还有四丁一伙，他们要我下去，去搞定渣老者，不要管老鬼。我忽然恨透了他们，回身拉老鬼，这时楼板叽叽嘎嘎地响，我才发觉有几块楼板是松动的，被人做了手脚，正要提醒老鬼，楼板已被我们踩翻，落下去的危急当口，老鬼奋力托住我扔到了一边，他自己掉进了护城河。

“爸爸！”我趴在楼板上拼命地喊。

四丁他们被赶来的警察带走，是女人“点的水”。

后来我终于重新回到学校读书，学校一星期放假一次，我就盼着回家见老爸，他不得事，他的水性不是一般的好。但我回去时，老爸已经走了，那时外婆已出院，她和我爸永远水火不容。放暑假时，我接到老爸电话，他已离开女人，在另一个城市打工挣钱，日子过得还算逍遥，听着他的声音，我的眼眶湿了。

（原载《山花·上半月》2004年第7期）

戴　冰

拾　枪

那天刚出门走了不到十分钟，老莫就觉察到他的假腿似乎出了点问题，每走一步，都有一小团空气从他剩下的半截右腿和假腿之间被挤压出来，发出“哧”的一声。声音悠长婉转，在阒无一人的街道上显得异常清晰，就像有人收紧肛门，带着某种玩味的意思慢慢放出一个屁来似的。

刚开始时老莫并不在意，甚至还认为挺有意思。但时间一长，他就有些不快了，那感觉倒像是他天刚发亮就闲得没事干，一个人跑到大街上玩屁一样。

老莫把那辆用铝皮焊成的小推车靠在路边，四处张望，打算找个地方坐下来重新检查一下他的假腿。他估计不是自己没有绑好，就是因为年深日久，假腿被磨出了一个坑。正琢磨着，不远处一个什么东西引起了他的注意。那东西躺在一个悬挂式果皮箱的下面，和许多从果皮箱里溢出来的垃圾混杂在一起，如果不是因为一盏还没有熄灭的路灯在上面反射出一块光晕的话，没人会注意到它。随着老莫的靠近，路灯缓缓地划出一块精致的、长方形的轮廓——那是一把手枪的枪柄。手枪其余的部分被严严实实地裹在一个黑色人造革的枪套里。

附近传来有人在凸凹不平的马路上骑自行车的声音。老莫来不及细想，他拾起手枪，回到小推车那儿，揭开垫在下面的棉被和塑料布，把手枪连同枪套一起扔了进去。那之后老莫坐在人行道的水泥坎子上，把假腿卸下来又重新绑好。骑自行车的人已经到了另一条街上。老莫站起身来试着走了几步，那种像是放屁的声音果然就小了许多。

老莫走路的姿势看上去有些滑稽，他总是先把左脚飞快地朝前一踩，然后才提起右脚，缓缓地跨出一步，就像他的两条腿分别在模仿电影里的快镜头和慢镜头似的。但老莫如果站着不动，情形却正好相反。为了尽可能让全身的重量都支撑在左腿上，老莫不得不朝左后方微微倾斜着身体，右腿则做出一个幅度不大的弓步。这种站立的姿势配上他高大的身材，常常给人一种很傲慢的感觉。但事实上老莫却是个非常谦卑的人，一个只剩下半截右腿的人是没法不谦卑的。不过这事怪不了别人，只能怪老莫年轻时运气不好，碰上了一个叫魏芳的女人。

那年老莫刚满三十，在一家酒厂当搬运工，每天两次负责把做酒精用的红薯干从货场背到车间。魏芳就是搬运队的队长老宋介绍的，二十八岁，是酒厂附近一家集体所有制的针织厂女工，不久前刚死了丈夫。可能是因为没有生育过的缘故，魏芳的身材保持得挺好，按老宋的话说，就是怎么看都不像个婆娘。

见面的地点就在老莫的小屋。那天老宋兴奋得像是他自己娶老婆，忙前忙后，还亲自下厨炒了几样小菜，又把自己家里的一塑料壶米酒也提了过来。晚上十一点刚过，喝得满面红晕的魏芳就提出来要回去。但当时老宋已经酩酊大醉，借着酒意不让魏芳走。你是过来人了，他说，我就不忌讳给你说句实话。你看我这兄弟，三十岁的人了，还没经过人道，你发回菩萨心肠，索性今晚就成全了他，就好比你看见一个穷叫花子，好意思不给点什么就走开吗？老宋的胡话把魏芳逗笑了，那天晚上果然就没回去。

跟魏芳同居的那段时间，老莫的指甲长得飞快，刚剪了没几天就又长出一截。他觉得有点奇怪，就去请教老宋，老宋托着他的双手瞅了瞅，立即就抬起眼皮白了他一眼。你小子泄了元精了，他说，指甲当然就长得快。这话在老莫听来不是什么坏话，反倒让他心里暗自有些得意。但没过多久，他却亲眼看见魏芳披头散发，跟化工原料厂子校的一个语文老师躲在河边芦苇丛里亲嘴。第一次老莫没有动手，他对戴眼镜的人向来有些忌惮，他只是警告了一下魏芳。戴眼镜的人不经打，他说，再有下次我就要动手了。那之后魏芳果然就跟那个语文老师断绝了往来。但没到一个月，她又和一个做蜂窝煤的小老板裹上了。这次老莫没有饶他们，他带上搬运队的五个人赤手空拳闯了过去。那场架是在晒蜂窝煤的大棚子里打的，双方都打红了眼，就只差没杀人了。直到傍晚时，大棚里原本码得整整齐齐的八千个蜂窝煤重新变成了煤沙，那个小老板才算认了输。

从煤厂回到家，老莫没有马上理睬魏芳，而是带上毛巾和肥皂，先到河里去把浑身上下的煤沙洗干净。在往身上抹肥皂时，老莫发现右腿小肚子上有个很深的伤口，被肥皂咬得生痛。他这才想起，跟煤厂一个黑得像炭的小个子男人撕打时，一根锈钉子从煤棚的柱子里伸出来，在他脚肚子那儿狠狠地挂了一下。老莫当时没有在意。回到家后，他从砧板上刮了点木灰敷在伤口上，然后又坐下来慢慢喝完一杯浓茶，这才开始用一根拇指粗细的篾条抽打魏芳。魏芳既不喊痛，也不为自己申辩，直到挨不下去了，才不得不给老莫说了实话。她说，你们三个人的屁股都长得像磨盘，我一看见这样的屁股就忍不住，没办法，不过说到过日子，我还是愿意跟你。

老莫的怒火其实早在一小时前的那场厮打中就已经消耗殆尽了，所以在听了魏芳的最后一句话之后就慢慢住了手。那天晚上他们做爱的时间比以往任何一次都长，原因是右腿肚子上的伤口老是阵阵作痛，让老莫有些神思恍惚。魏芳不了解这个情况，还以为是经过白天的那场打斗，老莫比从前更爱她了。第二天早上，伤口的四周肿了起来，变成青紫的颜色，但用手按上去却不感觉痛。老莫以为那是砧板灰起了作用。几天后，深紫的颜色扩大到了大半个腿肚子，人也开始发烧和呕吐，老莫这才让人背着到附近一个有名的草医那儿看诊，得到的结果让他放了心。草医说那只是瘀血堵塞了血管，吃几剂化瘀的药就会好的。

有个星期五的晚上，老莫在黑暗中迷迷糊糊地摸到一条男人毛茸茸的大腿，他没想到魏芳竟然趁他生病，让另一个男人上了他们的床。他愤怒地擂着床板大声诅咒起来。直到魏芳下床拉亮了电灯，老莫这才发现，他摸到的其实是自己的大腿，但那条腿已经完全丧失了知觉。

情况比老莫想象得更糟。躺在医院的一个多月里，神经末梢受损，败血症和骨髓感染把老莫折磨得死去活来，最后还是不得不把右腿膝盖以下的部分全部截去。出院之后一个星期，老宋给老莫带来一截粗大的枣木和一个在花鸟市场雕石山底座的浙江细木匠，专门为老莫定做了一条假腿。据老宋说，假肢厂的那些假腿，不是质量太差，就是贵得吓人。至于假腿关节处的那些机械部分，老宋得意地说，他早就从假肢厂偷了一套出来。

假腿一个月不到就送来了。果然做得惟妙惟肖，就连腿肚子上蚯蚓一样的青筋，脚后跟上的皱纹，甚至足底的茧子都做得一丝不苟，而且谁都一眼就能看出来，那是一只做体力活的腿。第一次坐在床沿上给那只假腿穿袜子和鞋子时，老莫突然感到有些毛骨悚然，他想起了许多有关魏芳的传闻。其实早在老宋准备给他介绍魏芳时，就有人告诫过他，说魏芳是个扫帚星，凡跟她有来往的男人，没一个有好下场，最有力的证明就是她丈夫。据说魏芳的丈夫一向身强力壮，但结婚不到两年，全身的骨头就脆得像油炸过的细麻花，临死前打个喷嚏，一匹肋骨就断成了三截。这些荒诞不经的传闻老莫向来不往心里去，但看着那条穿着一只灰色尼龙袜和一只绿色解放鞋的假腿时，老莫就不由得不相信了。他打算跟魏芳好好谈谈，要说的话他都想好了，就说如今他身带残疾，不愿再拖累她，让她另外找个人过日子去吧！但他还没来得及给魏芳说，魏芳却先开了口，我们散了吧！她说，你生病的这几个月，我也算仁至义尽了，我还不到三十，你总不能让我跟着一个残废过一辈子吧？其实我也不是嫌弃你，我只是怕看到那条木头做的腿……

说话的时候魏芳始终没有看一眼老莫，话一说完就拎着一个用床单裹着的包袱出了门。等老莫回过神来，魏芳已经走到了老远的地方。老莫随手拿起桌上的一个洋瓷茶缸砸了过去，但当时他还来不及绑上假腿，一步也挪不了，最后只得眼睁睁地看着魏芳绕过河边的菜花地走不见了。

酒厂的活路是干不下去了。从酒厂宿舍搬出来之后，老莫在城东租了一间民房住下来，又请人焊了一辆小推车，冬天卖香烟、火机和袋装的小吃，夏天就卖冰棍。这样的日子一过就是十几年。刚开始时老莫不太习惯，拖着那条沉重的假腿，在路人的侧目之下沿街叫卖让他有些难以忍受。但时间久了，老莫发现这样的生活其实也并非全无好处，比如说因为他行动迟缓，常常就能看到许多别人看不到的东西。老莫曾经粗略地计算过，这十多年来，他拾到的零钱加起来不下一百五十元，还有不计其数的钢笔、火机、工作证……他甚至拾到过一块盖壳破损、但镶满了人造钻石的手表和一条铂金项链。那条项链当时躺在一片肮脏的泥泞里，看上去就像一条细麻线。但老莫推着小车从旁边缓慢地经过时，却觉察到了细微的金属的反光。项链在金沙坡一家专门销赃的首饰加工店里脱了手，换回来八百多块钱。接下来的一个多月，老莫没有再到街上去做生意，而是成天待在家里，过得就像一个奢侈的有钱人：每天两顿都有卤味、小炒和瓶装白酒，还抽光了小推车里所有最贵的香烟；最后他买来两桶油漆，把家里的水泥地板和那条假腿都仔细地漆成了深猪肝的颜色。

那段惬意的日子后来经常被老莫拿来与十多年前跟魏芳赤身裸体躺在一张大床上的情形相提并论，都是他平生不多的几件值得反复咀嚼和回味的经历。那之后老莫就时常幻想着自己拾到了更多的金项链，甚至整块砖头那么厚的钞票，因为他还有许多隐秘的愿望没有得到满足，其中之一就是扔掉右腿上那根早已腐朽不堪的烂木头，换上一副最新样式的假腿。那种钢架结构的假腿老莫曾在一家假肢店里看到过，售价高达五千元。老莫经常想象自己绑着那样一副假腿在街上庄严地行走，看上去就像一个冷酷的机器人，没有人敢再嘲弄他、蔑视他，谁都对他敬而远之……

但他从没想到过自己竟然会拾到一把手枪。

那天老莫没像往常那样，在街上一直待到天黑，而是下午五点不到就急匆匆地赶回了家。他紧闭门窗，又等到全身的汗水都收干之后，这才把手枪从枪套里抽了出来。

手枪看上去很可能是仿制的，因为它没有弹匣，枪管和枪柄也用了两种不同的金属材料——这些可疑之处如果不仔细观察是很难发现的。也许正是为了弥补这微不足道的缺陷，手枪的主人显然花费了很多功夫来装饰它：枪管的整个突出部分都被黑色和暗红的两种鱼线错杂着扎了一圈，形成一排尖角朝前的三角图案，而且从外面看不到鱼线末端的结，它被一种不可思议的手法打在了鱼线的下面。除此之外，枪柄的两侧还嵌着栗色的核桃木，一侧刻着两只睫毛浓密的眼睛，一只睁着，一只闭着，仿佛在瞄准着什么。另一侧则是一个光身子的女人，反手拿着一把手枪，指着自己的两腿之间。

手枪平躺在老莫平时用来吃饭的一张小木桌上。木桌已经漆迹斑驳，这让那把手枪看上去精致得有点让人难以置信。刚开始时，老莫曾打算把手枪拿到金沙坡去卖个好价钱，他估计这样一个沉甸甸的、精巧的玩意儿不会比那条项链卖得便宜。但他随即就打消了这个念头——倒不是因为害怕被人告发，在金沙坡一带交易的东西没一件是干净的——而是在某个瞬间，就像被人吓了一跳似的，老莫猛然醒悟到，那不是一件随随便便的什么东西，而是一把真正的手枪，一件杀人武器！也就是说，只要他不计后果，只要他敢扣动扳机，立即就能从世上抹掉一条人命……

老莫把手枪插回枪套，慢慢挪到了窗前，他推开窗子，让街道上喧闹的声响涌了进来。正是准备吃晚饭的时候，太阳被一团淡青色的烟雾笼罩着，在四周形成了一圈紫色的光晕。老莫注视着那团正在缓慢下坠的太阳，突然对不可捉摸的天意感到了一种敬畏。画面提示一：一间破旧房间。家徒四壁，只有最简单的几件家具。一个宽皮大脸、骨骼粗大的男人坐在一张方木桌前，桌上有一把小手枪，还有一个老式的茶缸。屋里看得见窗户，一辆像冰柜一样的破烂的冰棍车，长方体，下面有四个小轮子，有个推车用的小把手。

真有意思，他想。先是一个女人热气腾腾的肉体和许多个湿漉漉的晚上，然后是一条刻着筋胳、皱折和茧子的假腿被绑在只剩半截的右腿上；接着是平淡无奇的生活中一些小小的惊喜：钢笔、镍币、盖壳破损的手表……后来是一条裹着泥泞的金项链，现在干脆就是一把手枪！

老莫感到浑身上下都有些燥热。他把手枪连同枪套一起塞到了枕头底下，然后揭开小推车的盖子，从一堆没有来得及卖完的冰棍里仔细挑了三根奶油雪糕放进茶缸，又用一根筷子把它们慢慢捣碎。但等到雪糕融化之后，老莫却不想再去喝它了。他从橱柜里拿出一个酒杯和大半瓶白酒，把酒杯倒满，抬起来，冲着窗外的太阳恭恭敬敬地举了举，这才默默地喝了下去。

那天晚上蚊子似乎比平时多，让老莫始终辗转难眠，他好容易迷糊过去，立即就梦见自己仍然像傍晚时那样，坐在窗户朝南的房间里摆弄那把手枪。手枪看上去比实际上的要大，枪柄上的赤裸女人长得竟然跟魏芳一模一样。老莫还来不及惊讶，那个女人已经抬腿坐上了他的床沿。她一面絮絮叨叨地给老莫道歉，请求他的原谅，一面却偷偷地往身上套着衣服。老莫嗅到一股浓重的菜花香从那个女人身上散发出来，很想把她拉到床上去，但随即又想到睡觉前自己已经解下了假腿。没有假腿他什么也干不了。眼看那个女人已经把浑身上下裹得严严实实，老莫感到一阵焦虑，来不及多想，立即掏出手枪顶住了那个女人的脑门。再跑啊，他说，我不信你还跑得过子弹。

这样说的时候，老莫把手枪换到了左手，腾出右手到枕头旁边去摸他的假腿，但假腿竟然不在那儿。老莫心里一阵发沉，接着就从梦里醒了过来。

老莫醒来之后的第一件事，就是立即检查了枕头下面的手枪和那条假腿。等他确信两样东西都还在原处时，他就从床上坐了起来，摸黑脱掉仅剩的一条裤衩，又把假腿也重新绑在了身上。既然枪还在，那个女人就应该跑不了。老莫把手枪从枪套里抽出来，平放在胸前，然后闭上眼睛，满心希望着能再继续睡上一觉。

窗户外面黑漆漆的，离天亮还有很长一段时间，但在默不作声地等待着再次入梦的过程中，老莫却发现自己已经变得毫无睡意。其实根据以往的经验，老莫预先就可以知道，就算他能够再次入睡，也不可能第二次回到同一个梦里，就像他从没有在梦里把任何一个女人成功地拉进过他的被子。

老莫心里有些懊丧，他甚至暗自责怪自己不该在梦里心存幻想，耽误了时间，而是应该借这个机会果断地开枪，杀死魏芳或者说那个长得像魏芳的女人。

但那个女人身上散发出来的油菜花香似乎还残留在床沿上和房间里，这让老莫有些犹豫起来。那不过是个女人！老莫想。他觉得如果用一把货真价实的手枪杀死一个女人，未免丧失了夺去一条人命时的肃穆感。但这样一来，老莫就不得不排列出一份应该干掉的男人的名单。名单花去了老莫不少的工夫，其中包括一个小时候扇过他耳光的邻居，一个跟他母亲吵过架的远房亲戚；那个戴眼镜的子校老师、煤厂老板、误诊了他病情的草医，以及数十个他叫不出名字，但却以不同方式嘲弄过他的假腿的路人（女人和小孩不算在内）；还有一伙在东郊村一带活动的地痞流氓，他们不仅恶毒地嘲弄过他，而且总是连招呼都不打一声，就自己揭开小推车的棉被往外拿冰棍……这样的男人实在太多了，多得老莫几乎数不过来，他从没想到这世上竟然会有这么多该死的男人。但转而一想，老莫又觉得真正配得上用一把真枪干掉的男人其实寥寥无几，大多不过是一些庸碌之辈，何况根据老莫的猜测，手枪里顶多只有一颗子弹。

经过郑重其事的考虑，老莫最后把目标定在了那伙地痞流氓的头子，一个叫黄辣丁的年轻男人身上。

老莫之所以把目标定在黄辣丁身上，倒不是因为黄辣丁嘲弄他比别人更甚，或者说自己动手拿冰棍时没给他打招呼——事关一把真正的手枪，老莫不想扯进自己的私怨——而是因为在整个东郊村，甚至更大的范围内，黄辣丁都算得上是个人物。虽然他浑身上下细皮嫩肉，样子像个女人，皮肤白得透青，但几乎所有的人都害怕他，因为他实际上心狠手辣，对跟他过不去的人从不留情。据说他曾把一个对手连同那个对手的女朋友一起绑架到了一所偏僻的房子里，当着那个女人的面，用一把小钢锯花了差不多二十分钟的时间把那个对手的一根拇指锯下来。跟黄辣丁一道去的还有另外几个男人，他们都被这情景吓得脸色煞白，但黄辣丁发现那个对手的女朋友虽然魂不附体，却还神志清醒，没有昏死过去。于是他就把那根断下来的拇指蘸着血，在那个女人的胸脯上画了个男性生殖器。这还不够，接着他转过头来，若无其事地问另外几个人，让他们猜猜，他画的是他们其中哪一个的生殖器。

黄辣丁事后被如期送进了监狱，但那个女人也就此疯了。几年之后，黄辣丁带着胳膊上的蟋蟀图案的刺青从大牢里出来，他居然弹得一手好吉他，还到处跟人吹嘘，说大牢里藏龙卧虎，他学到的东西不止吉他一样。

对于黄辣丁，老莫向来心存敬畏，从不敢多瞧他一眼，但在那天晚上，正是这种天长日久的敬畏让老莫的想象充满了肃穆和快意。

时间是晚上，地点就选在黄辣丁出没其中的东郊村。那是一大片由外来人口混杂着当地居民逐渐形成的一个居住区，汇集着全城最污秽的地下妓院和最血腥的斗狗场，除此之外，整个东郊村蛛网一样繁复的狭巷还为那些逃避追捕的罪犯提供了最大限度的方便。

为了不有损一把真枪的尊严，也为了不让那颗唯一的子弹在射出之后变得无足轻重，老莫把侦察、追捕，最后干掉黄辣丁的过程设计得十分艰难和曲折，黄辣丁本人在想象中也比实际上的更嚣张，更诡诈。

想象几乎从一开始就充满了令人亢奋的真实感，老莫甚至发现自己躺在床上已经开始微微出汗。但让老莫有点恼火的是，即便是在想象里，他也还得拖着那条沉重的假腿，那是个无法避开的前提，如果避开那条假腿，把自己想象成一个四肢健全的中年男人，那么整个过程的真实感就会因为缺乏起码的基础而变得荡然无存。但如果绑着那条假腿，与谙熟地形、阴险狡诈的黄辣丁做殊死的搏斗，老莫就感到有些力不从心了。有好几次，老莫甚至惊奇地发现，虽然已经裁减了黄辣丁的全部手下，但他还是在一个地形陡峭的山坡上被黄辣丁合情合理地捅了一刀。

为了不至于在最后反被黄辣丁杀死，老莫唯一的选择就是中途停下来重新起头。

不断地重新起头耽误了那天晚上剩下的时间，所以老莫没能按计划在天亮前杀死黄辣丁。不过老莫倒不为此感到沮丧，因为那天晚上之后还会有许多晚上，只要那把手枪还在，想象就可以无休止的继续下去，总有一天他会在一个合适的时间和地点射出那颗子弹，让黄辣丁体面地死去。

天亮之后的整个上午，老莫都没有到街上去卖冰棍，而是提着那把手枪，在逼仄的房间里走来走去，走累了，就用那种看上去很傲慢的姿势站在窗前，透过关得严严实实的玻璃窗看外面的马路和马路上的行人。那天老莫曾打算哪儿都不去，就待在家里休息一天，一晚到亮的苦思冥想已经让他感到有些困倦了。但中午吃过一碗面条之后，老莫就有些按捺不住了，他觉得如果拾到了一把真正的手枪却还得一个人孤零零地躲在家里，未免有点令人难以想象了。接下来老莫甚至还萌生了一个奇特的念头，那就是带着手枪到东郊村去卖冰棍，借机会会黄辣丁。这倒不是说他打算干出点什么事情来，而是他突然莫名其妙地很想看到黄辣丁。也许是因为从头天晚上直到第二天黎明，他跟黄辣丁厮混了差不多整整一个通宵，黄辣丁已经变得不再像从前那么可怕了，倒像是一个满身邪气但却有趣的朋友。

一旦打定主意，老莫就立即开始行动。他先用一个黑色塑料袋把枪包扎起来，防止可能融化的冰棍水浸湿了手枪；然后把塑料袋放到了小推车的最底部，盖上一层塑料布和一床棉被，又把床上的毯子也盖了上去，这才推着小车出了门。

秘密地携带武器，以卖冰棍为幌子，到对手的地盘上去跟对手近距离接触——这个诡异的形象让老莫对接下来可能发生的事情充满了好奇和期待，假腿和小推车也因为这个形象变成了两个道具，所以老莫走在路上时有意突出了他的残疾，看上去比平时走得更加笨拙和迟缓。但在开始这次行动之前，老莫还得先到制冰厂去进一百五十根冰棍，因为那是不可或缺的另一种道具。

制冰厂离老莫的住处不远，只有大约半小时的路程，但已经超出了这座城市的最边缘。制冰厂的背面，隔着一道满是卵石的早已断流的河床，对岸就是臭名昭著的东郊村了。从制冰厂到东郊村有两条路可以通行，一条是大路，顺着制冰厂左侧的碎石小路前行一公里，跨过一座三拱石桥就能到达对岸；另一条实际上并不是路，而是一座为了蓄水养鱼修建的拦河坝。水泥浇铸的堤坝几乎与两岸的地面齐高，从这里到达对岸后，有一条两面长满灌木的黄泥小路可以通向东郊村的南面。那条黄泥路原本是东郊村居民们进城的捷径，但自从变成了垃圾场之后，除了那些成群结队的拾荒人，再也没人愿意走这条路了。老莫在制冰厂发完冰棍之后，却打算从这条小路进入东郊村，原因是如果选择那座石桥的话，他得先推着沉甸甸的小推车爬上三级石坎，走完拱形的桥面之后还得再下三级石坎。除此之外，从黄泥小路进入东郊村最有可能遇上黄辣丁，因为东郊村南面的几条小巷里住着十几个妓女，据说其中有几个很喜欢黄辣丁眉清目秀的样子，都愿意倒贴钱养着他。按照老莫的计划，进入东郊村之后他哪儿都不去，就紧紧盯住那几条小巷的巷口，不怕遇不上黄辣丁。

但老莫怎么也没有想到，他刚踏上那条垃圾成堆、臭气熏天的黄泥小路没多远，就迎面碰上了黄辣丁和他的几个手下。

当时老莫推着小推车刚转了个弯，一抬眼，正看到不远处四个穿得花里胡哨的年轻人，一手捂着鼻子，一手拿着长长的火钩，分头在几堆垃圾里胡乱翻着什么，身穿锈红西装的黄辣丁一个人站在一旁，正低着头，若有所思地盯着他跟前的一丛灌木。

这么突然就碰上了黄辣丁让老莫有些猝不及防，他本能地猛一弯腰，感到心里一阵发沉，恍恍惚惚地以为自己中了黄辣丁的埋伏。但他随即就被自己的这个想法逗笑了。从老莫的那个角度看过去，黄辣丁比印象中的矮了老大一截，但却比印象中的更清秀。老莫一面眯着眼睛朝前走，一面有些惊奇地发现，其实他跟东郊村的那些女人一样，也很欣赏黄辣丁漂亮的容貌。他想着如果给黄辣丁抹上一点胭脂口红，再穿上一件女人的花衣服，黄辣丁看上去会是一个非常漂亮的女人，至少跟魏芳一样漂亮。

这样想着的时候，老莫已经来到了距离黄辣丁很近的地方。那四个拿着火钩在垃圾堆里翻东西的年轻人听见响动，都一起住了手，直起腰来，默不作声地看着老莫，只有黄辣丁连眼皮都没抬一下，仍然目不转睛地盯着脚前的那丛灌木。老莫停下脚步，伸头过去仔细一看，这才发现那丛沾满了尘灰的灌木上站着一只硕大的螳螂。那只螳螂举着两条镰刀似的前臂，显然已经跟黄辣丁对峙了很长时间，老莫的到来也许惊动了它，它微微向后一缩，突然张开了背上两片枯叶般的翅膀。就在这时，黄辣丁猛地朝左边一调脸，咧开嘴，从牙缝里挤出一口唾沫，啪的一声把那只振翅欲飞的螳螂射落下来，仰天翻进了一个肮脏的空纸盒。画面提示二：画面的主体部分是一只巨大狰狞的螳螂，视角是从它的后侧面看过去。螳螂张开双翅，站在一根灌木的枝条上。它的前方，远远的，稀稀落落地站着黄辣丁和他的几个同伙。画面的其余部分要看得出来是一个垃圾场，空旷、荒凉，同时凌乱。

好枪法！老莫在一旁忍不住喝了一声彩。没想到你还是个神枪手呢。

是吗？黄辣丁回过头来，脸上露出不以为然的表情。我嘴里有痰，他说，否则我还可以再间隔两步。

说到这儿时，黄辣丁突然指着老莫的额头问，你眉心那儿怎么血糊糊的？

老莫伸手摸了摸自己的额头，发现那儿果然有个痒又痛的小疙瘩。被蚊子咬了个包。他说，挠破了。

黄辣丁盯着老莫头上的小疙瘩看了几秒钟。别动，他说，你就站在那儿别动。说着，他上前揭开了小推车里的棉被，把手伸了进去。

老莫心里一紧，想要去阻止黄辣丁，但立即就被黄辣丁厉声喝住了。我叫你别动。他说，你再动一下，我就叫他们朝你嘴里屙尿。说完，黄辣丁从小推车里拿出一根冰棍含在嘴里，面对老莫，张开双臂，像踩着一条看不见的细钢丝那样一连朝后退了三步。站定之后，黄辣丁咬下一口冰棍，一面用舌头在嘴里慢慢搅动，一面含含糊糊地说，别动，别动……接着他像刚才那样，突然一歪头，哧的一声，从左边的牙缝里射出一股笔直的水花，正中老莫的眉心。老莫想躲，但已经来不及了，他闭着眼睛，屏住呼吸，伸手抹了一把脸，好一会儿才重新看清了眼前五个笑嘻嘻的年轻人。

也许黄辣丁的口水里有毒（他们那伙人据说连蜈蚣都吃），老莫觉得自己的眉心那儿火烧火燎的痛，他心神不定地看着站在正中间的黄辣丁，突然抬起右手，张开拇指和食指，冲着黄辣丁晃了一下。一枪打死你，他说，叭！

话一出口老莫就后悔了，但他那只伸出去的胳膊仿佛不听使唤似的照着刚才的姿势对准黄辣丁又晃了一下。这样一来，黄辣丁的脸就有点挂不住了，他慢慢低下头，翻起眼睛从下往上盯着老莫，一条深深的竖纹出现在他的两条眉毛中间，看上去就像一下老了十岁。你今天说话有点不客气啊！他慢悠悠地说，是不是中饭吃撑住了？说着，他猛地向前两步，一脚踩住了老莫左脚的脚背，同时肩膀用力一顶，老莫立即就跌倒在地上。

把车子给他掀了！黄辣丁命令道。

那四个年轻人一起上前，一边两个，不费吹灰之力就掀翻了老莫的小推车，那个装着手枪的塑料袋于是随着满地的冰棍一起滚了出来。

一个染着满头黄发的年轻人上前拾起那个塑料袋，他刚才用手捏了捏，立即就变了脸色，冲着黄辣丁叫起来。枪！他说，一把手枪！

黄辣丁接过塑料袋，像那个年轻人一样捏了捏，然后解开了上面的结，把那只手枪连同枪套一起拿了出来。

我的手枪！黄辣丁断然说道，一团不正常的红晕出现在他的面颊上，他抬起头来，看了看他的四个同伴，又回过头来看着老莫。你偷我的东西！他说，我找遍了整个东郊村，连粪坑都没有放过。说完，他把手枪从套子里抽出来，哗地拉开了手枪上的一个什么东西，老莫躺在地上，感到那东西在枪身上绷得紧紧的，就像一张弓拉开的弦。

他哪条腿是假的？黄辣丁问那个一头黄发的年轻人，我记不准了。

右腿！那个年轻人回答说。

别弄错了，黄辣丁说，去把他的裤子挽起来。

一个鬓角留得很长的年轻人自告奋勇地上前挽起老莫右腿的裤子，把那条假腿露了出来。

你们不是一直想找个活靶子吗？黄辣丁说，我们就假设他的这条腿是真的。

听了这句话，四个年轻人纷纷从口袋里掏出了各自的手枪，每一把几乎都跟黄辣丁手上的一模一样。直到这时，老莫终于相信那把伴随了他一天一夜的手枪的确是黄辣丁的了。面对着五个黑洞洞的枪口，老莫一连吞了好几口唾沫，感到肚子里仿佛有千言万语想要对黄辣丁说，但已经来不及了，随着黄辣丁的一声令下，五把手枪一起开火，立即把那条假腿打成了一堆木渣……

（原载《山花》2004年第6期；
收入小说集《惊虹》，贵州人民出版社，2007年4月；
《惊虹》获第四届贵州省政府文艺奖三等奖）

冉正万

口叼鲜花

我搬去没几天，隔壁老王就请我给他喂猫。他要去旅游。我从没养过猫狗之类的玩意儿，我不是不喜欢它们，我是嫌麻烦。老王要我给他代养几天，我爽快地答应了。这基于两个方面的原因：一是我搬来不久，和他还不是太熟悉，因此对这么点小事不好意思拒绝；二是我搬家那天，卫生间的热水器还没装好，我身上又是灰又是汗，正提着毛巾香皂准备去大澡堂洗个澡，老王看见后热情地叫我就在他屋里洗。他说，在家里洗虽然没有擦背的按摩的修指甲的，但绝对比大澡堂干净，没传染病。我爽快地答应给他喂猫，也算是一种报答吧。

可老王非要把他屋子的钥匙给我，我说不用，把猫关在我屋里就行了。老王说不行，他说“不行”两个字的时候就像在生气，就像对我的拒绝非常不满，但接下来的话却又非常诚恳。他说：

“我冰箱里的菜塞得满满的，我原先不打算出去的，我准备了一个星期的菜，肉也有蔬菜也有，但我经不起几个朋友的劝说，答应和他们一起去旅游，可等我回来这些菜不是就坏了吗？再说我厨房里什么都有，工具齐全。你屋子里什么都没有，这几天你就在我这边煮饭吃，啊，不要再买菜了。”

我既感动又不安。老王说到这里，诚恳的表情突然变得轻松而又俏皮。他问我：

“你知道菜烂在冰箱里是什么气味吗？”

我摇摇头。

“是牛粪的气味！”

他说着哈哈大笑。

“真的，和牛粪的气味一模一样，而且无论怎么洗，那种气味也除不掉。我领教过一次，没办法，只好换了台冰箱。”

我暗想，老王这人真不错，又有钱，为人又豪爽。我若是遇到冰箱有臭味，首先想到和最后想到的都不是换冰箱，而是想方设法把臭味除掉。我相信一定能找到除臭的办法，我虽然是个以写小说为生的人，但对生活中的很多事情我挺爱琢磨的，比如手机屏上有污垢，最好的办法不是擦，而是用透明胶粘，粘上去撕下来，反复几次就弄干净了。

到现在为止我还没有自己买过冰箱，以前家里有，不过那是父母的，是否也有老王说的那种臭味我从没注意过。我还没当过家，不当家不知柴米贵呀。

我怕喂不好老王的猫，问他应该注意些什么。他说：“没什么，把你吃剩的给它一点就行了。”其实他不说我也打算这么做，特意问一下，不过是表示对老王的尊重。面对他这样一个好人，我已经不由自主地、想方设法地在各种情况下都想表达自己对他的尊重。

我不觉得这是因我占他的便宜才这样，我认为这就是我的道德。

老王临出门的时候叮嘱了一句：“进屋后要注意关门，不要让猫跑出去，它要是跑出去了不容易找回来。”我拍着胸脯说：

“你放心吧，有我在猫就在，有猫在我就在。”

我搬到这里来，是为了修改一部二十集的电视剧本。虽然只打算租两个月，但我付了三个月的房租。房东说他收房租都是一个季度收一次。我想，多一个月就一个月吧，只要我把剧本改出来，这点钱算不了什么。

我以前主要是写小说，搞剧本还是第一次。

搬来之前，我和女朋友琪鱼住在一起。她原先叫王其余，认识她后，我帮她把名字改成了王琪鱼。一个普通甚至带有歧视性的名字顿时有了诗意。这也是她最初爱上我的原因。认识她的时候，我问她：“你的父亲是不是重男轻女？连生了几个都是女孩，于是给你取了个名字叫其余。”她不高兴地说：“你怎么乱猜人家的名字？我是独女儿，我父母给我取这个名字的意思是其余的他们都不要，就要我。”我忙向她道歉，并讨好地说：“这个名字好是好，但如果稍微改一下就锦上添花了。”我和她好上后，从没到她家去过，她父亲开了个“杀行”，也就是生猪中转站，乡下的猪贩子把猪运进城来，暂时关在“杀行”里，城里的屠户到“杀行”里买猪，杀好后拖到菜市上去，完成了把生猪变成生肉的过程。琪鱼的父亲算是有钱人，但琪鱼告诉我，她谁也不靠，就靠自己。有一天我接到一个电话，是她大姐打来的，我才知道她有三个姐姐，她是他们家的幺女。直到现在我也没戳穿她的假话。当你喜欢上一个人，她那点小小的虚荣也会变成有趣的优点。

琪鱼的父亲是从乡下来的，在老家时杀过猪。于是我总会忍不住胡思乱想，一个杀猪的怎么也能生出这么漂亮的女儿？

我和琪鱼已经同居三年了。那是琪鱼的单身宿舍，白天她上班去了，我便在屋子里写小说。我和她有一个既现实而又宏伟的计划，平时用她的工资生活，把我的稿费全部存起来，存够了买一套房子，然后结婚。

我写了三年，从没有被人看好过，但我是一个勤奋的作家。三年写了十八个中篇、三十三个短篇，和作协那些专业作家比起来，数量也不算少。但我所得稿费全部存起来，才三万六。我心里急，这样下去不知哪年哪月才能买上房子。我急的时候，琪鱼便劝我不要急，她说越急越写不出来。我不急的时候，她便看售房广告。每当看到便宜点的，她便兴奋地盘算她结婚的时候要穿什么衣服，要请哪些人。而我则在盘算要买下这套房子首付多少，月供多少，我每年必须发表多少万字小说。出了名的人，发表十万字的稿费在一万甚至一万以上，而像我这样的无名作者，能拿五千就不错了。

最近我在几个朋友的怂恿下决定搞电视剧。他们说，一部二十集的剧本，能拿到的稿费比你写一辈子的小说还多。我以前一直不敢写长篇小说，就是怕写出来后没地方发表，怕把时间和精力搭进去了，却得不到一分钱稿酬。写中短篇不一样，东方不亮西方亮，总能找到地方发表。即使东西方都不亮，也不过是几千字或者几万字的事情，再写就是。朋友们说，写电视剧本比写小说简单，语言好不好没关系，只要故事好就行了。琪鱼听了他们的话，也天天给我吹枕头风。她说：“如果写剧本，我们不光可以买房子，连买车的钱也有了。”正当她的畅想搞得我飘飘然的时候，却突然又幽幽地说：“到时候你有钱了，漂亮的女人围着你转，恐怕就看不上我了。”我立即安慰她：“不会的不会的，我是什么人你又不是不知道。”这样说她仍然不满意，我就发誓：

“如果我抛弃你，就让我出门被车撞死！”

琪鱼忙捂住我的嘴，不准我乱说。

我不这样说，她又不高兴，说她的青春全都付给我了，到时候我若是抛弃她，得赔偿她青春损失费，一年十万，三年三十万。

我说，我有三十万赔给你，还不如和你一起用，所以你放心吧，我没那么傻。越有钱我越是不能把你丢开，因为把你丢开就等于我往水里丢钱。

剧本初稿写出来后，托人转给电视台剧作中心的一位导演，请他指点。导演看完后提了几十条意见，最主要的有两条：一是剧本的文学性太强，更像一部小说，而不是剧本；二是人物之间的矛盾冲突还不够激烈，不激烈就显不出人物的个性。不过基础还是不错的，从没编过剧本的人能拿出这样的东西来，已经非常不错了。只要照他的意见修改，完全可以将它变成一个真正的剧本，甚至一个拍出来后引起轰动的剧本。

我和琪鱼兴奋得一宿未眠。

我决定到一个清静的地方好好修改，为了不被人打扰，我把手机交给琪鱼，为了避免我忍不住了跑回来找她，我把宿舍的钥匙也交给了她。我和她约定，我到什么地方去租房子不能告诉她，租好后就搬出去，这样她即使想我了也找不到我。她的手机已经欠费停机了，只要她不交费，就会一直停下去，这样我想她了也无法打电话。总之我们想尽一切办法，都是为了使我在改剧本期间和她不要有任何联系，都是让我安心改好剧本。

琪鱼趴在我的胸脯上，温柔得像一只小猫。她说："就两个月的时间，你一定要忍住。"

我豪情万丈地拍着胸脯说："没问题，以前没有你，我不是也忍了二十多年嘛。"

琪鱼捏着我鼻子说："你生下来的时候就知道要女人呀？小坏蛋！"

我们已经来过好几次了，可说一阵话，我那个东西硬起来，我们接着又来。我们都觉得，我们就要分开了，因此有必要把这事做饱，就像喜欢吃肥肉的人一样，你让他吃个够，吃够了还叫他吃几片，这样他就不会再馋肥肉了。天亮的时候，琪鱼说她的腰都要断了，而我则感到全身又软又痛。我想，不要说两个月不来，就是两年不来我都不会想，我身体里那种叫人发想的东西一滴也没有了。最痛的地方是关节，就像得了关节炎。我甚至怀疑我是不是已经变成了一只雄黄蜂。

我在一本书上看到过这样一段话：黄蜂的女王在婚配时，会邀约二十五只以上的雄蜂进行交配，那些雄蜂交配完后把自己的性器官弄得粉碎，铺散在女王身上，然后死去。

死我倒不怕，因为我还没感觉到我会马上就死，但我怀疑我那个东西是不是废了。

搬到老王的隔壁，呼呼大睡了一天一夜，这种担忧才解除。它没有废，只不过是磨损太大了。

我租的房子在市郊，围墙里面就一幢三层楼，院子里有一棵大银杏树。这里非常清静，很适合干我这一行的人生活。并且租金也很低，一个月的租金一篇小小说的稿费就够了，而同样大的房子在市里面至少要半部中篇小说的稿费。

住了几天，我才发现除了老王那屋，其他屋都没有人住。我想恐怕是因为交通不便，除了像我这种不上班的人住着还合适，每天按时去上班的人住是很不方便的。要进城得走半个小时才有公共汽车。

头两天我一个字也没写出来，心想这是对新环境还不适应，脑子还没转过弯。可歇了几天后，仍然找不到感觉，我心慌了。

写电视剧本和写小说不同，写小说是把大白萝卜晒成萝卜干，写电视剧本则是往一个白大萝卜里注水，使它变成一个大冬瓜。

比喻是这么个比喻，可往大白萝卜里注水使之变成大冬瓜，并不是拿起灌满水的针筒就往里面注。这样弄出来的水冬瓜，是没人要的，而是要不留痕迹地使它变大。并且还不光是让它变成一个圆不溜秋的大冬瓜，还要使它像大西瓜一样可口，老少皆宜，只解渴不解饱；像魔术箱一样神秘，一会儿扯出这样，一会儿扯出那样；像走马灯一样连贯，虽然转来转去都是那几个人，但他们一直在你追我赶。

在这方面我的手艺还不够好。

我知道做这种事不能慌，越心慌越弄不好。

老王叫我给他喂猫，我也正好找点闲事来做，让心宁静下来。只有宁静才有灵感。

老王其实不算老，四十来岁。按照我们这里的习惯，我应该叫他王哥。可第一次见面，他就叫我称他老王。他说他喜欢别人称他老王，他开玩笑说“因为老王是最厉害的，见一个吃一个”。他指的是扑克牌里的老王。

老王的猫是一只半大的虎纹猫，毛黄的地方黄得发亮，并且那毛也要硬一些直一些，白的地方白得柔和，毛要软一些也要浅一些密一些。总之是很漂亮的。

我没有照老王说的，把吃剩的给猫就行了。猫喜欢吃腥味重的东西，我专门买了猪肝，每顿饭给它切一小块，剁碎后煮在饭里面。我不这样做似乎就对不起老王，在我养着它这几天，它要是瘦了，或者不想吃东西了，我都会觉得是罪过。

我的写作工具是一台笔记本电脑，花了不到一千元买的二手机。老王走后的第一个晚上，我就把电脑搬到老王屋里，目的是一边改剧本一边用眼梢盯着老王的猫。喂饱后把它单独关在屋子里，我怕它受不了。我这是以己及猫，我吃饱了关在屋子里有事做，猫又不写作又不看电视，我怕它寂寞。同时我也担心它从我不知道的什么地方溜出去。虽然门窗都关得紧紧的，但猫毕竟比人灵活，万一它从什么地方溜出去不再回来，我就对不起老王了。

我坐到老王的屋子里，灵感就来拍我的脑门了。我一口气写了六千多字。而最让我感动的是，我写作的时候，老王的猫哪儿也不去，静静地伏在桌子上，似睡非睡。有两次还爬起来，走到电脑旁边，不解地看着我的剧本，在这边看了一阵，又跑到另一边看一阵，仿佛真看懂了，又仿佛不屑一看，回到原位，伸了个懒腰，然后又趴下了。

我心里已经喜欢上这只猫了。

半夜里，我写累了，准备回屋去睡觉。

我合上电脑。这时老王的猫前弓后踞地坐起来，慢摇摇地走到桌子边上，伸出爪子拍了拍一只存钱罐，轻轻说：

“懒猫，懒猫。”

我差点笑出来，它居然会说瓷猫是懒猫。存钱罐的造型的确是只猫。最让我觉得好玩的是它那副老练的样子，像成人在逗小孩。它见我看着它，更得意地在瓷猫的头上拍了两下。

“懒猫，懒猫。”

我有些迷惑不解，是它在说话？还是我在做梦？我经常在梦中梦见自己写出传世之作，激动得不知所措，可醒来后才发现握着两个空拳。

它的声音像口齿不清的小孩，但和它平时的叫声完全是两码事，那的确是我们人类的语言。

我小心地拍着它的头，也叫它“懒猫，懒猫”。

它缩着脖子，等我拍完它的头，它再去拍瓷猫的头。

这只猫会说人话，那可是国宝啊。我睡意全无，激动得全身发抖。如果我把这个消息公布出去，说不定全世界都会沸腾。我想试试它会不会说别的话，便摸着电脑说：“电脑，电脑。”

它莫名其妙地看着我，然后试探性地说：“电脑。”

像是说的“电喽”，也像是“定喽”。

我轻轻扣着放电脑的桌子：“写字台，写字台。”

它说：“写台，写台。”

渐渐地，我发现它最多只能说两个字，我说任何一句三个字以上的话，它都简化成两个字。说两个字还说不大明白，但说一个字的时候，它的口齿是非常清楚的。我想我遇到神猫了。

我和它玩到天亮，我已经坚持不住了，我得去睡觉了。睡觉之前我给它弄了点吃的。我恨不得把天下最好的东西给它吃，而我自己，随便吃点什么都没关系。我问它：“你想吃什么？”

它跳到衣柜上面去了。不知它是懒得回答，还是听不懂我的话。

我给它做的饭里面有带腥味的猪肝、补充热量的火腿肠、补充蛋白质的鸡蛋、补充维生素的蔬菜。它的饭量不大，我每样都只给它弄了一点点。这是我所能做的最好的猫饭了，我已经把我仅有的营养学知识发挥到极致了。

从这天起我晚上写作白天睡觉。我睡觉的时候把猫放在床上，用叠作几层的毛巾被给它当被子。它睡觉很不老实，还没睡上五分钟就要爬起来。我醒来时它早已不在床上。我本想把它关在纸箱里或者衣柜里，可对一只会说话的猫，我实在下不了这个手！

而最让我恐慌的是它有时候爱讲话，有时候无论我说什么都不理我，傻眉傻眼完全是一只普通猫。老王回来要是发现我把它的猫养成了一只傻猫，责怪起我来，我可担当不起。

我独守这个奇迹的激动，已经变成越来越大的负担。

那天我跑到街上，想把这个伟大的奇迹告诉琪鱼，可拨出去后只听见电话回答道：对不起，您所拨打的电话已停机。

除了琪鱼，我还有十几个所谓的圈内朋友，可琪鱼为了让我不受打扰专心改剧本，她把我的电话本卡下了，偏偏我又是个对号码之类的数字天生迟钝的人，他们的电话我一个也记不得。没办法，只好一个人回到屋子里，对着神猫发愁得激动一番。

可想而知，我的剧本改得一塌糊涂。为了保持猫的说话能力，我得抽出大量的时间陪它说话。它的说话能力毫无进展，只要能够将口齿不清的几个字保持下去我就已经心满意足了。我待它比待我爹还累。有一次它屙出来的屎像糖浆一样，把我吓得整整一天没敢合眼。它平时屙的屎可都是黑灰色的，而且是成条形的，有一定的硬度。我不敢抱它去打针，我怕医生一针打下去，用化学方法制造出来的药水使它从此失去说话能力。我仔细回忆是不是食物有问题，分析了一阵毫无结果，一会儿觉得没问题，一会儿觉得也许是哪个细节上没弄好，自己和自己争论了一番，把自己搞得像个神经病。直到十八个小时后，它屙出的屎终于又是黑灰色长条形的了，我才稍微放心地打了个盹儿。

不能打电话告诉朋友，我决定写封信。他们的电话我记不得了，但他们的通讯地址我还是记得的。可我刚写到一半就不想写了，一是长期用电脑，手指头捏笔捏不了多久就很痛。不过最大的问题还是我写不清楚这封信。前因后果什么的都好写，写到猫说话，我发现任何一个字都无法准确地还原它嘴里发出来的那种声音。一旦我把那个字写出来，再去读它，就发现它已经走调了。如果是在电话里，这个问题很好解决，我学一学就完了，学得再不像，也比写在纸上强，而且强得多。

我第一次发现，声音对人这么重要。如果我们都变成了只会识字的哑巴，这对我们将是多么恐怖，多么难受。

我沮丧地把写好的信撕了。

就在我累得精疲力竭的时候，老王终于回来了。老王看见我，关心地问：

“怎么了？脸那么黑，是不是病了？”

“没有，是没休息好。”

“你也不要太用功了，饭要一口一口地吃，剧本也要一句一句地写。”

我心酸地点点头，我哪敢说是为他的猫累成这样的。

老王带了瓶好酒回来，说要和我好好喝一杯，一是感谢我给他喂猫，二是因为今天过节。我已经忘记今天是个节日，老王不说我是绝对想不起来的。老王说：

“好好喝一杯，然后好好睡一觉。”

喝酒的时候，我对老王说：

“老王，你的猫会说话，你知道吗？”

老王答非所问地看着我：

“你发现了？”

“我发现了，真是只神猫啊。”

老王放低声音叮嘱我：

“你知道就行了，千万不要告诉别人！这事绝对要保密，记住了。”

我忙点头，同时心里一惊，想起没有打通的电话，没有写完的信。我心想，天啦，我差一点就把老王的秘密泄露出去了。

我很想知道老王是怎么教会猫说话的，可他总是岔开我的话，大谈他的旅游见闻。我知趣地不再往下问。我和老王正喝着，那猫却一下跳到桌子上，对我和老王说：

“过节，吃鱼，过节，吃鱼。”

我马上说：

“好好好，过节是应该吃鱼的，怎么把你给忘了。对不起对不起。”

老王却挥手赶它，他说：

“去去去，这是人过的节，又不是你过的节，吃什么鱼。一边去，一会儿给你吃汤泡饭。”

我对老王大为不满，这是一只神猫，他怎么可以像对待一只普通猫那样对它。仗着酒劲，我不客气地说：

“老王，不就是吃鱼吗？怎么不给它吃？一定要给它！虽然我们过的是人的节日，可它既然会说人话，就应该和我们一样。”

我的心突然一下难受得要命，觉得老王这样的人太可恶了。老王说：

“不是我舍不得，家里没买，菜市早就收摊了，半夜三更的，到哪里去给它弄鱼。”

猫还在那里一遍又一遍地说：

“过节，吃鱼，过节，吃鱼。”

我冲动地站起来，大声说：

“我去买，我不信这么大一个城市，还找不到卖鱼的。”

我走到街上，招手要了一辆出租车，钻进去后对司机说：

“送我去卖鱼的地方。”

司机以为自己听错了：“卖鱼？这么晚了你要买鱼？”

得到肯定的回答后，司机挠了挠头，像是不知道该把我往哪里送，但又舍不得放下生意不做。最后他把我送到酸汤鱼火锅城。我暗想这家伙还算聪明。

酸汤鱼火锅城外面有块牌子，上面写的是：

鲤鱼　35元/斤

鲶鱼　40元/斤

草鱼　25元/斤

鲫鱼　60元/斤

黄辣丁　80元/斤

我懂牌子上的意思，在这里吃饭，如果要一斤鲤鱼，其他配菜和饭都不再另外收钱，给三十五块钱就行了。

我叫老板给我来一斤黄辣丁，既然是过节，就要给它吃最贵的。老板问我几个人，我说就我一个，我不在这里吃，我要把鱼带走。老板为难地说，他的鱼没这么卖过。我摸了一百元钱给他，不高兴地说：

"你不就是为了赚钱吗？给我称一百块钱的就行了，就按八十块钱一斤。"

最贵的时候，这种鱼在菜市上也只卖十块钱一斤。

我把鱼提回来，连同车费花了一百五十元。我和琪鱼过节也没这么大方过。

老王不以为然地说：

"猫就是猫，你不能把它宠坏了。"

原以为老王回来了，我只要好好睡个懒觉，爬起来就可以把剧本改下去。猫再神也是老王的，不是我的，我不能再管它了。

可当我打开电脑，猫不再趴在我的桌子上，我心里就空空的，一个字也写不出来。它在我心里占据的位置，已经远远地超过了任何一个人，包括琪鱼，甚至包括我的所有亲人。

不过还好，它现在喜欢到我床上睡觉了。它还是不喜欢毛巾被，它喜欢睡在我旁边，我怕睡着了压着它，常在半夜里惊醒过来。醒来时看见它不是趴在枕头边就是趴在脚边，我像初为人父的人那样细心，我要拿点什么东西给它盖好才能重新入睡。

有一天老王回来后神秘而又得意地告诉我，他把猫卖了，卖给一个外国人，过两天那个外国人来捉猫时把钱给他带来，一万美元！我心里很不是滋味，首先是感到这个老王也太没有家国情怀了，这种国宝级的猫，要卖也要卖给我们国家的科研机构嘛，让科学家们研究研究，说不定会因此突破人与其他动物的语言交流。然后是觉得老王目光短浅，见钱眼开，如此奇迹，只卖了一万美元！

如果我有一万美元，我会毫不犹豫地买下这只猫。

不知为什么，自从老王旅游回来后，我对他越来越反感。

谁知就在那天下午出事了，猫在我的床上死了。不知是被我不小心压死的，还是被厚厚的被子捂死的，反正我叠被子的时候发现它已经死了。我立即把老王叫来，告诉他这个不幸。他生气地说：

"我叫你不要宠它你不相信，你宠它，它当然喜欢朝你的被子里钻。这下好了，我鸡飞蛋打了。"

我非常难过，我对老王说：

“对不起，我不是有意的，我赔你。”

“你赔得起吗？”

老王说着转身走了。我非常绝望，赔钱虽然也是件大事，但比起死掉的猫，我心里要难过得多。过了一阵，老王进屋来对我说：

“对不起，刚才在气头上说了句气话。我知道你特别喜欢这只猫，这样吧，你赔我一半就行了，你写小说找稿费也不容易。”

老王把猫拿去埋了。

天已经黑了，按照我的习惯这时候本应该打开电脑写作，可我什么也不想干，呆呆地坐到天亮。天亮后我没有睡觉，而是去把我存在卡上的稿费全部取来。赔一半也还不够，我写了张欠条。我把欠条和钱给老王，他看了看，当着我的面把欠条撕了。他豪爽地说：

“行了，这事以后不要再提了，就当什么也没发生。”

我内疚地说：“老王，真是对不起。”

老王说：“不要道歉了，这是意外，是你不愿意我也不愿意的事情。咱们是兄弟，这事就这么了了吧。”

我不反感他了，而是觉得他这人其实非常不错。

我现在一贫如洗，我必须排除一切杂念把剧本改好。

可从这天晚上起，只要我坐在电脑面前，就听见猫在门外叫唤，听上去是一只普通猫在叫，但它的声音那么哀伤，叫人肝肠寸断。我打开门，却又看不见它在哪儿，而且叫声也停了。如此反复，我已经精疲力竭了。

我不能再在这里住下去了，我必须搬家，否则不光改不好剧本，说不定我会发疯，把已经改好的全部删除，甚至砸烂电脑。

我还能去哪儿呢，我只能去琪鱼那里。

琪鱼惊讶地问：“这么快就把剧本改好了？”

我垂头丧气地说：“没有。”

“忍不住想我了？”

“不是。”

“那是怎么了？病了？”

“也不是。”

我把经过告诉琪鱼，她听着听着脸色就变了。我已经说完了，她冷冷地说：

“说呀，就这么简单？”

我只好絮絮叨叨地拣重要的再说一遍，琪鱼突然大喝一声：

“行了，你也太愚蠢了，连编谎话都不会编。真是社会进步呀，猫都会说话。你出去随便找个人来，看有哪个人信你说的！”

她冷笑了一声：“哼，我终于明白了，你写小说为什么老出不了名，原来你根本就不会编故事。”

“琪鱼，请你相信我。你都不相信我，这世上就没有第二个人相信我了。”

“我当然相信你，我一看你的脸色就相信你，你这是玩女人玩多了体虚。我相信你还被派出所罚了款，把玩剩下的钱全都罚光了！”

我绝望地想去拉她的手，以便她听我的解释，她却尖叫着跳起来：

“不要碰我，哪个知道你现在身上有没有艾滋病！你给我滚，我永远不想见到你。”

“琪鱼……”

“快走吧快走吧，把你拿进屋来的东西都拿走。”

我绝望极了，我身无分文，我能去哪儿呢。我抱着我的电脑在桥洞下待了一宿。别的东西我都没要，要来扛在身上也不方便。

天亮后我去了一个朋友家，我不敢再讲猫会说话的故事了。

半年后，我把那个剧本卖掉了，我改不好，把它卖给了一个颇有名气的编剧，据说他赚了好几十万，而我只卖了三万。朋友们都说我太傻了，怎么也应该卖个十万甚至二十万。可我已经很满足了，能够把赔给老王的钱找回来，我已经十二分满足了。我看明白了自己，除了写小说，别的事都不会干。我不再想有没有人赏识我，也不去想是不是会出名，只要还能写，只要写了还能赚几个稿费，这就够了。我认命。

从朋友那里搬出来，我租了一间小屋，隔壁的人不养猫，但喜欢养狗，那狗不会讲话，只会汪汪叫。

我写得比以前慢多了，因为不再去想买房子的事情，没那么大的压力。没想到这几篇作品发表后反而引起一些人的注意，说我写的是新实验主义小说。

又过了半年，我突然在报纸上看到一篇报道。说某科研所王某某，将他们单位几年前研制出来的一种芯片植入猫的舌根，芯片一旦在电脑的操纵下，猫就会说出一些短语，仿佛人在说话。王某以此设骗局，多次行骗成功，已骗取近百万元。最近一位受骗者准备把死去的猫煮来吃，结果发现了舌根下面的芯片并报了案。目前王某已经被捕，对其犯罪事实供认不讳……

看得我脑门发烫。那一百万里面可有我的三万哪！

我百感交集啊，我终于可以在王琪鱼那里平冤昭雪了。

我激动地给王琪鱼打电话，叫她马上买报纸来看，第32版上有重大新闻。说完后我放下电话。过了三个多小时，估计王琪鱼已经看完了，再打电话过去。

“看到了吗？”

“看到了。”

“这下你应该相信我了吧？”

电话里没有声音，我知道她一定很激动很内疚。我等了一会儿，她果然如我所料地哭起来。我立即说：

“不要哭，不要哭，我马上就来见你。你是不是还住在那里？没搬家吧？”

王琪鱼大声说：

“你不能来！”

“怎么了？你还不相信我？真的以为我有传染病？”

“不是，我上个星期结婚了！”

王琪鱼说完放声大哭，但我只听了个前奏，她就把电话挂了。我能猜测得出来，说她哭得死去活来也不过分。她肯定哭得死去活来，她应该哭得死去活来。

我蒙了。

看着手机上的号码，我觉得它有些陌生。我真的有些陌生了，刚才是翻电话本找出来的。这个号码显示了几秒钟，然后从屏幕消失了。当然它此时还在机子里面，但它离我已经很远了。

打完第一个电话，我去买了一束鲜花，准备去见她的时候给她一个惊喜，看来用不着了。我不能把花献给她，也不能献给我自己，我不如如何是好。

我发呆，发傻，我以为我憋了一年多的泪水会像泉水一样涌出来，会泪流成河。可我等了半天，脸上是干的，眼睛里也是干的。

我掐了一朵花叼在嘴上，无意中看见玻璃窗里模糊的影像，像一颗子弹打在我嘴上，此时正在流血。

算了，我想，算了。我是说算了，不他娘的算了还能怎么着！算了！

（原载《厦门文学》2004年第10期；《作品与争鸣》2005年第7期转载）

王新华

毕兹卡[1]的吊脚楼

一

古佛道场、佛教名山——梵净山的旅游一天天热起来了，这对山里的土家人来说，的确是一个好消息。

巴山坳上为当地人引以为傲的张家的吊脚楼开始腐烂了，这却又是一件极其严重的事情。

居住在黔东印江土家族苗族自治县梵净山脚下自称“毕兹卡”的土家人常常自豪地说，最初将梵净山取名为梵净山的人不是一位得道高僧，就一定是一位学富五车的大学问家！这人如果仍然健在，租个门面，开个取名公司，定会门庭若市，生意兴隆。这话初听是很牛气，但仔细一想，却真是那么回事。在中国赫赫有名的佛教名山中，有谁会一看到五台山、峨眉山的名字就会把它们跟佛教联系起来呢？不会的。而梵净山则不同了，虽然目前名声还不是特别响亮，但人们只要一看到这个山名，就一定知道这是一座纯粹的佛山。而且，这里有着世界上最大的天然佛中佛，所以，当地的土家人十分自信：哪一天中国佛教协会主席来到梵净山，如果不在金顶挥毫泼墨写下“中国第一佛山”几个字，那才怪哩。这并非虚妄之辞，在当地，事实上已有相当部分“毕兹卡”已擅自将梵净山称为“中国第一佛山”了，只是政府有关部门因尚在申请批文，文件上不

① 土家族的语言，意思是“说土家语的人”，是土家人的自称。

肯写明罢了。

山是我们的，我们喜欢哪个叫就哪个叫；公家人有公家人的规矩，他们不肯叫就算了。已经相当文明的毕兹卡十分的宽宏大量，而且他们坚信，拿到批文，只不过是早晚的事。

外地人来到梵净山，不称毕兹卡为毕兹卡，也不称从毕兹卡翻译过来的“当地人”，而是简单地称梵净山山民，对此，毕兹卡不仅没有一点反感，反而觉得这种称谓更为贴切，因为这个词已完全将人和山、山和人密不可分地交融在一起，毕兹卡十分满意。就是嘛，山是我们的山嘛，我们人也是山的人嘛。为此，毕兹卡对越来越多的外地人表现得极其热情。

莽莽苍苍的原始森林给方圆数百里的梵净山披上了一层奇幻神秘的色彩，谁也猜不透理不清这丛林密布、云蒸雾绕的灵山秀水间，到底蕴藏着多少宝藏，埋藏着多少秘密。看着毕兹卡们一张张憨厚淳朴、天真无求的面孔，谁会想到他们会是翰林学士、土司长官抑或绿林大盗的后代？梵净山这块净土，曾经庇佑过多少个绝望的灵魂啊！不管这些灵魂曾经是善良的，还是罪恶的，梵净山都是一视同仁，从不计较，慷慨地予以接纳，然后，再以它那博大的胸怀去感化，去安慰，用无边的绿海去洗礼，去浸泡，也许，这就是梵净山的佛性所在吧。在这里，一切都被山包容了，被绿淹没了，被云雾装扮了，被自然调和了，一切都是这样的和谐且美好。

这种和谐，同样体现在巴山坳上那两幢临崖而建的吊脚楼上。

这两幢吊脚楼掩映在绿树丛中，兀立于危岩之上，飞檐翘角，仿佛就要随风飞去。将唐代杜牧的“远上寒山石径斜，白云生处有人家”的名句搬到此处，也还稍嫌平淡；最好有一丹青妙手，来此写生，只需略加勾皴点染，就天然一幅传世佳构。只是巴山坳并不处于要道，所以外地人根本就到不了这里，吊脚楼的妙处也就养在深闺人不知。

即便如此，巴山坳吊脚楼的建筑风格也仍然为众多的毕兹卡所称许。这两幢吊脚楼虽然都只有五柱四瓜，与山下大寨里的很多七柱六瓜的房屋相比，一点也不排场，但它依山而建，坐北朝南，正面是大大方方、宽宽敞敞的长三间，两头是走马转角的吊脚楼，整个房屋恰似一个端端正正的撮箕口，正应了“后背山，前对岔，两边扶手似腾马”的建房古训，且此房垒石砌坎，基础极牢，气度非凡。房屋的用料和装饰也堪称一绝，这两幢普通的木房，正房一律高一丈八尺八，吊脚楼则一律高一丈六尺六，榉木柱，柏木板，都是千年以上的树龄。其中飞檐翘角、雕梁画栋和三面护栏，无不精雕细镂，刻满花鸟鱼虫、飞禽走兽，以及古代战争、求学、尽孝等方面的动人故事。所有这些，将梵净山脚下的毕兹卡对其居所的完美追求体现得淋漓尽致。可以毋庸置疑地说：这就是毕兹卡民居的标本，是活化石，也是当地土家人常常引以为豪的地方。

这两幢吊脚楼似乎也有不那么循规蹈矩的地方，那就是靠得太近，以致相互渗透了。土家人虽然喜欢聚居一处，却都是每家独住一房，互不干扰。巴山坳上的这两幢吊脚楼却显得与众不同，两幢吊脚楼的屋檐不是相互独立，而是东高西矮紧紧地交错在一起，就如唇齿相依，又如两小无猜，一上一下，你中有我，我中有你。每当烈日当空，东边的屋檐就如在西边的屋檐上撑了一把伞，带给西边屋檐一片荫凉；每当大雨瓢泼之时，东边的屋檐又总是最先承受暴雨的袭击，把积水缓缓地交给西边的屋檐，最后才将水送到地下，真是一咏三叹，让人感动。而每当云雾深锁之时，东西屋檐又如两个捉迷藏的淘气顽童，若隐若现，颇添生趣。唉，这东边的屋檐真如一个大哥哥，总是伸着手臂，时刻都不忘将西边的屋檐置于自己的庇护之下。可正是这一点与众不同之处，常常引起当地人的争议，也为两幢吊脚楼的主人带来了诸多的烦恼。

有幸居住在巴山坳这两幢宫殿般的吊脚楼里的，是张宗富、张宗贵兄弟俩。

二

巴山坳的吊脚楼再结实，再精致，在经历了二百余年的风雨侵蚀之后，仍然无法掩饰岁月留给它的印记。它苍老了，破旧了，甚至有的地方已开始腐烂。张宗富正读小学四年级的儿子张著羽常常帮助正读小学三年级的堂妹张著芬，从吊脚楼的柱子上拈出一条条老木虫来，带到学校去，放到同学的书包或老师的抽屉里，他为此常常能享受到恶作剧后的快感、同学的拳头和老师的呵斥。张著芬每次在自家房上看见蠕动的老木虫，就立刻会产生一种吞了粪蛆一样的感觉，恶心极了。这时，她便忍不住要发出极度恐怖的尖叫，张著羽总是应声而到。对付这种肥大的老木虫，张著羽显得人小胆大，他不仅敢拉，还特别爱玩。

你怕哪样嘛，要多有几条，还可以做一个高级菜呢，张著羽若无其事地拨弄着掌心里的虫子。

张著芬听了，肠胃一阵痉挛，喉管奇痒难忍，禁不住大吐起来。张著羽见了，嘴角一撇，露出极为鄙视的神情：假金贵!

痛苦不堪的张著芬揉着眼睛委屈地哭了。你才坏！哪有要吃虫虫的？除非他是疯子!

张著羽鼻子哼了一下说，头发长见识短，少见多怪！这种虫虫在大城市里，一条要卖几十块呢。

张著芬不服，说，你晓得！你哪样都晓得!

张著羽说，我听外地人说的，当然晓得!

张著芬挖苦道，外地人打屁你也晓得，香的还是臭的？你去闻过没有？不再呕吐的堂妹从小就练就了一副刀子嘴，很有些得理不饶人的成熟女人的风度。

在张著羽兄妹打闹的同时，越来越多的老木虫引起了张宗富、张宗贵两兄弟的高度重视。虽然谁都没有将话挑明，但他们两家赖以遮风挡雨的吊脚楼的衰老腐朽却一天比一天扎眼，甚至栏杆、窗花也都出现了虫子。张著羽从柱子里、板壁上拈出来的虫子，又一条条全钻到这两个一家之主的心里去了，噬咬着他们的五脏六腑。每当听人说起他们家的吊脚楼，除了一种空洞的虚荣之外，他们更多的是人所不知的忧虑。

这些年，由于交通的迅速发展，梵净山的旅游也迅速火爆起来，越来越多的外地人都来梵净山朝山拜佛，旅游观光。当然，游客们上下山几乎走的都是传统的主要路线，但也有少部分具有叛逆和创新精神，前来考察、探险的游客会偏离大道，独辟蹊径，于是，距上山大道不过百十米远的巴山坳也开始迎接三三两两的游客。聪明的张宗富兄弟俩敏锐地接收了这一极具利用价值的信息，并将它牢牢地储存在了大脑里。

一天，巴山坳来了两男两女，两个男青年身上的衣服上到处是大大小小的荷包，这一块那一块的，就像毕兹卡们以前常见的“万家衣”。但衣服并不破烂，所有荷包都胀得鼓鼓的。他们一人一瓶矿泉水，气喘吁吁地爬上巴山坳，已是暮色苍茫、晚霞满天之时。当他们发现张宗富兄弟的吊脚楼后，又顾不得腰酸背痛、汗流浃背了，立即欣喜若狂，欢呼雀跃起来。激动之后，两个男青年以极其熟练的动作飞快地脱下了身上沉重的“百家衣”，变戏法般从里面取出了相机、镜头、胶卷、支架等，在地上摆了一大片，看得张家老小目瞪口呆。他们弄不明白的是，这一件“百家衣”竟然能装这么多的东西。很快地，两个男青年装好了相机，张家老小就只看见那两张年轻、英俊、充满朝气的面孔对着相机，对着远方，洋溢出无限的幸福。

是的，这巴山坳距梵净山金顶虽有近千米的距离，但由于梵净山山体庞大，放眼望去，闻名遐迩的金顶、老山、凤凰山也就近在咫尺。站在这里，梵净山那巍然屹立于群山之巅，恰似金龙啸天、直指苍穹的红云金顶，鬼斧神工、临崖高耸的蘑菇石，玉笋高标、孤峰独峙的太子石，爽心悦目、滤人心智的夕照云海，大肚能容、神态安详的万米睡佛，层林尽染、涛声如潮的原始丛林等自然景观，或峭岩险峻、形貌诡异，或突兀而起、伟岸雄奇，或奇幻莫测、诱人神往，或幽深古朴、秀丽优雅，无不令人心旷神怡，叹为观止。到了这里，游人就已完全能够体会明万历帝敕封梵净山的“天下众名岳之宗”一点也不为过。登临梵净山，吟“会当凌绝顶”，看风云际会，放无极神思，实乃人生之大幸！难怪两个外地青年到了这里，简直要兴奋得发疯。

“咔嚓——咔嚓——”他们飞快地按着快门，毫不心痛那一筒筒精美的胶卷。太好了！太美了！太棒了！他们一边拍，一边忘情地大声喊叫。这种气氛也感染了张家的人，他们虽然不懂摄影，但看到外地人那么兴奋，他们也莫名地兴奋起来，仿佛同外地人一样，他们正站在一个从未到过的地方，十分的新鲜。两个男青年拍啊拍啊，一会儿仰拍，一会儿俯拍，一会儿远处，一会儿近处。然后，两个妖娆的女青年又搔首弄姿，摆出各种姿态让他们拍，两个男青年又是一阵狂拍。拍到兴头上，男青年又叫张家老小都来照，单人照、合影照，到底照了多少张，谁也记不清了。一个男青年说，相片洗出来，我们一定会给你们寄来的。另一个男青年说，这些相片可以发表了。张著羽胆子大，吊着这个男青年的手臂问，哪样叫发表？这个男青年就和蔼地对他说，发表就是在报纸和书本上刊登出来，到时你们就能在报纸和杂志上看到你们的人影了。张家人听了无不兴奋。拍完了照，男青年收起相机，就催促女青年上路，说再不走就上不了顶了。两个女青年同时嗲声嗲气地说，我的妈哟，我们实在走不动了，我们就住这儿好不好。两个男青年本不十分疲惫，但此时也有意留下，待明早再拍日出，便趁机与张家交涉，希望留宿一晚。张家老小满心欢喜，立即动员起来，煮饭的煮饭，腾屋的腾屋，这种热情让四个外地人感动不已，于是，这一晚，张家首次实现旅游收入的零突破，共收入住宿费一百元，生活费八十元，张宗富、张宗贵兄弟的家庭经济发展思路也由此明晰起来。政府的标语说“壮大旅游产业，发展地方经济”，真是说得太好了，兄弟俩第一次真正认识到政府的英明之处。

两对男女青年在巴山坳毕兹卡张家兄弟的吊脚楼里住了一宿，次日清晨，又极早地就起了床。两个女孩子一见人就嚷，昨天晚上你们听见虎叫了吗？两个小伙子开玩笑说，是听见我们打呼噜了吧。女孩子嗔怪道，两个白痴！转而又问张宗贵，你听见虎叫了吗？张宗贵说，你们耳力好！小伙子一听，马上就凑了过来，真是虎叫哇？张宗贵说，我们天天听，还会听错？两个小伙子更来劲了，一连声地问，你们看见过吗？它会伤人吗？山上还有什么？

巴山坳之夜给四个外地青年留下的印象实在是太深了，他们临走时又说了许多赞美和感激的话，说得张家兄弟乐滋滋的。唯一不太中听的话就是一个男青年无意中的一句惋惜之叹。他说，要能在这里度几天假就太好了，只可惜房子破烂了一点。

然而，就是这句不轻不重的话却像蝎子一样，在兄弟俩的心尖上狠狠地蜇了一口，并由此生发出了一系列引人深思的故事。

三

无需动员，拆旧建新，发展旅游，很快成了张宗富兄弟的共识。是的，一本万利的旅游前景实在是太诱人了，四个外地男女青年到巴山坳吊脚楼食宿一晚所支付的标准就是吊脚楼主人最好的测算依据，一天一百八，十天一千八，百天一万八，而一年三百六十五天，毛收入就可达六万余元，这还仅仅是接待四个人的标准，如果每天接待十个八个的，那收入更是多得让张宗荣兄弟不敢细算。心里想到这里，张宗富兄弟不由倒吸一口凉气，太吓人了，让外地人简简单单睡个觉、吃顿饭，竟然能产生如此之大的效益，真是不可思议！兄弟俩一边琢磨，一边就觉得牙梗也冷飕飕地痛。不过，张宗富、张宗贵虽然也都自称毕兹卡，但他们的身上毕竟流着祖先遗传给他们的一腔高贵的血，所以尽管他们文化不高，却一点也不笨，更何况他们就处在梵净山上山大道的旁边，上山下山十分便捷，对于山上山下的事也就并不陌生。这时，他们自然就联系到了城里人为什么敢几十万上百万地投资修宾馆饭店了，原来他们早就知道这里有这么大的赚头，所以才敢冒险。很多乡下人不知道这里的名堂，常常嘲笑城里人是傻瓜，花那么多钱去修宾馆，猴年马月才能收回本，现在想来，乡下人才是孤陋寡闻、无知可笑的，自己每日肩挑背磨，回家捂着个干红苕还金宝贝似的偷着乐，却不知城里人每天吃喝玩乐，滴汗不洒，却照样大把大把捞钱。这就是典型的城乡差别，张宗富兄弟终于悟到了一点真谛。现在，好心的菩萨同样赐给他们一个宝贵的机会，城里人那种美好的生活仿佛就在眼前，正频频向他们招手呼唤，他们只要立刻行动起来，很快就能过城里人一样的生活，怎不让他们欣喜万分呢？

一条信息引发的思想革命很快就在巴山坳的吊脚楼里演绎为实际行动。在明确目标、理清思路之后，一个经过充分酝酿得十分成熟的方案，终于由张宗贵在一个皓月当空、万籁俱寂的夜晚向大哥张宗富提了出来。因为以前兄弟俩都一直闷在心里，从未向外人吐露过只言片语，所有的算盘都是在心里打的，其他任何人包括老婆儿子亲兄弟都无从得知，所以，兄弟张宗贵抑制住内心的激动扭扭捏捏地向张宗富提出来时，还特地准备了好几大筐理由打算在哥哥不同意时送给他。没料张宗富一听，大腿上一掌，叫道，嗨，老弟，你终究还是想到这事了！然后躁动地站了起来，一连在院坝里走了七八个来回，才慢慢平息下来。

哥，你看这事做得做不得。张宗贵仍有些不放心，糊里糊涂地问。那神情，就如梦游者的呓语。

好事！这是天大的好事！哥哥终于忍不住了，激动之下将心里的话和盘托了出来，这可是老天爷照顾我们哥俩的天大的好事啊，还有哪样做不得的！

既然做得，那就赶紧动手吧。兄弟二人立即就着手设计拆房建房的方案。这几年兄弟俩靠种植梵净山名贵中药材发了点小财，所以基本上不用为建房的资金发愁；至于审批手续，有妹妹张宗荣、张宗华在城里呢，两个妹夫都有一官半职，小小一个拆房建房的审批手续根本不用他们过多考虑，只待房子设计好了，到动工时让两个妹夫中的任何一人打个招呼就成。或者乡里的干部知道他们的关系，根本不用妹夫露面，就能把事情办了也是可能的。眼前，他们最要紧的就是决定是正房厢房全拆呢，还是只拆厢房的吊脚楼？致富心切的弟弟张宗贵主张要干就大干，一不做，二不休，干脆将正房厢房通通拆了，各家修一个三层的小宾馆，将来旅游的人多了，每天就是来个三四十人也能接待，这赚头就更大；而老实的哥哥张宗富则主张走一步看一步。他说，心急吃不得热馒头，哪有一口吃个胖娃娃的，还是稳扎稳打的好。张宗贵也觉得有理，就问，那你说嘟个办好？

张宗富说，先拆吊脚楼吧，烂了，也该拆了，拆了吊脚楼，先修两个小洋房，铺十来个铺，每天要都有十个八个的来住，也够我们两家吃喝享用的了。

张宗贵点头称是，但又补充说，如果将来真的人多了，正房三间也都拆了，就在巴山坳上修一个正儿八经、像模像样的宾馆，那可神气了！哎，哥，我们给新房先取个名吧？

张宗富说，那你取个。

张宗贵胸有成竹地说，我们的新楼可不能太土气，就叫巴山别野（墅）如何？

张宗富说，巴山的鼻眼，这名好？

张宗贵说，哥，这你就不太懂了，现在城里的人都时兴起这名呢，好潮流的。

张宗富就同意了，说，鼻眼就鼻眼吧，谁的鼻眼不巴山呢。巴山的鼻眼，用这儿还真够巴实的。张宗富很佩服张宗贵的思维敏捷。

四

当两座巴山“鼻眼”的轮廓在兄弟二人的心中完全明朗之后，他们找来了一把长木尺，从张宗富的东边量到张宗贵的西边，共量得长三十六米，然后又从正房的北面量到院坝坎的南面，又量得宽十二米。量完后，张宗富说，就这尺寸，我们各人先把图画好。张宗贵说行，略略迟疑之后，又说，哥，把尺子借我再印一下尺寸，我好把图画细一点。张宗富说，你印吧。张宗贵就自个拿尺子东比西印，又认真记下每次印下的结果。印完了，张宗富把尺子取回去，也在自家的院子里西印东比，也同样认真地把每次印下的数字记在一张小纸片上。

张宗贵见了，就问，哥，别野（墅）还建在原地？

张宗富说，那还用说，随便挪动，要犯占方的。

毕兹卡修房建屋，最忌讳的就是犯占方，惹下不吉利的祸根。

张宗贵听了，心里不禁咯噔了一下，随即附和说，是不能犯占方。说完就各自回去描绘美好的蓝图去了。

一周之后，兄弟俩几乎都完成了各自的设计方案，张宗贵找了个清静的时间，带着自己的图纸来找大哥，张宗富也把他的图纸拿出来，两人共同研究。一比之下，两人的设计竟然完全相同，张宗富画的是一字排开的三间二层，张宗贵画的也是一字排开的二层三间。所谓的别墅，一律是方方正正的火柴盒。唯一不同的是，张宗富是画在一张儿子用的小方格纸上，纸小，图上的房子自然就小；而张宗贵则是画在女儿不知从哪儿得来的一张信笺纸上，纸大，图上房子自然也就气派一些。但细看下面标注的尺寸，却又没有丝毫的差别。张宗富笑道，早晓得你也画得出来，当初该叫你一人画就行。一直自视比大哥能干的张宗贵听了，心里有点不服气。什么叫也能画得出来，难道你什么时候比我画得好过？想归想，张宗贵却不肯说出来。粗粗看过新房设计图后，张宗贵发现张宗富宅基地的总长度跟自己标注的一样，都是十八米五。总长不是三十六米吗？西边占了十八米五，东边也占十八米五，那总长不成了二十七米？张宗贵一看就知道怎么回事，他眨了眨狡黠的小眼睛，说，大哥，你这总长度搞错了吧。

张宗富问，哪里错了？

张宗贵说，总长才三十六米，你啷个占了十八米五呢？

张宗富说，我从东边的滴水算到西边的滴水，哪里错了呢？

张宗贵说，哥，你错就错在这里。

张宗富问，哪里？

张宗贵这时将身子往后一仰，调整了一下坐姿，平静了一会儿才说，哥，你看，宅基地以滴水为界，这没有错，可你没有滴水啊，难道你没注意？

一听这话，张宗富也立即坐直了身子，声音略提了提，闷声闷气地说，屁话，哪家的房屋没有滴水？

张宗贵很耐心，再次说，哥，你是没滴水。

张宗富问，我啷个没有滴水？难道我的滴水被你喝了？

张宗贵嘻嘻一笑，哥，你说到点子上了，你的滴水是被我喝了，被我的滴水喝了。

什么！张宗富的声音大了起来，我的滴水还真被你的滴水吃了不成，难道我的屋檐就滴不下水？

哥，你忘了。张宗贵嬉皮笑脸地说，你的屋檐能滴水不假，可是，那水滴到哪里去了呢？那水不是滴到了地上，它根本就滴不到地上，只能滴到我的屋檐上，再由我的屋檐滴到地上，所以，只有我的滴水才叫滴水。

张宗富一寻思，是哩，我的屋檐高，他的屋檐矮，这两幢吊脚楼自一修建就交错在一起，高屋檐的水从来就没有直接滴到过地面，没有滴到地面的水那还叫滴水吗？还能作为划定宅基地边界的依据吗？张宗贵只几句就牢牢钳住了他亲人哥的软肋，张宗富顿时觉得理屈词穷，不由得一阵心慌气短，半天说不出话来。

看见张宗富一时半会儿还回不过神来，张宗贵又趁机说，哥，你看，祖上给我们留下这份家业，本是要我们孝孝和和地过好日子，现在我们又要建新房了，这也是一件大好事大喜事，何必为一点小事伤了我们兄弟的和气。

既然晓得这样说，那你还……还吃我的滴水？张宗富见兄弟的话有松动，心里暗自松了一口气。

然而，张宗富想错了，张宗贵刚才玩的不过是虚晃一枪，在宅基地这种大原则上，他怎么可能随便做出让步呢？他这一招，是孙子兵法里的以退为进，厉害着呢！

哥，自古道，长兄如父，长嫂如母，既然父母让你当了大哥，又住在东边，你就应该好好想想，祖上建这房屋时为哪样要让两家屋檐东上西下，交叉在一起呢？还不是教育后代老的要让着幼的，大的要护着小的吗？

张宗富想了想，不由地点点头说，道理是这样。

张宗贵说，就是呀，天下再大，又能大得过理去！所以，别说当哥的滴水让当弟的吃了，要是弟弟过不去日子，就是全家靠在哥哥身上，哥哥也有责任管他，而不忍心看着弟弟一家挨饿受冻吧？

张宗富想了想，又点了点头，说，道理是这样。

张宗贵又接着说，所以呀，祖上这么个做法，实际就是要你凡事都要让我一点，说白了，其实也就要你让我滴水那么一小点，印下来，也不过五十公分，算个球呀。

张宗富说，那就是你十八米半，我十六米半？

张宗贵肯定地说，以我的滴水，就这么个尺寸。

张宗富被张宗贵以“我的滴水”和“祖上的意思”一步步逼入无可挽回的境地，完全失去了任何反击的机会，他绝望地闭上眼睛，再一次点了点头，却一句话也说不来。

本来，事情已基本上定了下来，因为张宗富的老婆上坡回家听说这事之后，也找不出一个理由去反驳张宗贵，再说遇上这种大事，历来就是男人做主，女人不过有时参考参考而已，既然无可奈何，就只有随它去吧。但奇怪的是，当晚上两人躺在床上时，不仅没有一点情绪，而且都有一种内心被掏空一般的痛。整个晚上，张宗富翻来覆去怎么也睡不着，不知叹了多少回气，心疼得老婆热泪横流。

一连几天，夫妻二人都在研究着他们的滴水问题，让他们感到恼火的是，就那么一交错，他们的滴水怎么就没了呢？怎么就被弟弟的滴水吃了呢？由于没了这滴水，他们就要白白损失五十公分，十二米的进深，五十公分就等于整整六个平方啊！虽说是一家人、亲兄弟，但毕竟是“兄弟同齐长，衣饭各自求”，这个社会，谁又会平白无故地给谁几个平方的宅基地呢？

张宗富夫妇于心不甘地念叨着滴水，成天就滴水长滴水短说个不停。张宗贵呢，自敲定了大哥之后，就很少过来坐了，成天忙着筹划他的巴山别墅，一想到将来他的别墅要比他哥的大套气派，心里就不由地窃喜不已。

张宗贵的女儿张著芬却照旧来找堂哥张著羽给她捉老木虫。一天，张著芬听见伯爹伯妈说什么滴水，刚刚在课堂上学到的一句话不由脱口而出：

滴水之恩，当涌泉相报。

正在厨房煮饭的张宗富把这句话听得明明白白，但他仍然一个箭步抢了出来，拖住侄女问道，闺女，你也晓得滴水之恩，当涌泉相报？

小学三年级学生张著芬仰着小脸蛋骄傲地说，老师才教的，我都能默写了。

好！好！你是个好闺女，晓得滴水之恩，当涌泉相报。张宗富激动地说，可惜你爹不晓得。

老师今天才教我们，我爹没去学校上课，当然不晓得。张著芬天真地说。

可是，这就够了。找到这句话，张宗富犹如拨开乌云见太阳，立即又充满了信心和希望。

张宗富的老婆也听见了侄女这句话，就对男人嚷道，连他闺女都晓理，他怎么就那么横呢？

别担心，我会找他说的。张宗富底气十足地安慰老婆。

五

然而，事情并不如他们想象得那样简单。当张宗富板着脸将弟弟找来，聪明的弟弟立刻就猜到哥哥要说什么了。但他开口却问，哥，你的别野（墅）设计好了？

张宗富不愿绕弯子，一开口就直奔主题，极其严肃地说，宗贵，先别忙什么鼻眼耳朵眼，今天还是先把滴水的事弄清楚。

张宗贵的脸上又浮现出那种令人作呕的涎笑来，张宗富厌恶地喝道，你正经点，我跟你说正事哩。

哥，气大伤身，我们兄弟有什么不好说的？你有什么话尽管说，我听你的就是。张宗贵依旧是那副死皮赖脸的神情。

那好！你还我的滴水！张宗富开门见山地说。

哥，滴水的事我们那天不是说好了嘛，你的西边没有滴水，你西边的滴水被我的滴水吃了，你哪里还有滴水呢？你是不是听了什么人的挑拨了？

对，我是听了一个人的一句话。

听了谁的话？

你闺女芬儿的话。

宗贵奇怪了，他说，芬儿，芬儿说什么了？

宗贵说，芬儿说滴水之恩，当涌泉相报。这理芬儿都懂，未必你还不懂？

宗贵愣住了，但很快又恢复了平静，说，哥，这理是正理，可是，理归理，事归事，怎就扯到地界上去了呢？

宗富说，怎么就扯不上？你既认它是正理，它就能扯上。噢，你那天说的理就扯得上，我说的理就扯不上了？你倒说说看，你信的到底是个什么理？

时隔几天，宗贵没料到哥哥修炼得如此高深，就如当初他对待哥哥一样，现在，宗富贵几句话就把他给问住了。但是，宗贵之所以是宗贵，就因为他能在较短的时间内迅速找出对方破绽并做出反应，给予对手致命的一击。

哥，你说得没错，你的理也是理，我也不是不认这个理。宗贵说话总是讲究分寸，讲究技巧的，而以退为进一直是他的拿手好戏。他说，滴水之恩，是当涌泉相报，但你应该想想，那讲的是人，是说人要记得别人的恩惠，而不是说房屋或其他什么东西，东西是没有思想没有感情的，怎么会说得上报不报恩呢？

被张宗贵的无耻狡辩弄得火冒三丈的张宗富这时已全然忘记了自己兄长的身份，竟顺着弟弟的话开始出口伤人。

我知道你不是东西！张宗富狠狠地骂道，但你的滴水吃了我的滴水总是事实。你的滴水吃了我的滴水几百年，不仅不报恩，还要占我的地界，这是哪家的理？你倒给我说说看！

吃了哑巴亏的张宗贵见哥哥这么骂他，脸上不由红一阵白一阵，好久不能恢复平静。但他并不生气，仍旧不紧不慢地跟张宗富辩论。

是呀，是我的屋檐吃了你的滴水，可并不是我自个吃了你的滴水，你要找哪个报恩，也要找我的屋檐才对呀。但屋檐是死的，又不会说话，它怎么能报你的恩呢？再说了，我的屋檐即使要报恩，也应该找你的屋檐报恩才对，怎么会直接找你报恩呢？

张宗贵一番连珠炮似的反问，再一次将张宗富置于死地，使张宗富再一次品尝了理短词穷、哑口无言的滋味。

你到底还不还我的滴水？万般无奈之下，张宗富只有采取强硬措施了。

我又没占你的，我拿什么还你？眼看胜利在握的张宗贵这时已完全放松下来，看着气急败坏的张宗富他只觉得可笑。

好！好！既然是你的屋檐吃了我的滴水，我就戳穿你的屋檐，我倒要看看我的滴水是不是就真的滴不下来！张宗富说完，站起身就去找竹竿。

事情发展到这种地步，就有点像《中国古代笑话》里的兄弟二人射大雁的故事了。这个故事是讲从前有两兄弟，平时总是形影不离，关系好的没的说。一天下午，他们相约到野外去打猎，突然，一只肥大的大雁差不多是贴着地面向他们飞来。这机会实在是太难得了，兄弟二人急忙搭箭拉弓。但就在这时，弟弟一边拉弓一边说了一句话，他说：哈，晚上我们可以吃烧烤大雁了。已将一张铁弓拉得圆似满月的哥哥不爱吃烧烤大雁，他嫌那煳味难闻，就说：还是红烧大雁好吃。弟弟不依了，马上争辩道：烧烤好吃！弟弟如此倔强，哥哥当然也不能轻易让步，也马上强调说：红烧好吃！就这样，两人谁也不让谁，仿佛稍一让步，那大雁就被做成了自己所讨厌的红烧或烧烤了，那我辛辛苦苦打来的大雁不是白白便宜了别人？在他们争得面红脖子粗而又毫无结果时，那只又大又肥的大雁早就擦着他们的头皮从从容容地飞到他们的箭再也够不着的地方去了。

当他们发现这一事实时，一切都已经晚了。大雁没有了，但兄弟的感情却因此遭到了令人痛心的损伤，他们为各自的利益而斗争时的那种狰狞面目都深深地烙在了对方的心中，再也无法抹去。

现在，巴山坳吊脚楼里的张宗富、张宗贵兄弟俩就像这个笑话里射大雁的兄弟俩一样，但他们一点也不觉得可笑，从一开始产生建房的念头，他们就是认真的。对于毕兹卡们从古至今约定俗成的规矩他们是很熟悉的，父母临终时将祖上遗留下来的家产分给他们一人一半的话也记忆犹新，因此，以滴水为界和各占一半都同样具有很强的说服力。为保护自己领土完整而斗争，他们没有谁觉得自己理亏，也没有谁觉得自己对不起兄弟。

张宗富发狠要凿穿张宗贵的瓦片，让他的滴水顺顺当当地流到地上来，这样他也就可以理直气壮地以滴水为界了。那天他气冲冲地去找竹竿，却被弟弟一把拦腰抱住，然后又被闻讯赶来的两个女人劝开。俩妯娌同时一把鼻涕一把泪地说，打虎还靠亲兄弟哩，你们倒好，先在窝里斗起来了。既然是一家人，就有天大的事也要坐下来好说好商量，动不动就动手动脚，你们怎么当哥当弟的，传出去也不怕人笑话！

两个女人的一阵抢白，使兄弟二人倍感羞愧，终于各自收住动作，尴尬地站在原地，一时显得手脚无措。从男人们开始筹划什么“鼻眼”，她们就觉得账是那么算，但那洋房的事毕竟过于飘渺，让人有一种毫无着落的不踏实。但现实的女人又大多不愿多动脑筋，她们宁愿多洗几个碗，多喂几头猪，也不愿给大脑里早已咬得死死的齿轮加一丁点儿润滑油，虽然身上累点，但心里却乐得清闲。是啊，有男人在呢，她们何必多去费这一番心？男人是什么？不就是一家人的主心骨吗？不就是一家人的依靠吗？重大事项的决策不由他们做主难道还由终日围着厨房转的女人们去做主吗？

然而现在，她们不操心也不行了。这两个主心骨已经中了巫术般丧失了决策能力，而且变得愚不可及，如果再任其发展，不变成梵净山深山老林里的魔鬼才怪呢。

解决家庭矛盾，能在家庭内部解决自然是最好不过的。俗话不是说嘛，家丑不可外扬，这个道理他们是知道的。

六

悄无声息地将内部矛盾化解在家庭之内已完全不可能了。兄弟俩不仅没有找到解决问题的办法，张宗富还为此窝了一肚子的火。在一个下午，该种地的都种地去了，该上学的都上学去了，本来也正在地里干活的张宗富眼见变了天，很快就要下雨了，急忙赶回家里，从自家吊脚楼上抽出一根长竹竿，走到张宗贵的屋檐下，对着他自个的滴水，往上一戳，立刻就戳出一个小碗大的窟窿来。

大雨如期而至。坡上的人陆续赶了回来。张宗富来到滴水处大叫，宗贵，宗贵，你出来！

宗贵出来问，哥，有事？

宗富说，你来看我有没有滴水。

张宗贵抬头望去，只见张宗富的滴水正从自家屋檐的窟窿里飞流直下，一股珍珠般的水流已经把他家的地面都淋湿了。

张宗富强硬地说，你看清楚了，这就是我的滴水。从今天起我再不准你吃我的滴水了！

张宗贵听了，二话不说，转身就爬上自家的吊脚楼，也抽下一根丈余长的竹竿，咬牙切齿地也来戳张宗富的屋檐。张宗富一把抓住他的竹竿，两人就在屋檐下扭在了一起。闻声而至的两个女人顿时吓得大哭起来。

七

巴山坳上吊脚楼里所发生的一切转眼间就一阵风似的传开了，张宗富、张宗贵两兄弟一时成了村里的主要话题。有的老人听说他们要拆吊脚楼，一连声地骂：真是败家子呀！那吊脚楼可是张家祖上在土司衙门里做师爷时就置下的家业。想当初，张凌风张师爷为了后代能过上清静太平的生活，特地选在巴山坳上造了那两幢房屋。房屋造好后，他自己连师爷也不做了，就拖家带口到此隐居，每天过着神仙一般的逍遥日子，这是何等的眼光和胸襟呀？可万万想不到张师爷的后人会这样的不争气，为了图那几个臭钱，竟然连祖上的家业也要毁掉，真是世事难料，让人痛心哪！

外人再怎么义愤填膺，再怎么痛心疾首，都与张宗富、张宗贵无关，自他们决定修建新房，发展旅游开始，他们的思想就已紧紧地跟上了时代发展的步伐，用一句时髦的话说，他们也开始与时俱进了，从而也就与村里普通的毕兹卡拉开了距离。与时俱进的他们，怎么还会同那些已经远远跟不上时代的毕兹卡一般见识呢？那些关于吊脚楼不能拆的论调在他们看来已是非常的落伍和可笑，现在他们唯一关心的是有人能来主持公道，判定边界。只要这事一定，他们就可以无所顾忌地开干了。

能够替他们做主的有两人，一是族长，一是村长。族长已近百岁高龄，眉毛胡子都白得一根根银针似的，却性情刚烈，脾气火爆，压根不像迟暮之人。他一听说张宗富兄弟的事后，就如吃了炸药一样，立刻暴跳如雷，喝令儿孙扶他上坳，他要去把那两个不争气的畜生骂个狗血淋头。他的儿孙不肯做这种得罪人的事，前前后后的借故都走了，丢下他一个人在那儿气得直吹山羊胡。族长这种态度，张宗富、张宗贵肯定别指望他帮什么忙了。

余下在村里说话算话的，就只有村长张著强了。张著强也有五十出头，但辈分矮张宗富兄弟一辈，找他来处理这事，既名正言顺，又没有压力。张宗富一提出，张宗贵也举双手赞成。

侄儿村长张著强听完宗富大叔的陈述后，哈哈大笑，直笑得眼泪都出来了。笑完之后才问，宗富叔，你刚才说的那个“鼻眼”会不会是弄错了？

张宗贵连忙抢答，不会错，不会错，就是别野（墅），我从城里看来的。

村长道，你看来的？你看见“野”字下面还有没有什么？

张宗贵被问蒙了，傻乎乎地挠着脑袋说，没什么呀。

村长说，下面还有一堆土呢，你就没见着？告诉你们吧，那不叫别野，叫别墅，是一种专供人享受消遣的高档地方。

张宗贵说，对对对，就是那种，就是那种。

村长又问，你们让我来当裁判，你们就听我的？

张宗富说，大侄子村长，请都请你了，我们不听你的莫非听汪二哥的？

在土家人的语言中，汪二哥是纯属子虚乌有的人物，张宗富说这话的意思是“我们不听你的还听谁的”。

村长盯住张宗贵问，宗贵叔也是这个意见？

张宗贵又连连点头，是是是，就这意见，绝对听你的。

村长又再一次地问，真的听？

这次是宗富、宗贵同时答应了。听，一定听！

村长说，那好，我今天就给你们断个明白。当然，如果我断得不好，你们也完全可以不听，你们还可以去法庭，打官司，让法律来替你们解决。

张宗富说，大侄子这话就见外了，我们今天就听你的。一家人打官司，那还不丢死人了。

村长说，既然这样，你们去找尺子。

张宗富有现成的木尺，转身就取来交给了村长。村长接过尺子，叫道，跟我来。就带头走到两家吊脚楼交错的屋檐下，左量右量，然后一脚踏在两个屋檐的正中，高声说道，宗叔贵叔，既然你们一定要我断，我现在就帮你们断，你们可要好好地听着。

兄弟俩忙说，我们听着呢，村长，你就断嘛！

村长说，你们两家都听好了，我今天以村长的身份宣布，从今往后，你们两家的宅基地就以我左脚踩住的中心为界，你们如果依我说，金子银子撮箕撮，兄弟和睦同发展，人兴财旺好事多；哪个要是不依说，凡事不顺磨难多，如若背里搞动作，背时挨刀砍脑壳！

什么？这不是说福事吗？张宗富、张宗贵最初都以为自己听错了，这侄子村长怎么会这样断事呢？他怎么能下这样的恶咒呢？但张著强声音洪亮，每字每句又都清清楚楚，没等他们完全清醒，村长又厉声问，你们到底服不服？

服！服！服！张宗富兄弟争先恐后地答应。

服了就好，服了就不要再闹生分了。村长很开心，吩咐张宗贵，贵叔，事情圆满了，今晚你炒两个小菜，打斤酒，我陪你和富叔整几杯，庆贺庆贺。

八

问题解决了，矛盾化解了，回过头来一看，其实挺简单的一件事，当初要都能忍让一点，哪会惹出那么多烦心的事来？好在不愉快总算过去了，接下来兄弟二人又开始齐心合力为他们的巴山别墅而奋斗。为了吸引更多的游客，宗贵还于一个月黑风高的夜晚偷偷在梵净山登山主道与巴山坳之间砍出一条羊肠小道来。他想，这样，他们的巴山别墅以后一定会更加生意兴隆、财源滚滚的。

就在他们准备动手拆除他们早就想拆掉的吊脚楼时，上次在他们的吊脚楼里留宿，并给了他们一百八十元食宿费的四个外地青年中的一个男青年又来到了巴山坳。他不仅带来了他给他们照的一大摞相片，还带来了一张大报纸，他们的吊脚楼在报纸上占了很大的篇幅，显得格外引人注目。张宗富、张宗贵从来没想到这破破烂烂的吊脚楼在照片上还会这么耐看，连他们都不敢相信这是真的了，但揉揉眼睛再看，又的确就是他们巴山坳的吊脚楼。男青年说，这幅照片和他为吊脚楼写的文章发表后，引起了很大的反响，县里已决定将他们的吊脚楼列入县级重点文物保护单位，文件马上就会下来。县文物部门还将派出专人前来研究吊脚楼的保护问题，希望张家高度重视，积极配合。男青年还说，今后如果有人故意损坏了吊脚楼，那就是违法，是要受法律惩罚的。

半路杀出个程咬金，一时之间把兄弟二人都吓傻了眼。半晌过后，张宗贵才兜出底牌，说，兄弟，不瞒你说，我们正准备把这烂房子拆了盖新楼呢，现在全县都在搞旅游开发，我们也要跟上时代嘛。

你们要拆吊脚楼？！男青年吃惊得眼珠子都快掉下来了，这么好的艺术品，你们也舍得拆？

张宗富解释道，兄弟，这楼要在从前呢，确实是风光，可现在，它已经烂了，已经没有用处了，不拆还留着做哪样？

不，不！这房子还远远不到倒塌的时候，只要好好保护，它还会支持很长时间的。你们这是急功近利，一定会适得其反的。男青年急了。

不会的。张宗贵说，他早就在心里把收支账算得个烂熟，哪里会相信这外地人的信口雌黄？只要我们的别墅一建成，赚钱还不是板上钉钉的事？

两位大哥，你们认真地想过没有？男青年诚恳地帮他们分析，游客来巴山坳，想看的就是这古色古香的土家民居和由这吊脚楼与山水风光构成的美好图画。你们把这吊脚楼拆了，游客所向往的风景也就没有了，又还有谁愿意到这里来呢？即便偶尔有人来了，他们也不会在这里停留的，因为这里已经没有东西可以吸引他们了。你们留不住人，又怎么去赚钱呢？

听了小伙子的一席话，兄弟俩顿如醍醐灌顶，幡然醒悟。从前，他们一直没去想外地人来巴山坳，到底是看上了巴山坳的什么，只是模模糊糊地认为巴山坳什么都好，巴山坳的一草一木都能吸引游客流连忘返。他们根本没想到的是，在外地人的眼中，巴山坳确实有着独特的景观，但在这个完整的景观中，那临崖而建、造型别致的吊脚楼又是最为重要的神来之笔，有着画龙点睛般的作用。

一个精心设计的致富方案就这样被这个年轻的外地人三言两语就给粉碎了，兄弟二人都有一种被人抢劫过后的失落感，又如刚给到一个金元宝，不料被人一碰，又跌到滚滚洪流中去了。

见兄弟二人一副失魂落魄、伤心欲绝的样子，年轻人又安慰道，其实你们也不用灰心，你们只要保护好这吊脚楼，然后因地制宜适当开展一些旅游服务，照样可以赚到钱的。想想上次我们来，你们不是轻而易举地就赚了一百多元吗？

真是水重山复疑无路，柳暗花明又一村。男青年的几句话又让他们的心胸豁然开朗，原来他们也可以不费吹灰之力就照样能发展旅游呀，只怪当初一心想发大财，怎么就没想得这么周全呢？

九

就在兄弟二人对着男青年千恩万谢的时候，侄子村长张著强带着两名警察顺着张宗贵那晚偷偷砍开的羊肠小道来到了巴山坳。他们径直走到张宗贵的面前，一个警察问，你叫张宗贵？

张宗贵说，是。

警察说，跟我们走一趟。

张宗贵慌了，问，我凭哪样跟你们走？

警察说，你涉嫌在国家级自然保护区内砍伐森林，这话没冤枉你吧？

张宗贵听完，立刻就像成熟后的向日葵一样重重地垂下了头，双手不自觉地就伸了出来。

张宗富和男青年惊异得还没合下嘴来，警察已带着张宗贵沿着他砍开的那条小路走远了，渐渐消失在丛林之中。

张宗富连滚带爬地追到乡里，手忙脚乱地给四妹夫打电话，求他赶快托关系打招呼放人。电话那头的四妹夫听了，沉默了好一会儿后才问：

大哥，你能搞到娃娃鱼吗?

（原载《鸭绿江·上半月版》2005年第10期；
入选《小说月报》2005年第11期全国报刊小说选目）

2005年

王 华

白猫黑猫

白猫和黑猫这天和爹妈一起进了城。

白猫十一岁，黑猫八岁。白猫胖一点，黑猫瘦一点。

白猫的爹妈和黑猫的爹妈一样，都是为了进城找钱，他们的工作是给城里人擦皮鞋。两家人在城郊合租了一间阴暗的地下室，中间拉一张用蛇皮纸口袋缝制的布帘，一间屋子里铺上两张床，然后就等到第二天的太阳起来。白猫和黑猫一时还没找到工作，暂时闲着。闲着的白猫黑猫很想到街上去看看，白猫的妈就去看黑猫的妈，黑猫的妈又去看黑猫的爸，黑猫的爸又去看白猫的爸，白猫的爸看了看白猫又看了看黑猫，说，去吧，留心记着回来的路，顺着看能不能找到你们能干的活，要不你们也都去擦皮鞋。白猫黑猫说，哎。她们便高高兴兴上街了。

白猫和黑猫以前都没见过城市，面对那么多的人，那么多的车和那么多花花绿绿的灯，白猫黑猫只恨爹妈没给多生几双眼睛。但白猫黑猫都记着爹妈的嘱咐，一边小心地走，一边用心记着路。白猫说，黑猫，城市真好看。黑猫说，是呀，你看那灯，才好看哩！白猫说，黑猫，你说我们不擦皮鞋的话，做啥呢？黑猫说，你说吧，是你说我们不要擦皮鞋的。白猫说，要不我们去看哪个饭店里要洗碗的？黑猫说，饭店在哪儿？白猫说，找。

白猫黑猫手牵着手，仰着两颗黄毛头，一路寻找饭店。有了目标，她们就专心走路。她们本来并没见过城里的饭店，但当饭店闯进她们眼里时，她们一下子就知道那是饭店了。她们在饭店门口站了一会儿，提了提气，走了进去。饭店老板娘是个卷毛白胖子，一张白脸，两只眼睛像乒乓球似的，用很是怀疑的口气问，你们是要吃饭？白猫说，我们不吃饭，我们是来洗碗的。来洗碗的？老板娘的乒乓球眼差一点就要掉地上来了。黑猫说，我们来给你家洗碗，你开我们工钱。哦！你们是来找工打对吧？白猫黑猫急忙点头。可老板娘却急忙摇头。去别处找吧，我们这里不要洗碗的。那你们要做啥的？白猫问。老板娘很不耐烦，把一双肥手都挥起来，像赶鸡似的。去去去！我们做啥的都不要。白猫黑猫只好失望地走出饭店。好在城里的饭店多，一溜排都是，她们还有很多家可问。

但是她们没有想到，一溜排的饭店都不要她们。后来，白猫不想走了，人家说不要她们她也不想走了。这饭店装着巨大的玻璃门，地板亮得像镜子，桌子凳子也亮得像镜子，最让白猫眼羡的是桌边站着的那些姐姐，她们都穿着很漂亮的衣服，脸化得跟年画一样漂亮。

白猫说，我们什么都能干，随便给我们个活吧！旁边有个男人就笑起来，他说，你们倒是什么都能干，但客人们会嫌你们太小了呀！男人的话惹得好多人都笑起来。白猫见这些人笑得很坏，就拉了黑猫出了大玻璃门。

怎么办？黑猫问。

回去。白猫说。

她们打工的路暂时断了，但城市这么大，怎么会找不到工打呢？白猫和黑猫都很有信心。她们想说不定明天还能找到更好的工呢。

白猫和黑猫回到爹妈身边的时候，她们的爸爸正在练习擦皮鞋。他们的客人是无形的，客人的皮鞋在他们的心中。白猫的爸一手拿一把刷子，左手两三下，右手两三下，再双手拉锯七八下，潇洒得一颗头直晃荡。黑猫的爸双手拉着一条朱红色的绒布学抛光，一下一下把布条拉得“啪啪”响。白猫的妈躺在床上哄小儿子睡觉，嘴里噜噜地哼着什么，眼睛却亮亮地看着男人们这边的表演。黑猫的小弟弟已经睡了，她妈站在她爸面前，学得郑重其事。正忙着的大人们没太理会白猫黑猫，连看她们一眼都怕耽搁了太多的时间。白猫看一眼黑猫，黑猫看一眼白猫，都在心里说，他们怎么就不怕我们走丢了？少女的心很浅，而大山又赠予她们太多太多，这么一点遗憾挤不进她们的心，她们想，管他呢，明天还要去找工呢。于是她们说，我们睡了。黑猫的爸这才想起问，工找到了？

没有。黑猫说。

明天去找。白猫说。

第二天早上，地下室里还很暗，大人们就把白猫黑猫她们全叫起来了。两对爹妈显得像是去赶宴似的，一人抱一把椅子提起一个小凳子，吆喝了一群孩子就往街上赶。刚出门时天还不是很亮堂，街上还没几个行人，他们说往街子深处走走，深处的人多，擦皮鞋的人就多。街头是越走越亮堂了，人也越来越多了，但他们发现干他们这行的也越来越多。走几步就有一排，走几步又有一排。这些同行见了他们就把眼白着，张张黄脸都上下慢悠地晃，好多想说和不想说的就都晃荡到脸上摆着了。白猫和黑猫的爹妈给这些脸晃得有点迷失，一时间不知道往哪儿去。他们本来打算四个人挨在一起，这下发现这城里根本就没给他们留这么大的一块地。因为人生地不熟，他们决定分成两个组，白猫的爹妈在一个地方，黑猫的爹妈在一个地方。这样一来，地方算是找到了，他们放下椅子，坐下来，摆开架势等人来擦皮鞋。原以为坐下来就会有人来擦皮鞋的，白猫和黑猫也都蹴在各自的爹妈边，想看爸或者妈第一回给人擦皮鞋的景象。可等了好半天，都没人坐到他们的椅子上来。来来往往的人不是不多，这些人的皮鞋也不是不脏，可他们似乎很忙，走来走去连往旁边看一眼的工夫都没有。许是他们坐着，太矮，那些走来走去的人根本上就看不见他们？白猫先没了耐性，她说，我找工去了。她爸说，去去，记着路就是了。她爸看起来比她还没耐心。

白猫找到黑猫，说，走，我们找工去。黑猫对她爸说，爸，我们找工去了。她爸说，去去去！黑猫爸看着眼前那些走过去走过来就是不愿停下来的皮鞋，心里直冒黑火。黑猫有些看不惯爸那种沉不住气的样子，临走时朝着她爸的背耸了下鼻子。

白猫和黑猫商量好了，今天不找洗碗的事。但具体找什么，她们还没想得到。所以她们只好一边走一边找。看到什么她们都要想一想，看这里有没有她们可干的活。这样，她们就走得很慢，看起来很像是在逛着玩儿了。其实，她们一点也没玩，虽然在她们眼前的都是些新鲜的事物，但她们心里装着事儿，装着事儿的心就装不下新鲜了。

后来，白猫和黑猫一起想到了洗车。那是她们在一个停有很多车的地方想到的。那地方停着好多好多漂亮的小车，像贵妇人一样的。白猫和黑猫走到它们面前就迈不动步子了，她们很想去摸一摸，特别特别的想，简直想得要命。所以她们就摸了，开始很害怕，就好像它们不是漂亮的车而是漂亮的狗，手轻轻伸过去，刚触到车的皮肤就急忙退回来了。后来见车并不像狗一样，就把手放在它们身上慢慢地抚摸。就在这当口，她们都想到了洗车。

找到了工的白猫和黑猫立刻就非常非常的快乐，她们手拉手往回跑，城市的风也在她们耳边跑，风跑出很多复杂的新鲜的声音。风以为城市的声音能让这两个少女停下来，但她们没有。她们知道现在她们找到工了，她们也是这城里的人了，以后这城里的声音还能少听啦？

白猫和黑猫吃过午餐就回到了那个停有很多车的地方。这次，她们一人提了一桶水，还拿来了一张帕子。桶是那种铁皮的油漆桶，帕子是从她们弟弟的烂裤衩上撕下来的一块布。她们走到这些车跟前，用眼睛商量了一下，就一人一个车开始擦拭起来。她们发现车们其实并不脏，倒是她们的帕子擦拭上去以后车就脏了。但她们只稍微犹豫了一下，就继续擦拭起来。在家里的时候，爹妈说她们这样擦车每辆能收取五块钱呢。白猫的爸还笑着说，你们这是去做好事哩，如果说有人要多给，你们也不要客气。

显然，她们的爹妈也是不了解城里人的。白猫和黑猫正干得欢，就有人来赶她们了。那人是从旁边的大玻璃门里出来的，穿着很有点像警察，神气也像警察。就像白猫和黑猫是正在作案的坏人，那个有点像警察的人飞一样来到白猫黑猫的面前，喊叫声无比的威严，干什么干什么！住手！听到这声音，白猫和黑猫都给吓住了，急忙缩了手。那人看了一眼她们擦拭过的车，声音就更加威严了，看你们都干了些什么！谁叫你们来擦车了？！快滚！白猫和黑猫没想到情形会是这样，你看我一眼，我看你一眼，耸着鼻子讪讪地笑。等到那人再一次瞪了眼要她们快滚的时候，她们才讪讪地走了。

这人是多管闲事。白猫说。

瞧他那样儿，凶个屁呀！黑猫说。

这城里有这么多车，他不让我们擦我们到别处去擦。白猫说。

白猫和黑猫提着桶沿着街道慢慢走。她们不知道下一个目标在哪里，她们的眼睛迷茫地看着街头奔跑的汽车，心里灰灰的。

刚才那是个什么地方呢？黑猫问白猫。

是个很高级的地方吧。白猫说。

这城里不管哪个地方都高级。黑猫说。

你说那些漂亮的小车坐着是个啥滋味？白猫说。

那是有钱人坐的。黑猫说。

突然间，白猫的眼睛就亮了，她发现街对面摆着四辆小车。她抓了黑猫就要跑，黑猫顿住脚，说车哩车哩！白猫这才注意到眼前的车来来往往像河水一样。白猫抿了嘴跟黑猫笑了一下，黑猫也抿了嘴跟白猫笑了一下，这种笑因为紧张而变得很丑陋。然后，她们手拉着手，照着车流的空隙横穿马路。一开始，她们并不害怕，等到了马路中间，她们的前后都是车，车们奔跑时弄出呜呼呜呼的风声的时候，她们就害怕了。这时候她们都有些后悔，但退也是车，进也是车，她们还是选择了前进。她们把手拉得更紧一些，把上嘴唇吊起来，腮帮肉哆哆嗦嗦笑一下，她们又往前走。车不光送来呜呼呜呼的风声，还送来很多骂声。因为那些声音刚出来就被带走了，所以进到她们的耳朵里的就多是“找死”这两个字眼儿。她们一边提心吊胆过马路，一边想，我们不是来找死，我们是来找钱的。

好不容易过完了马路，白猫和黑猫全身湿了个透。松了手，你看着我，我看着你，把上嘴唇吊起来，艰难地笑笑，然后直奔目标。

这回她们没有一人擦一个车，她们想好了，两个人一起擦快，擦完了才好要车主拿钱。为了在未擦完之前不被人赶走，她们一开始就把动作加快，而且专心致志。她们擦完了一辆车又开始擦第二辆车，不知从哪里传来一股很好闻的菜香味，她们便耸耸鼻子，边吸香味边擦车。突然间，黑猫发现车头上歇息着一只蝴蝶。蝴蝶金色底子绿色花纹，落在雪白的车身上简直美绝了。黑猫看见它以后就不擦车了，她轻声唤过白猫，用眼睛说，我们把它抓住？白猫轻轻点点头，黑猫就悄悄伸出了小手。黑猫的手慢慢地，慢慢地伸向蝴蝶。黑猫的手一伸出去就呈夹子状，那夹子在接近蝴蝶的地方小歇了一会儿，然后迅速攻向蝴蝶。可是，车突然叫了起来，呜哇！呜哇！这下可把白猫黑猫吓得不轻，她们像猫一样迅疾逃到离车有些远的一个角落，车已经没叫了，但她们的脸还惨白惨白着，身上还战战兢兢着。

这车是怎么了？黑猫喘着气望着那雪白的车，不知道答案在哪里。

是那蝴蝶惹的不是呢？那蝴蝶是假的吧，城里没花，蝴蝶跑城里来干啥？

蝴蝶莫不是也到城里来找钱的吧？黑猫见那车叫了几声也就算了，也不见有人出来看，就说了句玩笑话，说完后自己先大笑起来，稚嫩的笑声中带着些微的干涩，让人想到这稚嫩的喉咙已经渴了很久了。

白猫也跟着笑，白猫笑完了就说，我们不能去碰那个白车了。

黑猫说，那我们去擦那个黑的吧。

她们又站起来，朝着车们走去。

这时候，有人出来了。那人是个很高也很宽的中年男人，穿着灰白色西装。那人的脸红得似猴子屁股。那人走向了她们最先擦完的那辆红车，他的身后飞快地跑出一个平头小伙儿。平头小伙儿替那人开了车门，又替自己开了车门。两个车门哐的一声关上了，车子开始吼叫起来。白猫黑猫急忙赶上前去，白猫站在司机的车门前，黑猫站车头前。司机吼道，滚开！这车不长眼睛，待会儿压死你们！白猫和黑猫都没有滚开，白猫说，叔叔，给钱，我们给你擦车了。司机说，谁要你们擦车了？滚开！叫花子！司机说着就把车点上火，做出要开的样子。黑猫在车头前摇晃了一下，但她没有走开，她冲着司机耸着鼻子龇着嘴，很像一只被吓坏了的猫。

这时候，坐在司机后面那人从后窗口递出来五块钱，闭着眼说，拿去！

黑猫迅速跑向那只捏着钱的手，但车比她更快，她刚离开车头，车就开了。黑猫没有来得及拿到那手里的钱，那钱跟着车走了几步，被风吹回来了。那张崭新的钱在路上翻了几个滚儿，来到黑猫的脚边。黑猫一下子就把它捡了起来。白猫也赶过来了，眼睛亮亮地看着黑猫手里的钱，嘴里很想说点什么却不知道说什么好。这是她们到城里来挣的第一张钱啦，这说明她们在城里也是能挣钱的呀。好半天，白猫才说，爹妈还真说准了，一辆车真能找五块哩。有了这五块钱，她们干起来就更带劲了。她们很快就擦完了一辆车，很快又擦完一辆车。后来又来了一辆，又来了一辆。她们就又擦一辆，又擦一辆。

但是，这些车老不见有人来开走。从车上走下来的这些人一进了玻璃大门就不出来了，她们只好等。等的中间，她们发现自己已经特别的饿特别的渴。但她们不打算去买吃的或喝的，她们要等着拿她们挣的钱。白猫算过了，她们今天在这儿擦了八辆车，每辆都按五块算，她们总的可挣到四十块钱。这四十块钱可以让她们实现很多个梦想。这四十块钱足以让她们忘掉饥渴。

这样，她们就一直等到整个城市都披上了华丽的灯光。

终于，有人走向了那辆漂亮的白车。那人手里挽着一个漂亮得有些吓人的女人，两个人都醉醉的，嘴里说着什么还笑着什么。两个人挽成一团走到车跟前，还咬了一会儿嘴才上了车。对于他们的咬嘴巴，白猫和黑猫并没表示反感，她们不过耸着鼻子笑了笑而已。或许是灯光的原因，她们无声的笑脸很像是两张笑着的猫脸。好的是她们站到车跟前的时候已经收了这种笑容，要不然可真要吓着那两个人了。男人已经坐到驾驶位置上了，女人说她要开车，男人又和女人换位置。女人坐到方向盘前，却是一副猫吃乌龟找不到头的样子。男人说，行不行啦，我那些哥们都等不及了。女人说行的行的，说着车就点着了，可只一下就歇火了。这时候，女人看见了站在车前的黑猫。女人火了，一双闪着蓝光的眼睛火星直溅。女人说，干什么？！滚开！白猫站在车门前，义正词严地说，阿姨，给钱，我们给你擦车了。女人又打了一次火，仍然失败了。女人吼道，滚开！两个无赖，谁要你们来擦这车了？你们弄脏了这车！听到这里，白猫和黑猫都把头低下了。她们的确把这车擦得有些脏了，可她们没有走开。女人又打了一次火，但车只往前倾了一下身子就不动了。男人说，还是我来吧，你还是等着别人来驾驶你吧。女人娇嗔一声，和男人换了位置，这回她得空把头伸到外面骂白猫了，小贱人！滚开！男人说，算了吧，你也敢骂别人贱啦？拿几块钱给她们得了。哼！又不是我的车，我凭什么拿钱？女人显得很不高兴。男人说，我不是没零钱吗？我刚才还给了你五百吧？你待会去表现好了，我那些哥们也是很大方的嘛。女人很不情愿地打开小包，又打开了漂亮的钱包。白猫黑猫的心立时就紧了，她们不知道这回会得多少。女人在男人开动了车的时候往窗口扔出了好大的一团东西，白猫黑猫急忙上前去捡。管他呢，扔过来的也是钱啦。她们捡起那团纸，展开，却不是钱。是两张纸片。白猫看一眼黑猫，黑猫看一眼白猫，她们谁也没有说什么。

又有人来开车了，白猫黑猫赶紧过去。这回她们在那人还没上车时就说，叔叔，给钱，我们给你擦了车。这人是个大汉，满脸胡子，玻璃门里射出的红色灯光把他打扮得像头棕熊。这头“棕熊”有一对凶光四射的眼睛，这头“棕熊”还有满嘴的酒气。“棕熊”绕着他的车看了三圈儿，用手摸了摸车身，转身就给白猫肚子上来了一脚。黑猫见“棕熊”打人，扑上去要打，挨了“棕熊”一窝心拳。这会儿，白猫和黑猫都只剩下喘气的份儿了。她们逃到一个黑暗的角落，挤成一团，一边喘息一边吞泪。城市的夜光下，两个猫的眼睛都晶亮晶亮。她们的头顶上，是一个男人在彻底放松后，使出了吃奶的劲吼出的歌声，歌声一拳一拳地打击着城市的夜空，像是要把某种东西击破。她们的身边，来来往往的人中也有不少孩子，有的看上去比白猫还大些，可他们却是挂在爸爸或者妈妈的胳膊上，一边吃着零食一边叽叽喳喳撒着娇。这些人常常把一浪一浪的笑声传过来，打在白猫和黑猫的胸膛上。

白猫和黑猫看着“棕熊”把车开走了。

白猫说，黑猫，你饿吗？

黑猫说，我又饿又渴，你呢？

白猫说，我的肠子好像给踹断了，我的肚子好痛。

黑猫说，白猫，我们回去吧。

白猫说，等到这些车走完了吧，我们才挣到了五块钱哩。

黑猫说，你的肚子痛呀。

白猫说，不怕，痛会儿就会好的。

后来又有两辆车开走了。白猫黑猫都没敢上去要钱，因为那些人上车前那车呜哇呜哇地叫，还不断地眨眼。那瞬间，她们的腿很软，她们坚强的手又要顾着她们的胸膛，因为她们的胸膛里有上百只拳头在击打着她们。

后来，又开走了两辆。从这两辆这里，她们总共拿到了五块钱。一个给了三块，一个给了两块。那两个在给钱的时候还说，拿着，赶紧回家去，不上学，跑出来捣蛋！

后面只有一个车在那儿了。她们同时想到了饿。白猫说，要不，我们干脆回吧。黑猫点点头，提起了她的水桶。突然来了辆车，白色的。白色的车哧的一下停在白猫和黑猫的脚边，那气势把她们推出去好远。车停下来后，车里的灯亮了。白猫和黑猫认出了里面的女人，虽然这时候女人的嘴里含着团布，手也反背着，头发也乱着，脸也不像刚才的那么多彩那么好看了，但她们知道她们没有认错。那女人刚才还骂过她们，还用纸团骗过她们，那女人刚才就坐这车出去的。但开车的不是刚才那小胡子，是个大胡子，长头发，像白猫一样扎着马尾。马尾男人给女人取了嘴里的布团，女人就哇的一声哭出来。马尾男人顺手给了她一巴掌，女人就立即把哭声吞回去了。马尾男人又给女人解了手上的布条，把女人推出了车门，随后扔给女人一沓钱，一股烟似的跑了。女人这时候没哭，女人这时候正急急忙忙把男人扔出来的钱往她的皮包里塞。塞完了钱，往四面看看，才又轻轻哭起来。一边哭一边想站起来，努力了几次却没站得起来，女人就索性抱着包一个劲地哭。黑猫问白猫，她怎么了白猫？白猫就走到女人身边问女人，你怎么了？女人被白猫吓了一跳，抬头间慌忙抱紧怀里的皮包，被什么咬着了似的尖叫起来，你要干什么？小贱人，快滚开！反过来，白猫也被她吓着了。白猫就走开了。白猫对黑猫说，我们回吧黑猫。可黑猫仍然看着女人，她问，她怎么了白猫？白猫就显得不耐烦了，大声说，走吧黑猫。黑猫就拉起白猫的手，准备走了。迈开步子前，白猫和黑猫同时回头去看女人，她们都知道女人动不了了，这时候是几点了她们也不知道，但她们发现过往的人已经很稀少了，而且这些人似乎都很忙，勤快的看她一眼，懒惰的连看都不会看她一眼。女人的无助和痛苦使她们有了牵挂。

就在她们回头间，女人叫住了她们。女人说，你们过来。

白猫和黑猫就过去了。

女人说，你们到这屋里去，见着女人就说，小会在门外，走不动了，要她来扶我。

白猫和黑猫看着富丽堂皇的大玻璃门，很犹豫。

女人说，求你们了，去吧，我真站不起来了。去吧好妹妹，去叫出人来我给你们钱。

白猫和黑猫放下水桶和帕子，慢慢走向了玻璃门，走向了屋里妖艳的灯光。一进门，黑猫就拉住了白猫的手，拉得很紧。两个猫紧紧地拉在一起，忍受着胸膛千百万的拳头的击打，忍受着四周声色的挤压，小心翼翼地往前走。突然就朝着她们跑来了一个人，又跑来了一个人，但都是男人，他们呵斥她们，哪来的？！怎么跑这里来了？！快出去！这时候恰好有个男人挽着个女人下楼来了，白猫急忙喊，小会在外面，动不了了，要你去帮她。那些人都愣了一下，随后，都笑了起来，说现在这些要钱的倒是什么招都想得出啊！被女人挽着的那男人哈哈了几声，说，快点长吧，长到十四五岁就可以来这里找钱，看这位姐姐，找钱多容易。说完在女人的脸蛋上拧了一下，哈哈笑着走了。白猫和黑猫被他的笑声打蔫了头，又被那两个穿得很整齐的男子推着往后退了好多步，但白猫还是喊了起来。白猫说，是真的小会就在外面，她走不动了叫我们来告诉这里的人她需要帮助！刚才送男人的那女人已经准备上楼了，听到白猫的喊叫后又停了下来。黑猫急忙对那女人说，是真的，她要我们进来见了女人就告诉她，要她去扶她回来。白猫紧接着补充道，我们不要钱。

那女人想了想，叫上旁边的一个男子，跟着白猫黑猫出了玻璃门。

刚出门就听到了带着哭腔的呼喊，青青，快点！这里。

被叫作青青的女人疾步走到自称是小会的女人面前，却没急着去扶。她伸长脖子看了好一会儿才说，你这是怎么了小会？小会就哭，小会说，我不该跟那人出去。青青说，到底怎么了？小会继续哭，我没想到他们有那么大一帮人，还是些刚从牢里回来的，他们坐牢前就是一群强奸犯。呜呜……他们……全都做你了？青青问。呜呜……我差点给他们撕成块儿了，我的腰动不了了，腿也动不了了。你咋不打个电话回来？或者报警？旁边的男子问。呜呜，我根本就没机会，他们完全是一群疯狗！而且我的手机也丢了。我一到那儿包就不在我手里了，后来我实在支持不住了，我昏了过去，我是什么时候上了车，是谁把包塞给我的我也不知道。在车上我醒来时又被绑着手堵着嘴，刚才我要给你们打电话时才发现我的手机已经不见了。那送你去医院吧。青青说。不！不去医院。扶我回去，我休息两天就会好的。那就把包给我，让小陈背你。青青说。不！包我拿着。你怕你的钱丢了？青青问。不是，不。小会说。青青长长地吐了一口气，然后说，小陈，我们把她弄回去。

小陈走过来，帮着青青扶起小会，伸过背去，把小会背起来，向玻璃门走去。

白猫说，我们回吧，黑猫。

黑猫说，嗯。

白猫说，你现在还饿吗，黑猫？

黑猫说，倒像是没有刚才那样饿。

白猫说，你说现在几点了，黑猫？

黑猫说，不晓得。

白猫说，黑猫，你记得我们刚才从这里走过吗？

黑猫说，我们好像从这里走过，又好像没从这里走过。

白猫说，是不是该从那边走呢？

黑猫说，你看那边不是跟那边和那边都一样吗？

白猫说，是都一样。

黑猫说，那我们该从哪边回去呢？

白猫说，我也不记得了。

（原载《山花》2005年第8期）

欧阳黔森

远方月皎洁

“在那遥远的地方，有位好姑娘。她那美丽动人的眼睛，好像晚上明媚的月亮。”

我用这段家喻户晓的歌词来讲这个故事，是想说明，我时时想起那位好姑娘，并非受到西部歌王王洛宾的感染。

王洛宾和他歌中的那位好姑娘是浪漫的。而我和我故事中的好姑娘一点也不浪漫。不浪漫的原因在我，王洛宾说，愿抛弃了财产跟她去放羊，愿做一只小羊，愿她的皮鞭轻轻地打在身上。而我对她一句承诺也没有，就是她送我的一条狗也被我的同事打死吃了。

我认识那位好姑娘，是因为一条大黄狗。那条大黄狗在我经过一片竹林时，追着我狂吠。说是它追我，其实我没跑。我是一个老地质队员了，哪样恶狗没见过？我曾被几十条狗围住也没慌张过。一条狗随它咋个狂吠，我根本没把它放在眼里。

要说怕狗，我只怕一种狗。那种狗叫阴肚子狗，见人从不狂吠，偷偷地窜出来，朝人后脚跟猛咬一口后，转身就跑。我的同事没少被这种狗咬伤。所谓“咬人的狗不叫”，这是我们老地质队员在野外工作总结的经验。

狗一叫，分明就是告诉你，我要咬你了。这样，它肯定咬不了我，除了我脚上有一双坚实的登山鞋可以一脚踢翻它外，我手里还有一把地质锤，那锤能敲碎石头，还怕敲不烂狗头？

那条大黄狗追我追得很执着，我都走了几十米远，它还跟着我龇牙露齿。狼怕打腰，狗怕弯腰。我假装弯腰去捡石头，那狗见状，回头猛跑。

我笑了起来。其实那时我正站在田埂上，无石头可捡。那狗回跑的样子很狼狈，肚子下的二排奶包左右摆动。我之所以笑起来，并非笑狗怕我用石头打它，而是笑它是一条母狗。母狗一般是怕陌生人的，即便胆大一点的母狗也不会追人追得那么远。这条大黄狗追着我咬那么远，肯定是怕我侵犯它的狗崽们。其实我并不想进它的主人家。

狗一溜烟跑回到那几丛竹林下，似乎还很不服气，扬起头汪汪叫。狗的身后隐隐约约能看见一座吊脚楼。吊脚楼门前的那几丛蓝竹太茂盛了，翠绿绿的颜色掩蔽了农舍的黑瓦木墙。

我正准备回身走，突然，那狗叫得更欢了，狗屁股还团团转摇晃着尾巴。我知道它的主人马上就要现身了。狗仗人势，说的就是狗胆子大必须要有主人在旁边。

干脆不走了，我正想找住处，不妨问一问这家主人。组长他们在山上采集标本，天黑以前赶到这个村庄。我来打前站，是为了解决吃住的。

大黄狗的主人是一个漂亮的姑娘，是我没预料到的。更没预料到的是，这姑娘不像农家人。

我感到很新奇很亲切，离开城市差不多半年了，能看见一个城里人的确很难。我走了过去。那姑娘见我朝她走去，她用银铃般的声音喝住了狗叫。狗知道主人都接纳我了，自觉无趣，屁股一扭一扭地摆动着肚子上那两排奶包，回狗窝守它的崽儿去了。

我掏出介绍信给她看。她说，哦，你是地质队的。我说，后面还有两个人，我们要在这儿工作一个月左右，想找村长问一问哪家有宽裕的房子。她说，村长家在里头，我带你去。

我跟着她穿过那几丛蓝竹林，才发现竹林背后有七八幢吊脚楼。吊脚楼的旁边还有一块不小的平地，平地的尽头是比吊脚楼大得多的一幢黑瓦房。黑瓦房里叽叽喳喳传出儿童的读书声。这是一所农村小学，我猜出了她的职业。

我们地质普查组，都是三人一组。清早太阳还没出来就上山工作，晚上月亮升起来才回驻地。为了保持体力，我们每天两人一组上山采集标本，留一人在驻地做饭。做饭是很轻松的事，一天只做早餐和晚餐。由于这一带山高路远，中餐是不能回来吃的，上山的人只好带上地质队员的专用食品压缩饼干。做饭比起上山顶着日头翻山越岭来讲，等于是在休息。

开始，我们三人按老规矩，轮流做饭。后来，我与那位女老师很熟悉了，就给组长说我身体欠佳。组长毫不怀疑地说，你就在家做饭吧！好好休息。

清早七点三十分左右，同事们吃了饭就上山，要到晚上七点我才做第二顿饭。期间我有十一个小时的空闲时间。我有充分的时间东走西走到农家买鸡买蛋，搞地质工作的人，体力消耗大，每天必须吃这些。不过，买这些东西是要不了多久的，我的时间多半去了小学。说是喜欢给孩子们讲大自然的奥秘，其实我是想与那位小学女老师在一起。

没有几天，我便与那位女老师很熟悉了。女老师名叫卢春兰，毕业于中等师范学校，是自愿来此教书的。这个小学条件很差，教室是原来生产队遗留下的一幢谷仓，学生总共不到三十人，公办老师只有她一个人。谷仓太大，没法住人。她就借宿在学校的一个民办老师家。

那条大黄狗是卢春兰养的，这次生了六只小狗崽。我去她的住处时，六只小狗屋前屋后到处爬。

卢春兰说，小狗都满月了，送你一只吧！

我指着一条最大最壮的黄狗崽说，就这只吧！

卢春兰说，慢点，我还有一个条件，你才能抱走它。

我说，哪样条件？

卢春兰说，一不能再转送人，二不能打来吃了。

我一下愣住了。我知道她说的第一条和第二条是一个意思，就是这条狗只能老死。对于这种土狗，我是很了解的，小时候，我们地质队家家都养这种土狗。后来地质队搬进了城里，土狗就不能养了。偶尔有人养狗，养的都是那种宠物狗——北京狗。我对宠物狗一向不喜欢，宠物狗跟第一个主人和第二个主人都一样，谁有好吃的它都撒娇。土狗不一样，它只认第一个主人。正应了民间一句话，儿不嫌母丑，狗不嫌家穷。你把这种土狗养了一段时间后，再转送他人，等于借他人之手把它杀了。土狗只要它还有一口气，它就会寻找旧主人。农村所谓满双月的狗养不家，说的正是这个理。满双月的小狗懂事了，不管你送谁，送多远，它也要跑回来。卢春兰必须在近期把狗崽们送完。

卢春兰见我不吭气，知道我做不到，说我们地质队工作流动大，没个固定的地方，养狗太麻烦。

本来我可顺着她的话，不要那条小黄狗了。可那会儿，不知咋个搞的，我要了那只狗。我抱着小狗在院子里转了三转使它迷失了方向，才抱回我的房间，这样小狗就只认我了。

那些日子虽是春天，却很少下雨，月亮像银盘一样亮汪汪地升起来，照得那小山村分外皎洁。每当月亮挂到了竹枝上，我总是坐不住，于是我成了卢春兰房间的常客。

我的房间与卢春兰的房间相隔一个院子，她也常来我房间坐一坐。她的那条大黄狗也跟来，我每次都给它吃我们吃剩的鸡骨头猪骨头。吃完难得吃到的美餐，大黄狗并不走，盘着身子趴在它主人的旁边，它并不关心我与它主人的谈笑。这时，我的小黄狗总是依在它的怀里，嘴含着奶头哼哼唧唧地。它的主人走了，它也跟着走了。我的小黄狗有时很依恋大黄狗，总是跟到院子里，我吹口哨唤它，它就会恋恋不舍地回房间，如我不唤它，它就会跟着大黄狗走，它知道大黄狗是它妈。不过一会儿它自己知道回来，我这儿才是它的家。

我与卢春兰的交往，纯粹只是体现了双方的友好。她乐于谈她的学生如何有趣，我乐于谈我的野外找矿怎样有趣。她的学生们与我现在并不陌生，而对于我的工作，她除了听说过，其余一无所知。

有一天，我突然萌发了要带她上山看看地质工作是咋个搞法的想法。于是我对组长讲，你们今天休息一天，我上山填地质图。

组长说，不行。

我说，有哪样不行的？一个人填又不影响质量，你怕我填错呀。

组长说，有规定，上山工作必须要两人一起，出了什么事我负不起责任。

我说，天天都在山里跑的人，会出哪样事嘛！

组长说，被蛇咬了，摔下岩了，两个人，总有一个人报信。你一个人去，死到哪个角落，你让我上哪里找你？不行。

我说，你们累了半个月了，也该休息了。怕有事，我今天约一个伴儿好不好？

组长还想说什么，比组长年长一点的组员老李说，你就成全他吧！他们早约好了的。说完对组长挤眉弄眼。

组长说，就是送你狗的那位女老师吧！早点讲清楚嘛，好嘛！你们去。不过年轻人，我是过来人，做事要注意，别害了人家。

我说，你说些哪样哟，我与她只是好朋友关系。

组长说，我老婆原来与我也是好朋友关系，我是过来人，只是给你提个醒，我看这个姑娘很单纯的，你别害了人家。

我说，组长，你把我看成什么人了？

组长说，你多心了，我说的是，你们不在一个单位，她要调到我们单位是天方夜谭，只有你来这里落户，你做得到吗？

我说，组长，看你又说到哪里去了，我们只是一般的好朋友关系。

老李见我与组长斗嘴没完没了，说别闲扯了，早去早回。然后见我的小黄狗在我脚下撒娇，又说，土狗是“一黄二黑三花四白”，黄狗肉最香。到了年底下山时，这狗可能有十多斤了，我们来一个打狗散场。

老李说打狗散场时，我正背着图板跨出门槛。小黄狗也跟在身后，吃力地爬门槛。我抱起它，把它放回房里说，你们别打它的歪主意，谁吃它的肉我跟谁没完。说完，我三步并两步跑出了院子。我得快一点，卢春兰可能早等烦了。

老李冲着我的背影喊，哟，这狗成信物了不是。我没有时间理他。

那天上山填地质图，成了我一生中最美好的回忆，我相信对于卢春兰来讲也是。年轻人最美好的回忆多半是初吻，但那天对于我不可磨灭的记忆却不是。假如那天我斗胆吻了她，肯定是我的初吻。可是这世上没有假如。上帝如果允许他的子民能重来一次，我想，这是上帝最该赐予人类的福音。

那天，我不是没有吻她的冲动，那冲动在一刹那间十分强烈。这强烈首先感染于她的那张可人的笑脸。笑脸我也看过不少，相信很多人也看过不少，然而能激起你想吻那张笑脸的却少之又少。

卢春兰的笑很惹人，她的嘴唇舒展地笑开，毫不顾忌地露出两排洁白的牙齿，牙齿因笑而上下分开了相当的距离，可并未从那空间流出放肆的声音来。也正因为没有声音影响我的目光，我的目光便得以专心地看着她的脸。她的脸白里透红，像成熟了的水蜜桃，只要手指轻点，那粉红的浆汁仿佛就会破皮而出，让人倍感爱惜。

她是站在峡谷之巅的一块巨石上，看着远方笑起来的。我是坐在巨石上，被她的笑激荡起来看着她脸而冲动的。当她的脸看我的时候，我的眼睛已看向了远方，尽管我知道她的脸依然笑得灿烂，尽管我知道我应该把遥望远方的目光收回来。可是，我不但没收回目光，而且夸张地伸出手，用食指指点着峡谷里的美丽风光。

我说，你看那满山的红杜鹃、紫杜鹃、蓝杜鹃、黄杜鹃多美丽啊！我说，你看那红一层、紫一层、绿一层的石头多漂亮呀！该赞叹的我都赞叹到了，可该赞叹她了，那赞叹却被吞进了我的肚子里，压得我的心拼命地高跳。

应该说那峡谷是我至今看到过最美的峡谷，它除了有各种颜色的杜鹃花共生共开外，还有它独特的七彩石层。说真的，我前前后后搞了十年的野外地质工作，走过数不清的峡谷，爬过数不清的山，记忆最深的还是这条峡谷。在离开了地质工作很久很久的时间里，我曾无数次对朋友感叹，那峡谷的美是一个人可以甘心死在那儿，也不会后悔的地方。

这个想法，我当时站在卢春兰身旁也曾想过。不过这想法和我后来对朋友们感叹还是有区别的。当时，我只是想，我老死了，埋在这里太好了。但这个想法又在我对朋友感叹的年纪时产生了变化，这变化是，我想我这身臭皮囊埋在那天堂一样的地方，是否玷污了仙地？

是的，我是到了怀旧的年纪才时时想起卢春兰来。想起卢春兰来，我想我不得不继续讲卢春兰这位好姑娘的故事。

经过了那天，我和卢春兰的友谊更深了一步，可是我们组在那儿的工作也该结束了。我必须得离开那儿，我的工作性质注定了我必须不断地迁徙。

走的那天，我去了卢春兰房间告别。

她说，你把狗带着。

我说，当然。

她说，你以后还要去那峡谷吗？

我说，当然。

她说，还没个地名。

我说，花开就有花落的时候，秋天冬天见不到杜鹃花，叫杜鹃谷太俗。那峡谷里五颜六色的彩石层，一万年也不会消失，就叫七色谷吧！

她说，你确定还去七色谷吗？

我说，当然。

我们都认为，在不久的将来，我们一定会见面的。

我就是带着这种心理，毫不痛苦地离开了卢春兰和那个小山村。

年底，我的小黄狗已长成了大黄狗。大黄狗对我的忠诚可谓至死不渝。老李理所当然地要对大黄狗下黑手，理由很简单，狗是不能带回城市的。带回去也要被打死下锅，不如在这儿把它吃了。我当然不同意，可我又不能二十四小时看着狗不让老李们下手。

我唤起大黄狗出门，走了很远很远后，我捡起石头打它，把它往它的出生地赶。它叽里咕噜地落荒而跑。直到它在远处的山冈上消失了，我才往驻地回走。等我回到驻地，它竟然从房间里跑出来迎接我。我的两条腿跑不过它的四条腿。

看着回城的日子越来越近，我感觉老李伸向大黄狗的黑手越来越长。而大黄狗对于这双黑手毫无防备，它早把老李也视为主人了。

于是我又一次把它带出门。这一次，我带着它朝它的出生地方向走得更远，估计最少有十里路程。我知道这十里路程离它的母亲那儿至少还有一百公里，但它如要回去，是可以回得去的，它灵敏的鼻子一定找得到它的来路。

它的来路，就是它的去路。为了它下决心离我而去，我用木棍抽它的屁股，它负痛顺着起伏的山道跑。我不放心，跑到山道的高点看，它却躲在山道的起伏点，我只好捡起石头追了它几道山冈。最后我沿着山道，翻越了几个山道的起伏点，仍不见它，我才往回走。

那天，由于我赶它赶得太远，回驻地的路自然长，我足足走了两个小时，下午五点钟才回到驻地。我的脚正准备跨进我的房间，我突然发现厨房门前的桃树丫上挂有一样东西，我凝目一看，是一条黄狗。我一惊，赶快跑过去一看，正是大黄狗。大黄狗圆瞪着眼，鼻梁被锤子击得比平时大了一倍，鼻子下面是它被一条麻绳勒出的长舌头。

打狗是很残酷的一件事，小时候看见人家打狗我都远远地躲开。打狗的办法是先用绳索套住狗脖子，把狗吊起来，然后用锤子猛击狗鼻子。狗的生命力极强，几下是打不死的，有些狗一边惨叫一边流泪，那情景让人不忍看。老李要把绳子套在大黄狗脖子上是很容易的，也许大黄狗还以为老李与他逗起玩。我想象着老李怎样挥动着锤子，怎样咬牙切齿地朝大黄狗灵敏的鼻子砸去，而大黄狗在老李一下二下的打击下惨烈地挣扎。看着大黄狗的脸庞上留下的两行长长泪迹，我怒从心里来。

我冲进厨房，顾不得老李是位老同志了，我骂是哪个饿死鬼，这么心狠手辣。

老李冲着我嘿嘿笑，说急哪样，急哪样，我年轻时比你还急，你再急也改变不了什么。一条狗嘛！狗皮我给你留着，你喜欢就天天放在床上垫着。黄狗皮可是好东西，睡在它身上，风湿病就上不了你的身，我们搞地质的最容易得的就是风湿病关节炎嘛！

老李那天一直嘿嘿地笑，让我紧握的拳头无法挥出。也幸亏他嘿嘿地笑，所以那天没有出大事，本来我是想把他的那张马脸打成狗脸的。

三天后，是那年的最后一天，我们完成了所有的野外工作任务回到城里。

也许，一个年轻人是很容易忘却什么的，而且忘记的也许是他一生中最美好的东西。我也是这样的年轻人，总以为年轻，前面美好的东西多得很。于是，年轻的我大踏步地向前走去。

大黄狗的皮一直垫在我的床上，在夜里我们几乎每天背对着背睡，我从未梦见过它。那时候我血气方刚朝气蓬勃，有许多未来的梦要做。

八年后我结婚时，新婚的妻子说，这张老狗皮不要了吧？我说，这可是好东西，垫在我这边。大黄狗的皮依然在我的背下温暖着我，可是我还是未梦见过它。那时候我风华正茂春风得意，没有时间做梦。

二十年后，我已年过半百。有一天正读大学二年级的女儿对我说，爸，我勤工俭学挣了点钱，给你买了张款式漂亮的狗皮垫。

我说，狗皮垫讲的是实惠，款式漂不漂亮不重要。

女儿说，我给你换上了，今晚睡上试试，肯定比你那张老狗皮暖和。

我说，老狗皮呢？

女儿说，丢了。

我说，丢到哪里了？快去捡回来。

女儿说，丢了就丢了，上哪儿去找？

我赶紧跑到楼下的垃圾箱里看，大黄狗的皮已无踪迹。

夜晚，睡在新的狗皮垫上，我第一次梦见了大黄狗。那是在一条开满了杜鹃花的山道上，大黄狗摇头摆尾地跟在我的身旁。

梦见了大黄狗，卢春红便不可阻挡地来到了我的梦里。梦见了我在她的房间里谈笑着，窗外的月亮挂在竹枝上；梦见了一片寂静的山野里到处飘荡着皎洁的月光，那月光飘进了她木楼的窗口，照得她乌黑的长发银光闪闪；梦见了她在峡谷之巅笑得无比灿烂；梦见了年轻的她在竹林丛中的吊脚楼下对年轻的我说：

“你把狗带上。”

“当然。”

“你肯定还到七色谷吧？”

“当然。”

……

半夜醒来，房间里一片漆黑。摸索着拉开窗帘，没有月光进来。是的，在很久以前，我就习惯住在这座城市，也习惯了没有月光的日子。

躺在床上，今夜再也不能入眠。我睁着双眼，怀念远方月光的皎洁。

（原载《长城》2005年第5期；《中华文学选刊》2005年第6期转载）

2005年

欧阳黔森

敲狗

在这里，狗是不能杀的，只能敲。狗厨子说，杀猪要放血，宰牛羊要放血，狗血是不能放的，放了就不好吃了。有人说，咋个办？厨子说，敲狗。

敲狗比杀狗更凶残，这一带的农家人一般不吃狗肉，也就不敲狗了。可是，花江镇上的人却喜欢吃狗肉。人一爱吃什么东西了就会琢磨出好做法来，好做法就有好味道，到后来这味道不但香飘花江镇，而且飘到了很远很远的地方。很多人闻名而来，不是为了来看花江大峡谷，都是为了狗肉而来。久而久之，知道花江大峡谷的没几个人，大多知道花江狗肉。

花江的小街不长也不宽，这并不影响来往过路的各种车辆。只要有临街的店门，都开狗肉馆。每一个狗肉馆几乎都是这样，灶台上放着一只黄澄澄煮熟了的去了骨的狗，离灶台一两米的铁笼子里关着一只夹着尾巴浑身发抖的狗。

那只熟狗旁的锅里，熬着翻滚的汤，汤随着热气散发出一种异常的香味，逗得路过的车辆必须停下来。熟狗与活着的样子差不多，除了皮上没毛了，肉里没骨头了，其余都在。喜爱哪个部位，客人自己选。那只关着的狗，却只是让人看的，无非是说，就是这种狗。

这里的狗被送进了狗肉馆，没有活过第二天的，而关在铁笼里的那条狗却能较长时间地活着。这只狗能活得长一点，主要是它的主人不愿意亲自把绳索套在狗的脖子上。初送来的狗，似乎都能预感到它的末日来到了，对着狗肉馆的厨子龇牙露齿狂吠不已。可主人不离开，它也不逃走。等主人与厨子一番讨价还价后，厨子拿了一条绳索给主人，狗才吓得浑身颤抖，却还是不逃走，反而依偎在主人的两腿之间，夹着尾巴发出呜咽声。主人弯腰把绳索套在狗的头上后，接下来是把狗拴在一棵树上。这样做了，主人再不好意思面对可怜的、恐惧的狗，多半是头也不回地走了。

狗见主人一走，眼睛里的绝望便体现在它狂乱的四蹄上，它奋力地迈腿想紧跟主人的脚步，可是它没迈出几步，又被紧绷的绳子拉回来，又奋力地迈步，又被绳子拉回来。狗脖子虽然被绳套勒得呼吸困难，可它的确想叫出声音来，它是在呼喊主人，还是在愤怒绳子，不得而知，总之它平时洪亮的声音变成了呜咽的呻吟。

狗是比较喜欢叫的动物，它的叫声很久以来一直是伴随着人的。在这块土地上，一户人家也许没有牛羊马叫，甚至没有猪叫，但很少没有狗叫。汪汪汪的狗叫，几乎是每个成年人在儿童时期最喜欢模仿的声音。在童年和少年时期，人们最美好的记忆，莫过于自己一吹响口哨，狗就跑到你身边，亲热而又忠诚地摇着尾巴跟着你，无论你要去什么地方。狗叫的声音对主人是忠诚与踏实，对好人是亲切和提醒，对坏人来讲是胆寒和警告。当狗叫不出声音的时候，就好像人在痛苦地呻吟，也像婴儿在哭一样。狗哭的时候，主人是不能听的，他的选择只有不回头。

任凭狗怎样地挣扎，越挣扎，它脖子上的绳索越紧。当狗由于憋气在地上翻滚时，厨子拉动绳子，把狗吊了起来。狗身子悬空起来，不沾地的四蹄更加挣扎不已。厨子拿来一把包了布头的铁锤猛击狗鼻梁，狗扭曲着身子，被绳子紧勒的喉咙里发生像奶娃哭泣的叫声。狗在这猛击中只能坚持几分钟，便没了声息。这时的狗，样子挺可怜又挺吓人。它的眼睛圆瞪着，两行泪水流过脸庞，舌头夸张地伸出嘴巴。厨子的样子却挺得意，他并不注意狗的可怜。厨子的得意体现在他丢锤子的劲头上，打完最后一锤，厨子把锤子往地上一摔，锤子便连翻了几个跟头。厨子接着用手去摸狗鼻梁，确定没碰烂皮后，顺手摸合了狗眼睛。厨子的手湿湿的，这并不是汗，而是狗的眼泪。厨子把手掌在腰间的围巾上擦了擦，对徒弟说，看明白了，就这样打。狗鼻子最脆弱，要敲而不破才好。

徒弟望着厨子的手，也望着厨子腰间那张不知擦了多少狗眼泪的围巾说，师傅，下一个我来敲。

厨子闻声很高兴，就把手上残留的狗泪拍在了徒弟的头上，说，好好干，好好学，以后你就靠这个穿衣吃饭。

徒弟是厨子新收的。厨子一般两年就收一个徒弟，不是厨子有喜爱收徒弟的嗜好，而是徒弟们没有超过三年而不走的。徒弟们走了，花江狗肉馆就开得到处都是。先是县里、市里有了，再是省城有了，最后有人竟然开到了北京。厨子听说后，不以为然。有人说，你徒弟们都发财了，您老要是去外地开一个，还不更发财呀！厨子一笑说，钱我也喜欢，我更喜欢狗肉。有人说，莫非只有在这里才是狗肉，外地的不是呀？厨子说，不是我们的花江狗。有人说，外地都用花江狗肉的招牌。厨子说，我说过了，不是我们花江狗。

狗还得吊着，过了半个时辰再放下来。厨子当徒弟时，曾跑过一条狗。不过那狗跑了几天又回来了。那年厨子刚进师门不久，正是大年前夕，师傅想吃狗肉，可过年过节的，没人送狗来卖。师傅叹了口气说，把大黄敲了吧！大黄是师傅养了两年的狗。师傅敲狗如麻，却还是不敲自己养的狗。于是徒弟去敲。徒弟照着平时师傅敲狗的过程来了一遍，可以说没什么错误的，问题出在徒弟见狗被敲得没了声息，便解了狗的绳套放在地上。死狗是不能马上放下地的，狗会扯地气，地气一上身，狗便会醒过来。等徒弟从屋里端了个大盆来装狗时，大黄早跑得没了踪影。徒弟自然是少不了挨顿臭骂，看着师傅因没有了狗肉吃而暴跳如雷的样子，徒弟心里难过极了，毕竟要过大年了，把师傅气得这样子，的确不应该。由此徒弟永远地记住敲了狗不能马上放在地上。

狗对主人的无限忠诚，表现在无论主人怎样对它，它始终忠于主人。大黄也是这样的一条狗，在它挨敲死里逃生后的第三天，又肿着个鼻子回到了主人家。

厨子至今也在想师傅为什么要亲自敲掉大黄。大黄被敲后吊在树干上的样子，厨子这辈子是没法忘记的了。大黄的鼻子肿得发亮，眼睛瞪得圆凸凸的，眼泪特别地多，都死了半晌了，还有几颗晶莹的泪滴挂在狗的下巴。从那以后，厨子敲了狗一定得给狗合眼。

厨子的徒弟从屋里端出一个大木盆放在树下，然后把狗放下来，提起狗的四蹄丢进木盆里。接着徒弟又从灶台上提来一大壶开水，慢慢地把水往狗身上淋。厨子拿了个大铁夹子，给狗翻身子，然后把狗头按压在水里多烫一会儿，又把狗蹄往水里按。

每天关在铁笼子里的那条狗都能听见它同类那像哭的声音。这狗先是在狗的哭叫声中，在那个不大仅仅能转身的铁笼里，惊恐得团团转。后是仰着头寻找可以逃走的缝隙，可是那些铁条的间隙只能让它伸出一个鼻子头，它甚至试图对着铁条下嘴咬，可它的牙齿却怎么也咬不到铁条。

后来，铁笼子里的狗不再惊恐了，它似乎听惯了同类像哭的呻吟。它把后腿收在屁股下，前腿朝前伸直平放，这是一种卧着身子却又保持着起跑的姿势。时间长了，狗就把头平放在两个前腿之间，眯着眼。

厨子的徒弟拿来一把刮毛刀等候在厨子旁边。厨子丢了铁夹，猛地从烫水中抓起狗蹄子，嘴巴嘘唏着，把狗放在一块石头上，然后把手放在嘴下吹气。显然厨子的手被水烫得发痛，可他每次都是这样。仿佛他不这样被烫一下就对不起狗一样。徒弟刚来时就见师傅的手被烫，很想给师傅说有很多办法可以不烫手，比如，抓狗蹄子之前先抓一把凉水，或者一个铁夹使力不够，再多一个铁夹。但徒弟就是徒弟，徒弟教师傅，在这一带是最不敬的事。师傅这么干，徒弟当然也只能这么干。有一次，徒弟终于忍不住说，师傅，烫了手怎么办？徒弟说的话，当然不是讲师傅的手，师傅的手天天被烫已经千锤百炼了，徒弟甚至怀疑师傅的手早没了痛感，师傅的嘴巴又是嘘唏又是对着手吹气，可是烫的痛感并未上脸。徒弟知道自己的手，只要是被什么一烫，脸比手更容易让人知道——被烫了。徒弟由此认为，师傅的嘘唏和对手吹气只是个习惯。是呀！徒弟只见过嘴巴对着冬天的冷手吹热气。

徒弟问师傅烫了手怎么办？当然不包括师傅的手。徒弟这样问是想找一个师傅同意的理由，使他可以用不烫手的办法去抓烫水里的狗蹄。但是师傅的回答却不给他任何理由。师傅把手伸到徒弟眼前晃动说，烫什么手，我烫了几十年，不要怕烫，手比哪样都快，水还没来得及烫手就离手了嘛！干活嘛就要像干活的样子。徒弟说，师傅真烫手哩！师傅说，烫了也不要紧，去擦点狗油，一会儿就好了。再说，烫多了就不烫了。

厨子接过徒弟递到手的刀片，习惯性地用拇指试了试锋口，然后像刮胡子一样刮起了狗毛。刀锋所到之处，泛起白条条的狗皮来。厨子说，刀锋落在皮上，不能轻也不能重，别破了皮子。下手要快，毛皮凉了就刮不下来了。

徒弟在师傅的吩咐中点着头，却不太认真看刀锋和狗皮，他用心地看着师傅的手，师傅的手红中带着紫色，看来的确烫得不轻。狗毛热气腾腾，烫水在刀锋的起刮处不断地流出来，流过刀片，流过师傅的手又流到地上。地上被烫水热起了水泡沫，水泡沫顺着地势又流过那关狗的铁笼子，那铁笼子里眯着眼的狗被散发着热气的狗味道熏得站了起来，一双眼睛亮晶晶地盯着厨子看。

狗的一身毛，根本经不起厨子手里的刀锋几次来回就光了，狗赤条条地被倒提起来，又被倒挂在树杈上。厨子以欣赏的目光看着狗，然后用他那双微紫色的手掌，在狗白光光的身子上溜了溜说，看见没有，这样才好。

徒弟下意识把手掌在围裙上擦了擦说，下回我来刮。

厨子赞许地说，好，什么事就怕认真，只要认真，哪样都能干好。

徒弟被师傅的赞许弄得有点不好意思了，他双手把尖刀递给师傅，诚恳地说，我再看您开一次膛，我肯定就会了，下一回我来。

厨子接过刀，先是用刀尖小心翼翼地把狗胸狗肚上的皮划开，然后挥小斧子砍开胸腔，又用尖刀割开狗肚肌。厨子一边伸双手去掏狗的内脏，一边对徒弟说，狗一身都是宝，特别是狗肝狗肠，是大补之物。

徒弟看见狗的内脏在师傅的手里一股脑地进了木盆，心里还是一阵恶心，虽然他已不止一次看见这样的情景。他只能去端盆子，把内脏清理出来，洗干净是他无法逃脱的事。师傅要去烧狗，怎么烧师傅还未告诉他。他只看见每次师傅提起湿漉漉的白条条的狗去了后院，出来时，狗身子已是黄澄澄的模样。徒弟知道这是用干草烧烤出来的，他家里宰羊后也要用稻草或麦秆烧烤一下的，烧烤的时间很短，一般就几分钟，收干水汽就行。师傅是不是用稻草或麦秆来烧烤狗？他不知道，但他知道师傅后院没有稻草或麦秆。他曾问过师傅，狗咋个就黄澄澄的了？用的什么草？师傅说，干香草。他又问，干香草是什么草？师傅闻言没有吭气。徒弟以为师傅没听好，又问，什么是干香草？师傅说，师傅不想说的，就是你暂时不该知道的。

徒弟还有不知道的是，师傅怎样把狗体内所有的骨头都取了出来，而又不伤及任何一小块狗皮？徒弟更不知道的是，那一锅芳香四溢的汤到底放了些什么？徒弟知道，光靠平常的八角、草果、鱼香等香料是没法做出这种汤来的。煮熟了的整只狗黄澄澄的油光光的，往灶台上一放，那汤又在狗旁翻滚着异香，没有过路的食客不停下来解馋的，而且回头客几乎是百分之百。真正懂得吃花江狗肉的人是从不吃外地的所谓的花江狗肉，或者说吃过花江镇上的花江狗肉的人，也决不会吃外地的花江狗肉。就像喝贵州茅台一样，喝不到正宗的，你就别喝。是嘛！哪来这么多的茅台，哪来这么多的花江狗。

花江狗是花江大峡谷特有的一种土狗。这狗个体不大，最大的不过十余公斤，一般的成年狗都在七八公斤上下。这里的人家绝大部分是不吃狗肉的，可就是那小部分人家吃狗，却吃出了名气吃出了经验来。这里吃狗的人都有“一黄二黑三花四白”之说。都是狗肉，为什么黄狗肉上乘而白狗肉下乘？也只有这些老吃狗肉的主儿自己知道其中的微小差异。

花江狗繁衍能力很强，一般一年一胎，一胎生下来多达七八只小狗。一胎生一只或二只小狗的母狗极少。于是便有歌谣唱狗道：“一龙二虎三狼四鼠。”这歌谣说明了花江狗生一胎一崽、二崽罕见而珍贵，生四只以上便就平淡无奇了。

一般人家最多留两只狗来看家护院，其余都送人。大多数人家是不卖狗的，小狗更是不会卖。在乡场上，出卖的东西很多，如鸡鸭牛羊猪马，就是没有出卖狗的。这里流传着一个古老的训诫——卖猪富，卖狗穷。有年轻人问，卖狗为何就穷？老人说，你家连看家的狗都给卖了，你家还有哪样不能卖的？不穷才怪呢。

这一带人家从古到今一直坚持着不卖狗的祖规，就是有人好吃狗，也是自家养了狗来敲。这一带的人家对好吃狗的人是有看法的，老人们教育子女说，连狗都要吃的人，良心一定不善。你们看看，人们鄙视的所谓狗肉朋友是什么？狗肉朋友就是有吃有穿聚在一起，一旦有事就出卖良心的朋友。有些子女听话，有些子女却不以为然，说总不能说吃狗肉的人就是坏人吧！老人说，不是坏人也不是善人吧！有子女反驳说，要善良就别吃肉，当和尚去。

这样的争论在这一带经常发生，特别是花江镇形成了一条街的狗肉馆以后。有人继续坚持不卖狗，有人忍不住卖了狗。一条街有十几家狗肉馆，每天要敲几十条狗才够吃。狗价不断上涨，从原来三十元一只到五十元一只，最后涨到了一百元一只。为了钱，不少人家加入了卖狗的行列，也有人自家没有了狗就偷别人家的狗卖。这便使更多的人家加入了卖狗的行列，理由是，与其被别人偷掉，还不如换点钱来用。有这样的理由存在，必然也有那样的理由存在，这个那样的理由就是再缺钱用也不卖狗。这样的理由和那样的理由是矛盾的，这个矛盾有时候逗得一家人为之争吵，甚至打架。

徒弟来到狗肉馆已经有一个多月了。只见过为狗吵架的，还未见过为狗打架的。这吵架的事一般都发生在送狗来的时候，花江狗对主人很忠诚很温顺，对外人却是又凶又恶。一般情况下，主人卖了狗，厨子在付钱之前，会拿一条绳索要求狗主人套上狗脖子。厨子是不会去套狗脖子的，怕咬。也常遇见只卖狗不给套狗脖子的主人。厨子也无奈，照样付钱。狗是越来越少了，狗肉馆却越开越多，说不起硬气话呀！

主人不愿套脖子的狗，就关在铁笼子里，一是给食客看，二是哪天没人送狗来时应急。狗肉馆缺了狗是无论如何讲不过去的。这应急的狗，一般都能多活个十天半月的。

关在铁笼里的狗是一条黄色的狗，从肉质来讲是花江狗中的上品。狗的主人是一个中年汉子，身着土布衣裤，脚穿一双草鞋。徒弟一看就知道，这种装扮的一般都是生活在大峡谷深处的人。厨子见黄狗比一般的狗高大，便一定要这汉子给狗上了绳套才能走。中年汉子态度很明确，坚决不干这事。厨子说，你不上套子可以，总得把狗哄进笼子里吧！常言说“儿不嫌母丑，狗不嫌家穷”。我这里虽有好吃好喝的，也留不住你那狗。中年汉子神色黯淡，很不情愿又无可奈何地抱起狗放进铁笼子。

厨子知道要敲掉这条黄狗，是得费点力。上个月有一条黑狗，也是主人不给上绳套，厨子去给狗上绳套时，差点被狗咬掉了指头，幸亏厨子躲得快，狗只咬断了厨子手上的木棍。后来厨子换了一根铁棒，把绳套拴在铁棒头，伸进铁笼里去套狗脖子。狗当然也不傻，知道那绳子是来套它的，虽然笼子里躲闪的空间也并不大，但那黑狗尽力甩动着脑袋，使厨子的绳套难以套上它的脖子。折腾了半天，狗累得动作稍迟缓了，厨子才用绳索套住那黑狗。

这条黄狗能多活了半个月，除了它比黑狗更加凶悍外，还有这些天不缺狗。厨子就懒得去折腾这条黄狗了。再说，那卖狗的中年汉子留下话，说是急用钱才卖这狗，等有了钱再来赎回。当时厨子说，我这里不是典当铺。中天汉子说，您一定给多留些天，我一定回来。厨子挥手说，去吧去吧。中年汉子才硬着头皮一步一回头地走了。

厨子看着中年汉子远去的背影，对徒弟说，这条狗好。徒弟说，当然了，是条黄狗。一黄二黑三花四白嘛！

厨子说，你只知其一，不知其二。你看这狗皮毛黄得发光，胸宽蹄健，定是一条一胎一崽或二崽的龙虎之狗。少见，少见。师傅我都有点舍不得刮它的毛，想剥了它的皮来垫床，真是个绝好的东西。

黄狗在铁笼子里天天看见厨子敲狗，开始两天不吃不喝，白天在铁笼里又咬又跳，晚上对着夜空呜咽号叫。后来见多了，也就不再那么折腾了。厨子开始叫徒弟拿了剔下来的狗骨头给黄狗吃，黄狗嗅了嗅根本不下嘴。

厨子说，怪了，有狗不爱骨头的了。

徒弟说，不怪，它闻出是狗的骨头了。

厨子说，狗吃骨头，从不挑是哪样骨头。我就没见过这样的狗。

黄狗几天下来就饿瘦了，本来极有光泽的黄毛也开始有点褪色。厨子有点急了，对徒弟说，把骨头煮熟搅和剩饭剩菜给它吃，我不信它还能嗅出什么来。

徒弟照办了。黄狗果然开始吃饭，几天下来黄狗的毛发依然光泽闪亮。黄狗的毛发是恢复了，可徒弟却总感觉黄狗与原来不一样。咋个不一样，真要徒弟说，一时还说不清楚。后来经过几天的琢磨，徒弟终于明白了其中的差别，黄狗开始是目露凶光，脸庞呈恶相。现在的黄狗眼光黯淡，眼角边的毛像沾了米汤总是毛与毛紧靠在一起，徒弟知道那是狗流过泪的痕迹。但狗是什么时候哭的，他却无法知道。还有他知道狗被主人刚带进这院子时，狗是一脸的灿烂，尾巴翘得老高。狗的尾巴是翘起的，说明狗那时没有恐惧感。它当然不知道主人带它来的目的。当狗被主人关进铁笼走后，它才意识到不对。狗想跟着主人走，又出不了铁笼，只好朝着主人走的方向又叫又跳。当主人的背影在它眼里消失时，它的尾巴低了下来并夹进了两股之间。狗一夹尾巴，说明它已充满了恐惧。徒弟最后终于看出经过这一段时间的折腾，黄狗已变得一脸的苦相，这确实是细心琢磨了的。

厨子更加喜欢这条黄狗了，闲暇时，厨子与徒弟闲聊说，这黄狗暂时不敲掉，等立冬了敲了剥皮。

徒弟说，狗的主人要是回来赎狗咋办？

厨子说，不可能，没这种规矩。

说是这样说，其实厨子也有点担心那中年汉子来赎狗。厨子也遇见过那种又想要钱又舍不得狗的人，这些人也曾有人说是要赎狗，可拿了钱几乎没有人回来的。不过厨子觉得黄狗的主人那个中年汉子确实与其他的卖狗人不一样。到底怎么不一样他也说不清。

徒弟的担心说来就来了。黄狗的主人，那个身着土布衣裤、脚穿草鞋的中年汉子来的时候，厨子正在后院里用干香草熏烤刚刚开了膛的狗，只有徒弟在前院坝清理狗肠子。

中年汉子见厨子不在，也没与厨子的徒弟打招呼，直接走到了那铁笼子旁。黄狗一见主人，伸开前爪猛扒铁笼的铁条，屁股团团转地摇着尾巴，夹了半个多月的尾巴一下子就翘了起来。徒弟看着黄狗的一张脸舒展开来，眼睛也不再黯淡，显得亮晶晶的。

黄狗快乐而兴奋地想从铁笼里伸出头来，可是随它怎样努力，铁条的间隙只能伸出它的鼻子来。徒弟知道，黄狗是想用头去亲热主人的腿，还想后腿立起用前爪去搭主人的手。徒弟家也养有一条狗，他每次回家狗都这样亲热，狗的一张脸还会因为高兴而无比的灿烂，就连眼睛也会眯起来，使人觉得狗似乎在笑。

这时的黄狗高兴得眯起了眼，徒弟明白，这是黄狗半月来第一次开了笑脸。黄狗的主人显然被狗的热情感染了，一手去摸狗鼻子，一手去摘铁锁。中年汉子的双手一冷一热，热是因狗舌头舔着，冷是因铁锁冰凉地死扣着。

中年汉子走向徒弟，盯着徒弟手里的狗肠子说，你师傅呢？

徒弟说，在后院烧狗。

中年汉子说，我可以进去吗？

徒弟说，不行，师傅烧狗从不准人看。

中年汉子说，要多久？

徒弟说，快了。

中年汉子说，我来赎狗。

徒弟说，要赎，当初就别卖。

中年汉子说，我爹得了急病要钱救命。

徒弟正想再说点什么，他师傅提着烧好的狗出来了。见了中年汉子说，还真遇见要赎狗的人了。说完把狗丢进一个大木盆吩咐徒弟去清洗。

中年汉子从一个小布袋子里掏出了一大把零票子，递给厨子说，你数一数。

厨子不接钱，说，我这儿从不卖活狗。

中年汉子说，是我的狗。

厨子说，你的狗？咋到我这里来了？告诉你，这狗是我的。

中年汉子说，讲好的，我要赎回的。

厨子说，那是你这么说，我没答应过你。再说你卖一百元，赎回还是一百元，有这么便宜的事吗？

中年汉子又把钱往厨子手里送，说，这是一百二十块。

厨子说，那不行，我不卖活狗。

中年汉子说，狗我是一定要赎回的。

厨子说，快走开，再不走我叫警察了。

中年汉子说，你不赎回给我，我就不走。

厨子掏出手机给镇里派出所打电话。一会儿一个与厨子称兄道弟的狗肉朋友来了。

厨子的朋友一进院子就大咧咧地叫嚷，咋个回事？

厨子说，这个乡巴佬在这儿耍赖。

厨子的朋友看着中年汉子说，你这种人我见多了，别在这儿耍赖，这不是你耍赖的地方。

中年汉子指着铁笼里的大黄狗说，我没耍赖，这狗是我的。

厨子的朋友说，凭什么是你的？

中年汉子说，打开锁放出来，看它跟哪个走就是哪个的。

厨子对朋友说，你看看，他这不是在耍赖是在干什么。这狗他早就卖给我了的。和他啰嗦些什么，带到所里关他几天再说。

厨子的朋友对中年汉子说，你说说，是不是这回事？

中年汉子说，是这回事，我说要赎回的。

厨子的朋友说，你们这种纠纷，我们所里不能解决，你们自己商量解决。说完转身走了。

厨子追了几十步才追上他的朋友。他拉着朋友的手说，咋搞的？就这么呀！这乡巴佬讨厌得很。你把他带到所里一吓唬，他准跑了。

厨子的朋友眼睛一横说，你又害我，现在不同原来了，上面的禁令下发后，我们这一行是不好干了，动不动就说我们违法了。你们这是经济纠纷，我没法管。你们要是打了一架嘛，属于治安问题，我还可以管一管。

厨子回头看了中年汉子一眼说，这小子有些硬力气。

厨子的朋友不理厨子想抽身走。厨子一把抓住了朋友的手说，你说要打一架是不是？

厨子的朋友说，你别张起嘴巴乱说，我什么时候叫你打架了？

厨子说，好，你没说，要是打架了咋个办？

厨子的朋友说，打架就按治安条例处理。

厨子说，狗咋个解决？

厨子的朋友说，还是你们俩自己商量解决，我又不是法院的。

厨子说，那不是白打一架。

厨子的朋友说，你咋个这么不懂事呢？没人叫你打架，我还要劝你好好商量解决你们的纠纷。都什么时候了，打什么架。说完，挣脱厨子的手走了。

厨子回到院子里笑着对中年汉子说，听人劝，好一半。我就不与你一般见识了，我的朋友说了，看你可怜就不带你到所里了，你先回去吧！

中年汉子说，我回去狗也要回去才行。

厨子眼一瞪说，给你脸就翘尾巴。一百二十块我不卖，要二百块，没得商量的，回去找到钱再来。

中年汉子说，我没得这么多钱。

厨子说，有没有钱是你的事。

中年汉子沉默了半晌，走到铁笼子旁，从上衣口袋里摸出一个红苕喂大黄狗。大黄狗一边啃咬一边把尾巴摇得团团转。中年汉子回头对厨子说，你等着，我筹好钱就来。

中年汉子又一步一回头地走了。

大黄狗见主人走了，不肯再吃红苕，又是又叫又跳的。直到主人的背影不见了，它才停止蹦跳，嘴里又发出一阵呜咽之声。

晚上，关了店门，师傅临走对守店过夜的徒弟说，明天早一点起床，要敲两条狗。

徒弟说，为什么？

师傅说，铁笼里的狗也敲了，我要它的皮，真是一条好狗。

徒弟说，狗的主人不是去筹钱来赎吗？

师傅说，这个乡巴佬，就是不赎给他。

徒弟不再说什么。师傅骑着摩托车走了。

深夜，徒弟翻来覆去地睡不着，后半夜他拿了一根铁棍，插入锁洞使力一撬锁便开了。徒弟打开铁门把大黄狗放了。放了狗后，徒弟一直无法入睡。凌晨时，徒弟忍不住打了个盹儿，便做了一个梦，他梦见大黄狗跑进了它的主人家，主人惊喜地迎出来，大黄狗后腿直立，前爪搭上了主人的肩，尾巴摇得团团转，眼睛眯起来充满了笑意，狗的脸上一片灿烂。在徒弟梦到大黄狗伸出舌头去舔主人的脸庞时，他感觉到自己的脸也湿漉漉的，猛地一下就惊醒了。

徒弟醒后没马上起来，他也知道时间不早了，师傅就要到了。但是他太困了，他想赖几分钟床。还没等他赖上一分钟，师傅在院子里吼了起来。偷狗了，狗被偷了。接着他听见师傅向他奔来的脚步声，在他还没有来得及翻身下床，他的脸上顿时挨了一巴掌。他听见师傅吼到，你狗日的，还睡个球。

一会儿，厨子的警察朋友来了，看了铁笼子说，锁是被撬开的。又审问徒弟说，你没听见有人撬锁和狗叫？

徒弟说，没听见。

厨子的朋友说，撬锁不一定有声音，狗应该叫呀！

厨子火冒三丈地指着徒弟说，是嘛！你狗日的睡死了，狗不可能睡死。

厨子的朋友说，要么就是熟人来撬的。

厨子说，对，一定是那个乡巴佬干的，咋个办？

厨子的朋友说，咋个办？凉拌。你又不知道那人住哪里，咋个找他。

厨子说，这是个案件。

厨子的朋友说，你报案了，当然是案件，一百元的案件咋个搞？我们不可能为了一条狗成立专案组吧。为了一百元的狗，可能要花几百元找狗！还不一定能找到。

厨子说，是二百元的案子。

厨子的朋友说，别逗了，哪有二百元一条的狗。走，到所里做笔录。

厨子说，是我丢的狗，去你那里干什么？

厨子的朋友说，你要报案，当然要去做笔录，不能空口无凭嘛！

厨子说，搞得这么复杂，算了，没时间折腾，别耽搁做生意。

晚上食客们走完了，厨子整理完钞票后，把徒弟叫到柜台旁说，你的错误很大，留你下来继续干就不错了，狗嘛，也不要你赔二百元了，扣你工资一百二十元算了。

一个星期后，中年汉子走进了狗肉馆，送来了二百块钱。并感谢了厨子对他的信任，说狗早回了家，为了对厨子表示感谢，还给厨子带来了几斤自家种的花生。

晚上，厨子油炸了花生，一个人喝闷酒。徒弟三天前已离他而去，他在思考再到哪里招一个徒弟。

（原载《人民文学》2005年第12期；2009年获第二届“蒲松龄短篇小说奖”榜首）

2005年

欧阳黔森

心上的眼睛

我不止一次站在娄山关的隘口，俯瞰一片巍峨的群山。

这是大娄山脉最为险要的地方。隘口向北入川，向南入黔。过了此险便可两边长驱直入再无如此雄关。

望着盘山如蛇的公路，我想，为什么要有这条公路？没有这条公路，很难想象人可以随时都来。

我曾想象过没有公路的娄山关的模样。那模样看起来，的确雄伟、苍凉，给步行者一种难以翻越的感觉，有了这样的感觉，因此才被一位过路的诗人称为——雄关漫道真如铁。但是有了公路，“一夫当关，万夫莫开”的雄关还是不可翻越的吗？

只是我的幻想，我已不可能体验没有公路的娄山关了。要因了什么破坏一条公路和要因了什么而修建一条公路是一样的艰难。

娄山关总有很多人，特别是春天的时候，各种各样的人都来。来的人无非分两大类：一类是来过就不再来了，这类多为外地人。说真的，“雄关漫道真如铁”的偏远和险峻，要想让远方的客人有兴趣来第二次是不太可能的。另一类是来了还要来的人，这类人多为本地人，从遵义市到娄山关只有七十公里，对于当今优越的交通来讲，并不遥远。再次来的人，说老实话，他们肯定不是来看红军纪念碑的。不可否认，第一次来，他们肯定是冲着红军来的，第二次来，他们就是来休闲的。娄山关除了有缅怀红军与白军残酷战斗的纪念碑以外，更多的是群山峻峭、植被茂盛。说风景这边独好，一点儿也不夸张。

不管是不再来的人和还要来的人有多少，来得最多的是青少年。他们的目的很明确，是来接受爱国主义教育的。他们成群结队地来，即便是这里的工作人员，也会数也数不清，记也记不住。

我的远房亲戚丁三是这里的工作人员，年纪与我相差无几，按家族字辈我得叫他一声“老叔”。因此，我每次来这儿，不免要与他打打招呼拉拉家常。

记不住的往往是记忆最深的。丁三老叔对于那一群群不知谁是谁——最不易记住的学生们，反而记忆深刻。他记得很深的是学生们在一脸严肃的老师的讲解中并不肃静，他们叽叽喳喳一个个吵闹不休，还一个个快乐得手舞足蹈。

看着老师的难堪，丁三老叔并不难过。因为丁三老叔想，红军伯伯们也不会难过，他们应该骄傲，是因为他们英勇地化成了山脉，才换来今天学生们毫不顾忌的笑声。

我很奇怪丁三老叔小学未毕业的水平，如何会不说“牺牲”而讲“化成了山脉”这么好的词儿。当然我不能问他，虽然我很想知道他为什么会用“化成了山脉”这句把死也讲得很雄伟的词儿。

丁三老叔有点笨，在离这儿五十公里的老家乌江渡是有名的。小时候，他妈叫他去乡场上卖鸡蛋，他妈是知道儿子还没有笨到卖不成东西的程度，五毛钱换十个蛋，他是卖得清楚的。要命的是，他家的“九斤黄”母鸡一连下了三十个双黄蛋。去乡场前他妈就吩咐他说，这是双黄蛋，要卖一块钱十个。他说知道了知道了。到了乡场上，双黄蛋肯定很抢人眼，那时候双黄蛋多稀罕呀！场上有人拿五毛钱买五个，他说什么也不卖，他说一块钱十个。人家说我只有五毛钱只买五个。他只认一块钱十个。搞得那人只好拿着五毛钱眼睁睁地看着有一块钱的人把他喜欢得不得了的双黄蛋买走。那人无可奈何地一直看到第三个有一块钱的人买走了最后十个蛋，他才气愤地唠唠叨叨地走了。从此丁三老叔笨的笑话也在家乡传开了。

正因为丁三老叔笨，我便更不好问他那好词儿是怎么学来的。这有点哪壶不开提哪壶的味道，伤人。

其实最记不住的就是这些学生，他们来的实在太多。丁三老叔记住他们，也许就是他们不断地来，纵然每天来的都是新面孔，我想丁三老叔记住的绝不是面孔，而肯定是他们的来。

最容易记住的自然是导游，他们几乎每天都来。丁三老叔对导游的面孔是相当熟悉的，有的，丁三老叔甚至还知道他们的名字，但丁三老叔说他时常想不起他们谁是谁，虽然有时他们还提醒丁三老叔说，我们是某某旅行社的。

这其实是多余的，丁三老叔说他知道他们是导游，经常脸对脸、眼睛对眼睛的，不认识面孔也是熟悉的。可是除了他们来，打起招呼，丁三老叔记得起他们是谁，走后，丁三老叔从来就记不起他们谁是谁了。最易记住的却往往记不住，丁三老叔的脑壳真的很笨吗？我问他导游们为什么要与他打招呼。丁三老叔很自豪地说，他们几乎每次都招呼我。我说怎样招呼。丁三老叔就学着女导游的普通话说，怎么又乱丢东西啦？老师傅您去拾起来。说完，丁三老叔还下意识提了提手臂上的红袖套，那个套子说明他是一个清洁工。

丁三老叔从来不管自己笨不笨，他并没意识到他是一个智商不高的人。他总是忘不了他聪明的时候。他说，领导曾要他在小商店里卖过矿泉水和纪念章什么的。可没卖几天，领导说，原以为老实人可用，但用不了而用之也不妥。丁三老叔于是又回到了卫生组干老本行打扫卫生。丁三老叔不想问领导这是为什么，他很感激领导，领导毕竟信任了他几天，并委以了重任。

信任丁三老叔的开头是，领导说，你是老实人，我考察过了，你从今天起开始到商店上班。丁三老叔真的受宠若惊了，小商店多好呀！不用在烈日下晒太阳了，不用满山到处收集矿泉水瓶子和塑料食品袋了。领导说，商店里的东西总是丢失，我看就是店里有鬼。有些人不老实手脚不干净，还怪旅客太多了拿走的。人家游客都是来参观革命圣地的，心里纯洁得很，脸上庄严得很，咋个会偷你们一两件小纪念品呢？我看这不是事实。

领导说这些的时候是很气愤的。看着领导很气愤，丁三老叔很激动。他很想掏出心来表示一下什么，可他手里什么也没有。再说，即使他手里有什么东西可以划开胸膛，他也不敢怎么地。他想掏心出来看看，也只是这样想了想而已。手上没有什么，丁三老叔的手只好在自己的胸襟上空抓了几下，眼巴巴地望着领导。

领导走的时候拍了拍丁三老叔的肩，语重心长地说，丁三，你记住，东西是不能少的。

领导信任丁三老叔是对的。丁三老叔的确是个老实人，东西的确再没少过。可最后丁三老叔明白了领导为什么不再信任他了，因为东西没少钱少了。这少了的钱当然不是丁三老叔偷的，但两百枚纪念章只交出了一百八十枚的钱却是事实。这等于和丢东西没有两样。

我去娄山关是家常便饭，除了我必须带一些外省同行业的人去以外，我自己也时常要去。我是一个有英雄情结的人，小时候我就一直想当解放军。那时候没有什么崇拜的，我就崇拜解放军。只要车载着解放军过我家门口，我就挥着手喊“解放军叔叔好，一枪打倒美国佬”的儿歌，并追着汽车唱“一二三四五，上山打老虎，老虎不出门，就打杜鲁门”。车上解放军向我挥手的情景，成了我儿时不可磨灭的记忆，使我几十年一直难以忘怀。每当儿时的记忆涌上心头，我就激动不已。不过我早已明白，我当时唱的儿歌是老掉牙的了，那时候抗美援朝已过了十余年。

家乡的尚武之风是适合我这种人成长的。记得上小学时，一个戴眼镜的老师总不厌其烦地告诉他的学生们，说他遗憾晚生了几十年，要不然他肯定跟红军走了，就能参加举世闻名的长征了。长大后，当我也成了他，也戴眼镜教书的时候，我去了早已退休在家的老师那儿，我望着老师的一头银发说，您的遗憾也是我的遗憾，可您想过没有，您要是万里长征才迈出几步就化成了山脉，您还想参加长征吗？问老师这话的时候，我已是近四十岁的人了，不说饱经沧桑起码也到了感悟人生感悟生命的时候了。我这样问老师，对于老师是不是有点太唐突？我不知道，但这却是我一直想与他探讨的问题，现在是该亲口问老师的时候了。尽管这个问题看起来是幼稚而简单的，正因为幼稚而简单，它才成了我长久的心病，是非问不可的问题。

老师看着我，嘴角似动非动了很久，终于没有讲什么。我也再讲不出什么，但我敢肯定老师一定是悟出了什么的，只不过他无法用他最熟练的汉语表达出来。我也一样，虽然我们都是教授汉语的老师。

有了这样的英雄情结，我藏书的一半便是与军事有关的书籍了。从古到今，从国外到国内，我几乎熟悉所有的战役、战例。这看起来有点可笑，一个和武不沾边的文人如此痴迷军事，是不是有点不务正业？这种想法当然只是一时半会儿的，我继续坚持我的这个不务正业，却是我唯一的爱好。

娄山关的险峻是英雄夺关斩将、展示风采的地方，这也正是我经常想去的理由。那儿的山那儿的风都洋溢着英雄的味道。每当我站在隘口上，仰望山壁上那幅巨大的草书，并情不自禁地朗读它的时候，我的血液就沸腾起来。

其实毛主席的《忆秦娥·娄山关》，我早已背得滚瓜烂熟，可我每次依然会沿着毛体那潇洒苍劲的笔力逐字逐句地读下去，仿佛只有读才够力量，够味道。当读到“雄关漫道真如铁/而今迈步从头越/从头越/苍山如海/残阳如血”时，我全身的每一根毛细血管都张开着，血液像涨满了春水的溪流，正汹涌澎湃、浩浩荡荡地奔向心海。我从这奔流中充分体验了血往上涌后那胸中无比宽阔的味道。

有了这样的味道，我便偏爱收集红军留下的痕迹，不放过任何一点。

有了这样的偏爱，我甚至知道了丁三老叔的外婆曾经是红军。她的命运不幸与我问老师的那句话相同。她丢下几岁的女儿，也是她唯一的亲人跟红军走了，没有人知道她走了多远，总之她一走再无消息。她化成了哪座山峰，无人知道，但她肯定是一座山，我坚持这样认为。是的，遥望远方，苍山如海，这里不缺的正是这连绵不断的群山。它与天安门广场那座如山的人民英雄纪念碑同样耸立在一片蓝天之下。

丁三老叔的母亲不是烈士遗孤，是因为无法考证她的母亲了。乌江渡的人都知道丁三老叔母亲的母亲跟红军走了，但她长征到了哪儿却没有人知道。丁三老叔的外婆要是走完了长征又回来了，丁三老叔还会在这娄山关当清洁工吗？我时常想这个问题。讲起这个问题又不免想起了一件事情。

一次我与丁三老叔坐在纪念碑的石阶上拉家常，听见旁边有两个年轻人在说话，一个说，叫你好好学习你不天天向上，现在好了待业在家了吧。一个说，你小子也好不到哪里去。一个感叹说，唉，要是当年红军过你家门口，你爷爷不是在睡懒觉就好了。只要跟红军走了，就算你爷爷目不识丁，打仗也不行，没能当将军，但毕竟参加了长征，哪怕是个伙夫也好，现在至少享受正厅待遇。一个说，是的，你也不用这么辛苦了，好好学习天天向上不如有个好爸爸好爷爷。

这虽是两个青年人相互的调侃，我听了也不是滋味。他们要是知道丁三老叔妈妈的妈妈就是跟红军走了的，丁三老叔现在只是在这儿打扫卫生时，他们还会这么浅薄地互相调侃吗？

丁三老叔不是天生的笨。在他三岁那年正是小儿麻痹症流行的时候，丁三老叔也不幸染上了。当时得这个病的孩子不少，引起了不小的恐慌。地方医院已承受不了巨大的压力，最后部队派出了医疗队，丁三老叔就是被部队医疗队发现并得到及时救治的，所以丁三老叔的后遗症还没达到生活不能自理的程度。

丁三老叔因此对军人有特殊的感情，只要看见穿军装的人，他就上前喊“解放军叔叔好”，有比他年轻的军人被他喊得不好意思，也喊他“叔叔”，他乐得像孩子一样。

大娄山脉东临武陵山脉，西接乌蒙山脉，是四川盆地的南出口。这里是大娄山脉的腹地，山多是这里唯一的特征。山多雾就多，这也是雾的特点。

春天的雾大，这是娄山关的特点。说起雾大，也许有人会认为白蒙蒙的一片没什么好看的。雾的确没有什么好看的，这似乎是经常见到雾的人起码的常识。但在这里，这个常识变了。这里的雾好看而且神秘。好看的是这里的雾更像烟，哪怕很浓的时候，也看似轻盈。这些雾在山身上慢悠悠地走，一会儿让这座山露出半边身子，一会儿让那座山显出半个头来，使高原连绵不断一片起伏的连山充满了神秘。春天的雾也是神奇的，它在早上十点钟左右渐渐变成了白云。太阳这时候最红却不怎么刺眼睛，只有这个时候太阳才让人可以正视它，只有这时候人身后没有拖一条长长的阴影。是的，太阳的红还没有四射成光芒时，万物都是没有阴影的。山是这样的，东方向朝阳，西方向夕阳，所以它前朝阳后就夕阳，前夕阳后就朝阳，这样，只要有光就能绿的植被，不管你长在山上的任何地方，都会得到太阳的光芒。于是绿色成了这片高原最普通却又最典型的特征。

这里也成为休闲的好地方是肯定的，于是相应配套的服务就活跃了起来。先是有人在山脚修建了几处农家屋，开了几家小饭店，让翻越了娄山关的载重车加点刹车水，让刹软了的刹车板冷却冷却，让驾驶员换一壶茶，吃一顿实惠的农家饭。后来发展到有人修了像模像样的山庄，集吃喝玩乐为一体。再后来陆续又修了几家，一下子山脚热闹了起来。不过这热闹没有持续多久，在短短的一小段时间里，这热闹一下子就消失了。原因不是没有人来玩了，而是不准你来玩了，这“玩”带有了颜色，就玩不下去了，这颜色当然不是绿色，却有点黄色。起初是一有车过，就有少女站路边招手叫停车吃饭，后来是有少女站路边上下翻动裙子，有细心人一看，才知道少女没有穿内裤。有没有其他人揭发这个现象我不知道，反正我是用电脑打印了几十封信寄给了许多部门，信中很义愤地揭发并且慷慨激昂地讲了红色圣地怎能有黄色出现。不知是我的信撞了巧还是怎么地，反正，先是热闹不见了，后来连山庄也搬走了。当丁三老叔来我家串门讲起山脚那些山庄的情况后，我甚至有点儿怕去娄山关了，是不是怕遇上有些吃亏了的老板正寻揭发的人？我一直从心里不承认这一点。可时间久了我想我还是得认可，我不去娄山关是和怕有点关系的。虽然我心里对那个怕满不在乎，但事实上，我当了一回无名英雄，却又没有英雄胆，这正是我这种外弱内强书生意气人的通病。但这通病归通病，如还有机会让我当一回愤世嫉俗的英雄，我想我还是要再当一回的。

正思量着什么时候去看丁三老叔，却不想从电视里知道有一种叫“非典型肺炎”的病突然来到了世上，说是尽量少出门流动，于是我有了充分的理由，在相当长的一段时间没有去娄山关了。当然也就很久没有见到丁三老叔了。看报纸成了我每天必须做的事情，而第一眼就看头版的疫情。

很多年没有这样紧张过了，有关疫情，网上和小道消息不断传来恐惧。对于我来讲这些所谓的恐惧毕竟遥远，看看每天的报纸、电视，我生活的地方一直是零病例。

知道丁三老叔的消息是五月中旬的时候。我的一个同事从四川回来，经过娄山关时看见了丁三老叔。说是有一帮人戴着口罩在山口盘查过往车辆的人员，每个人必须量体温。丁三老叔忙这忙那地给那伙人当助手。听了这个消息，我是下决心想去看一看丁三老叔的，他毕竟是我的亲戚。除了这个，他还是一个属半残废的人哪！我这个一点不残的人，不能一天只在那动人的电视画面里激动，不能每天看着本省报纸上零的疫情通报而暗自庆幸，我总想干点什么，可我又能干点什么呢？我甚至有点痛恨自己当初为什么不学医。中央电视台制作的有关“非典”的节目，水平真的太高了，几个镜头几段话就让我感觉到众志成城能战胜一切的气概来，让我这个有着英雄主义的人，一下子庄严和兴奋起来。可惜我兴奋不了多久，我明白我不是一个救死扶伤的医生或护士。

于是去看丁三老叔成了我体现英雄主义的方式，我非去不可，否则我被电视里点燃的英雄之火非灼伤了不可。

几十公里崎岖的公路，并没有让我感觉劳累，当我骑着摩托车加大油门冲刺娄山关那陡峭的盘山公路时，一股自豪感从丹田涌上了我的头顶。我想我冲到山口时，一定会朝丁三老叔呈英雄状大喊——我来了。

出乎意料，丁三老叔不在，以至让我一直在心里演习的英雄状找不到对象展示。不过我并不懊恼，我想我起码看到了戴白口罩的人，看到这些，至少让我感觉到了“恐慌”真的就在眼前。不过我并不恐慌，恐慌的倒是那几个戴口罩的人，他们见我骑车往山垭口开，追着我喊，停下，停下量体温。

我只能停下来。量了体温，证明我并不发热后。我追问丁三老叔在哪儿？一个人回答说，刚才还在这里，好像往上面走了。

我知道丁三老叔到山垭口去了，便迫不及待地找他去。

我首先看到的是山垭口山壁上熟悉的那幅《忆秦娥·娄山关》，那巨大而苍劲的毛体字，在此时看来，我感觉它更显得庄严而潇洒。再看到的是丁三老叔在那幅字下，抱着一个男军人的大腿往上推，旁边还有一个女军人在帮忙。看来两人很吃力，几乎支撑不住那位高大的男军人的身体，那军人的手指总和石壁上的毛体字还有那么一点距离。山壁上那些潇洒而苍劲的字，我也曾不止一次在朗读中产生出想触摸它们的冲动，但终究因我不够高而打消了念头。从这个男军人高大的身材来看，他也许奋力一跳就能触及那些字，我很奇怪，这么高大而健壮的军人，怎么还要两个弱小的人帮忙？我不知道这是怎么一回事，我也来不及想些什么，我赶紧搭上了一把力。

放下那位高大的军人后，我看到那男军人昂起的头颅对周围的反应有点迟钝，头的灵敏首先是眼睛的灵敏，我感觉他的眼睛可能有问题。我判断出这一点很明显，我知道他肯定知道还有一个人在帮他，可他并不知道我站在哪儿，他戴着一副墨镜，我看不到他的眼睛，可我知道，他一定在找我。我明白我只要轻轻弄出一点声音来，他一定能敏捷地找到我。我明白，在这种时候，在这个环境中，他是主角，女军人和丁三老叔是配角，而我只能算配角的配角。主角不出声，配角不说话，我这个配配角只能沉默。

我静静地看着他，看到墨镜下有泪水流下后，他说话了。他一边说一边用手指着他摸的方向，我终于摸到了，摸到了。我顺着他手的方向，看到的是“而今迈步从头越”。

我与两位军人在纪念碑下的石梯上坐了很久，知道了两位军人都是军医。男军人参加过边疆战斗的救护，后因公受伤双目失明，女军人是内科大夫，是呼吸道疾病的专家。两人是夫妻，在一个医院工作。这次女军人也报名参加“非典”治疗队援京，可是报名的人太多，院领导没有同意她去，理由就是她丈夫双目失明没人照顾。男军人听妻子读报、听电视，每天关注着疫情，心情一直处于激动中。

我虽然没有了眼睛，可是，我的心现在比什么时候都清楚。我有眼睛，这眼睛比头上的还要清晰，我的眼睛就在这里。男军人面对着苍山如海，手指着胸口说。

我和丁三老叔下山的时候，两位军人还坐在石梯上，我想男军人正用心上的眼睛遥望着一片起伏的连山。他们也许还会坐很久，这时候的他们的确是需要这样子的。

见我一路不吭气，丁三老叔无话找话说，他指了指自己的眼睛又拍了拍胸口说，这儿没眼睛了，心里会有眼睛？我怎么一闭眼啥也看不见？

我说，也许看不见太久了，心里就长出了眼睛。

丁三老叔一个快步跃到我的前面，圆瞪着一双大眼睛说，真的呀？

我说，真的。

（原载《中国作家》2005年第10期；《中华文学选刊》2005年第12期转载）

冉正万

飞　鼠

鬼节过后的第二天，汪中文和老婆打死了一箩筐老鼠，脱落的鼠毛四处飞扬，沾满了他们的头发和眉毛，家里充满了血腥和鼠臭。在所有的臭味中，鼠毛的臭味是最独特的，既有老鼠的体臭和尿臭，也有它们肚子里未消化的积粮正在乳化的臭味，这是让人挥之不去的味道，它们一旦钻进鼻孔，就会顽强地附着在鼻毛上，成为鼻毛的一部分。汪中文用棉条将两个鼻孔搅得又肿又痛，仍然不能消除那种难闻的气味。他老婆黎米一边打一边用袖子捂着鼻子，见汪中文那么难受，她忍不住幸灾乐祸地哈哈大笑，觉得还是自己有先见之明。汪中文说："你笑什么？你照照镜子就知道了。"她对着镜子看了看，除了头发和眉毛，没什么呀，可当她一张嘴，把她吓了一跳，牙齿上全是鼠毛，光注意鼻子，忘了嘴。屋里那么多老鼠，刚开始，还有一种打败对手的快感，平生哪里打死过这么多老鼠呀？可越打越多，快感变成了恶心，到后面，既不恶心也没快感，只有麻木的坚持，仿佛是人类和鼠类的最后决战。黎米丢下棍子，不打了，说要去买一堆牙刷回来刷牙。汪中文说："一堆牙刷？我一把牙刷用三年，你一买就是一堆，我们家又不是资本家。"黎米泪如泉涌，说那就让鼠毛粘在牙齿上呀。汪中文说："两只胳膊又不是抬了个瓜，那是脑壳嘛，怎么不动脑筋想想？这样吧，你先把旧衣服旧床单用水打湿，把它们铺在屋子里，铺得越宽越好，鼠毛掉下来就会粘上去，等鼠毛都落到湿布上，你再打两碗糯米来煮起，我来打糍粑，用糍粑粘牙齿上的鼠毛，我保证比你用牙刷的效果好。"黎米破涕而笑："要死，你怎么不早点想这个办法？要是早点铺上湿布，鼠毛根本就不会飞起来。"汪中文谦虚地说："我又不是诸葛亮，未卜先知，我以为也就十几只老鼠，哪晓得越打越多哇，这是异兆，不知道是不是要闹地震。”黎米把湿布铺在地上、家具上，屋子里顿时凉爽了许多。汪中文剥光身上所有的衣服，打了两盆凉水从头到脚泼下去。黎米假装不看他，却又忍不住要看。汪中文叫黎米也学他的样子冲洗一下，黎米说光溜溜的像啥话。汪中文说：“在自己家里，又没人看见，有什么可怕的。”说着就去帮黎米脱衣服，黎米躲闪着，汪中文打了一盆水朝黎米泼去，哈哈大笑着说：“这下我看你脱不脱。”黎米说：“要死啊，你这背时鬼。”说着气呼呼地把衣服脱了。汪中文笑嘻嘻地说：“我这只老鼠想进洞了。”黎米不理他。汪中文从后面抱住黎米，说：“一会儿打好糍粑先供香火，今年收的糯谷自己还没尝过腥哩。”黎米还是不理他，她看着墙角的死老鼠想，恐怕还没做过这事就死了，真不可怜。汪中文比她高，往上提的时候就像要把她提飞起来。她想，啊啊，要死要死要死，啊啊啊。她第一次感到死一样的快乐。汪中文说：“这下你不能再淋冷水了，这时候淋冷水最容易生病。”她“扑哧”一声笑起来。汪中文问她为什么笑，她已经笑得无法制止了，软软地蹲在地上，还在笑。她想告诉他，屋子里又多了一只死老鼠，可她一想起这事就笑，无法把这句话说出来。等两人都穿上衣服，她终于止住笑，但要告诉他为什么笑已经没有必要了。

汪中文和黎米走到屋子外面，汪中文指着房子说：“我真想一把火把它烧掉。”黎米看了他一眼，他补充道：“不知道还有好多老鼠没被打死。”

天刚亮，山上的树林里还藏着夜色。毛毛雨已经停了，地上发出滑腻腻的浓烈的腥味，泥土像被水泡稀了的馒头，枯萎的小草软弱无力地跪拜在它曾经生长过的大地上，仍然活着的小草则担忧地替大地举着一串水珠，以免它掉到已经湿肿化脓的地皮上。汪中文和黎米既不想进屋，也不想站在屋子外面。待在屋子里的时候感觉还没这么恶劣，一旦走出来，想到鼠血的腥味他们就受不了，就像穿又臭又脏衣服的人，穿在身上的时候他能忍，但换上干净衣服后，对脏衣服就只能另眼相看了。屋子外面冷飕飕的，而且这种冷是湿漉漉的，又浓又酽，没有风，只有雨后的阴冷。黎米叫汪中文找点干柴，在院坝边烧堆火烤一烤。汪中文说：“行，我去找柴，你去把火拿来。”汪中文像占了小便宜一样，心里说：“拿柴我愿意，进屋拿火我可不愿意。”黎米刚进去，不一会儿就惊慌失措地大叫着跑出来，惊呼：“妖怪，妖怪，真是个妖怪呀！”汪中文站着不动，觉得黎米的表情太夸张了，他那张满是雀斑的脸像老服务员一样镇静。黎米跑到汪中文身边，见汪中文无动于衷，不禁有些生气。汪中文咧嘴笑了一下：

“把你吓成这样，是啥子东西嘛？”

“我不晓得是啥子东西，你自己去看嘛。”

黎米说着往汪中文后面躲，好奇和恐惧这才跑到汪中文身上来。他从柴垛里拔了根棍子，掂了掂觉得太长了，又换了根短一点的。当一只公鸡准备向另一只公鸡进攻的时候，要先用爪子划拉几下地上的沙土，还要把头上的毛奓开，然后才横着身子跳舞一样冲过去。汪中文此时也像一只准备打架的公鸡：既不能让女人看出自己胆怯，又不能莽撞行事。棍子怎么个拿法，他换了好几种，可没有哪一种称心。他这样做的时候又是下意识的，因为他是边走边对自己的进攻进行调试。走到门口，他先虚张声势地叫了一声。屋子里光线比较暗，他什么也没看见。黎米这时反而有胆量，她拨开汪中文钻进屋，叫他看屋角里的东西。在湿漉漉的黑布上，有一个小东西在扑腾，在挣扎。汪中文大失所望，责怪黎米："这么个小东西也值得大惊小怪？"黎米说："你换个灯泡，看清楚就知道了。"她刚才蹲下看这个小东西，刚看清楚，灯泡一下坏了，这才是吓她一跳的真正原因。汪中文没有换灯泡，他用打火机凑近看了看，还用棍子拨了拨，发现这是一只长翅膀的老鼠。直到火机发烫不能再用，他才站起来。已经没什么可怕的了，但汪中文觉得的确不可思议。

"这小东西从哪里来的呢？"汪中文疑惑不解。

黎米则忧心忡忡，她说："年岁不好才会出精怪，要是它们全都长上翅膀，庄稼就要遭殃了，庄稼都遭殃了，人就没法活了。"

汪中文觉得事情不可能有这么严重，人是什么？人是最聪明的动物，没有什么难关过不了的。他把那筐死老鼠倒在茅坑里，让它们沤成粪。箩筐里尽是鼠血，他不想要了，可请篾匠编一只光工价就是十块钱。他把它丢在院坝边，风霜雨露洗干净了还没坏就要，坏了就不要了。回到屋里，看见黎米用火钳夹住那个小东西。她说她要烧死它。"因为是精怪，必须把它化成灰！"小东西"吱吱"叫，小玻璃珠似的眼睛狡狯地眯缝着，四个粉红色的小脚爪子在轻轻地哆嗦。汪中文心里突然怜悯起来。他说：

"它不去别人家，专门来我们家，烧死它怕不吉利。"

黎米被吓了一跳："那你说怎么办？"

"我去找个笼子，先把它养起来。"

仅仅半天时间，汪中文和他的飞鼠就已经蜚声纸房，前来参观的人络绎不绝，有的背着背篼，以便回去的时候顺便捞点干松毛回去发火；有的扛着锄头，那是在地里干活，听说汪中文家出了个精怪，便扛着锄头来了；有的还扛着自行车，因为汪中文家住在半坡上，放在马路上怕弄丢，只好走到哪儿扛到哪儿，刚才人骑车，现在车骑人；有些人还专门换上新衣服，像吃酒席一样。刚开始，只要来人，汪中文都要把鼠笼提在手里，热情洋溢地介绍一番，是怎么发现的，在哪儿发现的，末了还不无得意地加上一句"如果我不阻拦，就被黎米烧死了"，仿佛自己是见义勇为的英雄。后面来的人太多了，他的嘴说软了，除非是特别重要的人，比如村干部，或者家里比较富裕的人，其他人他不再讲解了，把鼠笼挂在大门外的柱上，让他们自己参观。黎米比他更累，凡来人都要喝茶，这是最起码的礼节。她烧了一桶开水，抓一把茶叶投进去，用饭碗舀给客人喝。人越来越多，不要她舀，他们自己拿起碗去舀，几下就舀干了。黎米光烧开水都来不及。有些人参观完了就忙自己的事去了，有些人则坐起长庄。唢呐匠梁宗国不但把自己家的板凳全拿来了，还挑着水桶帮黎米挑水。他老婆压着嗓子骂他：“吃饱了没事做吗？在家挺麻子病嘛，跑去给人家当长年！”梁宗国说：“放你的渣渣屁，我当什么长年，我是为那只仙鼠，你知道它是什么吗？告诉你，它不是神就是怪，不管是神是怪，都是沾了仙气的，敬它才是对的。”猪贩子文天坝带来一副扑克，在汪中文家院坝里和另外三个人“叼鸡”，把身上的钱全部输光了，但他不想走，借了几百块钱继续赌，直到把借来的钱全部输光。

飞鼠待在汪中文用铁丝捆扎的笼子里，把屁股对着前来参观的人，把小嘴伸进铁丝缝，像是做了什么惭愧的事不便见人。汪中文用一个小酒杯给它当饭碗，里面有半杯加了白糖的米汤，它连看也没看一眼，仿佛不知道白糖是甜的。有人用棍子拨它的翅膀，想看看它与鸟有什么区别，它缩成一团，任人像翻烤红薯一样拨弄，等这讨厌的棍子拿开，它才受了侮辱一样，慢慢翻转身体，重新躲在角落里，重新调整好与世无争的姿势，喉咙里均匀地发出小铁环在玻板上滚动的咕咕声，这种冰凉的声音仿佛是它体内的全部内容，因为它身体的起伏与其步调是一致的。在绒毛丛中若隐若现的小眼睛，可怜巴巴地眨巴着，浸满了对自己遭遇的厌恶和蔑视。老汉赊文忠看了一会儿就哭了。赊文忠比女人还爱哭，高兴的事情他要哭，伤心的事情他也要哭。看到一棵大树被砍倒，他会伤心落泪。过年过节，晚辈打一斤酒或者提两把干面条去看他，他说：“乖，我哪里受得起哟？谢谢你哟。”说着眼泪便流下来。他说飞鼠让他想到那些父母双亡的孤儿。另外一个老汉看了，则大声说应该赶紧把这个精怪架火上烧掉，把它的灰深埋起来，还要请道士来画一道符，让它永世不得翻身。这个老汉是武开志，脾气暴躁在纸房是出了名的。有一次他被路上的青藤绊了一跤，手里提着鸡蛋准备到香溪去卖，全摔坏了，他气急败坏地回家把锄头扛来，把青藤的连根带须挖起来，在石头上把这根长达二三十米的青藤砸成了一堆青泥。他说精怪出世，世道不平，这么养着不仅会害汪中文，还会害大家。文天坝输了钱心里不高兴，但又要显出他是猪贩子不像一般人那样小气，他大声说：“汪中文，别人的话你都不要听，你听我的，把这只老鼠提到城里去卖喽，不卖一万也可以卖八千，我认得一个猪贩子，那次他收了一头三脚猪，生下来就三只脚，他把它卖给动物园，卖了三千！你这只长翅膀的耗子肯定比三脚猪值钱。”一位刚读了半年大学放寒假回来的人说：“老鼠长翅膀一点也不稀奇，这是基因变异。”他说话时一脸不屑，心里却在想，上学后怎样把这件奇事讲给其他同学听。有几个妇女嘻嘻哈哈地小声说：“这是黎米生出来的，她嫁给汪中文三年了，三年前就看见她挺着个大肚子，她不好意思说是自己生的，才说是什么从屋角钻出来的。”在她们的眼里，妇人的肚子是个魔术袋，什么都可以生出来。不过她们是有依据的。梁宗国老婆有一次就生了个冬瓜，半透明的，梁宗国用刷把签刺了个孔，发现里面全是水。等叽呱叽呱的人走得差不多了，肖四禄才小声对剩下的人说：“这只老鼠是张齐发变的。”他和张齐发的儿子张科有矛盾，不好当着那么多人说。“你们仔细看他的嘴和眼睛，是不是特别像张齐发？我一眼就看出来了！”张齐发曾经是纸房最懒的人，他什么农活也不干，只喜欢打猎。就打猎而言，他是最勤快的人，经常为了一只野山羊可以饿着肚子追上几十公里。可在纸房人的眼里，所有不干农活的人都是懒人。最后那几年，他不打其他动物了，只捕鹰，他异想天开地打算在自己胳肢窝下打两个洞，把老鹰的翅膀插进去，等伤口愈合了就可以飞上天。三年他捕了三只鹰，嫌它们的翅膀不够大。他把鹰养在自己屋里，有天早晨三只鹰一起攻击他，一只啄眼睛，一只啄肚子，一只啄他的双手，眼睛瞎了，双手残了，肚子还在流血，他受不了，用火药枪朝下巴开了一枪。肖四禄把汪中文和黎米叫到笼子前说：“是不是很像？像神了！张齐发瘦壳叮当的，嘴尖尖的，还有他的手，生下来就像曲蟮一样红。狗日的，活着的时候没长上翅膀，投胎转世还真长上翅膀了。”梁宗国说：“那你喊它几声，看它有没有反应，如果有反应，那就一定是了。”肖四禄左右看看，像是不敢确定应不应该这样做，见其他人都用鼓励的眼光看着他，便清了清喉咙，以一种异样的温柔的声音喊道：“齐发？张齐发！”飞鼠入定一般，也像是故意和肖四禄为难，连尖嘴上的胡须也没有动一下。几个人哈哈大笑。肖四禄自嘲地笑了笑：“我喊它不答应，如果让他儿子张科来喊，它肯定会答应。”

参观的人天黑才散尽。黎米一共烧了十三桶开水，把平时一个月用的柴一天就烧掉了，累得她腰酸背痛，手脚发胀。她叫汪中文把小东西丢到山坡上去，是死是活由它自己。“明天再来这么多人，我的腰就要断了！”汪中文削了一块猪肝，用竹签挑着凑到小东西面前，它试探性地啃了一口，煞有介事地咀嚼了半天，终于尝到滋味，把剩下半块叼在嘴里。汪中文夸奖道：“狗日的，还晓得吃好的。”黎米看着飞鼠嚼东西的小嘴，说：“还真有几分像张齐发。”汪中文把小酒杯往小东西面前推了推，它放下嘴里的猪肝，用小舌头滋溜滋溜地舔起米汤来。汪中文兴高采烈起来。

“好，只要它吃东西，就可以把它养活。”

“养它干什么，是张科的爹，又不是你的爹。”

“它和张科没关系，要是张科的爹，他为什么不去张科家？到我们家来干什么？我已经想到了一个好办法，明天起不能给他们白看了，我要卖门票。”

黎米端着一摞饭碗，是白天拿出来喝水的，她把饭碗往肚子上贴了贴，抱得紧紧的：“都是纸房的人，你怎么好意思？”

“有什么不好意思，名正言顺。到动物园参观不是也要钱吗？我不要多的，大人五角，小孩三角。”

“要是他们不买呢？”

“我有办法，一会儿你回后家去一趟，叫你兄弟他们明天早点来，先叫他们藏在牛圈后面，有人来了再钻出来，假装买票，那些人一看，人家亲戚都要买票，自己不买哪成？只要有人开头，后面的人会自觉的。”

第二天一早，汪中文就在门口贴了张白纸，歪歪倒倒地写了几个字：

“欢迎参观，门票五角。”

还在门口安了张小桌子和一把椅子，昨天这桌子上用来放水桶的，今天汪中文放了个搪瓷缸。他往那儿一坐，双手搂着搪瓷缸，还真像那么回事。黎米觉得害臊，躲在屋子里不出来。她烧了一壶茶，把茶杯洗得干干净净，有人进来参观的时候，她假装没有看见，自顾自地干着自己的活儿，等这些人参观完了，立即奉上一杯热茶。当一壶茶快喝完了，她终于心安理得起来。

汪中文把钱装在一个木盒子里，心里估算着收入多少，脸上却做出毫不在乎的样子，他压抑着内心的激动，等到最后一个参观者离开，他才抱起木盒，叫黎米把所有的门闩插上，然后“哗啦”一下把干树叶一样的钞票倒在床上。汪中文黎米兴奋得发抖：“这么多呀。”汪中文用指骨敲着木盒，已经敲出破声了，他红光满面地说：“好好数数，看到底有好多。”

“这不会是在做梦吧？”

“昨天那么多人，可惜了。”

“今天收入这么多，够了，不要太贪了。”

“这不是贪，这是我的财运。俗话说，是你的始终是你的，不是你的想也想不来。”

两口子凑到鼠笼子前，眼里充满了爱意，像看着亲生儿子一样温柔，同时还像看着老祖宗一样充满了崇敬。汪中文内疚地说：

“笼子太小了，待在里面肯定不舒服。”

“明天换个大的。”

“要得。”

晚饭过后，汪中文把黎米放在柜子角落里的钱又数了一遍，确认是二十三块八毛钱。他感慨万千地说：“快有镇长的工资高了，他一个月九百三十块钱，一天才三十一块钱。”

“没有流一颗汗水，我总担心，到时候会不会变成别人的？”

“满一百我就拿到银行去存起。”

他误解了黎米的意思，但黎米没有解释。她昨晚去娘家的时候，娘问她：“这个长翅膀的小东西到底是不是你生的？”她当时就哈哈大笑起来：“怎么可能是我生的？我又不是母耗子。”娘说：“可好多人都在摆你的龙门阵，说是你生的。”黎米说：“纸房的人你又不是不知道，最喜欢胡说八道。”娘咒骂这些人是抱鸡婆生的，屁股眼儿没别的用，只能用来咯嗒咯嗒说别人的坏话。可今晚上她看着小东西，心里突然有一种麻酥酥的感觉，仿佛连她自己也迷糊起来：也许它真的是自己生的，她看着它的时候，它并没有别的表示，它已经吃饱了，缩成一团，准备睡觉了。但在黎米的眼里，它多像一个乖巧的小孩：半睁半闭的眼睛，尖尖的小嘴，毛发脏乱的翅膀，真是个小可怜哪。汪中文说笼子挂在厨房不保险，现在人人都知道这是只神奇的老鼠，保不住有人会起盗劫之心。

黎米不假思索地回答："放在蚊帐里最保险！"

汪中文嘿嘿笑："我怎么没想到？我正准备找个铃铛挂在笼子上，如果有人提笼子，铃铛就会叮当响。"

黎米也笑了一下，心里软软的，像被阳光包围的花朵。

他们睡得很晚。汪中文心潮澎湃，盘算着发财后钱怎么用，他想买一辆摩托，从纸房去香溪十多里，有了摩托就不用走路了。他还想把房子翻修一下，老房子还是爷爷立的，有些柱脚已经被虫蛀空了。如果钱有多的，他就出资把公路修到院子里来。不仅是为了骑摩托方便，更是为了买煤买化肥什么的可以直接运到家里来，现在买一卡车烟煤，他和黎米要两天才能挑完，晚上怕人偷，他还得守在马路边直到天亮。黎米则在想：如果这小东西是我生的，它又是什么时候钻进我肚子的？哎呀，太可笑了，我可不要胡思乱想，它和我有什么关系呀，我亲眼看见它趴在那儿……不过，不管怎么说，我都要对它好一点。汪中文仔细回忆这只飞鼠的来历，当他想到那天早上往身上淋了盆水，然后脱光衣服，想着想着便侧过身，抓住黎米的乳房，要她赶快把衣服脱掉，他要趁着钱的喜气，再喜气一回。黎米觉得脑子里乱哄哄的，但她不想扫汪中文的兴，今天毕竟是值得庆贺嘛。哪知汪中文刚爬上去，却像做错了事一样，"哎呀"一声跌下来。他压低嗓门说："我们怎么能当着我们家的财神做这种事呢？"他小心翼翼地跪在被子上，看"财神"是不是已经睡着了，那样子就像在给小东西磕头。飞鼠用嘀溜溜转的小眼睛看了汪中文一眼，汪中文说："别生气，我不是故意的。"黎米叫汪中文把笼子提到蚊帐外面去，把那事办完了再提进来。汪中文说："不行，你别看它一声不吭，实际上它什么都知道。"

第二天，前来参观的人中午才到，因为他们住得远。有个老太婆一来就给飞鼠作了个揖，她孙子身体不好，求神鼠保佑他平安。有个一瘸一拐的中年人则要神鼠告诉他，那个开车把他撞倒的人是谁。汪中文说："飞鼠不是神仙，它只不过多长了对翅膀，你只能看稀奇，别的事它帮不了。"中年人要汪中文把钱退给他。他说："我的腿这么不方便，大老远来就为了看翅膀呀，我是听人说你家养了个灵哥，什么都知道才来的。"还有一件让汪中文不高兴的事情，镇税务所一个穿制服的年轻人，邪头邪脑地问汪中文上特产税了没有。老鼠长翅膀，是特产中的特产，特产税是一定要上的，不上是要罚款的。晚上清理收入，和前一天差不多，但喜悦和激动没有了。

汪中文到香溪去上税，税务所的人问他办没办经营许可证。汪中文说没有。这人说没有办证他不能收税，因为没有法律根据。同时又告诉汪中文，如果不办证那是非法经营。汪中文问证怎么办，回答说要到县里去办。汪中文闷闷不乐地回到家，黎米说今天来参观的人太少了，大概是能来的都来了，再也不会有人来了。汪中文说：

“我路过冉光福家的时候，听见冉光福在吼他儿子，说看什么看，有啥好看的，五角钱买几颗糖放嘴里还甜一阵，一个长翅膀的耗子有啥子看法哇。狗日的，第一天免费让他看了便宜，现在他儿子想来看他不给钱。早晓得第一天就应该卖门票。”

“刚才我去割白菜，碰到刘文先，她和儿子国武去捞松树毛，我跟她打招呼，她半天才从鼻孔里嗡了一声，真奇怪，好像我做了什么对不起她的事情。”

“你不要理她。”

“我们好像把所有的纸房人都得罪了。”

“哼，还有人向我借钱哩，好像我真有钱似的。我在街上碰到冉大方，他叫我借两百块钱给他，他儿子的腿瘸了，他借钱去给儿子看病。说得可怜兮兮的，婆娘死了，儿子的腿又瘸了，我没钱，我要有钱今天肯定借给他了。”

“他倒不可怜，可怜的是那个孩子，多标致的小伙儿呀，现在走路一歪一歪的。”

汪中文家屋后有一棵柿子树，每到初冬，叶子落尽了，枝头上挂着发亮的柿子，像一树小灯笼。汪中文每年把这些果子摘下来，都可以卖一笔钱。这天早上，黎米扛着锄头到地里挖红薯，看见梁小格正在用长竹竿捅柿子，捅一个下来，啃了一口，说还不甜，又去捅第二个。黎米知道这个“流逛锤”不好惹，可好好的柿子被他这么糟蹋，实在忍无可忍。

黎米难受地笑了笑，说：“小格，柿子还没熟呀。”

梁小格说：“我晓得。”

“能吃你吃几个也没事，像这样打得满地都是，可惜不哇？”

“我要找蔫一点的，这么大一棵树，肯定有蔫柿子。”

“等你把蔫柿子找到，树上恐怕一个不剩了！”

梁小格轻蔑地笑了一下：“你心疼了？我是看得起你才打你家柿子，别人请我打我还不打呢。”

“哪个请你你去打吧，我没请你，我要留来卖的。”

“你没请我，我今天偏要打！”

梁小格举起竹竿，“哗啦哗啦”地乱打，柿子滚得满地都是，黎米惊呆了，她的心脏像被马踏过一样难受。“天爷，我的天爷。”黎米忧心地念着。惶惑和害怕折磨着她，她的身体不堪重负地摇晃着，如果不是拄着锄把，就要倒下了。梁小格哼了一声，丢下竹竿走了。黎米想要骂一句什么，张开嘴，眼泪却哗哗地流下来，有的还流进了嘴里。

汪中文知道这件事后，跑到柿树下，气得脸红脖子粗，回家提了把斧头去和梁小格拼命。梁小格在文天坝家看电视，还有冉光福、肖美学、王光线和他兄弟王光路，他们似乎并没看电视，而是在密谋什么事情。汪中文大叫一声："梁小格，你今天不想活了？！"屋子里的人全都被汪中文杀气腾腾的表情和手里的斧头吓坏了。梁小格也大吃一惊，要逃跑已经来不及了。文天坝是见过世面的人，而且这是他的家，他冷冷地横了汪中文一眼："你要干什么？要打要杀到外面去，不要把血溅到我家里。"汪中文说："梁小格，你出来！"梁小格看见汪中文的手在发抖，一下明白了，他知道汪中文不敢砍他，于是站起来，放心地笑了笑："你要砍我？你砍吧，想砍哪儿砍哪儿。"其他人心里依然害怕，但他们看见梁小格笑，也跟着笑起来。汪中文不光手在抖，嘴唇也在抖，眼里茫然无计。文天坝说："行了，有什么事好好说，用不着打打杀杀的。"汪中文跺了跺脚，说："天坝，你说说，梁小格这狗日的，刚才把我的柿子全都打落下来了，我又没惹他，他为什么要这样做？"梁小格不慌不忙地坐下去，哼了一声："我就是看不惯，有些人什么都拿去卖钱！"这句话让汪中文不知所措，尤其是他发现屋子里这些人全都站在梁小格一边。汪中文说："那是我的树上结的，我不拿去卖钱我拿来干什么？我拿来……"文天坝说："卖钱是应该的，梁小格摘两个吃也是可以的，毕竟乡里乡亲的嘛。"汪中文申辩道："天，他要是好好摘下来吃，哪个会管他呀？他举起竹竿乱打，把枝条都打断了，不信你们去看，走吧，你们去看一眼就晓得了。"屋子里的人不但没有走的意思，还假装盯着电视看，就像没听见汪中文在说什么，可他们的脸上却又是一副不屑的样子。王光路还莫名其妙地笑了一下。汪中文不服气又伤心，他说："我汪中文的为人怎么样，你们不能当睁眼瞎呀。梁小格，我告诉你，像你这样的人是不会有好下场的！"

汪中文到村长那里去告状，请村长主持公道，让梁小格赔他的柿子。村长说："梁小格那种生毛货，你不要惹他嘛。"村长手里拿着弯管烟杆，话一说完，忙用两片嘴唇把烟嘴夹起来，仿佛舍不得袅袅自燃的青烟。汪中文说："我哪里惹他了？是他惹我呀！"村长呼噜了两下，说："他钱没得一分，你叫他怎么赔呀？"汪中文说："他蛮不讲理，打落那么多柿子，难道就这样算了？"村长这次把烟杆取下后没有急于重新叼上，仿佛是为了认真思考，汪中文也眼巴巴地看着他。村长越过汪中文的头，看着前面的墙壁，意味深长地说："你不是在家卖门票吗？这点柿子算得了什么呀，就当是风吹落的吧。"

汪中文回到家，告诉黎米，他要把柿子树砍掉。他想听黎米的意见，黎米什么也没说，他走到树下"嘣嘣"地砍起来。硕果累累的大树倒下后，汪中文蹲在地上号啕大哭。柿子树巨大的身躯闷声砸向大地，枝丫疼痛似的弹跳着，有一个通红的柿子飞了起来，飞到了汪中文家房顶上。

晚上，汪中文对黎米说他真想离开纸房搬到其他地方去。黎米说："好啊，搬得越远越好，最好是没有人烟的地方，我们自己开荒自己种地，没人管我们，我们也不管别人。"汪中文说："可世上哪有这样的地方啊，那年我去李家寨修水库，住的是茅草棚，吃的是大洋芋，水井里的水是酸的，纸房可不一样，凉水都是甜的。"正说着，飞鼠在笼子里扑腾起来，像是在练习如何飞翔，可狭小的空间让它无法施展。

对汪中文没有嫉妒之心的人只有周福生，他从苦竹坝买了一串笼子，老南瓜那么大，新编的，还有一股生竹子清亮亮的腥味。他白天仍然在地里干活，晚上则勤奋地干起篾活。他从竹林砍了一捆竹子回来，破成均匀的篾条，然后把苦竹坝带回来的笼子拆开，认真研究这些篾条是怎么编上去的。他雄心勃勃地对家人说，他准备编一万个笼子，分别安放在屋子里、竹林里、树林里、菜园里。飞鼠毕竟是稀罕之物，而且出没无常，必须采取遍地撒网的方法。他说世界上任何事情都是成双成对的，有男就有女，有肥就有瘦，有高就有矮，有好就有坏，有红就有黑，就连我们自己身上，也是成双的，眼睛耳朵鼻孔双手双脚，哪样不是成对的呢？汪中文得了一只公飞鼠，就一定还有一只母的。说不定还有它们的爸爸妈妈，它们的儿子孙子。我要是捉住这只母飞鼠，那就比汪中文那只公飞鼠值钱多了，因为母飞鼠可以下崽！但这件事绝对不能说出去，不能让其他人知道，他们要知道了，说不定就被他们捉去了。家里人互相叮咛，谁也不要说。

编好一批，周福生就带领家人把它们安装起来。家里的每棵柱子、每个飞鼠可能出来的地方，就连每条板凳的四条腿上都安装好了，菜园和竹林里也安装好了。等到往树林里安装的时候，周福生红肿着喜悦的眼睛向全家人宣布："现在即使有人知道这个方法也来不及了。"

没有不透风的墙，没多久村里人全都知道周福生捉飞鼠的事了。他们以嘲笑的口气问他儿子："你爸爸捉到飞鼠了？"可这种嘲笑和不屑是表面的，其实他们都在暗中较劲，都在学编笼子。当一个人看见另一个人砍竹子时，故意问："砍竹子做哪样哦？"砍竹的人便欲盖弥彰地回答："不做哪样，闲着没事，准备做几根绳子。"

发财梦让所有的人一下神秘起来，同时聪明才智也空前地开发出来。不会编笼子的人在地上挖坑，坑上用木板装一个机关，飞鼠一旦进去也别想出来。这比编笼子方便多了，那些会编笼子的人也回过头来效仿，不到十天，纸房就布满了上万个形态各异的土坑。"千疮百孔"这个成语，就是专门为形容此时的纸房造出来的。房舍四周的竹林被砍光了，黑瓦房像失去贞洁一样暴露无遗。挖坑翻起来的黄土遍地都是，大地被统一在死撇撇的黄色当中。虽然变化如此之快，但没有一个纸房人觉得障眼，他们的眼里除了飞鼠，已经看不见其他东西了。

就连汪中文和黎米也行动起来，别人捉住一只飞鼠，他们家飞鼠的价值就下跌一半，捉住两只，再下跌一半。而如果自己捉住一只，就会拥有两只珍贵的飞鼠，捉住三只，家里的财富就会增加三倍。这是一场没有裁判的比赛，谁也不敢停下来。

（原载《青年文学》2005年第11期）

王　华

逃走的萝卜

雨朵说那些是字。

我表示怀疑。那么大，哪会是字呢？它们就在我家对面，隔着一条河，我一边长大一边都在看见它们，我从来没有以为它们是字。你说它们是字，那你知道它们读什么吗？我怀着一种挑衅问雨朵。雨朵说，我当然知道，它们读“为革命大养特养其猪”。我没听懂，叫雨朵再说一遍。雨朵再说了一遍，我还是没听懂。怕她瞧不起我，我装懂。我说，原来写的是猪啊，怪不得那些字又大又肥，跟猪一样。我说，我知道了，你们家在养猪场的墙上写这些字就是为了让别人知道，那里面养的是猪吧？我说，其实你们家用不着那样的，谁不晓得你们家是食品站，养着一大群猪啊。雨朵说，那你知道“革命”是谁吗？雨朵的嘴歪着，直接把挑衅挂在嘴上。雨朵歪着嘴也很好看，我不想因为她得胜而马上离开我。雨朵是我们这半条街最漂亮的女孩，她的漂亮无可救药地助长着她的骄傲。她跟谁玩也都只那么一会儿，她好像什么都懂。跟谁玩在一起她都不会忘了以为难别人为快乐。在她眼里，除了她雨朵以外，其他的孩子全是憨包。她瞧不起我们这些憨包，走近我们完全是为了在戏弄我们的过程中获得快乐。但是，我们仍然渴望和她一起玩。她是那么地漂亮，她一出现，天就特别地明亮，况且，她的手里时常都会拿着一个玩具，有时是个胶皮小人，一捏，就“叽呀叽呀”地叫。有时是一个气球，鲜红的，她的小手在上面轻轻摩挲，气球就“咕咕”笑。这时候她也笑，她说她在给气球搔痒痒。当然，即使她答应跟我们玩，她也不会把她的玩具给我们玩，但这一点也不会削减我们要跟雨朵一起玩的愿望，很多时候我们就那样傻乎乎地看着她玩，心里也很幸福。她很多时候拿的是一个猪尿包做成的气球。那样的气球呈灰黄色，球体上有好多筋络线，没真的气球好看。这种猪尿包做的气球只能用来踢着玩。我们一见雨朵拿着这种气球，就急忙邀她同玩。一般情况下，她都同意我们和她踢。这样的气球对她来说，简直来得太便宜。当然，要想让她把这样的气球扔一个给我们，也不容易。有时候我们会故意把气球踢到污水里去，气球脏了，她就会财大气粗地把气球赏给我们。遇到这种时候，我们就高兴得跟什么似的。抢到气球的那个就突然也变得财大气粗了，一手抱着球，一手指指画画，说，雨朵，你和我一起，我们保证能踢赢他们。但雨朵一撇嘴就走了。或者，她会突然提一些问题来要这个狂妄自大的家伙回答。她的问题都是很难回答的，比如猪长了几个腰子？比如这猪尿包怎样才能做成气球？我们肯定答不上。我们家又没养猪，我们过年吃肉是生产队分，我们怎么知道猪长了几个腰子？又怎么知道猪尿包怎样才能做成气球？我们答不上，我们全在雨朵面前露着傻相。雨朵便满意地离我们而去了。

今天，她没赏给我什么，她也没拿什么玩具，但她仍然要为难我。很显然，她是把我当玩具了。“革命”是谁呢？这个问题和问这个问题的雨朵都让我非常的恼火，但我不能露出很恼火的样子，那样她就会突然大哭起来，并且哭着到她爸爸或者妈妈那里去告状。那样的话我们就要挨爹妈一顿揍了。她爸或者她妈都会跟我们的爹妈说我们如何如何欺负雨朵，要我们的爹妈多管教一下子女。我们的爹妈就会抓住我们一顿乱棍。他们可不是做样子给雨朵的爹妈看，他们是真打。雨朵的爸是食品站的站长，管着一大群猪，如果跟他关系不好了，你去买肉吧，他就让你想要猪头而只能得猪尾，甚至什么都不得，你明明看见猪头就摆在那儿，他却说已经卖掉了。那时候五天赶一集，每一集食品站只供应一头猪。一头猪只一个猪头，就怪不得雨朵的爸要权了。

为了弄清“革命”是谁，我想我得先弄清“特养”和“其猪”是什么。我想，“大养”我是有些懂的。

我说，雨朵，你只要告诉我“特养”和“其猪”是什么，我就知道“革命”是谁了。

雨朵说，不知道就算了吧，装什么。雨朵说完话就要瘪嘴，我知道她瘪完嘴就该离我而去了，但她到底没瘪嘴。突然又问，你能种萝卜吗？我没种过萝卜，不知道我能不能种萝卜。但我却回答，我能种萝卜。雨朵说，像刘叔种得那么多那么大，你也能种？雨朵指着养猪场前面那一块大田。现在那里是一片灰褐色的土，但土里埋着萝卜的种子，那里将会长出一大片萝卜，绿油油的萝卜。

我说，只要有种子，我就能种。

雨朵就给了我一个小纸包，要我打开。我打开了，里面是十几颗猩红色的种子。雨朵说，这就是萝卜种子。雨朵说，你要种出萝卜来了，我就算你是师傅。那时候很流行这样一句打赌的话，我们一打赌，就说你如果能怎么样怎么样，我就算你是师傅。而我们如果得别人喊一声“师傅”，心里别提有多美了。

但是，种萝卜这件事，却令我非常的为难。

首先是地的问题。我们家没地。那年头，谁家都没地。那年头，什么都是集体的，连爹妈都是生产队的社员，连我们拉的粪便都属于生产队。这是一个让人头大的问题。没有地，萝卜种在哪里呀？

第二天，雨朵就主动来找我了。雨朵问我是不是已经把萝卜种上了。我怕我说没地种她就把种子要回去了，于是就说正准备种呢。雨朵说，真的？你准备种在哪里？我说种在地里呀，难道还能种到天上去呀？雨朵说，你的地在哪里呀？你要随便找块地种了，那萝卜就不是我们的了。我这才明白，原来是雨朵特别想种萝卜，但她找不到地来种。雨朵家也没地，养猪场前面那块地是食品站的，那块地上种的萝卜也是食品站的。雨朵激我种萝卜，完全是为了让我帮她的萝卜找一块不属于集体的地。想明白这一点，我就想生气，但我没生。我心里为雨朵说出“我们的萝卜”而甜蜜得很。要不是种萝卜，我怎么能跟漂亮的也是骄傲的雨朵成为“我们”呢？这个“我们”说明她现在已经主动让我跟她站一边了，这个“我们”还说明只要我种上萝卜，以后她都会主动跟我站一边。你说还有比雨朵主动找我玩更令我在大家面前显摆风光的事吗？

我说，明天你来看吧，明天我就种。

雨朵说，明天种也行，你要是种出萝卜来，我就算你是师傅。

我说，那你现在就叫我一声师傅。

雨朵说，为什么？你现在还没种出萝卜来呢。

我说，我一定种得出萝卜来。

雨朵说，你要是种在生产队的地里是不算数的。

我说，我不种在生产队的地里，我种在我们的地里。

雨朵说，那你就明天种吧，你只要不是种在生产队的地里，我就算你是师傅。

给我们的萝卜找一小块地真是令我伤透了脑筋。当然，最后还是解决了。我从生产队的地里把土搬回来，用两个烂箩筐装了，放在我家后屋檐下。我为我们的萝卜造了两块地，那是我们的地。

接下来，我就等待雨朵来看我种萝卜。关于怎么样种萝卜，我已经从妈那里得到了答案。这种等待是十分熬人的，心里老是叮叮咚咚乱跳，脑子里忽而热一阵，忽而又轰的一声。但我不打算去找雨朵，我就是要让她主动来找我，你说雨朵主动来找我那是多美的事呢。好在雨朵还牢牢记着这事，刚吃过早饭就来了。那时候我爹妈正好出工了。我急急忙忙把雨朵拉到后屋檐下，要她看我们的地。雨朵一看就万分惊讶了，万分惊讶的雨朵真是美呀。她说，对呀，我怎么没想到这一招呢？我说，那你叫我师傅吧。雨朵说，可你还没种出萝卜来呀！你要种出像刘叔种的那么大的萝卜，我才算你是师傅。雨朵的刘叔是养猪场的饲养员，跟我们生产队的饲养员一样会种萝卜。我说，那好吧，你就等着叫我师傅吧。

我用手在我们的地里刨了六个坑，一个箩筐里三个。我把种子分成六份放到六个坑里，然后用土盖上。雨朵说，这就行了？我说，行了，你就等着看我们的萝卜吧。雨朵说，能长成大萝卜吗？我说，能，一定能。

一个生命的成长过程实在太缓慢了。萝卜全然不懂得我们的等待有多么痛苦，硬是等到五六天过后才拱出土来，一人举着两片猪腰子状的肥厚的叶片，探头探脑的，就像我们刚睡醒时不知道自己在哪里的样子。

雨朵说，哇！长起来了。

我说，真的，长起来了！

雨朵说，我还以为它们长不起来了呢。

我说，我说它们要长起来它们就要长起来。

雨朵本来很高兴的，但我一露出得意，雨朵就不高兴了。雨朵说，我们的萝卜为什么没刘叔的萝卜绿呢？刘叔的萝卜果然把一块地都染绿了。但我怎么知道我们的萝卜没有刘叔的萝卜那么绿呢？这个问题把我弄得很傻，雨朵就走了。

我们的萝卜为什么没有刘叔的萝卜那么绿呢？我坐在家门口，望着对面那一片绿油油的萝卜，想啊想啊，想得头如天大，还是想不出个所以然来。那片绿油油的萝卜前面，是那一排该死的大得像肥猪一样的红色大字。都是那些字惹的祸，要不是雨朵认得那些字，又怎么会拿种萝卜的事来为难我？"为革命大养特养其猪"说的是个什么事呢？"其猪"是个什么猪？"养"我知道是什么意思，但"特"又是什么意思？或者是什么东西呢？这些问题在我的脑子里挤呀撞啊，直捣腾得我心里火苗苗直蹿。尽管如此，我还是不得不承认，这些问题在我的脑袋瓜里是得不到答案的。不过我知道雨朵那里也没有答案，她要是有答案，还不早就卖弄出来了。这样就好，雨朵不应该老是比我行的。不过还是来想我的萝卜吧，我知道，我要是种不出像刘叔种的那么大的萝卜来，雨朵不光不叫我师傅，还会瘪着嘴用她那小鼻子一哼，骂我一声傻瓜，然后就再也不理我了。

我决定去刘叔的地里看看。

走下我家院坝，走过我家门前的那座石拱桥，我直接就去了刘叔的地里。我站到萝卜们中间，我想弄清楚为什么刘叔的萝卜就比我的萝卜绿。可我没想到一个新的问题把我给弄蒙了——刘叔的萝卜怎么突然间就不绿了呢？刚才还绿的，刚才我在家门口看的时候都那么绿呀！这萝卜，这萝卜怎么看见我来了就突然不绿了呢？怎么就变得跟我的萝卜一个样了呢？我的萝卜像一群怕羞的孩子，挤在窝里绿，不绿旁边的地。刘叔的萝卜原来是把好大一片地都染绿了的呀，怎么这会儿刘叔的萝卜也跟我的萝卜一个样儿，也都挤在窝里绿，而不去管旁边那些地了呢？萝卜真的怕羞吗？我把眼睛投向远些的地方，远一点的地方的萝卜要比我脚前的萝卜绿。我把眼睛由远处一步一步收回来，发现越往近处地面上的绿就越少，好像我的眼光有很大的力量，一路过来就把绿挤进窝里去了。我断定萝卜是真的怕羞。发现这一点后我感觉我的头迅速就热了大了，还在热还在大，它可能想爆炸吧。我想原来萝卜怕羞啊，那么为什么我的萝卜没有刘叔的那么绿呢？不就是因为萝卜怕羞吗？你说你雨朵和我两个人站在它们面前，它们一怕羞就挤进窝里，当然就不能跟刘叔那些不怕羞的萝卜比了。啊！原来是这样啊！我很想大笑，我就大笑了，开始对着天，后来对着刘叔的一片萝卜。笑过了，我就在刘叔的萝卜地里跑起来。我什么时候像现在这样威风过？我快跑，萝卜们就急急忙忙往两边躲，我都听到它们被吓得叽叽叫的声音了。我突然站下来，它们就傻瓜一样地盯着我，我走一步，它们就吓得一缩，我再走一步，它们就再吓得一缩，更傻的是我脚边的那些，我都看见它们在颤抖了，而我呢？我高兴得骨头里都是火苗苗哩，要不是这会正有凉丝丝的风走过，要不是凉丝丝的风刚走过刘叔就来了，我想我就要呼的一下燃起来了。刘叔一来风就躲开了，刘叔风一样地朝我奔来，刘叔瞪着一对牛眼，刘叔的样子很吓人，连风都害怕。我想我也该跑了。我追着风跑，我想我要是追上风，刘叔就追不上我了。要追上风，我就顾不上刘叔的萝卜了，我的小脚板把一些萝卜踩着了，这些萝卜全都发出了惨烈的尖叫。我果然追上了风，不过，我发现风回来了，但绝对不是来接我，它们是哪根神经出了问题，要想去见识一下刘叔哩。我当然不可能跟它们一样傻，我知道我还得继续跑，我知道我不能让刘叔追上了。其实，刘叔追了没多远，就没追了。我狂跑一阵，回头一看，他还站在他的萝卜地里。刘叔朝我指指戳戳，嘴巴疯狂地张合，把一些很软弱的声音传过来，被风吹到远处去了。

我仍然很高兴，因为我心里有一个渴望燃烧着，我渴望马上见到雨朵，我要告诉她为什么我们的萝卜没刘叔的萝卜绿。我还想把雨朵带到刘叔的地里来看看，让她看萝卜有多怕羞。但是这会儿雨朵在哪里呢？雨朵这会儿咋就不走在马路上呢？雨朵要是在家里，我是不敢去找她的。她的爸爸妈妈比她还瞧不起人。我是见识过她的爸爸妈妈的。有一回，我们几个把雨朵赏给我们的猪尿包玩瘪了，又找不到是哪儿漏气，就跑到雨朵的家里去找雨朵。可我们还没走到她家门口，就给她爸爸像赶猪一样往外赶。她爸爸把下巴骨抬起来对着天，只用一条眼缝看着我们，我们立刻就自卑了。我们把自己的下巴抵到自己的胸上。她妈妈赶出来，尖着嗓门说，看你们脏成什么样儿了，我们雨朵不跟你们玩！雨朵恰恰又在这时候哧哧笑起来，那妖精，看着我们这几个傻瓜开心哩！那天，我们也真有骨气的，我一气之下，把那个丑陋的瘪猪尿包扔到雨朵爸爸的脚下，回头就走。见我走了，其他几个也跟着我走。但他们没我走得坚决，他们问我，真不要那气球了？我说，那哪还是气球啊，那是一个干尿包皮！于是，他们也跟我一样迈开大步，坚决不要那个干尿包皮了。

刘叔还在骂。刘叔蹲在那些被我踩坏了的萝卜旁边，用手把那些受伤的萝卜理一理，又用手指着我这边一阵费劲地骂。其实，他应该知道，他的骂声到了我这里已经没有力量了，他的骂声被风抢过去搓啊揉啊，到我这儿已经只剩下喘气的份了。刘叔怎么那么傻呢？知道我隔他那么远，哪能听到他的骂呢？傻的人的确很可笑啊！

我想我还是把自己藏起来吧，免得刘叔老在那儿骂呀骂的，我怎么回家呀，我回家是要从刘叔的地边过的呀。

我躲到一个看不见刘叔的地方躺下来，把我刚才的那个渴望拿出来想。我想，雨朵你咋就不出来呢？你咋就不来看看刘叔的萝卜呢？你不是很关心我们的萝卜为什么没刘叔的萝卜绿吗？你来看一下不就明白了吗？我又想，即使雨朵来看了，也未必知道萝卜是怕羞的。我想，雨朵并不比我聪明，她要是没她爸爸妈妈，她就其实是个要多傻就有多傻的傻瓜。但是，雨朵有爸爸妈妈呀，而且还是不用天天出工的爸爸妈妈呀，虽然我也有爹妈，但我的爹妈天天都要出工啊。我想，要是雨朵的爸爸妈妈也天天出工，也像我的爹妈一样连儿子的脸都顾不上给洗的话，雨朵就会比我还傻。可是雨朵傻的时候是啥样儿呢？雨朵似乎从来没在我面前傻过。我想，我一定要让雨朵在我面前傻一次，一次都行。我想，我待会儿一定要找到雨朵，让她在我面前傻一次。哈哈！雨朵，你就要在我面前傻一次了！但是雨朵，我保证不会瘪嘴，我也不哼你，但我是要笑的，我肯定要笑的……

刘叔终于不见了。

现在我可以站起来大大方方地走了，我很快就走到了那些红色大字的面前。这会儿，那些字变了，变得让我认不出来了。但我想你再变我也知道你是谁呀，你们不就是“为革命大养特养其猪”吗？我喊“为革命大养特养其猪”，我又喊“为革命大养特养其猪”。它们全都傻乎乎地看着我，我就一路喊着它们从它们面前走过。

我来到马路上了。朝前走我就回家了。我朝右走，右边过去就是食品站的院子，是雨朵的家。我承认我的腿有点怯，但我的脑子硬要它朝雨朵的家走，它也只好朝着雨朵的家走。其实我早看见雨朵家关着门了，但我还是坚持走到了雨朵的家门口。我在那扇漆皮斑驳的房门前站了好大一会儿。那一会儿，我的脑子里没雨朵；那一会儿，我的脑子里是一扇门，这扇门撑得我脑壳都要破了。我脑子里的雨朵被这扇门挤出去了。

不知雨朵去了哪里。

这几天，风多了起来。我的萝卜在风中长得很快。风把萝卜的叶子拉长了，风还在萝卜的叶子上锯出些锯齿来。现在，萝卜也不怕羞了，大大方方地把叶子舒张着，环抱了我给它们的所有的土地。现在，箩筐里绿得热热闹闹，可雨朵却不知去了哪里。

雨朵不在，萝卜绿了又给谁看？

我突然很讨厌我的那些萝卜。你们要长就长吧，你们愿长成啥样儿就长成啥样儿。我想，刘叔不这样想。刘叔的萝卜不是种来给雨朵看的。刘叔有一天把他的萝卜扯一些走了，地里只剩下很少的一些。刘叔并不那么看重萝卜的绿。

雨朵却那么看重萝卜的绿……

我的头被谁敲了一下，雨朵就被这一下敲出我的脑子去了。是爸。爸说，你整天整天地盯着那里看的是啥呢？我说，爸，我在看字，我认识那些字。爸笑。爸说，你读来听听。我说“为革命大养特养其猪”。爸眼睛大了一下，正准备说点什么，妈又在屋里喊起来。爸就说，吃饭去，我们要出工去了。我说，爸，那些字雨朵也认得……妈喊，你们快来吃饭啦！爸就拉我进屋吃饭。我本来很想多说说雨朵的，可爹妈都忙着出工，这会儿正抓紧时间吃饭，我知道我说了爹妈也不会理我，就不说了。爹妈每天都急着出工，主要是怕迟到，迟到了是要扣工分的。每天出工时都有一个记工员拿着个本本在记。对于爹妈来说，工分就是粮食，工分就是过年的肉，工分就是一家人的衣食来源。其实，他们到了地里以后就不忙了，一点都不忙了。他们一天出工就是为了让记工员在他的本本上记上一个工天，其他的便不重要了。他们那么多人在一起，谁都怕自己比别人做得多了。既然别人都不多做，我为啥要多做？我多做来的还不是大家的。他们这样想着，就找一些闲话来消磨时间。只等队长喊一声“收工了”，就懒洋洋往家走。我们的爹妈们很喜欢把我们这些孩子带在一起，借管孩子而偷一会儿懒，这是很寻常的事。最主要的是让我们在回家前就弄个肚儿圆。挖红薯时我们就不断地从爹妈那里得到红薯，爹妈挖起来的红薯不多，特别是大的就更不多。但我们得到的都是些比较大个儿的，长相也挺光滑的那种。爹妈给我们削掉皮，嘱咐我们快点吃。我们手里的一旦要吃完，下一个也就递上来了。如果是挖洋芋，爹妈们就事先生起一堆火，给我们烧上一大堆洋芋，闻到香味了，用木棍子掏出来，一边吹一边给我们剥皮。当然，爹妈们做这些的时候也没忘了自己，一般在我们吃得肚子发胀的时候，他们的肚子也都装得差不多了。在地里，爹妈们的智慧全用在一个吃上，无论是在什么季节，爹妈们都能为我们找到吃的东西。我们这些孩子就在生产队的地里不知不觉长大了，长到了七八岁。一般到这个年龄就该到学校读书了，但不知怎么地，我们很多都没有去。但我们已经不满足于爹妈身边的那份吃了，我们开始追求吃以外的东西，比如种萝卜……

可是，现在种萝卜好像成了一件非常无聊的事。

时间因为我的无聊而走得很慢很慢。

但雨朵终于还是回来了！

雨朵刚回家就跑来看萝卜，我说，雨朵你跑哪儿去了？雨朵说，我回外婆家去了，我们的萝卜长多大了？我说，萝卜嘛，萝卜怕羞哩，我们的萝卜跟刘叔的萝卜一样绿哩……可雨朵突然尖叫起来，哎呀！还这么小呀！刘叔的萝卜都好大好大了呀！刘叔的萝卜都长好大好大了吗？我好久没去看刘叔的萝卜了。雨朵拉了我要去看刘叔的萝卜，我心里热烘烘地就去了。刘叔的萝卜果然比我们的大了许多许多，一个个的露出一截白胖胖的肚子，叫人看了觉得那才叫萝卜。雨朵就是这样看的，她说，你说你会种萝卜的，你说你能种出和刘叔的萝卜一样大的萝卜的，哼！怎么样？雨朵一哼，我的心就往下沉一下。看着刘叔的一大片萝卜，我难过极了。我想都是因为雨朵突然去了外婆家，你不知道雨朵走了的那些日子我的时间走得多慢啦，我的时间走得那么慢，我的萝卜肯定也就长得慢了。可是雨朵不知道这些，她也不要我说这些，雨朵根本不给我说话的机会。雨朵哼完了就走了，走的时候眼睛里有泪光在闪烁。

我没想到雨朵会是这样的失望，雨朵伤心的样子让我心里好一阵难过。我兀自看着我们那些可怜的萝卜，心里一点办法都没有。后来，我就坐在家门口看刘叔的萝卜。我想我们的萝卜长到那么大究竟还要多少时间呢？我想要是那些萝卜是我们的多好哇，我想那些萝卜要是能听我的话能走到我们的箩筐里来该多好啊……

那天晚上，月光把刘叔的萝卜们照得银光闪闪的。我和我的影子一起走过我家门前的石拱桥，向刘叔的萝卜们走去。那时候空中有风，凉风。那时候，我的身体里燃烧着火苗苗。我不知道我身体里为什么要燃起火苗苗，但我知道凉风吹在我脸上的感觉很舒服。我问我的影子是不是也很舒服，影子没回答我。因为影子被另一个影子吓着了。我看见刘叔的萝卜地里有一个影子在奔跑，那个影子的腿是两个白生生的萝卜。刘叔的萝卜逃走了！我想。我的影子说，我们也逃吧，别人都看见我们了。我就跟我的影子一起逃回了家。

原来别人也喜欢刘叔的萝卜呀。我跟我的影子说。影子哼了一声，说，好的东西谁不想把它变成自己的？我的影子说，瞧吧，要不了几天，我保准刘叔的萝卜全逃跑。

睡过去以后我做了个梦，我梦见刘叔的萝卜被一个有着萝卜一样的腿的女人一召唤，就全跟那女人一起逃走了，刘叔的地里只剩下很多坑。那些坑后来全变成了一张张大嘴，大嘴里发出很空洞的笑声……

我醒来以后就悄悄出发了，我要去看刘叔的萝卜。我不能让刘叔的萝卜全跑了，我不能没有刘叔的萝卜。

我一摸出门，我的影子就跟上我了。这时候月亮已经走到了我们的头顶，月光冷冷的垂直着从我的头顶浇下来，夜晚很冷。我的影子怕冷地缩在我的脚底下。我说我们快跑吧，等会儿萝卜全逃走了。它说好的，便跟着我跑起来。绸缎一样的月光被我们撞得荡漾起来，荡漾出许多美丽的流线。

我和我的影子莽莽撞撞地来到刘叔的萝卜地里，把一地的萝卜全吵醒了。

刘叔的萝卜真的逃走了很多。月光下那些空洞的土坑显得黑幽幽的。我想剩余的萝卜肯定也要逃走了。我想我也该喊走我的萝卜了。我对萝卜们说，我要四个萝卜，你们谁愿跟我走呢？萝卜们不答应，它们不认识我，它们肯定不答应。我说，你们不说话，我就自个选吧。我借着月光挑了四个大的拔了，扛着就走。大萝卜可真重，可大萝卜真可爱呀!

第二天早上，爹妈刚出门，我就开始栽萝卜。我把原来的萝卜全拔了，把从刘叔地里扛回的大萝卜栽到我的箩筐里。然后，我便去找雨朵。

可是雨朵家的门紧紧地关着。我很恼火雨朵家的门在这种时候关得这么死，我在雨朵家的门上狠狠地踢了几脚。后来，我就坐在雨朵家的院子里等雨朵回来。因为急着想让雨朵看见我们的萝卜，我连玩蚂蚁的心思都没有。太阳开始是暖暖的，后来又有点刺人，再后来又变得暖暖的，再后来就不见了。然而，雨朵仍然没有回来。然而这时候我也该回家了。

我想，好吧雨朵，是你自个儿不在家，以后可别怪我没请你去看啊!

心情不好，我就一路踢着石子玩，我把一颗石子踢飞起来，再把另一颗石子踢飞起来。有一颗正好飞到拐弯处，刚落下，雨朵就出现了。雨朵回来了！瞧她，被妈妈牵着，两根羊角小辫儿一跳一跳的。我像一颗石子一样朝雨朵飞去。我说，雨朵，去看萝卜吧，我们的萝卜长大了，长得好大好大哩，去看萝卜吧。可雨朵不理我。雨朵把下巴扬到天上，好像天上正有麻雀飞过。我说，雨朵，真的真的，我们萝卜长大了，长得像刘叔地里的萝卜那么大了，去看吧。雨朵仍然看着天。雨朵就那样子从我的肩膀边走过去了。倒是雨朵的妈妈看了我一眼，可那是怎样的一眼啊。那个满头卷毛的白脸女人，乜斜着一双白多黑少的眼睛，好像她看的不是我，而是一条癞皮狗。你说我能不愤怒吗？我的愤怒大得能冲破天！我把声音放到最大冲这两个可恶的身影喊道，雨朵！我们的萝卜真的长大了，你不去看以后可别说我不会种萝卜！我撂下这个愤怒的声音就走了，一路上再没回头。

后来雨朵追上来了。那是在我刚走到家门口的时候，雨朵追上来就给我背上来了一拳，算是招呼。雨朵到来之前我的愤怒一直没减，雨朵这一拳上来我的愤怒就全没了，都变成一股气被雨朵砸跑了。雨朵说，我跟妈妈说我要上厕所就偷着跑来了。雨朵的眼睛说，还不是你逼的。但无论怎样我都不会计较，只要雨朵来看萝卜我就什么都不计较。我说，走吧，你就要看见我们的大萝卜了，好大好大的萝卜哩。我拉了雨朵的手就往我家的后屋檐下去。可是，可是，可是我们的萝卜呢？我们的萝卜去哪儿了？我为了不让别人发现我们的萝卜而围起来的篾席怎么也歪一边了？

这一回，雨朵没有瘪嘴。雨朵抖得如一只雪地上的麻雀，泪珠子比豆子还大。雨朵的喉咙里挤出一种能刺破天空的声音，你这个骗子！傻瓜！我赶忙解释，我不是骗子！我们的萝卜逃走了！它们刚刚还在，现在它们逃走了！可雨朵不听，大约正伤心的人耳朵都是关闭着的，雨朵哇地尖叫一声就哭着跑了……

我们的萝卜逃走了。

雨朵永远也不会理我了。

我伤心得像一条河，泪水总也流不完。

这时候爹妈回来了。他们很关心我为什么伤心，但我怎么能说我是因为萝卜逃走了而伤心呢？我只能说我饿了我要吃饭。妈妈就急忙开了门，给我张罗吃的。妈说，儿子，你有钥匙的咋不自己进屋来找吃？妈又说，儿子，今天有炖萝卜哩，妈把你栽的萝卜给你炖了，香得很！

妈果然给我端出一碗炖萝卜来。

（原载《山东文学》2005年第10期；《小说选刊》2005年第12期转载）

2005年

谢　挺

扶贫札记

一

我们大概谁也没有想到，家里那场旷日持久的混乱最终还是因为父亲的一场大病才得以停息下来，最初我以为它会这么一直持续下去，永远的混乱下去，耗尽我们的心思和体力——现在来看，世界上任何事情都会有终结的时候，或许这是又一轮新混乱的开场吧，以致我们不得不把过去丢到了一边，重新抖擞起精神去面对这令人厌恶又无休无止的现实。那的确是个多事的年份，很多事情都是这么突如其来的。

听到父亲病重的消息时我正好在赶水乡，当时我是作为省直机关的代表在赶水乡扶贫的。赶水乡无疑是个贫瘠之地，除了不知什么缘故收不到无线信号，乡里与外界联系唯一的那台电话也时常处于休克状态。据给我打电话的小王说，那天上午他好像唯一做的事情就是给我挂电话了，几乎每过去十分钟他都会往乡政府挂一次电话，结果，回应的无一例外全是忙音。小王说他早就不耐烦了，但就在他决定下班前，他最后一次，也是无意识地拨了一次电话，这一回，这个古怪得近乎邪恶的线路却终于奇迹般的通畅了。

那时候时间已经是中午十二点，我在线路的另一头刚刚吃完饭，躺在床上正准备午休。乡政府小吴秘书的喊声就响了起来："电话电话，你的电话。"小吴先敲门，再敲了更刺耳的窗玻璃，但等我从床上爬起来，这个性急的姑娘已经跑掉了。因为几天前我们的队长说过他要来赶水乡看看，所以去办公室的路上，我都认定电话是胡队从县里打来的，因此由我或者和我一起下来的小刘接其实都是一回事儿。

话筒里传出的却是另一个声音，如果这已经让我觉得意外，那么紧接着小王的话就吓了我一大跳，小王说：“你赶紧回来一趟，你家老者住院啦！”

在我们的方言里老者就是父亲的意思。我有些发懵，接着他的话不由自主地反问：“住院？咋啦？”我听到我的声音甚至在话筒里响起了回声。

“不知道，你妈上午打电话来说的。”

“那是在哪儿住院？”

“哟，没来得及问呢，好像就是你们家附近的……”

到这时候我终于可以确定父亲住院的真实性。那一年父亲六十五岁，身体也不太好，突然间生场大病的可能性完全存在，这也是我当初下乡前最担心的，看来它还是发生了。我问小王我父亲现在情况怎么样，病情有没有得到控制——但小王的了解仅此而已，其余的他一概不知。等我挂上电话，再拨家里的号码，这时候我却发现我根本就无法把电话打出去，一连数十遍都是如此。线路已经变成一个有生命的混蛋，仅仅苏醒了那么一次，让小王进来散布消息，此后它就进入休眠，对我的任何呼唤都不予理睬。这时候一个可怕的念头扼住了我的喉咙，我开始想父亲会不会已经死了，单位上担心我在路上发生意外，或者知道了真相无法赶回去才让小王说了谎！这个念头随着话筒里连续的嘟嘟声，也变得越来越强烈了，它越来越像是真的——我渐渐有些沉不住气，等我想去请假，已经在电话机上浪费了整整十分钟时间，我拼命敲击着电话键，一边还在破口大骂，桌上一只茶杯也被我碰到地上，摔得粉碎。

请假却比我想象得要顺利，一位留守的副乡长为我批的假。其实请假只是个形式，我们平时在乡里也没什么事做，扶贫款还没下放到位，所以更多的时间我和小刘都是在乡里东游西逛，名为调研，其实比那些不再务农的老头还要悠闲。

这其实已经是我第二次请假，头一回是因为妹妹的事，短短的几个月就要请第二次假多少让我有些歉疚，而且这一次情况特殊，我也不知会在上面滞留多久。副乡长听完我语无伦次的介绍，显得通情达理，他说既然这样，你还是赶紧回去看看吧。

现在的问题是怎么才能及时赶到火车站。我知道，一点多有一班回去的火车经过，但从赶水赶到平塘火车站，还有十七公里，不光道路是条黄泥小路，最关键的，只有逢三、八的日子，也就是赶水乡的赶场天，才会有进出的车子。这一天是七号，也就是说在通往平塘的路上根本就不会有什么顺风车。

乡政府修在一块高地上，从这儿就可以看到那条通往外界的砾石马路，此刻它就像一条被人丢弃的黄布条，松软地摆放在两座山峰之间，很安静，没有车，甚至连马车、牛车都看不到，这是一眼就可以认清的事实，我却跑进跑出，满怀希望地张望着。副乡长看我一副焦急无奈的样子，最后不忍地说，要不，我用摩托把你送过去吧。虽然我知道他正在生病，但好像也找不到什么好方法，狠狠心赶紧答应下来，除此之外，我也害怕稍稍犹豫别人就会反悔。

我已经想不起这段颠簸的山路我们是怎么过来的，因为那天早晨下过一场大雨，所以途中不时有飞溅的泥点落到我脸上，可能我一直挂念着父亲的病情，归心似箭，所以对那一路的水塘、泥坑反而没太留意，我只是在想，快啊快啊，坐不上一点的那班火车可就糟了。等我们赶到火车站，下了车我才发觉副乡长身上、我的身上都布满了细密的泥点，甚至副乡长身上的泥点可能更多更密，尤其一想到别人还在生病，我更过意不去。副乡长却说："你赶紧进去吧，只要老人没事比什么都强。"我没有说话，只是用力握了握他的手，我的眼圈立马红了，我不知怎么才能表达我的感激，父亲的病已经把我变成一个脆弱的人。

我上的是一列从湛江发来的火车。其实我刚踏上站台，火车就急急忙忙进站了，我挤在硬座车厢，乘客主要是群打工者，烟味，甚至还有一股牲畜圈里一样腥膻的怪味——那天的确非常奇怪，事后回想，如果换到平时，我一定会去卧铺车厢补办卧铺，但那一天，我却这么直直地站在过道上，一边打着盹儿，一边在那种龌龊而混乱的环境中恍惚地想心事。显然我忘记了还有卧铺这回事，当然极有可能我就是想受点皮肉之苦的，也许在我看来挨这点苦属于份内之事，只要吃掉它，父亲就会康复起来。

七个小时后我回到了城里。

二

父亲的确只是因病住院，小王没有骗我。

下车时天已经黑尽，我赶紧在出站口往家里打电话，母亲接的电话，她证实父亲只是住院而不是别的。母亲告诉我，父亲是突发心肌梗死住进医院的，但母亲知道我是个急脾气，所以她又赶紧说病情已经得到了控制，已经没有大碍了，现在小雯，也就是我妹妹正在医院照顾他。

我还是决定直接去医院，虽然母亲的话让我宽慰，但毕竟我还没有见到重病中的父亲，所以我告诉母亲我还是直接到医院去。"让小雯回去吧，我在医院守着就行啦。"我说。

我打了个车。从车站到医院大概还有二十多分钟车程，那家医院也是父亲单位的合同医院。其实那地方离我们家已经很近了，几乎穿过一个夹在它们之间的小村子就可以走到。顺便说一句，我父亲的单位是一家老牌的兵工厂，从前生产战备物资，后来才转成民品，这样的工厂从前只可能建在郊区。我父亲曾经是厂里元老级人物，1964年工厂刚刚成立，他就已经来了，他还是当时的筹备组的核心。只是，可能连父亲都没想到，他会越混越差，而且每况愈下，退休时把自己弄成个没职没衔的技校教师，已经很少有人能说出他和这家工厂的渊源。

我在车里打了个盹儿，时间非常短，因为我醒来时汽车还在朝郊外急速地奔跑，这个盹儿告诉我，这时候我的心情已经变得十分轻松，这当然是母亲的那番话给我带来的——但接下来我发现真正让我轻松的不是母亲说的话，而是她说话时的态度，母亲的淡然，她刚才就像在谈别人那样谈论着父亲的病情，这一点后来父亲病情反复时又一次重现了。我们觉得惊心动魄的过程对母亲来说都是不真实的，我猜会不会母亲这段时间经历的事情太多，才会把细节统统忽略掉，只要父亲活着，其他的都不重要，甚至连话题都算不上。

我很快就找到了父亲，那毕竟是家小医院，门诊部和住院部都混在一起。父亲住在三楼走廊最顶端的一间病房里，那是个双人间，父亲对面还有张床，妹妹就抱着一本书坐在上面。

我到的时候，父亲的鼻孔里还塞着氧气管，床边竖着一只巨大、形如炮弹的氧气瓶，因为在输液，父亲的一只手平放在床沿上，他的目光也集中在头顶的那只药瓶的液面，于是门与液面就成了父亲注意的两个焦点。我到的时候父亲这一天的治疗也到了尾声。

父亲首先看到我，可能枕头比较矮，他看我就像看一个位置很低的东西那么费劲，然后他认出来了，脸部一阵活动后，父亲笑了笑："来啦。"

父亲看上去的确像伤了元气，不知道是不是灯光的缘故，他的脸让我想起那些放久后开始变黄的蜡烛，他的头发，早已经花白的头发就像一篷枯干的茅草在枕头上散开着。当时天气已经很热了，我只穿了件衬衣，父亲身上却盖着厚厚的棉被，但在那床棉被下我却看不出父亲身体的形状，这情景让我有些伤感，其实我猜任何做儿子的看到这种情景都会有些伤感的。我赶紧朝父亲笑了笑，问他好点没有。父亲点点头，说："好多了，昨天才危险，把你妈妈、妹妹都吓坏了。"

父亲是昨天下午回家的路上突然发病的，他当时在城里走了整整一天，刚一下公共汽车，就被迎面扑来的一股热气腾腾的汽油味闷住了。父亲说他立即就觉得不行了，胸口那儿就像锥刺一样难受。所幸的是前面不远刚好就是这家医院。

"你就坐坐车嘛，这么热的天在街上走来走去，年轻人都受不了，何况是你。"

到这时其实我还不知道心肌梗死是种什么毛病，但很明显，它应该和焦急、劳累有关系，没准和年龄也有关系。这段时间父亲一定在为妹妹的事四处奔走，他又是个节省的人，在城里他无论去哪儿，无论什么天气他都只凭自己的脚力走过去。这个问题我们从前争论过无数次，父亲还是忍不住节省，而且他总能给自己找各种各样的理由，但这一次，不知是不是因为劳累，他没有同我争辩。

"哥，来啦？"妹妹终于插进来，她还是我刚进门时的样子，只是那本书被她丢到了一边。我懂她的意思，妹妹其实只是想问候我。我们家的人都这样，不善于表达，这一点表现在妹妹身上尤其突出，特别是这一两年她与别人，甚至和我交流都会显得很生硬。不过，与父亲的瘦形成鲜明对比的是，妹妹与我上次见到时相比又胖了一圈。

我点点头，顺便同她开了句玩笑：“你还是要少吃点，又肥了。”

妹妹羞涩地笑了笑，然后起身去值班室喊护士，其实这时候瓶子里还有一些药水，妹妹显然是不想和我谈她的腰才出去的。我看着她的背影，努努嘴问父亲她怎么样，我的意思是妹妹的精神状态怎么样。父亲说这两天还好，也不老是叹气了。父亲的话出奇地简短，看来这场病对他的影响比我想象得要大。

过了一会儿，妹妹跟着一名护士走了进来，出于对医疗工作者的尊重，我从床边那张方凳上站起来。“这是我儿子，他在报社。”父亲忙替我介绍，能动的那只手朝我挥了一下。

对父亲来说这也许再正常不过的，有段时间他逢人就会介绍我是他的儿子，在哪儿上班，就像我会不承认或者别人看不出来。我随着父亲的介绍朝来者点头，护士的年龄在二十八岁到三十五岁之间，长着一张大长脸，她用眼角的余光瞥了我一下，在喉咙里嗯了一声算作回应，“还有不少嘛。”她抬头看看头顶那只药瓶，口气多少有些不高兴，可能因为有我这样一个儿子在场吧，她的不高兴才没有迸发，相反的她麻利地将针管从父亲手腕上取出来，又把手里的棉签压到针眼上，于是父亲这一天的治疗就这么结束了。

等父亲解完手后，我和妹妹就出了医院。我准备先送妹妹回去，当然我也得吃点东西。父亲听说我还没吃饭，忙问我吃不吃饼干，这时候我才注意到他的床头上还放着两只糕点盒，可能是哪个探病的人送来的，但我还是决定吃点带汤水的东西。

我们走出医院后，小雯并没有立即回去，而是陪着我在马路边的一个小吃摊上坐下，我要了一碗面，另加了一只鸡腿，“你吃什么？”我问妹妹。以我的了解，她是不会拒绝的，果然妹妹依样要了一份，只是把鸡腿换成了鸡蛋。可能我真有些饿了，那碗面再加一只鸡腿都经不住我一通风卷残云的吃相，很快连碗底都显了出来。于是我点了支烟，一边抽着，慢慢地等着妹妹。

也许是那碗面和那只鸡腿的作用，这时候我终于有了种安定感，下午坐摩托、坐火车、坐出租车一路奔波积累下来的焦灼感才算真正地一扫而空，这样一来突然间我还感觉有点累。这时候大概十点来钟，不算太晚，但在一个工业区这却似乎是个很晚的时间，看不到几个行人，因此紧邻的几家小摊都没什么食客，显得很萧条，那几盏红灯更加深了这种印象。我的目光落到妹妹身上，具体说是她的右手，这也是见面后我第一次注意她的右手——她还是戴着一只白手套，妹妹正用她戴白手套的右手吃着那碗面。

妹妹曾经是父亲那所技校的学生，毕业后她成了一名光荣的锻压工人，如果不出那件事，我并不知道锻压工人有什么不好。两年前妹妹的手被冲床压了一下，听说冲工应当手脚非常协调才行，至少你的手在机床下就不能用脚去踩开关，但妹妹却踩了一下——虽然手术很成功，手指都保住了，但妹妹却从此戴上了手套，为了隐藏她的白手套，夏天妹妹也不再穿不带兜的裙子。

我父母应当非常懊悔当时没让妹妹继续念高中，如果当年逼她一下，如果不是存有女孩子读不读书都无所谓的想法……父亲也许更容易自责，毕竟是他混得不好，才让妹妹成了一名锻压工人。当然，影响并不大，至少从吃面的角度上，妹妹戴着白手套的右手仍然很灵巧。想起来，我还用张海迪的例子宽慰过她，我说你这样子总比人家张海迪强多了吧!

“明天，你过来时帮我把毛巾、牙刷带来吧。”妹妹已经吃完了，她开始吃鸡蛋，所以她答应我的声音也囫囵不清的，我也不知道她有没有听见。接着她开始喝汤。

“这两天，你辛苦了。”

妹妹这时候抬起头很认真地看了我一眼，然后继续喝完碗里最后一口汤。“你为什么这么说呢？”妹妹说完后看着我。

我一愣，真的，我为什么要这么说呢？我也不知道为什么。

三

妹妹出事是在3月，当时我们的扶贫任务已经开始了，但还在县城集中学习，如果是在赶水乡，父亲大概并不容易找到我。我记得很清楚，父亲打到县政府招待所的电话一开头就是“你不要着急啊”，接着他才说“今天下午上班的时候，你妹妹被人给打啦”。

“什么——谁，哪个杂种？！”我这个人容易紧张，哪怕有父亲事先的警告，我还是听到自己的声调忍不住提了上去。

“是在她的单位。”妹妹的手自从受伤后，已经无法再做锻压工作，只好在车间里作保洁员，除了清洗各种零件，她还要等其他人走后把整个车间都打扫一遍。出事时妹妹正在拖地，当时下班铃已经响过了，那天工人们为了抢工时，都走得很晚。妹妹可能有些着急，因为那天母亲让她下班后带两把小葱和半斤辣椒回去，如果等她把地拖完，大概铁道边那个临时菜场都早已收摊了。妹妹一直记挂着这件事。

当时车间里还剩下一个叫唐成的青工还在赶活，妹妹的拖布就这么渐渐地拖到了他面前。已经无法知道那时候这个叫唐成的青工是存心不让，还是根本就没有听到，反正妹妹手里的拖布拖到了他的鞋面上。妹妹自然不是故意的，没想到唐成站起来迎面就给了她一拳。妹妹气得用手里的拖布进行还击，但很快，她就发现自己根本就不是青工唐成的对手，她被唐成踢倒在地，等隔壁车间的工人赶来时，妹妹早已经哭得惊天动地了。父亲说妹妹整个右眼眶都被那个混账打肿了。

“你等着，我马上回来！”

放下父亲的电话，我就气势汹汹地朝胡队的房间跑，我去找胡队请假。

胡队住在三楼，这也是我第一次上楼找胡队。

我和胡队以及科协的小刘都来自不同的单位，只是以扶贫的名义临时组合到一起，所以平时我们并没有过多的交往。到了三楼，我却发现正对着楼梯口有一间发廊，一道暧昧的红光远远地飘过来。我上楼的过程，早已经把里面的人惊动了，长沙发上那几个乌眼妹用她们的电眼盯着我。

我有些吃惊，这是我预先没想到的，县政府招待所还藏着一间发廊！而且就紧挨着我们胡副县长的房间。难怪小刘总说胡队会享福了，连挂职都那么潇洒，原来指的就是这个。

我开始敲门，大概十秒后，门开了。胡队正在洗衣服，他穿着一条秋裤，一手的肥皂泡，满脸诧异地立在房门口。这时候我才意识到自己的莽撞，万一胡队不是在洗衣服而是在忙别的呢——也许我的门敲得真有些急了，让他看上去有些狼狈。

我把妹妹的事告诉了他，我说我必须赶回去一趟。胡队没立即表态，他洗完手，抽出一支烟递给我，趁我点烟的工夫他才从嘴里啧了声，“这件事情啊。”胡队看着天花板说。但他的目光应该落到外面无尽的天空，他正面临一个天大的难题。“我们刚刚才下来扶贫，这样不太好吧？”我猜胡队这时候正在肚子里骂我。

“我不管，总不能家里出了事也不管吧！”我把话说得很死，没有商量的余地，我要让他意识到，我只是上来告诉他一声，并不是来请假的。“而且扶贫嘛，是强的帮弱的，现在我家里这个样子，真不知道谁来扶我！”

我的声音听上去仍然充满了怒气，就好像妹妹挨打与准不准假之间存在着一种必然性。胡队没有说话，他应当在利用这段时间充分地分析形势，他或许想到了，我们这种上下级关系只是暂时的，一年以后我们各不相干。

可能我给他的压力在起作用，胡队把烟蒂摁熄在烟灰缸里，然后才做出痛下决心的样子说：“那你回去吧，快去快回。”接着胡队向我大叹苦经，因为他手下并不只有我这么一个兵，如果小刘也向他请假怎么办？胡队要我充分体量他的处境。我点着头，既然请假没了问题，我自然不用再做出得理不饶人的样子。我说：“是啊是啊，人活在这世上，怎么可能没点事情呢？”

本来我准备连夜赶回去，但细算一下，我到省城的时间应该是凌晨，所以这个计划最后还是被我放弃了。第二天一清早我赶到火车站，从县城回去有五个小时车程，所以中午前我回到家里。

只有母亲在，母亲说父亲带妹妹去医院看病去了。经过这一夜后，妹妹的右眼圈全青了，父亲想给她拍张相片作为证据。从母亲那儿我没得到更多的消息，她只是说车间里大概想大事化小，小事化了，通常哪个单位都会这么办的，他们想让唐成来赔礼道歉，但这家伙还不情不愿。

“不要！谁又稀罕他的道歉，让我找人收拾他一通，咱们也给他道歉！”

等父亲那段时间，我开始给朋友打电话。在报社这些年里，我倒是结交了不少各路朋友。比如第一个叫王宁的，是个打架犯，但也是条好汉，他和我只是一起吃过一顿饭，就一直惦记着什么时候替我打上一架。听完我的话，他立即说：“程哥，那我过来，我们先揍他一顿再说！”王宁这么干脆倒把我吓了一跳，我主要是怕他一出面就把事情搞砸了。我赶紧说：“好的，有你这句话，老子算没白交你一场！”我准备把事情了解清楚后再与他联系。我找的第二个人是老孟，他的意见是最好报案，因为事情说大可大说小可小，到派出所立了案就不怕他们乱来了，以后上法院或者私了都可以作为依据。最后我还找了报社的老许，老许的意思是可以先听听我妹妹领导的意见再做决定。

应当说打了一通电话，有了这些意见和建议，我心里才算真正有了底。这些人都是我的朋友、兄弟，他们听到妹妹的事义愤的程度丝毫不逊于我这个当哥哥的，只要我伸臂召唤，他们就会很快汇集在我的周围，这也是我的力量所在。

不久，父亲带着妹妹回来了。妹妹在鞋柜边磨蹭了一会儿，她可能不想让我看到她受伤而委屈的眼睛，但她还是要抬起头，“哥——”妹妹的右眼眶有一块手心大小的青淤，看得出她正努力控制着不让眼泪掉下来。

妹妹的脸此刻是陌生的。其实由于年龄相差悬殊，我和妹妹的关系并不亲密，我们都属于那种很内向的人，加上她很小时我就外出读书，之后工作繁忙，我们之间甚至没有过什么像样的沟通，但我们毕竟是兄妹，十指连心的兄妹，所以一看到妹妹的眼睛，一种像狂风骤雨一样的愤怒很自然地升起在我的胸膛里。“这个杂种——”我没说下去，我听到自己牙床摩擦的声音。

听父亲说那个姓唐的还当过他的学生，父亲感叹道：“现在的学生啊，有几个还会记得老师的——”父亲说着摇起头来。他告诉我这个叫唐成的甚至倒打一耙，把责任都推到妹妹身上。接着父亲开始介绍唐成，是谁谁的儿子，父亲是干什么的，母亲是干什么的。其实我对父亲的工厂并不熟悉，他说的这几个人我也毫无印象，无疑都是些小人物，但这些小人物却让父亲觉得自己丢尽了做老师的脸面。

吃完饭我跟着父亲到了妹妹的车间主任家。因为我觉得还是我们单位老许的建议更有道理，先去听听领导怎么说，不行我们再做下一步行动。

妹妹的车间主任叫丁强，这个人我倒是认识的，比我大两三岁，他父亲和我父亲一样也是建厂初的元老。小时候我们都还住平房时，时常在一起玩些捣蛋的游戏，不过那时候他还是个跟在别人身后配盘子的角色，当不了主角。我对他的记忆主要还是有一年他父亲把他送进医院，让大夫把他发炎的包皮割掉了，那年头没包皮的孩子绝无仅有，所以丁强一度十分狼狈，也因此多了个“红蛐蛐”的外号。现在，红蛐蛐算是修成正果了，怎么说大小也混到个中层干部。而且从前的红蛐蛐又矮又胖，现在却又枯又瘦，让我想起小时候看过的《沙家浜》里的刁德一。

替我们开门的大概是丁强的老婆，丁强本人则站在客厅里，他应当一下子就猜到了我们的来意，因此样子看上去十分警觉，他捏着鼻子，尽量显得无所谓。我们分客主坐下后，扯了几句从前的事以及后来各自的情况，然后就直奔主题。我问丁强他们准备怎么处理这件事。

丁强介绍了一下情况，和父亲说的差不多，只是丁强描述时用的都是十分模糊的句子，比如“可能碰到鞋子了”“也许你妹妹骂了他一句难听的话”，但到后面，正是我来之前担心的，他准备各打五十大板，他说妹妹在她被打的问题上也是有责任的。

“我倒要听听，她一个女孩，被打成这样，还有什么责任——”

“有些事情你可能都不了解，”丁强为了强调他的权威性，这时候故意停顿了一下，“我们每天在一起上班，每天八个小时，对你妹妹肯定比你还要了解吧——她脾气太怪了！前年出的事肯定对她也有影响，好多事她都给你拧着来，对谁都是气呼呼的——我们一起上班，这我了解！”

“就算脾气怪——”我想说即使这样也不能构成她被打的理由吧？但父亲显然比我更快，他抢过去说：“她可是个残疾人呢。”

“残疾人嘛，也不能想怎么做就怎么做吧。”丁强一下子抓到了父亲的毛病。

父亲仍然坚持比我快：“她可是为工作为工厂才弄残疾的！”

也许和父亲一起来本身就是个错误。我忽然间就明白了父亲为什么这辈子总当不上官，为什么混到头发花白还是个平头百姓？这一会儿我算是终于弄明白了，他总是这样，冲动起来准保把自己也弄得稀里糊涂。我已经有一种落入圈套的感觉，而父亲还不知不觉。所有的办法中很可能我们选择了一种最糟糕的。

“我还是那句话，先去看看病，该怎么看怎么看，病嘛，总是要治的，唐成呢，我们也会批评教育——”

“仅仅是批评教育？”红蛐蛐开始作总结发言了，我不想让话题朝他有利的方向引，这时候父亲又想说话了，被我制止住，我想我也该来句漂亮的：

“其实我们也不是忍不了气的人，这事情说起来可大可小，但如果真让我们这么吞下去，我也用不着来找丁主任，要收拾他我随时可以，你不妨告诉那个姓唐的。”

“没有这个必要吧——”不知是不是没找到一种控制局面的感觉，丁强在送我和父亲出门时又故作亲切地补了一句，“你还是应该经常回家里来看看，老人嘛，总是容易孤独——”

这句话也好像意味深长，会不会父亲经常来找他？我说我正在乡下扶贫。“是吧？那看来你们单位准备栽培你了。”他说。

本来这是人人都有份的事，谁都逃不掉，但我却不想这么告诉他，我说：“那倒也说不定。”

四

梅玲来了。第二天上午父亲刚刚输完一瓶丹参，梅玲就出现在病房里，当时我正躺在床上翻着一本妹妹留下的旧杂志，就从书页间看到一条素花点的裙子，裙子停在门边一动不动。起初我以为是妹妹，等我放下书才知道是梅玲。

梅玲看上去和我一样惊讶：“你回来啦？”

“你怎么来了？！”我没回答她。

梅玲立即有些不高兴：“我怎么不能来——你这贫扶得人都找不到了，我再不来——”我只得替赶水乡道歉，解释电话如何如何难打，赶回来需要多长时间。不知为什么，梅玲的一段话倒让我产生了一丝愧疚，倒像是她父亲生了病，我没能及时赶回来。

“小玲——人家昨天就来过了。”我们这么一闹，父亲也醒了，他上午的治疗九点准时开始，输液的过程中父亲不止一次迷迷糊糊地睡过去。

“爸，好点没有？”梅玲把手里那只装水果的塑料袋放在桌上。

“好了，好了。”父亲赶紧客气，他让我替梅玲搬凳子。

梅玲是我前妻，我们三年前一个逢两双的日子结的婚，去年初冬时分的手，记得那是个暖冬，去办事处时我还穿着件衬衣，算算时间也差不多快大半年了。

“你妈妈打的电话，找你又找不到，急得她只好跟小玲联系了。”父亲大概怕我生气，忙向我作解释。平时我总是反对他们去找梅玲的，既然我们那层关系已经不存在了，那么他们之间的关系也自然应当消失，但不知道是不是因为梅玲一直没改过口，所以给了父亲我们还会和好的印象，在他眼里从来就没有不能发生的事，他大概以为我们还会像小孩子过家家，闹上一通还会和好。我又一次注意到桌上那只很精致的糕点盒，一问果然是梅玲提来的。

“你没去上班？”

“请假嘛——我们哪有你舒服？命那么好。”一到我这儿梅玲的气总有些不顺，我们离婚后，偶尔见上一面她也会先来上一通莫名其妙的脾气，我计算过，只要顶过最初的三五分钟就好了。

“他好什么，还是你好——你看他搞的那个版，看的人肯定没有你的多！”父亲又抢着替我客气。他总是这样，从我有记忆那天起他好像就喜欢这种没道理的客气。他可能想安慰一下梅玲，只是这一次客气得可笑，所以不光我笑起来，连梅玲也忍不住笑了。

梅玲和我是同行，她在另一家报社负责财经版，从前为了那些狗屁经济消息，不时要来往于诸如证券交易所、省市经委这样的场合，后来她做了经济部副主任，这种忙碌才算告个段落。那时候我们时常争论自己工作的意义，梅玲说我的副刊只是宴席上的冷盘，我则提醒她昨天的股市新闻就是废纸一张，那时候当然都是玩笑话。父亲应当记得的，他的话也应当是他真实的想法，从他的角度看，当然是梅玲的工作更有意义，除了私营老板、大型国企的总裁，还可以接触到几个有头有脸的领导干部，比起我那些只会风花雪月的穷酸哥们自然要体面。

我和梅玲坐在父亲对面闲聊了几句本地新闻，大概又输完一瓶葡萄糖，妹妹进来了，手里提着一只饭盒，不用问也知道那是我和父亲的午饭。看到梅玲时，妹妹明显一怔，然后才从喉咙底喊了一声“玲姐”。

妹妹的确是个不经世事的人，我和梅玲离了婚，这原本是我们的事，但不知为什么却让她和梅玲的见面别扭了。记得我们结婚前，梅玲有次跟我抱怨，你们家除了你父亲都不喜欢我。我当然骂她瞎说，我开始开玩笑，我母亲和妹妹都是那种人，就像女人买衣服，千挑万选，成了自己的就是好的！当时梅玲还骂我瞎比喻。事后回想，妹妹真是这样，母亲一开始确实不喜欢梅玲，理由其实也很简单，就因为她比我大两岁。

当然那阵短暂的不自在很快就过去了，妹妹想起来，“哎呀”叫了一声，她说：“哥，我只带了两个人的饭——我不知道玲姐要来。”我说：“没事的，等会儿我们出去吃。”我看看梅玲没表态，知道她已经同意了。过了一会儿，梅玲说：“要不雯雯也一起去吧？”妹妹说：“我吃过了。”梅玲说：“那再吃点嘛，吃点菜。”这么说妹妹倒有点动心的意思，对于吃，她有种很盲目的热情，但父亲抢在她点头前把这个机会消灭掉：“你去干什么？你去干什么——他们是有事情要商量！”他用力伸着头，就像妹妹已经决定跟我们走了。结果这样一来，任我们再怎么劝，妹妹都死活不肯去。

这时候父亲说他想方便一下，起初我还以为这种事我在场的话父亲会觉得方便些，可等妹妹和梅玲都避出去才知道他老人家还有别的指示。父亲慢慢地在床沿退下裤子，他说：“我说啊——你还是再考虑一下你们的事情吧。”父亲慢慢把他枯瘦的大腿暴露出来。

“什么？”其实我已经猜到他准备说什么了。

“你和小玲啊，我和你妈都说，她还是适合你的——你们也没有什么大矛盾，对不对？有很多人都走过你们这样的弯路，但后来，又再走回来——谁家不吵架，我和你妈也吵的。”父亲开始对着尿壶放水，叮叮咚咚的声音配上这段评论，让我有种荒唐的印象。我们离婚时谁都没通知家里，父亲知道时已经过了两个星期，他为此一直耿耿于怀。

“爸，我的事你就别管了吧。”换到别的时候，我一定会发火，但今天我一直克制着。

父亲慢慢地靠回床上，“我啊，等我闭上眼睛就不会管了。”父亲说得很悠然，他慢慢地盖上被子，一副与世无争的样子。我没敢接这句话，尿壶里浓酽酽的，像壶隔夜茶，我提着它往厕所走过去。说实话，父亲的话让我的后背都起了层寒意，如果换到平时我或许不会当真，但这是在医院，裹在一团来苏水的气雾里，我不可能无所谓。我回来时在走廊上看到妹妹和梅玲这时候正靠在阳台上说话，妹妹正用她的白手套在裙子上比画着，我想起来，那条裙子还是两年前梅玲买给她的。我猜想着她们此刻说话的内容。

可能因为父亲的那句话，离开时，我的脸色一直阴沉沉的。梅玲问我怎么了，突然间就这么不高兴，我也没理，我是想反正这件事已经和她无关了，没理由再把她扯进去。等我们坐在一家小餐馆里点完菜，我的心情才开始转好，我对梅玲说早晨起来时真想吃一碗肠旺面，可周围就是买不到——其实在赶水乡这段日子早把我给馋坏了，我和小刘都不会做菜，我们做菜的方式也是当地最有名的“一锅烩”，也就是把所有的肉和蔬菜都煮到一起。这原本是个很有意思的话题，但梅玲却置若罔闻，我一追问，梅玲反而故作惊讶地一叫：“啊，你在跟我说话啊！”我知道她是故意的，是对刚才我忽略她的报复。我看着她，然后笑起来。父亲的原话我当然不能告诉她，只好扯谎：“刚才老者让我喊你给小雯找份工作——你又不是不知道，他一天到晚没事就喜欢瞎操心。”

梅玲的气算是顺了些，她说：“这算什么，我看一下嘛——不过你爸就是心里装的事情太多了，上个星期他还跑到我那儿，说他想打官司，让我替他找个律师——我们楼下有家事务所，我就带他去找了个熟人——人家说这种合同方面的事，不续签也说得过去的——可能人家比较客气，没说死，你家老爸后来又背着我跑去找人家一趟。”

梅玲说的合同指的是小雯和厂里的一份续约合同，因为小雯他们那批工人都是合同制的，两个月前合同到期，别人都签到了新合同，唯独小雯的厂里不说签也不说不签，一直这么拖着。我知道为了这件事，父亲一直在劳动局、劳动仲裁中心，包括法院这样一些地方来回奔走，他背着我去找梅玲也在情理之中，可惜好像没哪条理由是站在他这边。

“厂里也不要脸得很，就因为上次小雯被打，我们去找过一些人，就一直怀恨在心，小雯后来休息了一段时间，她再想去上班，他们就说让她继续休息，原来就是为了这一天，合同一到期，他们好不再聘她！”

“现在这世道就是这样的。”梅玲的手斜斜地伸到半空中，我的感觉，她的手如果再长点，她还会无限地伸上去，“没办法的，有点权力的都是这样乱来，只好自己想通了。”

“问题要想得通啰——累死累活地为厂里卖命，手也弄残废了，你再不要——”

“那还不是要想通，想不通也得想，否则只有自家吃亏。”

其实梅玲说的也不是什么新鲜东西，那些话平时也是我用来劝父亲的，只不过现在我站在他的角度，梅玲再站在我的角度重复一遍。

上完菜，我的呼机突然叫了起来，原来是我一位久不联系的朋友约我晚上去茶馆打牌，我说打什么牌，我老爸都住院了。这个电话我是在餐厅柜台上回的，梅玲递来的手机我没接，我是想替她省点钱，但这个动作倒像我有了什么存心想隐瞒她的秘密，她一定是这么想的。所以我回来后梅玲问：“那个温什么吧？”

“瞎说！你不是听到了，吴群立叫我去打牌——”

那个温什么是我们那儿广告部的一名业务员，和我偷偷摸摸有过一段，曝光后也成了我和梅玲分手的原因，不过这样一来，在梅玲看来和我联系的人好像都成了那个温什么，世界上只有那个温什么才会和我有联系。我补了一句：“我和她早完啦。”

梅玲立即从鼻孔里哼了一声，“哄我不是——不过，关我什么事，现在吃醋也轮不到我。”梅玲大概就是为了这句话，说出来，我看得出她心里简直乐开了花，而当时我的表情，你在场的话就看到了，我一定后悔极了，我补的那句话把自己的肠子都悔青了。

五

看来指望单位是毫无希望了。第三天，趁着妹妹脸上的瘀青还没完全散尽，我带着她去了一趟工业区分局。

那天和我们一起去分局的还有一位电视台《都市镜像》栏目的朋友，他就是在电话中让我报案的老孟。老孟曾经替分局做过一部专题片，因为这他说跟局里的几个头头都很熟，小雯这点事儿找他们帮忙还不是举手之劳？

那天我却和妹妹在路口等了将近四十分钟，我们其实也迟到了，因为我知道老孟会迟到，这家伙在我印象中从来就没有什么时间概念，但我没想到老孟会这么大牌，他足足让我们在马路边吸了一两斤灰土才出现在我们望穿秋水的眼睛里。那时候已经是下午三点多钟了，我早有些等得不耐烦，如果不是跟分局的人不熟，我肯定会一脚把老孟踢开，等我看到老孟那辆黑色的越野车闯进我的视野时，我的脚边都丢满了烟蒂——真奇怪，刚才我心里还在骂东骂西，一肚子牢骚怪话，这时候却烟消云散，只剩下对老孟的感恩戴德。

老孟在车子里就对我抱歉，他说上午有个朋友结婚，请他去帮忙录像，他录完都预备走了，没想到别人过意不去，硬拉着他又喝了通酒。我说：“老孟啊，看来你在哪儿都是抢手的宝贝啊——”本来我的意思是咱们虽然都在媒体混日子，搞电视的就是比搞文字的吃香，我想夸夸老孟，让他高兴高兴，可那话里的酸味我自己首先就不喜欢，所以我又说：“我还以为你把我给忘了呢。”老孟说：“哪能呢，哪能呢——”他转身从车里提出一架摄像机，因为要锁门，所以我赶紧替他把机子接到手里。

那架机器的确是个宝贝。有它没它就是不一样，分局门口专辟了一间接待室，等老孟那会儿我就看清楚了，进去的人都必须登记。但老孟说不理他们，那些都是些杂牌。杂牌也就是联防。所以老孟领着我们直接走进去，我心里正悬着，一个戴红袖套的把头伸到窗口，扯着嗓门朝我们喊：“找哪个？找哪个——话也不说就冲进去！”他的视线落到我手上，声音立即柔和了：“有什么事吗？”老孟说：“我们电视台的，找周局搞个采访。”

其实这时候我们已经知道，所谓的周局，包括老孟认识的其他几位头儿都已先后调离，毕竟老孟拍的那部专题已经是两年前的事。我说：“那怎么办？”老孟说：“走，进去看看再说吧。”

我们在办公楼里找到一位姓李的副局长，这位继任者对我们还是很感兴趣，至少还算客气。“就是她啊？”听明了来意，李局长指了指妹妹。

也许我们在门口站得久了点，妹妹脸上原有的那点期待也被一种木然和疲倦替代了。她先是木呆呆地盯着李局看，这时候又忽然间打起了哈欠，幸亏她反应快才没冲着别人亮出她那对老虎牙。不过，这样一来她显得很沮丧，脸上的那块瘀青也更加明显。我说：“对对，就是她。”又赶紧把前一天发生的事解释了一遍。

虽然我不善于言辞，但毕竟是自己的事，再小的事也够剜心挖肺的，何况这还不是什么小事，反正我的气也随着我的叙述腾腾地冒出来。看来还真起了点作用，李局长终于拿起电话，他拨了个号，我正在想这么快就要去拿人了，却听到他对着话筒喊一个叫吴兴贵的人。我反应过来，他是在和我们父亲他们那家工厂的保卫科联系，这个叫吴兴贵的人正是保卫科科长。

很长一段时间我都不知道那边在说什么，但既然李局在问情况，那边自然也应该在介绍情况。李局边听嘴里边发出嗯嗯声。这期间大概持续了五分钟，我们能听到的也只有李局鼻孔朝外喷气的声音。老孟当时坐在李局的对面，他大概闲极无聊，就把手里的机子打开来，然后把镜头冲着李局开始找感觉。李局应当是个敏感的人，但我想，普通人对镜头总会比较敏感，所以李局从嗓子底咳了两声，很明显坐直了腰，哼出最后一个“嗯”字，他开始说：“他们现在就在我这儿，人家都来报案了……我怎么是偏听偏信？你这个人，人家眼睛现在还肿得像只桃子一样……我怎么是偏听偏信？！妈的！”李局脸涨得通红，随后他就像撒气一样把话筒丢到座机上。

正是这句“妈的”让我反应过来，李局前面一直在说普通话，但方言味极重。显然话筒那边出了点情况，出乎了李局的意料和克制程度，他才会忽然间忽略掉对面的老孟，以及那个让他变得敏感的镜头。不过这样一来，我就有些紧张了，我没想到公安局局长出马也会这么不顺利。

“妈的，419厂全这么自以为是，有点钱就这么了不得——”李局有些自说自话的味道，刚才的事一定伤了他的面子，而且不轻。

他的抱怨并不是没有道理，我曾听父亲说整个工业区似乎也就他们厂还有些效益，这年头有钱人总要骄横一些，单位也一样。对他们单位，父亲的感情一直是复杂的，几乎可以说是骄傲与仇恨并重，就看在什么处境里了。

“他们不肯处理吗？”我多少问得有些不甘心。

“他们说处理过了，你们那个保卫科科长说这样的小事，车间就已经解决了……”

“这还是小事啊？再过来点眼睛就打瞎了，再说，对以后的视力有没有影响还不知道，要是视力下降了，再来个神经萎缩——以前厂里又不是没这样的先例，那个人你知道的嘛，就是眼睛这儿挨了一拳，视力只剩下0.1了，后来几个大学都不要他……”

“像这种事，我们也只能协助处理，他们不出面就不好办……”李局的声音懒洋洋的，显然他的兴趣已经过去了。

“那局长，你看能不能这样，让我们先去做个法医鉴定——如果好了当然好，如果有问题，以后再打官司什么的，也好有个依据。”老孟替我退了一步。

但没想到李局还是摇头，他说：“这个还是要回厂里去解决，如果保卫科不出证明，也得不到做鉴定……”

我没想到会是这么个结果，这个结果和我最初的期望相差何止十万八千里。我的脸一下子涨得通红，我相信这里面的不合理谁都能一下子看出来，他一个公安局局长更应当清楚。我说：“怎么能这样？这样不是随便他们整，哪个有权哪个说了算？”

显然李局已经不打算再理我，他说话都是对着老孟，他眼里只有这个电视台记者。

“那么，没办法了，想想办法嘛。”老孟说。

“没有办法，不是我不想帮你们。”公安局局长摊开他的两只大手。

老孟把我劝走的，老孟后来说我当时的情形有些失控，红着脸在那儿发愣，倒像是别人不解决，我就不善罢甘休。“想开点吧，”老孟说，“没办法，这就是规定。”

那时候老孟其实心情好极了，就在最后那几分钟他和李局谈成了一部有偿专题片，说好了过两天去录像。这倒好，妹妹被打成全了老孟，我这边却一事无成。

下楼时我一定气得够呛，心里憋着团火总想找个人大吵一架。老孟说：“算了，算了，你也别气了，晚上找两人打打牌吧。事情既然出了，你又尽力了，还有什么好气的，不是你的错嘛！”

我猜正是老孟的这句话让我彻底解脱出来，我想的确——该做的都做了，我还能怎么样？我对妹妹说：“你自己回家吧，我和孟哥去城里办点事。”妹妹噢了一声，然后听命地走了。我看着她的背影，虽然这时候我心里好受了些，但那种酸涩和无奈还是怎么都挥之不去。我的确有些不甘心，却毫无办法。

那天我和老孟，还有他叫来的两个同事打了一整夜的“双抠”，是在一个叫好心情的咖啡吧里。有段时间，就是我离婚之后，我和老孟他们几乎天天都在这儿打“双抠”，这一次再来真像是旧梦重温。仍然是我和老孟打对家，这一晚老孟可没少挨我骂，老孟的牌技还像从前那么差，这么长的时间他竟然毫无长进。不过老孟这个人一向都是好脾气，也可能有了白天那笔进项，他变得肚大能容，再难听的话，他也是打个哈哈就让过去。最后我们小赢了六十，一人一半。分手时我才醒悟，这笔钱刚好就是我回乡下的车票价格。

第二天下午，我坐火车回到了那个叫王武的小县城。

六

父亲正在一天天康复，这是不用问也看得出来的，除了脸上的气色，还有他的口气。刚住院那两天，父亲说话时的语调总往下掉，就像一节老挂不住的绳子，也说不了几个长句子，当然这是他虚弱的表现，可结果老让我觉得父亲是在和我客气，或许父亲对住院，包括接受我的照顾还一时无法适应，所以一旦到了父亲和我不客气的时候，就说明父亲快要好了。

事后来看，我们都有些乐观了，可能因为无知吧，对医学也包括我们的身体，我们都是无知者，由于这种无知，我们才会对医院有一种盲目和固执的依赖，即使生病，只要住进医院也会平安无事的，在我的周围这似乎也是一条铁的定律，所以我相信父亲很快就会好起来。

其实，我们每个人同死亡都只有一线之隔，父亲也不例外。

父亲住院后，第三天开始下床活动，他原本就是个闲不住的人，加上几天的卧床治疗，父亲也闷得难受，他自觉不错，忍不住想展示一下治疗成果。那是第四天，他做了个心电图检查，输完液后还在阳台上做了几段广播体操的伸展运动。

吃过午饭，梅玲来了，她提着两袋水果刚一进门我就说：“你来了正好，我正愁没人照顾老爷子呢，我得去厂里开张支票。”

那天一大早，医院就通知我们赶紧去补交支票，父亲住院这三四天，医疗费已经花了三千，等于一天一千，这个结果自然让我咂舌头。下午医院方面又来催促了一次。

我让梅玲陪着父亲，自己赶紧去父亲的单位，那天还是个周五，所以一开始我很担心，开不到支票引出什么不必要的麻烦。还好，去卫生科、财会科都很顺利，出来时我手里已经多了张三千元的支票。

尽管如此，等我办完一切回到病房时也已经快下午四点了，原以为父亲会借着输液睡上一觉，而梅玲呢，大概会翻我丢在床头的那几本杂志来打发时间，谁知并不是这样，我离开的这段时间他们俩一直在开诚布公地聊闲天，还在走廊上，我就远远地听到梅玲在笑，父亲也跟着她笑，父亲好像很长一段时间没这么高兴过了。

“聊什么呢？这么热闹。”我在门边笑着问。

“不告诉你——对吧，爸——不告诉他！”

我吓了一跳，梅玲多久没用这种腔调跟我说话了。我看看父亲，他正含笑答应，好像已经默许，他们似乎达成了什么协议，我很好奇，但我还是做出毫不在意的样子。

梅玲又坐了会儿才走，我把她送上车，回到病房后，和父亲谈了谈去厂里开支票的情况。而对于刚才梅玲不让我知道的事情，我故意没问，我知道，以父亲的脾气，这样他反而会更来劲。

父亲是从他的存款开始谈起的。这么多年其实我都不知道父亲有多少钱，曾经有多少钱，现在还剩多少，我自己是从来不存钱的，有多少都会花个精光，父亲却不是这样，或者说他们这一辈都不会出现这种情况，也是我该死，在医院和父亲谈起这种事，倒像是在交代后事。

“多少？”

父亲伸出五个指头。

“五十万？！”我故意这么说，我知道父亲没有这么多钱，也不可能有，可他的表情就像他有五十万，甚至五百万，他为此而得意。

父亲没有否认：“本来有七万，你结婚我给了两万，还有五万——怎么样？我和你妈都想有个孙子抱抱，每次啊，她看到别人家的小孩都高兴地去逗逗，你怎么样，给我们生个孩子，我再给你——”父亲这一次伸出两个手指头。

“二十万啊？太少了吧，这点钱怎么养得好，买架钢琴都得十好几万呢。”我知道不胡搅一下，父亲还会这么自说自话下去。

父亲叹了口气，他下午的好心情算是被我搅了，父亲说每次一聊到这个问题我总是用胡搅蛮缠的态度在对付他。我说没有啊，你就想抱孙子也不用抱她的嘛。我得承认我和梅玲已经不可能了，理由是我们俩已经覆水难收。

“那还不是你的错——你如果不和那个姓什么温的乱来，小玲也不会这样子——当然啦，我也跟她说，男人嘛，有时候就是这样，难免有失控的时候……”

我一声不吭，只是脸色越来越阴沉，呼吸越来越浊重，我发觉我气的是梅玲，也不看看什么时候，就是有什么想法也不用这个时候谈吧。但真正让我生气的却是父亲，一副起哄的样子，父亲是越说越来劲了，在我看来，他越说越得脸：“你看怎么样，刚才我说这些她也没生气，要不要我再努把力？”

最后父亲干脆告诉我，如果再这样下去，能供我选择的女人不是带小孩的就只能是那些寡妇了。这当然也不怪他，父亲是做老师的，有做老师的通病，老师的通病就是把最差的结果告诉你，让你看到。父亲让我看见的就是，如果不选择梅玲的话，我的前面就只能是寡妇一条路。

“行了，你还嫌不够乱啊？！”

我只说过这么一句话，这突如其来的句子是我从胸膛里蹦出来的，所以尤其厉害，话一出口，我显然就已经后悔了。

半夜一点钟左右，也是我刚上床不久，父亲就在对面喊起来，其实根本不能说喊，他只是模糊地嘟囔着。说不清为什么我忽然间就有一种不祥的预感，我猛地坐起来。

我打开灯，什么？

从父亲重复的口型上，我看出他说的是“冷，我冷，我很冷”！

我已经知道，心脏病人要是感觉冷绝对不是什么好兆头，尤其父亲的脸呈现出一种青灰色，比起他平时的蜡黄，这种颜色只能让我更感不安。我飞快地把这边的一张被子搭到父亲身上，但看来这改变不了实质，我赶忙拉开门，用最快的速度冲到值班室。

是那个马脸医生。她听到我的叙述，在门后囫囵地答应。接着拉开门，白大褂在我眼前一闪，她已经跑到了我前面。

插上氧气管，输液，马脸医生紧张地忙碌着，后来她消失了一会儿，接着随着走廊上响起一阵隆隆的车轮声，她推进来一部心脏监视器。马脸医生拉开那两床厚棉被，把监视器的探头贴在父亲瘦骨嶙峋的胸口上。等监视器出现那个有节律跳动的绿点，她才松了口气，我也跟着她松了口气。然后马脸医生说如果情况有变，马上要通知她。我答应了。

我们煞有介事的样子可能也把父亲吓着了，他也许感觉到什么，就在马脸医生给他检查氧气瓶时，父亲忽然哭起来，他虚弱地看着我，说：“我对不起你们，你妈妈、妹妹……”

我有一种滑稽的感觉，但我忍住了，我对父亲说：“没事的，放心吧，没事的。”天知道我都在说什么，我就像哄一个受尽委屈的孩子。但父亲的确渐渐平静下来，慢慢地闭上眼睛，只有监视器嘟嘟的跳动声、镇流器的声音，还有父亲的呼吸……我像马脸医生要求的那样监视着。我们到了一个什么样的世界，那么安静，静得可怕，我相信只要说点什么，天边就会有回声传过来，但这时候外面黑漆漆的，我感觉好像有什么东西一直盯着我。

就是这时候我开始找那本书的，这段时间妹妹从家里给我带来很多书，我有些烦乱地翻着，那是本南怀瑾翻译的《药师经》，作者是释迦牟尼。我翻到这一段，并开始念：

复应念彼如来本愿功德。读诵此经。思惟其义。演说开示。随所乐求。一切皆遂。求长寿得长寿。求富饶得富饶。求官位得官位。求男女得男女。若复有人。忽得噩梦。见诸恶相。或怪鸟来集。或于住处。百怪出现。此人若以众妙资具。恭敬供养彼世尊药师琉璃光如来者。噩梦恶相。诸不吉祥。皆悉隐没。不能为患。……

我停下来，是因为听到一声清晰的鸡叫，它好像沿着某个边界划出的一道弧线，这时候窗外的景物已经开始呈现出来，有一层模糊的雾气浮在外面那块空旷的菜地上，天色也接近透明，几乎同时，我听到父亲说："好热，你把被子拿开吧。"这句话对我来说，就像从上帝的嘴里发出的。我预感到警报解除了。

我替父亲拿开被子，同时关上灯，屋子里只剩下那种嘟嘟声，还有就是我们几近于无的呼吸。外面似乎又亮了一些，亮度每时每刻在发生着变化，我望着那些越来越清晰的景致，长长地松了口气，也许最难熬的一段时间已经被我们挺过来了！

七

正午时，母亲和妹妹一起来给我们送饭。那天是星期六，按事先的约定，母亲准备把我换回去洗个澡。你大概想象不出我见到母亲时的那份激动，我用一种劫后余生的口气描述着头天晚上，甚至只是几个小时前在黑暗中发生的动荡，那段让我迄今都觉得后怕的经历，我们是怎么熬过来的，我用一种怎样的速度和声调去喊医生，然后我和父亲又怎么一起回到这个世界……这段经历其实已经在我的叙述中变了味，它已经变成悬念片中某个刺激而神秘的片断，还有那记鸡叫声也变成了一种暗示。母亲在听我介绍时，还能保持兴趣。然后她说："是啊，心脏病就是这样，很危险的。"这是母亲的原话，口气很淡，这自然不是我希望中的反应。

当然，也可能我的要求过高，要所有的人都来重温我的感受，因此母亲说完后我立即显得有些失望。紧接着，母亲谈到一个人，她是对我父亲说的，这个人的名字一出现，我就知道了，昨天晚上发生的事已经被母亲轻轻松松地放过去了。

母亲说："昨晚上刘卫民打电话到家里，他说知道你住院了，赶紧来问一下情况……"

我不夸张，父亲的眼睛立即就像通电的灯泡那么一亮，母亲刚一说出"刘卫民"这三个字，父亲的眼神就变了，他就像服了兴奋剂，那种病中的萎靡一扫而光。也好，这样一来，对父亲来说，昨天晚上的生离死别也算彻底的结束了。

刘卫民是我父母亲一个共同的学生，母亲教过他的小学，父亲又继续教工业模具，后来在父亲的帮助下，刘卫民又以一名青工的身份参加了高考，复旦大学毕业后他在上海某个区做宣传干部，现在也许正在成为一个处级或者副局级领导。

刘卫民应当是我父母亲最成功的学生，他们教了几十年书，大多数学生都只能成为普工，变成干部的都很少，能在上海当干部的自然更少。尤其难得的是，刘卫民不忘师恩，每年回家探亲时，都会抽时间到我们家来坐坐，这样一来，我父母对刘卫民的印象自然更加地完美。也许对刘卫民来说，这再自然不过了，但对我，不知从什么时候起，“刘卫民”已经变成一个让人厌恶的名字。

可能从我五年级起，父亲就开始这么教训我：“你看看人家刘卫民！”“你要是有人家刘卫民一半用功哪会是今天这样子？！”我得承认，我一直有些嫉妒刘卫民，他几乎没费什么事就弄得两个老教师昏天黑地，“刘卫民”这三个字已经成了一把标尺，也成了他们唯一值得记忆的东西。虽然这不是刘卫民的错，但我还是忍不住厌恶，包括我父母大人的反应——所以趁着他们还在刘卫民打慰问电话这件事情上翻来覆去地自我陶醉，我离开了病房，我是准备回去洗澡的。

那是个大晴天，外面很热，但就在我头顶上，满天空都是一种令人快心的蓝色，这让我心里涌动着一种久违的轻松，这种轻松足以让我忘记包括暑热在内的一切。毕竟，昨天与今天已经泾渭分明了，灾难已经过去，在我看来，没什么灾难会是接连不断、接踵而来的。我甚至闻到自己身上那股浓重的汗酸味，在医院时它们就已经存在了，只是被更强烈的来苏水味压迫着，这时候才开始强烈地释放，但我喜欢这种气味。

回家后，我很快烧了一锅水，打开电视，吹着口哨，慢慢地脱光衣服，临进卫生间前，我还在穿衣镜前打量了一下。这些天我明显瘦了，这很好，小腹已经开始收进去了。

电话铃响的时候，我正开始洗头，我被狠狠地吓了一跳，第一个念头就是，糟了！我猜测这个电话是医院打来的。

我就像一只洒水壶，一路滴滴答答地冲进客厅，洗发水进了眼睛里，我也只能闭着一只眼睛把听筒放到耳边。“喂——”

是胡队，谢天谢地，我首先松了口气。“胡队啊，你在哪儿啊？”

“你是搞哪样嘛？别的队材料都交上来了，你还在上面！”胡队并不理会我的欣喜。我只好说我父亲还没好，昨天晚上还下了病危通知。胡队似乎没有听进去，绕山绕水地抱怨和责备，最后他说的是“你的事怎么这么多”！

这显然不是人话，我的口气也硬起来：“是多嘛，但哪件不是重要的，你说说看？”

“你们单位怎么会派你下来嘛？”

“你以为我想下去？你去问他们好啦……”

那边的电话已经重重地挂上了，我骂了一句，也把电话重重地挂上。我知道还会有电话来的，所以洗澡的心思也没了，胡乱冲一下就出来坐在沙发上看电视。这期间我一直在胡思乱想，怎么就把话说崩了？我当然不怕结束时胡队给我写个糟糕的鉴定，现在看来，这已经无法避免，我是担心还会有什么我想不到的恶果。后来我细细辨别自己刚才发火的原因，发现还是胡队这个突如其来的电话，它确实把我吓坏了，这之前我几乎认定它是从医院打来的。

又过了十几分钟，电话铃又一次响了，我以为是胡队，结果却是我们总编，原来胡队挂完我的电话，就把状告到我们单位。王总编说：“怎么回事嘛？我一直以为你在下面呢。”我把先前的话重复了一遍。看看，毕竟是要与我们共存亡的领导，就是不一样。王总编问：“那你父亲好点没有？”

王总的话让我觉得很温暖。我说好点了。我开始陈述自己其实很想在乡下认真扶贫，并不想让父亲得病，我父亲也并不希望自己得病，这也是我们一家人的愿望。我说：“王总，你看——这么多天了，我一直都在医院，连洗个澡的时间都没有，今天要不是回来洗澡，还不知怎么被人误会……”

王总没说什么，他很为难，一直咂着嘴，我可以想象他眉头紧锁的样子。最后他让我快点照顾好父亲，然后快点下去，组织部那边由他负责解释。我松了口气，尽管我不知道怎样才能“快点”把父亲照顾好，但还是坚决地答应下来。

这只是个小插曲，与父亲的病情相比，这世上没有任何事情可以相提并论的，所以我想——如果父亲的病情并不能“快点”好起来，一直这么不稳定，我一定会在“上面”坚守下去，无论冒多大的风险和压力，我都不会下去。在接两位领导的电话时，我就已经做好了这方面的打算。

所幸的是，老天爷开恩了，他不再为难父亲，就是对我开恩。父亲的病终于像我们期望的那样好起来，而且好得很快，仅仅过了一天，他就重新下地。第三天，他又在阳台上做了套完整的广播体操。父亲和我说话开始用大量的长句子，声调也总是扬上去，而且他又开始对我不客气了。这也让我们相信，那天晚上的经历其实就是一道坎，过去了就海阔天空——结果是，我们一起过来了。

八

按医生的说法，父亲其实最好在医院里多住上几天，多调理一下。但到了第十二天，我们又收到一张催费通知，这说明我们又要去厂里要钱了。我问父亲是不是再去补支票，父亲却坚决地摇头。我以为这时候父亲是在为他要负担的那部分医药费心痛，所以就劝他不要在乎钱的问题，不就百分之十嘛，我给他出。没想到父亲还是摇头，他说：“反正都是调理，都是那几样药，我还不如回家调理呢——我已经好了，不信你看！”父亲说着两只手朝后伸，做了个扩胸的动作。我见他态度坚决，最主要的，父亲说得很有道理，就同意了。

第二天一早，母亲和妹妹都来医院接父亲。母亲还告诉我们为了庆祝父亲出院，她一大清早就去菜场买了条大鲢鱼！等我们回到家，家里的确弥漫着一股迷人的喜气，这是久违的东西，让我们兴奋，父亲更是一进家门就开始四处乱转，东摸西看。虽然他住院只有十多天，但这段短暂的离别却足以让他感慨。后来，在阳台上父亲终于发现一摊刚留下的麻雀屎，他兴冲冲地找来块破布，先吹掉干的那部分，再用抹布把余下的擦干净。父亲擦得很细心，做完后他的表情是满足的，就像为我们完成了一件大事情。

我细细品味着家里的变化，那种喜庆的气氛，应当说寻常的节日里都无法找到，从前，也只有父母亲头一次调工资、我考上大学以及我和梅玲结婚才出现过那么两三次。但那时候我们家都有所收获，比如一级工资、一所大学、一个媳妇，只有这一次，我们一无所获，当然父亲的病好了，恢复了健康，这一点最重要，我们一起战胜了病魔，共同渡过了难关，因此这喜悦中应当还有一种苦尽甘来的含义，它让我们彼此珍惜。

趁着父亲高兴，我告诉他明天准备回赶水。父亲说：“是啊，你也该回去了，这段时间你这么辛苦——你这么长时间照顾我，别人会有意见的吧？”父亲在工作上从来不愿意拖我的后腿，有可能这也是他要出院的理由。

我说：“我才不辛苦，妈妈和小雯辛苦了，晚上我干脆带小雯去夜市上买几件衣服吧，顺便也让她散散心。”

其实是我自己想散散心，我想去泡泡吧、打打牌，这十几天的确让我憋得难受，每天都对着医院的白墙白床，还有白医生白护士，我的眼睛也像缺油的胃口那么寡淡，前面，因为父亲的病情还能约束着，现在整个心思都有些失控。更何况我还要下乡了，那儿更是个寡淡的地方……父亲正在兴头上，说去吧。过了会儿，他忽然说：“你去找找梅玲嘛，一起聊聊。”这是个馊主意，换到平时我一定会腻烦，但这一次，我没吭声。

下午我们家早早吃过庆功宴，我就和妹妹一起进了城。我们先回了趟报社，我在那儿有间宿舍，那是我离婚后跟单位要来的。因为几个月没开门窗，里面不仅落满了尘埃，还有一股沉郁的霉味。我赶紧打开窗子通风，小雯也找了块抹布替我清理了一下。那时候不过六点来钟，离夜市开市还有一段时间，我下楼去给老孟打电话，我想看看他今晚上能不能出来打牌。

接电话的是个女声。只是一瞬间我就反应过来，我刚才拨错了电话，我的手，很自然，应当说有点鬼使神差地拨通了梅玲的电话。“喂——”梅玲在那边等着。

我说是我。

梅玲当然听出来了，她说："是你啊，我说这电话有点熟——爸怎么样？"

我说今天出院了。

"这么快啊，我还说这两天去看他——那你要下乡啦？"

"明天下去吧。"我忽然间想起小雯，就问梅玲现在有没有事。

"干什么？"

"我等会儿带她去买衣服，你知道我的，又不会买，要不你去帮着参谋一下？"

梅玲在那边犹豫了一下，说她正在吃饭。我说那么算啦，我们自己买吧，我的话还没说完，梅玲又说："要不你等我一会儿嘛，我吃完了就过去！"我和梅玲客气了一下，但她还是说要过来。

梅玲出现时，天已经黑尽，远远的我就听到了脚步声，于是站在过道上调侃她，"哟，大主任终于陪完客户啦——当正主任就是和副主任不一样嘛。"梅玲惊奇地笑起来，问我怎么知道这件事的。我得意地说这种事你还瞒得了我。其实这件事我也是前两天才知道，报社老许向我慰问父亲的病情，顺便通报了这件事，记得当时我还十分感慨，心想没准梅玲离这个婚还是离对了，她离霉运已经越来越远。

我们一起来到青年路。青年路白天是商业街，一入夜就成为夜市，人行道两边都被两三米见方的小摊位铺满，各种商品百货应有尽有，琳琅满目。这时候正是开市时间，纳凉的人正从家里三三两两地出来，一到青年路，刚才还显得慵懒的神情明显一振，接着就汇入前面那条遥遥没有尽头的长龙里。

平时我很少逛夜市，就是嫌人多，挤得难受，又嘈杂，就是近在耳边也要声嘶力竭地说话，但那天显然我喜欢上这种普天同庆的热闹，这一次我和这么多人挤在一起，甚至连他们身上的汗臭味都闻得一清二楚，我都没有厌烦。别人同样如此，也许他们也和我一样，刚刚才从困境中走出，因此都有些莫名的兴奋。我们给小雯选了套秋装和一条裙子，裙子是梅玲买的，她说本来就想送小雯点什么，又说让我选件T恤什么的送给我。我忙推辞。

看得出等两套衣服提到手里，妹妹也变得很满足了，平常她难得有这样逛街的机会，所以还在热情高涨地东张西望。这时候梅玲突然伏在我耳边问，你等一会儿送小雯回去？这时候我才发现我们三个人已经调换了位置，本来我走到妹妹和梅玲中间，现在却变成我打头，妹妹落在了最后。我告诉梅玲小雯晚上住在我那儿。

"那你呢？"

"等会儿我去找找老孟他们吧……"

"那又何必，要不——你就去那边嘛。"那边就是我们从前的家，梅玲的家，我当然知道的。我看了梅玲一眼，心里突然间一热。

到那天我应该很久没做那种事了，也想不起最后一次是什么时候，反正不是梅玲。梅玲对我来说已经有些陌生，但也许正是这种陌生才突然间使我心驰神往，梅玲其实不错，性感女人的一切她都具备……也许那个打错的电话就暗藏着预谋了，父亲让我找梅玲时我还有些腻烦，其实是被他说中了心事。于是与梅玲有关的一些片段在我脑子里急速而过，我们喜欢在镜子前做，所以浴室总是首选，浴室里的蒸汽不停地蒙上一层水汽，我们便不停地擦……我感到呼吸正在加快，身上的血开始奔涌，最后又在小腹那儿慢慢聚拢……这的确是个消费之夜。

梅玲应该觉察到我的异样，她又娇嗔地补了句，是睡沙发噢。

“沙发就沙发！”梅玲的想法赖不掉，即使睡沙发，她也可以叫小雯去睡，但她选择了我。

我有些急不可耐了，看看身后的小雯，她还在一个礼品摊前看一只水晶花瓶，我赶忙催促。我们心急火燎地把妹妹送回去，她没上楼，我和梅玲就转身了。我们拦了辆出租车。

从报社到那边坐车要一刻钟。上车后我变得踏实了些，就好像事情至此已经无法反悔，不可逆转了，就只剩上床一条路，我只需放宽心慢慢地享用。我承认我的脑子出了错觉，也许前面的全是错觉，我把可能当成了必然，才会在接下来的变故里手忙脚乱。那天晚上我几乎要把自己毁掉——

变故是我们快到那边时发生的，梅玲接了个电话，打电话的是前面刚和她吃完饭的那个“老客户”。他请梅玲去盛希友泡吧——梅玲把手机按在胸口上征询我的意见，我看得出她很想去。其实我也想去，明天我就要下乡了，我要在下去扶贫前把所有该进行的消费都消费到。这是个消费的夜晚。这么想了想，我就开始点头。梅玲吩咐司机去盛希友——车子开始调头了，司机师傅喊我注意左边有没有车。

那时候也许我已经有了种不妙的感觉。

九

李哥大概三十七八岁的样子，上唇留着一道小胡子，脸色苍白，甚至有些发青，但也可能是酒吧里的灯光造成的。我跟着梅玲也叫他李哥。

我跟梅玲下车时李哥就看到了，他坐玻璃墙边，对外面的一切洞若观火。等我们进了门，就看到一棵巨大的发财树后伸着一只手臂，梅玲说那就是李哥。等他站起来，我才发觉那是个高人，足足有一米八几，虽然有些偏瘦，劲儿却不小，我们一握手就知道了。

梅玲说李哥是个茶老板，有一片茶场、两处茶庄、一座茶楼，真正的产供销一条龙，而且正准备开发第二个茶场。我发现梅玲介绍时，李哥都在很欣赏地听着，不知是因为内容，还是因为这一切是梅玲介绍的。轮到我时，梅玲说得很笼统，只说我在某个报社。李哥却接过话："知道的，知道的，大名鼎鼎，你写过一篇在乡下被狗追的文章，很有意思——要不停地蹲下来，对不对？"说完李哥开始笑。和所有搞文字的人一样，我喜欢别人记住我的文章甚过我的职业，从前我很讨厌小胡子，但李哥的开头却让我有了几分好感。

我们的话题是围绕着茶叶展开的，梅玲说李哥有一块清末的茶砖，是他的镇楼之宝——我算长了见识，至少头一次听说茶叶还可以越陈越香，上了百年的普洱可以与黄金等价，听起来就像天方夜谭。有了这个前提，李哥再说1949年前的人因为喝茶而倾家荡产，我已经不再有任何惊讶了，反而心生向往，我顾不得考虑和李哥有多少交情，便问他能不能哪天请我们去见见这个宝贝？李哥说："没问题，哪天想看就和小梅一起来好啦。"接着，我们就聊到了小雯。小雯成为一个话题，最初我以为只是个意外。李哥说："你们刚才是帮谁买衣服吗？"李哥这番话自然是冲着梅玲。我猜梅玲接电话时，李哥就在旁边，所以他知道我们的动向。但接下来的一句话就让我费解了。

李哥问："就是那个遭人欺负的女孩？"

我连忙望着梅玲，这种事李哥怎么会知道的？而且他用的那个"欺负"也让人听着很不舒服。梅玲赶紧解释她上次曾托李哥为小雯找过工作，说了一些她的事。我低下头开始喝酒，桌上有两种酒，红酒和啤酒，我喝啤酒。

"你妹妹现在怎么样？"

"还好吧——"

我不知道李哥的意思，他突然间想起小雯，没准只是想帮她一把。也许只需一句话，小雯就可以去他的一条龙，当不成茶楼里的茶小姐，至少可以在茶庄卖卖茶叶，没人会因为卖茶的戴着白手套而嫌弃那些茶叶……我开始解释小雯现在的处境，尤其要说清楚"欺负"的含义，当然这就必须从小雯断手开始讲起了，到小雯被人打肿眼睛，事情又不了了之我才停下来。

应当说我讲得声情并茂，我跟别人讲这么多次小雯，唯独这次讲得最好，也许旁边放着音乐，更可能我希望李哥帮帮小雯。如果换一个人，我猜他至少会表示一下义愤，附和地骂骂那个叫唐成的青工，对那个工厂，人们习惯的说法是——天下的乌鸦一般黑。这是我理想中的，也是我期望中的，结果却是另一回事。

李哥听完后眉毛倒是竖起来，他说："这种杂种，欠揍！狠狠揍他一顿嘛，你看他还敢不敢乱来？！你做这些管什么用处？还不如不干，你们这些人啊——"说到这儿李哥的嘴皮子咧了一下，他没解释这些人是什么人。

"我当时也是想听听单位是咋处理的。"

“结果呢——咋处理？只会这么处理，凶的怕恶的，恶的怕不要命的，娃儿一哭，大人不就出来啦？这种道理——你怕他们就不怕？”说到这儿他又笑起来，我听出来了，是那种哀其不幸、怒其不争的意思，李哥真正同情的人是我不是小雯，他又摇起头来，就像听到这世上最荒唐的事情。

对这件事我的确还从未检讨过，按从前的想法，哪怕几分钟前我都会认为，自己做的这一切是问心无愧的，现在李哥一摇头，我才发现自己是全天下最无用的人，还沾沾自喜，不以为耻反以为荣。我活这么大，好像还从未像现在这么羞愧过，我是个无能的人，可笑的人，既无力帮助妹妹，也不能为父母分忧，的确值得可笑。看来梅玲离开我是对的，和我在一起的人只会倒霉！

梅玲说：“你就少喝点，这么喝——”这是劝我。我却推开她的手，这一次不用人请，我就把面前的啤酒和红酒全喝干净，我对李哥说：“那你遇到这种事你就会去揍他？你让条狗咬了，你也会去咬狗一口？！”

李哥在乘胜追击，他笑着说：“我可以找人嘛，让别人去咬……”

“你就少喝点，你看看，全是你，要是生出哪样事——我可饶不了你。”

“好说，包在我身上，你想干什么，我全受……哈哈哈！”

“……”

这也是我记住的最后一句话，那天晚上发生的一切应当是另一个我干的，对此我毫无记忆。

从酒吧到梅玲那儿的那段时间，在我的记忆中是块空白。醒来的时候已经是第二天早晨，我睡在地上，旁边是沙发，先前我可能睡在沙发上，大概一翻身，才会落到地上。我也不知道自己是不是摔醒的，或者是渴醒的，反正头痛得厉害，嗓子眼干得冒烟。

我坐起来，发现地板上还有床毛巾被，这应当是梅玲替我盖到身上的。等我回过神，才反应过来我睡的就是梅玲说的那张沙发——沙发自然在客厅，我却费了半天劲才把它认出来，原来梅玲把客厅换了个位置，东西都调换了方向。除了书架，那是固定在墙上的。

我试着去厕所放水，走起路来还有些不得要领，有些脚软，就像走在一块看不见的海绵垫上，这时候我经过卧室，房门关着，梅玲还在睡觉。我醒来的时间很早，在医院这些天我已经养成六点半起床的习惯，虽然父亲已经出院，这习惯却还保留着，连醉酒也不能幸免。

卫生间的那面镜子倒是从前的，很平静，也没什么水汽，所以能清晰地看见一个睡眼惺忪的男人正在撒尿，他打着哈欠，然后在结束时打个尿颤——可以说，到这时候还一切正常，我对梅玲没有一丝责怪的意思，换了我也不愿意把一个烂醉的人丢到床上，哪怕他是自己的前夫。只是，昨天我是怎么回来的，我搔破头皮都想不出答案，所以我猜极有可能是李哥和梅玲联手才把我弄回来的，这样做他们可费了不少劲，毕竟和结婚那时候比，我重了不少，有了个不小的油肚。但为什么我一点印象都没有呢?

我泡了杯茶，我想喝点水，看看书，到九点来钟时再把梅玲叫起来——就在我泡茶的时候，我一眼看到门边，就在鞋柜旁的鞋垫上放着两双皮鞋。我的那双自然是一眼就认了出来，另一双男鞋却出现得蹊跷，这也是我发呆的原因。它显然比我的鞋大，我甚至把自己的脚放进去试了试，确定大了两只手指的样子。这自然不是我的鞋子，我看看里屋，仍然房门紧闭，仍然听不到半点动静。

应当奇怪的是那时候我会那么平静，我可以保证，当时我一点想闹事的心思都没有，甚至连往那双男鞋里吐泡口水的想法都没有。我只是平静地喝着杯子里的茶，直到喝完第二道水，茶自然要喝第二道水——我觉得够了，才放下茶杯，打开房门走出去。我没弄出一点声音，连最后那记关门声，我都让它小到尽可能小的程度。我去了火车站，在车站边吃了早点，然后买了半个小时后去广州方向的火车票。七个小时后我到了平塘，接着又顺利地回到赶水。那天的车没什么问题，因为是赶场天，所以来往于平塘和赶水之间的交通车有六七辆之多。

事后回想，那天唯一让我觉得不可思议的是那双皮鞋，我其实一眼就可以确定不是自己的东西，却还是抬起脚进去试了试。

十

十月份，一个小阳春天气，我突然接到梅玲打来的电话。按她的说法，她是一直在不停地打电话，可打了几个月，我们这儿的电话就没有通的意思，总是嘟嘟嘟，嘟嘟嘟……梅玲开始模仿忙音。“你们就这么忙啊？连休息时间都没有，一个劲儿地打电话。”

“没有啊，我们这儿的线路是坏的，很少能用，不过——”我想起上次小王的经历，是不是这部电话只准那些坏消息传进来。

“没事没事，你家里都好的，放心——我昨天还跟他们通过电话，都好的，爸还说你们这儿的电话不容易打通。”

我松了口气。

梅玲接着问：“你们的项目搞定了，希望小学修起来没有？”

我说在修，不过快完工了。但我随即问她是怎么知道的，就算梅玲在报社干主任，也未必能知道修小学的事，我们这个项目又不是什么大项目，不知道很正常，知道了反而不正常。

"哟，你自己说的嘛，你真是贵人多忘事——"

"我说的？！"我想起回去时，扶贫款还没下放，自然谈不上立项。

梅玲说："就喝酒那天——看来你是醉糊涂了。"

我故意说："噢，我早上起来就走了。"

梅玲不理："你喝酒的时候说的！"

"噢，对了，我是怎么回去的？你们可能扛不动吧？"

"还说呢，你那天打了李哥一拳，你知道吧？把别人一颗槽牙都打掉了，要不是我拉住李哥，你们还不知打成什么样！"

我没吭声，就像在听一个瞎编的故事。

"后来，你就趴在桌上开始哭——"

"哭？"我忍不住笑起来，"怎么可能？"

故事有些荒唐了，这的确不像是真的，从十五岁起我就再也没掉过眼泪，我相信以后也不会掉。

"你说你们那个乡，最远的那个村子，离乡里还要走五六个小时，对不对？你说你都不敢喝别人的水，那杯子上面净是黑手印，但你们不喝是因为他们担一担水要走四十分钟，对不对？"

我没说话。

梅玲接着说："后来，你又讲那个村子里没有学校，学生都是在猪圈里上课，一大群孩子，你说就和两头哼哼唧唧的母猪关在一起，你说他们全都脏兮兮的，所以，你才要替他们盖一所新的学校……"

直到梅玲说完我都没再说话，梅玲说的无疑都是真实的，那么说我的确喝醉了，并且开始痛哭，并且在醉酒的情形下打飞了茶叶商的一颗槽牙。但在我眼前出现的还是那双大号的男鞋，它放在门边，和我的鞋子放在一起，甚至，我还伸脚试了试。梅玲那边也没了声音，她在等候确认。

我想象自己号啕的场面。那一定十分滑稽，周围应当有不少观众在倾听我的哭诉，我在讲猪圈，在讲那些与猪为伍永远肮脏的孩子。但我所说的这一切都是真的，它们全都是曾经发生过的事情。

（原载《中国作家》2005年第5期）

戴　冰

头发的故事

中学以前，马天的外号一共有三个：“泡粑”“踏蹋猪”“闷罐”。三个外号分别跟他的相貌、身材以及由此导致的一声不吭的性格有关。许多邻居都在背后感慨，说小马天怎么就像个垃圾桶似的，把他父母浑身上下的缺点收罗得一干二净。但让马天的父母聊以自慰的是，他们的儿子长着一头浓密得几乎让人难以置信的头发，而且随着年龄的增长，这一特点变得尤为突出，所以到了初中，马天的外号就变成了“头发”。这个外号乍一听起来有些怪里怪气的，但所有的人仔细考虑过之后，都觉得没有比这个外号更贴切的了。马天本人也很乐意别人这样叫他，对发明了这个外号的同学暗自心怀感激，甚至把自己最心爱的小藤篓也送给了那个同学。藤篓里除了几只竹节虫，还装着两头棺材蛐蛐、一条癞麻蜥和一截三尺来长的蛇蜕。

这个外号一直随着马天直到高中毕业。高考落榜之后，马天没有像别的同学那样鼓起勇气预备着来年再考，而是立即进了他父亲所在的县陶器社当学徒，负责给陶器上釉。马天很讨厌这个需要有点耐心才能做好的工作，为他的父母只能给他找到这样的工作感到灰心丧气，所以经常旷工躲在家里睡觉。马天的精神面貌让他的父母感到担忧，继而就有点不高兴了。成天只知道睡，他母亲说，看你不睡出一身妇女肉来。当父亲的也骂，自己照照脸，比人家的屁股还白。但这样的话刺激不了马天，他还是那样恹恹的。他的理由听上去让人很生气，没意思，他说，什么都没意思。

其实也不是什么都没意思，成年后的马天就对一件事情很感兴趣，那就是每隔一个礼拜上一趟理发店，而且总是尽量去一家从来没有去过的。

这样频繁的进出理发店，并不是说马天的头发比别人长得快，而是因为只有在理发店里人们才真正关心一个人的头发，就像火葬场里人们只关心死人一样。

每次只要马天走进理发店，眼尖的人立即就会把目光落在他的头发上。中年妇女们的反应一般比较激烈。真是小伙子，她们拍着大腿说，精血足，你看那头发。但如果碰巧有一次理发店里只有几个中年男人，事情就会变得有些尴尬，特别是那些头发稀疏或者发质不好的男人，他们总是不动声色地把眼睛移向别处，要不就干脆仰头闭上眼睛，仿佛因为他们的话说得太多，突然之间感到特别疲倦似的。

理发的师傅有可能就是个中年男人，但他站在职业的角度，通常表现得要客观一些，他一面爱不释手地拨拉着马天的头发，一面唠叨着，这哪是头发，我看简直就像……接下来他有些疑惑地问马天，你这头发一点不长，干吗剪它？

这个时候的马天总是显得既腼腆又矜持，始终默不作声地闭眼坐在粗糙的木椅上，任由师傅在他的头顶摸来摸去，直到听见师傅的问话，这才睁开眼睛，像是有些意外地瞅瞅对面的镜子，声音呢喃地说，那就给我打湿了梳梳整齐……

但小城实在是太小了，所有的理发店加起来也不过就那么十七八家。马天这样频繁的出入其中，不知不觉就冲淡了人们的惊奇之感，大家开始对马天的头发熟视无睹起来，尤其是那些理发师傅们，他们胡乱揪揪马天的头发，变得很不耐烦，你的头发好好的，不长不短，剪它干什么？是不是想考老子的手艺？

马天抬起眼皮，看一眼对面的镜子。那就洒点水弄湿了梳整齐。他含含糊糊地说。

那也得开五毛钱。理发师傅说，我看你的脑壳像是被弹弓打过……

这样几次之后，马天开始有了一种隐约的焦虑。那种焦虑就像架在火上的沙罐，先是冒着细碎的蟹沫，接下来蟹沫变成了鱼泡，最后眼看着就要沸腾起来了。焦虑的马天那段时间总是沿着小城低矮的屋檐埋首疾行，别人很难看清他的脸。只有在遇上某个十字交叉的巷口时，他才猛地刹住脚步，抬起头来困惑地四处打量，同时张开鼻翼，像条狗那样在空气中急促地呼吸，试图从视野之外嗅出一家陌生的理发店的气味。只有在这个时候，熟悉马天的人才会发现，比起前段时间来，马天的脸上多出许多亮晶晶的，几乎是五颜六色的粉刺和一种阴郁的神情。饱满的粉刺和阴郁的神情在同一张扁平的脸上紧张地对峙着，让许多跟马天同龄的女孩子们望而生畏，不得不绕道而行。

那个时候，第一批离开小城外出务工的女孩子们当中已经有人陆续回到了小城。她们穿着惊世骇俗的艳丽服装，嗓子无一例外地突然变得嘶哑，甚至还有人看见她们轮流抽一种带蓝色过滤嘴的香烟。这样的女孩子大多数都用打工挣来的钱开设了包括三家发廊在内的许多新奇的小店。女孩子和她们的小店散布在小城的各个角落，点缀着小城的街景，也吸引了小城男人们的目光。这些男人当中不乏淫邪之辈，他们从这些女孩子们走路的姿势、放肆的笑声和微微泛红的眼角里得出一个令人遐想的结论，那就是这些女孩子们虽然大都年纪轻轻，但实际上已经是经验丰富的婆娘了。这样的结论被有意无意地散布开来，导致了十来桩小城居民们绝对不能容忍的桃色丑闻；紧接着，由县公安局直接插手的塑料女人事件更是把一系列丑闻推向了高潮：一个姓吴的女孩子喝醉之后，把跟她混得烂熟的三个男人召集起来，向他们展示了她从外地带回来的一个可以充气的塑料女人体。塑料女人跟真人一般大小，貌美如花，纤毫毕露，用手触摸也跟真人没有分别。在向三个男人各自索要了五元钱之后，姓吴的女孩子甚至还让他们轮换着跟那个塑料女人在右厢房的后半间里待了一个多小时。

事件前前后后牵扯的人有二十几个，轰动了全城及周边地区，并最终毁掉了那些女孩子们的声誉。她们被看成是没有廉耻的妖精，她们开设的小店也被视为诱使年轻人堕落的危险场所。许多年轻人迫于舆论的压力和家长的严令，再也不敢踏进那些小店一步，小店的生意因此显得十分冷清。

但在小城的年轻人中间，马天却是个例外。他就爱去那几家发廊理发。在他看来，没有什么比小城同时新开了三家发廊更让人感到欣慰的了。

三家发廊，两家开在城中心的十字路口上，一家开在城南比较偏僻的地方。马天最爱去的是城南的那一家，原因是那家发廊的主人，一个名叫王晴的女孩子让他觉得有些与众不同，不同的地方就是她从不夸奖马天的头发，相反倒是时常抱怨。哎呀，她浑身难受似的说，你的头发真难剪，又粗又硬，剪了一层还有一层。除此之外，王晴的眼神也跟别的女孩子不同，里面有种特别游离不定的东西，让她说出来的每句话都显得既诚恳同时又言不由衷，马天就爱一面听她说话一面琢磨她的眼神。

有个周末的中午，王晴在给马天的头发喷水时，突然变得很不耐烦。她啪地把手中的塑料喷壶扔在挡板上，碰落了一个小巧的电吹风。

烦死了。她说，剪来剪去都是这种马哥头，你烦不烦啊？

马天看了一眼镜子里的王晴。看我干什么？王晴说，乡巴佬。接着她的眼睛突然亮了一下，指着墙上一张发型模特的贴画对马天说，给你弄个那种发式吧。

贴画上有个相貌英俊的男人，两鬓剃得精光，头顶上的头发却像鸡冠子那样高高竖起。

满城的人都是老古板，王晴鄙夷地撇了撇嘴，他们什么都不懂，不知道这是全世界最时兴的发式。她拍了一下马天的肩膀，怎么样？敢不敢弄一个？

马天侧着身子瞟了一眼墙上的贴画，心里怦怦乱跳。

并不是谁都能做这种发式的，王晴说，非得有你这么好的头发，再说你是个圆脸，做了这种头式，腮帮子上的轮廓立刻就硬起来了。

马天使劲盯了一眼镜子里那张因为布满粉刺显得有些变模变样的脸，心里突然一阵发狠。行。他说，那就做一个……

发型做完已经差不多是下午两点了，马天从发廊出来，立即躲进屋檐下那些断断续续的阴影里，埋着头急匆匆地往回赶。

其实头发做到一半，马天已经开始有些后悔了，他不知道自己的新发式在小城人眼里会是一副什么模样，也许看上去比一个疯子还要怪异。但王晴热切的目光鼓励着他，让他始终不忍心半途而废。

离家至少还有两里路，而且需要穿过好几条人烟稠密的街道，马天简直不敢设想自己如何青天白日地走完这剩下的路程。

快要走到东街毛栗巷口时，马天的勇气终于消耗殆尽了，他紧走几步，猛地拐了进去。他记得巷子中间的老天主教堂门口有个废弃不用的水龙头，他想如果运气好的话，或许还能拧得出一点水来，这样他就可以洗掉头发上凝得像硬壳一样的发胶，让头发看上去自然一些。

水龙头的确还在，不过已经锈死了。马天死命地拧了拧，出乎意料地发现龙头竟然有些松动，甚至还缓慢地滴出一线黑褐色的水来。马天心里一阵惊喜，正要再拧时，教堂侧面的巷子里却突然转出一个精瘦的年轻人。

那是马天高中时一个同学的哥哥，外号叫“雀霸”，家里养着十几笼画眉、绣眼、山楂雀和黄豆崽，平时为人处世的脾气也跟他养的那些雀子一样，喜欢叽叽喳喳，乱说乱讲。他打老远一看见马天，立即像踩了地雷似的咋呼起来，马头发，你换头式啦?

那一瞬间马天羞愧得几乎无地自容，他猛地低下头，同时抬起胳膊打算遮住自己的脸，但显然已经来不及了。雀霸围着马天绕了一圈，再绕到马天对面时，他眨巴着眼睛停了下来，你的头式太飞了。他诚恳地说，真的。

马天猛地向前跨了一步，紧紧盯着雀霸的眼睛，心想说不定今天要打上一架了。但雀霸的眼睛里流露出一种罕见的真情实感，让马天有些犹豫起来，他又盯着雀霸的眼睛看了好一会儿，这才一步退了回来，拍拍手上的铁锈，若无其事地说，早该换换头式啦，老是一种样子多没意思。

说完，不等雀霸有什么反应，马天就慢吞吞地踱出巷子，重新回到了大街上。

马天新奇的头式在那年夏天吸引了小城几乎所有年轻人的目光，他们在看马天的时候流露出显而易见的鄙夷和嫉妒之情，甚至不乏某种隐约的敌意，而马天的身心就在这种意味深长的目光里得到了极大的抚慰。差不多整整一个夏天，马天顶着灼热的骄阳，不知疲倦地在小城的街道上四处游逛，就像一个心怀秘密的人那样亢奋和专注。他粗壮的躯体冒着滚滚油汗，打湿了衬衣的前胸和后背，洇出大团不规则的图案，而他脸上阴郁的神情和烂柿子一样的粉刺却一夜之间荡然无存，仿佛从来就没有出现过。事实上到了那年的8月中旬，马天跟从前相比已经变得判若两人，居然敢吞吞吐吐地开王晴的玩笑了。他称赞她的胸脯看上去很威风，今后准能喂出一大群头发跟他一样茂密的孩子来。

马天焕然一新的精神面貌让他的父母深感欣慰，甚至产生了因祸得福的想法。他爱干什么就干什么吧。他们说，不就是换了种发式吗？

但到了那年的秋天，县百货公司和电影院的附近开始出现了发型跟马天一模一样的年轻人，他们和周围的同龄人相比显得又高又瘦，几乎鹤立鸡群。马天从他们身边走过时，他们神色自若，连眼皮子都不抬一下。有一天下午，马天在东城门楼的门洞口碰上了三个一般高矮的年轻人，都吹着跟马天完全一样的头式，唯一不同的是他们脑后的头发留得很长，蓬松地披散在双肩上，看上去就像古代武士头盔上的缨子。

三个年轻人目不斜视地肩挨着肩并成一排，从幽暗的门洞里突然暴露在秋天已经开始发黄的阳光下，让正准备穿过门洞的马天有些猝不及防。马天受了惊吓似的闪在一边，让那三个年轻人不紧不慢地走了过去。也许是因为门洞里积得有水，马天发现三个年轻人在他们身后的麻石地面上留下了三行清晰的脚印，而中间的那个年轻人自始至终都傲慢地踩在整个街面的正中央。为了核实他的判断，马天以那个年轻人的脚印作为中线数了一下，发现道路两旁铺设的白麻石果然正好一边十二块。

那天回到家后，马天立即用一盆温水洗掉了头上的发胶，让头发像一堆湿漉漉的稻草那样耷拉在脑门上。这样做的时候，他很想朝着什么地方吐一口唾沫，最后他拿起一面带把的小圆镜，朝着里面的那张脸啐了一口。

接下来的两天时间，马天哪儿都没去，直到第三天才来到发廊质问王晴。他说，你不是骂全城的人都是老古板吗？为什么有那么多的人吹了公鸡头？

刚开始时王晴没弄明白马天的意思，等她明白过来之后就笑了起来。你真蠢得跟猪一样。她说，时兴的发式多得数不过来，这里全都是，你喜欢什么自已挑，怕不挑花你的眼。王晴一面说，一面就扔给马天一大摞四角都卷了边的彩色杂志。

但马天眼角都没动一下。我不看。他说，你把里面所有的头式都给我做一遍。

你疯啦？王晴惊呼起来，有几百个呢，好多我都还没做过。

最多一星期就得换一种。马天自顾自地说，你挑着做，先做会做的，不会做的我们商量着做，关键是不能重样，重样了我可是不依的。

这样说的时候，马天的眼睛里流露出一种恶狠狠的光，让王晴有些不寒而栗。那天是1984年9月11日，对于许多人来说，那天也许不足挂齿，但事实上它在小城的历史进程中却具有深远的意义，而这一点直到二十年后才被人偶然发现：2004年年末的一个晚上，县志编纂组的一个中年编辑在撰写最新一版的县志时，恍然意识到，小城的现代化进程实际上从1984年的秋天才真正开始，原因是塑料女人事件所产生的恶劣影响让人们风声鹤唳，以至于在相当长的时期内，小城的民众们固执地拒绝接受一切新生事物，其结果就是在挡住了苍蝇蚊子的同时也挡住了阳光和新鲜空气。但到了1984年的秋天，年轻人当中突然兴起的对于各种时髦发型的竞相效仿却不可思议地打破了僵局，小城也就是在那个毁誉参半的过程中不知不觉换了新天地。

在一次小规模的编委会议上，那个编辑回忆了当时的情景。满街都是表情活泼的年轻人，他说，那时我刚从大学分到档案局，我注意到他们的头式千奇百怪，简直让人目不暇接，而随着他们头式改变的还有他们的服饰、他们的语言，甚至包括他们走路的姿势……那已经是崭新的一代。那个编辑说，他们就像某种极度活跃的化学物质，几乎一夜之间就破坏了旧有的平衡并最终促成了小城的涅槃和新生。据他的统计，仅仅在1985年一年，全县的发廊就从原来的五家增加到三十家，个体经营的服装店、鞋店、化妆品店以及首饰店也随之以每季度五到八家的速度增长；除此之外，为了吸引年轻消费者，喇叭裤、蛤蟆镜和男式高跟鞋也破天荒地摆上了县百货公司的货架，全县范围内很快形成了富于活力的市场竞争机制，而在这个多米诺骨牌式的过程中，最典型的例子莫过于西街“王二银匠家”的银饰，六十三种款式被这个世世代代以制作银饰为生的家族自觉地保持了一百二十年，但受风气的影响，这家银饰店仅在1986年就推出了二十五种新款式。

大风起于青萍之末啊，那个编辑最后总结说，谁会相信几个年轻人的发型会改变一座城市的历史呢？

但那个编辑不知道，真正的青萍之末其实在马天的头上。从1984年秋天到1987年初夏，始终引领着小城发型新潮流的人物是马天。他像一个魔术师那样以一种几近贪婪的方式翻新着他的头式，可以负责任地说，马天是全城，甚至有可能是全省第一个烫“螺丝头”的男人。并不是没有人试图超越他，许多年轻人实际上也尝试过，但他们最终都以惨败结束了他们的妄念。原因是没有人的头发能经得住像马天那样频繁的折腾，他们的头发很快就在烫发液和吹风机的夹击之下变得萎靡枯黄，结果往往是马天已经更换了好几种发型，他们这才不得不从中挑选一种。

马天这一无人能及的禀赋很快就被王晴敏锐地意识到了，她立即免掉了马天做发型的全部费用，并且主动提出要跟马天合作，共同创造一系列所有人都闻所未闻的新发式，条件就是马天辞去陶器社的工作，她开他的工资，同时作为发廊的活广告，马天所有的时间都必须跟她待在一起。

在跟马天亲密合作的那两年，王晴的发廊一度成为小城年轻人们趋之若鹜的目标，而马天也度过了他一生中最幸福的时光。虽然因为独领风骚的缘故，他被一些满怀嫉恨的年轻人暗算了不止一次，有个伸手不见五指的晚上甚至被几个人按着用刮胡刀剃光了头发，但头发一旦长出来，马天就又成了全城最时髦最幸福的人。谁也不能让马天的头发不继续生长，因此谁也没法夺走马天的幸福。

1986年元旦的晚上，王晴在结算了一年的盈利之后跟马天一起喝了点酒，然后借着酒意在马天的头上做了个她最喜欢的发型模特的头式。那个头式显然做得非常成功，因为就在那天晚上，在发廊后面昏暗而凌乱的卧室里，王晴半真半假地把马天当成了那个模特。在他们做爱的过程中，王晴情不自禁地叫出了那个模特的名字。但那是马天平生第一次跟女人做爱，惊喜和慌乱让他的脑子一片空白，加上一对公猫和母猫在房顶上打打闹闹，所以他压根就没意识到王晴其实是在叫另一个男人。马天的幸福感在那个晚上达到了高潮，事后他破天荒地让那种实际上早已过时的发型保留了差不多两个星期，让全城的人都为之感到困惑。不过我在这里不想继续谈论马天的恋爱史，接下来我要叙述的仍然是马天头发的故事。

时间到了1987年，马天最喜爱的春天又一次如期而至。马天之所以特别喜爱春天是因为他的头发如同大多数植物一样，在那个湿润的季节生长得最为茂盛。但春节之后没多久，马天却发现他的头发开始脱落了。

事情的经过大致是这样的：3月18日的早晨，马天起床后照例去整理他的床铺（这是那个幸福的夜晚之后才养成的好习惯），叠枕巾的时候他看到有许多头发散落在上面，零零碎碎的大约有几十根。

但两天前马天刚剪过头发，没有被洗掉的碎头发落在枕巾上是件很正常的事，所以除了头发跟雪白的枕巾相比显得黑白分明之外，那天早上马天没有把这件事情放在心上。

中午时，一队出殡的队伍从发廊门前逶迤而过，孝布和黑纱让马天重新想起了早上的枕巾和头发，他恍恍惚惚地记起碎头发里似乎还夹杂着一些整根的长头发，但不能肯定碎头发和长头发的数目谁更多一些。

当天下午，王晴伏在发廊的玻璃挡板上，用一根咖啡色眉笔勾勒出了一款她迄今为止最富创意的发型草图，那就是后来风行一时的“孔雀开屏”的最初构想。王晴又涂改了几个局部，这才命令一个在发廊学徒的小女孩准备热水给马天洗头。就在马天把头埋进盥洗池的当儿，盥洗池雪白的底部让他再一次想起了早上的枕巾和头发。这次马天终于有了一丝隐约的不安，于是他改变主意，让那个小女孩去找一个浅色的塑料盆来。

果不其然，洗完头之后，借着用毛巾揩干头发的机会，马天拨开膨胀的泡沫，拿中指在水里逆时针画着圆圈，很快就发现一大团不祥的阴影汇集到了浅紫色塑料盆的底部……

那天下午剩下的时间里马天老想着再洗一次头，但发廊里人来人往，他最后什么也没敢做，到了晚上，为了再次核实那种难以置信的结果，马天几乎通宵没睡，而是苦熬着时光，每两小时就把头埋在新换的一块白色枕巾的上方，然后用双手用力薅着头发。到了早上七点半，枕巾上已经积累了相当数量的头发，它们纵横交错，使那块崭新的枕巾看上去就像布满了细密的裂纹。掉落的头发大多焦黄枯燥，其中有的短头发还非常纤细，呈半透明状，这就是说，许多头发还来不及长大成熟，就从头上脱落下来了。

这样的试验一连持续了好几天，结果都大致相同，这让马天的心情开始变得非常沉重。他把那些掉落下来的头发仔细地收集起来，以每三天为一个单位，装在一种白色的小信封里，标明日期，好用来比较脱发的数目和发质的变化。每次在台灯下进行那种烦琐的对比研究时，他的口腔里都会弥漫着一种类似铁锈的腥味，就像他刚吞下去许多苦涩的、不能下咽的东西。

马天也曾仔细考虑过他脱发的原因。实际上刚开始脱发不久，他就隐约地意识到了，事情很可能跟几年来他毫无节制地倒腾自己的头发有关。但事实即便真是这样，马天也无法停止继续倒腾他的头发，因为他早就不无痛苦地发现，只有刚做好的头发看上去才跟从前一样蓬松和茂密。

那段时间马天绝口不向任何人提起这件事情，而是仍然若无其事地待在发廊里，试验着王晴那些层出不穷的奇思妙想，或者按照王晴的要求，到人群最稠密的地方去展示他们合作的新款头式。也许是马天的头发实在太浓密了，要不就是因为脱发才刚开始，总之在相当长一段时间内，马天没有发现包括王晴在内的任何人注意到了他的脱发现象。

但马天自己心里清楚，对那些信封的研究表明事情正朝着某种不堪设想的境况缓慢推进。不愿或不敢向别人泄露这个秘密让马天的梦里开始出现了许多不可名状的、黑暗的形象。

为了阻止事态的进一步恶化，马天暗地里采取了一些力所能及的措施，比如说他经常靠着墙壁打倒立，认为这样可以给头发提供更多的营养，同时他还坚持服食许多种医治脱发的偏方，在厨房煎熬时却对他的父母谎称那是治疗粉刺的药物（可以想见，那个时候粉刺已经变本加厉地回到了他的脸上），除此之外，马天还开始在每晚临睡前诵念九遍地藏王菩萨的圣号。

马天的外婆笃信佛事，所以马天从小就记住了许多菩萨的名号和他们所显示的神迹，他之所以选择地藏王菩萨是因为那个菩萨据说居住在地狱里，他本能地更信任他。而9这个数字是个极数，可以代表最大限度的虔诚。

在所有这些措施里，马天不知道为什么最相信临睡前的诵念，也正因为如此，每晚只念九遍让他感到很不踏实。事实上那段时间马天就像一个患有严重强迫症的人一样，无论念过多少遍都不会感到踏实。所以到了那年夏天将尽的时候，诵念的次数已经增加到每晚九十个九。这个数字在孤身一人的黑暗中显得几乎无穷大，而伤感、疲惫、虚妄的侥幸之心又交替出现折磨着他，让他常常念着念着就会迷糊过去，做一个短暂的梦，等到几分钟后再次醒来，这才发现自己早已迷失在那些循环往复的数字里，结果不得不扳着指头重新来过。

但情况并没有因此有所缓解。

8月20日晚上十点，发廊已经打烊，马天和王晴按照计划预备试验头天下午的一个新想法，因为那个学徒的小女孩已经离开，所以王晴不得不亲自动手给马天洗头。洗到一半时，马天听到王晴突然叫了一声“哎哟，我的妈”。

虽然当时什么也看不见，但一听见王晴那种咋呼呼的声音，马天立即就明白一定是他的头发出事了。他睁开眼睛，看见王晴的手上拎着一绺沾满泡沫的头发。整整一绺头发从他的头上掉了下来……

再想强作镇定已经变得不大可能。马天看着王晴，眼睛里慢慢噙满了眼泪。这是怎么回事啊？他问王晴，你知不知道这是怎么回事啊？

我怎么知道是怎么回事？王晴有一瞬间显得非常惊慌，兴许是秋天快到了吧，她说，秋天到了动物不都是要换毛的吗？

我早就开始掉了。马天说，那时还不是秋天呢。

那我就不清楚了。王晴说，你是人，怎么可能跟动物一样呢？

王晴前言不搭后语的回答把马天给弄糊涂了，他警惕地盯着王晴，心里突然微微一动，一下就觉得自己似乎什么都明白了。其实你早就知道我在掉头发了，是不是？他问王晴，你不可能不知道，但你只顾着赚钱，你一直瞒着我，你这个歹毒婆娘……

放你娘的屁！王晴猛地绷直了身体，把脸直凑到马天的跟前。当初是谁咬牙切齿跑来要我给他做头发，是我逼的吗？你再这样说我们就从此不要再来往了……

一时语塞的马天直愣愣地看着王晴，突然就哽咽起来，而且一下就哽咽得几乎喘不过气，接着他抡起右手，打算狠狠地给王晴一个耳光，但不知为什么临到事头却没有抽过去，而是照着王晴的脸猛地推了一掌……

事后马天曾经无限懊丧地设想过，如果那天王晴的背后不是一张转椅就好了，事情也许就不会变得那么糟。但在那个不堪回首的夜晚，王晴命中注定要遇上一张转椅，而且是一张刚在转轴上打过机油的转椅，所以当王晴腾空而起的身体刚一挨上去，那张转椅立即就灵巧地让开了。于是王晴的后脑勺不可避免地深深扎在了玻璃挡板的尖角上。

玻璃的破碎声引来附近一阵模糊的骚动，马天看着地上的王晴，正在朝低凹处洇开的鲜血和满地不规则的碎玻璃，突然有种别扭的不真实感，觉得眼前的情形跟他不久前做过的许多梦境惊人的相似。

这时王晴哼了一声，然后就缓慢地睁开了眼睛。杀人了。她镇定地说。

天亮之后几个小时，全城已经没有人不再怀疑马天就是凶手，因为证据似乎非常充分：几年来两人形影不离的关系，学徒的小女孩证明在她离开时发廊里除了王晴就只有马天。另外，就在事发当晚，马天的母亲藏在鞋盒里的五百元私房钱连同马天本人一同消失得无影无踪。

但县公安局却没有这么肯定，他们认为这些都只是线索，不能当作证据，所以只是按照惯例向车站、招待所和浴室三类场所发放了协查通报，而不是王晴父母所希望的那种最高级别的通缉令。

愤怒和失望之余，王晴的父母采纳了一个中学语文老师的建议，由王晴的父亲亲自执笔，以二老的名义共同撰写了一份搜寻马天的告示，并承诺将对提供准确情报的人予以重谢。

告示差不多有八开大，除了一对痛失爱女的老人特有的悲凉心境之外，密密匝匝的内容主要强调的是协查通报中省略或者过于粗疏的部分，那就是马天众所周知的头发和他对于发型近乎病态的痴迷。在提到马天的头发时，王晴的父亲显然充满了憎恶之感，多次使用了诸如“猪鬃”这样带有明显侮辱性质的语言。

告示大量油印之后立即散向了四面八方，马天就是在距小城不到五十里的一棵电杆上看到那张告示的。

在此之前，马天躲在电杆附近一座荒废的砖窑里，像个高烧病人那样陷入了谵妄，他一会儿相信王晴的确已经死了，一会儿又觉得王晴其实并没有死，只是受了很重的伤。那座砖窑即使在大白天也显得非常幽暗，这让无论哪种结果看上去都有些虚幻和荒唐。

但告示的突然出现终于把马天从那种无所适从的状态中解脱出来了，它不仅确证王晴已经死亡，同时还带给马天极大的希望。马天是这样设想的，那些看过告示，就要开始追捕他的人也许意识不到，一个外号叫“头发”，像迷恋荣耀一样迷恋头发的人可能实际上并没有头发。于是在决定永远逃离那个梦魇般的夜晚之前，马天拿出随身携带的刮胡刀，毫不犹豫地剃掉了他的满头黑发，并且在随后漫长的逃亡生涯中，逐渐学会了如何使用滚烫的沥青、生石灰和盐，让他的头皮慢慢发黄起皱，终于变得就像硝制过的皮革，再也没有长出过一根头发。

后来，马天凭借这门技艺，在南方谋得了一个屠宰厂褪毛车间的差事。

（原载《山花》2005年第6期；

收入小说集《惊虹》，贵州人民出版社，2007年4月；

《惊虹》获第四届贵州省政府文艺奖三等奖）

欧阳黔森

有人醒在我梦中

一想到我四十岁了，我不得不开始怀念白菊。

怀念白菊些什么呢？我在脑海里思索了好一会儿，才决定从一首歌开始。

这首歌叫《吐鲁番的葡萄熟了》，当年被女中音歌唱家关牧村唱了个红满天。不过，这歌在我心中红起来，却并非关牧村。

我感觉这首歌惊心动魄的好听，是我与白菊的一次见面中。那是一个令人永远怀念的中午。那个中午，我没有午休，也根本没意识到会与人见面。我坐在一张破桌子上写诗，说实话，诗是一种很难写好的东西。我桌子下的竹篓里已装满了撕破又捏成团的稿纸。

那些纸团里皱折着我的诗行，可我一点不觉得那些诗可惜，可惜的是那花了一块钱才买回来的稿纸。那稿纸每本一百页，我不知道要撕到多少页，才会有一句我自认为是好一点的诗行。

看看一竹篓的纸团，我坐不住了。我得走出房间，肯定只能这样，看来仅仅推开窗户是不够的，那时，我心情很沮丧。

我跨出门第一步，第二步刚抬腿，我的眼睛顿时一亮，白菊正从走廊那头向我走来。她的这个走来，多年以后，成了我脑海中不可磨灭的记忆是我没预料到的。

那时她青春而亮丽，像蝴蝶一样地向我走来。

我当然退回房间，迎她进来。

她坐在我的那张简陋的书桌前，方方的凳子没有靠背，她只能把双肘放在桌子上。窗外是一棵挺拔的白杨树和一条很少有车有人过的马路。

我坐在床边上，只能看见她的侧面。我宁愿她这样与我相坐，她明亮且乌黑的眼睛要是面对着我，我怕我一下子跌进她的眼波。她的眼睛真的像大海一样，有一层层不断的波浪拍打着我的心。我的心却没有礁石那么坚强，总是挺立不住，有昏眩的感觉。我们从小在这个地质队一起长大，从来对她就没有昏眩之感。这种昏眩是近年来才有的，这种感觉的变化，使懵懵懂懂的我有一丝羞涩感和不解的困惑感。

我只能看她的侧面，这样非常的好，我的心免去了层层波浪的冲击。我的心不昏眩，我就可以毫无顾忌地看她，而她的侧面也是令人非常愉悦的，像剪纸，波浪似的披肩短发，长长的睫毛，高高的鼻子，乖巧而微翘的嘴形。是的，我心中有说不出的愉悦。

我们愉悦地谈我们在一起的那些快乐的日子。

在她充满友谊的话语中，她不时优美地歪头看着我，但看的时间并不长，她又会扭过头去。我知道，她知道我的目光在与她目光的接触中坚持不了多久，她总是在我抵抗不住要低头的时间里，把她的目光移开，这样我可以长久地看着她。

我们在一起的那些快乐的日子，只是我们坐在这儿说起是快乐的，其实在那段日子里是我们最艰苦的时候。

那时候，我们不像现在有一份正式的工作。这份正式的工作却使我们不能像原来一样，天天在一起做工。现在我们都在一个地质队工作，这好像是人生注定的，我们没得选择，我们的父母也同是地质队的，父母们退休，我们刚好顶替接班。

这些注定当然从很早以前就开始了。从我们的父母同时进了地质队，又先后生下我们。这便注定了我们在地质队一起成长，一起上学，一起下乡。

我和白菊下乡时，其实和我们的哥哥姐姐们下乡不一样了，哥哥姐姐们是去农村落户，而我们只是去地质队的农场做工。

地质队的农场有两个地方可去，一个地方是在大山里，离城有二十里地，是个种粮养猪的生产农场，一个是在城郊，专门打泥烧砖的砖瓦窑。在我们一百多名地质职工的待业子弟中，只有二十二个人幸运地分配到了砖瓦窑。为什么说幸运？是因为离家不远，可以回家吃饭睡觉。

也许离家近，在砖瓦窑做工的几乎全是女的。只有我和一个叫方国庆的是男的。只有我们两个男人，是有原因的。我们有一台老式打砖机，它有一个吞黄泥的大嘴巴，需要有一个男人把一车车百多斤的泥迅速倒进去，然后从它另外一张嘴巴中每分钟吐出十块泥砖来，这又需要有一个男人迅速用两只手掌夹起热烫的泥砖，把它们放在背砖人的背上。

这种老式打砖机每次只能正常运转一个小时，否则就会损坏。于是二十个女生背好背砖板，排好队。我将在开机的一小时中，把六百块泥砖准确无误地放在她们的背上，她们把砖背到不远的窑洞中，烧砖的师傅在那儿接住。一来一往刚好需要二十分钟，她们也刚好二十个人。这样背砖的队伍连续不断，我也只能连续不断也夹起砖，放在她们的背上。

潮湿的砖每块约五斤重，十块就是五十斤。这种重量，是挑是扛是抬是提对于我来讲都是小菜一碟，可是只能用手掌夹起来，的确算不易，刚开始我竟然力不从心，常常掉砖头。在那二十个女生连续不断的背砖，连续不断的笑声中，我便产生了无穷的活力。不久，我居然能夹起二十块砖。那时候，我刚满十九岁，练成了双臂无穷的夹力。

这夹力，在以后很久的日子里，成了我的魅力之一，是我未曾想到的。男人和男人之间是比较欣赏大力士的，因而他们常常喜欢较劲，凡是与我较劲的男人都很奇怪我的夹力怎么这么大，当然我没有告诉他们我是怎样练成的。

很多年后，我第一次拥抱妻子，一不小心双手用力，差点把她夹死。妻子在我猛然醒悟的松手中，很久才渐渐回过神来。她说，男人也禁不住你抱。我说，我疯了我抱男人干啥？我说我原来抱多了砖头。妻子说，但愿以后你别把我当砖头抱。

那时候真的很苦，除了我夹砖汗流浃背，白菊汗流满面背砖外，我们还要用煤烧那砖窑。烧砖师傅说，小青年们要好好学习，将来就靠这个找饭吃。于是，我们都学会了烧砖的技术。我们采的泥是黄色的，机床压出的湿砖自然也是黄色的，但一烧成了砖却变成了红的。红红的砖头，是很好看的，尤其砌成了房子更加好看。那时候，不仅我们地质队的房子是红房子，城市里也是一幢幢的红砖房。每每看到红房子的墙，我就感到亲切。虽然那么多修红房子的砖，不一定都是我们烧就的，但砖一出窑，卖给了谁，修了哪幢房子，我们是无法知道的。既不知道，没法分辨哪些红砖里有我们的汗水，因而看见红砖都亲切。

更让我们汗流浃背的是烧好砖后，我们把砖们背出窑洞的时候。那窑顶虽经过我们放水冷却，可是，那作用也只是缓解一下高温。每次背完一窑砖出来，我们最少流出十斤汗水。那时候我们正是青春年少时，背靠着背喘气，也没有感觉谁汗臭，虽然汗湿透了我们的全身。我不仅不感觉汗臭，反而感觉白菊的汗水有一种让人愉悦的香味。其实，汗流浃背时背靠着背，对于散热并不理想，但每次休息，我们总不自觉地背靠着支撑起疲惫的身子。我们真是累坏了，大家都累坏了，谁也不会注意到谁该以什么样的姿态休息。

其实，大家只能背靠背，如一身汗水地靠在窑壁处，会沾得一身是灰。既然没得靠的，谁靠着谁，大家也就不管了。但在我的记忆中，我与白菊总是靠在一起。所以她的汗水味，至今是我记忆深处的怀念，这怀念也许会永远地伴随着我，因为这汗水是我青春期唯一不可磨灭的记忆。

我感觉白菊的汗水透过她的衣裳与我的汗水交融时，那是一种口渴、舌干、心快、意乱的欢乐。那时候，我们都还青春年少，真不知该怎么办。

确实，我不知怎么办。我没有将这快乐告诉任何人。只有一次，我差一点告诉了别人，这个人就是方国庆。砖厂只有我与方国庆是男的，出砖的时候，厂里那两间茅屋便成了我们两人的住房，我们的任务是守护成果不让人拿走。那些夜晚是很难度过的，我们睡不踏实。于是，我们开始长时间地谈论砖厂的女伴们。最后，我首先确定以后要找老婆就找杨柳。杨柳是我们砖厂大家公认长得最高又最漂亮的人。其实，这不是我的真心话，我先说了杨柳，只是想知道方国庆除了杨柳外他还喜欢谁。我心里很怕他说出白菊，又希望他说白菊。怕他说是因为我不想任何一个男人对白菊有野心，希望他说是能印证白菊美丽。

最后，方国庆说，他以后也希望找到杨柳这样的老婆。

我虽然假装很生气，说杨柳是我先要的，其实我很高兴地把白菊放进了心里，还差一点脱口而出，我真正想要的是白菊。

方国庆说，别以为老子是傻子，你是喜欢白菊的。

我说，只准你喜欢杨柳，不准我喜欢呀！

方国庆说，何必呢？你看你那偷偷看白菊的样子，没一次逃得过我的眼睛。

我说，放屁，老子看白菊还用着偷偷看，她哪天不在我眼皮底下晃过去走过来的。

方国庆说，何必呢？你承认了，我也不外传。你看白菊那个眼神，和我看杨柳时是一样的。其实，杨柳和白菊还真分不出高低来。看你喜欢白菊，我只好喜欢杨柳了。

我说，你怎样看杨柳，我不管。我绝不可能和你的眼神一样。还有，你喜欢杨柳，不准别人喜欢是不正确的。老子偏要喜欢杨柳，你能把老子怎么样。

方国庆翻身下床说，走，出去摔一跤，谁胜谁说了算。今天不分出个高低来，一晚都睡不着。

我说，还摔个球，都下半夜了。你睡不着，关我屁事，反正老子睡得着。

方国庆说，怕了吧？老子摔死你。

我跳下床，走出门，到了院子里。方国庆自然是跟着出来了的。我说，怎么摔？

方国庆说，三打二胜。

我说，你一个推板车的，看老子不摔死你。不摔你三回，不算老子胜了。

方国庆吐了一口口水在手心，双掌一边抹一边说，你一个夹砖头的，老子不摔你三回，不算老子胜了。

我见他习惯性地往手上抹唾液，我知道，我已必胜无疑。这时候，我们都光着身子，只穿了一条裤衩。他手滑滑的，我光溜溜的，他如何抓得住，如何使得上力。

我俩咬牙切齿地绞在一起时，他那令人恶心的口水从他的手掌上，贴在了我的肌肉上，滑滑的，黏黏的。不用我强健的肌肉弹开他的十指，他的十指像上了油在我手臂上滑行。我当然不给他抹干口水的机会，我十指抓牢了他，手臂用力一拉脚一扫，他顿时跌倒在地。

方国庆从地上一个鱼跃挺起来后，又弯腰抓了一把地上的黄泥沙在手掌上搓。他说，来来来，没注意你狗日的光溜溜的。

看着方国庆像牛发了牛脾气似的朝我冲来，我只好侧身让过。这小子每天要给打砖机推送上百车的泥巴，冲击力应相当了得。我必须避其锋芒，击其短处。他的短处和牛一样。牛的力量在于头的顶力和前进的力，牛在耕地时，一天到晚拖着个犁铧往前拉。牛脾气是打架往死里打，如人要解开两头牛打架，谁也不会愚蠢地跑到牛前面去与牛比力气，那是在找死。聪明的人，总会回身闪到牛的侧面，奋力一推，牛会轰然侧翻。牛的侧面是没有力量的，四脚的力量也是为了前进而准备的。方国庆也是没有侧力的，他不管推车拉车都是朝前冲的力。

我在他冲过来几乎要抓住我的一刹那，我闪身让过了他的冲力，这预示我已快胜利了。我顺着他的冲力，侧推了他一把，力上加力，他斜着身子歪歪扭扭地收不住脚，一头扎进了稻秆堆。稻秆是我们厂里拿来搭茅棚给砖挡雨的，看着理顺了的稻秆堆在方国庆气急败坏的手脚狂舞中乱了。我哈哈大笑，说，谁搞乱的谁理好，明天厂长来骂死你。

方国庆在稻秆堆里翻腾了良久，终于爬了出来。他一边抖落着身上稻草一边说，有哪样狗屁好笑的。老子没注意被你摔了。

我说，注没注意是你的事，不用摔了吧！老子反正都二胜了，后面你赢了也没用。

方国庆恶狠狠地一咬牙，像下了天大的决心说，好，男子汉说话算数，你选嘛，反正杨柳和白菊难分高低，你选了也好，免得老子要东还要西左右为难。

我说，少给老子来这一套，等于你还想过白菊是不是？老子是说你为哪样一天到晚就试探老子的真实想法。老子现在明确告诉你，你要追杨柳，老子不拦你。老子今天胜了你，你得听老子的，白菊嘛，你以后就别想了，听见没有？想都不准想。

方国庆说，好，君子一言，驷马难追。你想的，老子还真不想想了。

白菊的汗是香的，我一直这样认定。这香在于我是不可磨灭的，特别是在我的梦中。那时候在梦里见到白菊，也是在窑洞里面搬砖，不过只有我与她在里面。她的脸像镜头的特写画面呈现在我的眼里，脸上没有一丝灰尘，水晶珠帘似的汗滴挂满脸庞，整个窑洞里顿时芳香弥漫。我有点昏眩，一激灵就醒了。

那时候砖厂没有人谈恋爱，一是年纪小的原因，二是大家对未来很懵懂。因而我们砖厂的男女相处都是很单纯的，没有任何人的行为有超出同事的范畴，直到我与白菊顶替退休的父亲们成了正式的地质队职工也是这样。

地质队是要出野外工作的，白菊被分配到了一个钻探分队做饭，我去地质普查组当了一名技工。一年到头，我俩很少遇见。

有时候我很想念她，可是我没有带信给她。我认为我现在的处境，没有力量好好待她。在很长的一段时间里，我们都各自成长着，离青春的成熟期渐渐近了。身子都成熟成大人了，可我的心还很懵懂。我真不知道该怎么办。

白菊越来越美丽漂亮了，我则越来越自卑了，单位又分来了很多大学生、中专生的，那时候很多地质队职工的子女都找了这些人。我只是一个技工，自卑是很自然的。

其实，我早想见她，但我的自卑使我不能先去找她。现在是年末，我们都各自从野处回到了队部。这段时间我躲在房间写诗，又写不好，我心里明白这是为什么，可是这为什么似乎成了十万个为什么，让我疲惫于自问自答。

是的，她终于来找我了，这是我没预料到的。而且她总是愉悦地谈起我们在砖厂做工时那些艰苦的日子，好像那些日子很快乐。是的，那些日子的确很快乐，因为有她的存在。

她坐在我的窗口，依然侧面坐着，双手搭在书桌上。我看着她的侧脸，像剪纸，波浪似的披肩的短发，长长的睫毛，高高的鼻子，乖巧而微翘的嘴形。

过了很久，她说我们唱歌吧！我说你先唱。于是《吐鲁番的葡萄熟了》那美丽的旋律像小溪水一样流进了我的脑海。

当时，我无法相信，以后还有哪支歌有这首歌好听。在后来的日子里，在不再有白菊给我唱起这首歌的日子里，我曾无数次倾听过女中音之王关牧村唱起这首歌。可是，不再有听白菊唱起的时候美妙。

我记不清白菊是怎样唱完这首歌的，我一直愿意认为白菊那天唱起的这首歌根本没有唱完，这首歌的旋律似乎无处不在地一直伴随着我。想起这首歌，就想起了白菊，想起了白菊就想起了这首歌。特别是在我年过四十的日子里，更是让我回忆起这首歌，回忆起白菊唱起这首歌的模样。我见过白菊不再年轻的模样，但我每次回忆起白菊，她总是波浪似的披肩的短发，长长的睫毛，高高的鼻子，乖巧而微翘的嘴形。我知道，在我的记忆里，她不再长大，不再衰老，她以一首歌永恒了她的年轻。

是的，那天她在我愿意认为唱不完歌的时候唱完了。我更清晰地记忆起，她那时候，双肘放在桌子上，歪着头向我微笑。她乌黑且亮丽的目光注视着我，是想告诉我说，她已唱完，该我唱了。她那天不再说话，因为她有一双会说话的眼睛，无须再用嘴巴。

那天，我也不再说话是对的，面对一双这样的眼睛，我用嘴巴表达什么是很浅薄的，我应该用眼睛与她的眼睛对话，可是我愚笨地低下了头。后来我想低头的事，自责也没用了，当时最少也应该低着头唱一首歌吧！可我没有。这没有让我一直遗憾至今。

我不知道白菊是怎样离开我房间的，但是，我永远记住了她是怎样来的。我曾无数次深深地回忆她是怎样离开的，可是这要命的细节我就是记不住。细节决定成败，就这样我失去了一次也许是一生中最重要的机会。这个机会，对我太重要，重要得使我不能不失去。那时的我，也许是太年轻，根本不具备掌握这么重要的机会的能力。对于一颗年轻的心来讲，美丽的机会来得早了一点，也是一种错误。这错误，使我与白菊失之交臂。

在那个冬日，我失去了白菊。在那个足以使我伤痛一生的冬日，我并未意识到我可能失去白菊。是的，并未意识到是必然的。她与我在一个单位，我要找她是很容易的。既然很容易找到她，我怎么可能轻易失去她呢?

好吧！我得好好回忆一下，我是怎么失去她的。

应该是她的父母吧！她的父母是工人，白菊也是工人，不可能再找我这么一个工人吧！虽然，那时候最响亮的歌是《咱们工人有力量》。也许是那时候歌唱工人的力量大，歌唱得满了天下，这无处不在的歌唱，使我们工人都有点不好意思，开始动摇了，疑问我们的力量真的就这么大的时候，这时候国家开始重视知识分子了。先是优待老知识分子，说是落实知识分子政策。后是重用新来的大中专学生，说是知识就是力量，知识就是生产力。

在这种时候，白菊的父母倾向白菊找一个知识分子是完全符合白菊本身的利益的。这一点，我也认同。这认同使我坚持不再去找白菊，在心里还安慰自己说是为了白菊好。

我自卑，我脆弱，我脆弱得想无比的强大。这样的强大，当时只能是在嘴巴上，我给领导自嘲说，老子一棵参天大树，被你们当烧火棍用，老子走了。领导说，你狗日的去哪里。我说，老子到大学里读书去。领导说，好，小崽有志气，老子就放你去，按编外工资发给你。这领导的爽快，使我下定了决心。领导和我大哥是光屁股长大的伙伴，我大哥比我大二十岁，可以说他们是看着我长大的人，还不知道我的脾气和他们没有两样?

说走我就走，也没去与白菊道别。没去找白菊，不等于我没遇见白菊。我在一群再也熟悉不过从小一起长大的伙伴们谈天说地的场合遇到了白菊。说是遇到，其实就是专门去遇她。

那时候的冬天，野外地质职工都不上班。大家闲来无事，总在某个约定的地方闲聊。我当然知道这地方在哪里，我当然要去那儿。白菊一定会在那儿。

在那儿，我显得很随便，就像千百个这样的闲聊没有异样。白菊不知道我要去读书了，其他的伙伴们更不知道。我知道，我不说。看着白菊在伙伴们中谈笑自如和娇美的模样，我一阵心痛。我想，我就这样走了？总得带点她的什么，让我有所怀想。于是我走到她的身后，从她波浪似的乌黑亮丽的头发间，试图寻找到一根掉下来的头发。我太想找到白菊的头发了，我想我找得很仔细，头不自觉地朝白菊的头倾斜。当然，我不能太近，虽然伙伴们谈得兴趣正浓，不会察觉我想干什么。

我太忽视伙伴们的智力了，正当我装得若无其事地寻找头发时，一双手分别拨动了我和白菊的头，让我们的头一下子撞在了一起。随着我们的头一阵痛，轰的一声，大家笑了起来。

方国庆说，你们不好意思头挨头，我帮你们解决好了。说完，方国庆得意地扬了扬手又拍了拍手，一副慰劳手的样子，还对着杨柳挤眉弄眼的。杨柳当然并不理会方国庆的讨好卖乖，而是用手去关心白菊的头。

我的头肯定要硬一点，我的头痛一下真的没啥，可是让白菊的头痛，我不干了。我跳过去，一把揪住方国庆的衣襟，一拉一摔，他跌了一个狗吃屎。

在方国庆还没来得及翻身而起的空隙，我回头看了看白菊，看见白菊正摸着头和杨柳在笑，我放下心来。

看着方国庆满嘴都是泥，我有一点后悔。我可能过分了一点，就算杨柳看不起方国庆，根本不在乎我把方国庆怎样了。可方国庆太在乎杨柳了，我再咋个也不能让他在杨柳面前出这种丑。

这种让两人撞头的事，是我们经常寻找的恶作剧，只要一有机会，谁都会这么来一下，谁也未生过气，这也是我们从小一起长大的伙伴们约定俗成的。那时候，地质队的驻地都在城郊的山坡上，我们这些地质队员的子女们，平时也没什么可娱乐的，恶作剧是我们重要的娱乐方式。

幸好，那时我们地质队的地面是草和泥组成的，否则方国庆非掉几颗门牙不可，或者嘴唇碎裂变成兔唇。幸好，其实这样感慨也不准确。如果那时地质队地面都是水泥地，我们也不会经常三五成群地摔跤玩。我们这些男伙伴们是经常摔跤的，根本不顾忌摔得狠不狠，因为摔得再狠，也没有谁受过稍重一点的伤。这摔跤也成了我们的约定俗成。一有什么不满意，或者解气什么的，动不动就摔。谁被摔倒了也不生气。

不过，今天不一样，方国庆肯定会生气，一是我摔他摔得没道理，二是我摔他是趁他没防备，三是让他在杨柳面前出了丑。这有点犯我们约定俗成的忌。见方国庆绷身起来，擦拭着嘴上的泥朝我恶狠狠地走来，我以为他要和我重新摔跤，我赶紧蹲马步摆好了摔的架势。我想大不了假装被他摔倒了事。

要真是这样，肯定了事了。方国庆可能被摔痛了，又被摔了个意料之外。的确，他千想万想也不会想到我会这样摔他。摔得一点道理都没有，不就是让我和白菊撞了撞头，这种恶作剧是常事，谁会这样报复呢？这事了不了，方国庆这时不想和我摔跤，他真的恼羞成怒了。他横眉瞪眼地指着我说，你狗咬吕洞宾，不识好人心。你明明喜欢人家白菊，做梦都想与人家头挨着头。老子帮了你，你还摔老子。

方国庆这样一说，无疑当众宣布了我的隐私。那时候，男女之间的事是很令人害羞的事。这话又是方国庆说的，谁都会相信的，谁都知道，我与方国庆在砖瓦厂住在一间茅房里。

我的脸一下子红透了，那红还一直延伸到了脖子上。我侧头看了一眼白菊，见白菊一脸通红，也看见了周围的伙伴们一个个兴奋的样子。他们不兴奋才怪，平淡的生活，早让大家过惯了，发现隐私，是大家渴望的乐趣。

也许我脑子里的血，全都涌到了脸和脖子上，我的脑壳一片空白，脑壳一空了，就成了傻子。人一傻了就说反话，结果那天，我说了这一生中最傻最令人后悔的话。我对着方国庆吼道，你才喜欢白菊，你才梦见白菊。

方国庆见我不顾一切地反击，他反而不知所措了。他左看一眼白菊右看一眼杨柳，这样来回看了几个往返，把头扭得左右不是。他越想说清楚，越是说不清。由于心急，嘴巴也不伶俐了，他结结巴巴地说，我，我。我了半天也我不出一句话来。然后他用手指着我说，你，你。你了半天还是你不出一句话来。

在大家的哄笑声中，我拍了拍方国庆的肩说，你单相思就单相思，为什么要牵扯别人？说完，我扬长而去。留着个有话说不出的方国庆在那儿被人嘲笑。

三天后，我去了省城读书。在那难熬的三天里，我强忍着想见白菊的愿望。在那三天里，在我的房间里，我到处仔细寻找，想找到一样白菊的东西，我甚至趴在地下找遍了每一个角落。我就不信，白菊来了这么多次，就没掉下一根头发。我这间简陋的住房，从未来过女人，只有白菊来过。只要找到一根长头发，就一定是白菊的。功夫不负有心人，在桌子的缝隙里，我终于找到了一根长头发。我小心慎重地把头发夹在莱蒙托夫的诗集里，这是我最喜欢的一本书籍。

我把这本书一直带在身边，从此再也未回过故乡。很多年过去，我找了一个有着波浪似的披肩短发的妻子。有了家，我就把书放在了书房的书架上，很多年未翻看过这本诗集，那时候，我已到了不再狂热诗歌的年纪。

又过了很多年，我已经四十岁了。四十而不惑，是到了怀旧的年纪了。常常睡不着，睡着了有时会梦见儿时的伙伴白菊。偶尔的一天，在电视上看到不再年轻的关牧村正唱多年不曾听到的《吐鲁番的葡萄熟了》，那熟悉的旋律一下子勾起了我对这首歌的怀念，泪花顿时盈满了我的眼眶。我走进书房，取下那落了灰尘的《莱蒙托夫诗集》。我翻开夹着白菊头发的那一页，头发在这一页已有二十年，依然色泽乌黑亮丽。这一页刚好是我二十年前最喜欢的一首诗，这首诗名叫《帆》。

在那大海上淡蓝色的云雾里
有一片孤帆儿在闪耀着白光！……
它寻求什么，在遥远的异乡？
它抛下什么，在可爱的故乡？……

那天晚上，我又梦见了白菊。白菊醒在我的梦里，侧面坐着，双肘放在我简陋的书桌上，像剪纸，波浪似的披肩的短发，长长的睫毛，高高的鼻子，乖巧而微翘的嘴形。

第二天一睁开眼，我发现我泪眼蒙蒙。躺在床上我起不来，我在想，二十岁的我，那么难受地离开白菊，为什么没流泪？难道年轻的我不相信眼泪？难道四十岁的我相信眼泪？无论怎样，我深深地意识到，注定白菊将在以后的岁月里，不断来到我的梦里。

我知道，在我的梦中，白菊不再长大，不再衰老，她以一首歌永恒了她的年轻。

我不知道，白菊也是否做梦，但是我知道，只要我做梦，白菊就会生动地醒在我梦中。

（原载《花城》2006年第2期；入选中国作协2006年短篇年鉴）

2006年

王　华

母　亲

母亲准备挖一个长方形的坑。起线的时候，她突然听到一阵咕呱咕呱的声响。她以为附近有几只癞蛤蟆，眯了眼左右寻找。没找着，就冲一边玩着的孙子根儿喊，根儿，你来找找看，奶奶眼睛不好。根儿正和弟弟叶儿肢解一只蛐蛐，兴趣正浓，没理会她。她又喊，根儿，这儿有蛤蟆哩，蛤蟆比蛐蛐好玩哩。根儿这会儿抬起了头，把被卸掉了四条腿的蛐蛐扔给叶儿，朝她跑过来了。在哪儿呢蛤蟆？根儿问。母亲说，肯定在这旁儿哩，你找找，我都听到它们叫了。根儿猫了腰认真找，一张干黄的桐叶被他当成了蛤蟆，扑上去，发现上当，把桐叶抓起来朝远处扔。桐叶轻，扔出去就飞回来了，还嘲弄人一样的到根儿的脸上拍一下。根儿生气，把眼睛瞪大，上前把桐叶踩进地里。蛤蟆在哪儿呢？根儿很着急。母亲眯着眼帮他找，还是没找着。母亲说，我明明听到它们叫了。母亲也很扫兴，不想再管蛤蟆的事了，她想她得集中精力挖坑。

母亲接着起线，咕呱声又响起了。母亲说，听吧，根儿，蛤蟆又叫了。根儿认真听，没有。母亲说，我一动锄头它们就叫。母亲动起锄头，让根儿听蛤蟆叫。根儿开始愣着眼听，后来眼睛就转到母亲身上了。根儿嘎嘎笑起来，奶奶，蛤蟆在你身上。母亲吓一跳，扔了锄头抖衣服，根儿睁大眼紧紧盯着，怕蛤蟆跑掉了。可是母亲抖了半天，没有蛤蟆。天气热，母亲只穿了一件单衣，藏不住蛤蟆的呀。根儿着急得跳起来，奶奶，把衣服脱了，蛤蟆会咬你的。母亲就真把衣服脱了，露出半个干黄的光身子。根儿转着圈儿在母亲身上找蛤蟆，没找着，兴趣一下子就集中到母亲两个干瘪的乳房上。根儿扑上去，一手抓一只，嘎嘎尖笑，还伸嘴去吮。那边叶儿看到这边的情景，也跑过来了。叶儿才刚满两岁，地又不平，他跑起来就跟喝醉了酒一样，随时都有倒下去的危险。叶儿的腰上还拴着一根绳子，绳子的另一头拴在一棵桐树上。叶儿的活动范围受到限制，在离母亲还有一米远的地方就过不来了。叶儿朝这边扑着身子，哇哇哭。根儿腾出嘴来朝叶儿喊，奶奶这里没蛤蟆，你别来。叶儿不依，叶儿不是冲蛤蟆来的，他冲的是被根儿抓着的奶奶的乳房。根儿和叶儿都是刚满月就被爸妈扔给奶奶了，那些漫长日子都是吮着奶奶的乳头过来的。这两只乳房虽然从不曾给过他们乳汁，但它们仍然是母爱的象征。叶儿的妈还没生出他来的时候，这两个只有象征意义而没有实质的乳房是属于根儿一个人的。根儿长到一岁多的时候，叶儿来到了奶奶身边，奶奶就把她的另一个乳房给叶儿了。从此以后，根儿和叶儿就自觉分配，死死记住属于自己的那一个乳房。叶儿急，是因为根儿把属于他的那只乳房抓在他手里了。

母亲要根儿走开，扬起手做出要打他的样子，说现在这两个奶子都是藤儿的了。一边被绳子捆着的叶儿呵呵笑起来，屁大点儿孩子也懂得幸灾乐祸。母亲没打下去，因为她好像又听到蛤蟆叫了。根儿嘴里还叼着奶头，斜着眼乜着奶奶举在空中的手，鼻子里哼哼着卖乖。根儿不但没挨着打，嘴和手也没有松，叶儿不满了，哇哇哭。母亲说，听，蛤蟆叫哩。全都静声屏息听，没有蛤蟆叫，只有风吹过的声音。母亲又把手扬了扬，就全都听到蛤蟆叫了。根儿尖叫起来，奶奶，蛤蟆在你胳窝子里！蛤蟆怎么会长在胳窝子里呢？即使蛤蟆能长在人的胳窝子里，它也不会看上母亲的胳窝子，母亲的胳窝子太干太瘦，不暖和也不潮湿。母亲明白是怎么回事了，她轰根儿，一边玩去，这儿没有蛤蟆，是奶奶的骨头在唱歌哩。

母亲一边说一边穿衣服，故意把动作夸大，让根儿听她的骨头响。根儿听着，也学着她的样子挥手，但他没能听到自己的骨头唱歌。他一脸疑惑地问母亲，怎么我的骨头不唱歌呢？母亲说，我的骨头是母的，你的骨头是公的，公的骨头不会唱歌。母亲一边说着一边就重新捡起了锄头，她想抓紧时间挖坑。根儿还想缠，叶儿因为极大的不满而发出了尖叫，并把刚刚抓到的一只蛐蛐放进嘴里嚼。母亲赶过去为他掏出一嘴的黑酱，还打了他的屁股。叶儿一边吐着腥咸的黑酱一边哭着告诉母亲，他要叫他的爸爸来打她。母亲把叶儿搂进怀里，一边替他抹眼泪鼻涕一边问他，你爸爸在哪儿？叶儿答，在外面。母亲说，就是，你爸爸在外面打得着奶奶？你爸爸的手有那么长？够得着奶奶？叶儿说，回来打。根儿在一边抢着说，我爸爸也在外面，我妈妈也在外面。叶儿抢过去说，我妈妈也在外面。母亲笑起来，说，外面在哪里你们晓得不？两张小脸露出同一种茫然，两颗小脑袋同时摇晃起来。母亲又问，你们爸爸妈妈长个啥模样儿你们晓得不？两张小脸还是一样的茫然，两颗小脑袋还是整齐地摇晃。突然有一只蛐蛐蹦到叶儿的脚背上，叶儿去抓蛐蛐，扑到地上，啃了一嘴泥。像一条鱼，叶儿两头往天上翘起。他吐掉一嘴的泥，举起蛐蛐喊，这是妈妈，呵呵。

母亲呵呵笑起来，把两边嘴角都扯到耳朵根上去了。根儿觉得叶儿得了宠，也跑一边捉来一只蛐蛐炫耀着喊，这是我妈妈！后来，两个孩子就全身心扑到抓蛐蛐的事情上，他们捉到一只就叫喊一声妈妈，再捉到一只就叫一声爸爸。叫喊声里伴着嘎嘎的笑声，母亲在一边听着看着，脸上的皱纹就挤成了一朵花。花的深处满满地装着孙子们的笑声，藤儿的模样就从那些嘎嘣脆的笑声里拱出来了，母亲身体一个激灵。藤儿是老三三天前抱回来的，跟根儿叶儿来时一样，也才刚满月。母亲背着藤儿干不动活，就把他捆在床上。为了不让耗子啃着了藤儿，昨天母亲特意到镇上买了一只小猫。小猫黏人，喜欢偎着藤儿睡，母亲今天下地前就把照看藤儿的事交给了小猫。村里的耗子比猫狠，啃了村里两个乳娃娃了。母亲突然不敢信任小猫了，她好像已经看到，尾巴粗得像麻绳一样的耗子正在小猫的面前肆无忌惮地啃着藤儿，藤儿痛得脸都成了麻花。她慌慌地扔了锄头，赶着解开拴着叶儿的绳子，背了叶儿，拉了根儿就往家赶。

根儿还惦记着蛐蛐，说，奶奶，你还要挖坑的。

母亲说，耗子在啃藤儿了，我们得回去赶耗子。

根儿说，我在这里看锄头，奶奶回去赶耗子。

母亲说，你一个人在这里，蛇就要啃你了。

叶儿把一只蛐蛐扔到根儿的头上，说，蛇啃你了。

一场虚惊，藤儿和小猫一起睡得好好的，母亲像从耗子口里夺下了她的宝贝一样抱起藤儿长长地吁气。一路急着往家赶，母亲已经累得一身透汗，衣服都贴背上了。母亲叫根儿替自己摇扇子，自己却紧紧搂着藤儿不松手。藤儿在她怀里哭，根儿说，奶奶，藤儿饿了。母亲说，让他哭，他哭起来好听。母亲听着藤儿的哭声，真切的感受到藤儿的活力，脑子里那些可怕的幻景就会逃得远远的。叶儿自作主张，掀开母亲的衣服，把一只乳房拽到藤儿的嘴边。藤儿闭着眼咬着奶头一阵猛吸，吸得母亲牙缝里咝咝作声。母亲咯咯笑得像只母鸡，说，这藤儿才是一条耗子哩！

藤儿的哭泣声变成一阵呜呜咽咽的哼哼声，不满足母亲的干奶子却又舍不得放下。母亲学猫叫，说，猫儿来了哩，耗子还哼？结果把一直死睡在床上的真猫儿唤出来了，藤儿还真就住了声。闭着的眼稍稍露出一条缝，似看非看，嘴上有一下没一下地吸，一副很应付的样子。母亲看着他的样子呵呵笑，说这家伙真是条耗子，怕猫儿。根儿叶儿就挤过来，要看藤儿，看过了都很失望，说藤儿不像耗子。

身体已经渐渐变得凉爽，母亲听着两个孙子的叽叽哇哇，眼睛有点想合上了。好像有一张黑网朝她罩下来，她眼前的世界渐渐变得混沌，两个孙儿的叽叽哇哇声也渐渐消失了。母亲就在这个时候突然一个激灵，把藤儿摔地上去了。藤儿很痛，哭声很激愤，哇一声，要张着嘴大半天才哭出第二声。母亲心痛得头皮发麻，想赶紧把藤儿抱起来，可她感觉自己突然变成了木头疙瘩。她咬着牙强迫自己的手脚服从自己的命令，结果自己也跪地上了。不过，总算把藤儿抱进怀里了，干奶子也塞进藤儿嘴里了。这时候，根儿叶儿也跑回来了，他们一人手里提着一只还没睁眼的粉红色耗子崽儿。显然他们为了能让奶奶清楚老鼠和藤儿的区别，掏耗子洞去了。见母亲和藤儿的那种状态，根儿以为母亲想把藤儿放地上睡。他说，奶奶，藤儿不乐意睡地上呢。母亲说，我以为地上凉快，他会乐意的。叶儿尖着嗓门儿叫，奶奶，藤儿睡床。母亲说，好，他不乐意睡地上我们就还把他放床上去。母亲咬着牙，把自己全身弄得咯呱咯呱响，终于抱着藤儿站了起来。母亲看着根儿和叶儿，胜利的笑容挤了一脸。

母亲把藤儿放床上，去为他弄吃的，根儿和叶儿就把耗子崽儿拿给藤儿看，藤儿不看，闭着眼愤怒地哭，直到母亲把橡皮奶嘴儿塞进他嘴里，他才闭上了嘴。

藤儿的哭声落下去，听到的就是猫儿的呜呜声了。猫儿在吃根儿和叶儿给它的耗子崽儿，一边吃一边呜呜作声。

母亲眼睛盯着猫儿，眼睛深处回忆着摔藤儿的情景。脑子像生锈的机器一样，转得叽叽呀呀，直掉锈渣。母亲好不容易才把那段记忆清理明白：那时候她的魂魄刚刚睡去，她的身体趁着这个时候自作主张突然伸直，就把藤儿摔地上了。母亲突然着急她的坑了，她想她得赶紧把坑挖完。

母亲要根儿扶着藤儿的奶瓶，然后她开始往叶儿腰上拴绳子。根儿说，奶奶，叶儿不听话，我们把他拴在家里啊。母亲说，叶儿的脚不听话，爱到处跑，我们把他拴起来。叶儿学舌，跟着说，叶儿的脚不听话。根儿嘲笑叶儿，跑去端来一碗苞谷米倒在叶儿脚跟前，做一副大人模样跟叶儿说，你今天就在家里捡苞谷米，捡完了，我们就回来了啊。

母亲又拿来了一条绳子，要往根儿腰上拴，根儿忙提醒，奶奶，我是根儿。母亲跟他笑，说，我晓得你是根儿。根儿说，我的脚听话，你不用拴我。母亲一边往他腰上拴绳子，一边说，今天你的脚不听话了，得把你拴着，要不你钻到耗子洞里去了，奶奶回来就找不着你了。根儿说，耗子洞这么小，我这么大。根儿着急地比划，希望奶奶能改变主意。他说，我是要去帮你挖坑的。母亲不说话，意思是拒绝他去帮她。他赶紧说，我要照看叶儿，我还要照看藤儿，你拴着我，叶儿摔了，耗子啃藤儿了咋办呢？根儿着急地为自己开脱，却如投降一样举着双手让母亲往他的腰上拴绳子。除了嘴上长了点功夫，根儿的胆子还没长到敢公然阻止奶奶行动的程度。待母亲把拴他的绳子的另一端也拴到床脚上去的时候，他终于放弃了努力，一屁股坐到地上，去数自己倒在地上的苞谷米了。数苞谷米这一招是母亲的惯招，根儿都数腻了。根儿还没上过学，也就是奶奶偶尔教他数过几次数，至今他也只能数到五。翻来覆去就能数那么几个数实在是很枯燥，根儿这次不想数了，他赌气地抓一把苞谷米放进嘴里嚼。太硬，根本嚼不动，他就对准叶儿的脸，噗的一声，把黄色的“子弹”全射着叶儿的脸上。叶儿脸上痛了一片，但在还没哭出来的时候又突然觉得这件事情很好玩，便改变主意笑起来。根儿看叶儿笑，也突然觉得这件事情特别有意思，也跟着笑。然后，两个孩子就把嘴当枪，把苞谷米当子弹，其乐无穷地打起仗来。

母亲去屋后的檐沟里挖来一块黏泥，扔给他们，说，捏泥人啊，看谁个捏得好，我回来发奖。根儿做最后的抗争，说，奶奶，我要去帮你挖坑。母亲说，坑我自个儿挖，你们帮我照看好藤儿，不能让他哭，更不能让他给耗子啃了。

然后，母亲就下地挖坑去了。

太阳已经走到天顶，天空很干净。母亲很奇怪自己的感觉，阳光直接燎着她的皮肤，汗水不断地从皮肤里冒出来，但她一点也不觉得热。她看身边的草，看苞谷苗，它们的叶子都卷了，惨白惨白，显然它们是热得有些受不了了。她跟一棵苞谷苗幸灾乐祸地笑，说，瞧你们多难受啊。

母亲听着自己骨头的咯吱声慢慢挖坑。她的力气显得很不够用，挖一会儿就得站下来歇一会儿，等力气慢慢长出来后才能再挖。挖的时候不惜力气，歇下来的时候就看着自己弄出的新锄印陶醉。这些天，除了藤儿让她心蜜，还有挖坑这事儿让她神醉。她的骨头叽叽咕咕不太支持她，她跟骨头们较着劲儿挖，每一块新泥起来，她都满心的成就感。母亲数着她挖起的新泥块，梦着一个四四方方很光滑很结实的坑，就把时间忘记了，等她回到家，看到家里那一幕情景时，才想起自己把今天的下午饭省略了。

因为母亲在地里耽误的时间太长，根儿和叶儿在家里玩泥巴玩得没了边儿，居然把一大坨泥巴全塞进猫儿的嘴巴里。猫儿成了一张被泥巴撑起来的皮以后，彻底死了。猫儿死后眼珠子瞪着，十分愤怒的样子。母亲来到床边的时候先是看到地上躺着几块碗渣，后来就看到根儿和叶儿爬在床上轮换着往藤儿嘴里吐口水。他们让口水变成一条黏黏的线掉进藤儿的嘴，藤儿闭着眼吃得很香。看到奶奶回来了，根儿说，藤儿饿了，哭，我们喂他。根儿和叶儿的嘴角都挂着的黄色饭粒，那是生鸡蛋拌成的，是猫饭。最后母亲才看到了猫儿那双愤怒的眼睛。猫饭被根儿叶儿吃了，猫儿被他们杀了。

母亲突然很后悔自己留下了藤儿，老三回来之前她已经有了挖坑的打算了，在这种情况下还留下藤儿就是犯错误。只可惜母亲这个时候才觉出自己犯了错误，怪就怪老三一去四年不回家，第一次回来就抱回个孩儿，母亲见了他们就把自己给忘了。

村子穷，娶媳妇很成问题，老大老二都是自己到外面挣的媳妇。这一点，母亲很自豪。母亲说，挣钱也是为了挣媳妇，挣不了钱直接挣媳妇更省事儿。母亲看着老三和他怀里的孩儿，把嘴笑到耳朵上去了。

老三说，还算不上挣到了媳妇。

母亲的嘴还在耳朵上，她说，没挣到媳妇哪来的娃娃？你自个儿生的？

老三跟母亲嬉皮笑脸，说，是借别人的媳妇生的。母亲把嘴从耳朵上拿回来，把眼睛睁到额头上去，一脸的皱纹挤到头发里去。老三老实地跟母亲解释，是跟工地旁边开店的一个女人生的，她是别人的媳妇。母亲傻了，圆圆的眼睛定着，干瘪的嘴不断错动，因为她嘴里有一颗牙松了，她发傻的时候就不断嘬动这颗牙。老三跟母亲显能，说，儿子先放家里，我回头就把媳妇弄定。母亲不嘬牙了，又把嘴笑到耳朵上去。

老三放下藤儿就走了，留下母亲一个人在家帮着他做美梦。母亲锈钝钝的脑子转得慢，又加上心上多了个挖坑的想法，梦做得就慢。老三走了三天了，她才梦到老三终于名正言顺把藤儿的妈抱到自己的床上那段儿。母亲想，接下来，藤儿妈的肚子又该大起来了。梦做到这儿，母亲心里蜜得凝住了。要不是猫儿死了，母亲还没发现自己犯了错误哩。

母亲开始刻意地检查自己的骨头，举手，迈腿，仔细辨听各处的动静。手上脚上的骨头都是她的骨头，都跟她一样大的年岁，叫出来的声音是一样的。反复听，还是一样。母亲不听骨头响了，搂了藤儿轻轻哼。母亲喉咙里的声音没有骨头里的声音张扬，像一只蚊虫在她嘴边飞。根儿和叶儿最怕听奶奶这么哼，一听就想瞌睡。只有根儿的时候，母亲每晚瞌睡前就抱着根儿哼，有了叶儿以后，母亲瞌睡前就抱着叶儿哼。现在，母亲怀里抱的是藤儿了，他们两个只得一边一个贴着，像长在母亲身上的两只瘤儿。叶儿早早地闭了眼，轻轻往梦里滑。根儿手上却缠着一根脏兮兮的毛线，一边缠一边咕哝“爸爸缠妈妈缠”。根儿四岁了还不知道他爸妈长什么样儿，但每晚睡觉前他总是要念叨“爸爸缠妈妈缠”。这声音和着母亲的哼哼声，一个屋子里就像飞着很多蚊虫。

母亲搂着藤儿睡了一晚，第二天清早就抱着他去沟对门柳婆子家。她想请柳老婆子替她看一下藤儿。柳老婆子八十五岁了，人生生地活成了一只虾，走路总像在找一只鞋壳。柳老婆子找着鞋壳说，我也不得闲哩。柳老婆子没说假话，她儿媳妇得了肺结核，儿子孙子都到外面挣钱去了，家里就剩下她和病壳子儿媳。母亲像个娃一样缠柳老婆子，说，我总得挖个坑不是？我挖坑花时间，藤儿放在家里怕耗子啃哩，让他放你这儿，你帮看看耗子。柳老婆子伸着古旧的脖子，像只老龟一样翻起眼睛瞅母亲。母亲忙跟她媚，把嘴角跟眼角连一起去。柳老婆子看她多大工夫，她就跟她媚多大工夫。柳老婆吧吧嘴说，要挖坑了？母亲说，挖坑了。柳老婆子说，你还挖得动坑。母亲明白她后面还有半句“可我连坑都挖不动了”。母亲把脸媚得更深，说，老姊子有儿媳守着，挖坑的事不用你操心。柳老婆子说，你该把老三留下。母亲说，忘记了。柳老婆子说，你该叫老三把藤儿抱回去。母亲说，当时都忘记了。柳老婆子龇龇笑，说，你放下吧，替你看一天。

叶儿照常被拴在一棵桐树上，既可以满地找玩儿，也不怕滚下坡去。根儿快四岁了，不需要太多的照看。母亲这回挖得全心全意。

坑才齐脚踝深，越往下挖地越硬，锄头吃得就很浅。母亲的骨头唱得更欢了，像她的身体里藏着一个合唱团。但母亲却越挖越带劲儿，力气是从脑子里长出来的，她脑子里有一个想法，你越硬我就越要挖，我就喜欢你这硬，力气就跟着这些想法长出来了。母亲从来就喜欢较劲。

太阳把地照得很晃眼，母亲的衣服很快就给汗水湿透了。每挥一次锄头，脸上就下一回汗雨，母亲挖起的拳头大的泥块就给淋湿了。汗水还动不动就往她的眼睛里钻，制造视觉混乱。母亲不管。母亲挖这个坑不需要依赖眼睛，这个坑明明白白装在她心里，她用心看。有时候，母亲觉得她是在挖年月，一辈子挖下来，就剩下面前这一小块了，等到自己把它挖完就该歇下了。

根儿脸上爬满了像蚯蚓一样的汗痕，脑袋湿得发亮。他抹一把脸，把脸抹成一幅写意画。朝着母亲喊，奶奶，你热不？母亲说，我不热。根儿又喊，奶奶，你渴不？母亲说，不渴。根儿生气了，尖着嗓门喊，你不热？母亲抬起头，茫然地看着气哼哼的根儿。根儿朝母亲奔过来，扯着她湿巴巴的衣服，气恼地问，你不热？不渴？母亲突然明白根儿的意思了。她说，你热了就到树荫下去，渴了就喝水去，别来吵奶奶。母亲心里一直装着一个正在渐渐成形的坑，这个时候她不喜欢被人打扰。根儿是被太阳烤得心烦了，又长时间听不到奶奶的声音，才突然生起气来的。一开始，他并不知道该生谁的气，后来跟奶奶扯上话，以为自己该跟奶奶生气，但到最后又似乎明白生奶奶的气是不对的。根儿被自己弄得很烦恼，哇的一声哭起来。一边玩得无聊又给太阳烤得心乱的叶儿听到根儿哭，积极响应，一时间，地里非常热闹了。

母亲只得放下活儿，去侍弄两个孙儿。干干的巴掌往他们脸上一抹，就把哭声抹没了。给他们喝了水，母亲解了叶儿腰上的绳子，把他和根儿一起带进了坑里。坑才到膝盖深，可太阳已经偏西了，母亲怕自己跑不过太阳，耽误了挖坑的事儿。母亲在坑外为他们假设了一条恶狗，这条恶狗要来咬他们，她要他们捡泥块朝恶狗打。根儿叶儿并没有看到恶狗，但奶奶说有他们心里就有了，于是急急慌慌地捡了泥块打。仿佛看到狗的脸给打着了，屁股又给打着了，他们就嘎嘎大笑。嘴上还学着狗哭。两双小手一齐忙，母亲一点一点抠起来的土疙瘩就够他们扔了。这一招为母亲减掉了三分之一的活儿。

母亲原打算坑挖好了要平整一下的，但挖到天擦黑的时候坑才基本成了形，她已经没时间平整了。根儿和叶儿在坑沿上哭。中途胡乱吃的那些饭巴早就不知跑哪去了，他们饿。母亲冲孙儿们说，我想平整一下，这坑还不够平，奶奶睡下去会硌背的。孙儿们不听她的，只管哭。母亲遗憾地咕哝，那就算了。

母亲准备爬出坑，带孙儿们回家，可她试了几下都没成功。她突然发现自己轻得像一片鸡毛，一点劲儿都没有了。她想要是突然来一阵风，就可以把她吹起来，飘出坑去了。她四处张望，希望看到风，但四周只有渐渐浓起来的夜幕，没有风。母亲去看天，天很干净。于是，母亲想，看这天多好，上也上不去了，不如这会儿躺下。母亲想跟孙儿们交代几句什么，她张了几下嘴，没听到自己的声音，孙儿们哭声太炸了。母亲重新看了看脚下的坑，对自己说，是有点硌背的，老衣也还没穿。可是她又想，这天多干净啊，反正也上不去了。

母亲躺下了。这坑很合身，不足的就是有点硌背。看着天空，母亲想，要是平整一下就跟躺在棺材里一样舒服了。母亲有三个儿子，他们说挣了钱一定为她买一口生漆大棺材。生漆大棺材不光气派，还能在地下一万年不烂。母亲是很向往有那么一副棺材的，但儿子们出去挣钱已经好几年了，也没能为她挣回一副这样的棺材。母亲现在等不及他们为她挣棺材了，她把身下的坑想象成一副生漆大棺材，安详地躺下了。

根儿和叶儿一直闭着眼横哭，母亲想，哭着好，别人听到声儿，就有人来给我填土了。

（原载《山花》2006年第10期）

2006年

潘　会

滚烫的红薯

一

那扇困倦的门刚要合上眼，又被人敲醒了。

咚咚咚。杨书舅意外地停顿脚步，转脸看去，有点突如其来有点莫名其妙。

三下，又三下，请开开门嘛。那几乎是哀求的声音在夜空里回荡，显得十分的局促、坚定。

外面还有人，你听到没嘛？外婆沙哑着声音在灶边重复着。外婆的牙齿早就东一颗西一颗地丢光了，软软的两片皱唇松弛地向里瘪缩着，但是耳朵很好，可独灵啦。

杨书舅听着，心里不免有点惊觉，夜都这么深了，家里面的人都在家，还有什么人在外面敲门呢？他还在认真地思考着，没有马上去开门。

外婆家是木楼，一栋五间吊脚楼倚山而立，屋后连檐搭一作灶房用的偏厦，也叫厦房。楼房的楼上住人，正屋三间凭三口大窗亮着敞着，屋里显得格外的宽敞丽目，左右边分隔六个厢间，做卧室存物用。楼脚中间为活动过道，角落处多置农具及草堆，两侧是猪圈牛圈，圈中孤牛寡猪，空洞寂寥。通过过道爬一道三级石梯到厦房，厦房是地势比楼房低一坎的地房，里面除了锅碗瓢盆凳灶刀柴和烟火就是外婆了，她整天就在那个世界里忙碌。那时候她在灶前的火坑边借助火坑里那微弱的火光纺花，听见门外的敲门声，立起一双去了年月的眼睛提醒杨书舅门外还有人。

外婆家很少或从没有人敲门，每天天没亮外婆就起来开门放走叽叽喳喳闹笼的鸡鸭，然后将门敞敞地开起，任由鸡鸭或者尾巴像支筷子粗的一个小猪崽在门槛上进进出出；寨上人有事进门来，还没见到外婆话就说开了，哟，老太你家猪跑出去了。外婆一听便知道是三婶四嫂有事找来的，在厦房里边忙活边回话，哟，你今早早多咧。等见到外婆了，她一头的银发白云般的满屋飘。门一天就这样开着，一直到天断黑了才去关，有时忙于活路搞忘了也开到深夜。

那天深夜就是这样，家里三四个大人把白天挖来的蕨根捶烂捣滤，从晚饭过后一直忙到半夜那个时候才完。反正家里有人做事，油柴火把亮堂堂的，门开着也无关紧要。舅妈和小娘因为太累已经先洗好脚进房间里睡去了，杨书舅将最后一桶蕨根浆滤了后才下到楼脚去关门。我和表弟也玩到那个时候才被催促睡去。往往就只有外婆那个时候没有睡意，她拎起纺花架到火坑边又开始纺起花来。外婆她什么时候睡什么时候起，大家都不知道，我好奇地问过几次，她总是反问过来，你问这个做啥？

外婆家住懂告村，四周环山盘踞，把外面的世界远远地隔开。这地方冬天虽说不很冷，常年不见冰雪，但闲着的手脚还是很冷，因此在大人忙活时我和表弟都拢到外婆时常用木头架着大火的火坑边拣石子玩，一拣就是没完没了，难舍难离，专心致志地把火坑边的地上磨得平展光溜，两只手裹满泥尘，灰不溜秋的如崖下的猴老三。外面的敲门声对我们没有任何影响。

杨书舅好像只把门开上一半，两手拦开，先问敲门的人是谁。因为这门开的声音我们都很熟悉，如果是凌晨外婆开，那就一开到底，门板轴头摩擦出的音乐般的哆咪嗦，门板搭在门柱上，那声音往往是在凌晨的恋梦中发出，很是令人生厌，因此印象也深。门口传来单间的几句对话就都走进来了，三个黑压压的人影亮着一支电筒跟在杨书舅的身后进到厦房里来。看样子我和表弟不得不停止手中的玩意了。客人到家小孩子让座，这是还没听懂话的时候就受教育来的。我和表弟站到后边去发呆地看那三个陌生客人。他们有的肩扛脚套铁钎子的三脚架，有的扛一根写有很多阿拉伯数字密密麻麻的画有横杠杠的长条牌子，身披湿漉漉、响唰唰的雨衣，手上提有这样那样，嘴上呢呢喏喏地讲些我们听不懂的话。杨书舅指给他们把东西放好，然后领到火坑边坐下来烤手烤脚。

外婆瞪着杨书舅看，愀然问道，书，这些是什么人你送他们来家？杨书舅眼朝那三个人笑着用嘴对外婆说，他们是客家，是地质队来我们这里勘察，黑了没地方歇就找到我们家来了。外婆和我们一样，知道什么叫客家，那是从山那边很远很远的地方来，是理洋头穿洋布讲汉话的人。但什么是地质队什么是勘察可就不懂了。外婆把火整得晃亮晃亮的，三个陌生客人烤一会儿手，然后脱下裹满泥水的高帮黄色皮鞋，扯出一对套着厚袜腾腾冒气的脚来，咦咦啧啧地垫在杨书舅递来的薄板上，六只高高的脚板整齐地围着明火立起烤焙。外婆不懂也不会说什么，在整火的动作上不断地向他们瞟去，用警防的眼睛向杨书舅看去，那意思是这些人干净吗？我和表弟一高一矮地并排站在大人的后面，好奇地察看他们的每一个动作。

书啊，你听说前久姑争坡有人抢劫没有？外婆不满地问杨书舅。杨书舅慌怕客人发现外婆的神色，他只是嘴上应声不怕，心中却在说妈你都想到哪去了？眼睛照样和客人拉话。其实杨书舅也不懂很多客话，他只读到小学五年级，且丢了那么多年，听是听得懂些，讲起来却很艰涩。客人不知道杨书舅和外婆讲的什么，三人只自顾地好像讲他们当天一些过来的事，时而抬脸来看看我和表弟笑着，其中有一个从荷包里摸出两颗水果糖递到我们手上，像诓两个受惊的猴狲。

他们当中年纪较大的一个，或许入夜来外面又飘雨又冷，黑色呢绒帽勒到了眉毛上，一对眼睛在思索着什么，将烤热的一只手放在嘴边摸掐胡茬，像要想和另外两个再说点什么。另外两个一个戴眼镜，一个是矮小个子，像是那大的两个儿子或是学生，他们双手都在忙翻烤着鞋垫，像是到了自己家。

外婆说的那起抢劫事，杨书舅莫不知道。

年前秋收刚过，姑争坡那五户人家的小寨子在一个大白天里被四个扛枪人掳掠一空。被抢的头几天也是有两个外乡人说是来寨上找个人，三摆两不摆，就还套上点亲戚关系，合了心，主人便杀鸡打酒来招待，寨上五户人家家家喊到，折腾两天才走成，吃得来者牙疼肚胀。不到几天寨上就被抢劫了，四个扛枪人中有两个是前几天来寻人的“亲戚”。原来那两个是提前来摸底打探的。那些人也真是黑，家中值钱的都掳光，几头牯子牛也被牵走了。

姑争坡寨是过去的牛棚演变而成的。原为那里田地离寨子很远，干活抬粪均不方便，于是几年前队里就派人在那田地边搭个棚子关起牛踩圈粪专门负责耕种那里的田地，久了人就在那里成家，牛棚改建成房子，人住楼上，牛关楼脚。人少变人多，后来成了姑争坡小寨。因为离大寨子较远，隔山隔水，喊也没人听见，且对着蛮人的枪口也不敢轻举妄动，故无可奈何地看着心爱的东西被蛮人抢走。这个消息让人们听了有一种头不着天脚不沾地的感觉，愣愣地心里发慌。从那以后，大家一传十十传百地遇人就讲，个个警眼审路人。外婆没有一天不讲这个事件，目的是让大家小心警惕，因此这三个不速之客不免使我们汗毛寒立。

我和表弟接了水果糖，没有马上就吃，先看看外婆有没有什么意见，外婆果然朝着我们立眼，意思是叫我们不要瞎馋。我们只好把手中的糖颗放进有漏洞的荷包里捂着，将惦记揣在心头。

外婆怕那糖有鬼，怕我们吃了昏迷着头，被人用麻袋笼着扛起去。

他们大概该烤的已烤好，身上暖和了些，冷青的脸已开始红润起来。那大的起身去把他的帆布包拉开，从里面的硬壳本里取出一张纸来递到杨书舅面前，杨书舅接过去看了看，好像也看不太懂，但最上端那介绍信三个字和最下面那颗圆红的大印他是认得的。杨书舅跟外婆说，他们是从省城来的，是干部。三个客人一致朝外婆和杨书舅看去，虽然听不懂他俩说什么，但试图在他俩的脸色上去寻找一种理解和认可。

外婆那警疑的神色平和了下来。她跟杨书舅说，你问他们吃饭了没，没有就煮。

杨书舅刚跟他们说了话，那三个客人便都摇了头，脸上露出一种尴尬狼狈的笑，模样仿佛肚子突然感到饥饿，已经达到受不了的程度。说完杨书舅起身就去灶边涮锅引火煮饭。

说是煮饭，家中一点白米都没有了，我们每天吃的都是荞面拌蕨粑粉，因为荞面有点苦，蕨粑粉稍有甜味而且黏滑，掺和起来便于下咽。只要咽得下去就好，肚子不再饿，脚杆不再软，眼睛不再花。

三个客人在等着饭吃。

因为家里没有蕨粑粉了，杨书舅拿起竹篮到窖中去拎半篮子红薯来，放在水桶里搅洗，然后倒进簸箕里剁成碎片放进锅里煮烂，最后掺着荞面搅拌至熟，不需要也没有什么菜下，舀在碗头就吃。

客人见杨书舅把红薯剁了，就试着去选几个来火坑边烧吃。瞬间那干净的红薯一个接一个地围着火坑边排开，躺在烫灰上。按我们的习惯，外婆想用火夹扒来火灰为他们把红薯蒙上焖起，然而他们不让，他们说如此轮番焙熟更香甜可口。看到火坑里的红薯，我和表弟觉到一种新鲜感，红薯还有这种烧吃法？当然我们最难得忘记的事是荷包里手中那颗水果糖，隔着糖纸感觉到里边的轮廓及甜味，心头有点急不可待。

大概十来分钟，三个客人就开始用短柴棒从火坑里扒来红薯，拿到嘴前呼啊呼地吹，然后剥去灰皮，那大的一口就咬去了一半，响唰唰地嚼着吃。那红薯哪是熟了？仅有皮下层的那一圈熟了，大部分还是生的。然而他们就这样吃了，嚼得满嘴欢畅。

外婆为火坑里添柴根，坑里的火噼噼啪啪地燃得欢旺，杨书舅忙为客人摆席上碗。夜更深了，满屋明火亮堂堂，暖融融的。

我和表弟钻进被窝里，嘴里的水果糖和牙齿发生激烈的碰撞，忽左忽右地在里面翻腾，那夜是如何睡着的记不起来了。

二

第二天我和表弟起来时，厦房里只有外婆一人在那里折腾——今天外婆要多煮三个人的饭。客人的工具大部分都放在家里头。我问外婆他们去哪点了。外婆说，他们去姑嘎坡了。

姑嘎坡离家不远，从家里去顶多四十分钟，我和表弟脸都不洗就出了门，往姑嘎坡跑去，任外婆在后面如何嘶喊，不听就不听。

我们两步做一步猛冲趟子一气跑到姑嘎坡，心想，这些客家到底搞什么名堂，肯定是好玩得很，尤其是水果糖那黏黏的甜，想着想着嘴角又流出了甜蜜的回味。

他们三个，有的用铁铲有的用洋镐在姑嘎坡的岭岭上斜斜地挖了一道黄泥。头天挖了半天，那天又挖，明天后天还要挖。挖做什么呢？我们满脑的疑问。

那泥巴越往下挖越硬，哼哧哼哧地挖一会歇一会。戴眼镜的不时拿来本子记记画画，呢呢喏喏的好像在跟我们说话聊天，而我们只向他们投去丝丝会意的笑容，无法和他们搭话，于是只有笑对笑地默然相待。我和表弟使劲地盯着那鹰钩嘴的洋镐，每一镐扎进去就出现一道深深的牙印，挖出来的新泥用铁铲往下掏。挖了一个半天搭一早，挖出了一槽黄灿灿的喜悦。他们好像很累了，坐到坎边草地上扯粗气抹大汗，那大的还摸出纸烟来叼在嘴上，划燃火柴猛猛地咂。

太阳已经当头照，热腻腻的，使人肚子越发饿得难受。因为他们都已休息，没有什么看头，我和表弟准备起身回家。我们刚要出发，田坎下面冒出了小娘的头来，她是送饭来的。小娘走路很急，满头都是汗水。她的突然出现，使三个客人感到有点意外。因为昨晚上他们没有看到小娘。是外婆叫小娘给他们送饭来的。他们朝着小娘看去，仿佛一时间吹了暖风，使有气无力的自己瞬间又补足了干劲。小娘今天果真漂亮，那些刚刚浸上表皮的汗水润得小娘的脸子泛红光滑，好看的眉毛湿得像刚从水里来似的。其实小娘穿得和往天一个样，没有什么特别的打扮，如果没有他们的眼光在感化，我们确实也难得发现今天的小娘。

小娘寻找稍平的地面放下竹篮，竹篮里那口小锑锅盛满荞薯糊，边边放着一碗辣面盐，然后就是三副干净的碗筷。小娘说，饿了吧？请你们吃饭吧。说完小娘就走到新挖的泥坑边去看看，对三位客人也不多看一眼。

三个客家边拿碗舀饭边看我和表弟，意思是送饭的这个姑娘也是你们家的人？我们也用肯定的表情回答他们是。

我和表弟挪脚就准备回家，小娘说，等我一起去。

我们忍着辘辘饥肠看着他们吃饭，那些碗筷的碰撞声和咂嘴声迫使我们馋不可耐，好不容易等到他们刮锅刮碗。等小娘收拾好后我们便快步回家。

一路上，我就想不通，小娘她怎么会讲客话呢？且讲得比杨书舅还要熟练自然。

小娘。

嗯？

你会讲客话？

嗯，会点。

你跟哪个学的？

学校嘛。

你读过书?

嗯。

原来小娘在村校读过书。后来为什么不继续读了？她说那是因为那年外公死了，家里困难，连饭都没有吃了，就读不成书了啦。

你读到几年级了嘛?

四年级。

成绩好吗?

好啊。

那平时不听你说客话?

跟哪个说?

跟舅舅说啊。

跟自家人说客话，人家笑人哪。

我不知道跟自家人说客话有什么可笑的，是不是因为这样我们才不会说客话？我那年已经九岁了，还不知道学校在什么地方，是什么样子，进了学校就能会客话，太好了。因此学文化说客话这件事在我心中再也磨灭不掉。

我们走到一口井边，我和表弟都抢去喝水充饥，我想小娘也要把锅和碗洗了，然而她不，只是站着等我们。

小娘，你不洗东西?

小娘说，不洗，回家去洗要浓水喂猪嘛。

我心想，小娘可是大人了，她想事情不差于杨书舅和外婆。

前些天听外婆跟杨书舅说，你去场坝顺便买几尺花布来缝几张被面，另外找个木匠来家打几个柜子，时间没有几多了，不这样到时你拿什么送你妹？杨书舅说，等到下场就买。我问外婆，送小娘去哪里？外婆说，小孩子瞎问什么？我说我也跟小娘去。

第二天，杨书舅在一棵大树下跟我说，你小娘要出嫁，去别家做人了。这话我懂，但不知她被嫁到远方还是近处，心头不免有些挂念起小娘来了。

小娘确实可能长大了，记得前年我来舅家的时候，小娘带我们到小河边洗澡时，我们脱光身子，甩着小鸡鸡在水里嬉闹，那时小娘就感到害羞了，她背着我们脱完衣裤，然后手捏薄衣把胸部遮起，另一只手蒙住小肚下旮旯处，躬起光光的身子撅起屁股跑进水里去，背朝我们左右上下地搓搓身，河水清澈如镜，小娘除她的胸部和下身，其余的随我们看她不管。她身上确实好看，处处丰满平滑白白嫩嫩，不像我们毛皮包骨，小猴子落河似的水面汤身。由此我想，小娘真的长大要做人家的媳妇了。

我还是要问个明白，舅舅，小娘要嫁到什么地方去？你跟我说嘛。

不远，就下面那个大寨子。

我可不可以跟小娘去嘛？

杨书舅揪我的耳朵，咬着门牙说，笨脑筋。

原来在那年的热天里，下面大寨子有个小子良心托媒来说亲，不久就数着银毫抬着猪鸡来跟小娘吃订婚酒了，准备翻年就要接去。外婆说姑娘大了待在家里别人瞧不起，嫁小多不会做事，十五六岁正好，超过这个年龄段身价便跌，人贱，一天天一年年的就要变成嫁不出去的老姑娘。

我们赶到家时，荞薯糊已经一碗碗地舀好摆在桌上，在等着我们吃饭呢。小娘把竹篮连锅碗放在灶上，外婆看见锅里刮得光亮，她问，他们饱没饱？小娘说饱了的，外婆脸上飘着一丝满意的笑容。

从那三个客家来了以后，我和表弟再也没有心思玩捡石子、竹竿竿之类的老把戏了，一心就想奔向姑嘎坡那黄泥土坑边去。

三

三个客家挖累了歇歇了挖，歇时就和我们摆白。小朋友，你好大了？没人应他们，只是大眼看小眼。戴眼镜的又摸出两颗水果糖分给我们两个，然后笑着说，你有几岁了？我们不知道他说什么，只是摇摇头回答不懂。

他们那坑已经挖得很深了，那大的跳下去，身上已经落到肩膀处，坑道宽宽的伸手不挂两边。然而他们却嗨哟嗨哟还要挖下去。我和表弟轮流地拎着水壶跑到半里远的井边为他们运水解渴。

坑里多数是戴眼镜和矮个子挖，一个在前面挖，一个在后面铲，坑越挖越深，道越铲越长。我和表弟站在道坎上吹的是寒冷的风，他们在黄泥坑里脱去外衣，光着的臂膀冒着热气，口水不断地吐在手心上，大汗细水地扬起春天气息。那大的一会儿量量这比比那，一会儿捡坨新泥闻闻看看，一会儿用手中的小铁锤敲敲挖出来的石头，然后把它们都放在坎边的草地上堆起来。我和表弟的眼睛随着那大的走动游来游去，最终也看不出什么名堂来。

天可能快要黑了，在不远处修堰沟的队上社员已经收工，杨书舅肩上扛捆干柴绕道来喊他们收拾东西一起回家。杨书舅来不久，寨上其他男女七八个人也来看热闹来了，其实寨上只有七八户人家，做活的人恐怕也来得差不多了。大家七嘴八舌地讲一些三个客家听不懂的话。

他们挖这点做什么？

挖找银子啊。

这有什么银子？要是有银子，我穿鼻子做牛你信不信？

可能找矿吧。

也不是。矿人家在坡脚挖，哪个在坡顶挖啊？

杨书舅早些年曾经被队上派去外地参加挖矿过，他说也不像挖矿，到底挖什么，都说不出来，于是大家你说我议的叽里呱啦一通就走开了，回家赶家活要紧。

三个客家像是杨书舅家的亲戚，等待他们收拾东西的只有杨书舅、我和表弟。

他们停下手中的活爬到坎上，才觉得冷了起来，于是息哈息哈地赶紧把脱下的衣服穿好。

我和表弟抢着轮流背那猪尿脬大的草绿色水壶走在最前面，仿佛那水壶可以认可我们那天的功劳。杨书舅扛柴走在他们三人前头，后面呢呢喏喏地跟着我们一路回家来。

刚到门口，小娘便出来迎接。

小娘的迎接方式是拿把扫把到门口打扫石梯上草尘，制造巧合的机会，顺便在门口帮客人接下手上或背上的东西往家里拎去，这样显得自如而不刻意。

小娘个子长得单高，生来就有一张笑脸，眼睛看人总是水灵灵火辣辣的，那小嘴还未开，仿佛就听到了她那娇怯脆香的话音。

小娘从眼镜的手上接下他们的工具包，跟着大家一起走进厦房来。

厦房的火坑里早已绕着一圈烤好的红薯，看来一个个烫乎乎的都已经熟透，就等他们放下工具洗好手来吃了。这是外婆根据昨晚他们的吃法交代小娘烧的，其实昨晚小娘听到有人来家从板缝里窥察到了来客的模样，至于吃什么怎么吃也再清楚不过的。

外婆交代，吃完烧红薯就上桌吃饭。

几个烧熟的红薯是专门为三个客人准备的，表弟刚递手上去就被小娘打了回来，她朝我俩厉声说，你俩还没胀饱！其实我俩胀什么饱了呢？家中有几多红薯我们清楚着呢。红薯窖里已经没有够几顿这样烧了。为了招待客人，昨晚杨书舅已经撬开留做种的红薯窖了，平时外婆让我们烧吃也都是一些受了伤冰冻坏了的或是像手崽粗细两头有尾巴的小颗子红薯，哪能像客人那样大个大个地剥吃？我们也知道大人的苦心。为了支撑下顿，从客人来的第二天起外婆就叫舅妈和小娘到处去挖找红薯来补贴。就是到队里或别的队里挖过的红薯地去从头再挖一遍，刨找一些红薯根和漏网的小个子红薯。这样挖找红薯的人也多，有的刚刨过去就又有人扛起锄头来，你找你的，他找他的，把地里翻挖几道。别人见了也不会指责，因为等于帮队里再次给地松土，以便春来下种作物。晚上回来她们各人少也得一小口袋，外婆将其洗好剁烂，再掺一些荞面和上，一天勉强够一天吃。

眼镜看我们木讷垂涎，笑眯眯地把一个红薯掰成两半分别递到我和表弟的手上。小娘在旁边偷笑。

当晚外婆摆两张饭桌，一张是杨书舅陪着三位客人，一张是外婆、舅妈、小娘、我和表弟。一般家里来男客，妇幼系列都不能参与同桌吃饭，还要承担为客人碗里添饭的职责。有小娘在场，给客人添饭的事轮不到别人。

小娘为客人添饭时一句话都不说，只是笑盈盈地接碗去添，添成了送到客人手上。三个客人不解地想着，在工地上听这小姑娘能讲汉话的呀，怎么在家里就金口不开了呢？

他们哪里知道，如果外婆要是听小娘讲句汉话，那就不得了，外婆会拿她当败坏家风来打整，说她越大越厚脸。

小娘也很想和他们攀谈，但外婆在场是绝不能开口，只有偶尔外婆离开了，估计她听不到了，小娘才吐出两句话来。这时三个客人像明白了什么似的瞠目结舌地朝着小娘发出傻笑，连连点头。因此有时候他们想找小娘讲话时就借故走到小娘身边小声再小声地嘀咕着。这时小娘眼看着远处嘴上随意回答一些不明不白的话，让别人摸不着头脑。

饭后一切活动和往常一样，杨书舅搭舅妈站在磨边推拉，把满满一小袋的荞籽碾碎，外婆搭小娘坐在屋角把白天挖来的红薯掐选去根须和泥土。三个客人没事就掏起笔来教我和表弟写字。因为在他们没来之前，杨书舅曾经拿他读小学的课本来教我们认图，那图是一群小猴子从树上一串拉地吊到水井里捞月亮。那书已经翻得脏而卷成了筒筒，表弟表现似的顺手拿起来瞎翻，客人好像很高兴，看得出我们很爱读书。于是从工具包里找来他们工作用的铅笔和本子热情认真教我们写字。他们那铅笔削得尖秀尖秀的，特别好写。当晚我们就能写1 到10，因为这些数字杨书舅经常用火炭写在板壁上记载某种数据，我们也曾将手指立在铺满灰尘的地上摩写过多次。客人见我们学得很快，高兴地给我们各人送一支铅笔，并交代我们要好好学习。那晚小娘一直陪着我们写字，还不时地给我们纠正错误，等客人睡了我和表弟才睡，我们都睡了小娘才去睡，再不睡外婆就要撵人了。

四

六七天过去，姑嘎坡已经被他们挖出了两个斜而长的大坑道。每天中午那顿饭都是小娘给他们送去。小娘总把此事挂在心上，因此每天到那个时候她都要赶回来把外婆用白帕子罩好的竹篮子拎了就往姑嘎坡奔去。

从和他们接触以来，小娘心头发生了很大变化。她想，有文化的人真好，他们的家乡在那很远很远的城市里，人多如蚁，要什么有什么，吃肉有肉吃糖有糖。眼镜说城市里有许多车子，还有长长的火车，一天闹哄哄的，可热闹啦，哪像我们这山村？深山老林里到处都是树木，死气沉沉的，一天听到的尽是鸟声蝉鸣，一个人走在林间路上，耳后回应唰唰的响声，怪怕人的。

小娘越是想这些，心头就越感到暴躁难熬。

她是有了些想法的。她发现眼镜和她单独说话时，脸发红，眼睛有那么点躲躲闪闪，似乎有些话想说而不敢，她也爱在眼镜面前撒娇，动辄说“没爱”，其实她有心在挑逗他召唤他，或许在暗示答应了他什么，感情上已经实现了拥抱。眼镜也是听得出来，但他越是心里明白就越是害怕。他也是一个十八九岁的羞涩少年，下乡之前除了妈妈和姐姐，还从没跟女孩子说过话。他和小娘单独谈话往往都在后园菜地里，只要小娘到后园扯菜或掐葱料等，她都要暗示眼镜拎起小篮跟上；要么就在猪圈里小声媚聊。外婆都喊小娘喂猪，这时她叫眼镜帮拎猪潲桶到猪圈里倒进猪槽中，那点时间也非常宝贵。

小娘觉得自已好想和眼镜形影不离，但又怕别人知道，心中开始惶惑不安起来。

寨上的姑娘们眼睛尖，有人已经发现小娘活动有些不对劲，提醒小娘说，小娘，戴眼镜的是你家那个?

这是小娘自己露马脚的。最近小娘不爱到寨上找别的姑娘玩了，晚上她们悄悄地来到小娘家楼脚打探时发现小娘在火坑边和眼镜眉来眼去地小声说话，把她们全给忘了。发现的人立即回去和其他人说开，各种言论也就都不胫而走了。面对她们的问题，小娘不知如何搭理，于是冲着红红的脸转身便走。

小娘在心里嘀咕，我有我的想法你们懂什么？她觉得她们很无聊，什么想法都没有。但回过头来想，她又觉自己很可笑，凭什么呢？通过这样反问，好像又明白了些事情。

小娘感到特别惆怅，神情恍惚得不知做啥好。心里总想发气，但又没有根据。有时候她干脆想到那个人山人海、车水马龙、要啥有啥的城市去，随她们爱怎么说怎么说去。

想着容易，走那就难了。走成倒是给她们个实在的回答，走不成呢？如何是好？于是小娘内心很乱，从神色上看出了她的悲伤。从此小娘的心头像有团棉球在哽起，无法消除。这事她越想越感到惨白无助。

小娘已经忘记了下寨那个小子良心，那小子良心和小娘同岁，样子还是个娃娃头。说讨个老婆给他，他便笑得鼻涕口水双双出洞。见面那天，他把小娘看得傻呆，而小娘却把他当小毛孩来看待，吃订婚酒那天小毛孩冲着小娘发笑，小娘对他那傻样感到反胃。他们的这门亲事是在一次偶然的情况下促成的。

那次外婆到下寨去帮人做事，吃饭间有个好事的老妇人跟外婆说，上寨姨妈，你怎么生得你那小娘？长得如此漂亮，今年多大了？合成客了吧？外婆随意回个笑话，我那丑丫头哪有人家看得起啊。那老妇人便起身跑到外婆身边坐着说，说真的姨妈，下寨有个小子良心今年也冲来高高的，只是看来没像小娘那么成熟。她进一步把那小子的家境情况涂脂抹粉地说给外婆听。外婆认为这事是可以认真的，一是小娘已长到十六岁了，正是合成客佳期，想当初自己才十四岁就嫁到杨家来。二是上下寨路程近，孩子们好来往。三是男方家也过得去，好坏也是个村干家庭。当时男方父母也在场，外婆不好答应也不好反对，笑哈哈的像是默认了下来，这事像是就这么定了。

不到几天男方父母就请了那个老妇人带着小子良心的八字和提亲礼到上寨杨书舅家说亲来了。事情只要外婆不说什么，其他人是不能多嘴的。此门亲事顺当得像一阵笑话说完就完，使媒人感觉力没用够，双方的心好像还悬起没有落位。

那小子良心是下寨老村长家的老四，既是老幺又是独崽，他头上有三个姐，都已成客。老村长夫妇把这棵独苗看成宝贝，话都舍不得大声说，怕惊他魂魄。几次送去学校读书，校门都没进绕路就跑回家，父母无可奈何，于是小子良心爱做啥做啥，整天东游西逛，人都长到十五六岁了，还跟寨上七八岁孩子坐地玩泥。这些话传到小娘耳朵里，她心头酸苦不是味，真是哭笑不成。

五

地质队在姑嘎坡挖坡的事在这一槽里的大小几个寨的人都已经知道，白天社员在田间地里干活，三个客家挖坡的事已经成为热门话题，晚间饭后，眼镜和小娘的事又成了小伙子姑娘们的新闻。人好像都这样，拉门子摆故事是人们最好的逐倦和解渴法子，但往往门子故事没了，真人真事就有板有眼地跑到了人们的闲侃中来，这个时候为了消磨时间，传话人自然要灵活地添盐加辣，使故事更为精彩更有戏剧性效果，这样故事里的人和事就显得似是而非。但如果牵连到私人利益，听者则如火焚心，难以按捺。关于小娘和眼镜的事就是用这种方式传出去的，在别人眼里小娘已经严重触规越轨，冒天下之大不韪，眼镜已是只狡猾的入室之狼。村长老婆在田地间得到了这个消息后，脸色无比难堪。她赶紧回家臭骂她那个屁事不懂的宝贝，叫他马上去上寨找小娘造一顿好好的，然而，小子贪玩，不当一回事。气得她老娘只好亲自上阵。她两步做一步从下寨到上寨不要二十分钟。

她进门时只有外婆在家，见她气势汹汹地找上门来，外婆感到分外的奇怪，问她有什么事，她忍着气话说，姨妈啊，你整天不出门，不知外面都说些什么吧？我可受不了啦！外婆瞪着眼睛看她，那意思是你受不了关我什么事，她真的想在外婆面前跺着脚，她说，你把那几个客家赶走，不然要出大事了。外婆说他们是上面来的干部，还会出什么事？

嗨！你没晓得吗？外面都说看见小娘跟他们中的那个叫眼镜的那个啦，小娘是我的媳妇，姨妈你要给我看好她哟。她那意思使外婆受不了，那话外音是在责骂外婆没有管教好自己的姑娘，这比骂什么话都难以接受。

外婆有点想动气，她说，你说小娘跟那个眼镜的那个啦是什么意思？

她说，你个老脑筋，一个男子和一个女子在一起，你说是哪样事？她竖起两根手指在空中比比，补充说，还会是好事吗？

外婆感到莫名其妙，但还是漾开了笑脸，十分把握地对她说，不会的，你放心吧姨妈，小娘是我女儿，她的心是大是小是歪是正我清楚。

等她走了后，外婆才从过来的日子认真地查看小娘和眼镜有什么不对劲的言行。平时外婆都是忙于手上活，顾不得看这看那的。她心想，一个不会讲汉话的水族姑娘和一个只懂汉话的远方客家小子连语言都不通，能成什么来？话虽然这么说，这丫头最近好像从哪多了点牛劲，还真有点冲冲的颠颠的，特别是叫她送饭去姑嘎坡时，她眼睛一亮，拎起篮子拔腿就跑；戴眼镜那小伙子倒是比其他两个都勤快，一到家确也爱动手帮做事，这能说明什么？虽然外婆搜遍脑子也找不到什么可疑之处，但她还是想，凡事不能麻痹，得盯着点。

杨书舅从坡上抬来一挑干柴，咚地摔在楼脚门边。

外婆喊他，书，你过来一下。

小娘和那个戴眼镜的怎么了？今天下寨的姨妈来讲了，说外面在传他们的风言风语，有这个事吗？

杨书舅不以为然地回答外婆，什么事？你别听他们那些人的话。

从此外婆和杨书舅对小娘和眼镜的举止要多安一只眼了。

平时杨书舅没有注意到，经过外婆这么一说，倒还觉得他们有时候是有些不太正常，比如小娘待眼镜特别的好，她看他时眼里好像多了一层光圈，确实有点像逗情弄意的感觉。平时烧红薯时她都给眼镜挑好的大的，有时还外加收藏一些好吃的背地里塞给眼镜，为什么小娘做事都爱喊眼镜陪同呢？如此这些杨书舅都偶尔发现过，只是没意识到事情的严重性。杨书舅越想疑点越多，他习惯地从喉咙里干咳一两声闷响来，表示肯定有这事，但他不跟外婆说。

小娘和眼镜两个人脚跟脚地从姑嘎坡回来了，他们除了手里常拎的东西外，肩上还各扛一捆柴火，外婆见了立马跑到楼脚手操竹响帚使劲地朝门外打刷，叭啦啦地边打边骂，打死你这个外来的鸡崽！打死你这个外来的鸡崽！想偷啄我家白菜苔。小娘看了看并没有什么鸡在捣乱，她又看了看外婆那和以往不一样的脸色，她明白外婆在骂谁了。

小娘心头有事，她忙把肩上的柴火放下说，妈，我来。说着她接下外婆手中的竹响帚，先把眼镜让进屋。外婆先是用怒目锁住小娘，随即滚着白眼夸张地睃巡眼镜的背影，像是有意留给小娘一个警告。

妈，你有什么不高兴的吗？

外婆垮着脸说，我问你，你和那个眼镜小子怎么啦？

小娘惊讶得双目直瞪，没啊！没有什么啊。

隔山有眼隔墙有耳，你还瞒我？

妈，你听哪个说哪样了嘛？

你给我注意点，不要让我亏脸面啊！先讲到先！外婆那话的分量很足。说完外婆就噔噔噔地往厦房里走去。小娘生怕外婆去找眼镜问话，疾步地跟在后面。

六

村长老婆匆匆地离开上寨回到家，本想找那宝贝小子良心发一顿火，泄泄胸头的闷气，但那贪玩的三脚猫此时不知到哪边天去了。这时家头那老头子村长口含一支短烟杆哼哧哼哧地爬上楼来了，呸，你还有脸面到外头去瞎逛？我的脸都红到颈根来了。老头子凑上前去问是什么事情使她这样难堪？老头子刚凑上去，红薯酒气臭拉轰，看样子是从哪家喝酒来的。老婆子骂道，你一天只晓得去喝去胀，你知不知道外面人家说你的媳妇哪样话？

说哪样？你说给我听听。

有三个客家最近一直在上寨姨妈家住，说是什么上面派下来的干部，在姑嘎坡挖坡的那三个。

这个我早知道，你说下去，到底出什么事了？

都说小娘和他们那戴眼镜的那个了。

那个是哪样？说清楚点！

他们两个好像相好了。

那还得了！不过还没接到家你管得了吗？老村长好像是自我解脱然而不得不认真地看待这个问题，手脚开始有点急躁起来。

见他急成那样，老婆子主动向他凑过去，要和他商量重要事情……

当天晚上村长单独叫民兵连长到他家研究工作，晚饭过后，民兵连长奉命到上寨召开上寨组群众会，杨书舅坐在组长家一个不见火光的角落里。

会前民兵连长点名问道，杨书到了没有？

杨书舅小声应，到了。

组长让民兵连长说话。

今天晚上的会议不长，只为一个问题，但这个问题必须解决好，我们村里面就安全了。

据村民反映，最近有外来的人在我们上寨组范围内搞什么秘密活动，扰乱了组民的正常生活，根据村委会指示，要想法驱逐出去，以保我村民平安无事。

说了他朝杨书舅看去。

杨书，你说说那三个人是从哪点来，是做什么事，凭什么他们在你家住，并且住的时间不短？

组长家的煤油灯挑到最大时也只能像黄豆颗那么大，民兵连长坐在灯架前，那杆不离身的老式步枪就立在他身后的墙边，那褐色的老光向杨书舅这边闪来。民兵连长对杨书舅发的每一句话好像都从那枪筒里蹦出，略带一些弹药味。

他们有介绍信，是从省城地质总队来的干部，是来我们这点开展勘探工作的。那晚夜深了找到我家来，我想人出了门哪个也不带家跟后，人家有困难我们应该帮助，所以就让他们住下了。住那么多天也没有发现他们有什么不好，他们也很辛苦的，为了工作，天麻亮就出去，黑了才回来，一天就跟我们吃红薯荞面稀饭。

你晓得他们挖什么吗？他们是来挖我们的龙脉啊！你看见没，姑嘎坡那里是我们整个村的龙脉来向啊！不信你试看，他们要是再挖下去，等切断了龙脉，我们这槽的公鸡都不叫啦，那时就无法挽救啦！也晚啦！

民兵连长捋起锭子像要上前来揍杨书舅，但他还是忍了，忍得好艰难。在场的人都知道，民兵连长是老连长了，他跟退伍军人学过擒拿法，手臂有如擂钵粗墩，扭人捆人是他的拿手本事。大家都看见他捆过人，他一个人可以把一个壮年男子捆得如吊猪一样嗷嗷直叫，毫不费劲。

杨书舅不再说什么，眼瞪着民兵连长，心里在硬着，为了这点事你还想来捆我打我？

会议最后责成杨书舅去落实这个事。

散会回家的路上杨书舅在想着，他们三个该怎么办好？

到了家，杨书舅并不把会议的内容告诉他们三个，而是洗好脚上床睡去了。

躺在床上的杨书舅尽管闭着眼想睡，但是三个挖坡人那一身泥那一股干劲、民兵连长那雷声般的命令、那闪闪贼亮的老步枪等事在搅骚，他翻来覆去睡不沉。

杨书舅模糊地看见老村长向他走来，这下他才明白有个岔子路，此事是不是与小娘和眼镜有关？他朝着老村长嘟嘟囔囔，都还不是你家人你就管得那么凶火？人常说，没有过门的媳妇，婆家娘家管不住，你管得了吗？老村长也盯着他指责了许多，但不记得讲些什么了。那一夜杨书舅就这样迷迷糊糊地过来。

天麻亮，三个客人陆续地洗好脸准备上姑嘎坡去。杨书舅问，同志，你们的事差不多完没？三个客人同时直起身来看他，好像很明白主人问这话的意思，接着两个小的朝大的看去，会意地推大的代表回话。

大的说，啊，是这样老杨，伙食我们每天都记到起的，我们会给你伙食费的，粮票钱我们都带有的。事情可能还有三天就完，顶多三天。

杨书舅说，这个是小事，我不会收你们一分一两的。

那是为什么？大的奇怪老杨今天怎么突然问起此事来，是不是有什么难处？于是想问个明白。

杨书舅说，没什么。随便问一下，你们走吧。

七

姑嘎坡那天可怕人啦。他们正在哼哧哼哧地专心挖泥，那坑很深，站在远处根本就见不到坑里的人。

他们跳到坑里大概挖个一杆叶烟工夫，听出坎上远处有群人边吼话边跑过来。不多时，一堆的人就站满了坑边坎上。有个小青年特别厉害地下到坑里去夺挖坑人手上的工具，用起劲来也特别的牛，嘴里还在胡乱地骂些没体统的话。坎上人群中一个中年人指手画脚地叫那三个客家到坎上来把事情交代清楚。坎上的大队人马把他们三个严实地围在中间审问，闲余的人就赶紧往坑里扔石头掀泥土。

手里拿根四尺来长的棍子的人目光咄咄，口喷唾沫问道，哪个叫你们来这点挖？这坡是我们这一槽的主要龙脉咧，你们又不挖矿又不挖水井，到底搞什么名堂？是不是有意来挖断我们的龙脉？老人经常跟我们说，要是姑嘎坡的龙脉被掐断了，那我们这一槽的公鸡就不叫了，那就是意味着绝根灭种的大事咧，你们这是在破坏，不会是什么好事的吧？这两天公鸡不大勤叫了，到今天早上都没听有公鸡叫了，脉搞不好真的挖断了，不信你们可问大家。在场人无不和声应是。

另一个旁人接着说，有人看见了，你们在那两个坑挖走了一只金鸡和一条金鳅去，此坡此地已经失去了灵气，你们是在掐杀我们的后代啊，你们要把金鸡和金鳅交来，把它们埋到原处去，否则我们是不会放你们走的。在场人也无不一致点头。

他们三个说什么也没人相信，于是 个劲地沉默下去。

杨书舅来了。他是在远处看到黑黑一堆人在姑嘎坡凑起，才放下手中活赶来的。

杨书舅到时也没有先说什么，想听听那些人都说些什么。他老远就认出那拨人是下寨的。那中间站出个人来，指着杨书舅说，杨书，你也有罪，你为什么让他们在这姑嘎坡挖坑，你得跟大家说清楚。杨书舅也不买那人的账，他说，他们三个是有手续来的，是上级政府派来的，哪个敢动？

七嘴八舌的：

政府会派人来下面祸害群众？

请他们拿出证件来看。

他们肯定是私自下来挖山取宝的。

叫他们交出宝物来。

杨书你肯定也有份，要不你怎么会帮他们说话?

……

杨书舅实在感觉心头火拱，无法忍让，他说，你们讲不讲理了？你们再不让开，影响他们工作，区头会来抓人的，到时候有人会背被窝去学习班的。

啊，杨书你吓哪个？他们是你家祖宗啊。

不是我家祖宗是你家祖宗?

你为什么让他们挖?

这坡是我们上寨的坡，关你们下寨什么事?

在争吵中，突然一颗锭子大的石头从人丛中飞来，正打中杨书舅的膝头，顿时脚筋一软，趴地而坐，然而他早在那一瞬间就已看到了那打石头的小子，这时他更加怒火中烧，怒牙紧咬，恨不得立马吃掉那小子。

那小子是谁杨书舅心里清楚，简直不敢相信，也无法说出口。

看见杨书舅受了伤，那簇衅事人徐徐散了去。走了还留下话，你们必须今天就走，不然我们还要来，第二次那就对你们不客气了；杨书，你再让他们住在你家，你要小心危险。三个客家把杨书舅扶来坐起，谁也不知怎么说或怎么做好。

当天什么事也给耽搁下了。杨书舅在家养伤，他们三个在考虑问题，关键是在这个节骨眼上，三天的工作量怎么才能完成？大的好像拿不出什么办法来，他问杨书舅，老杨啊，只有三天工程了，现在停下来就半途而废了，你有什么办法吗?

杨书舅说，我也没有什么好的办法，作为个人我相信你们，可别人不相信，我也难。我知道你们是国家派来的，为的是工作任务完成回去交差。现在回去不行吗?

大的说，不行。还有三天，只有三天了，我们要设法克服困难，一定要完成了才能走，请你再帮个忙吧。

哎呀，在坡上你们不也听见了吗？我也是被逼的啊！

大的说，知道知道。

大家沉默一阵子。这当儿使得窥在一壁之隔的房间里的小娘的呼吸显得有些粗重，她尽力缓压气流，坐在床上一动不动，动了就有床板的响声，外面的人就知道里面有人偷听。小娘心里有很多很乱的想法，她最多的思想是那个捡起石头打人的小子，不，还小子？都十六岁的人了，可恶，可恶，那嘴脸有多可恶，这种人，自己怎么能托付终生于他呢？这时候最能使她平下心来的是眼镜的那对大眼睛，还有那海市蜃楼般的远在天边的城市。活路上的困扰那是他们三个人和杨书舅的事，她有点分出什么事是自己的事，什么事是别人的事了。这样她那紧张的精神便松弛了许多。

四个男人又说起话来了，小娘趁此时悄悄站起走到开向远山的窗口边，眺望那遥远的山外天上那罅裂飘幻的云朵，做了很多的梦。

杨书舅在堂屋给三个客人出了个点子，大家同意后便七手八脚的像要收拾打整出行了，那时刻小娘心意非常紊乱，她感觉她在悬空下坠，手找不到抓处，有种坠毁深渊的恐慌。她迫不及待噔噔噔地从房间里出来，用眼睛把眼镜喊到厦房后面菜园边去问。

你们要走了？

嗯。

真的要走了吗？

这也是被逼的啊。

那我呢？她差点要哭出来了。

眼镜咬着她的耳朵说，还回来。

什么时候？

晚上，煞黑回来，你准备晚饭等我们。见小娘不解，眼镜补充一句，不过迟早是要真走的，你做好思想准备。

外婆忙活于大灶后面，通过板缝发现有两个人影在后园并排地站着不动，她在厦房里高高地咳了一声，心里在骂小娘你找死吧。小娘撒手装作到竹林里去捡干枝，眼镜装作看看后园景色慢慢地收脚回屋。

他们要走了，外婆也不说声留客也不说你们走啊，只是分秒地盯着小娘看，脸上像什么事都没有一样。下寨的人到姑嘎坡吵闹，谁用石头打着杨书舅，伤口有多严重，外婆全都明白，她气得不想说话，肚里像裹着一包草，乱乱的。

八

傍晚时分，当时太阳已经偏挂西坡，阳光在地面上长长地拉着人影子，三个背背包的人经下寨坎下的路，匆匆地朝乡场方向走去。下寨人一个喊一个，在寨脚路口上，在家头门窗里，簇拥地朝那三个背影看去。看到的人和听到的人，爱怎么说怎么说，话说完就像人走了事情便结束一样，把过去归为一个时段，将关联的历迹掩合在各家的集簿子里，愉快也是，不愉快也是，生活总不能有太多的追究。

其他人家将要把姑嘎坡的风波意料着淡漠，心口上还多关注现实生活，如箩篼口袋里已经空无米面，晚上锅里煮什么？白天的苦活重活晚上会计将给登上多少工分，等等，不想再被那无味的别人家的事所折腾了。

三个客家走了，懂告村像一阵龙卷风过后，地面上平平静静地留下一串串旋迹，杨书舅家却是另外一种平静。

然而，老村长家却又有了新的故事可摆了。

挖坡的几个人走不到一杆烟时间，趁天还没全黑，小娘拎起一个竹篮子气冲冲地登上老村长家大门，满满一篮子实物当啷一声放在老村长家的桌子上，回头走了。

老村长在，村长老婆在，小子良心也在。心里都明白是什么事。

顿时，一家人都哑了口。

村长老婆赶紧掀开竹篮子口上的罩帕，五筒红纸包的一千毫子整齐地躺在一根硕大的银项圈里，侧边有三副麻花的轮条的银镯子，外加十颗方块红糖和几束黄澄澄的老烟叶，除了吃的，订婚礼如数退还。

老村长沉着脸说，这回你甘心了吧？不让耳边有点风，你就打雷。

你怪我吗？老婆子跺着脚，大吼起来。是我让你动员寨上把大公鸡都杀了？是我让你派人到姑嘎坡去闹事吗？是我叫民兵连长去威吓杨书吗？是我叫良心拿石头去打杨书吗？说到此老婆子斜眼去瞭那坐着不动的小子良心。

小子良心鸭子死了嘴壳硬，他嘟着嘴说，她要退就退，你们怕找不到了？那老妈子气得想上前去揍他一顿，老头却不动声色，心头像是在估算那次订婚酒伙食上大概花了多少，好给杨书带话去。

老婆子还吵不够，她肠子没展伸气没通，她还要吵，那小娘是这一槽里找不到第二个的人才，家务事，没有挑的，是你们惹的事，我不管了，这个家我不管了，看你们两爷崽做去。

事是你听出来的，是不是？是你说怕那个客家和小娘那个，让我想法子撵走那些挖山的人，是不是？老头子压着气说。

老婆子像接上了火头，那也好啊！我叫你让那死崽去打伤人家啊？啊？如果她哥没受伤她会退吗……

老头子朝那小子良心咬牙瞪眼。

小子良心料有事受，起身一趟子跑出门外。

这一晚老村长家没有人煮饭，也没有人吃饭，一屋子黑麻亚的谁也不管谁。老头子和老婆子各睡各的房间，小子良心什么时候从窗子爬进家睡也不知道。

九

天还亮的时候走了三个客人，天刚黑不久又来了三个客人。那大的还是原来那大的，那眼镜的还是原来那眼镜，那矮子也是原来那矮子。外婆和舅妈和我和表弟都感到奇怪，不是已经送走了吗？怎么？然而杨书舅和小娘好像早就在等待他们了。

原来这样做是杨书舅出的主意。按照下寨人要求，他们得走，那就趁天亮从他们寨脚走过，等于告诉他们人真的走了。但是工作还没完，还有三天的正活要做，因此他们还得回来，那就等天黑了绕路从下寨背后那条小路迂回。这条小路是杨书舅在纸上给他们画好图的。

刚到家他们又开始忙碌起来，小娘、眼镜和矮子点着火把到后园竹林里去，不久便掳来一抱抱干竹尖，杨书舅和那大的在家里弄刀舞槌地把干竹捆成一束束竹把子。我们都不知道他们想搞什么，见他们那忙样，也不问。

饭后，他们各人换好鞋系好带，在原地跳蹬，像运动员一样先热身摇手弹脚。然后各人肩扛两束竹把子，手拎挖锄洋镐铁铲，四个人脚跟脚地摸黑悄悄走出寨门。我和表弟好奇地准备跟到楼脚门外打转，杨书舅误解我们要赖着到目的地去，就朝我们瞪眼努嘴，让我们乖乖地站在火坑边。

他们走后外婆跟我们说他们是打夜战了。

那三天他们都是白天猫在家里睡大觉，晚夜走姑嘎坡挖坑。那几天白天小娘都是一个人忙乎着，一会儿到后园竹林里去捆竹把子，在家里捆万一外人进门见了问到，答话不好就要出纰漏，一会儿跑进厦房里把灶头一个个滚烫的烤红薯送到房间里他们的手头，这时候小娘的内衣包里肯定要有一个比其他都大的烫红薯在跳动，等走到眼镜的床边时，她便红着脸从里面掏出来另外又送到眼镜的手里。

杨书舅白天还不能睡，如果队上没喊出工，他就到离姑嘎坡不远的地方去砍柴割草什么的，查看有没有人去破坏坑道。坑挖到什么时候叫好，到怎样的程度才叫完成任务，都是那大的说了算，杨书舅更是个狗屁不通。

最后那天晚上吃过饭后，大家都在火坑边坐起，那大的跟外婆说，老人家，我们来这些天，给你们添麻烦了，我们非常非常的感谢你和你们家人。

外婆只听出个“感谢”二字，知道对方是在夸和感谢自家，于是就只有说，没，没，没感谢，说着脸还轻轻地笑着微微地红着，怪不好意思。

小娘阴沉着脸，谁也不看啥也不做，坐在草凳上勾头勾脑地用一根短木棒子在火坑边地上乱乱画画。

那晚上没有人去姑嘎坡挖坑道了，大家都坐着烤火，饿了就吃火坑边的烤红薯。平时是外婆做的事那晚小娘全都拣着做了，让外婆在火坑边坐着和他们说话。

第二天鸡还没穿裤子，三个客人就背起背包出发了。外婆、杨书舅、舅妈、我和表弟把他们送到寨子脚的小河边，小娘送出了寨门就自个回去守家了。

送走了客人，回到家我们个个感到非常想睡。坐了一夜，趁天还没亮，哪怕睡一会儿也要睡，于是就都上床睡去了。

那天外婆算起得最早，也是阳光照到了窗里的柱上。她一走出房间就喊小娘也起来去井边抬水，这也是外婆每天早上起来做的第一件事说的第一句话。喊了两声，没听见动静。你个鬼姑娘睡得那么死。外婆边嘀咕着边掀门进去看，不见人，床是空的，被子叠得好好的，外婆出门来又喊了几声，没人应，她又折转回去把小娘房间里的窗子打开，看了一会，便慌张地从里面出来喊杨书舅，书，你来看！小娘好像走哪点了！杨书舅懵懵懂懂地起来走到小娘的房间看去，不对，小娘好像真的走哪点了。她的好衣服鞋袜银花首饰和出门不离身的布包也不见了。他想了想，凌晨送客转来时就不见小娘，因为大家都忙着去睡，没有注意到，肯定是了——

杨书舅赶紧扣好衣服穿好鞋，脸也不洗就出门赶路去了。看外婆在后面那个急样，我们只会发呆。

等杨书舅赶到三十里外的乡场上时，太阳已经上到了天顶。整个场坝上不见小娘影子，上午的班车早已发出。杨书舅向几个熟人打听是否看见小娘，熟人告诉杨书舅看见小娘和三个背背包的人一起上车去了，现在都快到县上了咯。杨书舅拍着脑袋坐在熟人家门口发愣，坐一会儿也不跟熟人说什么就起身走了。

回家的路上，听下寨的人说，那三个客家后来连夜点着火把在姑嘎坡又挖走了一只金凤凰。

（原载《民族文学》2006年第10期）

谢 挺

玉米粒的下午

许志鹏进开关厂，是八年前的一起车祸造成的。

5 月一个星期六的傍晚，正走在回家路上的许志鹏不知不觉中被一辆飞驰中的上海小轿车撞到路边一座石墩上——这起后来轰动王武县的车祸不仅毁掉了他的大学梦，还让他丢掉一条右腿。

当然，车祸本身并不足以轰动，毕竟那是每天几乎都在发生的事。是接下来发生的事，上海小轿车的车主，也就是振华开关厂在善后处理中决定把伤者接收为该厂的一名正式工人，这才是大家议论的中心和兴奋的焦点。

那时候正是开关厂有史以来最为红火的一段时期，产品远销欧美，誉满全国，整个王武县都在以振华开关厂为荣，连县城的出入口都有一个巨型的振华开关模型作为标志。因此，人们在看待许志鹏进开关厂这件事情上（其实是两件事）也表现出极其复杂的态度。那天，当开关厂的小车把许志鹏从云梦村接走时，云梦村首先轰动了，可能这之前村民们都还在同情许志鹏，村委会还在头痛如何安排他的生计——这个只有一条腿的孩子，就到后山去放羊吧，和许国柱一起。但是同样的车祸，同样的断腿，人们却看到了截然不同的命运，许国柱在后山放了十年羊，许志鹏却一天没上山，就被城里来的小车接走了。村民们先是惊讶，而后又忍不住嫉妒……也许，损失最大的还是许国柱，他不仅瘸得比从前厉害了，而且每次从许志鹏家经过，都忍不住要往地上吐一泡仇恨的口水。

接着这件事也在王武县成为盛谈，城里人当然不会像云梦村民们那么小见，但茶余饭后他们还是坚持认为许志鹏进开关厂是因祸得福，虽然许志鹏断了一条腿，但以后他至少不用再务农，至少不用再忍受风吹日晒雨淋，起早贪黑。一句话，许志鹏已经成为一个有铁饭碗，靠拿工资养活自己的城里人。许志鹏记得当时很多人一聊起这件事，更多的是在强调这一点，即使谈到他那条消失的右腿，用的也是那种划算的口气，好像为了当这个工人他们也情愿断条腿，一条右腿换一份开关厂的工作已经是大大的便宜。

这些看法自然让许志鹏有些气闷，断腿的人毕竟是他，用一条腿走路的也是他，在他看来，世界上没有什么东西是可以和他那条消失的右腿相提并论的，因此，他也不相信这世上会有人得点好处就把断腿当成便宜事，这么说，就好比说开关厂的汽车不是撞了他，而是给他送便宜来了。况且那一年他就要参加高考——现在，不光大学泡了汤，还让他变成了独腿人。

他刚来的几个月，几个车间主任都在拼命推辞为他安排工作，有的甚至说他能干什么，这一箱箱的铜帽螺丝，我们都扛不动，他一个……怎么搬？或者，他要再断只手，少条腿，我们又往哪儿安排？这些话最后自然会传到他的耳朵里，于是许志鹏非常委屈，一方面这是实情，另一方面，他又觉得开关厂并没有在他断腿的问题上负责到底。

有一天下班，许志鹏和同屋的刘国栋进行了一次谈话，正是这次谈话让他一下子有种豁然开朗的感觉。他头一次这么想，也许从前的想法都是错误的。

刘国栋是许志鹏第一个同屋，八年里许志鹏有过无数个同屋，刘国栋是第一个。他是三车间的一名车工，一个老肝炎，好酒贪杯，医生曾威胁他再不戒酒的话就等着爬烟囱，结果刘国栋弄来一些草药泡在酒里，重新名正言顺地喝起来。

那天刘国栋显然喝多了药酒，就对落落寡合，总喜欢在他眼皮下摇来晃去的许志鹏很不顺眼，尤其那只单拐也吵得他的两个太阳穴直跳，于是刘国栋就让许志鹏坐下，说：“你能不能坐下来嘛？晃来晃去的。”许志鹏还在摇，刘国栋扭过头来说：“咦，你还没去找郝书记啊？”

许志鹏果然一愣，停住了，不知道找郝书记干什么，于是他冲着刘国栋老实地摇头。

“你还是要去谢谢人家郝书记才对呢，人家郝书记对你这么好——人嘛，总是要讲点良心嘛，对不对？要饮水思源，对不对？”

许志鹏被弄得一头雾水，本能地反问谢什么，他脸上的不高兴一闪而过，但刘国栋还是捕捉到了。他很高兴，虽然前面只是一通胡说，但这时候刘国栋却发觉自己很有道理：“谢什么啊——人啊，总要有点良心的，要吃水不忘挖井人——要是没有郝书记，你能进厂啊？！你肯定以为——你们把我撞了，腿也断了，所以你们就应当管我——这世上哪来这种好事情噢，你想过没有——你坐下来，坐下来嘛！”

许志鹏被他拽住袖子，只得在床沿上坐下来。刘国栋看上去很满意，说：“如果厂里不让你进厂呢，赔你点钱，可不可以，赔你一万、两万，就算赔个五万吧，可不可以——花完了你怎么办？你还不是要回去种田，这种事外头多得是，你肯定知道的……”

许志鹏一下子想起许国柱，他怀疑刘国栋认识许国柱，而且很可能是许国柱让他这么说的。许国柱已经在后山上放了十年羊，三十多岁都讨不到老婆，曾经一度，许志鹏也认为那是他的将来。

“你可能觉得，我会读大学的——还不说你考得上考不上，现在一个大学生怎么样，大学生还不是要分配，大学生也不一定进得了开关厂吧？郝书记可是个好人啦，他是最不愿意见到别人受苦的，他是在可惜你啊，知道吧，如果换个人，他完全可以不管的，给你医好腿，最多再给你丢点钱……”

许志鹏低头咬起指甲，撞车的场面又一次恍惚而来，的确，在他昏过去时，最后一眼看到的就是郝书记那张宽阔、慈祥的胖脸——如果不是郝书记，他的小命大概也早已丢在路上了。许志鹏有些后怕，想想这段经历，真有些惊心动魄，他就像飘浮在激流中的小树叶，差一点就落到最糟糕的境地……

一瞬间，许志鹏的心里充满了感激，对郝书记的感激，继而是对老肝炎刘国栋的感激，如果不是他提醒的话，他很可能还会在自己断腿的问题上永远地纠缠下去，自怨自艾，黯然神伤，他很可能永远都体会不到郝书记的苦心。

刘国栋看着许志鹏，见他不说话，知道被自己说中了心思，颇有些得意，接着说，你应当去谢谢人家郝书记，随便买点什么，人家郝书记也不会图你什么的，是不是？但礼轻仁义重嘛……许志鹏还是不吭声，平时他一个人想心事想惯了，对别人的话，无论对错都不会有意见，他听了刘国栋这么多酒话，也是第一次对此深以为然，那可是像他的肝炎病一样值得别人尊重的。

好容易到了发工资的时候，一下班许志鹏早早地吃了晚饭，就拄着拐杖上街了，能进的商场超市他都去转上一遍，买了一瓶果珍、两包饼干和两把干面。这些东西换在他们村里已经算得上极重、极有诚意的礼物，但在县城许志鹏就没有把握，他既没送过礼，也弄不清城里人的礼数，因此走着走着不得不又买了两瓶本县出产的白酒加进去，这样沉甸甸地提在手上，终于觉出些分量，这样许志鹏才吁了口气，终于踏实下来。

那时候天已经黑了。许志鹏虽然没送过礼，但凭本能也知道这种事总是知道的人越少越好。他当然不知道郝书记家的住处，只是恍惚听谁说起过他家住在三楼，便懵懵懂懂地钻进厂干部们住的那幢楼里，敲错一家人后他找到了郝书记家。

开门的是一个年轻的女孩，隔着防盗门很诧异地看着他：

“你找谁？”

“郝书记在家吧？我是开关厂的，五车间的。”许志鹏这么说额头上立即渗了一层细汗，不知为什么他忽然间担心女孩会在他说完话前就把门关上。

女孩却很认真地看着他，目光所及包括他手里的提包，腋下的拐杖和裤腿。那时候他的空裤腿是挽起来的，因为许国柱总是把裤管扎起来，所以他就喜欢把裤腿挽起来，位置刚好到从前的膝盖上。

女孩打开门，在他进门的同时喊道：“爸，有人找！”

“谁啊？”郝书记的声音模糊地混在一条广告里。

“不知道，他说是你们厂的……”

郝书记家别有洞天，客厅就有几个单身宿舍大。许志鹏进去时要过一个放有古董瓷器的玄关，郝书记已经从沙发上站起来，他显然很意外，当然比意外还要醒目的是他脸上的紧张，但郝书记毕竟见过大场面，很快就让自己镇定了。

“小许啊，来坐坐——吃饭没有？”他重新坐下来，用牙签剔着牙，没拿牙签的那只手示意许志鹏进来坐。

“吃了吃了，郝书记，我在食堂吃了。”

许志鹏进门的过程无疑有些漫长，他的步点甚至连《焦点访谈》的片头曲都无法盖住。等他成功地抵达沙发边，先把手里那几个提包放在茶几上。

郝书记不看，眼睛仍然盯着电视，“坐吧，坐！”

“我今天来是来谢谢郝书记——郝书记对我这么好……”

许志鹏慌乱是突然的，他只顾想礼物的事了，完全忽略了郝书记的态度，郝书记会用什么态度来接待他……许志鹏的声音有些发虚，这当然因为他年轻，另一个原因则是郝书记看上去并不像平时那么和蔼。

郝书记在这慌乱的感激声中支吾了两段模糊的喉音，眼睛仍然从那几只塑料袋上越过去，至少这时候他还没确定许志鹏的目的，谢谢在他听起来就像讥讽。他脑子里又一次闪过那个画面，那个让他连发噩梦的画面：一个瘦弱的穿蓝衫的背影正斜斜地从马路上穿过，他越来越近，越来越无法避免……

尴尬是由郝书记的爱人打破的。她从厨房出来后，就捏着两根毛线针坐在他们旁边，像往常一样听郝书记同来客闲聊。这一次稍稍不同的是，她显得格外有兴趣，替许志鹏倒来杯白水后她说，他就是那个娃娃吧？显然知道他的事，从他进门后她的眼睛就没离开过他的腿。她无疑也是个好人，至少车祸过去这么长时间，仍然不忘记问他的伤口，还痛不痛？没等许志鹏摇头，郝书记就皱着眉头制止她，“这么长时间了怎么还会痛，只可能不方便啦——”

“我就是这个意思嘛，是不是小——小许是吧，小许，你看我这个肘子也摔过一次，每次下雨都会痛的……”

“你那是风湿，和小许这个怎么比？”

许志鹏只能笑笑，轮到他说话还是那句："我今天来就是来感谢郝书记的，如果不是郝书记关心，我还不知道怎么办——真的，我们村里的人都说我运气好……"

郝书记终于感受到许志鹏的真诚，他的"感激"是真感激，是有诚意的，绝对没有嘲讽的意思，在许志鹏这段近乎语无伦次的表白过后，他叹了口气，终于说小许是个好人啊……后面的话他没说，应该是好人倒霉吧。显然郝书记的爱人也同意，不住地点头。以后小许啊，就把这儿当成自己的家，有事就来……多读点书，就算上不了大学，也可以读个电大，成人高考，对不对……

许志鹏跟着他们频频点头，当然最后郝书记都还说了什么，许志鹏也记不起来，因为接下来，那个女孩，郝书记的女儿从卫生间里走了出来。她刚洗完澡，出来时头发湿漉漉地滴着水，她于是用一块雪白的毛巾在头发上来回地擦拭。许志鹏眼角全是这个动作，后来脑子里也全是这个动作……

临走时为了那些礼品，他们开始全力地推搡，一方要坚决地送，一方又坚决地拒绝，最后许志鹏的眼泪都几乎掉下来。还是郝书记的主意，让女儿从里屋提出两盒蜂王浆塞到许志鹏手里。许志鹏心里虽然遗憾，却不得不遵照这个意思，当然礼物总算送出去了，也让他释然。

不知和这次经历有没有关系——几天后厂办忽然通知许志鹏去车队，他懵懂地上了一辆小面包车，然后稀里糊涂地出了厂，最后他才知道他们要去的地方是省医。厂里已经决定替他订制一副假肢。这也是许志鹏平生第一次去省城。

年底假肢从上海寄来了，那同样是个让人记忆犹新的好日子，对许志鹏来说，那一刻就像做梦：假肢装在一只严丝合缝的木箱里，像一只小型的棺材。别人替他挠开外面木板，再揭开一层泡沫，露出一截肉色的腿，它静静地躺在一层海绵上——真像他的腿，他失去的那部分。初次尝试时效果并不好，那种感觉就像踩在棉花上，他的"腿"还不听使唤，仍然走得一瘸一拐，但只是一会儿人们就开始夸他了，看不出来，就像真的一样，几乎所有人都这么说。

许志鹏在开关厂这八年也是厂里由盛而衰的八年。说起来真是一瞬间的事，他一晃眼也由一名高中生，变成了一个二十六七岁的大龄青年。

对家里来说，许志鹏无疑是尽心尽责——四个弟妹都被他先后带出了云梦村，这也是他到开关厂后做的最重要的一件事，照他的原意，他曾经暗暗地希望他们中间的某一个能读完高中，最好是考上大学，这样，不仅自己出息了，也可以了却他没实现的心愿，但很显然，他们都辜负了他，小的两个弟弟去了广东，两个妹妹在县城成了家，他的大外甥，已经知道根据钱的多少来决定对他的态度了。好像也只有他，没什么大变化。

还是他进厂的头两年，家里就开始筹措他的婚事。这也很自然，在农村婚姻一向是头等大事，过了二十岁还没有定下女方，那也意味着选择的余地将越来越小，当光棍的可能性也越来越大，更何况许志鹏这种情况，前面已经有个许国柱作例子了。所以，等许志鹏一转正，家里就开始为他筹措婚事。当然，以他们的能力，能给他带来的不是某个村就是某个乡里的姑娘，后来，里面又有了寡妇，没孩子的，到三个孩子的寡妇。

也许介绍对象才是评估一个人方方面面的最佳时机，婚姻讲究的是门当户对，一个人在别人心里几斤几两，即使平时夸得天花乱坠，这时候也不言而喻，和盘托出，这些主要从老家汇集而来的女人队伍则是这些看法的具体反映，说白了，它就像镜子一样不容分说，因此残酷。

头一次家里要给他介绍对象时，许志鹏还是有些期待的，虽然他嘴里说不用不用，但究竟还是想看看女孩的模样，对婚姻许志鹏还是有些向往的。但等到见面，许志鹏的心也立即凉了半截，虽然他也想不清为什么自己要这么愤怒，但还是觉得受到了羞辱。

女孩是他婶子那边的一个远亲，由他父亲领着送到厂里。那是下班的时候，许志鹏回到宿舍就看到小板凳上缩手缩脚坐着一个又丑又黑的女孩，头发扎得像两把扫帚一样粗糙。他刚出现时，女孩就像受惊扰的动物一样拘束不安，蹑手蹑脚地忍受他的检阅，但后来，她再看他的时候就像盯着某种食物，嘴巴张着，那些愚蠢的口水转眼都要掉出来。

这个姑娘，许志鹏的父亲其实也不满意，只是碍着弟妹的情面才违心地带进城的，让她在儿子面前走走过场，但第二个星期，他带来的却是自己看好的，以为上佳的儿媳人选。在许志鹏看来其实是一回事儿，他仍然义愤填膺，甚至，比起第一个合不拢的嘴唇，这个长着苞谷嘴的姑娘尤其让他觉得不可原谅，何况，合拢嘴巴要比改正苞谷嘴来得容易。“你到底要找什么样的吗？”父亲临走时问，儿子的委屈在他看来是不值的。找个什么样的？许志鹏一时半会儿也说不清，他心里忽然间就冒出个姑娘的影子，那是郝书记的女儿郝佳的影子，郝佳长长的头发在眼前飘过去，但郝佳应该也不是他喜欢的类型。他无法解释，只得说，起码不要苞谷嘴嘛。

可能这么过去了一年，家里送来的女人中就有了已婚者，拖油瓶。这当然也意味着，许志鹏的身价也随着年龄的增长开始下降了。

那个三十岁的寡妇应当是最后一个由家里送来的。他父亲已经灰心，他说许志鹏再不愿意的话，干脆家里也不管了，以后随你自己找！

寡妇倒没给许志鹏什么特别的恶感，也是勤快的样子，头一次去，就把许志鹏的几件脏衣服给洗了，她也不是很关心他的腿，问得最多的还是他的收入。从表情上看，她对许志鹏倒是很满意，目光热情泼辣，如果许志鹏对自己找个寡妇还有些心存不甘，他很可能当时就会去亲近这个现实。

这八年中，许志鹏就是在这种挑挑拣拣的选择中过来的，得失之中他也渐渐变得有些枯干，从前年轻润泽的脸上开始显出沧桑，和他一起败落下去的当然还有他的假腿和他赖以生存的开关厂。

许志鹏的假肢用到了第二个。假肢是消耗品，毕竟不是肉长的，会有跌打损伤，会有寿终正寝。除了睡觉，第二个需要长时间离开它的时段是洗澡，他去厂家属区公共澡堂洗澡的经历也是让他颇觉为难的，除了摆放假肢的难题，他还得面对各种或赤裸或遮掩的关心。开关厂好像也没有第二个截肢者来满足这份好奇，因此所有的热情都送到他一个人身上。

第一次上着假肢去洗澡，许志鹏是和同室的那位老肝炎一同去的。等许志鹏脱完衣服，才知道那个放衣服的衣柜里根本放不下他的腿——他真是糊涂了，而且还忘记带他的拐来，他几乎忘干净他还有需要拄拐的时候，许志鹏想，要出丑了。他把假腿搁在柜顶，狠了狠心，然后一路蹦跳着，朝蒸汽最浓的地方“走”去。

那天是星期五，周末，开关厂只有周二、周五两天开洗澡堂。周末要过生活的人多，所以洗澡的人也多，这一路上，几乎所有碰到的人都在为他让路，但他们的目光也同时被那只蹦跳的独腿所吸引。许志鹏跳得有些累了，也有些烦，但去大池的路竟也变长了，好几次如果不是刘国栋扶着他，许志鹏都险些滑倒。刘国栋倒不厌烦，好像很乐意干这种活，他喜滋滋地看那些关注的人，一边大声地嚷嚷，让让—— 一边又对许志鹏说，慢点慢点……

终于到了大池。许志鹏松了口气，然后一个猛子扎进水池，接着再溜进那个水温更高、但人很少的小池里。到这时候他确信已经没有多少人注意他了，许志鹏才慢慢地把头抬起来——但仍然有人在看他，表情异样地留在他那具刚被水淹没、与众不同的躯体上。许志鹏捕捉到那种眼光，他憎恨这种探究，甚至他怀疑，如果他不表露一点厌恶的话，那些人就会直截了当地询问，甚至来触摸他的疤痕，触摸他早已消失的部分。

那天还发生了一件事，冲淋浴时，换衣间里传来一声咚的巨响，说是巨响其实也只有许志鹏注意到，也只有他才明白那是他的假肢落地的声音，他飞快地“跑”出去，几个孩子早已嬉笑着出了门，他的“腿”横在一片肮脏的水渍中，就像一截快要腐烂的尸首。这次事故在他的“腿”上留下一块小小的摔痕，露出里面指甲盖那么大灰色的材质，许志鹏心里立即像被刀剐了一下，因为他明白，这样一来这条“腿”至少在他的心目中不再是真的了。

当然这以后他的“腿”还摔过很多次，有一次还是在街上被一辆突然出现的三轮车狠狠撞了一下，裤脚也被刮烂。三轮车师傅不迭地道歉，他也忙说没事的，没事的，因为他发现三轮车师傅想看他的腿。事后许志鹏才发现，他的那条“腿”上留上一道很深的划痕，他第一次心痛裤子超过了“腿”……

第六年，由厂里出面替他重新换了副假肢，这一次新腿上身没有什么不合适，他行走如常……

开关厂从金融风暴那一年走起了下坡路，先是接不到订单，接着发出的货也开始源源不断地退回来。最初这只是领导层操心的事，等消息人尽皆知，开关厂已经到了举步维艰的地步，奖金没有了，工资快发不起了。郝书记等几个厂领导每天穿梭于各级银行，企盼贷款能使工厂重新走上良性循环。那段时间也像阴雨天气，要命的不是淅沥的雨水，而是那种阴霾给人们心头带来的永无止境的绝望，从前多少有些趾高气扬的开关厂工人也开始变得谨小慎微，他们以为这种屏息静气能够帮助他们渡过难关，但大半年时间过去了，市场仍然没有看到复苏的迹象。

随之而来便是各种各样的传闻，有的说工厂要被沿海地区某家更有实力的工厂兼并，有的说振华很快就要破产，每个人至多能拿到两个月的生活费，更离奇的说法是有个日本公司看中了振华厂，准备合资，但这样一来，肯定有不少人要下岗……谣言让人们惶惑不安，相反，这种不安又成为滋生新谣言的温床。厂里为了稳定军心专门开了动员大会，结果证明于事无补，因为就在大会的第二天，有人就看见了一拨奇怪的外地人在车间里转悠……

“这些情况都可能存在的。”李明亮说。他是许志鹏的新同屋，刚分来两年的大学生。“不过还是倒闭的可能性大，振华的产品早就不吃香了，就算没有金融危机，也没什么市场，迟早都得倒——”

“真的会倒？！”

许志鹏期待地看着他，其实这几天他都是这副惊悚的表情，他希望大学生能给他带来点有用的消息，比如告诉他，厂里的情况开始好转了，甚至金融风暴也过去了，但他的希望又一次落空。

“妈的，这鬼地方也没什么混的了，还是早点走好，你看三车间那几个老不上班的都回来办病退了，病退起码还能得点钱……”李明亮没有立即回答他，而是把一本考托福的书狠狠地丢到床头。

“我听说下岗名单已经出来了……”

下岗，病退，买断……这些词他们也是最近才开始熟悉起来，每个词听上去都像一口横在路中又丢失盖子的窨井。

应当说，李明亮并不是许志鹏想象中的大学生，他显得过于单薄，而且很少会领别人的情。当初，许志鹏如果不点头，李明亮肯定挤不进这间宿舍，但事后李明亮并不感激他。只是时间相处久了，许志鹏对李明亮并没有什么特殊的恶感，相反，他以为大学生多半就是李明亮的样子，如果当年他考上大学，也应当是这个样子。

“唉，当时我不听家里人的，非要分什么国营单位就好了，如果去了广东，肯定是另外一回事了——我们同学今天还在喊我呢！”李明亮仰头躺在床上，有些像自责，又有些像炫耀。

考研、考托福，曾经是他们这两天的话题，当然主要是李明亮在说自己的想法，他正在想如何离开这个鬼地方，而且走得体面。“我想算了，学这么多，最后还不是要工作？！”

是啊，他可以考研、考托福，可以去广东，读书多好啊，可惜啊，他的机会八年前就被人给毁了。“那你说——我会不会下岗呢？”许志鹏小声地问，他终于忍不住要把话题扯到自己身上。

李明亮看了他一眼，摇了摇头，他摇头的意思是不知道，而不是不会下岗。李明亮明白这个可怜人的意思，他有条断腿，他的断腿和这家工厂有关——李明亮的视线照顾了一下那个部位，可惜的是他无法给出任何保证。

随着李明亮摇头，许志鹏眼睛里的光也像盏灯那样熄灭了。他当然知道，李明亮的保证其实并没多少实质意义，但这几天他都是这样子，频繁地问别人，任何人，他需要一个保证，任何人的保证都可以，哪怕骗骗他。李明亮显然不屑于骗他。

“你可以去找个人问问嘛，你这种情况怎么处理的——他们总得给你个意见的！”

李明亮终于有些不忍，如果这就是安慰，他当然是愿意付出的，好在，许志鹏只过了会儿就缓过来了，接着自嘲地说：“我啊，倒想去街上开摩的，就是不知道让不让！”

“你也别想这么多，又不是你一个人的事……”

许志鹏摇摇头，心想那是不一样的，没哪个人会像他这样和开关厂拴得这么坚牢，但他只是这么想，没说出来。

“别想了，别想了，今天——要不晚上你和我去玩吧，散散心！”

“上哪儿？”许志鹏来了些兴趣。

“我们一个同学家里新开了一家娱乐城，已经开张几天了，让我过去玩，你和我一起去吧……去吧，别想这么多了，大不了就不干了嘛。”

李明亮虽然只是个才毕业两年的大学生，但许志鹏知道他的同学从中学到大学就像一张地图册里的地标建筑，铺满了县里、州里、省城，甚至全国，“同学”这个词从李明亮嘴里冒出来的时候也是引以为豪的，这当然也是许志鹏羡慕的地方，他的同学多数都在农村，能拿得出手的没几个。当然他同意和李明亮出去还有个原因，那就是他长这么大，还没进过什么娱乐城，他也愿意去见识一下。

娱乐城在州里，吃完晚饭，两个人就找了辆中巴车，直奔州府，一个小时，也就天黑不久，他们就出现在州府的迎宾大道上。与王武县城相比，这里当然大得多，自然也气派许多。

听李明亮说，其实现在经济到处都不景气，唯独这个吃喝玩乐上的东西，却异常火爆，夜总会、茶楼、酒楼一到晚上就热闹非凡，也难怪李明亮同学的这个娱乐城要修在离州政府不远的地段上。

等他们赶到时，“地中海洗浴中心”那几个霓虹大字远远地就刺伤了许志鹏的眼睛，洗澡吗？他犹豫着停下来，这一点临来之前李明亮并没有告诉他。

“不光洗澡，还洗脚，里面什么都有的，看录像、喝咖啡、打台球……”李明亮没立即明白他的意思，而且已经到门口了，他多少显得心急火燎。

“你玩吧，我还是回去了……”

李明亮看看他，忽然间明白过来，忙攥住许志鹏的手，“不好意思，我没想到这一点——不过，反正我们已经来啦，反正也没洗澡……”一通狠劝下来，许志鹏拗不过，只得含混地答应了。

李明亮的同学已经在门口等候多时，两人交换昔日的同窗之谊时，许志鹏注意到门边立着的两个比真人还大的石质雕像，雕像呈半裸，都是大胸脯的西洋女人，一个拿砍刀，一个拿弓箭，脸上都有一副蔑视却很轻浮的表情。许志鹏曾经陪同事在县城一家舞厅里跳过舞，尽管那天晚上他从头坐到尾，但那种灯红酒绿的刺激还是留给他深刻的印象，因此表面上许志鹏尽管压抑着，但心里还是禁不住为接下来的刺激开始兴奋，他其实是向往这种刺激的，许志鹏很害怕别人会看出来。

浴室在地下室。换衣柜有一人多高，所以不存在搁不下假腿的问题，而且没两步，就是大池的位置，它修在澡堂中央，不是通常见到的方形，而是个极不规则，形如花瓣的造型，里面有四五眼喷泉正喷涌。比起厂里那个澡堂，这里当然像宫殿一样，而且不多的几个顾客，也没像厂里那些人，紧盯着他的腿不放，他们并没对他发生更多的兴趣，就好像他是正常的，一条腿、三条腿进来都是正常的。

李明亮也很兴奋。同学把他们送下来就走了，这让他很放松。李明亮在水池里游来游去，半天才老实地坐到许志鹏旁边，神秘地对他说：“你知道吧，我们这个同学家原本是干什么的——他老爹老妈全是捡破烂的，想不到吧，捡破烂也能发财！”

其实李明亮问他的时候，许志鹏就有这方面的预感了，这些年他也读过一些书，知道一些大富巨贾都有很低贱的出身。所以李明亮笑的时候，他没跟着一起笑，这的确不是很好笑。

“哎，”李明亮压低了声音，“我们同学说，一会儿他请我们洗脚，他免单——”

“洗脚？！”许志鹏忍不住反问，李明亮突然间冒出的一种小男孩的表情还真吓了他一跳。

“是啊，让那些妹儿帮你放放血嘛——”

“放什么血？”

“就是把手按在这儿，压着，”李明亮说着用手摸了一下他的胯，“然后再突然一放，保证你那里立起来……”

“不不不……”许志鹏猛地摇起头来，其实听到这儿他那儿就已经立了起来。

“去嘛，没什么的，不要这么不开放嘛，来都来了……”

“不不不，你去嘛！”其实不是什么不开放。

“何必啦，你不去我怎么去嘛……”李明亮的口气渐渐有些不高兴。

“没事的，真的你去嘛，我去，划不来嘛。”许志鹏几乎要从水里把那只断腿伸出来，他并不想让李明亮扫兴。

噢，李明亮明白了，还是那句怕什么嘛，但劝了半天，许志鹏都咬死了不去。两人才说好，李明亮在大厅里洗脚时，许志鹏在咖啡厅里等他。

咖啡厅里很冷清，只有靠窗的位置上坐着两个情侣模样的人，旁边的台球室倒有几个打台球的，因为隔着一道玻璃幕墙，也听不到声音。许志鹏选了个靠窗的位置坐下来，一位服务生问他要点什么，他本来说不要，但一转念还是要了一杯白开水。

这时候夜已经深了，外面街上已经看不到多少行人，尤其刮着北风，门外的一排彩旗正在呼啦啦地飘舞，就像水里的游鱼一样兴奋。一时间，这个失去了声音的地方也让他有种不知道身在何处的印象，州里还是王武县城，或者他那个单身宿舍……被蒸汽熏蒸的头脑虽然在冷却，但他还是有种做梦的恍惚。

等那个熟悉的影子自动跳进他的眼睛里，许志鹏自然心里一惊。说熟悉，那是他觉得应当熟悉，但最初许志鹏还是以为自己花了眼，在一个不适宜的地方见到这个人，但她出现了。竟然是郝佳。

郝佳不知什么时候出现在吧柜里，那也是咖啡厅唯一光源充足的地方，郝佳正用指甲刀磨着指甲，手指一根根分得很开，可能因为没有多少人，她的表情看上去也是寂寥的。许志鹏赶紧动了动，把身体转向窗外，但随即他想，就是站到面前，她还能认出他来吗？他看看面前的空杯子，很想再去倒杯水证实一下。

郝佳的名字是他在一个很偶然的场合下知道的，休息时，几个老单身一起议论厂里看得过去的女人，其中就有人提到了郝佳。

八年前去过郝书记家后，许志鹏就再没机会和她说过话，他只知道郝佳在省城艺校学舞蹈，后来在幼儿园当老师。他能看到她的地方无非是路上，每次郝佳都显得很匆忙，一副神情凛然的样子。也许她从来都没认真看过他。

他决定还是去要水。站起来的时候，一个大胡子却走进来，走到吧柜里，许志鹏认出这个人就是李明亮同学的哥哥，他连忙坐下，眼睛重新落到外面那些飘荡的旗子上。

郝佳明显高兴起来，手里的指甲刀仍没有停，眼睛却景仰地望着来人。大胡子不是什么高个子，但郝佳的表情分明是在看一个类似姚明似的人物。大胡子说了几句话，手一下伸出去，在郝佳的脸上拧了一把，郝佳虽然拍开那只手，表情却是欢喜的，欢喜得让许志鹏觉得难受，他也不明白自己是喜欢郝佳，还是不希望她这样，也许她毕竟是他们厂郝书记的女儿……

李明亮终于跟着他的同学上来了。他看上去懒洋洋的，活像个刚出笼，还冒着白烟的大白馒头。“累死了，累死了，没想到洗个澡还这么累！”李明亮像只口袋那样落到沙发上，然后冲着许志鹏转动着脖子，同学替他倒来杯水，李明亮也一口气灌下去了，就像他刚才不是去洗脚，而是从沙漠里钻出来。

“放血了？”许志鹏问。

“什么？”李明亮没听清。

“你不是说要放血？”

“噢，就这么回事吧，今天这个放得不好。”李明亮看上去有些疲倦，脸上还忽然间多了种和他年龄不相称的老气。

李明亮的同学又倒来了第二杯水，在他们旁边坐下时，他忽然间变得兴冲冲的。“哎，我上次跟你说的就是这个，你们厂书记家的姑娘，一直缠着我家老哥——”

李明亮的眼睛亮了一眼，他转过身，但吧柜那儿一个人也没有，没有大胡子，也没有那个据说是书记千金的女人。他们中只有许志鹏看到他们一起出去了。

“现在的女人嘛。”李明亮的口气里明显有些不屑，许志鹏没说话，也没有惊奇，如果有的话，也早已经过去了。

“你朋友怎么样？”

“那个啊，早吹了。”两个老同学开始闲聊。

“还是我们志鹏好，能忍得住，唉，许志鹏，你那朋友也好久没来了吧？”

李明亮说的是许志鹏父亲给他介绍的那名寡妇，和寡妇咄咄逼人的追求相比，许志鹏的抵抗也显得有气无力。他摇摇头。

“你们到底——那个没有？我还真看不太懂啊。”

这个问题也是李明亮第一次问，也许经过这个晚上，他们的关系会比从前更熟悉些。许志鹏笑笑，同时似有似无地摇头。李明亮和他同学立即大笑起来，李明亮玩笑的情绪也上来了，说你还要忍啊，再忍下去黄花菜都凉啦！

下岗名单是一周后公布的，幸运的是上面没有许志鹏的名字，但第二天，厂办把他叫去了，办公室张主任告诉他，厂里对他已经有了新安排，决定调他去西山抽水站，因为原先看守水站的老王头这次也要退了。

“这是党办的决定，你最好明后天就动身过去。”张主任看到许志鹏还在愣神，解释道。

这个西山抽水站许志鹏也知道一些，这是厂里专配的一个抽水站，离县城有四五公里。它曾经也是振华开关的骄傲，他们喝的水都是地下水，而不是全县人民都喝的那种被污染后再净化的河水。

消息来得有些突然，许志鹏一时也无所适从，也许看到那份下岗名单时他还有些庆幸，但这时候他甚至觉得自己还不如那些下岗工人。

“请问，郝书记在吧？”许志鹏委屈得要命。

“应该不错了，我告诉你，现在下岗的只是第一批，接下来还有第二批，第三批，考虑到你是个残疾，厂里才这么决定的！”

“郝书记在不在？我能见见他吗？”许志鹏的口气开始冒出些许怒气。

“这是党办的决定，也不是郝书记一个人能决定的，再说，郝书记，现在也去温州考察了……”

许志鹏坚持了三天。这三天里他天天去厂办公室坐着，和他同时坐在那儿的还有第一批名单里的人，他们或者哭，或者闹，也有的沉默不语。许志鹏站在里面，就像个幸运儿，第三天他终于看到了一份新名单，第二批下岗工人的名单，里面就有曾经和他同宿舍的老肝炎刘国栋。所以第四天许志鹏就决定去西山了。

接下来的几个月发生了两件事。

许志鹏结婚了，老婆自然是那个叫林满春的小寡妇。寡妇林满春听说许志鹏一个人去了西山，大喜过望，连夜赶了过去。当天晚上，林寡妇就凭着一瓶烧酒和一桌好菜，把许志鹏弄上了床。

第二件事则有些蹊跷，某一天，振华开关厂忽然间全厂停水，无论厂区还是家属区都放不出一滴水来，这可是从来没有过的稀罕事，但第二天仍然没水送过来。厂办只得派人到西山抽水站探个究竟，探回来的消息却令人吃惊，因为整个抽水站一个人都没有，许志鹏和他老婆不翼而飞。厂里只得另外派人，但这一次却在蓄水池里发现了尸首。这个消息不仅惊心，而且很多人立即出现呕吐、跑肚等生理现象，不用说也知道那只是一种心理反应。

等蓄水池里的水放干后，才传来好消息，原来水池中发现的尸首其实只是一段假肢，准确地说，是许志鹏用过的假肢。人们松了口气，这至少可以证明：第一，许志鹏还没有死；第二，他们吃到的充其量只是许志鹏的洗脚水，这当然比喝泡过尸首的水要划算多啦！

（原载《上海文学》2006年第10期）

邹德斌

口　红

一

下午的时间，基本上是空闲了，也就漫长了。电视演得让人无名地烦。可鸟在沙发上蹭来蹭去的，好像身上长了痒皮。不是皮子是心上。心上怎会痒呢？似有把毛刷子在上面刷。冬天难得的阳光从西窗透了进来，刚好贴在卧室门上，朱红的实木门把一抹反光折到了可鸟的脸上，像是一种招引，一种呼唤。那光不是给到了脸上，更给到了心里，把她的心照得透亮通明。可鸟倏地站了起来，直直地看着那道门，才恍恍地意识到心上痒痒的感觉就来自那里。说到底，来自天地湾的可鸟姑娘还是个对一切都充满好奇的女孩，何况呢，她才从天地湾那么一个天远地僻的地方来到县城；来到县城呢，才刚刚一周。更何况，响晴姨吩咐了不让收拾的。不让收拾是一回事，响晴姨并没有不让进去看看啊。可鸟在空寂的客厅里踱来踱去，踱来踱去，两只手要是再背在背后就更像进步叔了。可鸟把手捏在胸前，两只手不听她的话，它们在互相对咬。她干脆把一根指头交到了嘴里，把它往痛里咬，心骂，不争气！

——里面会有什么呢？没有什么的，可以想象得到没有什么。床呗，衣橱呗，椅子呗，跟进步叔的书房一回事，说是“不用收拾”，可鸟也进去看了，当然是他们都上班后，也就是些书书本本，和摁着红章子的叫文件的纸纸张张。很索然，很寡味。

可鸟重新坐了下来，甩着那根被咬痛了的手指。指着遥控板把电视的音量一劲往上提，声音轰一声就胀满了每一个角落，把屋里的暗影都挤散了。她想让这声音把她的心也胀满，把她心头那个忽悠来忽悠去的暗影也挤散。这时她听到电视里一个大得发颤的女人的声音：

女孩子拥有的第一件化妆品是口红，而当她老了，舍弃了诸如眼影、腮红之类时，她保留的最后一件化妆品也是口红。口红是女人一生的钟爱……

啪一声，可鸟掐灭了电视。

可鸟知道自己在劫难逃了。

可鸟再也没法逃避自己了。可鸟一下午心里痒痒的，是卧室门里面那个旖旎的口红的世界。

是中午才感觉到的，当时也没在心，就是现在，要不是电视里这个女人提起，可鸟可能只知道心里痒痒而永远也找不到由头。中午进步叔又没回来吃饭，进步叔管着全县那么多的事，他经常连回家吃饭的时间都没有，就可鸟跟响晴两个人吃的。饭后，响晴姨先是进了趟卫生间，后来就进了卧室，待可鸟收拾完了碗筷，响晴姨也出来了，从卧室出来的响晴姨让人眼前一亮，换了个人了。也说不出哪里换了，哪里都在原来的位置，就是更生动了，可鸟知道生动这个词的意思，就是说鼻子是鼻子，眼睛是眼睛，都很打眼。哦，还有嘴唇，对了，主要是嘴唇，桃花带着蜜露的局面。（那一忽儿，可鸟莫名地想到进步叔的嘴唇来，进步叔的嘴唇一直是干裂的，皴着一层皮，还瘪瘪的，好像总是充满了渴意。）

响晴姨用带着蜜露的桃花唇说，晚上就你跟元元吃饭，不用等我。响晴姨抿了抿两瓣桃花，说，吃完早点睡。响晴姨又抿了抿两瓣桃花，飘没了。

瞟一眼卧室门，又瞟一眼卧室门，可鸟想站起身，腿却软成了两条蚂蟥。可鸟还听到一个声音，像是敲门的声音，咚咚咚咚，沉沉闷闷的。可鸟终于站起了身，就要去看猫眼。可鸟一站起身才知道那个声音不是敲门的声音，那个声音跟着也站了起来。是她的心跳。心跳得十分铿锵，按都按不住。双脚呢，没把她带去看猫眼，却把她带到了响晴姨跟进步叔的卧室门口。

鹅蛋形的梳妆镜就在床头一侧，可鸟看到镜子里有个小女孩闪着一双大眼东瞅西瞅，要一眼全吞进去的饿相，又什么也不敢瞅的可怜相。那个女孩贼似的瞟了她一眼，赶紧埋下了头。有一双手不自觉地打开了梳妆台前的梳妆盒。她听到她的上下牙在嘚嘚嘚嘚地弹钢琴。但是马上，它们就不弹了，它们开成了一个大大的喇叭口——

本能地抬臂一挡，又本能地一个闪身，可鸟还是没闪得开；那一刹，猝不及防地，排山倒海地，梳妆盒里无数道五颜六色的霹雳兜头就劈了过来。哎呀呀，可鸟可是手无寸铁呀，可鸟顿时就被这些霹雳见血封喉了，顿时就摧肝裂胆了，血肉横飞了。那些霹雳是多么的霸实而嚣张啊！它们太残忍了，太暴戾了，太惨烈了，它们都是黑社会了！可鸟快惊厥过去了，可鸟喉咙发紧，发干，出气都困难了，是特别困难的那种困难。啪一声关掉梳妆盒，可鸟只有一个意识，逃！那些霹雳一路劈着她的脑子，追魂索命地一直把她追到了大街上。零落的行人中，没有一个好心人站出来帮这个小女孩一把。可鸟除了要死要活，还有着贴骨的举目无亲的凄切。

一下午，可鸟就在楼下小区里打着旋，像某个漩涡上面的一片青葱的树叶，身不由己。她不敢走远了，这个县城于她太过陌生，她也不敢上楼去，那个家于她好像更是陌生。

二

理论上说，下午两点半到五点的这段时间，可鸟是这个家的主人，说是公主或女皇也不算过分。她几乎可以想做什么就做什么，想不做什么就不做什么。但是，生活这个老巫婆总是阴笑着幸灾乐祸地告诉我们，理论上是一回事，事实上却往往是另一回事。翻开一部二十四史，再翻开一部世界通史，谁见到哪位公主或是女皇被套上了牛鼻椇的？可鸟就被套上了，而且主要正是下午两点半到五点这个时间段里头。

口红就是可鸟的牛鼻椇。

可鸟却不这么认为。牛鼻椇是公主胸前的玉佩，是女皇头上的皇冠呢。一头牛没有了牛鼻椇那还不成一头野牛了？一头牛它就是需要牛鼻椇来牵引呢。

现在，那套牛鼻椇又把她牵引到了卧室。

响晴姨跟进步叔的卧室是一个引人入胜的世界，里头茂盛着说不清道不明的鸟语花香。

一排排五颜六色的口红睡在梳妆盒里，安宁静谧而又突如其来，口红们被惊醒了，一个个不约而同发出“哇——”一声尖叫，可鸟真真切切听到了这尖叫。然后，可鸟又听到了它们的叽叽喳喳，像天地湾麦收时节的阳光，杂乱而隆重。怎么可以这样呢？怎么可以这样呢？每一支口红都有了生命，都意味深长，争先恐后地向她伸着脖子。这些颜色多么的惊心动魄啊，就像一排缤纷的子弹，一齐击到了她的心口，把心口击出了一个个的洞。可鸟摁着心口，那里很痛，真切的痛，比麦芒扎了还痛。她的心子就要四分五裂了。可鸟大汗涔涔。可鸟想挣开，可是挣得不坚决，不彻底。一支口红从梳妆盒里轻轻跳到了她的手上，牵着她的手，不让走。这是一支玫瑰色的口红，艳艳丽丽的，好像就是响晴姨最爱涂的颜色。梳妆盒里还有那么多的口红，晕红的、绛红的、银红的、酒红的，甚至还有宝蓝的、珠灰的、明黄的、靛蓝的、亮橙的，看上去几乎是簇新的，好像很少动过，那她买它们做什么呢？可鸟不明白。可鸟轻轻地旋开了这只玫瑰红的口红套子，随着手指的旋动，玫瑰色的口红羞怯而又甜蜜地冉冉升起，似一朵玫瑰色的露珠，带着无限的企盼，又托付着无限的美丽。可鸟向着鹅蛋镜，不自觉地嘟起了嘴唇。可鸟还是第一次这么真切地看自己的嘴唇呢，跟天地湾绝大多数人一样，可鸟没有一面镜子，可鸟想看自己了都是就着天地宫晒场上那口放生池——这还得池子里有水——借着天光看。天地湾的人都这样，要相面就在自家门口的水缸里或是娘娘河里相一相。庄户人家，有个什么好相的，相了又怎样？你又不是城里人，活在脸上，活在别人的脸上，你是活在自己的土坷垃里。而现在的可鸟应该算是一个城里人了，至少是半个城里人吧。现在，可鸟从没这么真切地看到过自己，连唇上的纹路都看得清清切切，两片嘴唇饱满而娇嫩，全天地湾的雨露阳光都赶集一样集在了上头。特别是这个嘟的样子，都很妖娆了。可鸟被这个妖娆的做派吓了一跳，这个样子都可以叫浪了。怎么才进城几天就这样了？这个样子要是在天地湾，要是被顺顺爸看见，不被溺死在放生池里才怪。可鸟嘟起唇，往镜子里那个唇够，握着那支玫瑰色的口红也往镜子里那个唇够。可鸟管都管不住自己的唇了，那个唇都不是她的了，她们上上下下都不是自己了。在要够上的那一刻，可鸟像被铁烙了一样弹了回来。可鸟看到镜子里那个唇不是自己的，是路宝哥。路宝哥的脸上找不着脸，只有两只瞪圆的眼珠子和这张嘟着的嘴。可鸟一个激灵，就醒了过来。可鸟不敢去看镜子了，不敢看镜子里那个自己，连手上的这支口红也不敢看了。怎么会这样想呢，怎么自己的嘴唇一下变成路宝哥的了呢？可鸟怕镜子里那个自己看破了自己这个秘密。可鸟被自己臊得身子都软成了一摊糖稀。可鸟又听到了咚咚咚咚的声响，她赶紧按着心口，说，不跳，不跳。可是，咚咚咚咚的声响更响了。

声响不是来自胸腔，声响来自防盗门。

路宝一张变了形的脸出现在猫眼里。

路宝说是来看她的。路宝说可鸟你的嘴唇真好看，跟画了口红一样。可鸟海着胆子很浪地一笑，说，路宝哥，你想看我画了口红的样子不？路宝一摇头说，不想。可鸟的心陡然就凉了，咬着嘴唇，恨。路宝嘿嘿一笑，说，不画都这么好看。可鸟心上反是刁蛮了，说，就要画，路宝哥，你给我买一个口红。路宝说，我知道你要哪种呢？可鸟说，就要嘴唇那样的红。可鸟又说，哪种都行！路宝想了想，很男人地说，还是你自己去买吧，哪有男人买那玩意儿的。可鸟一噘嘴说，就要！可鸟差一点就脱口而出了，就要涂你买的！路宝一连声地说好好好，好好好，下次给你带来。

路宝哥的两片唇也像涂了口红，红得炫人，一忽儿抿着，怕里面跑出个小兽来一样，一忽儿又半张着，要放出里面的小兽来一样。可鸟瞟上一眼，心头一个咯噔：那红的唇要惹事。路宝的唇越张越大，还大口大口地喘气，喘得比拳头还粗。可鸟赶紧埋下头，说路宝哥，我去给你煮面。

三

可鸟牵着元元从幼儿园出来，走着走着就不走了。元元歪着头看她一眼，说回家看奥特曼。可鸟央他说，我们看看好不？元元一撇嘴，都不好看！

眼前赫然立着一家化妆品店，店门口的玻璃柜里摆放着花花绿绿的口红，在那里不露声色地惊心动魄。只一眼，就在可鸟心窝子里横冲直撞起来。一抬头，看到它的店名，“唇红”，可鸟心尖子上又是麦芒扎过的痛。冬天的大街上，这个时候的行人很寥落，但是因了这家化妆品店，似乎一街也暖和了过来。都来到县城这么多天了，都在这条街上走了无数次了，怎么一直没有发现这个“唇红”呢？店里有个染着黄头发的女孩坐在一把塑料凳子上看电视，两腿夹着两手不停地左右晃动，她的唇上涂着一种叫不出颜色的口红，但是配上她那一头黄发，还很协调，很有个性。女孩抬起头，看了可鸟一眼，一笑，说，买东西？可鸟慌忙摇了摇头，拉着元元就走。女孩的声音跟她唇上的口红一样，说不出的鲜亮。

元元抬起头，看着她，不满道，光看不买。

北风从街巷里刮过来，直往脖子里灌，可鸟紧握了元元的手说，不买！可鸟决定了，路宝哥答应送我一支的，我就等他那支。

“唇红”化妆品店里，那一支一支、一盒一盒的口红，齐展展地排在了可鸟的心里，它们看上去是安安分分的，可是它们的骨子里是抛眉送眼的，是投怀送抱的。可鸟的心跟着一路的花红柳绿，缤纷绚丽，好像血管里流动的血都五颜六色了。一条街在脚下也莺莺燕燕地往后淌。

上了楼，正掏钥匙，门就开了，门好像知道她要回来，等着她呢。

开门的当然不是门本身，而是门背后的响晴姨。响晴一脸的十月小阳春，明媚得让可鸟感动。而且，响晴把饭菜都烧得差不多了。可鸟赶紧去洗了手拿碗，响晴说，少拿一个，你进步叔又出差了。响晴姨踮着嘴，吃得很有兴致，很香，有点庆祝什么的意思，又有点犒劳自己的意思。元元不想吃，要看奥特曼，响晴也很有耐性，对可鸟说，他不吃就算了，等会儿再喂吧。

蓦地，响晴含着筷子看着可鸟，踮着的嘴踮得更高了。可鸟一口饭包在嘴里，嚼也不是吞也不是。可鸟忽一下明白，可鸟又忽一下不明白了：响晴姨看的是自己的唇？她的眼神分明是在自己的唇上翻箱倒柜了。可我没有涂她的口红呀？可鸟真是迷糊了，那她为什么不转睛呢？难道自己真的涂了？自己是旋开了套子的，自己还把鼻子凑到那里深深地闻了闻，那支玫瑰色的口红发出的同样是玫瑰花一样的芳香，后来，可鸟就在玫瑰花的芳香中迷糊了，就不知自己是不是真的涂了。

可鸟摸着唇，小心地问，怎么了？

响晴啧了啧嘴，看你的唇，娇润欲滴，像玫瑰。响晴又叹了一口，年轻真好。顶伤感的，顶落寞的。

可鸟埋下头，狠狠地咬着下唇，恨不能把响晴姨说的玫瑰全咬下来，吞掉。

响晴很快放了碗，一头扎进了卧室。响晴从卧室一出来就花了可鸟的眼。响晴看着她，就像她刚才看着自己一样，问，怎么了？可鸟慌得四处藏眼神。

响晴姨像一只花蛾子。更主要的还是在她的唇上，正是她刚才所说的娇润欲滴，一场不大不小的雨过后的花瓣儿似的，赶着时令的绽，绚烂得都要去滋润别人了。又像呢，一只翕着翅膀的红蝴蝶。响晴一拧腰身，说，早点睡，别等我。响晴上下唇这么的一启，那只红蝴蝶就扇开了两页红艳的翅膀。

元元追着她，说妈妈人口手。响晴在防盗门口一边换鞋一边说，让鸟儿姐姐教你。响晴换了鞋，回头对可鸟说，早点睡，别等我。

响晴出了门，下了两楼，可鸟还能听到高跟鞋旖旎的响声。花蛾子是飘出去的。或者说，红蝴蝶是飘出去的。

可鸟有些发愣，又莫名地想到进步叔的嘴唇，那个干裂的，随时都焦渴着的嘴唇。

夜里，可鸟被一阵拍门声吵醒。可鸟惺忪着两眼，想，响晴姨从没忘了带钥匙的呀。

猫眼里那个人似进步叔非进步叔。进步叔都这么晚了才回家。可鸟开了门，显见的进步叔喝醉了。进步叔两脚踉跄进了门，定定地看着她，本来不大的两眼努力地撑着眼皮，想把眼睛撑大一些的样子，两眼就死白死白的，看得可鸟心上起毛。可鸟看到进步叔的脸颊上有两个清晰的口红印子，好像脸的两边又长了两个妩媚的小嘴。进步叔雪白的衬衣领子上也有两个鲜红的口红印，那个地方就不像是长了两个小嘴了，那个地方像摁了两个不甚规则的公章。

进步叔那个总是干瘪皱皮，充满了渴意的嘴唇好像也滋润了，饱满了。

这天中午刚放下碗，响晴说，鸟儿，去农贸市场买只鸡，让他们给收拾好，再买点别的菜，下午你进步叔要回来。响晴拿出一张大票子递给她，说，然后去幼儿园，代我开家长会。

可鸟说，还早呢。响晴没有想到可鸟会迟疑，跟着也迟疑了一下。响晴说，还不知家长会要开到什么时候，出来再买怕是来不及了。可鸟说，也是。

可鸟到农贸市场买了鸡，让人杀了，洗了，卸了。那人用一个白色塑料袋麻利地装着一堆成肉的鸡，可鸟问，没有黑袋子？那人说，菜呢，一般都不用黑的。可鸟就拿出自己兜里黑色的塑料袋。那人嘀咕，你不是有吗？我有是我有，可鸟说。可鸟不想叫人看出她买了什么。

大街上，可鸟发现，起码有一半的女人嘴上都涂了口红，一街晃动的都是天地湾才有的那种红嘴乌鸦。瞥一眼她们，可鸟想，还是涂了口红的响晴姨才好看，特别是她吃东西的样子，踮着两片红的唇，就像踮着脚尖走路，只有那么有意思了。可鸟想，城里的女人是不是不涂口红就跟没穿好衣服一样不自在呀。

可鸟提着鸡肉，一边漫无边际地想着，一边往幼儿园去。幼儿园的阿姨说，家长会推到了下个周末。可鸟又往回走，开了门，放下东西，就直奔了卧室。可鸟一脑子全是花花绿绿的口红，路过饭厅时看到桌上的碗筷，只一个念想一闪：不是响晴姨收拾的吗？她没法不在意家里空气的异样，她的脑子里全是口红，一支支妖妖艳艳的口红。卧室门像昨天一样的关着，很不经意的样子，可是，拧了两下，却拧不开。就在这个时候，可鸟心下突然涌上一种异样的惊悚，握着门把上的手被电了似的一甩，旋即，浑身也上了电一般笃笃地抖。

残存的那点意识里，可鸟想转身跑开，可两条腿早就抖成了两截猪大肠，脑子里好像也灌满了猪大肠一样的东西。她就那样一脑子猪大肠地在卧室门口抖着。这时，门挣了一条缝，有响晴的半条脸挣在缝里，是半条没有一点人色的脸，只有那半张嘴唇是喝了血一样的红。响晴姨的嘴里喷出来的话也如血一样：去，家长会！一道白光在门缝里一闪，门，十分隐忍地紧上了。

可鸟不知怎么回事又来到了大街上，而且她发现自己一个人是在大街上跑着，生怕后面有人追来似的。脚下稀泞泞的大街在往下陷，头上灰蒙蒙的天在往下塌。可鸟不知要跑向哪里，可鸟听不到大街上一点的声响，身边的人全都如一条条鱼在她的四周无所事事地游荡，可鸟也像一条鱼，大口大口地吐着空空漠漠的气泡。可鸟吐着气泡终于停了下来，她不再想什么鱼，她想到了那只鸡，那只放尽了血，褪净了毛，掏空了五脏六腑，卸成了一小块一小块的现在叫作了鸡肉的零碎尸体。

没想到响晴似乎忘掉了下午的一切，响晴满面春风的，风滋雨润的。她给可鸟拈鸡翅膀，两只鸡翅膀都拈给了可鸟。响晴说，女孩吃鸡翅膀，会梳头。响晴还给进步叔拈了两筷子。

家里多了一个人，响晴姨又是这般的殷勤着，可气氛好像比进步叔出差在外的这些天还要闷，闷得可鸟的心子腔子都塞满了芭茅草一样，没有一点空隙，气都透得紧。

进步叔早早地就搁了碗筷，进了书房。进步叔在不在书房对一家人来说都一样，书房像一眼很深很深的枯井，谁都看不到井里有什么。进步叔是这个枯井的主人，又不过是自投井底的一颗石子。

做完了该做的一切，可鸟进了自己那间客房。把身子交到床上，可鸟才真正轻松了下来。这个十来平方米的客房现在就是她的天地湾，天高地阔，给着她清新的空气，温暖的阳光，还有无拘无束的自由。可鸟不知不觉就睡着了，可鸟做了个梦，梦见路宝给她送了支好看的口红，怎么个好看法，说不出来，什么样的颜色，也说不出来。口红还有着天地湾四月里的槐花的粉香，闻一闻都叫可鸟舒筋透骨。路宝见她高兴的样子也很高兴，路宝看着她涂了口红的嘴唇，嘿嘿地笑，路宝笑得一张嘴也红彤彤的，着了火一样的灼人。哄！可鸟被那两片火热的唇点燃了，一下就醒了过来。醒了过来的可鸟还是像睡着了一样，心子还在咚咚地跳，是烫的，也是被箍的，可鸟腰上被一双手箍着，脸也被一张脸贴了，有鼻息拍在她的唇上，烫人。路宝哥呻吟着唤，顺顺，顺顺哥啊！路宝哥的声音怎变成了响晴姨的？她又怎会在梦里唤我的顺顺爸？可鸟让这鼻息和呻唤又一次烫醒了。可鸟吓得不敢断定这是梦里还是梦外。

那个刚才还在梦中的响晴姨的呻唤现在就响在她的耳边，顺顺，顺顺哥啊！响晴姨睡在身边，响晴姨还没有醒，她的嘴里还在危在旦夕地呻唤着。响晴姨几时睡在了自己身边？她怎么不睡那间卧室？她怎么会在梦里唤我顺顺爸？可鸟轻轻地抬起她的手臂，她想翻个身，这个样子怪难为情的。没曾想这一抬把响晴从梦里抬了回来，响晴呼一声兀自坐起身，响晴拿手背揉了揉眼睛，又揉了揉嘴唇，问，鸟儿，我刚才叫什么没？

可鸟大气都不敢出。

响晴又颓然倒在了床上，刚才还滚烫的身子顿时就成了一条从水里捞起来的死鱼。

每天，那段或公主或女皇的时间于可鸟来说，都不能说是一段时间了，是真正进入了漫长的一个时期。这样的时候可鸟就不能不回想前几天的这个时候。可鸟真如一个落魄的公主或是一个下野的女皇一样，孤独地苦不堪言地回想那些个让她心跳让她眼热让她血液沸腾的锦绣时光，那些个让她的心情美妙得不可收拾，让她的整个人都幸福得无边无际的好日子。我们知道这个比喻是很不恰当的，所有的比喻都只能让事情变得更加的云里雾里。语文老师就讲过，所有的喻体于本体来说都是隔靴搔痒，都要大打折扣，一比喻就显出了你的穷途末路。这是好笑的，同学们都是这样，明知这是没有办法的事情，明知所有的比喻都是蹩脚的，同学们，特别是女同学还是喜欢用比喻句。真是没有办法。

前几天可不是这样啊，前几天的卧室是一座宝库，是一座花园，是一个仙境，干脆直接说吧，它就是个梦，是个要什么有什么的梦，是一个不断给着你惊奇惊喜的梦。现在呢，它就成了一个陷阱。对啊，它就是一个陷阱，第一天就把可鸟陷了进去。可鸟再不敢往陷阱里掉了，看都不敢看，她怕一看，那个门缝就看开了，门缝里挣出响晴姨的半条脸，和半个喝了血的唇，然后，白花花地一闪，门又紧上了。

卧室似乎比天地湾松陵里那片老坟山还要老。老而不死必妖。可鸟记得当道士的爷爷说过这话。现在可鸟微微的有点懂。

四

可鸟看不进去课本就翻电视，翻响晴姨带回来的时尚杂志，在里头黑灯瞎火地找口红。一篇文章说，看女人的唇，可以反映出女人对口红的态度。对口红的态度，也可以反映出女人对生活的态度：是细致从容，抑或粗糙敷衍。一篇文章说，口红是神来之笔，它既锦上添花，也雪中送炭。漂亮的脸安上一张搽得红红的唇，让人有惊艳之感；即使不漂亮，有了口红的修饰，脸上也有了几分生动。一篇文章告诫，要记住，永远不要让你的嘴唇只呈现一种颜色，日复一日，自己都会产生审美疲劳……看到这一点，可鸟才豁朗开来，响晴姨要买那么多的口红呢，响晴姨是怕自己审美疲劳了。

可鸟翻着电视和杂志的同时，也在盼着路宝给她买一支口红来。盼得天花乱坠，盼得醉生梦死，路宝就来了。

路宝先是到的进步叔的办公室，然后跟进步叔一同回来的，一同回来的还有路宝的一个朋友。他们在家里吃了饭就进了进步叔的书房，好一半天从书房出来就走了。路宝就只跟可鸟打了个招呼，他好像根本就记不得那个事了，好像那个事根本就没有存在过。可鸟心意索寞的，连元元都看出来了。元元说，鸟儿姐姐，我送你个奥特曼。

就是在这样的情况下，一个念头像一只土拨鼠咕隆一下探出了毛乎乎的小脑袋，脑袋上一双贼亮的小眼睛忽闪忽闪地瞅着可鸟，吓得她当一声丢掉了手上的口红。可那只土拨鼠并没被这一声吓跑，它是那么的顽固，赶也赶不走，它已经开始撕咬可鸟的心了：一支，就一支，反正这么多，肯定看不出来的；况且我又不在她面前涂。可是，别人的东西怎能随便拿呢？那还是拿吗？这个别人还不是别人，是响晴姨啊！是待自己亲亲的响晴姨啊！可鸟长这么大，都十四了，还从没拿过别人的东西呢。要是响晴姨知道了……哎呀呀，可鸟不敢想下去了！可鸟为那个念头恨不得找条地缝一头杀进去。

可鸟很快就说服了自己。可鸟长长地舒了口气，把心头那只土拨鼠赶到了比天地湾还远的地方。

舒完气可鸟骄傲地发现自己已不是一个十四岁的小女孩了，而是，一个四十岁的成熟女人。可鸟进一步地巩固了自己那个重大的决定。说是巩固是因为先前就决定下来了的；说是重大，是因为有着某种牺牲的性质在里头：可鸟要等着路宝哥给她买的口红，一直要等到！昨天肯定是因为有他的朋友在，路宝哥不好意思拿出来，那天他不就说过吗？哪有男人去买那玩意儿的。路宝哥一定是悄悄买了，又怕朋友笑话。可鸟的嘴唇还没涂过口红呢，要涂就涂路宝哥的。不然……可鸟觉得对不起人。

这个下午，当可鸟再次面对卧室里这些口红的时候，俨然是一个"过来人"的镇定了。她一一地抚摸着、把玩着这些口红们，这些颜色比天地湾的花儿还要鲜艳的口红们，同时也感觉是口红们在抚摸着她，抚摸着她的心，让她的心里渐次开出一朵朵如口红般鲜艳的花来，很快，她的心里就开成了一片花海，像四月的天地湾。但四十岁的女人非常的明白，它们和她中间还是隔着距离的，这一点因为那个决定而十分的鲜明。时间在这样的抚摸与被抚摸中飞逝，在鲜花哔哔剥剥的绽放中飞逝，既静谧无声，又热烈隆重。不知不觉中，口红们的鲜艳开始吃力起来，可鸟猛然惊觉，接元元。关上梳妆盒的那一瞬，手又犹豫了，她在心里恨了自己一句：忍心哪！没曾想竟恨出了声。可鸟哪忍心哪，可鸟离不开它们了，不，不是它们，是她们——哪一个不是花枝招展水灵青葱的女孩儿？哪忍心把她们关在漆黑逼仄的盒子里？那样她们会憋气的，她们会挪不动身的，她们会怕的，就像她，夜里一个人，关了灯睡在客房里，憋得只差没哭出声来。可是可鸟无可奈何呀，可鸟无能为力呀，可鸟能帮她们什么呢，她一点劲也搭不上。可鸟急得挠头——这以前她们是怎么过来的她不管，现在她知道了，她就急，就难受。可鸟决定带上她们中的一个，每天换一个，离开那个漂亮的盒子，出来透透气——而绝不是“拿”，不是的，可鸟可以跟毛主席发誓，绝不是。让她们轮换着从盒子里出来，跟着可鸟姐姐，看看外面的世界，那一定是比屈在盒子里舒展，尽管这个盒子是那么的华美。因为她们太惹人爱了，因此她们太可怜见了。可鸟现在认为自己有这个责任，你是她们的姐姐！口红们好像也明白了可鸟的心思，一下子又叽叽喳喳起来，争先恐后起来，在盒子里抢成一团糟，都嘟着鲜艳的嘴唇嚷着要跟她走。带谁呢？这支亮橙的？可这支银红的也很乖巧啊！还有这支，这支淡紫的也揪着可鸟的心，你看那支，那支橘红的正踮着脚憧憬着呢。可鸟拿起了这支，那支又抢进了眼里；拿起了那支，另一支又抢进了眼里，可鸟发现放下谁都伤人自尊，你凭什么伤人自尊？人家都没伤你呢。可鸟可是个从不伤人自尊的女孩啊。可鸟太为难了，这个家太不好当了。末了她把她们全排好队，说，对不起，我就随便选一个了，不能怪我啊。可鸟比她们还可怜巴巴，还眼泪巴巴。她们没有反对，她们看到她这个样子很理解她。她就把头仰给天花板，紧紧闭了眼，伸手在梳妆盒里一支一支地选，拿起，又放下；拿起，又放下。最后，拿起一支，看都没敢看，径直放进了口袋里。然后，手一按，啪一声，她的心一紧，似也被关进了梳妆盒。

可鸟真佩服自己，像一个四十岁的女人一样经历了沧桑，然后成熟，果断。可鸟退出了卧室，退出了家，退到了街上。寒风一吹，身上不由连打了几个冷噤，脑子却好像还在卧室里，甚至就在那个梳妆盒子里了。一摸脸，马上又把手缩了回来，好烫。恍惚的好像刚才的一切都是一个梦，一个魇，半明半懵地还跟着她。而口袋里那支还不知是什么颜色的口红又明白无误地证明这一切的真实。可鸟的脑子更加的一锅粥了。可怜的可鸟，她的左裤兜里揣着一团小小的火苗，不知是火红的还是玫瑰红的还是橘红的火苗，正不紧不慢地烤着她，要把她烤出油来。

刚出幼儿园，元元就不走了，拉着她，征询道，看看？可鸟说，看什么看？元元说，口红。可鸟说，来不及了，看奥特曼。

一开门，可鸟脸就红了。响晴说，快进来，看风吹的。饭桌上，响晴关切地问，鸟儿，怎么了？可鸟埋着头，不敢看她的脸，说，没事。响晴说，鸟儿，姨的家就是你的家，有什么要讲出来，可别见外啊。可鸟说，嗯。

难得的，今天进步叔回家来吃饭了。而且难得的，进步叔很高兴，还让响晴倒了杯红酒。响晴一边倒，一边怨道，外面喝说是工作，家里也喝！进步叔没有搭理她，进步叔只咂巴了一下那张充满渴意的嘴。

饭后进步叔就进他的书房了，响晴没让可鸟收拾碗筷，把她撵进了卧房。手刚放进裤兜里，想把口红拿出来看看，门响了，可鸟慌忙把手举了起来。响晴看着她，那个关切更重了：看你，恹恹的，是不是哪里不舒服？可鸟赶紧说，没。又好像不能拂了她的意，说，就是有点头昏。响晴摸了摸她的额头，说，一准是凉了，先躺躺吧。响晴退了出来，很快又来了，手上端着水杯，还拿了药，见可鸟又要起身，忙说，躺着躺着。进步叔和元元也跟了过来，问怎么了？响晴说，可能有点感冒。进步叔说，要不找个医生来？响晴说，问题不大。

喂了药，响晴一边掖被子一边说，捂一身汗就好了。

可鸟隐约听到客厅里响晴姨在教元元人口手。元元问，人长口来做什么呀？响晴姨说，说话、吃饭呀。元元说，不。元元说，长口来是打口红的。响晴姨说，说什么呀。元元说，本来。响晴姨缓了缓，说，打口红的也是女孩，你是男孩。元元说，女孩打口红就是给男孩看的。响晴姨哭笑不得，这幼儿园，都教些啥！响晴姨说我们不说口，不说口红，我们说手……元元打断她，说，手就是拿口红的……

可鸟被热醒了，醒过来的可鸟像刚从水里捞起来的。通身的汗不是被子捂的，也不是吃了药的效果，而是枕头下面那支口红烤的。也不是枕头下面，那支口红好像就一直插在她的心口上，烤她，不急不躁，由外往里又由里往外地，烤得她透不过气来。可鸟掀开被子，人顿时就轻了。可鸟想，原本是想让那支口红走出梳妆盒透透气，没曾想把人家压到了枕头底下。可鸟不敢开灯，就着黑摸索，找到了那支口红，她把她紧紧握在手心里，心头顿时生起一股刺骨的愧疚：直到现在，都不知被带出来的这支口红是什么颜色呢。黑夜里，她试着轻轻旋开了口红的套子，她能感觉到口红在她的旋转中冉冉升起的姿态。她轻轻地嘟起嘴，让那口红在唇上洇开。她轻轻地涂着，上唇，又下唇。她的唇，她的手都在微微地颤抖，那支口红在她的唇上发出轻快的嗞嗞的声响，她感觉得到，那是一种天籁般悦耳的声响。然后，轻轻地抿一抿，又抿一抿，她感觉得到，她的唇在这个冬夜里如一朵花悄悄地开放了，带着清晨的第一滴露珠。她看不到，但是她感觉得到，感觉到的比看到的更真实，因为它更接近心灵。女孩可鸟听到了露珠在花瓣上滑动的声音，她还听到，在露珠的滋润下花瓣正徐徐绽放。

可鸟还听到一个声音，是她轻轻的啜泣声。这个时候的可鸟是那么的想家，想顺顺爸，想满花母，想娘娘河，想她的天地湾甚至晒场上那口放生池。一边想，一边就着泪水，揩唇上的口红。

（原载《山花》2006年第12期）

2007年

韦昌国

城市灯光

石老幺是奔着城市的灯光来的。此前，他像一片风中的树叶，不知道自己该落在哪里。这座城市你要说它有多大也不见得，石老幺站在山垭口往下一看，密密匝匝的房屋挤在山间的坝子上，各个窗口都亮了灯光，连成万家灯火。夜色中，看得见白亮亮的河水穿城而过，这些房屋大都顺着河的两岸摆布，河东多是新建的高楼，河西呢，黑黝黝的是成片低矮的瓦房。石老幺看了一回，打定主意到河东去。

从寨子里出来时，他就死了回去的心。蒙大头说得好，就是刷盘子，城里的油水也要多得多。石长贵说得更直接，“人家城里的狗，也比咱乡下人吃得香。”但是他不喜欢石长贵，不但不喜欢，他甚至想杀了他。今年夏收，石长贵把他家地里的麦子偷割了，拿到街上卖了打酒喝。那晚上，他磨刀磨到半夜，最后却没动手，他不敢。在石头寨，从来没人叫他的大号，都是“石老幺石老幺”地喊。说是老幺，其实他家早没人了，哥和姐在爹妈死后不到两年连续都死掉了。

石老幺家坐落在寨子的山脚下，对面是一片老坟地，叫作“万人坟”，是过去闹土匪时落下的。据说当年土匪进村，一夜间杀死男女老少几十个人，都埋在一个大坑里。阴阳先生潘老德说，那片地杀气大，他家的老屋正对着万人坟，所以是“阴地”，注定人丁不旺，代代受穷。爹妈在世时，多次想过搬家，但往哪里搬，一直没想好。别看乡间地盘大不值钱，每个角落都是有主的。不要说地盘，就是寨子里青石板路上的牛屎，那牛一屙下来，热气腾腾的，只要有人用根棍子插上去，牛屎就有主了，任何人动不得，只等着插棍子的人到家去拿撮箕来装走，或拿去肥田，或拿去晒干了烧火，或用来糊板壁。石头寨里，只有石老幺插的棍子不算数，人们见了都说“石老幺的牛屎，啊哈”。等他赶回来，那牛屎早就被眼明手快的人撮走了。

蒙大头凭什么气粗，不就是他这几年倒腾山货小发了一笔？乡民们从石头缝里抠出的山货卖给蒙大头，他拿到城里一倒手，赚了钱不说，大家还得感谢他。石长贵却不行，但他是小组长，管着全寨三十多户一百多口人。救济粮、救济款、城市人捐的衣服鞋袜等，都由他造花名册，哪家该得不该得，该得多少，都由他说了算。石老幺长这么大，从来不敢和这两个人正面冲突，连半句话都不敢说。

麦子被偷割了，头顶上的茅草杈杈房要垮了，救济衣也分过了，石老幺想了几夜，下定决心逃离石头寨，“讨口要饭，再不回来！”此时，他身上穿的是分得的蓝色运动衫，两臂侧面直到袖口有两道白杠，裤子是旧的黄军裤，皮鞋倒是穿了一双，但是码子好像弄错了，左脚大右脚小，弄得他走起路来一拐一拐的，看起来像个瘸子。加上他身材矮小，衣服显得特别长，下边几乎盖住了直裆，把一条军裤的裤裆箍得鼓起来像个口袋。无论从哪个方向看，这一身都不是他自己的衣服，像东拼西凑偷来的。

当石老幺高一脚低一脚地走到河东街面上的时候，各家饭馆里飘出了酒菜的香味，但没一样是为他准备的。也难怪，他口袋里分文没有。走到一家红门脸的饭店门口，石老幺禁不住停下来，就为了多闻闻里面飘出来的油香味。一个满脸通红的胖子摇摇晃晃走出来，蹲在门口的阴沟里大吐不止，哇哇的声音很响亮。石老幺闻那酒气，是自己三十多年来从没有闻到过的。他想，可惜了，吃了这么多好东西，一哗啦都进了水沟，城里人真正是不一样。

那胖子吐了半天，总算换过气来。抬头看见石老幺在看他，很有些生气地咕哝着：“他妈的真是……灌得老子！”石老幺以为在骂他，吓得缩了缩脖子。胖子站起来想走，脚底下一踉跄，差点栽倒。石老幺这时也不知自己咋想的，竟然一步跨上去，扶住了胖子。胖子冲他笑笑，又咕哝了一句，好像是说石老幺好的。他喷着满嘴的酒气说：“老子……没……醉！”想甩开石老幺，但是一脱离石老幺的手，又摇晃着要栽倒。

胖子由石老幺一路扶着走，石老幺不知道他要去哪里，只是机械地跟着他的脚步。胖子从腰里摸出银光闪闪的小电话，滴滴滴拨了一串号码，然后大声说：“我走了……不喝了，那个事情……明天再说……”走了大约半里地，来到一座小洋楼前。胖子说：“到了！”临上楼时，胖子在上衣口袋里摸了半天，石老幺以为他在摸钱，心里期待着。谁知摸出的是一张硬纸片，递给石老幺，说：“拿……着！有事……打个电话，我……包了！”石老幺想要的是钱，但是看胖子认真的样子，对那张纸片也不敢怠慢，赶忙接了揣进裤兜里。

原以为在城里刷盘子很容易，但是石老幺每每走近饭店门口，店主都会像轰狗那样“去去去”地把他撵走。石老幺说：“我给你捅炉子倒煤灰吧，不要工钱，只要给桌上的剩饭吃就行。”但是没有人肯给他做。街上拉水泥的汽车一来，石老幺也跟着凑上去，但是没有人叫他去卸车。

在街上东奔西跑了大半天，石老幺又累又饿，像一条被主人遗弃的狗。他拖着步子来到街上的岔路口，一大帮人蹲在人行道上，一个个灰头土脸，看穿着打扮都是乡村来的。这些人看见石老幺，目光陌生而冷淡。内中蹦出一个瘦脸长着黄鼠须的走上来问："哪里来的？报过名没有？"石老幺不知道他说的什么。一旁的人对他说："这是黄三爷，我们的老大。"石老幺听说是"老大"，不敢怠慢，学着电影里那些人的话说："小弟刚来，不懂得规矩，请三爷指教。" 那个叫三爷的说："也没规矩，但有一条，不能乱接活路，价钱要大家一样。"完了又说："接到一桩活路上交一块钱，当天交。"石老幺看他口气硬硬的，便胡乱点了头。后来那个叫小猪头的矮矬子告诉他，城里是划了地盘的，黄三爷管河东这一片，河西分两块，分别由李大毛和顾老八统领。因河东是开发区，活路多，价钱好，所以黄三爷势力最大，但是他为人豪爽，大家都服他。

石老幺因为点了头，便也和大家一起，把手笼在袖子里，缩着脖子蹲在岔路口。从中午到下午，连续来了五六辆车，有拉煤的，拉水泥、沙子的，每次车上有人一招手，人堆里呼啦啦就蹦出十几个。尽管每次石老幺都拼命跑上去，但每次都落在后面，活路自然没有他的份。好容易来了一个胖女人，说要把家具扛上八楼，她家在搬新房。石老幺这次第一个迎上去，心想饭钱有着落了。谁知胖女人说，每个大件只给五毛钱，而且要保证安全。石老幺看看周围，没人动弹。他正想答应，小猪头踩了他一下，悄悄地说："不是这个价，不要干！"后来，胖女人把价钱加到一块，用手指着人堆里说："你，你，你，你！"唯独没有点中石老幺。

石老幺瘦弱兼五短的身材，自然使人不放心他搬运东西。这样，他就干等了一天，饿得眼里金星直冒，两耳嗡嗡作响。饥饿的滋味他是常常领会的，但是从来没有哪一次像今天这样严重过。直到天擦黑，街灯渐渐地亮了，那些吊在电线杆上的路灯，像一个个硕大金黄的柚子。怪！这时候他反而不饿了，只是背脊梁直冒虚汗，总想倒在哪里睡上一觉，哪怕一直睡下去。

石老幺习惯性地摸摸裤兜，总希望从里面抠出一点钱来。但是除了那张硬硬的纸片，什么也没有。他把那张硬纸片拿出来，反过来正过去看了半天。

后来，石老幺和小猪头借了三毛钱去打公用电话，拨通了纸片上那个号码。对方很气粗地问："哪一位？讲！"石老幺嚅嚅半天，才说了昨天晚上的事。那边又问："是穿运动衫黄军裤送我回家的？"石老幺连忙说："是！"那边问有什么事，石老幺鼓起勇气说了自己现在的处境。

不一会儿，一辆黑色轿车"吱"地停在石老幺站立的街面上，从车上下来一个人，却不是昨晚那个胖子。那年轻人径直向石老幺走来，问了一句话，就叫他上车。"滴滴"两声，轿车一溜烟穿过街面，直开进了城东边的一家小饭馆。

石老幺上车的时候，那些蹲在街边等活路的人看得清清楚楚，一个个张大了嘴巴。小猪头说："咦，怪了！他有这么一个朋友，还在这里装什么啊。"旁边的人说，这就叫真人不露相，露相不真人。大家正吵吵嚷嚷，黄三爷来了，大家又都和他说。黄三爷听了吃惊不小，用手捻着下巴的几根胡须，皱着眉不说话。最后自言自语地说："管他的，各有各的路子……"黄三爷嘴上虽这样说，心里却暗暗有些不安。电视上经常放记者乔装打扮实地采访的片子，那个人不会也是这一套吧，但想想那个人的样子真是不像，哪有这么寒碜的记者啊。再说自己也没干什么出格的事啊，不就是一个记者嘛。

石老幺连续吃了五碗饭，扫光了桌上的四菜一汤，还喝了半斤烧酒，才缓过神来。年轻人一直在旁边看他吃，没有动筷子。石老幺冲他嘿嘿地干笑着，不知道该说点什么。年轻人也不问他，看他吃好了，就高声叫一声："老板，签单！"

石老幺又跟着上车。年轻人边发动车子边说："我们李局说要见你。"这是他对石老幺说的第二句话。石老幺吃饱喝足了，脑子才清醒过来，但不知道李局是什么意思，犹豫着不敢接腔。年轻人明白自己说了一个专用名词，便重复一遍："我们李局长要见你。""局长"石老幺是明白的，便内行似的点点头。但一个大局长要见他，心里不免有点害怕。他连乡长都没有见过呢。他支支吾吾地说："我能吃一顿饱饭就够了，局长我就不打扰了，谢谢了！"说着就想抹脚走人。不想被年轻人一把抓住，吓得他哆嗦了一下，乖乖地就跟着走了。小车开进一座大院，大院门口竖着写有"×××建设局"的大牌子。

"说吧，你到底想要什么？"李局这样问石老幺。巨大的老板桌后面，李局的脸在灯下泛着红光。"你是个好人，我知道。他真是个好人。"李局一会儿对着石老幺，一会儿又对着年轻人说，好像为自己终于发现了个好人感到很骄傲。石老幺坐在李局对面柔软得像棉花一样的沙发上，半边屁股总是不踏实。李局看到他这副样子，大笑起来："我说他是个好人，你看是不是啊？"年轻人冲着李局笑着点点头。石老幺也跟着笑。气氛非常友好，石老幺终于放松下来，大着胆子说："我想在河东的地盘上干活。"说完有些后悔，毕竟这样的要求太过分了。

"地盘？"李局果然有些吃惊，很不解地看着他，"你想在河东的地盘上干什么活儿？你有建筑班？"等石老幺说完自己的想法，李局不禁哈哈大笑起来，说："哎呀！你吓我一跳。你这叫什么狗屁地盘。"

石老幺以为李局不同意，便又把自己的困难说了一遍。谁知李局又笑起来，最后说："好好好，没问题。我给各家工程队打个招呼，有卸车的活路都归你，行了吧？"石老幺一听，忙站起来学着电影上的人，对李局作揖打躬，千恩万谢。李局说："不用谢了，我看你是个老实人，你先干着，以后有事还找你。"

一桩大事办得如此容易，石老幺走在街上喜不自禁。当晚，找个屋檐脚对付着睡了一夜，睡醒了，突然想起来，那个李局的话算不算数啊，如果算数的话自己怎么上任啊。想起那个黄三爷他心里就怵。那个李局大概是跟他开玩笑吧。他忐忑不安地又磨蹭到昨天去过的岔路口。刚拐过街角，猛不丁一群人迎上来，打头的正是黄三爷。几个人显然刚在哪个店吃过饭，一身的酒气。黄三爷因为财大气粗，他的酒是常常不会断的，多数是别人请他，没人请的时候，他就自己喝。

石老幺想避开他们，谁知黄三爷跨上一步，大声叫他："石老幺！"石老幺看他那副神态，有些惶惑，只好应着。黄三爷说："你早啊，吃过了没有？"石老幺说了实话。黄三爷就说："我们请你喝两杯，为你接接风，怎么样啊？"石老幺不敢答应。小猪头几个听了黄三爷的话，便一齐上前，连拉带架把他弄进了饭店。

黄老三说今天他做东，请大家一醉方休。众人都拍手叫好。席间，大家你一杯我一杯，都敬石老幺，黄三爷还专门和他碰了双杯。酒过八巡，石老幺有些醉了。大家七嘴八舌地问他，什么时候认识的李局长？是亲戚还是故旧？石老幺睁着蒙胧的醉眼说："你问的哪个李局长啊？"小猪头说："老幺你不要装憨，李局长是建设局的老大，这座城里哪个不认识，他的车号是四个八，哪个又不晓得！"石老幺才恍然大悟地说："嗨！你们说的李局啊，这话说起来就长了，一时半刻讲不清，改天再说他。"

听石老幺称呼的是"李局"，其余的又不肯说，大家仿佛领悟了一点什么。这年头，和当官的有交往，哪个不是严守秘密的，问了也白问。黄三爷两根手指捻着老鼠须，一双黄眼珠子滴溜溜地转，看着喝得东倒西歪的石老幺，他一会儿点头，一会儿摇头，不住地叹气。心想这下完了，石老幺是要来和他们争饭吃了。至此，也才明白自己昨天下午内心忐忑不安的缘由。这时候看到石老幺得意的样子，恨不得一把掐住他的脖子。但是一伸手，却端住了酒杯，对着石老幺喊："石幺爷，我敬你一杯！"石老幺以为听错了，不敢答应。黄三爷又叫："石幺爷，幺爷！"这一次声音更大，叫得更响亮。石老幺还是不敢答应。小猪头指着他说："你好不懂事，黄三爷敬你酒呢！"黄三爷忙制止小猪头，又正经八百地对众人说："以后不要再叫我三爷，叫我黄老三。有石幺爷在，我们都不是爷了，听清楚没有？"大家看他那可怕的样子，眼睛都红了，便一齐都说："是！"

本来只想找个活干，没想到成了石幺爷。想想那个李局确实是个不小的官，有不小的权力啊。石老幺顺水推舟，觉得喝酒时没跟他们讲自己与李局的关系是很明智的。不多久，河东的地盘都归了石老幺，这还多亏了黄三爷，要不是黄三爷指点，他都不知道怎么做爷呢。黄三爷希望让他当个小组长，也就是做他的副手。石老幺当然愿意，要是没有黄三爷，他都不知道自己能不能镇住呢。后来，河西的李大毛和顾老八也来请他喝酒，并说愿意跟着他干。于是大家都推举石老幺当了老大。此后，石老幺走在街上，四面八方都会传来"幺爷幺爷"的喊声，他也就响响亮亮地回答，有时候心情不好就不回答。这时候，他才领悟到什么叫作“地盘”，才知道有了“地盘”的重要性。过去在寨子里，小组长石长贵总是说全寨子都是他的地盘，他想干什么就干什么。今天看来，他说的一点没错。不过，他那叫什么狗屁地盘，一分钱也不值。

石幺爷其实也干活，不过多数是象征性地跟着跑一跑，通常是他刚卸了两包水泥，旁边的人就说，幺爷你不要做了，小心累着。他的任务更多的是和工地接洽，坐在拉水泥、沙子、钢筋、木料等建筑材料的车辆上面，来到街上时，对着那群人喊“来三个”或者“来五个”，有时候跑上去的人太多，互不相让，他就跳下来，指着其中的几个说：“你，你，你，你，你。”没有被点中的人就退回来，手笼着袖子继续蹲在地上等。

每个人接到活路后每天的一块钱照例是要交的，不过石幺爷做了改革，他不像黄三爷那样统统据为已有，而是给那些整天没有活干吃不上饭的人发五毛钱，叫作“救济金”，直到那人接到活路后再还回来，对新来的人也是这样。这样的改革使得人人生活有了保障，所以很得人心。不过从乡下涌进城里的人越来越多，他不好管理，就叫李大毛和顾老八继续管理河西，他管河东。

乡下人进城打工，更多的是卸车、捅下水道、搬家具、抬死人等。歌舞娱乐、修面洗脚、读书看报，还有玩女人之类和他们是不挨边的。苦闷无聊的时候，最多站在商店的门口，看看柜台上免费的电视节目，而且要尽量靠边站着莫挡路，要尽量伸长脖子才看得到。城里的人总嫌他们身上有股怪味，远远地看到了便都蒙着鼻子。加上个个都是长毛嘴尖、缩头缩脑的样子，猛然一看，不是贼更像贼。

石老幺尽管做了石幺爷，实际上一个月下来也没多少进账。有了几百块钱的存款，都掖在裤腰里，但是也像贼。小猪头说他应该包装包装，打扮一下，才像个老大的样子。石幺爷想想也是，便抽个空走进了商店。他想买一件像蒙大头那样的西装，黑色的，还要一根系在脖领下的布条子。小猪头说那叫领带不叫布条子。从商店走出来的时候，石幺爷仿佛换了一个人，笔挺的西装穿在身上，他尽力地挺着胸膛，昂起脸，迈着方步，心想蒙大头每次回寨子的时候，不过也是这个样子罢了。紧跟在后边的小猪头说：“幺爷你好神气啊，这个样子进了歌舞厅，怕是小姐也要争抢你了。”石幺爷说：“不要乱讲，我们不进那种地方的。”小猪头嘻嘻一笑说：“你就不清楚了，过去黄老三隔三岔五就去，一到晚上换了衣服，戴上眼镜，夹两本书就去了。”“有这种事？”石幺爷第一次听说，不禁来了兴趣，叫他往下说。小猪头说：“他进去后，对小姐有时候说是公安，有时说是工商税务，有时候就说是做生意的，反正都是有钱有势的人。”“狗屁的公安，吹牛皮的工商税务。”石幺爷骂着不禁笑了起来。小猪头说：“他不这样讲，小姐就会要高价。你也别说他吹牛，每次他一讲，价钱就哗地掉下来一大截，别人要花一百五，他用三十五十就搞定了。特别是说公安，有时候会得到免费。”石幺爷听得睁大了眼睛，说：“真的？”他摇摇头，表示不相信。小猪头说：“信不信由你，他自己亲口讲的。”

两人边走边闲扯，一辆黑色轿车开了过去。小猪头指着车尾说：“幺爷，你朋友的车！”石老幺一看，车牌号是四个八。来到三岔路口，那帮人还蹲在那里等活干，远远地看到石幺爷过来，大家都连忙站起来喊他。这时候，黑色的轿车又开过来，停在了路边。年轻的司机伸出头来招手喊他：“快上车，李局有事找你。”

李局会有什么事找我呢？是好事还是坏事呢？李局对我不错，不管是好事还是坏事，只要他老人家用得着，我石老幺都要顶上去。想着这段日子过上的好生活，石老幺为了李局真有些肝脑涂地的心思呢。

车开到了医院门口。驾驶员头也不回地对他说，李局的夫人死了，马上要送火葬场去火化，没有人为她洗身子、穿衣服。李局想了好久，想到了你，你只要为她洗一洗，穿上衣服，就没事了。石老幺听了心里打个激灵。一则他没有帮死人洗过澡，二则李局的夫人是个女的。他长这么大，还没有挨近过女人，更没有见过女人的身子。因此口里喃喃地说：“是个女的，怕不合适吧？”驾驶员看他迟疑，又说：“我知道你的心思，李局说了，人都死了，哪个洗都一样，你只管去做，做好了李局有奖金。”完了又一字一顿地说：“记住！无论看到了什么，都不要乱讲。”从后视镜里看到石老幺点了头，驾驶员才把病房所在的楼层和房号告诉他。

为一个人洗澡其实不费多少事，这比扛水泥包要轻松多了。石老幺在病房里干了一刻钟，出来时，火葬场的面包车已开到楼下，四个人上来，用担架把女人抬走了。

石老幺再次坐上了黑色轿车。临下车时，驾驶员从皮包里抽出一个牛皮纸信封递给他，说是李局给的奖金，石老幺接钱的时候，觉得司机的眼睛剜了他一下。他莫名其妙地点了点头。

“看见什么也别说”，这是什么意思？他其实什么也没有看见。女人四十岁上下，长得身材高大，脸盘子也还算漂亮，身子又白又丰满，特别是胸脯那两个……石老幺想到这里，连忙把思路打住，这样想对一个死去的人是不尊重的。人死为大，一了百了。石老幺想，这样的女人死了真是可惜。他在为她洗身子的时候就有这样的想法。在紧闭的病房里白亮的灯光下，他用一张崭新的白布，蘸上盆里不知用什么药水兑成了深黄色的水为女人从上到下仔仔细细地擦了一遍。女人身子还有些温热的样子，所以很柔软。擦胸脯的时候，他迟疑了一下：左胸下软肋的皮肉青紫了好大一块，白布巾贴上去的时候，软软的像没有了骨头。洗完后，他为女人穿上放在床头的老衣，那是纸扎店里卖的那种土布做的衣服，上衣是红色，裤子是果绿色。然后穿鞋袜，布鞋的底子还绣了花。收拾停当，最后为女人盖上了被子，也是纸扎店里专卖的。红色的被面上绣着松树、云彩，还有两只展翅高飞的白鹤。女人穿这身土里土气的衣服，其实也蛮漂亮的。石老幺想，除了年纪大一点以外，女人比起蒙大头的三妹也不差多少，蒙大头的妹子可是四乡八里公认的美人。

“我其实什么也没有看见。”石老幺这样想着。这样想给他带来了好运。三天以后，他到建设局当了门卫，每月工资六百块，除了看门，就是烧开水和打扫楼道的卫生。

每天，石老幺戴着一个红袖套站在值班室门口，看着那些车子出出进进。他的住处也搬到了小小的值班室，再不用和那些民工一起合租河边的破烂民房了。卸车的事当然不用再干，他只管联系工地上拉货的车辆，然后交给那些人去做，按期收取一点信息费。看在小猪头鞍前马后跟他跑的份上，他任命小猪头当了河东的小组长。这样过了大半年，石老幺居然买了一个二手的手机，联系业务更方便了。

秋末的一天晚上，石老幺被小猪头、顾老八几个邀去喝酒，直到晚间才晕晕忽忽的回来。这是周末的夜晚，他正要关门，昏暗的灯光下，看见胖胖的李局走了进来。石老幺矮下身子和他打招呼，李局面无表情地摆摆手，上楼去了。石老幺回到值班室，看三楼上李局的办公室亮着灯光，心想应该给他烧最新的开水送去。李局每天在办公室里干什么他不知道，但他每天要喝两壶水他是清楚的。

石老幺拎着滚烫的白铁水壶，一步步走上楼来。正当他要伸手敲门的时候，里面传出了不一样的声音。石老幺被这声音吓了一跳，心里怦怦直跳，连忙像猫一样轻手轻脚摸下楼来。

白铁水壶在电炉上吱吱地冒着热气，石老幺第三次添加了冷水。这时楼道里有了响动，石老幺缩起身子，贴着门缝往外看，一个穿着入时的年轻女子走了出来。过值班室时，女子很快地向室内瞄了一眼，然后扭着腰肢，咯咯咯地走出了大门。石老幺大气也不敢出，呼吸好像被压住了。他正暗自庆幸自己机灵，没有冒冒失失地去敲李局的门。李局这时候却敲了他的门，石老幺吓得跳了起来，连忙开门，让座。李局双手叉腰站着，问他工作习惯不习惯，有什么要求。石老幺说习惯习惯，什么都好。李局交代说，这安全保卫的工作很重要，不能马虎。石老幺说是。李局最后问，今晚上看到了什么没有？石老幺刚想说什么，看看李局的神色，突然变了话头说，刚才眼睛花了，好像看到一个人出去。再仔细看，又没有了。李局冲他笑了笑，没说什么，走了。

也许是在城里待腻了，石老幺突然萌发了回石头寨的念头。小猪头说，你这是衣锦还乡，应该应该。石老幺笑笑。第二天临走时，小猪头、李大毛、顾老八都来相送，酒肉、水果、点心买了好几包。三个人把东西递给他的时候，石老幺很生气地说，你们这是做什么？几个人都说，一点小意思，请幺爷笑纳。石老幺说，太客气啦，下次可不兴这样，下不为例！

这一次，石老幺不用像来城市时那样靠双脚走上一天，而是坐了汽车。百十里路，半天工夫就到了。下了车，他还要步行十里山路。来到山口的时候，太阳已落到山的背后。石老幺坐在一块石头上，点支香烟慢慢吸着，静静地看脚下的寨子。那些稀稀拉拉散落在山间的茅草房，房顶上正冒着白色的炊烟，都有气无力地向上伸展着。整个寨子只有蒙大头和石长贵家是瓦房。蒙大头家的瓦房是大小五间，雄踞在寨子西边。石老幺从房子想到了房的主人。蒙大头平日在整个石头寨的人当中一站，就像他家的房子在草房中一样，总是威风凛凛的样子。不过，上次他在城里偶然遇到他时，他就没有多少威风了，脸上还挂着笑，跟着小猪头他们喊他“幺爷”。石老幺当时一高兴，就请他下了馆子，还特邀小猪头、李大毛、顾老八来作陪，灌得他小野崽满脸透红，路都走不稳当。蒙大头临走的时候，石老幺还特地叫他带话给石长贵等人，说他现在在城里有饭吃、有衣穿、有房子住，不用记挂他。他们要是进城没有地方吃饭，他可以破破例，请他们下馆子。蒙大头红着脸，弓着身子连说了三声“是”。如今石老幺看着他家的房子，比起城里的那些楼房，这瓦房显得很可笑。

石老幺走进寨子的时候，正是黄昏。人们见了他，都喊他“石老幺，石老幺”，他心里有些秋，刚想答应，又有些生气，心想：满城的人都喊我石幺爷，你算老几？便挺直了腰杆，爱理不理的样子。但是石长贵这时候从村口走了过来，见了石老幺，他止住脚步，大喊一声：“石老幺！”喊着就站在那里，盯着他嘿嘿地笑。石老幺这下真正有些吃惊，石长贵这样高声喊叫他太熟悉了，本不想理他，但嘴里不自觉地就应出了声，旁边的人看了都笑起来。石长贵说：“看不出你小子在城里，真正混成一个人样了！你说，你小子今天回来做什么来了？”石老幺此时有些回过神来，又听他话里“小子、小子”地不断，真正生起气来，便不再理他，拉长了脸，扭头就走。石长贵在后面不知又说了几句什么，石老幺只听得背后一阵哄笑，他心里暗暗地想，你们笑个屁，老子不和你们一般见识！

第二天，石长贵去帮人打理一条死去的老牛，吃了肉喝了酒回到家里，趁着酒兴，脚也没洗，拉着老婆就上床。正在兴头上，老婆在暗中说，石老幺好像今晚上请客呢。我听人说，他在城里认识了一个建设局长，搞到人事了，每个月领几百块钱工资不说，手下还有一大帮人帮他挣钱。他这次回来，就是要显摆，说不定正请一帮人在家里喝酒划拳呢。石长贵听了一惊，一骨碌从老婆的身上滑下来，口里说，有这样的事？老婆说，他请他的客，和你有屁相干。石长贵说，话不能这样讲，他有钱我倒不怕，怕就怕他的那个局长朋友。建设局长，你晓得不？比乡长还大，管着一个城市的地盘。他要是发难，我这个小组长明天就当不成了。我看他昨天对我的样子，兴许就是来找我不是的。老婆说，那你就不要惹他，他还能把你怎么样？石长贵说，他这次回来不来向我这个组长汇报，又故意邀一帮人去喝酒，明摆着就是要我难看。老婆说，你当初就不该去割他的麦子，现在后悔也来不及了。石长贵想了一想，叹口气说，罢了，他不来找我，我去找他，毕竟我们还是本家兄弟嘛。

石长贵急急忙忙穿了衣服，拎着别人酬谢他的那副牛肝，摸到石老幺家。竹篱笆门半开着，石长贵站着听了一会，好像有蒙大头和阴阳先生潘老德等几个人的声音，正在说蒙大头三妹出嫁的事。石老幺说，要是八字合适，我看也没说的。潘老德沙哑的声音说，我推算过了，幺爷和三妹正是天造地合的姻缘，不用再看了。蒙大头低低的声音说，我家三妹你们是晓得的，这几年来提亲的人踏破门槛，她就是不肯。昨晚上我老妈又说起这件事情，她干脆说，要嫁就嫁像石老幺那样的人，有本事，不单在城里落得下脚，还过得有滋有味。一屋子的人都说，就是！你家三妹真有眼光。说完都笑起来。停了片刻，蒙大头显然是对着石老幺说："你要是没意见，这件事情就算定了，家里的事我做得了主。"

石长贵听到这里，推门进去。一屋子人都吃了一惊，只有石老幺坐着没动，翻着眼皮看了石长贵一眼，也不叫他坐。石长贵讪笑着将那副牛肝挂在火塘上吊着的铁挂钩上，说是专门留给兄弟下酒的，说完自个找个角落坐下来。石老幺也不看他，倒了满满一杯酒，并没递给石长贵，而是"嗤"一下倒进了通红的火塘里，火苗和灰尘同时蹿起老高。然后转脸问身边的石明富，这酒你猜多少钱一杯？石明富摇摇头，不敢说。石老幺气昂昂地说，这叫泸州老窖，十年的陈酿，二十块钱一杯都不止，你说，要值多少泡牛屎？石明富红着脸不敢吭气。他是抢石老幺的牛屎动作最快、次数最多的人。潘老德说，幺爷你就不要计较了，大人不计小人过，都是过去的事了。现在给你一座牛屎山，打死你恐怕也不会要的。蒙大头也说，石头寨你是最雄起的人了，我们全寨子祖祖辈辈，哪个敢在城里待上三天的？就说我，做点小生意，卖完货就得赶紧回家，旅社费开支不起啊。上次要不是幺爷你请客，我哪里敢下馆子。石老幺听着顺耳，这下才开心地笑起来，邀大家继续喝酒。

石长贵看石老幺心情正好，忙说："老幺，不，幺爷！我过去对你有照顾不周的地方，你不要往心里去。说起来我们还是本家兄弟，你说是不？"石老幺说："本家兄弟，那倒不假——"石长贵怕石老幺说出什么难听的话来下不了台，赶快接着话头说："是啊，同是本家，虽然我做了个小组长，但比起你来算个屁。我一年才得八十块钱补贴，抵不上你一个月的零头。再说了，我要爬坡上坎，催集资款，通知开会，你不用日晒雨淋，坐在办公室里拿工资，旱涝保收。在城里做事，真正像坐在金山上。你看你，现如今都长胖了，一看就是个富贵相，真正是为我们石家争光了。"石老幺看石长贵下了软蛋，对他的脸色才稍好一点。潘老德此时左手端杯，右手伸出两个指头立在眼前，用大拇指掐算了一回，对石老幺说："幺爷你想起房子的事，我算过了，就定明年正月。过去我看这里是阴地，今年开春，我又拿罗盘来好好看了一回，总算看出来了，这片地其实是玄龙地。”蒙大头说：“你们做阴阳先生的，一回说这样，一回说那样。到底是哪样的全凭你们一张嘴。”潘老德有些急了，脸上的皱纹挤成一堆，努力睁着一双混浊的眼睛说：“这个你就不懂了，福地要等福人。幺爷没有开发的时候，这片地也没有开发，现在不一样了，他遇到贵人相助，屋基也要变的。你想想，寨子的山顶是龙头，这里刚好是龙爪子。龙爪子是做什么用的？是用来抓宝物的，这片地就是宝，你说这是不是真龙地！”

大家于是围绕石幺爷要建房子的事扯起来。说好新房一落成，就把蒙家三妹接过门，这叫双喜临门。成了亲，石幺爷仍去城里做事，新娘子在家里种地。蒙大头忙说，我家三妹不一定同意啊，她是做梦也想要进城的。石幺爷说，这个嘛，好办得很，我们都去城里过，等老了再回来也成。

酒一直喝到半夜，一群人方散。

石老幺做梦也没想到，这辈子他会被请进公安局。从石头寨回来的第三天下午，两个穿警服的人来叫他的时候，他被吓蒙了。去公安局的路上他都在想，自己头天晚上去发廊的事，可以说神不知鬼不觉，他们怎么就知晓得这样快。难怪人们说公安破案抓杀人犯不行，抓赌抓嫖全都是老手，这话真正不假。

石老幺战战兢兢地进了门，两只手紧贴裤缝站着。这是一间很小的房子，没有窗户，屋里两个警察，一男一女。然后就是一张桌子，三张木靠背椅子。男警察是个中年人，眉毛很浓，显得精干老辣。女的警察声音很年轻，长的啥模样石老幺没敢看。男警察对石老幺还算客气，指着一张椅子叫他坐下。石老幺落座的时候，他说，你要如实提供证言，有意做伪证或者隐匿罪证要负法律责任。你好好想清楚。石老幺不太明白他说的话，暗想，啥我也不说，看你们咋整。

石老幺像个木墩一样坐了一袋烟的工夫，他很想抽一支烟。那警察居然知晓他的内心，从衣袋里拿出烟盒，抽出一支递给他，在一边捏着笔准备做记录的女警察还为他点上了火。石老幺猛吸一口香喷喷的烟，内心冒起一丝丝感激，更冒起些莫名其妙的荣耀：在石头寨里，祖祖辈辈，恐怕还没有人进过公安局，没有人得到过警察点烟，更没有女警察……

“石老幺，你想清楚没有？”中年警察的突然发问打断了他的思路，“作为一个公民，你有责任和义务配合公安机关的工作，你不要浪费时间了！”他的声音不高，但是透着威严。石老幺此时有些动摇。更重要的是，那颗有着一个大灯罩的电灯一直照着他，那灯光太强了，从对面直射过来，照得他脸上发热，背脊骨却直淌虚汗。石老幺这时候心烦意乱，横了心想，说就说，我又没有真做成事情，不过和小姐们鬼混了一回，看你罚多少。你要照常开价八千一万的话，我反正没有钱，要是拿通知单位、家里人等等来胁迫，我石老幺更是不怕。于是便把事情从头说起，说到他掀开小姐的衣服时，那小姐要两百块，他只出八十，事情谈不成。石老幺说到这里，忙补充说，我是犯了错误，我当时冒充警察，但是她不买账，所以最终没有成事。你们公安是重证据的，没有干成，应该不算罪行吧。中年警察打断他说，你这都是些什么乱七八糟的，我不是问你这个事情，这事先放着交给治安的管。说完和女警察交换了眼神，坐直身子，问起他给李局的老婆洗身子的事情，问他当时看到了什么。

石老幺一听，倒吸了一口凉气。心里暗暗后悔自己嘴快，把自己给卖了。但这李局老婆的事情，一时还不知道说什么。要不是警察提醒，他都忘了给局长老婆洗身子的事情。默想了一会，才想起一些细节来，什么洗澡水的颜色了，女人的身材了，衣服鞋袜被子之类说了一大堆。对方一直追问："还看到了些什么？"石老幺又补充了一些。警察一直追问，一直问到石老幺摇头说"再也没有了"还不罢休。

到了晚上，对面的警察换了另一个人，仍然问这件事情。他就把白天的话又认认真真地重复了一遍，后来把那女人阴毛的颜色都说了出来。一直讯问到深夜，看石老幺老实巴交的样子，警察终于相信了。出来的时候，公安局的人照例履行手续，拿着记录，把他说的话念给他听了一遍，叫他按了手印。还说谢谢他积极配合公安部门的工作，以后万一有什么事，再去找他。

第二天，石老幺照常上班，开铁门、烧开水、扫地。警察没有再来找他。

第三天，仍是如此。直到第五天，石老幺惊奇地发现，那辆黑色的四个八车牌的轿车里，坐的是另外一个人。石老幺这一惊非同小可。心想，我并没有说他什么话啊，李局莫非真出事了？也未必，他恐怕是出差了吧？又看了几天，天天如此。悄悄向人打听，那人说，你问这个干什么？不该问的你最好别问！石老幺这下总算明白，李局肯定是再也坐不了那辆车了。但是，想想自己什么也没说，心里还是很安心的。只是回过头来一想，这幢楼一换主，他恐怕早晚得走人，心里便有点惶然，悄悄收拾好东西，时刻准备走人。

又过了几天，居然没有动静。石老幺照例开铁门、烧开水、扫地，照常到局长办公室去送开水。脸上虽然仍是那样笑着，只是心里有点虚。好在那新局长对他倒还客气，有时看他进来，还特地停下手中的事，对他说声"辛苦了"。石老幺便连忙说："不辛苦，不辛苦！您当局长才辛苦！"

此后一个月，局里来了些新面孔，有一些老面孔不见了，但是没有人说起要他走的话。突然，有天下午，办公室的主任专门来到值班室坐了一会儿，跟他聊了一些散天，最后要走的时候才说，局长对他很满意，说他很称职，要他安心干。石老幺听了连连点头，但那副样子似乎根本没有听懂主任的话。主任笑了，说了一句李局曾说过的话："老幺，一看你就知道你是个好人。"说完，点点头走了。

辗转到了第二年开春，桃花开得耀眼的时候，石老幺回到石头寨，热热闹闹成了亲。新娘当然是蒙大头的妹子蒙三妹。新娘子无论如何要进城，石老幺就说房子暂时不起了。成亲不久，便接了她来，真正成了做梦也想当的城里人。

（原载《收获》2007年第3期；
入选《2007中国最佳短篇小说》；
《城市灯光》获首届贵州少数民族文学创作金贵奖）

2007年

韦昌国

梅　原

由于受到来自东南温湿海风的浸润，山坳里的那些野生梅花，即使在冬季里也总是开得蓬蓬勃勃，漫山遍野连成很大一片。因其面积广大，所以叫作梅原而不是梅园，这在我们到达的当天，导游小姐已纠正过几次了。她还说，你们看，这个梅原，东南的一片，全是粉白的，西南的一片，全部是红色，当地人试验过，即使把白色的梅花移栽到红色的那一片当中，不用多久，自然就会变红。反过来，也是这样。她的介绍，让我们颇感惊奇。当地人正是利用这个惊奇，精心打造了一个梅花节。

那天，天气出奇的好，来的人多、车多，通往梅原的道路就堵塞了。导游说，可以从这里抄近路过去，不过要走三公里山路。我一听就有些泄气。其实对于摄影的人，跋山涉水是家常便饭，有时候为了等光线，我会在山上守候几天，或者在一棵树上悬挂一天。但是那天我情绪不好，加上阳光明晃晃地照在头上，汗水居然就出来了。

我那天情绪不佳，主要因为郭海棠。郭海棠是摄协组联部的，和我们挤在一个大办公室，他的办公桌和我的是两对面。她不是会员，确切地说只能算个发烧友，尽管她整天叽叽喳喳，愿意和她交流的人却不多。原因不说自明，因为她长得不漂亮。摄协的男人们在背后悄悄给她打分，按照百分制，她综合得分七十八分。老赵说，这样不公平啊，她至少应该得八十五分。大家于是都攻击老赵，说他眼水太差，枉为摄协副主席。老赵反驳说，郭海棠再不行，凭她的身材绝对应当加分。大家问老赵何以见得，老赵眨巴眨巴眼睛说，这还用说吗，她衣服里面，不用看就知道了，你们拍了那么多的人体，连这一点都看不出来？大家于是都笑起来。这笑，算是赞同，但更多的是代表不争论。

不管郭海棠应该得多少分，关键的是她说她要结婚了，而且就嫁给那个木材公司的副经理，这就让我情绪很不好，因而就不想和她一道，不想走那三公里的山路。不过幸好我没有坚持，否则我就遇不到梅了。

我举着相机，胡乱拍了几张，然后准备进入梅花丛中寻找别致一点的东西。就是这个时候，一个半生不熟的人和我打招呼，让我吃了一惊。当然不是为了他，而是他身边站着的人。作为摄协的资深会员，我在各地有很多朋友，有的是随机认识的，有的是因为约拍资料片打过交道。这位打招呼的朋友，大约什么时候在什么地方吃过饭、喝过酒、换过名片，属于打招呼很亲热但无论如何也想不起姓甚名谁的那种。此时他站在路边朝我举手，严格来说是他把手掌平举在太阳穴的部位，做着士兵敬礼的动作，脸上嘻嘻地笑着。我举起相机朝他挥了一下，算是还礼。其实我的目光已经不在他的手上和脸上，而是在他旁边那位年轻女士的身上。她穿着白色的短衫和长裤，在大片梅花的映衬下，白与红的巨大反差显得格外耀眼。他说，给我们来一张啊！我说没问题，走上去举起相机咔嚓咔嚓就连拍了三张，然后用手做出OK的动作。她说，这么快啊！这样的问话不知是担心照片质量还是代表赞赏。我说，拍摄对象配合的话，我历来都很快的，这样拍出来会更自然一点。她微微点了点头，露出浅浅的笑。

说起来真惭愧，我的第三张，拍的是那位女士的特写，镜头里根本就没有他。我在心里说，得罪啦，这么好的风景，怎么可以让你一个人独占了，我也来一张！但是没有说出来，也就没和她合影。

放大了的梅的照片，在灯下很抢眼。我自然没有办法知道她的名字，不过在将她从数码相机导到电脑的时候，随便编了这个名字而已。在后期的制作中，我把她的图像单独挖出来，将背景逐一替换，有的加上蓝天白云，有的衬上大海椰林，有的是一望无际的草原。这样连着制作了六张，于是，她便有了梅一、梅二、梅三……梅六这一串名字，然后将她在桌面上一一展开，看那娴静得有如梅花初开的笑容。

女人的美丽有两种，一种是妩媚的美，一种是俊俏的美，前者丰满温润，后者俏丽峻拔。这样的评判，是摄协的男人们多年形成的共识。梅却两者都不属于，她有着高挑的身材，圆润的肩膀，但面部线条稍稍硬了一点，好在她的笑很柔软，加上当时我有一点仰拍的角度，正好弥补了她脸庞的不足。作为专业摄影，我当时仰拍的决定，是在一瞬间做出的，现在看起来，完全正确。梅的眼睛很完美，眼角又尖又细，略微上挑，眸子里映着当天太阳的侧光，成了晶亮的两个点。但要是按照民间的说法，她的这双眼睛叫作桃花眼，在麻衣相法里，桃花眼的女人，多数是放荡晦淫的一类。与梅相比，郭海棠的眼睛就毫无特色了，她的眼神，更多的是怪异。它有时候会贼亮贼亮地看着我，仿佛要把我摄进去，但我认为，那多半是假的。

夏天的一个中午，我把相机架在窗口，对着远处的一幢高楼。这是我刚改造的长焦镜头。可以说，只要站在一座高楼的顶上，我可以拍摄下这座城市的任何一个角落。有时候我想，要不是窗户、窗帘的遮挡，这个城市里的任何一张床上赤裸裸的镜头该会是怎样壮观的场面。郭海棠什么时候进来的我不知道，她靠近取景器一看，说，你真下作，怎么偷拍人家的床上镜头。我吓了一跳，头也不抬地说，怎么会？我这是在检验镜头，谁叫你看了。郭海棠那双毫无特色的眼睛仍紧贴着取景器，轻轻地笑着，脸上满是兴奋的红晕。一边看，一边用手招我，快来快来，经典镜头啊！我当然没有去看，但我心里很清楚，在这个午后，那两扇总是关不严的窗户后面的帘布常常会被风吹起来，私家侦探往往就这样长时间的守候，等待那千载难逢的机会。我没有受聘于任何主顾，更不会去做私家侦探，但我知道那窗帘背后的男女，绝对不是原配。那秃顶的老男人经常在午后来，隔三岔五，很有规律，年轻的漂亮女人见他进门，往往张开双臂扑上去，然后就是上床。这样的过程，都是千篇一律的，看多了就没有什么新意了。

郭海棠看了一会，气哼哼地说，还是个瘸子呢。她算是看准了，那男人的拐杖每次都放在门边，走的时候，他常常用它去挑衣帽钩上的外套。郭海棠悄悄喘了一口气，丰满的胸脯在剧烈起伏着，她无聊地将镜头转向天空，漫无目的地对焦，忽然大呼小叫起来，快来快来，这回绝对是旷世经典！她这一说，我也好奇起来。贴近一看，原来是高压线上的两只鸟儿，一只正爬上另一只的后背，在上面不停地颤抖。郭海棠眼睛贼亮贼亮地盯着我问，它们在干什么？我说我不知道，也许它们在做游戏。郭海棠说，你放屁！

这时候，进来一个人，捧着一大束玫瑰花，也不说话，直愣愣地站在那里。侧面看去，就像一截粗壮的木桩中部斜开了一蓬不可思议的花草。这个人摄协的都认识，是市木材公司的一个副经理，隔三岔五经常来，每次来了都送花，已经有几个月了。

郭海棠对他不冷不热，从来不给他倒水、让座，也不去接他的花。现在也这样，只顾摆弄着相机。那个矮胖的副经理并不觉得尴尬，把花放在桌上，看了郭海棠一眼，转身走了。我说，郭海棠，你不要这样折磨人了，成与不成，给别人一个明确的态度。郭海棠说，他喜欢来就让他来，又不是我强迫他的。说这话的时候，郭海棠把花抽出来，用手抚弄着花瓣，笑一笑，一下扔进了门边的垃圾桶里。我看了觉得好笑，不禁同情起那个痴情的男人来。心想何苦来哉，现在女人多的是，在这样快节奏的年代，有这几个月时间，另寻他人恐怕都能结婚了。郭海棠隔三岔五都能收到他的花，但是每次都是等他一转身，马上干净利落地扔进垃圾桶。我猜想，这是故意做给我们看的吧。

后来我看到的事情就让我感到好笑了。有天上早班，我在楼下远远看见那男人，正从门卫的手里接过花束，给了他一元钱，用手稍许整理一下，匆匆上楼去了。我差点笑出声来。原来郭海棠得到的是门卫从垃圾道里回收的隔夜货，怪不得那些花边缘常常都有些卷曲，甚至发黑。我看到以后就想，你郭海棠故作高傲，自以为能折磨男人，原来事情是这样的啊！

郭海棠对此却并不介意，对我的疑问更是不屑一顾，她近乎恶狠狠地说，假花又怎么样？人庸俗又怎么样？这个世界还有什么真情和高尚？我就是要嫁给他！我说，郭海棠，你不要赌气什么的，把自己白白葬送了啊。她说，我就喜欢这样葬送自己。

其实我并不喜欢郭海棠，即使太阳从西边出来，我也不会去追求她，她要嫁给西山公园里的那头黑熊都与我无关。但是明明知道收到的是从垃圾道里出来的花，明明是一个虚情假意的男人，她却满不在乎，而且居然要嫁给他。从那一刻起，我突然看不懂郭海棠了。

人的心其实是一个谜，比如这片梅原，不过是自生自灭的野生梅花，在当地人的看来，其实没有任何新意，但是外来的客人却兴奋异常。这在他们的眼里，恐怕也很奇怪的吧。一进梅原，老赵他们，包括郭海棠都兴高采烈，拿着相机东奔西突，很快消失在梅林深处。那天拍完照片，梅对我浅浅一笑，当然只是礼节性的那种笑，之后一转身，带着她的团队上山去了。原来她是做导游的。当晚回到市区时，在政府招待所的饭厅里，请我拍照的那个朋友给了我名片，指着上面的电子邮箱说，一切由他代转。这一下，他把我认识梅的机会全部扼杀了。而那个时候，她正忙着招呼客人，那些人都叫她梅原之花，有的就在大厅里，三三两两邀她一起合影。

梅花开放的季节是很短的。一个月后，虽然我没有再去，也能感知那片梅原早已是落英缤纷，很多枝头已经打苞，孕育着青色的梅子了。再说，我再去干什么呢？该拍的照片全部拍摄了，而且是梅原最美的时刻。

主办方向客人赠送的礼品袋里面，除了一小盒当地的茶叶、一包本地生产的话梅，还有画册和宣传光盘。这类礼物，近年来得到的很多，一般我是不太在意的，尤其是画册和光盘，很少打开来看。但是梅花节的光盘我仔细看了。那光盘放进电脑的光驱里，吱吱地发出响声，制作的质量很一般。随着镜头的展开，当地的民歌渐渐响起，一个背影站在梅花丛中，清亮悠扬的歌声就飞了出来。慢慢地，侧影换成了正面，又成了特写。梅！我不禁惊呼起来。是的，就是她！这首《梅花深处是我家》，不能说她唱得很好，但是已经很不错了。这么说，梅不是当地的导游，而很可能是歌舞团的一名演员，因为在光盘的后半部，她同时参加了歌舞表演，总是站在中间的位置。舞台上的这个位置，无疑是领舞的台柱子。梅的舞姿优雅，很有些专业的味道，看到最后，我想，她无疑是歌舞团的演员了。

这个猜测在我心中整整孵了一年，其实都没有想对。

真正认识梅是在第二年的全区旅游形象大使选拔赛上，我在为大赛拍资料片时第二次看到了她。梅作为当地的佼佼者，一路过关斩将，闯进了决赛圈，而且是夺冠呼声最高的选手之一。评委们说，梅不仅形象好，而且才艺表演、综合素质都好。梅是当地幼儿园的教师，而且名字就叫梅，全校教职工都叫她梅老师，小朋友叫她梅阿姨。听她说起自己名字的时候，我想起自己编的梅一、梅二、梅三……梅六，就禁不住好笑。她问我，笑什么啊！这名字很土气吗？我说哪里的话，这个名字好听又好记。后来我就把照片编号的事和她说了，她也笑起来，说世间上有很多巧合的事情，这并不奇怪。我说，正是！人的相遇有时候也这样，她听了就不说话了。

梅在走台的时候扭伤了脚，被迫中途放弃了比赛，很多人为她惋惜，梅却说没有事。她这一生当中，遇到的挫折太多，已经习惯了，这次能够参加决赛，已是超常的事情，现在中途退出，才该是她的命运。梅在说这话的时候，舞台的灯光刚好打过来，射在她还没有卸妆的脸上，眼睫毛上的银粉闪着晶亮的光。

我本来可以去送梅的，但是她没有同意，我就不能再坚持。对于一个漂亮的女人，你只可以欣赏，完全不可以靠近。当我在电脑上给梅写信的时候，总是这样想。梅在舞台下说的话，没有具体的内容，但是总会让我想，她的生活不会是简单的、平铺直叙的吧，要走进她的生活甚至心灵，恐怕不是随便就能做到的。

梅对我的邮件从来不回复，不过总会在适当的时候，用手机短信表示，那些邮件她看过了，并且十分欣赏。欣赏什么呢？那些我苦心收集的梅花诗吗？有一次我出差到外地，在宾馆走廊偶然看到花盆上刻有苏轼咏梅的诗："长恨漫天柳絮轻，只将飞舞占清明。寒梅似与春相避，未解无私造物情。"当时便用手机发给她。此后，凡是咏梅的诗词我都收集起来，配上梅花的图片发送给她，但是同样没有回复。长期向一个不回信的人写信，好比将稿件投寄给大刊物不负责任的编辑，渐渐地就没了信心。但是梅不管这些，她总是在你快要失望的时候，发一条短信来，常常是"看了，好"，或者是"收到"。就是这样短得不能再短的话，让我一直坚持着。

两年一届的梅花节又到了。梅说，她不会再去当接待员了，这几年，当地无论举办什么活动，她都被义务抽调，当舞蹈排练教师，当开业剪彩的礼仪小姐，甚至去攻关。她感觉自己成了一个花瓶，任人呼来唤去。

梅不去搞接待了，我收到请柬的时候，自然没有什么欣喜，轻描淡写地把它搁置在一边。所谓梅原，不过是一大片野生的梅花罢了，能算个什么风景呢？再说，驱车数百公里，就为了拍摄那些千篇一律的照片，对于我已经没有任何的吸引力了。直到最后决定的当晚，梅来了短信，说来吧，我去，最后一次去。

临出发的早晨，老赵他们说，这个梅花节，其实是为你举办的，我们这是陪你，记住了，回来一定要请客。我表面极力轻描淡写，心里却充满暖意，说那是当然，只要有请客的理由。一路上，同车的人都在大篇幅地评论梅，而我脑海里涌动着的，只有梅的那一句"来吧，来吧，来吧"。我感觉，我的每一根头发尖上，都长满了"来吧"这两个字，亮闪闪的引人注目，所以尽量保持着低调的沉默。

梅原比以前扩大了很多。据说除了自然的蔓延，当地政府还发动农民种植梅花，面积已达上万亩。并且除了冬季赏梅，在春夏之交梅子成熟的时候，还举办类似煮酒论英雄的活动，将梅原打造成了乡村旅游示范区。人流的不断涌来，使附近的农家饭庄多了起来，景区里也开了好几家。在景区入口，当地农民摆摊设点兜售土产，俨然成了小小的集市。不过，这些都不是我所关心的。

我见到梅的时候，她正举着一面黄色小旗，带领一个旅游团走进去。这样的时候，我是没有办法和她接近的。到了梅原的中间地带，那个团队停了下来。

这里有两条道，一条通向梅原更深处，另一条通向山上的观景台。我紧走几步赶上去，梅这时候看到了我，笑着向我招手。她仍旧穿那种简洁明快的短衫长裤，墨镜推到头顶上，像一个别致的发夹，显得很精神。梅的脸上满是汗水，她用一只手当扇子扇着，游客们不断问这问那，梅举着喇叭筒，像一个专职导游那样解说着。解说的间歇，她才转过脸来对我说，今天太忙了，我们就这样吧，先各忙各的。说完，歉意似的笑笑，举起小旗带着团队走了。

梅既然已经这样说了，我就没有办法再跟着她。并且只好走她选剩下的那条上山的路。虽然我不喜欢爬山，不喜欢去观景台。

在山头上看梅原，连绵起伏的几座山岭上，全是大片的早春梅花，有一种漫无边际的感觉，而那些蜂拥而来的人，这时候都隐进了梅林深处。不知是刻意而为，还是山里人的自由放歌，山野里响起了那首熟悉的《梅花深处是我家》。我把相机固定在三脚架上，拍摄了几张梅原全景图，之后换上长焦镜头，希望能搜寻到唱歌的人。梅原的景色在镜头的伸缩中不停地变化着，忽然，一个特写镜头把我的心给攫住了：是老赵！这个画面让我暗暗吃了一惊。因为画中人是两个，正在树丛中的草地上相拥着。虽然看不到人的脸，但是挂在树上的那部硕大的相机格外醒目，那像个小钢炮似的垂下来的镜头，是摄协唯一的佳能牌白色长焦，它的主人就是老赵。另一个人呢，很可能就是郭海棠，因为在进入景区时，她就像条影子一样紧跟着老赵的屁股。看着他们在树下忙着，我心里不禁有些好笑，但是这笑的内容很不具体。之后不久，我把镜头慢慢移开，边移边想起郭海棠曾经在办公室里说我下作的那句话。

其实不要说在这荒山野地里，就是在办公室，他们要干什么我都不认为有什么不正常。真正让我缓不过气来的是，后来我又看到了梅。在镜头里，她由远而近缓缓走来，她这时离开了团队，旁边只有一个人，一个男人！梅和他相互拉着手走着，那男人有时甚至把身子靠在了她的身上……我啪地关了相机，像突然中弹的鸟，重重地落在地上挣扎着喘气，心里就像灌进了一桶铅那样的郁闷。

从山上下来，一路上，我一张照片也没有再拍，独自一人东张张、西望望，无聊至极。不少游人以为我是照相的，纷纷上来问价格。我说，我不是照相的。问的人说，你胸前挂着相机，背上还背一架，怎么会不是照相的？我说，是的，我是照相的，但是我不是你们说的那种照相的。问的人又问，那你是哪一种照相的？我被问烦了，就气昂昂地说，我就是照相的，但是我今天停业了！问的人并不肯罢休，又紧逼着问，停业了，停业了为何还背着相机到景区来？我万般无奈，就说那么好吧，我现在开业，照一张五十元！我以为会把他们吓退，岂料这一下捅了马蜂窝，一群人围上来指责我，说我敲诈游客，一定要到风景区管理处投诉，并追问我的姓名、营业执照，等等。等他们稍许平静，我才把摄协的会员证掏出来，并解释了半天。那群人散开时，有个人说这个人恐怕有精神病，不要再刺激他了。

当天回到市内已是傍晚，我闷闷地走进招待所准备吃饭。这时候除了吃饭，我不知道来这里还能干点什么。市政府的招待所显然已经改造过了，饭厅比以前更大，来的客人更多，几十张桌子一下就被兴高采烈的人坐满了。摄协的人占据了临门的一张大圆桌，见我进来，都鼓着掌说，欢迎王子凯旋。我笑笑，不说话，显出干成了大事又十分谦虚的样子。老赵低声问我，如何？我说什么如何。老赵拍拍我的肩膀说，今天单独行动一个下午，为的啥啊，现在装傻，莫非想赖掉请客？我说当然是赖不掉的。老赵四处望望，说怎么不见她？你们今天把话都说完了，不见面了？我不置可否。老实说，我十分信任和感谢老赵，哪怕今天下午看到的事情也不会改变我的想法。但是我没有办法和他实话实说。尤其是后来梅给我发来短信的时候，我的心里几乎就在悄悄流泪，脸上却笑得春意盎然。

梅说，她带的团队有个人出了一点事，她要去帮着处理。我看了暗暗好笑，呼一下就站起来说，大家听着，我回去就请客！餐馆随便大家挑，这次不喝二锅头了，喝茅台！我的话激起一片掌声，引得邻桌的人都朝我们看。

梅的团队出了什么事呢？我始终半信半疑。回来后，试着给她发短信、发邮件，但是什么回应也没有。再发，还是没有。过了一个月，我实在忍不住，就给她的学校打了电话。对方问，你是她什么人啊？我说，朋友。对方说，朋友？那么你会不知道？我说，很久没联系了，她出什么事了吗？对方停顿一下，冷冷地说，死了！再问，已是一阵忙音。

梅为什么这样轻描淡写地就消失了呢？梅原深处的秘密，我没有办法知道。就像我不知道那扇窗户背后的真实故事，不知道郭海棠为什么要嫁给木材公司的副经理一样。到了今天，我还常常想，人生的很多事情，总是阴差阳错，在这些颠颠倒倒当中，许多东西就发生了，消失了。如果我两年前把那份红色的请柬压进抽屉，就不会来参加梅花节；如果我不来参加梅花节，就不会遇到梅；如果我没有遇到梅，就不会给一个从来不回复的人发两年的邮件了。不仅如此，如果我没有遇到梅，我的生活也许不会像今天这个样子。两年的苦苦追求，其实已经让我疲惫不堪，而最后竟然是这样的结果。

郭海棠真的嫁给了那个副经理，而且居然挺起了大肚子，每天来到办公室，都是一脸幸福的样子。她的大肚子总使我想起老赵，想起从树上垂下来的那个超长的镜头。我也不再把相机架在窗口，因为那个窗帘的背后，早已换了主人，即使没有换，千篇一律的景色，我也认为没有什么新意了。

就像我们的最后见面那样，梅选择了一条路，剩下的路就归我了，不这样又能怎么样呢？我唯有一点不明白，梅到底是怎样的人？她那颗小小的心，到底在想些什么？这一连串的问号，因为梅的杳无音信，看来永远无法破译了。

梅原里上演的节目，永远在花样翻新。第三届梅花节的请帖送来的时候，我声明完全放弃。第四届也是如此。老赵却死活不准，说所有的会员都得去，原因是那里将有一个美女配美景的人体艺术拍摄项目，当了主席的老赵为了大家都能有机会，把摄协仅有的几千元活动经费都买了票。为了服从组织，也为了给老赵面子，我不能不去了，而且答应了为老赵开车。

从省城到梅原，下了高速还有八十多公里的三级油路，然后是乡村公路。六七个小时的长途旅行并没有消耗掉大家的精力，车刚停稳，呼啦一下都下了车，在景区入口处的餐馆匆匆吃了午饭，大家背着鼓鼓囊囊的装备就进去了。

和以往不同的是，这一次警察明显多了起来，还有戴着红袖章的民兵在来回巡逻。很显然，这是因为当天的人体艺术拍摄。这个项目安排在梅原的中间地带，理由显而易见，这里较为平坦，小溪环绕，而且是红梅原和白梅原的交汇处，拍摄的效果会更好。但是因为地势开阔，维持秩序就比较难。所有进入景区的游客，通通不得带上望远镜之类，没有购票的人，全部被拉起的警戒绳挡在了数百米之外。会员们在老赵的带领下，挂着红色的采访吊牌，意气风发地走在前面。

创作时间仅限一个小时。八名模特依次在梅原里展开，按照设计动作做着各种造型。我在人群中选好位置，撑开三脚架，用数码机、机械机轮番拍摄了几组照片。除了静态，我更喜欢的是抓拍。这时候，耳边除了一片嚓嚓的快门声，整个梅原里静悄悄的，没有一点声音。其实参与拍摄的，多数是业余爱好者，都在手忙脚乱地找角度、调焦距，抓拍着模特的每一个动作。这些模特，除了两名中国女子，其余都是欧洲人，每个人的身材、皮肤、头发，包括神态无一例外都是天生尤物，这些造型各异的身体，在大自然里闪着光芒，尽情释放着青春与活力。我旁边一个五十多岁的老头，从装备看明显是个发烧友，也许是过于激动，紧张得满脸通红，在换位寻找角度时，不小心把胶卷包掉进了水里。他大声地喊，谁带了多余的胶卷，一百块钱我买两个。自然没有人答应他，多数都在暗暗地笑。他再喊时，被警察上来制止了，老头只好一脸沮丧地退了出来。

拍摄结束，老赵们兴致还很高，要进入梅原深处寻找新的创作素材。并说我要是不喜欢，就可以先走，他们坐当地的接待车，到了市里再集中。

我疲惫地随着人流走了出来，到出口处的农家饭庄稍事休息，木然地看着逶迤而来的游人。就是这个时候，远处梅花丛中的一个身影让我吃了一惊，尤其是那张白色的脸，被夕阳抹上了一层红晕。梅？我在心里暗暗惊呼。我不知道自己是怎样站起来的，又是怎样的呆呆地看着她一步步地走上前来。我们的目光相对的一瞬间，她也露出了明显的惊讶神色。随后，她用手搭在额前，避开夕阳的散射光，对我露出了熟悉的笑容。我的心怦怦跳动起来，并向她迎了上去。

坐在农家小院的木条凳上，我们都为这样的相遇而感叹。短短几年，梅成了海外旅行社的业务经理，今天的人体艺术摄影正是他们主办的。梅用纸巾擦着脸上细密的汗珠，问我过得怎么样，我说一般般吧，除了年龄增长，一切还是老样子。我没有问梅的情况，虽然我很想知道。梅却自己说了，说她离开后就去了北京，不久就结了婚，她的先生就是在梅花节认识的。

梅的话，让我想起四年前她在梅原带团时的情景。梅说，你猜对了，就是那个人。那天他走回来时，弄伤了脚，鲜血直流，在景区里大呼小叫，很霸道地说要投诉。当地人害怕引起争端，便叫她陪着一同处理。当晚到了市内，梅便陪着他到医院去包扎，并在病房里通宵守着他。这时候，那家伙渐渐平静下来，后来说了他喜欢梅的话，并极力邀请梅加盟他们的旅游公司。梅说，她其实不是一个有主见的人，只要有人示好，都能成为她的朋友。我问她走进婚姻的时候是怎样考虑的。她说，我喜欢干净利落、直截了当的那种。我说，过于漂亮的女人，追求的人很多，但是因为成功的意识过于强烈，往往不敢贸然行事，所以没有人敢直截了当啊。梅哈哈一笑说，我不认为自己有多么漂亮，在我的身边，我看到的都是一个个唯唯诺诺的男人，要么就是故作高雅，但是很虚假的样子，真是让人着急和生气。我点点头表示赞同。梅话锋一转，说，包括你也是这样的。我说不会吧。梅说，你第一次见我时，就想和我合影，当时为什么不说出来？我说那时候一点不熟悉，不敢造次。梅又说，那么第二次，我参赛失败，而且受伤了，你为什么不守着我？不送我？我说，当时你坚持不让，我不敢啊。梅哈哈又笑起来，说，你不敢的事真是太多了！给我写了两年信，你从来都是谈摄影、谈梅花、谈诗词，要不然就是天气冷了注意加衣服，夜深了好好休息之类，你为什么就不能写那个关键的字呢？

梅说到这里，声调很高，惹得饭庄的老板娘和服务员都朝我们看。我在心底大喊冤枉，我的天啊！这不是为了尊重你吗！我花了整整两年时间的苦心追求，难道不抵那么一个字吗？梅看我一眼，最后说，我决定去做最后一次义务导游，为的是给你机会，我短信里说的最后一次，你难道不明白吗？我喃喃地说，我今天终于知道了。

梅喝了一口水，说，你知道吗？我走的时候，很多人，包括幼儿园的小朋友都说我与你私奔了。在他们眼里，我的男友很多，每天应接不暇，风光八面，最后我选择了一个帅气的摄影家男朋友，一直把他深藏着。但是我有吗？如果说有的话，就是那几百份干巴巴的邮件……这么几年，你来看过我吗？就是最后的一次机会，在梅原，你连跟着我都不敢。梅这一连串的话，更多地激起的是我的悔恨和悲伤。

夕阳的余晖快收尽的时候，梅带领的人陆续都回来了。我们相约着一起返程。梅绕到我的车旁，拉开车门说，我坐你的车。

在路上，我们没有再说什么有实质的话。我很清楚，她来坐我的车，其实是想陪我走一程，因为这是我们相识八年来单独相处的第一次，而且恐怕也是最后一次了。

他问我，你不想再说点什么吗？我心里想，还能说什么呢，我渴望揭开的秘密已经被梅说得很清楚了，而这个简单得不能再简单的谜底，让我如此失望和伤心。以前听过一则笑话，说三位数学博士要出国，导师出题考察，从中选拔一位。出的题目是“一加一等于几”，三个人绞尽脑汁想了很久，都没有办法写答案，其中一位把心一横，说去不了就算了，老子就填上“二”。结果可想而知，他成功了。那两个迟迟疑疑的倒霉蛋，其沮丧心情恐怕也像我今天一样的吧。

世间上的很多人，面对并不复杂的事情，由于某种因素的制约，往往被蒙住了双眼，看不清事物的真貌；或者因为想法太多，故作聪明，不敢坚持自己认定了的正确的东西，所以常常错过机缘。就比如梅，她其实是那样的简单，而我把她想成了一道复杂的算式，为解这道题处心积虑，花了整整两年时间，直至最终却没有结果。而那个受伤的外地游客，看起来很简单，甚至粗鲁，但是他成功了。梅好像看透我这时的心思，她说，其实当初是为了不让他大闹梅花节，她是被当作交际花送去应付他的，这让她很反感，没想到事情会是这样的阴差阳错。梅的幸福感绝不是装出来的，从她说起丈夫时的神态可以看出，那完全是真实的流露。

到了岔道口，我把车停下来。在这里，我们要走的方向刚好相反。梅大方地伸出手来，说，拉拉手吧，从此以后，我们真要天各一方了。我默默无语，轻轻握了她的手，目送她下车、上车，那辆宝石蓝的轿车很快消失在高速路上。

我调转车头驶向市区，去和老赵们会合。这时，我感觉到了腰间手机的震动，并且预感到将有什么。打开一看，果然是梅。这次的短信终于超过了十个字：人心是一条没有方向的河流，一阵风都会把它改变。梅。

我脚下猛一使劲，汽车在公路上飞了起来。

（原载《山花》2007年12月增刊）

戴 冰

桃 花

据说李碧芳跟着她瞎眼的老祖母搬进中药铺旁边的小巷时，年纪不过二十出头，身材窈窕，眉目修长，除了身上一件已经褪色的花棉袄显得有些土气之外，看上去似乎比渣渣坡上所有的女孩子都要水灵和漂亮。至今还有许多人对那天的情形记忆犹新，他们说当时谁也没看出来李碧芳是个疯子，只是觉得这个姑娘的眼神怎么有些轻佻呢，因为她随着祖母从坡底缓缓走来，一路走一路睁大眼睛四处张望，看见年轻男人就吸吮着自己的下唇，满面红晕地微微颔首，像是在娇媚地招呼对方。据说祖孙俩搬来的第二天，小巷前的空地上就出现了大批滞留不去的年轻人，他们无一例外都换上了花哨的衣服，还在脖子和手腕上挂着稀奇古怪的饰物，彼此见到的时候都有些不好意思。曾经在北郊小学当过副校长的王德富看到这个情形后有点担忧，就凑到陈聋子的耳边大声说，渣渣坡原本就是个乌烟瘴气的地方，如今又来了这么个鬼妖精，我看不出事才怪。陈聋子对王德富的见解向来很佩服，听了他的话之后立即表示赞同。是啊是啊，他说，骚公鸡们在行动。

事实证明王德富的不安并非杞人忧天，小果新的幺叔后来告诉我，李碧芳不光惹得渣渣坡一带的年轻人们躁动不安，甚至还惊动了头桥附近一个打架团伙的头目黄辣丁，差点酿出一场大祸。黄辣丁细皮嫩肉，长得比一个姑娘还清秀，曾经因为用钢锯锯断了一个仇人的拇指坐了一年零五个月的牢，出狱之后他轮流在东郊村几个妓女家里白吃白喝，缺钱的时候就冒充那些妓女的丈夫敲诈客人，弄得那几个妓女对他又爱又恨。他不知从什么地方听说了李碧芳，知道渣渣坡上来了个长腿细腰、爱用眼睛瞟人的大姑娘，于是就扛了一把深蓝色的吉他，带着三个同伙来到了渣渣坡。小果新的幺叔说那个周末的午后天寒地冻的，黄辣丁一伙四个人穿得整整齐齐，顺着两百米长，沿途都是住家和门面的道路来来回回走了差不多一个下午。但他们既不知道谁是李碧芳，也没有看到漂亮的大姑娘，最后不得不坐在公厕旁边的花坛上，弹着吉他开始唱歌。他们嘴里哈出白雾一样的热气，先是唱流行歌曲，后来又唱监狱中学来的牢歌，天黑尽之后还舍不得走，开始胡编乱造一些下流小调。歌声吸引了附近那些刚吃过晚饭的居民，他们围在花坛四周，默不作声，听得津津有味，直到黄辣丁的歌声里突然出现了李碧芳的名字，大家这才醒悟到他们一伙此行的目的。在场的几个年轻人当场就按捺不住骂了起来，还威胁说，如果他们不马上滚蛋，那么附近的年轻人们很快就会联合起来对付他们。但黄辣丁根本没把这些人放在眼里，他继续哈着白气唱歌，内容越来越下流，而且毫无道理地升降和拐弯，最后回不到调子上来，变成了怪里怪气号叫。

那个时候打架是常有的事情，加上听了一晚上的歌也有些腻味，所以等到渣渣坡上一多半的年轻人都赶到公厕附近之后，那些居民们就打着哈欠各自回家睡觉去了。

但那场架最终没能打起来，原因是那些拿着面杖或者牛角刀的年轻人们刚一围上去，黄辣丁的三个同伙立即掏出了三把自制的手枪，分朝三个方向对准了他们。黑黝黝的手枪在幽暗的路灯下一开始不大看得清楚，但一旦认出对方手中捏着的是三把手枪，年轻人们马上心平气和地散开了。小果新的幺叔说整个过程中黄辣丁继续埋头唱歌，一秒钟也没有耽搁，而且声音越来越大，直到吉他的一根高音弦突然绷断这才罢手。据说黄辣丁离开渣渣坡时仍然恋恋不舍，一路长声吆吆地高喊，李碧芳啊李碧芳……

第二天上午十点不到，两个穿便衣的男人来到了渣渣坡，他们在居委会夏委员的陪同下，挨家挨户地询问头天晚上发生的事情，特别提到了那三把手枪。回去的时候两个便衣要求看看李碧芳，于是夏委员就带着他们拐进了中药铺旁边的小巷里。后来夏委员对陈聋子的老婆谢国英说，那天无论他们怎么敲门，里面始终不应，就像屋里压根没住着人似的，但又明明听得见轻微的吭吭的咳嗽声。

夏委员身材高大，体型肥胖，脸色红润得像生猪肉，她对那天发生的事情并不感到意外，她说实际上自从搬进那间黑洞洞的水泥小屋之后，除了隔天上街买一次菜，李碧芳跟她的祖母吴老太多数时候关门闭户，几乎不跟街上的任何人家往来。有些年轻人撺掇他们的父母，要他们带着自己去李碧芳家串门，但结果也跟她一样吃了闭门羹。这种情形让渣渣坡上的年轻人们心痒难耐。据说每到买菜的日子，年轻人们很早就会打扮一新，在巷口到小菜场之间的土路上狗觅食一样来来回回地转悠。上点年纪的男男女女这时也会跟着出来，站在自家的门槛前饶有兴味地各处张望。他们不是出来看李碧芳的，而是看年轻人们看李碧芳的。

谁也说不清楚李碧芳和她的祖母是从什么地方搬来的，为什么会搬到这样一个僻远的地方来，就连租房子给她们住的丁大毛也说不清，但丁大毛说有一点他可以打包票，那就是李碧芳的祖母肯定当过姑子。丁大毛少年时曾跟着父亲四处给人塑菩萨，至今还能大段大段地背诵经文，他说老老小小的姑子他见得多了，李碧芳的祖母就跟那些姑子长得一模一样。丁大毛还说你们如果不信，有机会扒开吴老太的头发，绝对就能看到戒疤。许多人都相信丁大毛说的话，因为有一次一根晒衣服的尼龙绳弹掉了吴老太的黑毛线帽，果然就有人看到了她头顶上浅黄色的疤痕。除此之外，有人还看到吴老太路过信佛的张罗云家时，一听到屋里传来诵经和敲木鱼的声音，立即佝偻着身体停在了原地，同时嚅动嘴唇呢呢喃喃地跟着念了好半天，手中的细竹竿也随着木鱼声一下一下地戳在土路上，戳出一个跟她头上戒疤一般大小的坑……这样的传闻让那个瞎眼老太婆变得令人敬畏，所以每当她攥着李碧芳的手，慢慢行走在渣渣坡的街道上时，几乎没有哪个年轻人敢跟李碧芳搭腔。倪毕容的小舅舅当时在粮店隔壁开了家干果店，他猜李碧芳也跟所有的姑娘一样喜欢吃春卷，于是就把三十个春卷连同调拌好的胡辣椒、香葱、黄豆、花椒粉和鱼香菜装在一个塑料袋里，打算趁四周无人时偷偷塞给李碧芳。他屏住呼吸，一声没吭，但刚把袋子递出去，却立即被那个瞎眼老太婆觉察到了。走远点，走远点，她激烈地挥舞着竹竿，像在驱赶一群苍蝇。别招惹她，她大声说，她有病……

吴老太的话让许多人感到奇怪，他们觉得李碧芳除了几乎不说话，爱脸红的同时眼神又显得有些放肆之外，并没看出来她跟别的人有什么两样。所以倪毕容的小舅舅说，到了后来，吴老太的过激反应在他们这一批年轻人中间引起了普遍的愤慨，他们聚集在一起，互相启发，想出了许多整治那个瞎眼老太婆的法子，但毕竟因为有所顾忌，最后只采取了一个象征性的行动，那就是等吴老太从街上蹒跚而过时，年轻人们就轮流从她的对面若无其事地撞过，然后反手把早已吐在掌心里的唾沫砸到她的背上。这样几次之后，李碧芳的瞎眼老祖母终于出现在中药铺旁边的巷口前，一手杵杖，一手举着一件被唾沫沁透了后背的棉袄，指天画地，用一些稀奇古怪的语言诅咒了那些她看不见的混蛋小子们。你们欺负我老瞎子啊，她说，忘了老天有眼，就不怕雷劈了你们去?

但到了翻年开春的季节，等垃圾山旁边的七八株桃树又长出花来的时候，人们就看出点端倪来了。大家先是注意到李碧芳似乎已经好长一段时间没在街上出现，只剩下那个瞎眼老太婆独自一人出门买菜。有人问到李碧芳，她就露出极度厌恶的表情，大声说，她不能出门，她发病了……接下来有人在小巷深处听到了李碧芳咿咿呀呀哼歌的声音，声音听上去稚嫩得不可思议，就像一个七八岁的小女孩在撒娇。黄昏时路过小巷的王德富又听到李碧芳跟她的祖母在光线昏暗的房间里厮打，中间夹杂着瞎眼老太婆尖利的诟骂。王德富说诟骂的口气既恶毒又悲凉，他根本没法模仿。

有个暖融融的下午，坡上的人家大都在午睡，李碧芳突然敞胸露怀地从家里偷跑出来，正碰上一个卖胡豆和蒜薹的男人挑着箩筐从坡上走过。不等那个男人来到跟前，李碧芳就闭上眼睛，歪歪斜斜地把头靠了过去，就像那个男人是个枕头似的。卖菜的男人吓了一跳，趔趔趄趄地跑出几丈远，这才回转身来想看过个究竟。于是李碧芳面对那个男人，飞快地脱下裤子，蹲在地上屙了一泡尿。尿液朝着坡下一路淌去，在刚开始结壳起灰的路面上留下一道深色的水痕。黄昏时那个男人卖完了菜，挑着空箩筐又顺着原路往回走，一路上喝醉了酒似的逢人便唠叨下午碰上的事情，快要走到路口时他仍然意犹未尽，又折回身来，在胡老六开的小酒馆里真的喝得烂醉。那是个宽皮大脸的中年男人，喝醉了之后表情迷迷糊糊的，就像在浑浊的河水里漂流。说出来谁会相信呢，他对胡老六说，一个大姑娘，就这么眯缝着眼睛，笑得花儿似的对着我，脱下裤子，屙出一泡尿来，我这样说你该不会相信吧？

胡老六是个黑胖子，他听了卖菜男人的话后只是憨厚地笑了一下。干巴巴地说，你倒好，白得看了一回。

卖菜男人一路上乱说乱讲，许多人都猜出来他说的就是李碧芳，所以等他醉得忘了拿箩筐，只提着一根扁担离开小酒馆时，两个正在吃炒面的年轻人也放下筷子跟了出去，其中一个就是小果新的幺叔。接下来发生的事情曾经在渣渣坡一带家喻户晓，人们一提起来就连笑带骂，孽障，两个都是孽障。众口一词的经过大致是这样的：那天晚上两个年轻人并没有动手打人，而是默不作声地一直跟到陈聋子家的小院前，这才把那个早已醉得浑身酥软的男人推倒在一道肮脏的阳沟里，各自朝他的脸上撒了一泡尿。他们一面移动手指，让尿水在那个男人的脸上划来划去，一面说你喜欢这个是吧，这下你肯定就舒服了。但小果新的幺叔亲口给我承认，当年他年少虚荣，在别人面前吹嘘事情的经过时隐瞒了不少细节。他说实际上把那个菜贩子按倒在地时就费了不少工夫，接下来他的大腿还被扁担狠狠地打了一下，但他们不愿半途而废，只得躲在黄葛树的背后，一直等到那个菜贩子酒意发作，睡熟过去，这才开始朝他的脸上撒尿。整个过程中，小果新的幺叔说他始终提心吊胆，生怕惊醒了那个男人，不得不收紧小腹一阵一阵地撒，弄得下身又胀又痛，回到小酒馆后很久都还不舒服。画面提示：中景。一棵大树下，两个年轻男人的背影，他们正在朝着一个躺在地上的人撒尿。那个人也是背对着画面，侧身而卧。旁边是路，低矮的平房和路边的小灌木丛。从树杈间的缝隙里，可以看到小小的月亮。

据说第二天黄昏时，李碧芳的瞎眼老祖母让人领着，突然出现在胡老六的小酒馆里，找到了正在喝酒的两个年轻人。我是特意来为昨天的事情感谢你们的，她庄重地说，你们做得对。说完，她用力捏了捏小果新幺叔的胳膊，把两个捆扎在一起的牛皮纸袋硬塞在了他的怀里。下次再有谁欺负我们家小芳，你们就照着昨天晚上的法子整治他，出了什么事情就叫他们来找我这个瞎老太婆。接下来她坐在小酒馆的方桌前，若无其事地呷完了胡老六递给她的一杯苦丁茶。小果新的幺叔说她凛然的神情和灰白色的眼珠子把那天在场的人吓得哑巴似的，谁也没敢提起头天下午发生的事情。

我问小果新的幺叔纸袋里装的是什么，他说也就是十来块红糖，不过码得很整齐。

李碧芳这样一个漂漂亮亮的大姑娘怎么会是个花痴呢？对于这个问题，渣渣坡上的居民们向来各有各的说法，但没有一种得到过核实，都只是想当然的臆测而已。有人说其中的原因没什么特别的，就跟所有得这种病的人一样，不过是因为男女之间的那点臭事罢了，比如曾经跟一个男人很要好，后来却被那个男人一脚蹬了之类的。这种说法得到了那些男女老人们的赞同，只要是花痴就跑不出这个理，他们平淡地说，没什么好稀罕的。还有一种比较具体的说法源自张罗云。她是李碧芳的祖母唯一肯多说几句话的人，因为自从搬到渣渣坡来之后，吴老太全靠给一家寺庙制作线香为生，据说就是张罗云牵的线。她说吴老太曾经给她含含糊糊地提到过一件李碧芳小时候的事情，似乎是在老家的山上摘桑葚果时跌过一跤，那一跤据说跌得很重，头痛了好几年。张罗云把两件事情连在一起，认为那一跤肯定伤了李碧芳的脑子，落下了病根，等她发育成熟，到了该跟异性交往的年龄，那个病根就变成了花痴。支持这种说法的大都是些比较善良的中年男女，他们觉得这种说法有根有据，合情合理，既解释了李碧芳的病因，又无损她的品行。

但年轻人们出于某种他们自己也说不清楚的原因，对两种说法都不相信，或者说不愿相信，他们中间自有另外一种说法。这种说法是这样的：李碧芳小时候在老家的山坡上是跌过一跤，却不是为了摘桑葚果，而是为了追逐一只巴掌大的五彩斑斓的蝴蝶，这才不慎跌伤了脑子。因为李碧芳受伤前最后的记忆就是那只蝴蝶，所以她后来只要看见花里胡哨的东西就会欣喜地靠过去。

这完全可能是真的，他们诚恳地说，那个菜贩子不就穿着一件花衣服吗？有几个心软的母亲半真半假地相信了儿子的话，是啊是啊，她们心不在焉地说，我记得好像是一件黑白格子不男不女的夹衣，怕是偷来的吧。

可以想象，这种说法遭到了大多数人的无情嘲笑，特别是以丁大毛为首的几个中年男人，他们不屑地说真是胡扯蛋，编故事也得编圆嘛，就算她真把那个菜贩子当成了一只花蝴蝶，那她干吗对着一只蝴蝶撒尿呢？

对于这样的反诘，年轻人们的回答显得既蛮不讲理又居心叵测，你们当然巴不得她是那种病啰……

从这样的回答中可以看出来，年轻人们也许并不真的相信这种说法，比如小果新的幺叔就亲口对我说，当年他之所以也附和这种说法，是因为它听上去就像一首歌似的，挺美。

几种说法此消彼长，各不相让，在很长一段时间内成为居民们街谈巷议的主要内容。人们心情复杂，盼望着能在春天消失之前再次见到李碧芳。但人们的希望落空了。小果新的幺叔说，自从发生了菜贩子事件之后，接下来差不多五六年的时间，人们只看见吴老太独自上街买菜，或是用棉纸包着制好的线香送到张罗云家去，李碧芳则再没出现在人们的视野里。有人说是她的祖母把她关在房子里，怕出事不让她出来了。

据说小果新的幺叔有一次按捺不住，仗着曾经朝那个菜贩子的脸上撒过尿，主动上前向吴老太介绍自己，还提到了那包红糖，但他说那个瞎眼老太婆聋子一样从他的面前径直走了过去，连眉毛都没动一下。

这样算起来，从李碧芳搬来渣渣坡开始，直到她躲进水泥小屋不再露面，坡上的居民每人见到李碧芳的次数平均不会超过十次，而最后一次看到李碧芳的居然是那个毫不相干的菜贩子。小果新的幺叔对此似乎很是愤愤不平。真是来得早不如来得巧啊，他说，那杂种怎么没瞎掉眼睛呢？

至于那几年李碧芳藏匿不出的情况，我发现大多数人的记忆都是一片空白，能够提供信息的人少之又少，只有住在小屋后面的房主丁大毛还说得出一些。他说一年中的大部分时光，小屋的门窗始终关得密不透风，除了做饭时传出来锅碗的响动和老年人费劲的咳嗽声之外，小屋里悄无声息，就像一座废弃的空屋。有时候门闩启落，那是瞎眼老太婆出来倒痰盂。丁大毛厌恶地说祖孙俩大小便都只用痰盂，顺手就倒在房前的一条阳沟里，冬天还好，夏天时恶臭扑鼻，引得苍蝇蚊子黑压压地盖了老厚一层。据说丁大毛半身瘫痪的父亲长年累月躺在床上，每天的盼头就是想着来一场暴雨，好把阳沟彻底地冲洗干净。但到了每年桃树开花的那段时间，李碧芳女童一样美妙的哼唱和瞎眼老太婆怨毒的诅咒就会把小屋变得格外热闹。丁大毛说夜深人静时，李碧芳哼歌的声音出奇地悠长，跟野猫们闹春的号叫以及田地里聒噪的蛙鸣混淆在一起，有个晚上曾惹得正在他家喝酒的王德富大发感慨，突然蹦出一句诗一样深奥的话来：这可怕的繁殖的喧嚣啊……丁大毛反复吟诵着这句话，露出既佩服又困惑的神情，对我说你现在听起来可能觉得没什么意思，但如果那天晚上你也在场，你就会知道这句话其实挺吓人的。不过一句话里连着用了两个“的”字，所以丁大毛怀疑那是某本书上的话，而不是王德富自己想出来的。

另外，在一次喝酒喝到肝胆相照的时候，小果新曾偷偷告诉过我一两件丑事。一件是他有天晚上到田里去摸鳝鱼，回来时发现王德富正趴在水泥小屋的窗户前，透过窗帘的缝隙偷看李碧芳抹澡。另一件就是他本人也偷看过李碧芳抹澡。不过当时他只有六七岁，虽然模模糊糊地看到了李碧芳的乳房，但并没觉得有什么意思，只是让他产生了一个有趣的问题，就是女人有乳房是为了奶孩子，那男人为什么也有乳房呢？对于这个问题，陈聋子的孙子陈小涛很不屑地回答小果新，说你连这都不懂，那是晚上用来区分正面和反面的。

渣渣坡上的居民们再次见到李碧芳，已经是她的祖母死掉之后的事情了。

坡上的许多人都有一个这样的印象，那就是凡发生在李碧芳身上或者周围的事情，无一例外地都透着谜一样的蹊跷，吴老太的死就是其中一桩。有个晚上，张罗云等丈夫儿子都睡下之后，先封了炉火，然后捧着一本经书坐在厨房里不出声地念。那是张罗云每天的功课，从不间断的。但那天不知为什么，念着念着她突然觉得心神不宁，胸口那儿火烧一样燥热，就着水缸喝了一勺生水之后还是不清爽，于是就放下经书，锁了门出来，打算穿过中药铺旁边的小巷，到山后的田坎边看看月亮。进了巷口，刚走得一半，一阵穿堂风过来，先就闻到了那股恶臭。张罗云正暗骂晦气，接着就听到了李碧芳住的那间小屋传来呜呜咽咽的声音。张罗云说那声音又像狗吠月，又像猫下崽，起一阵，歇一阵，在黑灯瞎火的小巷里让她毛骨悚然。张罗云联想到刚才念经时的那阵心悸，突然意识到肯定是出事了，但当时她独身一人，不敢擅自行动，于是就绕过鱼塘，抄近路去找夏委员，两人又一路敲门，找来几个男人，这才合力撞断了李碧芳家的门锁。

最先进屋的是丁大毛。虽然时隔了那么多年，但他在向我叙述那天晚上的情形时仍然表现得惊慌失措。他说刚进去时屋里一片漆黑，什么也看不出来，等夏委员拉亮电灯，大家这才发现，李碧芳的老祖母一身崭新的僧衣大布袜，左手持珠，右手握经，盘腿斜靠在床枋上，头顶剃得精光，已经死得硬邦邦的了。那屋里的气味啊，丁大毛说，我什么时候想起来什么时候就想吐，比如说我现在就想吐。他还说可惜你家搬来得太晚了，所以你什么也看不到，什么也闻不到。

据说吴老太入殓的时候，夏委员还在她持珠的那只手心里发现了一颗黄灿灿的金牙。有几个眼光长远的建议换成钱留给李碧芳，但最后还是夏委员做主，把金牙放进了吴老太的嘴里，跟着吴老太一起进了棺材。

守鱼塘的杜老鸦后来说，凭着他跟鱼打了十几年交道的经验，他断定吴老太被发现时已经死了起码有三天了。

吴老太一声招呼没打就光头盘腿死在床上的消息很快传遍了渣渣坡一带的几百户人家，听者无不骇怪，年轻人们惊诧之余，免不了还生出一点非分之想，以为那个凶神恶煞的老太婆既然已经死掉，他们终于可以无所顾忌地欣赏李碧芳的如花容貌了。但结果是当他们时隔多年后再次见到李碧芳，李碧芳早已面目全非，不复当年的模样了。

倪毕容的小舅舅不用火机，直接用烟屁股点燃了另一支烟，口气里满是沮丧和遗憾，他说李碧芳的眼睛像死鱼一样睁着，头发和脸上沾满暗红色的线香灰，瘦骨嶙峋，浑身上下散发出一股子死鱼烂虾的腥味。谁也不会把眼前这个乞丐一样的女人跟当年的李碧芳联系在一起。但她的确就是李碧芳，倪毕容的小舅舅说，你不相信也没法子。他还说渣渣坡上跟他一批的年轻人，大多是在那一两年结的婚，而且很快就生下一群活蹦乱跳不知疲倦的小混蛋，闹得整个渣渣坡鸡犬不宁。他不知道这个结果是不是跟李碧芳有关，反正他说在重新见到李碧芳之后感觉非常懊丧，认为见了还不如不见，所以没过多久，也就跟小果新姨妈的一个同学结了婚。

吴老太的丧事是王德富主持的，据说丧事还没完，丁大毛就找到夏委员，要收回他的水泥屋。夏委员气得抬手就想给他一巴掌，问他说，那你准备把她撵到什么地方去？那我管不着，丁大毛说，我凭什么白送房子给她住。夏委员无法，只得跟附近一家精神病院联系，打算把李碧芳送进去，但那是一笔很大的费用，谁也不可能支付，于是夏委员又向上级政府打报告，得到的答复是每月四十元的补贴，其余的事情由她和居委员会“妥善安置”。夏委员不知道该怎么执行这个批复，只得请示了居委会谢主任之后，跟张罗云商量，由两人分别召集几个街道积极分子和善男信女，共同组成一个慈善班子，轮流照顾李碧芳的生活。所谓轮流照顾，其实就是把其中三十元六家人平分了，每家每天负责管李碧芳一顿饭。另外十元给丁大毛，权当房租。我也知道一天只吃一顿吃不饱，夏委员说，但三十块钱能干什么呢？

据说所有的疯子都像鱼或者猫一样是不知饱胀的，所以在许多人的印象中，那段时间的李碧芳似乎每天除了睡觉之外，其余的时间都消耗在垃圾堆、阳沟和后山的玉米地里，像入秋的土鼠那样焦虑而不知餍足地觅食。那个时候李碧芳已经可以自由地出入她的小屋，没有谁再会像她的祖母那样把她成天锁在房子里了，夏委员记得有人看着李碧芳窜进窜出的身影，还很感慨地对她说，李碧芳得病以来，可能从没有像现在这样随意自在吧。据说曾经有人担心让一个疯子这样成天在街上乱窜，早晚一天会出事。夏委员开始时也担心，但这样的顾虑被证明毫无意义，因为那个时候的李碧芳已经脏得不成样子，别人避之唯恐不及，没有谁会想着招惹她，另一方面，除了吃食，李碧芳似乎对别的任何事情都不再关心。到了翻年桃花又开的时候，夏委员为了以防万一，曾经放下手中的事情，亲自跟踪了李碧芳好几天，发现李碧芳仍然跟往常一样忙于四处觅食，看见男人时，除了偶尔若有所思地舔舔嘴唇外，几乎没有更多的反应。这个情形让慈善班子里的人不禁拊掌赞叹，说阿弥陀佛，原本心里还有点不过意，但谁想得到饿还能治疯病呢，现在好了，除了脏点臭点，她还不跟一个好好的人一样？

这种相安无事的局面如果一直持续下去，说不定李碧芳至今都还住在那间水泥小屋里。但小果新说谁料想到了那年的九月下旬，却发生了李碧芳被人弄大了肚子的事，这件事震惊了整个渣渣坡，让所有的人瞠目结舌。

事情得从夏委员的退休说起。据说那年的十月初八就是夏委员退休的日子，干了一辈子街道工作，过完国庆节就该交班了，交班之前夏委员很想把街道上许多未竟的事情做个了结，好给居民们留点念想。于是她先让两对各自有意的年轻男女在她家见了面，又跑上跑下，找人把整个渣渣坡的下水道都疏通了一遍。这还不算，她甚至从山后的一个村子里雇来两辆带斗的拖拉机和十五个农民，把几十年来一直困扰当地居民的垃圾山做了彻底的清除。看着清清爽爽的地面和那几棵桃树，夏委员对旁边的人说，从今往后不许再叫渣渣坡了，改名叫桃花坡不是更好？正说笑，夏委员突然就想到了李碧芳，她想退休之前无论如何应该让李碧芳过一个干干净净的国庆节。说干就干，夏委员找来几个中年妇女，戴上口罩、袖套和围腰，把李碧芳住的那间小屋和李碧芳本人都底朝天地倒腾了一遍，该洗的洗，该换的换，发现有臭虫之后，又找杜老鸦要来洗鱼的水，浇了门窗木床的缝隙，最后还给房子喷了敌敌畏，给人喷了花露水……

看着换上了自家儿媳的一身干净衣服，被热水泡得依稀恢复了几分当年模样的李碧芳，夏委员又悲又喜，说这才像个姑娘家嘛。话刚说完，眼泪就掉了下来，又跑回家里去，拿来一面小圆镜和一把牛角梳，临走时把那瓶花露水也留在了木床上。

那之后几个月，人们先是发现李碧芳的腰身变得越来越粗，显山露水的，脸上也突然泛起一层油光，而且像鸭子那样分开腿走路；接下来又有人看到她扶着黄葛树翻肠倒肚地干呕，发出锑汤勺刮搪瓷碗那样尖利的声响。开始大家都没朝别的地方想，只以为李碧芳乱吃东西吃坏了肚子。直到有一天，夏委员刚坐完月子的儿媳妇小金桂从街上过，看见李碧芳后就跟着她从巷口一直走到后山，一路跟着一路捂着嘴偷笑，回来就对夏委员说，那疯子的肚子里一定有娃娃了。夏委员一听，这才恍然大悟。

消息一传开，立即在渣渣坡上炸了窝，人们毫不犹豫地扔下手中的活计，疯了一样四处乱窜，话题当然只有一个，到底是谁作了这样的孽？罪犯很可能就是渣渣坡上的某个男人，所以倪毕容的小舅舅说那段时间整个渣渣坡上风声鹤唳，女人们避开男人，聚在一处彻夜嘀咕，第二天再看别人家的男人时，眼神里就多了些意味深长的光亮。而大多数男人，特别是那些平时爱跟女人拉拉扯扯的男人，可能害怕被人议论和诬陷，事先就表现出一种极大的委屈，脸色阴沉，足不出户，脾气也莫名其妙地变得难以理喻。比如陈小涛就曾给我说，有差不多十来天的时间，他的爷爷陈聋子不知为什么，一下子就不理睬他的奶奶和母亲了，继而也不再跟他的父亲说话，到后来连他也像不认识似的，自己一个人躲在小屋里，不跟家里人一桌吃饭，而是等大家都吃完以后，这才把剩菜剩饭胡乱混在一口小砂锅里，用汤勺大口大口地朝嘴里塞，嚼也不嚼就咽了下去。

陈聋子的胃原本就不好，这样囫囫囵囵地吃东西，很快就把胃病吃发了，只得躺在床上咬牙切齿地呻吟，一直躺到春节过后这才慢慢恢复。但直到陈聋子下得床来，也没弄清楚到底是谁弄大了李碧芳的肚子。刚开始时有人建议应该立即报案，但正碰上全市评选优秀居委会，谢主任认为在这个节骨眼上报案，无异于上吊自杀，不仅评选无望，整个渣渣坡的颜面也从此无光，更何况派出所一着手调查，闹得鸡飞狗跳不说，保不准就把谁家的男人查了出来，那家人岂不就此毁了？再说谁能认定这就是一起强奸呢？当事人没说是强奸，那就不能说是强奸，李碧芳已经是成年人了，猫三狗四，她爱跟谁睡觉，那是她的权利和自由。至于李碧芳肚子里的孩子，谢主任的意见是由居委会出钱，悄悄拖到医院里做掉。一个疯子，谢主任说，无着无落的，再生个孩子出来，你们说会有什么好结果？

对于谢主任的第一个建议，大多数人都不反对，但在提到打掉孩子时，房子里却出现了长时间的沉默，谁都不敢贸然表态，最后会议决定先顺其自然，等评选结束后再来考虑。但倪毕容说没等人们再次讨论，李碧芳却自己把问题解决了。倪毕容说那是个下雪米的中午，她正在堂屋里吃饭，突然听到街上一阵大乱，许多人影闪过她家大门朝后山跑去。因为每年春节前后，后山的村子里总有人因为喝酒打架被杀，所以倪毕容说她当时的第一个反应就是又有人被捅了一刀。直到半个小时后人们又闹哄哄地从后山回来，她才知道是后山村子里一个菜农发现李碧芳昏倒在他们村的水井边。李碧芳被抬回渣渣坡时倪毕容也从家里跑出来钻进了人群，她说那天她亲眼看到了李碧芳肿胀的脸和棉裤上已经凝结成块的血。

对于李碧芳的流产，情绪最激动的要数谢主任，她调脸看着众人，连连叹息摇头，怎么样？她问道，当初要是依了我的话，她何至于受这个苦？

众人脸上讪讪的，心里都有些不是滋味。有人回去掰着指头算日子，发现李碧芳被人睡大肚子的时间，应该就是在夏委员率领人们大扫除的那几天。所以几个人就在背后嘀咕，说追根溯源，这个事情要怪就得怪夏委员，你看李碧芳的祖母死后这么长时间，谁也没想过去碰那个脏女人，只有夏委员突发奇想，把李碧芳弄得那么干干净净香喷喷的，不出事那才稀奇。这话原本可能是说着好玩的，但许多人听了却觉得挺有道理，把夏委员气得大病一场，稍好一点，立即扶着儿媳妇的肩膀，当街站了，骂了一个下午。谁都没想到平日里慈眉善目的夏委员，那天居然泼妇一般骂出那么多不可思议的下流话。

但夏委员的媳妇告诉我，说夏委员表面上嘴硬，实际上心里也不踏实，所以突然也信起佛来，还拜了张罗云的师父为师，成天跟着张罗云在尼姑庵里诵经做功课。丁大毛说自从夏委员开始烧香礼佛之后，样子越来越像过去的吴老太，他据此认定夏委员的功夫一定比张罗云高。大家仔细瞅了瞅，发现真有点像那么回事。

李碧芳像个黝黑的幽灵，重又出没在渣渣坡的街道和房屋之间。刚从医院回来那阵子，人们还能闻到一股刺鼻的消毒水味从她身上散发出来，但很快，原先那种猫菜一般的腥巴烂臭就随着她的走动开始四处弥漫，弄得街上一群土狗没日没夜地围着她转。不过这次没有人表现出任何厌恶和嫌弃的意思，相反，人们小心地维护着她的肮脏和邋遢，就像维护一个处女的贞操，倪毕容甚至看到谢国英朝李碧芳的头发上吐唾沫，还拍着手说脏点好脏点好，脏点大家都好。倪毕容说这话听起来有些蹊跷，加上事发那段时间陈聋子又凑巧病了一场，所以她怀疑李碧芳的肚子就是陈聋子搞大的。但小果新不同意这个结论，照他的估计，那人不是丁大毛就是王德富，因为丁大毛就住在那间水泥小屋的后面，机会比谁都多，说不定在租房子给吴老太之前，他事先就给自己留下了一套钥匙。当然最大的嫌疑犯还是王德富，小果新说别看王德富表面上戴个眼镜，一开口就放古屁，实际上却是个老杂胯，他不仅偷看李碧芳抹澡，有一次还对着小金桂的肥屁股口水滴答，伸手在空中虚虚地掐了一把……

但小果新说这事就跟李碧芳别的事情一样，也是个谜，而且永远都只能是个谜，因为第二年的春天到来不久，李碧芳就失踪了。

据小果新说，李碧芳失踪的那一年，桃花汛不知为什么提前到来，致使后山河水暴涨，淹没了河面上仅有的一座石桥，还从一个途经的村子里带出来许多家具、衣物和动物的尸体，散落在河泥淤积的浅滩上，给渣渣坡的居民带来一笔意外的浮财。没有人注意到一只长尾巴大鸟的尸体也混杂在那些溺死的动物中间，小果新说大人们都被那些家具和衣物吸引过去了，他们在河滩上喧嚣吵闹，像过节一样亢奋，只有他和倪毕容、陈小涛以及另外几个孩子发现了那只大鸟。他们如获至宝，立即把它用塑料袋包着，带到了后山松林的中央。据说那是一只难得一见的箐鸡，它斑斓的羽毛上滚动着亮晶晶的水珠，在阳光的照耀下呈现出虹一样繁复的色彩，绚丽得超出了孩子们的想象。他们把箐鸡安放在一块白石上，还采来了鲜花和野草，同时学着大人的样，郑重其事地为它办起了丧礼。小果新还记得当时他扮演的是死者的父亲，倪毕容扮演的是职业哭丧的女人，陈小涛的角色则是丧礼主持人，他握着小果新的手诚恳地说，请节哀，请节哀自重。据说那天上午他们玩得正高兴，另一个女人的声音却突然插进来，打断了倪毕容声情并茂的表演。那是李碧芳，她高耸耸地立在那些扮演吊唁者的孩子们中间，喃喃自语，呜呜咽咽，不知道在说什么，也不知是哭是笑，还管那只箐鸡叫“小老三”，很快就抢了倪毕容的风头。这让她非常愤怒。小果新还记得当时倪毕容站在一旁，撇着嘴说，小老三，一只鸟怎么会叫小老三？真是个疯子。但别的孩子那天却乐得快要疯掉了，直到满载而归的大人们四处召唤各自的孩子，他们这才恋恋不舍地离开了松林，临走时他们按照程序匆匆掩埋了那只箐鸡。

小果新说从那之后人们就再没见到过李碧芳，有人说她被大水带走了，另有人说实际上早在涨水之前，第一株桃树开花不久，李碧芳就已经失去了踪迹。只有小果新和另外几个孩子认定李碧芳抱着那只箐鸡跑了，因为几天后他们曾打算跟那只箐鸡再玩一次，却发现土坑已经被人刨开了。不过倪毕容对我说，小果新在说胡话，压根就没那么回事，土坑至今还在松林里，只不过蒿草丛生，不好找罢了……

李碧芳的失踪据说让整个渣渣坡的人如释重负，但最高兴的还得算丁大毛，因为他终于可以收回他的水泥小屋了。丁大毛把小屋修葺一新，打算让他瘫痪的父亲搬进去住。开始他父亲不愿意，嫌那儿的气味难闻。但丁大毛保证说，他会把屋外的阳沟填平，再种上几株桃树，从今往后，只会有花香，再不会闻到臭气了。

（原载《钟山》2007年第3期；

收入小说集《惊虹》，贵州人民出版社，2007年4月；

《惊虹》获第四届贵州省政府文艺奖三等奖）

2007年

戴　冰

斜　视

倪天琴的左眼从小就微微有些斜视，特别是碰上她心情不好，打算朝谁翻一个白眼的时候，这个特点就会显而易见地表露出来。但即使如此，假若倪天琴一直跟她的母亲和两个姐姐一样，都是那么矮矮胖胖平平常常，那估计也不会有多少人愿意议论她的左眼——圆通街上有缺陷的人多了：比如说倪天琴的父亲倪宝成，右腿就比左腿整整短三寸；陈国华的大女儿陈香兰没有眉毛，还有“独蛋”顾成忠，干脆就只有一个睾丸，也没见谁成天把他们挂在嘴边。问题是倪天琴刚一过十六岁的生日，立即脱胎换骨，跟她的母亲和两个姐姐彻底划清界限，渐渐出落成了圆通街上难得一见的漂亮姑娘，她斜视的左眼自然也就成了人们议论纷纷的对象。多漂亮的姑娘啊！人们众口一词地说，如果不是左眼有点歪，就是去当电影明星也绰绰有余。尤其是南街上的老中医刘伯秋（可能是因为中医对这个毛病束手无策的缘故吧），他每次遇到倪天琴，都会流露出比别人更加痛心疾首的神情。白璧微瑕啊，他说，姑娘，去医院做个矫正手术吧，做好了，这南半城就没人敢跟你比漂亮了。听了这话，倪天琴总是垂下眼睛，扭扭捏捏地说，我不去，我妈说我的眼睛就是生我的时候被护士用钳子夹歪的。

但这样的话听多了，倪天琴也有些动心，就去征求男朋友孙克杰的意见。孙克杰原本是市体育馆物管部的一个电工，后来辞职在“天天超市”旁边开了家小铺子专门修理电视机。以这样的条件能成为倪天琴的男朋友，完全是因为倪天琴的左眼斜视，这一点孙克杰心里也很清楚，当然不会赞成倪天琴去动手术。那可是眼睛，他盯着手上的一把梅花起子，神色阴郁地说，一刀下去说不定就捅个窟窿，你可想清楚了。

听了这话，倪天琴的心就凉了半截。想想，还是不甘心，就趁着吃晚饭的机会，含含糊糊给家里人暗示了一下。说想到医院去把左眼珠子稍微地挪一挪。没想到话才出口，立即遭到她母亲吴珍珍的极力反对，理由几乎跟孙克杰如出一辙，你少给我生是生非，她说，那是眼睛，万一出点事你撞天去？大姐天音因为是老大，说话做事向来稳沉，听了一声没吭，只是埋头吃饭。二姐天琪的回答听上去却有点莫名其妙，差不多就算了，她撇着嘴说，三妹，何苦把事情做绝呢。

倪天琴的父亲倪宝成，原先是省京剧团挑梁的武生。年轻时星眉剑目武功盖世，是令无数美人竞折腰的风流人物。好几个女人为他争风吃醋打得不可开交，其中一个叫王玉瑶的名旦还被几个不知轻重的姐妹激得横了心，穿着一件红袍子从贯城河的石墩子上真的跳了下去，成为当年轰动全城的风流花案。事情发生之后不到一个月，倪宝成演《伐子都》，从三张叠在一起的桌子上倒身腾下，那本是他的拿手好戏，向来百无一失的，但那天晚上不知怎么的，半空中突然泄了劲，直杠杠地砸下来，把右腿的腿骨跌成大大小小二十八块，碰巧王玉瑶跳河时刚满二十八岁，于是就有人说那一定是屈死的鬼魂报冤来了。倪宝成从此一蹶不振，在团里打了几年灯光之后就无可无不可地跟吴珍珍结了婚。唯一还没有死透的一点心思，就是想从三个女儿当中挑一个出来，培养成顶尖拔尖的名角。但天音天琪长得像吴珍珍，都是短身大脸的模样，贴片贴得两个腮帮子都露出来了，看上去还是面若银盆，何况一个喜欢织毛衣，一个喜欢打麻将，对唱戏什么的压根不感兴趣。只有天琴，无论身材相貌都像自己，也还有点嗓子，又可惜生下来左眼就有毛病，要吃梨园这口饭是绝对不成的。所以早就不作他想，提前退了休，成天闷声不响地坐在电视机前，吃卤鸡脚喝绍兴酒看戏曲频道，一副混吃等死的模样。如今听说天琴想去动手术，倪宝成的那颗心就微微一动，似乎有了点死灰复燃的意思，但一方面拿不准手术的风险到底有多大，不敢贸然表态，另一方面心里也很清楚，就算手术成功，这个年纪从头学戏也已经为时太晚，任凭怎么苦练，要想成个名角都只能是痴心妄想，再一联想到自己一生的坎坷，倪宝成突然之间心乱如麻血气上涌，不管不顾地操起黄铜手杖，把墙上一个石膏脸谱打得粉碎。

见父亲莫名其妙发这样大的火，加上男朋友和母亲的警告，倪天琴也就灰心认命，再没提动手术的事，一心一意就盼着不疤不麻的孙克杰赶紧攒够结婚的钱，好把自己娶进门去。事实上，在一个大汗淋漓的夜晚，心情急迫的倪天琴甚至主动跟孙克杰上了床。你已经把我这样了，她掐着孙克杰的胳膊说，今后可不能嫌弃我，我们结婚吧，结了婚我们就搬出圆通街，随便在哪条街上开家铺子，不光修电视，我们还可以收购旧电视，洗干净之后卖给乡下人，你说这能赚多少钱呀？

但事情并不如倪天琴想象得那样简单。就像有人天生爱闻汽油味，有人天生喜欢嚼生米一样，时间久了，圆通街上的一部分人竟然渐渐从倪天琴的左眼里看出些好处来，觉得那只斜视的左眼长在倪天琴的脸上，不仅丝毫无损于她的美貌，相反倒似乎给她平添了一种说不出来的神情，让她漂亮得更加韵味悠长了。

这一部分人刚开始时对自己的新发现并不十分地有把握，所以在给别人发表见解时神色腼腆，口齿呢喃，语气里也带着征询和商量的意思；但这样的想法理所当然地遭到了持第一种意见的人的无情嘲弄，深深地伤害了他们的自尊心，他们的态度因而立即强硬起来，对伤害了他们自尊的人予以坚决的回击。这样一来，圆通街上的居民们就不可避免地分化成两个不同的派别，开始围绕着倪天琴的左眼到底好不好看展开了长期和不懈的斗争。

平心而论，争论的初期双方还是比较理智的，毕竟只是茶余饭后的一点闲话，争过也就算了散了。之所以发展到后来那样势不两立公然对抗的地步，完全是因为一个非常偶然的机会，圆通街上的另一个老先生，住北街的省书画院退休院长、“圆通斋”主人、著名书法家王一云跟刘伯秋闹起了矛盾。

事情的经过是这样的：刘伯秋向来有个想法，那就是把王一云的独生女儿王莹娶进门来给自己的独生儿子刘小虎当媳妇。这个念头在心里已经盘桓多时，一直想找个机会先探探王一云的口风。正巧有个周五的早上，王一云向书画院要了辆车，约上刘伯秋一起去省政协开会。两人一路闲聊，不知怎么就谈到了各自的儿女，刘伯秋觉得这是个天赐良机，就向王一云夸起了王莹，说你家王莹书香门第，从小就受你这个名人父亲的濡染，知书达理，加上模样又好看，绝对是通城第一女孩子，真不知哪种人家才有福娶得进门哦。王一云是人情练达的人，没等刘伯秋说上几句就猜出了他的心思。但他嫌刘小虎学的是土木工程，跟王莹的爱好搭不上界，而且听说性情暴躁，又好吹牛赌酒，压根不在考虑之列。所以不等刘伯秋把话说透，立即不动声色地哈哈一笑，说如果论传统修养，我家小莹在现今的年轻人当中的确算是难得，不过说到五官相貌，其实也就中人之资，谈不上漂亮。不等刘伯秋开口，王一云又换了种忧心忡忡的口吻说，外人都看着她好，其实那是只知其一不知其二，哪里晓得我家小莹的性情古怪孤僻，冷面冷心，一般人哪里吃得消她，所以我常对老伴说，今后的女婿可遭了罪了，不是被闷杀，就是被气杀……

刘伯秋也不是个笨人，见王一云一番做作，知道没戏，心里虽然不自在，也就一笑住了口，还暗赞王一云机敏圆滑，若无其事几句话就把别人捆得丝毫不能动弹。没想到王一云默了几分钟，突然说，论到漂亮，我倒觉得倪家小菜馆那个负责收钱的姑娘，是倪家的老三吧，那个叫天琴的，倒真是长得漂亮。那没说的，刘伯秋说，只可惜左眼斜视，有点败相。你觉得败相吗？王一云问，我怎么越看越觉得那只眼睛斜得好斜得妙呢，你没想过如果那只眼睛不斜，那她就漂亮得太呆板太普通了吗？

这话牵强了吧？刘伯秋说，眼睛斜视，那还不叫败相？

没想你老刘也持这种俗见。王一云又打了个哈哈说，治病救人，那是你老刘当行出色，但若说到审美问题，老王我就得当仁不让了。那姑娘左眼这么一斜，平添了几多的灵动和妩媚啊，那是老天爷另辟蹊径，真是出人意料。我给你说，这不是个简单的好看不好看的问题，而是复杂的美学问题……

王一云指手画脚，滔滔不绝，原本可能真是有感而发，但在刘伯秋听来，却句句弦外有音，心说你不同意没关系，莫名其妙扯出一个残疾姑娘来是什么意思，莫非觉得我家小虎跟那个斜眼姑娘倒是一对？刘伯秋越听越不自在，越听越不耐烦，终于按捺不住调转过脸来，似笑非笑地看着王一云说，老王，你眼光有问题，你是艺术家我说不过你，但任你说得天花乱坠，我也只凭着常识看问题，总不成一只铜喇叭，被你说了几句就变成了肉耳朵？

回家之后，刘伯秋余怒未消，忍不住就把事情的经过给老伴说了。刘伯秋的老伴吴韵芬向来是个争强好胜的主，听了之后觉得大失面子。但事情又没挑明，有气也无处撒，只好逢人就说王一云成天在宣纸上鬼画桃符，终于把自己的脑子给画塌方了，证据就是连倪天琴的斜眼这点子明摆着的事也强词夺理说得云里雾罩。这样的话传到王一云耳朵里，把王一云的真火也搅了出来，一面咣啷咣啷地滚着两个鸡蛋大的健身球，一面冷冰冰地说，他刘伯秋坐在小诊所里给人看看舌苔摸摸肚皮倒还像那么回事，但美和丑的问题岂是他可以随便插嘴的？一来二去，两个老先生竟然就此撕破了脸皮，一个骂对方随心所欲翻覆云雨，一个骂对方有眼无珠不辨丑妍。实际上都是借题发挥，指着倪天琴的左眼泄自己的私愤，但旁人哪里会知道个中的内情呢？原本就吵得不亦乐乎的两派人马，如今见两个德高望重的老先生竟也站出来各执己见，无一不大喜过望，如同散兵游勇终于找到了大王旗，一窝蜂地凑上去，你支持刘伯秋，我支持王一云，加上几个唯恐天下不乱的人从中挑拨撺掇，很快就把事情闹到了不可开交的程度。

如果单从数目上看，支持刘伯秋的人显然要多一些，原因很简单，大部分人的看法原本就跟刘伯秋相同。更主要的是，圆通街上的几百家住户，可以说无论谁家有个三病两痛，首先想到的就是南街上的刘先生，甚至有些家几代人的家传病都是他老先生治好的。比如说十九中的数学老师高真敏，祖祖辈辈都患有严重的失眠症，家族里就没出过活到六十岁以上的人，刘伯秋只分别用了十八服药，就把她和她父亲的病治得断了根。据说吃到第十服药的时候，一个小偷半夜撬门进了高真敏的单身宿舍，不光偷走了床头柜里的三百元钱，临走时还跑到厕所里拉了一回肚子，整个过程高真敏竟然浑然不觉，一时在圆通街上传为佳话。其实说起来，就连王一云本人的胃胀气，也是刘伯秋用香樟子和二十年的普洱茶治好的。人吃五谷就要生百病，加上刘伯秋本人又把事情看得毫无通融的余地，甚至放出这样的话来，如果有谁黑白不分是非颠倒，那么下次开方子的时候，该用人参的地方我只好换成砒霜了。这样一来，大部分人都站在刘伯秋一边就不足为怪了。

相比之下，支持王一云的人就要少一些。其中的原因也不难理解，主要是王一云自抬身份，矜持清高，平时不仅跟街上的大多数人素无往来，相反还因为傲慢得罪过不少人。比如说居委会的白主任，有一次在居委会二楼设了间老年活动室，其实就是供老年人打打麻将的地方，想请王一云写块招牌，没想到王一云一听惊极而笑，说什么什么，要我给你们麻将馆写招牌，开什么国际玩笑。弄得白主任当众下不来台，回去后大哭一场，发誓下次换身份证的时候绝不通知王一云家。所以街上的人对待王一云，大多采取的是敬鬼神而远之的态度，礼貌得让人感觉很疏远，恭敬中透出格格不入。不过王一云毕竟不是常人，在圆通街上还是有好些心悦诚服的崇拜者，比如说在花鸟市场上开古玩店的陈崇德、艺术系陶艺专业的学生周小芳、师专的校长曾庆华，以及省市老年大学书法班、国画班和戏曲班的几十个学员。另外有些人支持王一云，动机相对比较复杂，像医学院的三年级学生黄义，他支持王一云的原因是他不喜欢刘伯秋，他不喜欢刘伯秋又是因为他对中医嗤之以鼻的同时觉得刘伯秋的名望来得未免有些莫名其妙……

在圆通街大多数居民的记忆里，那段时间的生活真算得是丰富多彩好戏连台，就像一个老也过不完的节日。特别是每天的黄昏，一放下碗筷，人们便不约而同地汇集到居委会旁边的小篮球场上，或单兵作战，或集团对垒，各执一词互不相让，把一个原本破烂不堪冷冷清清的水泥场坝吵得像集市一样热闹。期间发生的多起过激行为一直被人们津津有味地谈论到现在，但限于篇幅，这里无法一一描述，只能从中挑选比较典型的几桩大致说说。一桩是刘伯秋的支持者牟小春和王一云的支持者詹林，两人有一次在篮球场上争论时把话题扯远了，扯到了对方的老婆身上，大致是牟小春骂詹林，说难怪你会喜欢歪眉斜眼的丁春丽。其实丁春丽长得挺端正的，只是两只眼睛一大一小一单一双，俗称公母眼，原本就被詹林视为小小的遗憾，又听牟小春说得恶毒，哪里还耐得住，也就反唇相讥，说牟小春老婆的乳房小得就跟男学生的胸肌一样。两人就这样动上了手，都朝着对方的左眼出拳，最后牟小春力大，按住詹林一拳出去，差点打瞎了詹林的左眼。另外就是有个周末的午后，高真敏当着众人的面叫住了王莹，要她把早先向王一云求来的一幅楷书立轴还给王一云，还讥讽说这幅字写得横平竖直的，一点也不别致。事情发生后的当天夜里，王莹的高中同学，在陈国华家隔壁开木工社的罗大头立即以牙还牙，朝高真敏的卧室里扔进去一只小猫和五只大耗子，吓得高真敏只穿着一条内裤就尖叫着冲到了大街上；这还不算，第二天晚上，罗大头又戴着一副小孩玩的鬼脸壳去敲高真敏的门，然后抱住几乎吓得尿湿裤子的高真敏毫不客气地一连亲了好几口……画面提示：远景。一间非常普通的民房的客厅，有些一般性的家具，比如老式的笨重的电视机、几张沙发。天花板上有一盏样式简单的吊灯。客厅的大门打开着，一个穿着家常衣服的女人被一个戴着鬼脸壳的男人抱着亲吻。女人双手高举，惊恐万状。视角是女人的背影。

事情发生这样突然而急剧的变化，倪天琴本人当然就有些坐不住了，她又惊又疑，觉得很有必要重新审视一下自己的左眼，于是躲进小屋，举着一面小圆镜子开始反复审视自己的左眼。结果倪天琴发现事情比料想的要复杂得多：当她用一本杂志挡住右边的脸时，左眼眶里那颗微微朝着左上角斜视的眸子的确有些别样的味道，就像一个凝固不动的媚眼，让她的表情看上去既天真又轻佻，很有风情万种的意思。问题是她不能老是用一本杂志挡住半边脸啊，所以当倪天琴拿开杂志，把左眼连同右眼以及整张脸一起看时，她就拿不定主意了。

有个在孙克杰看来注定又要大汗淋漓的晚上，倪天琴却一反常态，非要孙克杰先说清楚，她的左眼到底是锦上添花的花，还是打坏那锅汤的螺蛳？否则就别想碰她。这个问题立即让孙克杰陷入一个非常尴尬的境地，因为他既不愿说是花，也不敢说成是螺蛳，两种回答都让他很不踏实，有一种前途渺茫的感觉，所以他一面将脱了一半的衣服又慢慢穿回去，一面躲躲闪闪地说，花是花，螺蛳也是花，是螺蛳花。这个圆滑的回答让倪天琴很不高兴。所以那天晚上孙克杰穿回去的衣服再没能脱下来。

倪天琴向来是个没有多少主见的人，既然拿不准自己的左眼是花还是螺蛳，那么她的态度当然也就只能随着战局的起伏摇摆不定了。比如说牟小春把詹林的眼睛打出血的那次，刘伯秋立即到詹林家探病，保证十服药就把詹林的眼睛治好。但王一云得理不饶人，一面派人送詹林到省医就诊，一面要求派出所出面抓人。急得刘伯秋天天给自己拿脉煎药，好不容易才把血压降下去。那段时间，反对左眼的一派偃旗息鼓，整个圆通街上只听得见对倪天琴左眼的一片赞美之声，倪天琴自然也就倾向于王一云的观点，把自己的左眼看成是老天爷的点睛之笔了。但过了没几天，牟小春当着众人的面，又把另一个年轻人的左眼打出了血，而且扔下两千元钱后自己跑到派出所投了案。如此一来倪天琴又犯了糊涂，牟小春这样烈士般的毅然决然，难道就没有一点道理吗？于是上医院动手术的念头又鬼火一样在心里跳动起来。可还没等倪天琴下定决心，事情一下又来了个一百八十度的大转弯：牟小春从拘留所出来之后，家都没回，第一件事就是向两个被他打伤的年轻人诚恳道歉，发誓以后绝不再干这种鲁莽事了。两个年轻人以及他们的家长也都原谅了他，因为牟小春道歉的时候两眼含泪，哽咽得几乎都说不出话来。

这样的情形久了，倪天琴就有些怕见人。如果碰上的是王一云一派的人，那她还能撑着多说几句话，但如果碰上的是刘伯秋的支持者，那她就会百般的不自在，不得不偏开左脸，用右脸对着别人说话。这还不算，最让倪天琴苦恼的是，圆通街的住户实在太多，许多人她并不熟悉甚至根本不认识，拿不准他们的立场，不知道他们分属于哪一派。不仅如此，到了后来，就是王一云一派的人倪天琴也不愿多话，因为她不敢肯定耽搁的时间一长，他们会不会像牟小春那样改变主意。所以有很长一段时间，在不得不跟人说话时，倪天琴的举止在对方看来就有些怪异，她的头朝着四面八方扭来扭去，脸颊上忽而桃红忽而青白，而那只斜视的左眼看上去也比平时更加游移不定或者天真妩媚。

但两派的人似乎都对倪天琴的表现感到满意，反对左眼派的人四处宣扬，说就连倪天琴本人都不喜欢自己的左眼，否则她不会那样别扭和慌张。但支持左眼派的人却对此不屑一顾：就算她自己不喜欢，也不能证明不好看，谁不知道“当局者迷”；在支持派看来，倪天琴的举止简直就有一种西子捧心的效果。胜者所用，败者之兵啊。王一云感慨地总结道。说完，还立即掏出一个相机，硬逼着给倪天琴照了张相，说是要洗成幻灯片，好给艺专的学生们上课时用。紧接着，一个曾跟牟小春同时待过拘留所的光头男人突然来到圆通街，在木工社的隔壁开了家肠旺面馆。据他说，牟小春被关进拘留所的当天晚上，几个狱霸逼着他把脸凑到马桶上，扯着喉咙唱了差不多两个小时的流行歌曲，接下来又挨个给他们按摩，直到天快亮了才被允许稍稍打了个盹儿。光头男人的话很快就传遍了圆通街，人们这才明白牟小春从拘留所出来后一反常态的缘由。倪天琴很快也知道了这个情况，传话的人是罗大头。自从那天晚上猥亵了高真敏之后，罗大头也被拘留了十五天，遭遇跟牟小春大同小异，只是没有对着马桶唱流行歌曲，而是搜肠刮肚地说了一个通宵的下流笑话，期间还因为偷着打盹儿被狠狠地扇了好几个耳光，耳膜上至今还留着个针孔大的洞，无论是别人还是他自己，只要说话稍一大声，立即会听到一连串鲤鱼吐泡的声音。但出来之后他信念不改，仍然坚决支持倪天琴的左眼，所以他小声而鄙夷地说，你看他们那边的人是多么经不住考验啊。

听了这番话的第二天晚上，倪天琴就对孙克杰说她有点不想活了。但那天晚上孙克杰比倪天琴还要心烦，原因是就在当天下午，开肠旺面馆的光头男人懵里懵懂地向高真敏打听，问倪天琴有没有男朋友。高真敏说有啊，就是那个老爱咬着半边衣领修电视的小伙子。给孙克杰传递情报的就是另一个被牟小春打伤左眼的年轻人，他说光头男人听了高真敏的话，立即耸起肩膀吭吭吭地笑了老半天，说那人黑得就像煤球，没有月亮的晚上怕是很难找到，怎么配得上那姑娘？高真敏说还不是因为歪了一只眼睛败了相，否则哪里会看上他。说到这儿时，那个年轻人露出一种促狭的笑，问孙克杰，你猜那光头说什么，说什么？他说歪了一只眼睛也配不上，除非另一只也歪了再外搭没有鼻梁。听了这个话，孙克杰的面子就有点挂不住了，当即抄起一根三尺长的生铁水管就要去找光头算账，那个年轻人苦劝不住，直到告诉他那个光头是个愣人，据说多年前曾与人打赌，赌输后当真活生生吃了半饭盒蚯蚓，他这才悻悻而归。

孙克杰正一肚子的邪火找不到出处，听了倪天琴的话后更加心烦，当即跳起身来，预备跟倪天琴好好吵一架，没想到一失足从棕垫上跌了下来，跌下来后他就不想再起身了。去死去死，他躺在地上心灰意冷地说，都是神经病，我看你们个个都是神经病……

孙克杰的反应让倪天琴深感委屈，一面飞快地穿衣服，一面发狠说，那好，你就等着给我收尸吧。

倪天琴的话并非耸人听闻，事实上有个热得透不过气来的下午，在持续不断地照了好几个小时的镜子之后，倪天琴的确采取了一个象征性的举动，她拔掉一根圆珠芯的笔头，然后将整整一管油墨全都吸进了嘴里……

那之后的第三天中午，倪天琴正坐在“倪家小菜馆”的吧台后面算账，给光头男人跑堂的乡下姑娘小菊突然泼风闪电地冲进来，要倪天琴立马赶到省医去。说是孙克杰可能中毒了，正在急救室里洗胃呢。倪天琴莫名其妙，细问之下才知道事情的原委：就在不到半小时前，孙克杰揣了十几粒耗子屎到光头男人的面馆吃面，打算中途撒在面汤里，想借机讹诈光头男人，没想却被小菊逮了个正着，结果是孙克杰被光头男人按倒在地，硬把半碗面汤连同那十几粒耗子屎灌进了孙克杰的肚子里。孙克杰从地上爬起来后，边吐边数，吐完之后才发现整整少了两颗耗子屎，于是认定自己中了毒，当即呻吟着口吐白沫，重新躺回了地上。光头男人一时也有些慌，一面让小菊通知倪天琴，一面赶紧打了辆出租车亲自送孙克杰去了医院。

那桩影响了整个事态发展的意外，就是在倪天琴乘车赶往医院的途中发生的：17路公交车刚开过刑侦大楼不久，倪天琴就感到后腰那儿被人狠狠地拐了一下，痛得她差点背过气去。但当时车厢里拥挤不堪，倪天琴一时半会也转不过身来，所以只得顺着来路，也曲起手拐回敬了对方一下。车厢里立即响起一个中年妇女炸啦啦的污言秽语。那显然是个吵惯了架的女人，十几分钟的时间内竟然没一句话重复，而倪天琴在倪家三姐妹中向来最拙于言辞，不过二姐天琪早就教过她一个以不变应万变的招数，那就是不管对方骂得如何难听，只要回敬一句“你才是”就够了。所以只要等到那个女人两句话之间的空隙，倪天琴就气鼓鼓地回一句“你才是”。这个法子似乎真的很管用，那个女人渐渐词穷，不得不两次重复同一句话，好想出第二句来。情急之下，竟然猛地推开站在倪天琴旁边的一个戴眼镜的老先生，猝不及防地在倪天琴的后脑勺上抓了一把。倪天琴忍无可忍，挤开人群，调过身来，把一口唾沫吐在了那个女人的额头上。两个吵了半天嘴的人这才第一次照了面。这一照面不打紧，两人一时间都愣住了，原来那个女人也斜视，只不过斜在右眼。

最先注意到这一点的就是那个戴眼镜的老先生，看样子很像是某个大学的教授，他站在一旁，突然诧异地睁大了眼睛，看看倪天琴，又看看那个中年女人，接着就像被谁愚弄了似的，愤愤不平地大声嚷了起来。荒唐，荒唐，他说，真是太荒唐了。周围的人吓了一跳，一起循声看来，也都一个个笑了。那个凶神恶煞的女人原本噘着嘴，一口唾沫已经呼之欲出，这时却把脸涨得通红，一声不吭地缩了回去——倪天琴就是在那一瞬间义无反顾地决定上医院动手术的。

可以想象，倪天琴要动手术的消息一经传开，立即在圆通街上引起了轩然大波，两派的人都有些坐不住了。首先到倪天琴家来的是刘伯秋，他嘴角含笑，满面春风，给倪宝成带了一套五个刻在核桃上的“蜀汉五虎将”的脸谱，给吴珍珍的是一小袋风干的藏药红景天，据说那是只有边防军人才得用的药材；还有两个雕工精良的冰种翡翠弥勒佛，一个给了天音，一个给了天琪。男戴观音女戴佛，他说，正好。说完，又在倪家吃饭的小方桌前坐下来，挨个地给倪家的人把脉，然后在两页十六开大的复印纸上依次写下他们的脉象反应及保健的药方。一切妥当了，这才对吴珍珍说，今天我什么也没给天琴带，时候不到，时候到了，自然有几样小玩意送她。说完，理理花白的胡须，再没一句多话就告辞出了门。刘伯秋前脚才走，王一云后脚就进了倪家的门。但与刘伯秋不同，王一云两手空空，谁也不瞅，坐下来就跟倪宝成大侃昔日梨园里的逸闻趣事，许多竟连倪宝成都是闻所未闻；接下来王一云又提到了倪宝成当年饰高宠挑滑车时的飒爽英姿，提到自从倪宝成引退之后，通省二十多个京剧团，竟再无一出可观的武戏，感慨可惜没留下些影像资料，当年的英姿雄风就只能空有个印象了。倪宝成正听得黯然神伤，王一云却突然话锋一转，说他平生最好武戏，但多年来眼见武生行里人才凋零，早想有所作为，正巧一个跟他同好武戏的大老板想出资办个武生学校，如今万事俱备，只欠校长，说到这里，王一云哈哈一笑，说你不就是天造地设的那个校长吗？一句话把倪宝成惊得腾的一下从椅子上跳起来，动作幅度大了点，加上右腿原本就有伤，差点就成了个单腿跪地的姿势。倪宝成握住王一云的手，除了连连摇头叹息，竟是一句话也说不出来。

王一云刚出门，倪宝成立即找出一个大牛皮纸袋，让吴珍珍和天音天琪把刘伯秋的东西给他送回去。吴珍珍和天琪一听就跳了起来，说这完全是纸上画饼的事，可别让王一云几句话就迷昏了脑子。就算是个真大饼，你的右腿有伤，教学生只能凭着一张寡嘴，只说不练服得了人？说不定哪天人家一句话，你从哪里来还得回哪里去，你丢得起这个脸？到底是天音沉稳，想了想说，要不等王一云那边落实了之后再把东西还回去。放屁，倪宝成骂起来，几个只长头发不长见识的东西，那不成大笑话了。一面说，一面就逼着母女三人把东西装进纸袋里，当下就让天音送了回去。

虽然刘伯秋和王一云谁都没把话挑明，但两人的意图倪宝成当然是心知肚明的，所以等天音出了门，倪宝成就来到倪天琴的卧室里，敞开心扉诚诚恳恳地跟她谈了差不多两个小时，内容丝毫不涉及动手术的事情，而是从自己第一次登台演出直说到那个跳河的王玉瑶，说到跟吴珍珍结婚的前夜自己满腹的悲凉，浑身的绝活如今也只能等着百年之后随自己一起进火葬场了事……末了，才淡淡地提到一句：陈香兰上个月到全市最好的美容院去植眉毛，倒是全都植活了，只是不知哪里出了问题，没几天眉毛竟然打霜似的变成了白色，只好又把眉毛重新染黑，你说现在这些医院……倪宝成摇着头说。

但那天倪天琴表现出了一种罕见的执拗，一言不发，始终埋着头，让长长的头发覆盖下来遮住了脸，所以看上去就像倪宝成在对着一块黑布絮絮叨叨地说话。说到后来，倪宝成终于忍不住了，伸手拍了一下倪天琴的头说，你到底是不是在听啊？倪天琴这才慢慢抬起头来，然后就朝着倪宝成猛地翻了个白眼——我们都知道，倪天琴从不轻易朝谁翻白眼，因为这会使她的左眼显得比平时更加歪斜，所以在被倪天琴白了一眼之后，倪宝成立即明白他两个小时的话肯定都白说了。

但就在牟小春和高真敏帮着倪天琴四处联系医院的当儿，一连串莫名其妙的事情接踵而至，搅得倪天琴心神不宁。先是倪家养了差不多五年的一只大黄猫“白脚”突然不见了；接下来是倪家小菜馆里负责买菜的小工李四毛，在去菜场的路上被几个不明身份的年轻人抢得精光。周四下午，吴珍珍端了一锅山药炖猪手，想给刘伯秋送去，才一出门，就被三根横在门口的担面棍滑了一跤，不仅扭伤了脚踝，还把手臂烫出了七八个血泡，痛得她直抽凉气。天音赶紧叫天琪去请刘伯秋，回来却说刘伯秋没法来了，因为他自己就躺在医院里。原来就在当天上午，刘伯秋正坐在专家门诊里坐诊，一个素不相识的老太婆突然闯进来，当着一屋子候诊的人又哭又闹，说她儿子原本只有一点胃溃疡，但才吃了刘伯秋三服药就转成了肾衰竭，如今奄奄一息就等着换肾了。可刘伯秋翻遍了病历底单也查不到她儿子的名字，于是怒斥她恶意中伤，要她拿出证据来，否则就告她诽谤。老太婆毫不示弱，说下午就会带着证据和律师来找刘伯秋理论，老太婆走了之后，刘伯秋还继续给三个病人开了药方，但开到第四服时，口涎突然从他的嘴角滴下来，打湿了写到一半的药方，众人这才意识到刘伯秋可能出事了，七手八脚地把他抬到隔壁的急救室去——事情还没完——周四的下午两点，送走了最后一个客人，倪家五口正围着小方桌吃中饭，白脚却突然回来了，它一路连滚带爬，跌跌撞撞，走近才发现它的左眼已经被人戳瞎，变成了一个血窟窿。*画面提示二：中景。深夜，一个小坝子，四周是低矮的平房，窗户都是黑沉沉的，还有几条小巷道延伸出去。坝子边上有一根电杆，上面是亮着的路灯。一只小猫站在坝子中间，冲着路灯痛苦地大叫。*

听着白脚整夜不停地哀号，倪天琴渐渐意识到，要想顺顺利利地躺到手术台上，她唯一的选择就是躲到一家外省的医院去。

倪天琴是在一个晴朗的早晨悄然离家的。为了不引起别人的注意，她只随身挎了个精致的小坤包。一辆出租车就停靠在离圆通街不远的一条小巷里，车里坐着牟小春和高真敏，他们不仅为倪天琴准备好了所需的物品和现金，还一直把她送上了开往邻省的旅游列车，在那里，一家声名卓著的三甲医院已经按照预订电话的要求腾出了一张空床，一个训练有素的护工也从护士长那里领到了崭新的工作服和全套的洗漱用具……

也许是意识到倪天琴已经木已成舟无可挽回地躺到了某家医院的手术台上，要不就是旷日持久的争吵终于把人们弄得筋疲力尽，总之，就在倪天琴偷偷离开不久，整个圆通街竟然罕有的平静下来，呈现出一种类似尘埃落定的景象。但可惜好景不长，没过多久，新一轮的争吵又在不同的人群之间蔓延开来。跟从前不同的是，这一次的局面显得更加混乱更加无序，原因是曾经楚河汉界敌我分明的两个阵营中间，分别又都出现了不同的声音：有些原本属于反对左眼派的人，如今神色忧郁地说，真不能想象，要是天琴的眼睛不歪了，她还是不是天琴呢，也许我们都会认不出她来的。而在那些原本坚决支持倪天琴左眼的人中间，也有人冷静而平和地说出了这样的话，不管怎么说，眼睛斜视终归不是什么好事情。这就是说，当倪天琴两个月后睁着两只同样完美或者平庸的眼睛回到圆通街上时，她面对的又已经是一个全新的局面了。

不过这一次倪天琴已经不再在乎人们怎样议论她的眼睛了，因为就在返城的火车上，一个年轻男人对倪天琴一见钟情，火车上就对她发动了激情澎湃的攻势，给她端茶倒水，说笑话给她听，还反复恭维她是只有凭借做梦才能目睹的漂亮姑娘。那是个高大英俊的北方小伙子，长着一头卷曲的长发和棱角分明的厚嘴唇，还学得一口惟妙惟肖的口技，当他模仿雄鸟求爱的咕咕声时，一只雌杜鹃竟然不顾危险从窗外飞进来，撞翻了桌上的水杯。跟他相比，圆通街上的那些男人们都只能算是泥坯，还没成瓷呢，所以不等火车靠站，倪天琴就已经答应了那个小伙子，她会尽快处理完自己的一点私事，然后飞到他生活的那座城市去跟他结婚。

倪天琴所说的私事，并不是指她跟孙克杰的关系（就在孙克杰从医院洗胃回来的当天晚上，他已经主动向倪天琴提出了分手），而是尽快地，彻底地，不留一点痕迹地毁掉她相册中为数不多的数十张照片。这件事情关系重大，但做起来却轻而易举，所以当倪天琴把最后一张照片的碎屑扔进厕所时，她已经事先就体验到了飞机腾空而起朝向北方的激越心情……

五年后一个百花盛开的春天，一次全国规模的大型油画展经过半年的巡回之后来到了倪天琴与丈夫生活的那座北方城市，地点就设在新落成的美术馆大楼内，因为那是美术馆开馆后第一次承接全国性的展览，所以开幕式筹办得极其隆重，数百名政府高官和各行精英都衣着光鲜到场祝贺。作为当地一家上市企业的总经理和那次大展的主要赞助商，倪天琴的丈夫连同倪天琴也理所当然地得到了一份大红烫金的邀请函。

据说金奖获得者是一个刚从美院研修班毕业的年轻画家，与别的年轻画家不同，他没有选择那种时髦的前卫画风，而是以一手令人叹为观止的写实功夫征服了大部分评委，虽然有人批评评委们因为普遍年龄偏大，思想趋于保守，许多灵气四溢的画作都没能进入奖列，但对于最高奖项的评选结果却不得不表示认同。那是一幅冷色调的女性肖像画，尺幅巨大，就醒目地挂在美术馆一号展厅正对大门的展壁上，所以没等倪天琴跨进展厅，她已经毫不犹豫地断定，那幅作品只可能是照着王一云给她拍的那张相片临摹的。倪天琴飞快地转过身来，举起三岁的儿子试图挡住丈夫的脸，但转过身来她才发现，丈夫显然已经被那幅油画惊呆了。这画上的女人简直跟你一模一样，丈夫疑惑地说，天下哪有这么相像的人呢？像吗？倪天琴虚弱地笑了起来。她忍了忍，但还是没能把那句话憋回去，那你说说，我跟她谁漂亮？

倪天琴的丈夫也笑了起来。他看一眼倪天琴，又调脸去看那幅画。看了画又看人，看了人又看画，神气渐渐认真起来。一模一样，他犹犹豫豫地说，只是差了点什么，就差一点。说着又两边看，突然说，明白了，就是她的眼睛比你多了点东西。

倪天琴盯着那个女人左眼眶里斜朝一边的眸子，想起了圆通街居委会旁边的小篮球场，想起了木工社和罗大头，还想起了派出所的警察来抓罗大头时从罗大头家里收出来的那副鬼脸面具，面具被一个警察捏在手上饶有兴趣地玩弄着，看上去就像正对着四周的人群龇牙咧嘴地做着怪样。

那之后倪天琴就迷上了一副黑得深不见底的墨镜，无论春夏秋冬都戴着它。

（原载《上海文学》2007年第10期；
收入小说集《惊虹》，贵州人民出版社，2007年4月；
《惊虹》获第四届贵州省政府文艺奖三等奖）

李　晁

朝南朝北

朝南是下午从游戏机房走出来的，此前，他没有听说龙卷风的任何消息，只是奇怪今天的游戏机房怎么没人。游戏机房老板在朝南离开时对他说，快回家吧，龙卷风就要来了。

朝南挎着那只吊带过长的书包，轻蔑地说，龙卷风？怎么可能有龙卷风呢？

朝南的家在铁葫芦街唯一一条“人”字形斜坡上，那里是铁葫芦街的制高点，散乱着七八十年代的建筑，朝南就住在那栋古老、阴暗的大楼里。

朝南一如往常地走进了院子。孤寡老人兆德正在一个簸箕里拨弄他心爱的萝卜干，在看见朝南后，悄声说，你妈到处找你，龙卷风就要来了。

朝南哼了一声，表示对龙卷风或兆德老人的不屑。他说，让他们去找吧，反正龙卷风刮不倒我。

朝南穿过昏暗的楼道，不小心碰到了四处堆积的蜂窝煤，他拍拍衬衣的边，随口骂了一句。

你死哪去了？我们到处找你。母亲沈玉责怪道。

朝南撒谎说，我去小乱他们家了。

沈玉说，你瞎跑什么，害得你爸和你哥找你去了，到现在还没有回来。

朝南回答，有什么好找的，不就是龙卷风嘛。

朝北回来的时候，怒气冲冲。对沈玉说，我就说不用找，他还比我先回来。

朝南父亲回来时，一句话也没有说，他总是默不作声，一回到家就坐到围棋前，自己和自己下起来。

黄昏时，天色出奇地暗，黑云压城，一场风暴正在酝酿之中，雷声响起时，朝南一家正在吃晚饭。沈玉对丈夫说，你说这龙卷风有多大威力，会不会把房子刮倒？

丈夫推了推自己的眼镜，解释说，这不好讲，有的龙卷风就能把房子刮倒，汽车都会飞起来，关键看风的级数大不大。

沈玉又问，这次龙卷风有多大级数？我们这栋老楼安不安全？

丈夫正要回答却被朝北抢了过去。朝北说，倒了还好，再也不用住这破楼了。

朝南如同饕餮兽一样风卷残云。他懒得和家人在饭桌上讨论一些没有意义的问题，吃完饭就回到了自己房间。这间卧室是和哥哥朝北共享的，床是一张上下铺的铁床，是父亲从单位上搬来的。朝南睡下铺，朝北睡上铺。朝南斜躺在床上，琢磨游戏中的一些技法。他的狗佐佐木用爪子推开门跑了进来，朝南便从床上跃下，对着佐佐木做了一套游戏中的格斗动作，打得佐佐木眼花缭乱，连连后退。

朝北进来时讥笑了朝南的动作，他说，打狗算什么本事。

朝南哼了一声，懒得和哥哥斗嘴，他知道哥哥是铁葫芦街一霸，曾是海南的手下，而在海南入狱后声名鹊起。窗外刮过一阵飒飒作响的夜风，院子里的紫槐弱不禁风，朝南幻想着龙卷风来临时的场景，最好把学校刮得支离破碎、片瓦不留。就在朝南想象中暴雨首先来临，粗大的雨点愤怒地敲击地面，仿佛与大地有不共戴天之仇。佐佐木在雷声中缩作一团，它趴在朝南的床边，不时围着自己的尾巴转悠着。

一年前，佐佐木就是在这样一个雷电交加的夏夜来到朝南的门前的。那天，朝南正准备蒙头大睡时，一阵微弱的呻吟断断续续从窗外飘了进来，朝南拧亮床头灯，兴奋地爬到朝北的床头，掀开被子说，你听见吗？好像是只小狗的声音。他看见朝北的右手伸在短裤里，于是他又问，你在干什么？

朝北恼怒地推开了朝南，咬牙切齿地说，滚开，别烦我。

朝南偷偷摸摸打开了房门。在楼道里，他踩到一团软软的东西，那团东西即时尖叫一声，于是朝南便发现了饥寒交迫的佐佐木。他把它抱了回来。朝北往地上扔卫生纸时，发现朝南的手里抱着一团黑乎乎的东西，于是他问，嘿，那是什么？是一只猫吗？

朝南说，是只小狗。

佐佐木在朝南的房间里隐居下来。后来沈玉发现了家中的异常。夜晚她总能听见小狗的狺狺之声，她问一旁沉睡的丈夫，老李，你听什么声音？

朝南的父亲满不在乎地回答，狗叫有什么奇怪的。

沈玉暗自嘀咕，没听说邻居养了狗啊。

老李趁机讥讽道，邻居买狗也要你同意？你管得太宽了。

沈玉对深夜狗吠一直不能释怀，白天询问兄弟俩，你们听见狗叫了吗？好像就在咱们家。

朝南拒不承认，胡诌说，是外面的野狗在叫。

朝北干脆不讲话，他不反对朝南在卧室里养狗，这样朝南的精力就不会集中到自己身上了。然而，纸包不住火，沈玉是一个打破砂锅问到底的人，她询问了左邻右舍，可没有一家表示他们养了狗，反而怀疑说，是不是兄弟俩瞒着你养了狗？这一点提醒了沈玉，在兄弟俩上学之后沈玉在家搞了一次大搜查。她在朝南的床底发现了一个奇怪的纸箱，打开一看，差点没晕过去。等朝南回到家时，沈玉脸色阴沉，她对一切动物特别是宠物无比痛恨，她是个有洁癖的人，最怕猫狗闯进家来。

沈玉让朝南把狗放了，可朝南死活不同意。他抱着佐佐木不放，任母亲揪他的耳朵，拧他的手臂，死也不撒手。最后，沈玉一气之下将朝南赶出了家门，并警告说，什么时候把狗放了，什么时候再回来。

朝南抱着狗漫无目的地走在铁葫芦街，河面刮来的风吹起了他的衬衫也吹动了佐佐木乌黑的毛发。他不知该往哪里去，也想不通母亲为什么那么厌烦小动物。他无论如何也不会把佐佐木扔掉，它太可怜了，朝南宁愿自己不回家也要和佐佐木在一起。

夜幕降临时，朝南来到了火车桥下，恰好有一辆列车呼啸而过，巨大的声响使怀中的佐佐木微微颤抖，朝南用指头抚弄佐佐木的头，以此安慰它。最终他们在桥洞里安顿下来。河堤的空地上已经扎起了一个硕大的帐篷，是一顶彩色的条纹帐篷，和电视里的马戏团一模一样。

咦，马戏团是什么时候来的？朝南自言自语。

他透过巨大的桥孔眺望帐篷上的彩灯，彩灯照耀着一面巨幅海报，内容是一位身着比基尼的女人，她摆出一个微微倾斜的角度，手按在大腿上，脸上是一副激情四射的表情。朝南不时听见帐篷里爆发出一阵毫无节制的笑声及主持人拙劣的普通话，人们不约而同喊道，脱，快脱呀。

朝南感觉很冷，河面吹来的风带着河水冰凉的温度，它们在桥洞里来回穿梭，发出低沉的声响，如同一只嗥叫的野兽。风的嗥叫声刺激了佐佐木，它也跟着狂吠起来，朝南抱着它感觉一丝微弱的温暖，他躬身坐在桥洞里，身体呈现出一个瘦小的“U”。火车驶过时，朝南就会醒来，他不知道几点了，望望四周，是一片黑暗，河边的马戏团已经停止了演出。此刻，只能听见河水在脚下喧哗，佐佐木安详地躺在怀中睡了过去。朝南在感到凄凉的同时也为自己的坚定而感动，他流下泪水，最后听见母亲及朝北的呼唤。

从那之后，沈玉再也没有反对朝南养狗了，佐佐木正式成为家庭一员。

暴雨仍在持续，闪电不时划过窗户。朝南渐入睡梦，而朝北却躺在被子里默默地摸着自己的玩意儿，直到一阵战栗的到来。

朝北是高中生，对体育的热爱使他的身体看上去异常成熟，手臂和腹部的肌肉像小山丘一样鼓出来，一个藏青色的龙头活灵活现地文在朝北的胸部。如果朝北穿背心打球的话，那个使人退避三舍的刺青就会露出来。刺青在铁葫芦街很常见，青年们喜欢在自己的背上、手臂上、脚踝上，甚至屁股上文一些稀奇古怪的东西，一枝带刺的玫瑰或者一颗滴血的蛇头。这些刺青在朝北眼里都是小儿科，只有自己胸前的龙头才称得上威风八面。龙头的来历与海南有关。海南是铁葫芦帮的老大，也是朝北的表哥，两年前在与城北野狼帮的械斗中大获全胜，野狼帮一死众伤。死的那人正是野狼帮的头号人物——三蒙，要知道三蒙是个厉害角色，在城北呼风唤雨。三蒙死后，海南的牢狱之灾接踵而来。朝北为了纪念海南，也在胸前文了一个藏青色龙头，从那以后，新一拨的铁葫芦街少年纷纷以朝北马首是瞻。

女孩子们似乎很喜欢朝北，不知是因为他在街道的特殊影响还是他的英俊外表？在他打球的时候会有一群女生环绕，她们有的手里拿着毛巾，有的握着一瓶矿泉水，那都是为他准备的，这些女生像叽叽喳喳的鸟儿一样闪烁在朝北四周。朝北却不加理睬，有时还露出讨厌的神情。

朝北喜欢的人是何朵。说起何朵，自然也是大名鼎鼎，她不但是年级的尖子生，也是学校的优秀干部。每次国旗下讲话都有她，她那甜甜的普通话使台下的男生为之倾倒。她乌黑的长发，小巧的脸蛋，还有那道拒人千里之外的眼神最使人欲罢不能。

每次见到何朵，朝北的一帮兄弟便会起哄——何朵，朝北有话对你说，别急着走啊，他真的有事找你呢。男生们把何朵堵在上学的路上，何朵站在包围圈里，一脸怒容。一开始，何朵对这样的骚扰毫无办法，虽然她和朝北同桌，但从不和他讲话。她曾要求班主任把朝北调开，可班主任问，朝北影响你了吗？何朵想了想，朝北和她同桌以来的确没有冒犯之处，只好讪讪地说，没有，但我不想和他同桌，他——

他什么？是不是认为他成绩不好？这个想法很不应该呀，你是学习委员应该主动帮助落后的同学嘛。班主任的话让何朵感到无奈，她也明白朝北对自己一向规规矩矩，不像其他男生那样油腔滑调，甚至还想动手动脚，可何朵就是控制不了对朝北的反感。一个胸前有龙头刺青的人总归不是什么好人吧。

朝北对其他女生总是一副爱理不理或者趾高气昂扬的样子，但对何朵却是毕恭毕敬的。偶尔何朵的橡皮或者钢笔掉落在地时，朝北会主动拾起来，递到何朵手中，可即便朝北的手离何朵的手只有一个指甲盖的距离，他也碰不到她，何朵每次都迅速而又准确地移开了。

何朵仍然受到男生们的骚扰，时常有人打着朝北的旗号。当男生们一再围住独自一人的何朵时，何朵想，这个该死的朝北，表面上规规矩矩，暗地里却花样百出，太卑鄙了。

何朵，我带你去见朝北吧，他在等你呢，你去不去？不去就跟我走吧！男生们嬉笑着。

滚开，再不滚开我就不客气了。何朵终究没忍住，一有男生靠近，她的脚就毫不留情地踹过去，而且专门袭击胯部。如果反应迟钝，来人难免会挨上这痛不欲生的一脚。可即便如此，仍有恬不知耻的男生靠近，而等何朵出脚时，则迅速躲避，一旦何朵踢空，便引来一阵哄笑。

何朵已经受够了这样的骚扰，她想找朝北说清楚，但一直找不到合适的机会，直到某天她收到朝北的纸条。朝北的纸条是在课间悄悄塞进何朵的笔袋的。纸条传情的想法在朝北心中已盘踞很久，可一直鼓不起勇气，因为他知道何朵对自己的态度，但长期以来的煎熬让他决定长痛不如短痛。纸条上简短地写着一句话——何朵，能和你谈谈吗？

何朵是在一节数学课上发现那张纸条的，纸条上没有落款，但她知道那是谁的字迹，字很大气，虽然何朵反感朝北，但对他的那手字却是由衷地赞叹。她有时会想，朝北到底是怎样的一个人呢？

何朵在放学前把纸条悄悄还给了朝北，虽然她什么也没说，但朝北还是很兴奋，因为纸条的另一面写着“放学后去工厂”。

何朵所说的工厂就在校园后面，是一片废弃的厂房，曾是孩子们捉迷藏的好地方，但一个传闻把所有人都吓跑了，据说一个身怀六甲的女人吊死在那里。

何朵在放学人流稀疏后走出了校园，她沿着围墙朝工厂匆匆行走。朝北已经迫不及待地等在那里了，他是翻墙而入的。他站在锅炉房废弃的机器上眺望那条杂草丛生的小路，心想，何朵也该来了。

当他看见一角熟悉的裙摆在布满沙砾的路上飘拂时，内心一阵激动，竟像鼓一样响起来，咚咚咚，几近破裂。他向何朵招手，然后迅速从那台污渍斑斑的机器上跳了下来，径直朝何朵走去，脸上露出一个腼腆的笑容。

何朵看见了朝北的微笑，朝北的脸在夕阳中泛起了红晕，是害羞吗？何朵有些糊涂，这个不可一世的家伙竟然也会害羞？何朵不忍心说出心中盘算已久的狠话，只向朝北点了点头，示意他有话快讲。可朝北却犹犹豫豫，仿佛还没有酝酿好，最后只说了这么一句不咸不淡的话——你终于来了，我还以为你不会来了呢？

何朵急了，甚至有点恼怒，有什么话你就快说，我也有话要告诉你。

朝北急忙说，那你先说。

何朵调整了一下心态，脸色陡然一变。朝北，你为什么要这样？这样很好玩吗？你们太无聊了。

朝北很惊讶，不明白何朵说些什么，接连问，我们，什么我们？我们怎么了？

何朵冷笑了一声，哼，你装什么呀，不是你们是谁？那些骚扰我的人不都和你称兄道弟吗？

朝北急忙辩解说，你肯定误会了，我没有让人骚扰你啊，我怎么可能让他们骚扰你呢？

那可不一定，你和他们就是一伙的。

朝北不再解释了，只说，这件事我给你摆平，保证以后不会有人打扰你了。

何朵看着朝北信誓旦旦的表情，心想，难道他真的不知情？但同情心立即被压制下去，她对着若有所思的朝北说，那就好。随后转身便走。朝北竟然没有喊住她，他还在想，是谁这么大胆敢骚扰何朵？简直无法无天了！

第二天，朝北的警告在校园里迅速传开，谁要胆敢再骚扰何朵，就是与他过不去。有了警告，骚扰行为立即消失了，男生们见到何朵不再起哄闹事，只是远远看着，不服的人也没有办法，只能暗自骂一句后走开。

一个星期之后，何朵再次接到了朝北的纸条，上面写着“还能谈谈吗？我的话还没有讲完，我们老地方见”。

何朵在骚扰结束后虽然感激朝北，但对他依然敬而远之。在接到这张纸条时，何朵十分犹豫，要不要去见他呢？男生们的骚扰固然消失了，可女生们则开始对她冷嘲热讽，见到她都是一副阴阳怪气的表情，好像她干了什么见不得人的事。

何朵回复了朝北的纸条：我觉得没有这个必要。

朝北又回道，你为什么不肯给我一个机会呢？

何朵没有再回了，她觉得这样下去只会没完没了。朝北感到一阵失落，于是其他女生便成了他的发泄对象，一个叫邹的女孩在邀请朝北去打球时，遭到了朝北愤怒的拒绝。邹受了莫名的委屈，便指着朝北骂，朝北，你这个窝囊废，你受了何朵的气就发在我们身上，你还算什么男人？

不知什么时候校园里流传了这样的传闻。据传朝北和何朵是一对，别看表面上两人老死不相往来，可暗地里却交往过密。这种传闻你能在学校听到很多，而且有多种不同版本，描述起来都绘声绘色，使人不得不相信。

传闻说，朝北往往在深夜离开自己家，在夜色掩护下悄悄前往何朵家中，由于何朵的父母在外地工作，她独自和外婆生活，所以朝北就利用这一点，深夜与何朵幽会，然后赶在天明前潜回家中。

传闻真假难辨，连朝南这个做弟弟的也分不清，但他十分肯定地说，朝北绝不会晚上独自离开家，他一睡着就像死猪一样。再说，他下来的时候肯定会有声响，我绝对能听见。

朝北自己对这些传闻是不屑的，他知道这些传闻都是从哪里传出来的，但他堂堂一个男子汉，不会为了这些传闻去找那群女生的麻烦。传闻的受害者只有一个，那就是何朵。

何朵听到那些天方夜谭般的传言，感到好笑又无奈。女生们平时都不和她来往，她是班上少数几个学习好而又被大家孤立的人。她信奉一句话，走自己的路，让别人去说吧。

但有一次她没有忍住，那天她正好来例假。在厕所里时，她遭遇了其他女生讥讽的目光，那目光好像说，你也会来？何朵听见厕所里的女生正在谈论她，好像对她的到来视而不见。她肚子隐隐作痛，最初她忍了下来，可当女生们因为某个细节而哄堂大笑时，她再也忍不住了。她突然站起来，愤怒地对那群仍在讥笑的女生说，闭上你们的乌鸦嘴，你们才是朝北的女人，不要脸。

这句话引起了不小的震动和仇恨，开始时女生们呆若木鸡，她们没想到何朵居然会反抗，还骂了她们。等她们反应过来时，何朵已经跑出了厕所。女生们朝何朵追去，在教室门口堵上了她。她们围住她说，你说谁不要脸？你这个小狐狸精，你还有脸说我们，你也不照照镜子……

女生们七嘴八舌地肆意辱骂，不时拉扯何朵的长发，见她反抗，便七手八脚围攻起来。有的掴巴掌，何朵梳理整齐的长发被掴得乱七八糟；有的抓住她的衬衫东拉西扯，仿佛要把它撕开；还有的用脚踹她的肚子，嘴里骂道，给你一点教训，要不然你不知道姑奶奶的厉害。

围殴在朝北赶来时被制止了，朝北奋力地拨开人群，嘴里骂道，都给我滚开。他甚至不惜违背一个男人的准则动手打了一个死死缠住何朵的女生，他给了她一巴掌，那个女生愣在那里，仿佛不知道发生了什么。

何朵对朝北的解围毫无感激之情，反而使劲推了他一把。何朵悲愤地说，都是你惹的祸！

何朵在此次事件之后，毅然转校了，据说去了城北某所中学。

暴雨过后第二天，人们看到铁葫芦街的景色和平时没什么两样，只是四处积满了水，道路变得泥泞。人们失望了，纷纷抱怨说，龙卷风没有来嘛，又被天气预报骗了。

朝南又要背着书包去上学了，这让他沮丧不已，他走下楼道撑开雨伞走进泥淖里。兆德老人把那群小鹅放了出来，嘴里唠叨着，这下它们可高兴了。

朝南站在院子里问，谁高兴了？

兆德老人说，鹅，它们最喜欢水了，这下可以好好洗个泥水澡了。

朝南没趣地走开，边走边嘀咕，总有一天你的鹅会死掉的，一只不留。

果然，朝南的预言在他放学时部分实现了。当他跑进院子时，不小心踩死了一只金黄色的小鹅，而兆德老人正好坐在楼道上，目睹了惨剧的发生。他几乎从竹椅里跳了起来，指着浑然不知的朝南说，年纪轻轻的瞎了眼，你赔我的鹅。

朝南还不知道发生了什么，他对兆德老人的无端控诉感到恼怒，愤愤地说，老头，你凭什么冤枉人，我又没偷你的鹅。

兆德老人指着朝南身后说，你回头看看。

朝南看见一摊红色的血在泥水里扩散，一只被踩得血肉模糊的幼鹅像标本一样嵌在泥水里，极其醒目。朝南喊了起来，我不是故意的。

兆德老人说，不是故意的？是谁说我的鹅会死掉，一只不留？你这个小王八蛋，以为我耳朵聋啦。

朝南不再争辩了，他说，一只鹅算什么，赔你钱就是了。

兆德老人气急败坏，痛心疾首地说，一只鹅算什么？鹅就不是生命了？你这个小王八蛋，小小年纪……

兆德老人的责骂引来了三两个看热闹的邻居，他们问朝南，是你家的佐佐木把鹅咬死了吧？

朝南不耐烦地摆摆手，准备上楼，兆德老人一把抓住他，怒骂道，你这个小王八蛋，一点礼貌也不懂，快点赔礼道歉。

朝南反驳说，不懂礼貌的是你这个老瘪三，我已经说了赔钱，你还要怎么样？再说我又不是故意的，是你自己的鹅找死。说完朝南又对邻居们说，满院子都是他养的鹅，踩死也是活该。

兆德老人气得说不出话来了，他走到院子里把鹅的尸体拎起来，灰色的泥浆和淡淡的血水便顺着鹅的脚掌往下滴。

兆德老人是带着无事不登三宝殿的表情来到沈玉家的，他手里拎着那只血肉模糊的鹅，鹅的一只眼睛在眼眶外摇摇欲坠，内脏由于挤压黏稠地粘在皮毛上。沈玉完全没有想到兆德老人居然会把死鹅带来，而且他一松手，死鹅便掉在了地板上。兆德老人气势汹汹地说，这是你家朝南干的好事。

沈玉被那只鹅恶心死了，更加没有想到兆德老人会把鹅摔在地板上，这使想低调化解此事的她恼怒起来。她说，你要干什么？把它捡起来，恶心死了。

兆德老人说，知道恶心就不会生出这样的儿子了。

沈玉的脸立即阴沉下来，据理力争说，您这样说就不对了，我儿子又不是故意的，您多大岁数了还和孩子斗气，说吧，赔你多少钱？

兆德老人反驳道，这和钱没有关系，是你儿子太没有教养，你知道你儿子叫我什么吗？兆德老人不容沈玉多想，咆哮着说，他叫我老瘪三，这就是你沈玉教养出来的吗？啊！

这时，朝南从卧室里冲了出来，指着兆德老人说，是你先骂我小王八蛋的，你有教养吗？

兆德老人一时语塞，但嘴里仍不自觉地骂道，你这个小王八蛋，反了你了。

当朝北回来的时候，兆德老人正好提着他的鹅从沈玉家出来，他的兜里已经揣着一张十元人民币了，他边走边说，这个世道真是反了，这么小的王八蛋也敢骑在老子头上拉屎。

当朝北听说这件事后，一反常态，对母子俩的愤怒无动于衷。他对朝南说，是男子汉就把兆德老头摆平，别出了事就往家里跑。

朝南对此事一直耿耿于怀，他曾暗地里制订了许多复仇计划，他要把兆德老人的鹅一只只偷走或者干脆将鹅神不知鬼不觉地毒杀，造成某种瘟疫的假象。再不然训练佐佐木将兆德老人的鹅通通咬死，然后把罪过推到其他野狗身上。

龙卷风要来的消息已经在铁葫芦街刮了一个星期了，人们已经对它不抱任何希望，只是盼望这场持续不断的雨能停下来。兆德老人在那个清晨发现他的鹅少了三只，他反复检查了鹅棚，油毛毡的棚子并没有损坏的痕迹，四周也没有黄鼠狼的脚印，会不会是自己数错了？兆德老人又蹲在地上清点起来，可数来数去，仍少了三只，而且是最大的三只鹅。正要去上学的萌萌被兆德老人的奇怪举动吸引了，她撑着那把黄色的小伞说，你在找什么呀？

兆德老人说，我的鹅被天杀的贼偷啦，你见到有人偷我的鹅吗？

萌萌摇摇头，我没有看见贼，贼不会跑到我们院子来的。

兆德老人纠正道，不是外贼是内贼，你见过朝南来过鹅棚吗？

萌萌说，朝南哥哥呀，我好像没看见，外面在下雨，他来你的鹅棚干什么呀？

兆德老人没好气地说，干什么？还不是干见不得人的勾当，你再想想，真的没见过朝南吗？

萌萌在兆德老人的引导下仿佛真的看见朝南在鹅棚周围游荡，于是她说，我想起来了，朝南哥哥好像来过鹅棚。

自己的猜测在得到萌萌的肯定后，兆德老人便关上鹅棚，朝自己家走去。他本想找朝南对质，但考虑到证据不足，毕竟萌萌还是个孩子不能做证，而且朝南肯定会百般狡辩，加上他家人多势众，到时候自己寡不敌众就是有理也说不清了。所以，兆德老人按兵不动，想来个守株待兔。

天色暗淡下去后，兆德老人将鹅赶回了鹅棚，今天他故意忘记锁上鹅棚，只用那把锈迹斑斑的插门扣住木门。他早早地回到房间，熄灯之后，悄悄透过窗帘缝隙朝鹅棚观望。时间一点点过去，夜幕完全降临，院子里闪落着零星的灯光，兆德老人便借着这光观察鹅棚的动静，期间除了来去匆匆的几位邻居外并不见朝南的身影。兆德老人十分焦急，但他仍然咬牙坚持，可直到午夜也没有人出没在院子里，兆德老人不得不拖着疲倦的身体回到床上。他愤愤不平地说，这个小王八蛋还真狡猾，总有一天我会亲手逮住你。

兆德老人逮住的不是朝南而是他的狗佐佐木。通过一个星期坚持不懈的观察，兆德老人终于在一个夜晚发现了真相。黑暗中一条身影蹿进了院子，兆德老人听见一阵摩擦草地的窸窣声，然后听见一阵爪子的刨门声，鹅棚就被打开了。兆德老人抄起手中的木棍迅速蹿了出去，他在鹅棚门口顺利堵住了前来偷猎的黄鼠狼。木棍重重落在了黄鼠狼的背部，可兆德老人却听见一声狗吠，他有些糊涂了，心想，黄鼠狼也会狗叫？就在他挥下第二棍时黄鼠狼不叫了，它倒了下去。兆德老人那一棍正好砸在佐佐木的头部，打昏了它。直到将黄鼠狼拖入家中，兆德老人才发现大错特错了，这明明是朝南的狗。原来都是这畜生惹的祸。兆德老人虽然气急败坏但也隐隐不安，他深知佐佐木对朝南的重要性。要是被那小王八蛋知道了，自己肯定会被报复。于是兆德老人又把佐佐木悄悄扔回了院子。他以为已经打死了狗，心想，这下扯平了，我不管你要鹅，你也别管我要狗了。

当朝南左等右等也不见狗回来时，自己偷偷溜出了门，在院子里的水沟边发现了正在喘息的佐佐木，它已经连爬起来的力气也没有了。朝南把它抱了回去。知道复仇计划的朝北问，怎么样？偷了几只？

朝南一脸悲伤，阴沉地说，我的狗快死啦！

朝北从上铺跃了下来，急切地说，让我看看。

兄弟俩在灯光下察看佐佐木的伤势，佐佐木瘦小的背上有一道微陷的痕迹，上面的皮毛向四周散开，只能用皮开肉绽来形容。头顶也散落着血迹，上面已经肿了起来。朝南抚摸佐佐木时，佐佐木发出呜呜的哀鸣声，似乎在寻求主人的温暖。

朝南跺着脚，咬牙切齿地说，肯定是那个老瘪三干的。

朝北也连声感叹，说，看不出这个老王八竟然这么歹毒。

何朵在转入城北一所中学时，来历不明的言论迅速蔓延。有人说她是城南的破鞋，被很多男人玩过，实在没脸在城南待了才来城北的。何朵变得绝望，可这里是人生地不熟的城北，她无法像在城南那样做出抗争。她肯定这些传言是从城南散布过来的，在经过无数人的口口相传之后，演变成了这样一个版本。

破鞋。何朵想不到这个遭人唾弃的词会和自己扯上关系，很多人开始用异样的眼光打量自己。这时，一个叫骆驼的家伙出现了，他趁课间混进了班级，当着三十多个同学的面大呼自己的名字——何朵，谁是何朵？同学们纷纷把目光对准了她，一些女生在周围窃窃私语，男生们则一脸嬉笑。骆驼顺藤摸瓜发现了她，走到面前对她说，放学我等你。

何朵将头埋在课桌上，任长发散落下来遮盖自己的脸，她不知道骆驼是谁，但凭直觉也知道不是好人，一头黄毛让何朵厌恶。当骆驼对她说出那句话时，何朵惊慌失措，不知该怎么回答，她感觉很多双眼睛正死死盯着自己，陌生的目光比骆驼的话更令人不安。

神经病。何朵用微弱的声音回应。

整个下午何朵魂不守舍，随着放学时间的逐渐临近，她开始考虑怎样避开骆驼了。她央求同桌的女生陪她一块走，但那个胖胖的女生拒绝了。她说，那个人可不好惹啊，你自己注意一点吧！

在何朵感到绝望时，班上两个女生主动站了出来，她们拉起何朵的手说，放学跟我们走吧，保证骆驼不会胡来。

何朵感动得不知所措，只好小心翼翼地问，那个人是干什么的？

两个女生相视而笑，他呀，他什么也不干，又什么都干。看着何朵一脸疑虑，她们又说，骆驼是混社会的，很有势力。

何朵问，那你们不怕他吗？

怕他？笑话，我们才不怕他呢。你也不要怕，放学跟着我们就行了。

放学铃声响后，何朵在两个女生的催促下匆忙收拾好了书包，夹在两人之间朝校外走去。一路上她忐忑不安，眼睛死死盯着校门外，可那里什么人也没有，根本就没有骆驼的影子。何朵慢慢放下心来，两位女生提议一块去吃点东西，何朵本想拒绝，可一想到她们主动陪自己又觉得不好意思了，只好点头跟着走。在途经一个居民区时，骆驼出现了，他斜依在一排健身器材上，身旁同样依着两位青年。一开始，何朵并没有注意到骆驼，她还在和那两个女生交谈，要知道这是转学后主动有人对她表示亲密。就在她们对某个流行歌手评头论足时，骆驼一下子就蹿了出来，带着守株待兔的神情说，你们终于来了。

何朵被骆驼的举动吓了一跳，就在她产生种种疑问时，两个女生已经和骆驼攀谈起来，何朵终于知道发生了什么。被欺骗的感觉让她怒不可遏，她指着她们说，你们为什么要骗我？

哼，骗你？谁骗你啦？是你自己跟着来的。

何朵不再和她们辩解，扭头便走，可骆驼挡住了她的去路。骆驼说，都怪我，是我要求她们这么做的。

何朵并不回答，甚至不敢和骆驼对视，她低头迈步，往左骆驼就伸出右脚，往右骆驼就跨出左脚。在周围人的笑声中，何朵终于忍不住了，你到底要干什么？

骆驼说，我只想认识你，和你做个朋友。

没这个必要。何朵怒气冲冲地说，别拦着我，要不然我报警了。

别这样，我只想认识你，我没有其他意思。骆驼争辩道。

没有其他意思就让开，我要回家。

这时，一旁的女生忍不住了，她们讥讽道，瞧她那样，装得这么清高，其实早就被人玩过了。

这句话清晰地传入了何朵的耳朵，她转身质问说，你们说什么？你们才被玩过了，不要脸。

她们没有想到何朵会反抗，脸色不约而同地阴沉下来，一个女生大声嚷了起来，你这个破鞋，你装什么纯洁，你是怎么转学的？以为我们不知道？呸。

何朵实在忍不住了，冲上去搡了那人一把，没想到两个女生联合起来，顺势揪住何朵的长发扭打成一团，何朵的脸被指甲划过，肚子遭到尖头皮鞋的袭击，过长的头发钳制了她，她双拳难敌四手了，总有巴掌从她没有防备的方向挥过来。最终在骆驼连拉带拽下才将她们分开，何朵挣开骆驼的手说，滚开，不要碰我。

一辆出租车正巧停在何朵脚边，她想也没想就钻了进去。

没有一个人知道何朵的真实遭遇，关于她的传闻在铁葫芦街经久不衰、层出不穷，就像龙卷风即将到来的消息，真假莫辨。对所有传闻大家都抱着姑且信之的态度。

最新的传闻是何朵已经引起了城北男人的注意，他们开始向她大献殷勤，而她也接受了一个叫骆驼的家伙，他们近来交往甚密。有目击者说，何朵和骆驼常出没于酒吧、KTV等娱乐场所，骆驼还在周末时护送何朵回家。

朝北突然注意起铁葫芦街的陌生男子来，他告诫手下人说，你们都睁大眼睛，看有没有城北过来的家伙，一经发现，立即报告。

又是一个周末，朝北在何朵家附近转悠，今天何朵要从城北回来，他希望能发现那个叫骆驼的家伙。朝南从游戏机房走出来时，看见朝北坐在台球室门口，目光焦急地扫视着人群，当朝南出现在他视线里时，他却视而不见。

朝南向他走去问，你在看什么？

朝北不耐烦地说，关你屁事，赶快回家，告诉妈，今天我不回家吃饭了。

朝南说，你在找骆驼吧？他们都说你想把骆驼杀了，你敢杀人吗？

朝北朝弟弟挥起了拳头，简单地说了两个字——快滚。

黄昏姗姗来迟，天边呈现出火烧云的壮丽景象，在铁葫芦街这是司空见惯的景致了，所以没有一个人对这样的景色表示赞赏。一辆白色公交车出现在朝北的视野里时，朝北正在击打一个中袋附近的球，当白球带着均匀的力量撞击红球时，公交车在站台戛然而止，朝北的眼睛立即朝下车的人群扫去，连红球顺利进洞都没注意。

在一群下班的中年男女之间，朝北一眼就发现了身穿白色亚麻布裙的何朵，她的黑发在黄昏的风中微微颤动，纤细的手不停地拨弄被风吹乱的头发。何朵朝家走去，朝北立即扔下手中的球杆不顾其他人的抱怨一溜烟跑了出去。他快速绕过两个路口，等在何朵回家的必经之路上，希望造成一次偶遇的样子。

当何朵出现在前方时，朝北装作漫不经心的样子朝她走去，他希望何朵会和他打个招呼，但他也知道这样的可能性微乎其微。就在朝北与何朵擦肩而过时，何朵喊住了朝北。

朝北以为自己听错了，他朝四周望去，可根本没有其他人。

朝北，我叫你呢。何朵在一棵紫槐树下对朝北说。

朝北大喜过望，但仍装出一副平静的样子。他说，你有什么事?

何朵说，没有事就不能叫你了?

朝北连忙摆摆手，我不是这个意思。

何朵说，我们去坐坐吧。

朝北对何朵的请求有些不知所措，他对何朵的温柔没有一丝准备，一时有些蒙，他结结巴巴地说，去……去哪里坐?

何朵指着马路对面的休闲吧说，我们去那里吧。

当朝北和何朵坐在那间很小的休闲吧时，朝北的心逐渐平静下来，但他仍不知说什么好，他给何朵点了一杯冰激凌，给自己要了一罐可乐。

何朵犹犹豫豫好像有什么话要讲，可始终没有说出口，只好盯着朝北看。朝北被何朵看得不好意思起来，脸上红了一片，就像天边的火烧云。何朵情不自禁笑了起来，她说，朝北，你太紧张了，你的脸都红啦!

何朵这么一说，朝北脸上的红晕又加深了一层，看上去像京剧里的脸谱了。朝北说，胡说，这是被太阳晒的。

何朵咯咯地笑，说，朝北，没想到你还这么幽默。

笑过一阵之后，何朵的眼泪接踵而至。朝北大惊失色，何朵，你怎么啦?

何朵没有说话，只顾伤心地哭，哭声吸引了几位顾客，他们好奇的目光使朝北坐立不安。他悄声安慰道，别哭了，有什么事告诉我，我给你摆平。

何朵慢慢平静下来，嘴里抱怨道，都是你惹的祸。

后来，何朵和朝北去了河边。朝北在夜风四起的河堤上聆听了何朵的心事。原来传闻里的骆驼果然存在，他是城北的一个混混，经常出没于何朵的学校附近，找尽一切机会靠近何朵。没完没了的纠缠让何朵苦恼不已，而老师也隐约发出警告，和社会上闲杂人员来往是要被劝退的。

朝北十分震惊，恨不得现在就召集人马将骆驼收拾一顿。他对何朵说，这件事就交给我了，保证他以后规规矩矩的。

何朵急切地问，你想怎么办？可不要乱来啊！

朝北回答，放心吧，不会出事。

朝北在一个燠热的中午孤身一人坐上了开往城北的公交车，他的手里拎着一只黑色旅行包。他来到一所中学的门前，蹲在一棵梧桐树下，树叶的荫翳暂时缓解了他的汗流浃背。他一手扶在树干上，却意外发现了树干上刻着的话——何朵，我爱你。留款人是骆驼。在留款人的下面刻着一颗心，一支箭从那颗歪歪扭扭的心中穿过。朝北一阵恼怒，立即从钥匙圈里打开瑞士军刀，十分用劲地挖着树皮，直到那句话、那颗心被挖掉为止。朝北愤愤地说，让你爱，去死吧。

朝北擦干手上的汁液，把军刀放回自己的口袋，随后看了看手上的表，确定了下放学时间。放学的人群在一阵铃声之后陆续出现，他们或骑自行车或漫步向街道扩散。朝北逡巡的目光在校门前来来回回，希望发现何朵的身影。而校门的另一侧，一个染着黄发戴一个银质耳环的家伙正和身边人开着玩笑。他眼睛很小，而且左眼歪斜，这给他的面部表情带来一丝狰狞，嘴角上露出一颗挤破后血丝残留的青春痘，笑起来露出一排排乱牙。这个人就是出道不久的城北混混——骆驼。

何朵在人群渐渐稀少之后出了校门，她朝四周张望，发现了梧桐树下的朝北，她向朝北走去。这时，骆驼和他的兄弟出现了。何朵，今天我送你回家吧！

何朵没有搭理骆驼，径直朝前走去。

骆驼说，别急着走啊，有我护送，谁也不敢打你的主意。

何朵冷静地说，我已经有男朋友了，你还不快滚。

骆驼不敢置信地问，男朋友？是谁？

何朵指着不远处正朝自己走来的朝北说，他就是。

骆驼立即眯起自己的眼睛朝对面望，除了朝北高大的身材外，那只黑色旅行包给他留下了奇怪的印象。

朝北来到何朵面前，拉起她的手说，走吧！

骆驼和他的两个兄弟立即拦住了朝北，骆驼用阴阳怪气的口吻问，请问这位兄弟混哪里？

朝北轻描淡写地说，城南铁葫芦街。

骆驼装作害怕的样子，缩了一下头，铁葫芦街？我怎么没有听说过？

朝北冷笑了一下，说，等你打听清楚了再讲，还有，以后离何朵远点，否则……

骆驼正要反抗，却冷不丁发现朝北胸前的刺青，他立即犹豫了，就在他犹豫时朝北潇洒地把骆驼和他的兄弟像拨树叶一样拨开，牵着何朵的手消失在人群里。

骆驼在当天夜里就打听到了铁葫芦街的风云往事，当他得知海南的事迹后，既嫉妒又畏惧。要知道野狼帮就是两年前被海南一举歼灭的，虽然海南为此坐了牢，但他的名气早就传遍了城北，只有骆驼这样初出茅庐的家伙没有听过他的名字。朝北是海南的表弟，这点骆驼已经打听清楚了。在感到棘手的同时一股初生牛犊不怕虎的力量攫住了他，他想与朝北一争高下。

骆驼的计划在朝北第三次出现时实施了，当朝北在烈日下等待何朵放学时，骆驼带着自己的人马出现了，他们握着锋利的匕首，从不同方向朝朝北涌来。朝北敏锐地发现了他们，他迅速拉开黑色旅行包，从里面取出一把长长的砍刀，毫无畏惧地朝骆驼冲去。砍刀冰冷的杀气在刺眼的阳光下让骆驼睁不开眼，他一个趔趄摔倒在地，爬起来时信心全无，眼看朝北逼近，骆驼发出逃跑的信号，他连爬带滚地逃离了现场，他的兄弟也作鸟兽散，不到一分钟，朝北的身边连个人影也见不着了。

龙卷风要来的消息又一次在铁葫芦街传开，人们说，这回错不了啦，等着瞧吧，龙卷风马上就要光临了。

果然天气骤然变化，一场大风席卷了铁葫芦街，天空飞沙走石，乌云里好像隐藏了百万大军，风像军号一样响彻大地。人们来不及收拾晾晒的衣物，来不及关上打开的木窗，就被风长驱直入。五颜六色的内裤在空中飞舞，如同一只只绚丽的风筝。街道上的妇女紧紧捂住自己的裙子和衬衣，但风仍像一只不怀好意的手不时掀起她们的裙子解开她们的衬衣，于是尖叫声连成一片。

兆德老人在大风到来时正在午睡，沉沉的睡眠使他对灾难的到来一无所知，他摆在院子里的簸箕被风卷到了空中，翻了几个筋斗之后落在了排水沟里，簸箕里的萝卜干则散落在院子的各个角落，看上去像死去的蛔虫。由于事先没有准备，兆德老人的鹅也被吹得七零八落，纷纷逃离院子。

兆德一觉醒来时，发现院子里呈现出鬼子扫荡后的迹象，鹅棚已经坍塌，除了一两只在墙角瑟瑟抖动的鹅外，其余通通不见了；腌制萝卜干的簸箕已经不翼而飞，萝卜干却散落满院。兆德老人佝偻着身子去拾那些萝卜干，楼道上传来朝南的笑声，兆德老人看见朝南幸灾乐祸的笑容便破口大骂起来，这是哪个王八蛋干的？给我站出来，看我不收拾你。

兆德老人的辱骂持续了十几分钟，散落在院子里的萝卜干已经所剩无几了，都被老人装进一只塑料袋里。这时女孩萌萌走进院子说，爷爷，你别骂啦！没有人动你的东西。

兆德老人继续咆哮道，你看看，这不是人干的难道是鬼吗？

萌萌说，是风，是风把你的东西吹走了。

兆德老人说，风？谁家的？

兆德老人气急败坏了，甚至有些糊涂，在弄明白萌萌的话后，又骂起天气来。这害人的风，什么时候不吹，偏偏等我睡着了吹。

萌萌的妈妈急忙把萌萌抱回家，对走过一旁的沈玉说，当着孩子面骂得这么难听，这不是毒害孩子吗？

沈玉说，可不是，兆德老人太不像话了，迟早要遭报应。

朝南还在为佐佐木难过，即便在目睹了兆德老人的灾难后也高兴不起来，他发誓一定要为佐佐木报仇。可他万万没有想到，三天后佐佐木便离奇地死在了垃圾堆旁。那天下午朝南在院子里大声呼喊佐佐木，他已经一天没有见到它了，他发动院里的其他小孩去寻，而自己则跑到兆德老人的窗前。兆德老人透过纱窗看见朝南在门前踅来踅去，于是他没好气地说，看什么看，小心长针眼。

朝南用既往不咎的神情对兆德老人说，你看见我的狗了吗？

兆德老人嘿嘿一笑，说，原来是来找狗的，你的狗失踪啦？

朝南说，是你把它藏起来了。

兆德老人又一笑，说，笑话，我藏它做什么，我最讨厌狗了。

朝南的目光在兆德老人的房间一无所获，于是他在离开时诅咒说，别让我发现，要不然……

兆德老人嚷了起来，你这个小王八蛋，你回来说清楚，要不然怎么样？你以为老子聋啦！

朝南闷闷不乐地走出院子，甚至发狠地摔了一下楠木大门。这时，一个男孩上气不接下气地跑了回来，嘴里喊道，找到佐佐木啦！

朝南急切地问，在哪儿？

男孩指着垃圾堆的方向说，就在那里。

后来，朝南抱着僵硬的佐佐木悲伤地哭泣，和他一起哭的还有萌萌，萌萌总喜欢和朝南玩，人们都说她是朝南的一条小尾巴，她和佐佐木的关系也很好，时常拿骨头喂它，当她看见佐佐木躺在一堆垃圾旁被无数苍蝇包围时，就难以抑制地哭起来，哭得撕心裂肺。

朝南一连几天茶饭不思，脑海中总是浮现出佐佐木死去的样子，朝夕相处的日子一去不回，使得朝南突然形单影只、顾影自怜起来。就连忙着和何朵谈恋爱的朝北也感到难过，他安慰弟弟说，一定要找出凶手，佐佐木不能平白无故地死掉。

朝南说，不用找了，我知道是谁。

朝北问，是谁?

朝南说，除了兆德那个老瘪三还有谁?

朝北没有问朝南打算怎么办，如果兆德还年轻那么这件事就好办多了，可如今他只是个风烛残年的老人，你能拿一个老人怎么办呢?

朝北和何朵的关系已经昭然若揭，他们正在逐渐印证往日的传言，所以这个时候朝北对朝南的事是无心过问的。

正午时分，院子里积满了炙热的阳光，杂草都仿佛晒出烟来，没有人愿意在燠热的院子里待上一分钟。去城北上班的人尚未回来，剩下的人都在午睡，除了一群鹅的嘎嘎声外，院子里一片寂静。

兆德老人在那次事件后，又买回来一群鹅，这使许多感到院子清净的居民又陷入烦恼之中，因为这意味着院子又将被兆德老人霸占，鹅群将院子弄得跟垃圾堆一样，人们不但要避免踩到满院的鹅屎，也对院子里兆德挖出来的一口奇臭无比的水塘感到恶心。人们曾想把那眼滋生蚊虫的水塘填掉，可兆德老人死活不干。他放言说，除非我死了，不然谁也不能把水塘怎么样。

院子里仍然摆放着兆德老人耀武扬威的簸箕，簸箕里仍然晒满了即将腌制的萝卜干。兆德老人酷爱萝卜干是出了名的，他用萝卜干下酒下饭，清脆的咀嚼声是这座院子特有的声音之一。

此刻，朝南鬼鬼祟祟地出现了，他首先走到兆德老人的门前，听了听房间里的动静，一阵鼾声使他放心下来。随后他来到院子里，朝四处张望，在确定没有任何人影时，他靠近簸箕，掏出口袋里准备好的水枪，那是只有莲蓬头的水枪，他朝萝卜干射击，于是浑浊的液体就在簸箕上像雨一样降临。

朝北在一个漆黑的夜晚溜出家门，朝南睡得很沉，对朝北的动作一点都没有察觉。朝北悄悄出了家门，沿着没有灯光的街道朝何朵家走去，他在一幢楼房前轻轻敲响了一扇窗户，不一会儿，那扇窗户便小心翼翼地打开了。铁窗栏原本用一把锁锁着，可自从朝北来过之后，那扇看上去坚固的铁窗就再也没有上过锁了。朝北弯腰跃上窗台，一个暗影迅速消失，随后窗户被立即阖上，窗帘垂下来。

不是说今天不来了吗?我都睡着了。何朵嗔怪道。

我想你想得睡不着。朝北嬉笑着说。

放屁。

朝北已经开始脱衣服了，他抱住身穿睡裙的何朵，何朵的脸隐藏在黑暗中，可是朝北还是准确找到了嘴的位置，他们接起吻来。

当月亮在天空逐渐移动时，朝北在一阵隐约的鸡鸣声中醒来，他拍拍沉睡中的何朵，悄声说，我要走啦。

何朵睁开惺忪的睡眼，再度将窗户打开，看朝北像猫一样跃出去，一点声音都没有，朝北向她挥挥手便消失在晨曦降临前的黑暗中。

何朵也不知道这是第几次和朝北约会了，当她得知朝北以一人之力把骆驼吓得屁滚尿流之后，对他肃然起敬，顺势答应了朝北的追求。其实何朵早已经喜欢上朝北了，只是表面上不动声色。在骆驼事件之后，她开始发现朝北的优点，比如他光明磊落，敢做敢当，虽然有时看上去邪邪的，但正是这股邪邪的力量使何朵无法拒绝。

朝北急速穿行在铁葫芦街，对周遭的声响极度敏感，他不想让某些以制造飞短流长为乐趣的人发现他的行踪。他避开街道，走在梧桐树的阴影中，在狭窄的弄堂里穿梭，最后偷偷摸摸踅进了院子。院子里落着一片皎洁的月光，朝北走在干结的泥土上发出土块崩塌的脆响。他放慢脚步踮起脚尖飞速穿过逼仄的楼道，没有一户亮着灯，大家仍在睡眠之中，院子外传来陌生的鸟鸣。朝北掏出钥匙，轻轻插进锁孔，微微旋转之后门锁开了。朝北将门拉开一条合适自己通过的缝，像个影子一样钻了进去。在他准备上床时，朝南醒了，也许他根本没有睡着。

你跑哪儿去了？朝南问。

朝北说，我解手去了。

骗人，解手能解几个小时吗？朝南说。

朝北说，少废话，我的事你少管。

是不是去找何朵啦？放心吧，我不会说出去的。朝南一本正经地说。

你管我找谁，你敢说出去我就打断你的腿。朝北威胁说。

朝南以一个知情人的身份讲，我就知道你去找她啦，你们这么晚了还出去玩，有什么好玩的！

听朝南这么一说，朝北乐了，嘿嘿一笑说，等你长大就知道了。

朝南还在下铺嘀咕时，朝北却像被子弹击中，躺在上铺一动不动了，每次见过何朵之后他都睡得特别快。

这又是一个无聊的周末，人们又陷入无所事事的状态。铁葫芦街没有城北那么多娱乐场所，这里除了一家网吧、两家游戏机房和几张台球桌外找不到任何娱乐设施。人们更多的消遣方式是聚在一起谈天说地或者飞短流长。男人们在桌球室里玩斯诺克，不时说上几段新近流传的荤段子。妇女们则选择一处阴凉的场所摆开麻将，一边牢骚满腹地打，一边饶有兴趣地谈论张家长李家短。

朝北刚从河边回来，他趿拉着一双木屐，头上的水还没有干，正簌簌往下坠。家里没有人，父亲找人下棋去了，母亲在萌萌家打麻将，朝南肯定还在游戏机房里。朝北从冰箱里拿出一块西瓜，打开电视，可那场篮球赛已经结束了，朝北百无聊赖，便给何朵打电话。

喂，何朵。

嗯，朝北吗？

是我，除了我还有谁啊？

找我有事？

没事就不能找你啦。

我在写作业呢。

别写啦，来我家玩吧，我家没人。

不，我作业还没有写完。

晚上再写，先过来。

何朵挂掉电话后，给外婆打了一声招呼，她看了看外面的阳光，很猛烈的样子，便打着伞出门了。她正好有事找朝北，而且看来已经不能再拖了。

何朵来到院子里时，显得很犹豫，她穿过那扇楠木门踏进了院子，迎面扑来的是一阵鹅粪和臭水沟的味道，鹅从各个角落争先恐后地朝她奔来，何朵爆发出一声尖叫。兆德老人正好躺在竹椅里目睹了一位从未谋面的女孩站在院子里蹦蹦跳跳地躲避鹅群。他站了起来，一反常态地拿起竹竿把鹅群拨开，露出一个还算慈祥的笑容。姑娘，不要怕。

何朵感激地点点头。

兆德老人问，你是来找人的吧？

何朵又点点头，小心翼翼地问，您知道朝北住在哪里吗？兆德老人听到“朝北”这两个字后就显出很不高兴的样子，悄声嘟囔，朝北，又是找朝北的。

何朵以为自己没有说清楚，再次问，朝北的家是在这里吗？

兆德老人的表情瞬间与之前判若两人。我不认识什么朝北，你不要问我。随后他将手中的竹竿收了回去，躺在竹椅里不动了。何朵没有办法，只好站在鹅群里委屈地喊了起来——朝北，朝北。

朝北听见呼喊后，从楼道里露出头来，他兴奋地跃下楼梯，用脚粗暴地拨开何朵身边的鹅，抱怨说，你怎么才来啊。

何朵有点恼怒，你们这个院子怎么回事？养这么多鹅也不嫌脏。

朝北将何朵领进家，解释说，这都是兆德老头养的。

何朵说，他看上去怪怪的，还说不认识你。

朝北说，别管他，他就是个疯老头。

就在朝北把门反锁之后，一把将何朵拉到了自己的卧室，何朵挣开他的手说，我有件事要告诉你。

朝北看了看上铺，嘀咕道，太高了，你不好上，干脆就在下铺吧。

何朵说，你听见我说话没有？

朝北问，你说什么？

何朵犹豫了一会儿，随即痛快地说了出来，我两个月没来了。

朝北有点糊涂，什么没来了？

何朵气愤地重复了一遍，我的例假没有来。

朝北愣住了，一屁股坐到朝南的床上，你确定吗？没有搞错吧？

何朵也坐了下去，忧愁地说，我怎么会搞错？是两个月没来了。

朝北坐立不安，何朵问他什么他也没有丝毫反应。何朵便推推他说，你怎么回事？问你话呢？

朝北犹豫再三，说，要不去医院检查检查？

何朵摇头说，不行，医院人多口杂，多不方便啊，不如先买测纸测测吧。

朝北疑惑地问，测纸？什么测纸？

何朵简单地向朝北描述了测纸的作用，并要他立即去买。朝北有些不乐意了，他说，那是女人用的，要买你自己去买。

何朵气得直跺脚，你让我怎么去买，你这个死没良心的。

朝北没有办法，只好按何朵交代的去做，他们一前一后出了院子，何朵跟在他的身后不远，当两人藕断丝连般出现在铁葫芦街时，朝北发现了朝南的同学小乱，便向他招起手来，喂，小乱。

小乱屁颠屁颠地跑过去，兴奋地问，你喊我做什么？

朝北嘿嘿地笑了，他悄声说，看见对面那个药房没有？给我去买样东西，我给你钱。

小乱说，你要买药啊，你受伤了吗？

朝北笑着教导说，你进去就说要买测试纸，他们问你谁用时，你千万不能说我用，知道吗？

小乱好奇地问，那说谁用？

朝北不耐烦地摆摆手，随便说谁，就是不能说我，记住了！

小乱点点头，抓过朝北手中的钱就朝药店跑去。

一进店门，一位穿白大褂的男子就不耐烦地问，小孩，你要买什么？这里可没有糖。

小乱涨红了脸，对他的玩笑很恼火，大声说，你才要买糖呢，我要买测试纸。

穿白大褂的男子一时没明白过来，愣在了那里，随后才和身边的同事对视一眼，大笑起来，脸上的表情极为丰富。他用颤抖的声音说，听见没有？这个小孩要买测试纸。

那个同样穿白大褂的男子也“嘿嘿”笑了起来，不怀好意地问，小孩，你买测试纸干什么？

小乱没好气地回答，你管我干什么，你们药店有没有啊？

另一位穿白大褂的女子对正在讪笑的男人说，有什么好笑的，总有一天你们也会用上。

那男子调侃说，给你用吧。

随后是一阵毫无克制的大笑。

呸，想得美，做你的白日梦。女子做了一个厌恶的表情，她牵着小乱的手去了另一个柜台，从里面掏出一叠测纸，细心地问，小朋友，是你家谁用啊？你姐姐吗？

小乱立即说，我没有姐姐。

女子思索片刻问，那是你妈妈用吧？

小乱想都没想就连连点头，付过钱后就飞快地跑开了。

朝北迫不及待地接过测试纸，随后就把小乱打发了。测试结果让朝北和何朵沮丧无比，何朵说，这可怎么办？

朝北郑重其事地说，打掉。

何朵使劲捶着朝北的胸，说得轻巧，你试试。

朝北一边躲避一边回答，这也是没有办法的办法了。

朝南又在一个阒静的中午端着自己的水枪在院子里玩耍，之前他将一个瓶子里的液体倒进了水枪，瓶子里的液体已经不多了，瓶身上赫然标着一个恐怖的骷髅。朝南把液体和水枪里的水混合后，端着枪踅进了院子。

院子里的摆设朝南已经了然于胸，他偷偷摸摸地靠近兆德老人的簸箕，簸箕里仍是那些毫无生气的萝卜干，朝南手握水枪对着簸箕扣下扳机，水枪里的液体经过挤压之后由一个莲蓬头喷出，一道浑浊的液体便在簸箕里纷纷扬扬，像正在下一场酸雨。

就在朝南打完水枪里的液体后，萌萌出现在楼道里，她穿着一条公主裙，好奇地问朝南，朝南哥哥，你在干什么？

朝南心里一惊，生怕自己的行为被萌萌识破，便拿着水枪四处射击，装作打水仗的样子。他说，我要和小乱打水仗了，先练习练习。

萌萌说，我也要打，可是我没有水枪。你的水枪在哪里买的呀？我叫爸爸也去买一把。

萌萌喋喋不休地说着自己的计划，朝南在完成任务后头也不回地离开了。萌萌跟在身后说，朝南哥哥，你要去哪里呀？等等我，我也要去。

朝北和何朵坐在公交车上，一个在最前面，一个在最后面。他们准备去城北，之前朝北已经选好了一家诊所，诊所位于城北一处偏僻的地点，绝不会有熟人出没，这点正是何朵强烈要求的，况且诊所的手术价格比医院便宜不少，所以两人都很满意这个地方。

公交车有气无力地穿梭在大街小巷，它驶出了城南，城北宽阔的路面出现了。朝北舒了一口气，他的目光盯着前面的何朵，何朵只露出一个背部，且始终没有转过脸来，她不想让人们发现她和朝北之间的联系。在经过一阵长途跋涉之后，公交车停在了一条宁静的街道上，这里远离市区，又是午后的光景，所以街道上阒无一人。朝北和何朵分别从前后门下了车，装作陌生的样子，等公交车渐渐远去之后，两人才走到一块，手挽着手出现在那家诊所门前。

诊所里的一位中年妇女已经在等待他们了，手术器械已经准备妥当。当朝北和何朵出现时，她便不耐烦地将何朵带进了手术室。朝北坐在手术室外的塑料椅上，死死盯着那扇玻璃门。手术室其实是一间很小的房间，和洗手间差不多大，房间里没有空调，所以何朵出了很多汗。医生说，你不要紧张，放松下来，要不然会很疼。

医生这么一说，何朵的汗就冒得更多了，尤其是背部，阴森森地湿了一片。何朵躺在冰凉的手术台上，跷起双腿，等待她的将是一场痛彻心扉、终生难忘的手术。

朝北焦急地坐在塑料椅上，当何朵开始叫喊时，他惊悸了一下，汗水失控般冒了出来，随着叫喊力度逐渐加大，朝北开始坐立不安，他听见手术室内传来的哭声及痛骂。

朝北，你这个没良心的，我恨死你啦。

朝北，你不得好死，哎哟，疼死我啦。

停下来，我不做了，不做了。

在何朵撕肝裂胆的哭喊中，朝北失魂落魄般逃出了诊所，他站在诊所门前的遮阳篷下，深深吐了一口气，何朵的哭喊使他打起了寒战，皮肤上起了一层鸡皮疙瘩。他摸了摸自己的口袋，瘪瘪的，烟忘带了。于是朝北在这条陌生的街道上游荡起来，希望找到一家卖烟的商店。

在离诊所五十米外，朝北发现一家名叫货美的小超市，他进去买了一包红河烟，就在他出门时，竟然遇见了骆驼，骆驼穿着一件过长的篮球衫，一根金灿灿的项链挂在他瘦弱的脖子上。骆驼用阴鸷的目光盯着朝北，朝北则摆出一副视而不见的样子，当骆驼挡在门口时，朝北又用手把他拨开了，随口说道，这是谁家的看门狗啊，滚开。

朝北又一次潇洒地离去，而骆驼则悄悄盯着朝北，发现他蹲在那家诊所门口，那是一家妇科诊所，专门接待前来打胎的人。骆驼想，朝北为什么来妇科诊所呢？难道是陪何朵来的？

骆驼的猜测在不久之后将得到证实，骆驼的家就在附近，在确定朝北不会马上离开后，他回家拿了一把匕首，顺便换了一件长袖衬衫，他把匕首伸进袖管里，这样谁也看不见了。

当骆驼再一次出现在朝北面前时，朝北暂时没有认出他来，骆驼不仅换了衣服，而且还戴了一顶棒球帽。朝北看见那个人在街对面鬼鬼祟祟朝诊所张望，心想，难道也是同病相怜的人？想到这里朝北苦笑起来。随后他看见男子朝诊所走来，朝北也往诊所里望了一眼，希望何朵的手术快点结束，这样她就不会叫喊了，何朵的叫喊让朝北魂不守舍，不祥的预感笼罩心头。

骆驼已经靠近诊所了，他看见朝北毫无防备地站在那里，就在朝北继续朝诊所内张望时，骆驼突然发力朝朝北奔跑过来，手中的匕首已经亮了出来。朝北感到身后有一阵异样的奔跑声，就在他转身的片刻，骆驼和他撞了个满怀，那把匕首顺利地插进了朝北的心脏，朝北的腰弯了下去，在他抬起头时，看清了骆驼。朝北想伸手拽住骆驼，可胸口一阵剧烈疼痛，在被骆驼发泄般反复捅了几刀之后，朝北像一片纸一样轻飘飘地落在了地上，眼睁睁看着仇人远去。

朝北倒在诊所门前，他已经爬不起来了，甚至连呼喊也不行。他静静躺在那里，看鲜血从胸口喷涌而出，像一眼泉。他无力地笑了笑，笑容悲惨而又模糊。在胸部痉挛般的起伏中，朝北睁大瞳孔看了最后一眼太阳，发现太阳竟然不那么刺眼了。

朝北死了。

何朵在经历了漫长的痛苦后，终于等到了手术结束。她仍气喘吁吁地躺在手术台上，医生给她看了一眼从她子宫里刮出来的婴儿尸体，白铁盆里盛着那团血肉，何朵感到一阵恐惧，心里害怕起来。她朝门外喊道，朝北，朝北。没有人回答，她努力挣扎起来，朝手术室外走，她的双脚微微发颤，踏在地上的脚步都是轻飘飘的。手术室外空无一人，医生和护士都在消毒室里。何朵沿着走廊往前走，嘴里仍然喊道，朝北，你这个没良心的，你死哪儿去了？

何朵在诊所门前发现了朝北，他正躺在地上，身体毫无防备地打开着，何朵看见那把匕首插在朝北的胸前，阳光落满了朝北的身体，朝北的脸平静如水，没有惨死后的狰狞。何朵随即爆发出一阵叫喊，裂帛般的叫声惊吓了一只路过的猫，它愣在了那里，呆若木鸡地看着倒在地上的朝北和蹲在一旁哭泣的何朵。许久，这只花斑猫才犹豫不决地发出了一声“喵”。

朝南不敢相信自己的哥哥就这么轻易被人干掉了，当骆驼最终被缉拿归案时，朝南怎么也不相信健壮的哥哥会被这个羸弱的少年杀死。沈玉在见到朝北的尸体时，来不及哭喊就晕倒在了停尸间。当她醒过来时，仿佛衰老了十岁，说起话来气若游丝，她对丈夫说，老李，朝北是怎么走的？是谁把他杀了？朝北的父亲一改往日的沉默，陪沈玉说了许多话，直到她再一次晕厥过去。

朝北死后，堕胎事件在铁葫芦街浮出水面，人们破天荒地没有去议论何朵。

何朵把自己关在卧室里，凝视朝北的相片。朝北面带微笑，站在一块杂草丛生的空地前，一只足球在草丛间隐约可见。阳光涂满了相片的各个角落，只有朝北的影子落在地上。这条影子使何朵想起了朝北倒在诊所前的样子。朝北的身体舒展开来，如果不是那把醒目的匕首和一摊暗红的血迹，何朵几乎以为朝北只是睡着了。

何朵的目光偶尔停在窗台上，铁窗栏已经被锁了起来，何朵将钥匙扔了，既然朝北再不能像猫一样钻进钻出了，留着它还有什么用呢？

何朵知道人们在想什么，堕胎对于一个少女来说是一件身败名裂的事情，可何朵丝毫不为自己悲伤，她把眼泪全都奉献给了朝北。她在心里假设了上千次，可朝北仍然在那个午后陪她去了城北，这是怎么也无法改变的事情。何朵已经决定了，她将离开铁葫芦街，朝北死了，她留下来也没有意思。

院子里的住户都陷入了悲伤之中，只有一个人兴高采烈，这就是兆德老人，他曾私下对人说，我就知道朝北这个小混混不得好死，如今果然灵验了。

朝北死后，关于龙卷风的传闻又卷土重来，人们已经懒得爬上屋顶了，对脆弱的房屋也不加修固。大家对龙卷风的到来毫不关心，甚至有人想查查传闻的来源，可铁葫芦街历来盛产流言蜚语，怎么可能轻易查出真相呢？

朝南已经停止了自己的秘密行动，因为兆德老人的萝卜干已经腌制完毕，朝南只用静静等待时机了。兆德老人每天从坛子里夹一些萝卜干下酒。开始时他觉得今年的萝卜干有股异味，好像变苦了。兆德老人思忖道，唉，连萝卜也一年不如一年，看来日子越来越难过了。

朝北的葬礼在院子里举行，沈玉找到兆德老人，希望他把鹅关起来，水塘也要暂时填上，对于沈玉的要求兆德老人没有反对，他甚至对沈玉说了几句安慰的话。葬礼如期举行，朝北的兄弟都挤进了院子，朝南在他们之间自由穿梭，一改从前的畏葸，不时和某些人物交谈，俨然朝北在世的样子。

朝南睡在下铺，上面那张床已经空了许久，但没人拿开上面的物品，好像朝北只是出了一趟远门，随时都会回来。朝南睡不着，他已经习惯了上铺传来的声响，每当朝北在上铺做睡前俯卧撑时，朝南都会抱怨两句，再做床就要垮啦。朝北总是嘿嘿地笑两声，然后劝朝南也跟着做。朝南从来不在床上做俯卧撑，这让他觉得别扭。

朝南在陷入回忆时索性从床上跃了起来，顺着床尾的铁梯爬了上去。现在他躺在朝北的床上了，感觉一阵说不出的平静，他盖上朝北的被子，闻到一股香水的味道，他摸了摸朝北的枕头，发现了几个避孕套。朝南一直保留着那几个避孕套，而且从此以后，他再也没有睡过下铺了。

兆德老人在这个萧瑟的秋天吃完坛子里的最后几根萝卜干后，口渴难忍。今天停水了，他还没来得及接水，开水瓶里是空的。就在他四处寻水时，干渴的感觉越来越厉害，身体像被烧着了。他摸了摸额头，上面的皱纹早已紧急集合起来，像数张突出的嘴唇。口腔里没有一丝口水，这使兆德老人在开口抱怨时发出嘶哑的声音。现在四周一片漆黑，停电了，据说是因为龙卷风要来的原因。兆德老人随口骂了几句，龙卷风来个屁，都是传言。

绞痛是夜晚弥漫上来的，那时屋外狂风大作，暴雨像钢珠一样砸击地面，兆德老人在床上疼得死去活来，可没有人听见他的呻吟甚至呼救。龙卷风真的到来了，旋转气流自天而降，接通天地，在夜色掩护下朝铁葫芦街奔袭而来。它折断了梧桐的枝丫，把单薄的紫槐连根拔起，瓦片在空中飞舞，年代久远的房屋纷纷土崩瓦解，就连河中的水也被吸了进去。

兆德老人已经无暇顾及龙卷风了，疼痛已经控制了他，他想出门求救，可连床也下不了，就在他挣扎时，从床上摔了下来，他就这样朝门口爬去，谁也不知道他是怎样站起来的。当他出门时，龙卷风正在前方扭动巨大的身姿，像上演一场吞食天地的舞蹈。夜色中，兆德老人竟然对它置若罔闻，他准备去一家诊所，就在他踏出楠木大门时，龙卷风像死神突然降临，不费吹灰之力便把兆德老人卷走了。

兆德是这场龙卷风的第三位受害者，他的尸体在两天之后被发现。那时，他已经远远离开了铁葫芦街，倒在一片田野里，与他一块倒下的是一架被风吹散的稻草人。

（原载《上海文学》2007年第12期）

2007年

郑吉平

过 筛

因为我们父子的到来，张婶张罗了一顿晚饭，她从晌午忙到傍黑，从磨棚忙进伙房。

张婶家磨棚与她家土屋连在一起，倾斜的棚盖，一头搭着山墙，一头由两根扭扭的木棒支撑。棚盖上面，被风雨抹了一层腐绿，下面的草却干得发脆，伸手一弄，嚓嚓地响。老爸说那是茅草，你看见了吗？这边山里人盖房差不多都用茅草。从磨棚里看出去，一座一座的山，绵延而去，去不远就爬上湛蓝湛蓝的秋天。白云仿佛远山吐出的泡泡，慢慢地过来一朵，慢慢地过来，最后，慢慢地走过磨棚去了。

我第一次看见石磨，也第一次看见推磨。经过打制的两扇青石，一样大一样圆，一扇扣在一扇上。磨盖身侧打一小孔，插一块钻了眼的凸字枋。一个丁字架，丁字一横的两端被绳子吊在磨棚的檩子上，丁字的钩被扭了一下，钩住枋眼，一横的两边分别被老爸和张叔把住，两人的脚一前一后扎稳，一推一拉，磨盖便转动起来。磨盖和磨座由一截木轴连着，磨座固定在一座粗壮的四腿木架上，磨盖才会稳稳地在磨座上旋转。张叔张婶的女儿小菊，一个十七八岁的姑娘，不断往磨盖一个穿孔里添苞谷。苞谷漏到磨座上面。磨盖磨座的咬合面都凿有一道道棱齿，磨盖一转，苞谷就碾碎了。

是老爸自己要推磨的。老爸对张叔说，他当知青的时候，一个人可以把一扇百十斤重的磨盖推得像飞速转动的汽车轮子那么快。

木钩和枋眼摩擦出吱嘎吱嘎的响声，这在磨棚边圈里的那头黄牛听来很亲切吧，它粗粗的脖子不时长长地伸过圈门板，哞地大叫一声，隐约在山里回响。

吱嘎，吱嘎，碾碎的苞谷不断从磨缝里流淌出来，沙沙沙地落在磨架下面一张大篾盆里。由粗到细，苞谷磨了三道，去粗存精，磨一道，张婶用筛子过滤一道，也筛了三道。

四根木桩架着另外一张篾盆，张婶两手捧一把竹筛，身子像一株朝前倾的向日葵，在微微的秋风里轻轻摇晃。晃悠晃悠，碎苞谷筛起一阵又一阵漩涡，细的漏进篾盆，粗的留在筛里，碾脱了的苞谷皮子则浮到最上面，张婶等皮子浮成一团够一捧了，就放下筛子把它们捧进旁边的竹皿。一道，两道，三道……苞谷越磨越细，脱落的皮子也越来越细，要叫它们浮到平面来，张婶晃筛的时间只好越来越长，好容易浮上来一小团，捧它们又得小心，否则捧着米了。想来张婶怀疑细皮的确夹掺有米，所以单独将它们存放在一边。细皮给猪吃，粗皮给牛吃。这是小菊后来告诉我的。我问她，牛吃了干活，猪吃了睡觉，为什么猪吃细的，牛倒只配吃粗的？小菊说，牛吃草，猪吃料，山里的规矩一直就是这样。

那天张婶张罗的晚饭是苞谷饭、水豆腐。磨了苞谷又磨黄豆。黄豆加水来磨，磨成浆后煮熟，用纱布过滤，豆渣喂猪，豆浆加酸汤沉淀出豆腐。张婶忙到掌灯时分，终于开饭。老爸吃得满脸淌汗，说，在城里哪里还吃得上这么一顿地地道道的水豆腐啊。老爸对我说，怎么？不香吗？记得我当知青那阵，过年才吃得上一顿水豆腐呢。

老爸指着我对张叔张婶说，城里生活过烂了，让他下乡来体验一下。

就在农村人潮水一般涌进城里的时候，老爸却叫我下乡了。

老爸是一家还算不小的公司的老总。老爸说，他的事业之所以能够成功，那是因为他曾经当过三年农民。当知青其实就是当农民。老爸总是凭自己的成功固执地认为，当过农民的人，没什么干不了的。提到农民，老爸从来没有一句不是。

我见过农民。有的背着背篓，有的扛着扁担，有的拉着板车，他们中有的人神形萎缩，言语粗鄙，视钱如命。起先，报纸上都肯定他们对城市有贡献，以后却渐渐登出他们中有一些男人偷抢嫖娼作跳楼秀，有的女人卖淫拐带当第三房的消息来。我拿报纸给老爸看，看看吧老爸，这是不是你说的那些纯朴的农村人？老爸很吃惊，这不是这不是，不会是这样的呀。老爸忽然说，明白了。

老爸就叫我下乡。你再不下下乡，就坏了。他说。

老爸亲自开着他的车子，一路翻来覆去听着李春波的《小芳》，从省城出发，经过一个地级市，经过一个小县城，到达乡政府时天快黑了，就在乡政府的简陋招待所里住了一宿。乡领导陪我们吃晚饭，我听出老爸早些时候就跟他们商洽过投资的事了，从他们感激的话里我还听出老爸是西部大开发中来他们乡投资的第一人。次日，老爸送我去投资点。路太破，十来公里几乎摇了一上午。可后来连破路也没了，老爸把车寄在一家农民的屋前，领着我走了半个多小时山路，晌午时分来到小菊家。老爸指给我看，他要在小菊家下面小河边办一个年产十万吨的煤矿，这就得把小菊家到寄车处的一公里山路修通。我的任务是先落实需要占到的土地的补偿。如果我感兴趣的话，可以接着帮他修路。

老爸说，长到二十四岁，我花掉他的钱足够修十条这样的路了，这一条路花多少钱他不在乎，他只希望通路那一天来看我时，看见的不再是一个城市烂仔。

老爸把我扔给房东张叔张婶就走了，只给我一张公路图纸，说，钱放在乡政府里，见我的签字就可领到。多一句话也没留下。

张叔张婶的大女儿已经出嫁，剩下小菊和他们生活。一间堂屋两边各有一进两间耳房，张叔张婶住南头挨近猪牛圈的里间，小菊住北头里间。老爸啥也没给我带来，张婶叫小菊把闺房让给我，住到他们的前间，这样，伙房只好改到北头前间。小菊让出来的这间屋，四壁泥墙糊满旧报纸，一张靠墙的木床躲在方不方圆不圆的窗户侧边，窗下的柜子垫了一只脚才站稳。油灯一灭，屋里倒亮了许多，那是中秋的月光。我惊讶城市的夜晚竟然没有月光。床很硬，被子也像一块板，但很奇怪，从来不在凌晨之前入睡的我，在若有若无的流水声和蛩鸣声中不知不觉睡了过去。

第二天早上，张叔一边用竹片补着马上用于秋收的背篓，一边对我说，修路将占到他家的那一巴掌地，他就不要赔偿了。张叔说，早就盼着有一条马路修进来，损失一小块地也是高兴的。但是，其他人家不一定不要赔偿。张叔说，占地的事，你应该去找村长。

山里人家东藏一户西躲一户，有的爬上山顶，有的落进麻窝。来一天多了，我只发现村长王七家有一栋两层楼的砖房。王七问我，城里的楼房怕很高吧？我说，三四十层的不少。王七就思忖着看他的砖房，先看一楼，点一下头，再看二楼，又点一下头，他的目光越抬越高，不断点头，我明白他点一下头就是一层楼，最后，王七一个仰八叉倒在地上。王七请我吃了一顿中饭，问我城里人一年怕没几个月是吃苞谷饭的吧。别看我们干山一块田没有，王七说，我这一家也还是有四五个月吃大米饭的。

王七说，土地是农二哥的命根子，像张四那样不要赔偿的憨包再也找不到。

我说，不就是要钱嘛 。

王七一听这话，就说征地的事包在他身上。玩去吧，王七说，农村工作不是你做的。

回小菊家路上，我忽然想，叫我玩什么呢？这里有歌舞厅吗？有酒吧有茶室吗？有保龄球馆有健身房吗？想打电话也没有信号。我见小菊在河边洗衣服，河边有两块鹅卵石，她坐了一块，还剩有一块，我就坐她旁边消磨了一个下午。小菊不是弱不禁风那种女子，一张圆脸黑里透红。张叔张婶管我叫哥，小菊也管我叫哥，一口一声哥，像昨天吃的那个快熟的梨子。小菊，我问她，你为什么不出去打工呢？小菊一听脸就红透了，说我不正经。我问我哪里不正经，小菊呸了一口把脸歪过一边去好半天还不理我。

晚上王七送过来一张单子，是各家多少土地多少补偿。王七走了，张叔叫我一家一家念给他听。张叔听得眉头皱起来老高，最后骂了声王七这狗娘养的。

张叔抽了口旱烟，说，钱不是你爸爸印的，这事恐怕还是你亲自去做比较好。

我说，张叔，你的意思是叫我跑第二遍？

收了一天豆子，张叔的脚踝显然有点酸，为了把双脚悬起来并且坐稳，他是用大腿坐板凳并且上身尽量前倾几乎伏到膝盖上，像一条竭力躬了身子的什么虫。张叔侧头审视一下我，然后又把头埋了下去，看着油灯光里影影绰绰的地上，说，难道说，王七报多少你就认多少？伙房里弥漫着刺鼻的烟味，旱烟味很苦吧，张叔几乎每抽一口都会吐一泡口水，这时又吐了一泡。

张婶和小菊凑着灯焰纳鞋底，这时张婶淡淡地说，王七这下又找到一条整钱的门路了。

张叔在板凳脚上磕掉烟灰，收起烟杆站起身来，看着我说，哥啊，你不晓得山旮旯里想找几毛钱多不容易，而你，只消一家一家亲自走一趟，就不知找多少钱了。

张叔大了声对张婶和小菊说，省点油，睡了吧。

张叔又小了声说，哥啊，按说，好些人家都穷，多赔一点那是相当于发救济，可钱是你们自家一分一文挣来的，该赔多少也只能赔多少吧。

再说，张叔捏了我一把，你去核对一下，看一家家提出来的都是不是王七报的这个数？

你两个，睡吧睡吧，时候不早了！张叔响亮地打了个哈欠，说，明天一早扯豆子呢！

要在城里，夜晚的生活还没开始，可张叔说要省灯油，我也只好睡了。再说，不睡觉我玩什么？有些觉得，从前我的思维像是糨糊，今晚却像一团乱麻。为什么我一说小菊该打工小菊就急得脸红？我从小菊的身上想开去……直到沙沙的秋雨在屋后的梧桐叶上响起，我才入睡。

秋雨缠绵，要找的人家都闭门在屋。核对下来，十有八九的人家要价不像王七报的那样多。张叔教我蒙着问，不要让大家知道王七踩在他们身上摘果子。张叔又教我一块一块将要占到的土都要亲自去看，现在庄稼还没有收，苞谷棒子大一些的是肥土，太小的就是瘦地，肥的赔得多，瘦的赔得少。谁知道王七一大早就在那儿观察着我的动向，我才走了两家人，他就跟着来了。我以为他做的事露馅了他会感到很羞愧，不料他对人家说，多报几百块还不是为了帮你家争取，难道我王七会自揣腰包？解释的时候，他又是朝人家挤眼睛，又是朝我歪嘴。不少人家倒感激王七为他们好，不管真心感激还是假意奉承，嘴上是肯定他的善意的，奉承过了，并没忘记问一声“王村长这一冬的救济我家有是没有啊”。

肥的什么标准？瘦的又是什么标准？一边在看，一边我觉得挺不好办。正在这时，乡里一个干部带着满鞋的泥水在蛮子家找到了我。他进屋时，我刚刚从蛮子家屋里的地上爬起来。

十几分钟前，王七指着蛮子家的土给我看，像是谁招了他，嘴里骂道，狗日的蛮子，肥料没喂一颗，就靠五爪钉耙还种出这么好的苞谷。王七说，蛮子的工作有点不好做，你自己去吧。说完就想溜。我说，你等一下，他这土算好呢还是算差呢？我发现，蛮子家地里的苞谷说好不好，说差不差。王七扔下一句“差”闪身避着山路边滴水的树丛走了。

来到蛮子家，看到一屋光景，我心里顿时觉得凉飕飕的。一个木盆接着嘀嘀嗒嗒从屋顶漏下来的雨水，两张铺陈破烂的木床，几样简单的家什。蛮子一个人在家，光着上身笨拙地补一件其实已经不能再补了的汗衫。

蛮子一听我把他那块土地列为差的一类，暴跳起来骂我连狗都不如，狗偷苞谷吃还分得出大小呢，那么好的苞谷你眼瞎看不见？城里娃儿懂什么你！

听听，听听，没谁这样骂过我。我说你这穷破屋子的，你不就想多要几个钱吗？算你好土就是！

蛮子一摔破衫子，一把揪住我的衣领。我冷笑说，这是要打架了。我掀了他一下，再掀一下，蛮子像一棵合抱粗的树子，动也不动。可我是我那一圈人里公认的健美模范呀。幸好蛮子没再进一步动手。蛮子眼睛着了火一样，瞪着我看了足足有五秒钟，一松手，我就滚在地上。

我爬起来，那名乡干部就推门进来了。乡干部带来一个占地赔偿标准。按标准，蛮子那一溜地应该赔偿五百块钱，这和蛮子要的差不多，可蛮子说我侮辱了他，改口要七百了，和王七报的一模一样。蛮子口口声声说多加两百并不是他贪心，而是不服我说他穷说他要赖。乡干部喝道，该补多少是县乡做出的决定，岂是由你想要多少就要多少！蛮子一抄手，道，那我不要钱了，我的土谁也不许动。乡干部说，土地是国家的，想动谁的就动谁的。蛮子说，土地承包政策一百年不变哩，你们要动，等一百年后再说。乡干部说，你包是包了，但你搞清楚，我们哪时想收回来哪时就可以收回来！

我对乡干部说，算了，不就多两百块钱吗，我给。我对蛮子说，你别瞪我，我是真的同情你这一家，否则——我学张叔的话说，钱又不是我家印的。蛮子还是瞪着我，说，你不来我没活过来？王七年年不给我救济，我没活过来？

乡干部撇了撇嘴冷笑，没本事才死抠那几个救济……

蛮子忽然脸一黑，说，有本事也过了，没出息也过了，想来几百块钱也帮不了我蛮子一辈子，我不要了。

蛮子一梗脖子，土，我也不让。

乡干部说，别跟他讲，咱们走，回头叫王七把土收了就是。

我听见身后蛮子呸的一大声。

乡干部给我捎了一只猪脚，说是我老爸叫买的。我也不知咋个整法，还是张婶烧来炖上。这两天连水豆腐也没得吃了，嘴里淡出水来，我连着吃了几大块肉，这才发现张叔张婶和小菊一块也没动，搛的都是白菜。我说，咦，你们为什么不吃？张婶说，来我们家，不比在你家里呀，这两天连油汤都没让你喝上一口，你快吃吧。我想说，我才吃了两天素的呢，你们一年到头吃素。话到嘴边，想起惹恼蛮子就是因为我出言不逊，就把这句话咽了下去。我给张叔搛肉，给张婶搛肉，硬夺过小菊的碗来搛进去两大坨瘦的。我说，你们不吃，我也不吃啦。张叔说，那就吃吧。他却把自己碗里的肉夹进小菊的碗里。小菊趁张婶不注意，把自己碗里的肉全扒进她碗里。张婶生气了，把张叔和小菊的肉全退了回去。吃着吃着，张婶说，哥啊，你咋不吃肉？我说，婶，你们种的白菜好甜，我爱吃。真的，我在城里是没吃过这么甜的白菜。吃了三顿，一只猪脚还剩一大半，都煮烂了。最后是我劝张婶一家，张婶一家劝我，才慢慢吃光。一根大骨头在锅里熬了两三天，张婶才扔掉，不知被谁家的狗叼走，山腰里碰上两条同类，三只狗乱抢一通滚进苞谷丛里，不知骨头最后落在哪一条的嘴里。

秋雨淅沥了一天。夜里风刮得山响，屋后梧桐刷啦刷啦地一直响到天明。次日出屋，发现一夜风把天吹成蓝灰色。我以为今天还是雨天，所以迟迟没有起床，等起床去上厕所，看见张婶和小菊在茅厕后面园子里已经栽了半块白菜秧。一个清早的工夫，园子里的苞谷棒子已掰完，苞谷秆割来靠在厕边，茅厕的土垣上就多了半截绿栅栏。张叔犁过园子，放牛割草去了。

张婶手里的锄头像个“7”字，张婶掏一条浅沟，小菊就放进一排菜秧，然后在每一根菜秧根前放一小捧黑油油的草粪，由张婶再覆上泥土。

小菊发现我，抬起沾满牛屎猪屎的手指了指园子边上，说，哥，那儿有些苦蒜，拿去拌饭吃吧。老爸送我来的那天，张婶拌来蘸水豆腐的辣椒面里杂着苦蒜，我说苦蒜的味道好极了。老爸告诉我，苦蒜是野生的，秋天才有，一般长在瘦地里，山里人挖了拿到乡场卖，多少可以捡回点盐巴钱。张婶一家从不吃早餐，说我吃惯了的，小菊天天用酸菜汤热饭等我起床来吃。今天我不太吃得下，因为老在想那些苦蒜是不是张婶挖起来由小菊沾满粪便的手拣到园子边上的。

也就这天，我在河边遇见椿尖。

才下了一天一夜的细雨，小河就见涨了。我和小菊坐过的那两块石头，冒出河水已是不多，其中一块被一个小女孩坐了，另一块上放着小半篓苦蒜，竹篓边靠着一把小锄头。

小女孩头十岁的样子，穿一件蓝色男衫，如果她站起来，衫子应该会及她膝头。衫子下摆被她抄起来，紧紧夹在两个膝头之间，以免掉水里浸湿。衫袖不知挽了多少折才退过臂弯，空荡荡地挂在她细细的上臂。头发铰得短短的，如非那一对水汪汪的大眼睛，我以为她是一个男孩。

小妹妹，我说，你家多少人？洗这么多苦蒜吃么？

女孩看我一眼，说，我家只有我哥和我，这些苦蒜不吃哩。

我说，哦，那是要拿到乡场上卖了？

对呀，女孩说，哥哥，你买吗？

我说我不买。女孩多少有点失望地掉过头去。河水很清亮，衬得蒜头雪白蒜叶墨绿。女孩开始把洗得干干净净的苦蒜一小绺一小绺地扎起来，用的是事先撕得细条细条的苞谷杆上的黄叶，一条扎一绺。

我说，小妹妹，一绺卖多少钱呢？

一角钱。女孩两眼再次闪了闪希望。你买吗，哥哥？

我瞄了瞄篓里，苦蒜总共能捆十一二绺。我说，挖了一早上了吧？

嗯，哥哥，你买不买呀？

我说，家里急着用钱吧？

女孩忽然有些超乎年龄的哀伤说，家里……没啥要用钱的，我哥连嫂嫂都不找，说有一分钱也要攒着，攒够了让我上学……

我说，你还没上学？

女孩瞄了眼手里的苦蒜说，快了，我和哥哥攒了一两年，这学期开学够报名了吧……

只那一双眼睛，就证明女孩十分聪明……

女孩说，以后我不知道，反正，读一个学期算一个学期……

你很想读书吧？我问。

很想。女孩答。女孩举起还没扎好的苦蒜，说，哥哥，你买不买呀？

我说，我不买。

女孩再一次失望了。

我说，小妹妹，你不要再挖苦蒜了，我找钱让你读书吧。

哗啦一声，女孩的手离开水平面，河水发出像一条大鱼蹦出水面的响声。她看我。

我说，我说的是真的。

女孩半是兴奋半是疑虑地说，哥哥，报名要很多的钱，你能找那么多？

我说，能。

我问女孩叫什么名字。女孩说叫椿尖。我问她家住哪儿，她指着一个山嘴，说在山嘴那边。她说，哥哥，你和我去我家吧，我哥一定会煮一个鸡蛋给你吃。我说，过天把吧，现在我得马上去把你的报名费拿来，不是说过两天就报名了吗？

下午，我到了乡政府。我对乡长说我要打一个电话。

我说，老爸，我想用你一笔钱。

老爸说，哦，征地补偿?

我说，不是，我想帮一个小女孩交报名费……

我难受起来，声音沙哑地说，头十岁了还没上学哩，可她特想上学哩……

老爸说，念书干什么？你不也只念完高中吗?

我说，我后悔了，老爸。

老爸又哦了一声，说，一年级会要多少报名费，你身上的足够……

我说，不，我想至少让她念完小学。

老爸说，可是，征完地你就要回城的……

我说，我要帮她在乡里开一个存折——老爸，你可以不答应，但以后我会留在这里帮你干事，我用我的报酬给她……

我答应了。老爸说，我答应了你还留在那儿帮我不呢?

我说，留。

你不想回城里？老爸说，你朋友们把我电话都打爆了，问你哪儿去了，他们想你哩。

就让他们想吧。我说。

次日一早，蛮子到张叔家来找我。拉着他胳膊的椿尖甜甜地叫了我一声哥哥。

昨天晚上我拿着存折去山嘴那边找椿尖，才发现椿尖是蛮子的妹妹。椿尖长这么大，是蛮子一手拉扯。他们父母没了。蛮子可以不讨媳妇，但不能看见妹妹得不了书读那种难受劲。他说他多要补偿，真的是想让妹妹读几年书。他羞得像个大姑娘那样，说真不好意思，不知道的话会让人觉得他很贪心。

蛮子今早上是给我送鸡蛋来，用椿尖装苦蒜的竹篓提着，十一二个。我也学会叫哥了，我说，哥，你留着卖吧。蛮子说，椿尖书有得读了，土地也得补偿了，你又让我以后在矿上打工，这十多个鸡蛋我不卖了，你一定收下。

张婶在一边说，哥啊，你就收下吧，以蛮子的脾气，鸡蛋是不会提回去的。

我看看小菊。小菊笑笑说，是的。

那好。我说，张婶，昨晚我不是买来了猪肉和猪油吗？请你炒一碗肉，也把鸡蛋炒一碗。

我对蛮子和椿尖说，你两个如果不跟我们吃一顿，我就生气。

张婶说，蛮子，你们留下，小菊你去添磨，你蛮子哥推磨，我们做早饭吃。

张婶叫椿尖去挖几窝苦蒜，等下蘸水豆腐。

我一定要和蛮子推磨。我有点手来脚不来。蛮子的力气真大，磨子差不多是他一个人推得飞转。我哪里是在推磨，是被磨子推来拉去。

小菊说，蛮子哥，磨钩要把我的手打着了，你不心痛？

磨子一下转慢了，吱嘎，吱嘎。我侧脸看蛮子，蛮子的脸红红的。

张婶没等苞谷全部磨完就开始过滤。

我说，蛮子哥，你一个人推吧，别让我拖累你。

我看张婶过滤。苞谷皮子浮起来够一团了，她就捧进旁边的竹皿。直到皮子没有了，张婶把留在筛里的碎苞谷块倒进一把木皿。得一道了。张婶拍一拍筛沿说。

我看得发呆。张婶说，哥啊，你怎么了？

我说，才得一道？

张婶说，是啊，这才得一道哩，还要磨二道三道，筛二道三道，才是米。

（原载《星火》2007年第6期）

王 华

在春风里洗头

牧奶奶突然看见了春风。

她看见春风在阳光里容光满面地朝她走来，走到她家门口，站到她屋前的那棵李树上，笑着看她。牧奶奶慢慢走出门，走进阳光里，眯了眼看李树上笑得很灿烂的风。风真是调皮，把李树摇得一晃一晃的。李树好脾气，任风摇。李树不知从哪天起已经变得滋润了，树皮下已有了怀孕的信息。怀孕的李树是好脾气的李树。牧奶奶问风，是三月了？风说，是呀，是三月了呀！风很喜悦。对于风，春天实在是一个好季节，她们只需在阳光里走一走，人们就会在她们头上戴上许多光彩照人的帽子。说，春风把花吹开了；说，春风把大地吹绿了；说，春风带来了一个美丽的春天。所以风总是很喜欢春天。

原先，牧奶奶也喜欢春天。

原先，牧奶奶是有一个老头子的，牧奶奶和老头子一直靠捡垃圾生活。每天，他们早早地起来，双双背了背篓，拿了铁钳，走上大街，一人选一条路，便开始了一天的事业。他们的事业便是在垃圾堆里翻翻捡捡。夏天里，垃圾堆里总是散发出一股恶臭，翻翻捡捡中，恶臭往往裹挟了一股堵人的热气捣进他们的胃里。他们的眼睛可以忍住恶心，他们的鼻子也可以忍住恶心，但是他们的胃却往往会忍不住，他们不让胃恶心，胃就委屈地绞痛上一阵，痛得他们全身被汗水洗一遍。冬天，恶臭似乎也怕冷，不太张扬自己，他们大可不必去忍受它们。但冬天里他们手里的铁钳每时每刻都在夺走他们身上的热量，使他们在抵御寒风时显得那么的势单力薄。春天就不一样了。春天垃圾里的臭气还在睡眠，春天的暖风里铁钳不需要夺走他们的热量。春天是花和草的春天，也是他们的春天。

但他们从来不告诉别人，他们也喜欢春天。他们知道这世界上除了他们这些捡垃圾的就是些扔垃圾的，他们知道他们和扔垃圾的是两种不同世界的人，所以他们只固守着自己的世界，遵守着上天给他们制定的律条，沉默，连眼睛也沉默。他们的眼睛永远低垂着，他们只跟垃圾说话。那些岁月，那些不同世界里的人也对他们保持着一种沉默，那是一种拒绝性的沉默，他们把牧奶奶们拒绝到一个看不见也听不见的世界里，他们或许会瞟一眼突然跑过的一条狗，但他们绝不会去看一眼牧奶奶他们。所以他们不知道牧奶奶，也不知道牧奶奶的老头子。不知道，连牧奶奶的那些邻居都不知道。有一年，牧奶奶的老头子从垃圾堆里捡了一小根李树苗栽到屋前，李树活了，慢慢长大了长高了，该开花的时候也知道开花了。牧奶奶的邻居就会说一说她的李花。说，你们看见没有？李子花开了，好白呀！说，李子花都开了哩，这天不会冷了。但他们还是不知道牧奶奶，也不知道牧奶奶的老头子。

又有一年，牧奶奶从垃圾堆里捡回来一只得了斑秃的猫，那猫后来不秃了，长了一身发亮的白毛，又大又肥。那猫在黑夜里奔跑飞蹿，常常使一些走夜路的人眼前突然一亮，心要跳上好一阵。于是人们那阵子就常常谈起那只猫，说，那猫好肥好白的。说，那猫怪吓人的，你看见一片白光飞过，刚回过神又见两只绿莹莹的眼睛瞪着你。说，也不知那是哪家的猫，白天没影，晚上出来吓人。但他们还是不说牧奶奶，他们不知道牧奶奶，也不知道牧奶奶的老头子。

年前的冬天，牧奶奶的老头子去了阴间，把牧奶奶孤零零留在了冰冷的阳间。牧奶奶不再去捡垃圾了。牧奶奶想老头子。牧奶奶想把他们的积蓄花完她也该去阴间找老头子了。牧奶奶不捡垃圾了，就不大上街了，多数时间都猫在家里。近点，想想老头子，远点，想想儿子。她的猫大白天时总喜欢蜷伏在她的怀里，像孩子一样的把头拱在她的胸口，喉咙里不断发出好听的呼噜声，这时候她就不得不去想儿子了。

儿子早在十五年前就走了。儿子是被枪毙的。十五年前县政府要征牧奶奶们的地去修街，同村的金大同见地能卖钱，硬说牧奶奶家自己开垦的那一小块地属于他金大同的，理由是，那块荒地在他家的地下面。其实，那块地在未经开垦前，只是一条溪沟边的一片草巴地，它并没被当成耕地划给谁。虽然一直在金大同的地下面，但金大同并没有开垦它，牧奶奶家开垦了以后也不见金大同有什么意见。政府一要征地，金大同就有意见了，就说那地是他金大同的了。为这事儿子和金大同打了一场，结果金大同胜了。金大同不光打破了牧奶奶儿子的头，还争走了那块地。所以牧奶奶的儿子就往金大同睡觉的房间里扔了一捆炸药。当时金大同和他的媳妇正在床上做数钱的梦，牧奶奶的儿子点燃炸药从小窗口扔进去，他们还来不及醒来就下了地狱。随后，牧奶奶的儿子也跟着去了。牧奶奶想，到了地狱，儿子是不是还要找金大同报仇呢？毕竟他是因金大同而死的。但老头子不要她想，老头子说，你就当我们没生过这个儿子吧。

儿子走了，牧奶奶一家的日子就突然沉寂下来。好像是儿子点燃的那声巨响和刺穿儿子胸口的那声巨响响得太过了，把牧奶奶一家世代的声音都响尽了。

牧奶奶和老头子把卖地的钱全部用来操办了儿子的丧事。地没了，儿子也没了，他们从此开始捡垃圾度日。他们一开始捡垃圾人们就都不认识他们了，就都看不见他们了。牧奶奶和老头子就在冷寂的世界里咬牙推动着日子。现在，老头子的日子已经走尽了，她的日子也不多了，人们突然间又看见她了又知道她了。

李树刚开始吐花苞的时候，好多好多的人都知道了牧奶奶。

有一天早上突然来了一群人，说是要为牧奶奶打扫卫生。牧奶奶看着这群穿戴光鲜的人，不相信他们会打扫卫生。可牧奶奶不相信也不行，这群人还真摆开了架势。拿扫帚的扫地，提水桶的抹桌也抹窗。其实，牧奶奶家没什么可打扫的，牧奶奶的家很窄小，只要牧奶奶不捡垃圾，太多数时间她就用来打扫屋子。牧奶奶的屋子每天都是干净的。但这些人却干得有模有样的，就好像牧奶奶的屋子里真的很脏一样。有一个人没扫地也没抹桌，扛着个机关枪似的东西扫描那些正忙着的人们。还有一个人，手里拿着个本本，看一会儿，又在本本上记下点什么。牧奶奶知道他们是记者，她还知道那人扛的是摄像机不是机关枪。牧奶奶捡垃圾，天天在街上走，见识这些东西的机会也不少。有一回，县长带了一群人指指点点地在街市上走，一个人就在前面举了个摄像机照。

一群人忙了一阵，扛摄像机的和在本本上写字的都来到了牧奶奶身边。牧奶奶怕自己身上的味熏着他们，就往一边躲。牧奶奶认为，虽然自己现在已经不捡垃圾了，但她毕竟已经捡了十五年垃圾，十五年来那些垃圾味已经浸透了她的身体，怎么可能几个月不捡垃圾了那些味就没有了呢？但他们似乎并没有闻到她身上的垃圾味，或者说他们是在忍受着她身上的垃圾味。他们再一次围到牧奶奶身边，摄像机也对准了她。他们要她说两句话，他们说，说两句表示感谢的话吧！牧奶奶不知道为什么要说几句感谢的话，她想，又不是我请你们来打扫的，再说我的屋子又不脏，你们除了给我把屋子弄湿了以外，还做了什么？牧奶奶不说话，一些人就故意跟她套近乎，说，奶奶，这棵李树是你栽的吗？或者说，牧奶奶你家的猫好乖好白呀！但这仍然没让牧奶奶开口说话。牧奶奶十五年来一直不大用嘴说话，以往偶尔的一句话也都是对老头子说的。现在老头子没了，她就剩下一棵李树和一只猫了，这以后的日子她就没打算开口了。

中午又来了一群中学生，也是来给她打扫卫生的。见屋子刚被打扫过，这群叽叽喳喳的中学生就要给牧奶奶洗衣服。可牧奶奶只有那么两件衣服，那么多中学生都没事可干，就要给牧奶奶剪指甲，剪指甲也要不了那么多人，中学生们就想到给牧奶奶洗头。这些中学生着实可爱，把牧奶奶扶到院子里，摘掉牧奶奶的帽子，看着牧奶奶一头白发一齐呼喊：哇！好白呀！牧奶奶的头像这棵李树！那一阵，牧奶奶还真差点笑了起来。

下午，又来了一群人。这群人来到牧奶奶的屋前迷失了好一会儿，还是其中一位领头的提醒他们，说你们干脆给老奶奶洗头吧。牧奶奶的头刚洗过，牧奶奶很想说我的头不用洗了，但她没说。那群人没有像那些个中学生那样赞美她的头发，他们轻轻用手梳理她的头发，他们似乎要数清她头上有多少根头发。这回扛摄像机的是另外一个人，那人没要她说两句感谢的话，那人一边摆弄摄像机，一边问牧奶奶，你听说过雷锋吧？牧奶奶眼里一片茫然。那人又说，雷锋就是专门帮助别人做好事的一个解放军战士，我们今天就是在学雷锋。牧奶奶想，真还没听说过，有专门为别人洗头的解放军战士？

不管是雷锋还是其他的谁，牧奶奶都不想再洗头了。她想，你们还是快点走吧！

第二天，天亮了很久牧奶奶都不想起床。她感觉头很沉重，像装了半罐子水，一动就晃荡晃荡的。牧奶奶想可能是昨天洗头洗感冒了，她想起昨天好像是个灰蒙蒙的阴天，还想起昨天一直行走着一些风。有一阵她想起来去买点药，但动了动腿脚，感觉自己的很多关节都松动了，她怕不小心把自己弄散了，也就算了。她想这一下要是死了也好，她也免得天天想老头子。这样想着，她便昏昏沉沉地睡着了，不管天日了。她的猫蜷在她的脸前，也是一副打算睡到另一个世界里去的态度。牧奶奶跟她的猫儿说，你不必跟我一样，我这样是去找老头子，你去找谁呀？我死了你要是找不到吃的，你就吃我这把老骨头吧！猫只动了动胡须，没出声，但牧奶奶知道猫听见她说的话了，虽然她并没用嘴说。猫在牧奶奶眼前形成一片白光。在这片白光里，牧奶奶看见她的老头子朝着她走来。老头子还背着个背篓拿着把铁钳，还是一张脸看不见底儿，她没想到老头子到了阴间还要捡垃圾。她想，我们的儿子呢？儿子不是也在那里吗？牧奶奶哭了，牧奶奶哭着喊老头子，老头子却不理她，老头子不认她了，老头子从她身边走过去了，她想拉住她的老头子，但她突然又被别人拉住了，那人穿得光鲜得很，那人说，我才是你的老头子呀！牧奶奶转身去看，仔细地看，但那人不是她的老头子，那人她不认识。她想挣脱那人去追她的老头子，可那人死死拉着她不放，她生气了，把一口痰吐到那人的脸上，这一口痰吐上去，那人的脸就变成她老头子的脸了，那人就变成她的老头子了。牧奶奶又气又喜，泪和鼻涕一起就下来了，可老头子却大笑起来，笑声震得牧奶奶耳朵里闷痛……

牧奶奶听到她家的门外有很多人，他们在外面拍门，还大声喊牧奶奶，他们吵醒了她和她的猫儿。猫儿把一对绿莹莹的眼睛睁得像太阳一样圆，牧奶奶对猫儿说，不怕，他们吵一会儿就走了。可猫还是怕，全身的毛都竖起来，一直不敢眨眼睛。

那些人并不打算走，他们中有人在说，听说牧奶奶是个聋子，要大声喊才行。还有人说，一定要把她喊起来才行的，不然我们这次学雷锋活动还怎么搞？又有人说，那要是牧奶奶根本就没在家怎么办？有人就说，要不我们就把她这屋门口打扫一下算了？立刻有人反对说，那不行的，牧奶奶就这么大的一块院子，我们这么大一群人扫，再说这里也没什么扫的呀，电视镜头是会说话的呀！那么我们干脆先扔些垃圾，再扫吧。这句说不知是哪一个说的，引出了好大一片笑声。笑声过后他们又开始拍门，他们真以为牧奶奶是个聋子，拍门的声音如响雷，把牧奶奶的猫儿吓得找角落躲藏去了。牧奶奶觉出这些人很为难，想了想就起来了。她打开门时有人正拍门，手刚举起来门就开了，牧奶奶白发横飞的样子把那人吓得往后跌去。牧奶奶想去扶一下的，但已经有人接住了，她也就算了。一开门，风迎面赶进来，吹得她的头一浪一浪地痛。她想说句什么的，但她的嘴干得张不开，就什么都没说。面前的这一群年轻人并不介意她的态度，他们一窝蜂似的赶进屋子，争着抢着寻找打扫的地方，样子很像是早知道牧奶奶家里藏着什么宝贝，谁先抢到宝贝就归谁一样。牧奶奶不喜欢这些人的做派，索性站到屋子外面，任他们在屋子里折腾。

牧奶奶原以为这种事昨天已经完了，没想到完不了。

一帮人在牧奶奶屋子里乱忙一气，又有人想到了给牧奶奶洗头。

牧奶奶急得胡乱摇头，差点把头都摇裂开了。这群人却把牧奶奶的摇头看成是不好意思，几个人按了牧奶奶，几个人端来了热水，几个人又找来了肥皂。牧奶奶觉得头都要给他们当瓜按烂了，一种难以忍受的头痛使她顿时全身直冒冷汗，她想喊，却没喊出来。

好在这一群人只为做做样子，头很快就洗完了。这时候，牧奶奶已经是满面的泪。这些人把牧奶奶的泪看成是激动的泪，他们中有人很亲切地替她擦拭，还说牧奶奶你别太激动，这是我们应该做的。这一幕被扛摄像机的抢进了镜头，牧奶奶的泪就又是另一种意义了。当然，这一帮人要的只是牧奶奶流泪的镜头而不是泪，有了镜头，牧奶奶再流好多泪都没用了。他们走了。他们想，行了，我们的任务已经完成了，我们该走了，牧奶奶你歇着吧。

可牧奶奶的泪不歇，牧奶奶感觉自己头里有很多刀子在绞，刀子把她的脑子绞成了一锅浆水，一锅热气腾腾的浆水。牧奶奶觉得她眼里流出的是脑子里的浆水，而不是泪。牧奶奶很想歇下来，可她的眼睛不歇，就真像是她的脑子漏了一样。

牧奶奶流着泪迎来了第二批学雷锋的。她的泪是两股锈泉，流得无声却很快就锈了她的一双眼。

这一天，学雷锋的接二连三地来，牧奶奶眼里的那两股锈泉便一次再一次地涨成滔滔洪水。学雷锋的人们看到了牧奶奶的泪，他们问牧奶奶怎么了，牧奶奶嘴巴一阵乱抖，说不出话来，他们就认为牧奶奶是因为还在激动才流泪的。牧奶奶的头是湿的，牧奶奶的院子是干净的，他们都是些何等聪明的人啊！他们怎么会不知道牧奶奶这里刚刚有人来学过雷锋？他们说正是他们的雷锋行为感动了牧奶奶。既然他们干的是让人感动得流泪的事，那么千遍万遍又怎么能算多？

天要黑的时候，牧奶奶终于说出话来。她问，雷锋也是一天给人洗几次头吗？她的声音很锈，被问的人吓了一跳，没听清。牧奶奶又问，你们为什么要来给我洗头？这会儿别人听见了，对她说，因为你是孤老人呀！这回牧奶奶听懂了，雷锋原来是专门帮助孤老人的，这一帮接一帮的人要学雷锋就找了她这个孤老婆子。可是牧奶奶还是不明白，她说，你们明明知道我的头发刚洗过为什么还要给我洗头？别人说，那是别人给您洗的，不是我们给您洗的呀！别人对您好，我们也要对您好呀！

牧奶奶还想问，但她突然听到了一串偷偷摸摸的笑声，牧奶奶心里一阵黑暗，就不再问了。其实那人或许是在笑别的什么哩，但牧奶奶就怕听见别人偷偷摸摸的笑声。那人还没笑完，牧奶奶一张铁色的脸立时就锈了。

黑夜降临牧奶奶家的时候，牧奶奶才想起自己这一天还没吃过一口饭，她光顾着流泪了。许是泪流得多了，从喉咙到嘴里又干又苦，想找口水喝，暖瓶里却没开水。牧奶奶从水龙头接了一些生水喝下去，冷颤就从脚底下开始了，开始是一串一串的，后来就是一片一片的，再后来就是铺天盖地的了。牧奶奶身上每一个细胞都在颤抖，她的身上全是声音，牙齿碰撞的声音，脑子崩裂的声音，肉体呻吟的声音……

牧奶奶摸索到床上，床也跟着颤抖起来，颤抖的床也全身都是声音。牧奶奶的猫出来了，它被吓得躲藏在暗处一整天了。猫儿跳上床，白色的尾巴像旗杆一样竖着，旗杆在微微地颤动。猫儿是来告诉牧奶奶它要出去玩一会儿了，猫儿舔了舔牧奶奶的脸，想说的话就都说了。可猫儿感觉出牧奶奶很冷，就不打算出去了。它偎进牧奶奶的怀里，呼噜呼噜地释放自己的温暖。它要暖和暖和牧奶奶，它知道自己能做到这一点，平时只要牧奶奶说冷，它就偎过去，只一会儿牧奶奶就不冷了。可是今天猫儿很快就发现自己错了，牧奶奶的身体像团火，都烫着它了。不知道牧奶奶怎么了，急得叫唤了几声，牧奶奶说，我冷。猫儿又急忙偎过去，可它很快就给强大的热气烘得喘不过气来。它忍受着。它很想弄明白牧奶奶为什么满身是火还要叫冷。它从上得床来，自己也一直在打颤，它知道那是床的缘故，它还知道床打颤是因为牧奶奶的缘故，但牧奶奶的打颤又是什么缘故呢？猫儿觉得它该问问牧奶奶，就去舔牧奶奶，舌头触到牧奶奶的皮肤的时候，猫儿听到了一种像是湿肉贴到烧红了的铁板上的声音。它吓得不轻，冲着牧奶奶一阵呼喊，可这时候牧奶奶已经听不见它的声音了。

牧奶奶已经不在这只猫儿的身边了。牧奶奶骑着一只如老虎一样巨大的白猫，沿着一条非常白亮的由云雾铺成的大路奔去。她不知道巨猫要把她带到哪里，脚下的路柔软如缎，巨猫却如生有翅膀一样奔得轻松如风。路是一条光道，周围不断有一些影子迅速往后退去。那是云的影子，山的影子，还有野兽的影子。路，好长好长……

牧奶奶一直颤抖到第二天清早。

天一亮牧奶奶就不颤抖了，不颤抖以后她的身体很快就冷了。

这时候，她的那只巨猫已经带着她把那条白亮的光道走完了。或许那里有一大片雪白的李花，牧奶奶永远歇息在那里了。

天空全部打开了，天际很亮很亮，牧奶奶的这只猫儿冲着天空连声悲唤。它不知道它已经唤不回牧奶奶了。它很执着，它在屋子里唤过又到院子里去唤。有一会儿，它突然发现，院子里落满了雪白的李花。而李树上，一个花瓣也没有了。猫儿来到李树下，用它那粉红色的鼻子去闻满地的花瓣，闻着闻着，猫儿的泪下来了，猫儿长长地，长长地唤了一声。一阵风奔过来，把这一声带到了天边，不知道牧奶奶是不是听见了。

这天，又有好几批学雷锋的来牧奶奶家，但他们没有敲得开牧奶奶的门。走的时候，他们都显得很迷茫。这天已是3月7日了，学雷锋的日子眼看就过去了，他们的学雷锋活动还没开展呢！

（原载《山花》2008年第9期）

韦昌国

麦子的夜晚

麦子嫁到苦李井的时候，李树的花正星星点点地挂在枝头，放眼望去，山野里好像落了一场小雪。这些花朵还没有谢完，她的丈夫就到外地打工去了。

麦子担着水桶，沿着小路慢慢走向井边。这井在河坎上，用青石板盖了顶，像一座小小的房子。水井上方，长着一棵歪脖子的李树，苍老的树干上满是树瘤，枝头却结了成串的果子。不过这李子是苦的。不单是这棵李树，最近几年村里的李子大都是苦的，卖不了什么价钱。村里留不住人，甚至留不住一只麻雀，青壮年们纷纷到外面闯荡去了。

麦子想着丈夫德明，想到自己咋会嫁到这结满苦李的山里来，心里就禁不住有些恹恹的。去年媒婆到她家里提亲时就和她娘说，像麦子这样的姑娘，要在城里准嫁大干部，可惜生在这山沟里，只好委屈一些了。不过，媒婆赌咒发誓地说，这次介绍的可是一个好小子，在外面打工几年，家里建起了小平房。再说，他无父无母光身一人，麦子嫁过去，今后既没有负担，平日也不用看什么人的脸色，这样的媳妇再好当不过了。媒婆还说了很多，麦子当时一直在堂屋筛米糠，听着她和娘在灶房里嘁嘁个没完。娘后来就答应了。娘的答应，不是为那两层楼的平房，也不是为麦子今后没有赡养老人的负担，而是因为对方是个没爹没娘的孩子，这和麦子差不多。娘想，两个苦命的孩子成了一家，就会互相体贴，兴许还是好事。

娘的主意就是麦子的主意。娘一个人把她们姐妹拉扯大不容易，麦子是大姐，当然要带头听娘的话。好在和德明见过几次面后，她打心眼里喜欢这个浓眉大眼，有着两片厚唇的小伙子。德明是个不错的后生，麦子相信自己少女的直觉。即使后来她知道他家并不是两层楼房也没有怪罪那个快嘴的媒婆。

成亲那天，麦子蒙着盖头，在伴娘的搀扶下一步步走向喜堂。司礼先生的声音既高又亮，麦子在他喊第一句“一拜天地”的时候甚至被吓了一跳。接着是二拜高堂，麦子和德明就对着堂屋神龛上德明父母的灵位磕了三个头。磕完之后，又专门给族中的三爷磕了三个头。穿一身蓝布长衫端坐在长条凳上的三爷眼睛笑得眯成了一条缝，他抬起一只手对一对新人说：“得了！”然后是“发财发富”“夫妻百年”“早生贵子”之类的话。麦子有些不明白，在德明家拜高堂，为何要给这个瘦瘦的三爷磕头？德明告诉她说，三爷是族长，不单是他们，族内的人凡是结婚办喜事都要拜的。

这话是德明在新婚之夜和麦子说的，他还说自己打小就是三爷和族内的人拉扯大的，前些年他外出打工，还是三爷给的路费。那天晚上，德明还和她说了很多话。他对麦子说，要是能在城里站稳了，也给她找份工，然后再来接她。麦子说她不想去过城市的生活，她嫁的是他的人，如果他在外面累了，就回来一起种地。还说，你们苦李井的男人都跑光了，连老人死了都没人抬上山，这咋行啊。德明拥着麦子说，也真是的，再过两年，等把房子的钱找够了，我就再也不出去了，天天守着你。

麦子和德明的家在寨子的中间，沿着青石板路到井边去挑水，来回要走不短的路。她担着水，走得有些踉踉跄跄。迎面走来一个黑瘦的男人，晃荡着一只空空的袖子，嘻嘻地和她打招呼。麦子不认识他，甚至对他那鼓突的两颗黄色的龅牙有些厌恶，只是礼节性地笑了一下。那男人说，你家德明不在家，以后有啥事说一声，我保证来帮忙。麦子正要道谢，二娘从窗口伸出头来冲他吼了一声：“王棒槌，你说哪样？”这个被叫作王棒槌的人回头看她，嬉笑着又说了一遍。二娘把脸一拉，从窗口伸出一根晾衣竿来，指着他说：“谁稀罕你帮忙！你滚！滚远点！”王棒槌无奈地咕哝了一句，举着残存的一只左手向她做了个飞吻的动作，嘘嘘地吹着口哨，从麦子的身边绕了过去。

二娘是麦子的邻居，她丈夫是德明的本家二叔，开春后也外出打工去了，二娘就一个人带着两个孩子，每天犁田打耙，放牛割草，什么都自己干。她长得人高马大，骨骼粗大，说起话来也嗓大气粗。二娘走出门，接过麦子的水桶，一手一只拎着进了屋，哗啦啦倒进了水缸，然后回转身，心疼地看着满脸汗珠的麦子，说，真是难为你了，这么娇小个人。完了又说，那个短命挨千刀的，你千万不要理睬他。看麦子有些诧异，二娘说：“这个王棒槌，当年炸鱼炸断了胳膊，出不了门去打工，天天在寨子里晃荡。他缺胳膊，坏心眼却不缺，寨里的大姑娘小媳妇，他都像个馋猫一样总想围着嗅嗅，从来就没安好心。”看着麦子点了头，二娘才放心地走了。临跨出门时又转身来说：“今后有啥事情，就喊我。晚上冷清了，我来陪你。”麦子又点了点头。

苦李井的风景，说起来其实蛮不错。每天清早，太阳从山头的树尖射下来，门前的小河金光闪闪，白色的雾气飘在田间，再慢慢升到半空，缠上山腰。这时候，村庄醒来了，腰别镰刀上山割草的老人，背书包去上学的娃崽，挑着粪筐下地的妇女，从每一个门洞走出来，然后又分别向四面散去。在外人看来，苦李井算得上是一幅安详的田园风光画，但是这一幅传统农业的画卷，在工业经济和城市化蓬勃发展的今天，就要大打折扣了。

苦李井除了缺钱、缺电，通向外面的路又是那样的坑坑洼洼，同时总让人感觉还缺了点什么。缺什么呢？麦子慢慢感到，这个寨子缺一样最重要的东西，那就是阳气。白天还好，一到夜晚，这缺的东西更显现了出来。男人大都走了，寨子里的每一个夜晚总是冷森森的。麦子将这话和二娘说时，是希望得到她的鼓劲，谁知二娘也说，不光是你害怕，连我也怕，一到晚上熄灯，关了门再不敢出来。

每一个夜晚，麦子给猪喂食，给牛添了夜草后就关了门，上床后又总是睡不着。麦子从来不敢熄灯睡觉，看着豆粒大的油灯一闪一闪，睫毛上就有了两个圆圆的光晕。这夜啊，静得像一个古老的坟场，地上嗖嗖直冒冷气。屋里的一切都还是半新的，天花板上还悬挂着几只红黄蓝色的气球，那是新婚当天挂上去的。床头的一侧，新漆的衣柜在灯下反着淡淡的红光。麦子嗅着被子浆洗的气味，好像是阳光和水的芬芳，再一想，那其实是德明留下的气味。这气味已经很淡很淡了，只有麦子精巧的鼻子还闻得出来。

麦子继续想着心事。临出嫁那天，娘一再告诫她，德明的寨子是个大寨，有一百多户人家，德明的家族又是最大的，做了人家媳妇，要处处小心，手勤腿快，少搬弄是非，给家中顾面子，不要让人家说我们家的姑娘不懂规矩……娘一直叮咛个没完，麦子说知道了知道了，我都长大了，不要娘老为我操心。娘笑笑说，你晓得就好，也有你不晓得的，我现在也教给你。娘说着从床头的箱子里翻出一个青蓝色的陶瓷制品给她看，说是送给她的最后一件嫁妆。

麦子从来没见过这扁扁的像只小船样的东西，有拳头那么大，更不明白娘把这东西深藏在箱里有什么用。娘掠了一下白发，看着麦子说，这叫“压箱底”，我出嫁时你外婆给的，这也是她老人家的嫁妆。娘说着把那瓷器打开，原来这“压箱底”是由两半合成的，麦子伸头一看，立即红了脸，里面是两个光身子的小人在亲热。娘看她一眼，说，这有什么好害羞的，快要做媳妇的人了，也该晓得了。娘当时还给她说了许多她从来没听说过的事，麦子现在想来，还有些脸热心跳。她想德明一定不知道这些，要不那晚上他不会是那个样子。

苞谷下种以后，天气慢慢热了起来，三姑六姨们拿出上年冬季编织的土布，到河里去漂洗。长长的土花布晾在岸边的草地上，像一块块蓝色的地毯。麦子也端着衣被去到河边，她更多的是用这种方式融入苦李井的生活。女人们嘻嘻哈哈地互相开着玩笑，河边满是笑声。她们称赞麦子长得漂亮，又能干又勤快，末了问她，你家德明不在家，你这花朵朵媳妇晚上可要插好门，寨子里的野狗多得很咧。那个挺着大肚子的五婶问她，德明对你咋样啊？麦子小声地说："还好。"大袋鼠似的五婶站起来捶捶腰，对众人挤挤眼睛，尖声尖气地说，进过城的人就是不一样哦！懂得那些道道……听说城里有一种小电影，专门教人做那种事的。大家一听都哄笑起来，麦子羞红了脸，再不敢搭腔。

洗完了，大家不约而同地脱了衣服，扑通扑通跳进河里，像一群快乐的母鸭，整个河面活色生香。"麦子你也下来，河里凉快呢。"人们都在喊她。正午的太阳的确有些毒了，麦子正迟疑时，人们又喊："麦子你也脱了，让我们也看看你。你那两个小桃子，恐怕都还没熟呢。"这话一说，河里立时笑成一片，弄得麦子满脸绯红。

麦子没敢脱光，穿着贴身的小衣服和红裤衩，从河岸上迟迟疑疑地下了水。一个上身黑，下身却很白的姨娘看了麦子说，怕什么嘛，现在的苦李井就是女儿国了，这是我们的天下，还有哪个来看啊。正说时，站在水中正搓揉着大肚子的五婶捞起一块鹅卵石，投向不远处的柳树林。大家一看，纷纷大骂："狗日的王棒槌，叫你看！看了眼睛长挑针！"王棒槌并没有退去，反而走了出来，站在岸边，用草帽扇着风，嬉皮笑脸地说，我在捅黄鳝，又不是故意的。麦子有些慌乱，连忙捂了胸脯下到深水区。河里的一帮婆姨却笑了起来，没有一个人要上岸的意思。那个身上黑白分明的姨娘说，王棒槌，你不要一看见洞就想捅，哪天不小心捅到了老蛇，咬死你！王棒槌说，老蛇？老蛇我不怕，我自己都有一条呢。说完嘿嘿地笑。河里就都骂起来，一个把毛巾顶在头上的年轻媳妇说，就你那破玩意，少招风惹火，哪天被哪个夹断了还不晓得呢。王棒槌这下更来劲了，嬉笑着说，你不信？不信来试试！他话还没说完，又招来一阵骂声，好几个人同时投去了鹅卵石，王棒槌才躲躲闪闪后退着走了。

山寨的每一个夜晚，其实没有什么不同，不同的是麦子的心事。白天的炎热和喧嚣散尽后，她躺在床上，静静地听着院里草丛中纺织娘的欢叫，听着瓦楞上老鼠的撕咬，还有楼底下牛的反刍。每当想起德明，麦子心里就有种被掏空了的感觉。她解开贴身的衣服，用手从上至下慢慢地抚摸着自己光洁如玉的身体，闷闷地想着，脸上却热了起来。到最后，整个身体像是着了火，喘气也不均匀了。麦子不禁为自己害起羞来，她想，德明在外面会不会也这样想她呢？如也是这样，那他又该怎么办呢？男女之间的事情，麦子知道的其实不多，她的实践，也只有那么十来个晚上。麦子又想起了二娘今晚来串门时说的话。二娘说，其实干农活不算累，就这心累，比什么都累。二娘说这话时的神情，兴许就是指那种事，二娘其实也还年轻，又这样健壮，她每天晚上又是怎样度过的呢。想到最后，麦子决定，下次一定把那个"压箱底"拿给她看。

麦子沉沉地睡去，却总不踏实，睡眠像那些飘在山腰的雾气。半夜里，她被寨里猛烈的狗叫声惊醒了，一颗心怦怦直跳。那些狗使足了平生力气，死命地狂咬着，好像寨子里来了一群狼或是什么猛兽，将要让它们遭受灭顶之灾。麦子不敢起来，连趴在门缝上往外看都不敢。后来，狗们由狂吠变成了悲凉的呜咽，好像战败而又失去了斗志的士兵，再没有了抗争的勇气。

第二天清早，麦子去挑水时，井边的人都议论开了。麦子的想法得到了证实，昨夜寨子里真的来了盗贼，有两家的牛被偷走了，狗叫得最凶的时候，也没有一个人起来。

布谷鸟的声音逐渐低落时，苦李井的山山岭岭早已披红挂绿，小河涨满了，孩子们和牛成天在里面打滚，三爷就天天夜里到河里去下网。麦子又添了一头小猪，这是三爷花钱给她买的，还叫来族内的人帮着加固了圈舍。三爷说，你先喂起来，饲料都算我的，到年终杀了，给我一个猪头就行了。二娘说，喂猪要喂两头，抢着吃食才长得快。麦子想想也是，并想好了不是给三爷一个猪头，而是一半净肉。

二娘对麦子说，三爷年轻时就在外闯荡，修过铁路，到过矿山，见过大世面，家族中有什么纷争，只要三爷一出面，什么事也没有了。三爷过去也结过婚，讨的是个城里的姑娘，听说还是个技术员，也有说是个卖花的，可惜没留下一男半女，女人短命死了，三爷也老了，就奔回山里来一人过着。

二娘的这些话是在河边和麦子说的。当时那些姑嫂正为三爷娶的到底是技术员还是卖花女争论不休，冷不防三爷从河岸走过来，他拿了一个长形的篾笼在网虾子。姑嫂们连忙互递眼色，全都噤若寒蝉。三爷朝这边笑了笑，自个走了，大家这才又叽叽喳喳活了过来。

德明再没有来信。麦子想，不是他忙得忘了就是乡邮递员偷懒，不肯走这几十里山路。她整天忙着，地里的苞谷长势很好，小猪也长大了不少。只是一到晚上，熄了灯，这黑洞洞的夜有些难熬。下半夜起风了，雨点打在窗前的芭蕉叶上噼啪作响。满寨子的鸡鸣声此起彼伏，一有风吹草动，胆小的狗狺狺地吠着。更讨厌的是坎下一家的猫不知是在产崽还是在叫春，凄惨的哭声撕裂着夜晚，让人心里颤颤的。

麦子睡不着，又牵挂着猪。她总感觉屋外有人，一会儿走动，一会儿叹气。麦子穿了衣服，拎着油灯，拿着捣衣棒，到房山头的圈里去看猪。刚拉开门，突然见有个黑影一闪，麦子通身的汗毛都立了起来。再看时，又没了。麦子仰头往上看，三爷家门口的石凳上，一个红红的光点一闪一闪，麦子看清那是个烟头。黑暗中是三爷的声音："你是起来看猪吧？不用担心，它睡得好呢。"麦子应了一声，问："三爷还没睡？都半夜了。"三爷说："人老了，睡得少，你快回屋吧，有我呢。"

第二天，麦子不放心，在门外的地上仔细地找，发现了几个纸烟头。二娘知道了后说，一定是那个混蛋王棒槌，寨子里只有他抽纸烟。二娘骂了王棒槌一气，说他坏事做多了不得好死。最后叮嘱麦子要多加小心，晚上一定要放好顶门杠，枕头边的剪刀也要放好。

夏收的时候，有些家的男人回来了，但是德明没有回来，他托人捎话说，厂子接到了外国人的活，天天都要加班，当然加班工资老板也是给的。这个消息使麦子既兴奋又无奈，她巴望着德明赶快挣够钱，起了房子就不用再出门了。麦子不怕吃苦，再说平时也得到三爷的很多帮衬，麦子为了感激三爷，做什么好吃的都要送一点过去，三爷三爷地叫，乐得三爷挺直了腰板，脸上绽满笑容。

晌午，麦子到地里收苞谷回来。今年雨水好，苞谷长得壮，麦子每筐只能挑几十个，来到井边时，早已汗流浃背了，鼓鼓的前胸上，衣服湿得滴下水来。那棵歪脖子的李树下坐满了收苞谷歇气的人，他们正神神秘秘地议论着什么。麦子听了，不禁大吃一惊，原来那个王棒槌被人剐了，尸体扔在后山的洞里，今天上午放牛的人听到老鸦总围着洞口叫，扒开草一看才发现里面有死人。

麦子听得心惊肉跳，人们却还在互相打听，连问为哪样。二娘粗声大嗓地说，为哪样？还不是他造孽多了，该死！旁边的一个女人说，也该他倒霉，他以为别人的老公出去了，就天天去，晚上也去，想不到这一次男人晚上回来撞个正着，他不死才怪！几个年长的老婶婶叹了气说，王棒槌是该死，不过再这样下去，那些小媳妇熬不住了，保不准今后还要死人呢。

发现王棒槌尸体的第五天，派出所的人进了村子，铐走了寨上的一个男人。在村口，麦子看见那小媳妇哭得死去活来。她穿着短短的花布衫，小肚子鼓凸着，明显已怀孕好几个月了。她一边哭，一边说，我这也是没了法子啊，地里的活我做不了，家里的事也管不了。被铐的男人铁青着脸不说话，只是硬硬地昂着头。那女人还在哭嚎，后来被一群妇女“呸”得再不敢出声了。

苞谷全收进屋后，麦子总算缓了一口气。这天下午，她打算筛点新鲜的面，做一笼苞谷粑尝尝新，便想着去借三爷的箩筛。三爷坐在门口的石墩上，抽着长长的旱烟杆，看到麦子来，说，筛子在屋里，多年没用了，你自己找找看。

屋里光线很暗。三爷家的瓦房又高又大，因为是近邻，平日下雨，三爷房上的瓦沟水就滴在德明家的房上。听德明说，这房子是他爷爷三兄弟共同起的，三爷出钱，另外两兄弟出力。到了后来，几家有些不和，大爷搬到寨子脚下另起了房子，德明的爷爷便赌气在屋基的坎下自己搭了棚子住。到德明的父亲，才建起了现在的这三间瓦房。

麦子在堂屋转了一会，三爷在外边说，箩筛好像在我房间里的床底下，你再找找。

麦子迟疑了一下，走进三爷的里屋。她弓着身子，撩起花格子的土布床单，床下又黑又潮，发出浓重的霉味，还有浓烈的老鼠的尿骚味，熏得麦子头脑有些发懵。

一直在门外的三爷这时悄无声息地走了进来，刚好看到麦子那高高翘起的浑圆的后部，那一颗心，仿佛一眼古井里突然掉进颗石子，荡起一圈水波。还没等麦子明白过来，一双青筋暴突的大手已从后面把她紧紧箍住……

院子里，三爷家正在啃着一块牛骨的大黄狗，听到了屋里发出的尖叫，它侧耳听听，却再没有了，便又重新伏在地上，啃那块早已发白的枯骨。几只绿头苍蝇嗡嗡地围着它头上转，大黄狗不耐烦地用爪子拍打着。

当麦子衣衫凌乱、跌跌撞撞地冲出门时，大黄狗已把那块骨头吞进了肚里。它站起来，狐疑地走进屋，这里嗅嗅，那里看看，正看到造完孽的三爷坐在床上，点着那根紫竹长烟杆，气喘吁吁地抽着，一双骨碌碌的眼睛闪闪发亮。突然，床下一个红色的东西刺了他一下，他翻身下床，捡起那条小裤衩走进了灶房。正当他把那裤衩塞进炉膛要点上火时，突然改变了主意，他掏出来掖进了腰里，脸上掠过一丝狞笑。

麦子病了，病得不轻。族中的伯娘、姑嫂们都来看她。大家议论说，麦子满脸潮红，体内虚火旺，这是思春的病，只要好好调理，慢慢就会好。说到最后，大家都“唉——”一声，劝麦子再熬几个月，过了这秋天兴许就好了。只有五婶说，住这房子晦气，上边三爷家大房大屋，压了这屋基的风水，谁进来都好不了，尤其是女人。她说这话时，三爷刚好走到门外，旁边的人连忙捂住她的嘴。

三爷没有进里屋来，他在堂屋里说，最近家里不清静，他喂的一只老母鸡前天站在门槛上学公鸡叫，当时他就担心要有事。三爷扫了众人一眼，眼睛最后落在五婶的身上，他口气严厉地说，族中的人不要多说话，以免招口舌。说这话时，三爷把那只母鸡拎到门槛上，当着众人的面一刀宰了，然后把一个血淋淋的鸡头插在香棍上，化几张纸钱，拿去寨中的老石门下插着。

第二天，三爷请来三个道士，说是要“扫家”。道士们在堂屋里念完经后，戴上花花绿绿的鬼脸壳，在屋里又唱又跳，最后还跳到了麦子家的堂屋。他们用黑布包扎成一个个小人，从屋里一直摆放到门外，这些匍匐在地的小人，身上都插着银光闪亮的钢针。

麦子躺在床上，听着道士的诵经声，各种法器碰撞的叮当声，以及那个大师傅最后口含清水,“噗”地喷向桃木宝剑时的那声断喝，吓得出了一身冷汗。三爷在外边说:“好了，好了！平安无事了！一切妖孽鬼怪，不得进我吉屋，不得扰我家人！”他最后这几句高喊，惊得麦子差点从床上滚落下来。

临走时，道士在麦子的卧室门上钉上了红纸条和一面小圆镜，并嘱咐闲人不得随意进出。有他这话，加上三爷的交代，来探望麦子的族内人渐渐少了。大家相信，经过这次扫屋，家里定会阴晦消散、逢凶化吉。

但麦子的病并没有多少好转，她整日恹恹的。恹恹的麦子更激起三爷的孽欲，他隔三岔五地摸进来，有时甚至在白天。开始，麦子不肯开门，三爷就像那天下午那样恶狠狠地低声吼叫："你要不听话，事情传出去，看你咋做人？"麦子那天就是被这声音给镇住了。她当时想到的不仅是自己，还有德明，还有她娘家的脸面……她小时候就听人说过，三姑就是为这种事被装进猪笼沉了塘的。

三爷仿佛看透了麦子，每次都涎着脸说："有了那一次，也够你张扬的了。"一边说，一边掏出那红裤衩在麦子面前晃，像举着一面得胜的旗帜，阴森森地说："你要是不听话，我就把它挂到井边的树上，看你，还有你娘家咋做人……"麦子又羞又辱，她多次想到了死，可一想到为和心爱的人在山洞里见上一面，最后被沉了塘的三姑，想到娘和妹妹，她不仅感到害怕，也不甘像三姑那样死后还让人污了清白。

快收秋时，麦子终于盼来了德明要回家的信。她打定主意，无论如何要跟他走，离开这阴森森的家和这到处长满青苔的老寨。她每天走过寨子，看着那上百年来被磨得光光的石板路，以及由寨脚到寨中的那几道长满了青苔的石门，整个人窒息得就像脱了水的鱼。

尽管德明要三天以后才到，而且还要住上几天，麦子还是收拾好了包袱。收完后，想着有个紧要的事要做，麦子就开了后门，低着头踯躅着走向三爷家。

三爷仍旧坐在门口的石凳上，仍在抽着紫竹长烟杆。麦子嗫嚅地说，德明快回来了，求你行行好，别再到我屋里去了，再就是求你把那件东西还给我，或者烧了……不等麦子说完，三爷哈哈大笑起来。他说："你以为我是三岁娃子？这种话你说过多少回了，蒙不了我。那东西还了你？没那么爽利！"三爷说着，把烟杆在鞋帮上磕得啪啪响。

麦子回来，坐在门前，呆呆地看着荒芜的院子，看着阳光的阴影慢慢地盖满院子，心里像长满了草。这一晚，她早早关了房门，心想就是死，也不能给那老东西开门了。这半年来，她一听到敲门声，总是心惊肉跳，连二娘来串门时她都会被吓一跳。前天晚上，二娘对她说，五婶生了，但生的是个死胎，还拖着条肉红的小尾巴。族内的人这下仿佛着了魔一样，都说五婶是个妖女，生这么一个怪胎，恐怕会给家族带来灾祸，纷纷去问三爷咋办。三爷后来勒令五婶披着蓑衣，戴上斗篷，在牛圈里待上三天三夜。五婶不服，在牛圈里大呼小叫，寻死觅活，还说要去乡里告状。一直闹到半夜，大家又来请三爷，他去了又是一通狠训。脸色苍白而浮肿的五婶紧盯着三爷的脸，咬着牙恨恨地说她不是妖女，这家里是有妖孽，但绝不是她们女人，更不是她。三爷这下动怒了，把那烟杆啪地打在牛栏上，说她要再敢乱喊乱叫，就动家法，这才把五婶给镇住了。麦子当时听了，后背一阵冰凉。

她现在想得最多的是，怎样才能摆脱那老妖魔。麦子想到了小时候听到的一个故事：一个大户人家寡居的年轻太太，被山上的匪首看中了，扬言要在某个夜晚来掳人。这位太太是个顶尖聪明的女人，主动派人带话去，约定了相会的时间。这一夜，匪首就只带了几个人来，从半开着的房门一看，半裸着上身的美人就斜躺在床上。匪首喜不自禁，悄悄摸进去，不承想“咕咚”一下就掉进了床前的深坑里，早已埋伏在外的家丁们一拥而上，生擒了匪首……

鸡叫头遍的时候，麦子才沉沉睡去。她梦见了那个漂亮的太太，递给她一把明晃晃的剪刀，说：“喏，就这个。”奇怪的是，麦子拿到手里时，那剪刀却变成了一块红布。麦子从梦中醒来，枕边的剪刀还在，亮闪闪的发着光。她被自己的想法吓了一跳，但是她不敢，真要那样，她会被家族中的人活剐了。

黑洞洞的夜晚，仿佛深不可测的大海，麦子想自己就是飘在风浪里的一只小船，随时都会被吞噬；又像一个被妖魔缠住的人，雾一样的阴风一起，妖孽要来了，她又不得不开门去迎接……

但是三爷还是死了。

三爷的死，惊动了家族中所有的人，包括寨子里的男男女女，人们一齐涌向麦子的家，在院子里站成黑压压的一片。

“大逆不道啊！”长辈们气愤异常，纷纷说要动用家法。

“谋财害命！”一些人在揣测，这肯定是麦子和德明看中了三爷的大瓦房，因为他是最合适的继承人。

三爷是半夜死的，就死在麦子家的牛圈里，整个人跌得鼻青脸肿。麦子家房屋的底层是牛圈，楼上楼下就隔着一层木楼板。寨子里每一家的房屋，几乎都是这样的结构。但是三爷是从什么地方掉下去的，为什么会死在半夜，却没有人去深究。

三爷一身黑衣，直直地躺在两张条凳支起的门板上，脸上盖着白棉纸，一双鸡爪似的手垂在两侧，各抓着两叠纸钱。麦子跪在堂屋里，向长辈磕头，向祖宗磕头，向所有到屋里来的人磕头，一遍又一遍地申辩，但她的话没人相信。族内的长辈们叫把大门关了，不准外姓人进来，说家丑不可外扬，家里的事就按家法论处。

麦子绝望地闭上了双眼，她知道“家法”意味着什么。当听到要动家法时，麦子拼命挣扎着站起来。此时的麦子披头散发，目露凶光，“呼”一下冲进里屋，转身又跑了出来，手里拿着一条红裤衩，近似疯狂地喊着：“看吧，看吧，你们自己看吧！”说着突然一下挂在了神龛上。

“哎呀！”人群中一阵骚动，这是晦气东西，要招灾的呀！有人冲上前去，一把扯了下来，扔到地上。

麦子被按着跪在地上，听主事的人宣判。话没说到一半，麦子哭叫着奔过去撕扯门板上的三爷，她说出的话仿佛平地一声炸雷，堂屋里的人顿时都被震哑了。主事的人很快压住了堂，指挥人把她按到地上跪着，说：“这个女人疯了，疯了，快堵住她的嘴。”麦子拼命抬头，怒目厉声说：“除非我死，你们堵不住我的嘴！”话还没说完，已被人用牛绳绑了双手，并用布团塞住了嘴。

当夜，人们渐渐散去，披麻戴孝的麦子被罚为三爷守灵。

到了下半夜，麦子家的房子突然着火烧了起来。众人赶到时，火已窜到了房上，顷刻间，熊熊的火苗腾起好几丈高，映浔满天通红，并烧到了上房的三爷家。眼看施救无望，内中有人大喊：快回去救自家房子！大家于是又急忙往回跑，往房上泼水，掀房顶上的草，并打开圈门放牲口逃命。

黑暗中的苦李井边，一个女人踉跄地走着，那是趁乱出逃的麦子。二娘赶上来，塞给她几个煮熟的鸡蛋，说，麦子你快走，走得越远越好，永远别再回来。下辈子投胎转世，也别来。

（原载《山花》2008年第13期）

李　晁

少年故事

这天早晨，春雨经过一夜的挥洒渐渐力不从心，雨丝变得温柔，水洼里的涟漪越来越轻，已经看不见水的波纹了。一个男孩出现在泥泞的路面上，他是从一条巷子里钻出来的，与他同时钻出的是一条邋遢的流浪狗，狗的表情是阴沉的，甚至带着一丝忧伤，这和男孩的表情如出一辙。他们湿漉漉的表情在清晨的雾气中显得那么幽深。

男孩路过一个农贸市场，那里已经人声鼎沸了，狭窄的市场上挤满了前来买菜的人，他们踩在泥淖里把一些烂菜叶和垃圾搅拌在一起，发酵出一股特有的菜市场的味道。也许是受这些味道的蛊惑，流浪狗放弃了对男孩的尾随，加入到了这场热闹中。它夹着尾巴蹿进了无数双脚中，希望发现一些被扔弃的食物。男孩踮起脚尖朝市场深处望了一眼，希望发现外婆的身影，他知道她买菜去了。此刻，她伛偻的身子可能正蹲在某个摊位上和人讨价还价。外婆穿着什么衣服呢？男孩回想不起来，他摸了摸自己的口袋，里面有一块钱，这是外婆放进他的口袋的，男孩拽着这张肮脏的失去柔韧的钞票朝一个油饼摊走去。等他意犹未尽地吃完那张肉饼时，外婆仍然没有出现，于是，他只好往回走，他不想挤到人群中去找她，外婆只会让他拎篮子，而篮子里势必会装满令他闷闷不乐的青菜，那些湿淋淋的青菜。

这是一个礼拜天的早晨，刚吃过一个肉饼的男孩又饿了，他的脚还没有踏进巷子，肚子就咕咚响了一声，好像刚才吃进去的东西掉进了一个无底洞，现在才落地。

门口杂货店的阿姨对他说，李山山，你外婆回来了吗？我叫她帮我带只鸡，也不知道买着没有？

男孩摇摇头，毫无表情地答道，我不知道。

在男孩掏出藏在毛衣里的钥匙准备开门时，突然问了一句，我爸爸来电话了吗？

这个叫王老五的瘸腿女人正在卸最后一块门板，她用一串响亮的回答让男孩失望不已。她说，没有，你爸爸已经很久没有打电话来啦。

外婆回来时，男孩正趴在桌子上开一辆汽车，他握着那辆铁灰色的汽车在桌面上来回碾压，嘴里模拟出汽车引擎的声音，外婆一进门便打断了男孩的驾驶。外婆问，山山，你吃早餐了没有？

男孩回道，吃了，可我又饿了。

外婆把篮子拎进厨房，取出菜说，好，外婆马上就煮饭。

男孩沿着墙壁把车开进了厨房，对外婆说，爸爸还没有打电话来。

外婆想了想，便安慰说，爸爸很忙啊，听说又换工地了，这回要去四川呢。

那他们要回来吗？男孩接着问。

管他们回不回来，反正这个家早就不是他们的了。外婆有点气愤了，外婆一气愤总是这么回答人的。

中午，刘川来找李山山，他是山山的玩伴。他敲响了那扇紧闭的窗户，正在午睡的男孩醒了过来，打开窗问，看见我外婆没有？

刘川说，她在王老五那儿看别人打牌呢。

男孩立即从床上跃了起来，打开门像猫一样钻出了院子。为了躲避无数告密人的目光，他们紧贴着墙根走，仿佛这样才能不被发现。在经过王老五门前时，李山山情不自禁朝店内望了一眼，当他发现外婆伛偻的身子埋在牌局里时，心里一阵颤栗，生怕她会冷不丁地转过身来，把他当场拿住。

男孩们冲出巷子的姿态像鸟一样优美，他们带着胜利的表情相视而笑。现在，他们肩并肩走在铁葫芦街寂寥的午后。他们路过邮局，走过一家旧书店，来到人流密集的游戏机室。一进那道狭窄的门，各种游戏的声音传了过来，使人兴奋不已。

刘川问，你带钱了吗？

男孩掏了掏自己的口袋，可里面一分钱也没有，就在男孩准备掏遍自己的口袋时，刘川不耐烦地挥挥手说，算了，我去买币。

刘川揣着十二个币回来，他把六枚黄灿灿的铜币交到了男孩的手里，嘱咐他要好好玩，不要一会儿就死掉了。在游戏方面刘川可谓是李山山的老师，尤其是格斗游戏，刘川能一个币打翻版，而李山山显然要笨拙很多，如果不是刘川帮忙，他连一关也过不了。

两个男孩见缝插针地挤到了一台机子面前，把币投进机器。先是李山山观摩刘川打，在三个人物中，他能得到一次操作的机会，当他控制的人物接连被对方打倒时，刘川焦急地喊起来，你挡啊，蹲下踢他，跳起来，玩绝杀呀……

刘川怎么着急也没有用，他知道最终的结果是山山惨败，当山山从位置上退下来时，刘川急忙坐上去，嘴里念念有词，仿佛自己已经是游戏里的人物了。

多数时候，李山山是愿意观看刘川打游戏的，他觉得他很有才华，当然也有失手的时候，比如此刻，一个头发湿漉漉的家伙闯了进来，他霸道地拨开人群坐到了刘川的旁边，投了一个币进去，嘴里念叨着，小子，看老子教你怎么打。

李山山发现那是个陌生人，铁葫芦街的所有混混他都认识，因为刘川的哥哥刘海是铁葫芦街一霸，多年来，那些熟悉的面孔成群结队地出现在街头，一副世人瞩目的样子。而眼前的这个青年李山山却没有见过，他觉得此人来者不善，便俯过身去对小川说，我们还是走吧。

刘川回道，怕什么，他又不敢吃了我，吃了我，还有我哥呢。

提到刘海，李山山是敬畏的，这不仅和他身上的文身有关，他最出名的是能耍一套神出鬼没的双节棍，听说是在某某名山的一个名师那里学来的。

陌生的家伙拍了拍刘川的头说，小子，输了就叫我一声爷爷。

紧张的气氛一触即发，李山山暗自担心起来，可刘川没有丝毫退缩，他随口回道，如果你输了你就叫我一声爷爷。

陌生青年轻蔑地哼了一声，格斗正式开始了。之前刘川选的人物都是随机选取的，他并不拿手，而青年选的人物正好克制他。这一点连李山山也看出来了，他对青年说，不公平，小川是随机选的，你也要随机选。

青年回过头看了一眼李山山，你是谁？给老子滚远点。

刘川严肃地说，他是我的朋友。

青年嘿嘿笑了，用阴鸷的目光盯着李山山，好啊，等老子赢了，你们一块喊老子爷爷。

这局游戏关系重大，刘川凭直觉意识到此人不怀好意，像是故意来找茬的。但骑虎难下，他环顾一下身边看热闹的人，虽然平时他们都客客气气的，一到关键时刻就显出冷漠来了，没有一个人站出来说句公道话。

第一局刘川输了，而且是惨败，青年无疑是有备而来。就在情况不妙时，李山山从人群中钻了出去，他要去找刘海。他来到街上，逢熟人就问，你见到刘海了吗？人们纷纷摇头，他们对刘海是厌恶的，就算知道他的下落也不愿意说，仿佛都不认识这个人。

这个春日午后，人们对一个男孩的奔走无动于衷。他跑遍了刘海经常出没的地方，台球室、歌舞厅、茶馆，并且冒着被外婆发现的危险回到了巷子里，可刘海并不在家。刘川的妈妈说，小川早就出门啦，你没有见到他吗？

就在他一筹莫展时，一个熟悉的身影出现了，他从一辆摩托车上下来，身后还跟着一个女人，此人正是刘海。

男孩气喘吁吁地向他喊道，大海哥，小川……小川有危险啦。

刘海转过身来，看着男孩，你说什么？什么有危险了？

男孩跑到刘海面前，指着电游室的方向说，有个不认识的人找小川麻烦。

刘海接过女人手中的香烟漫不经心地抽了起来，麻烦？谁敢找小川麻烦？那个人长什么样子？

男孩极力在脑海中勾画陌生青年的脸，可越急越说不出个所以然来，他只说那人留着一头长发。在刘海思忖的过程中，男孩断断续续向他描述了该男子的长相，他的眼睛很小，就像一条缝，他脸上有一块黑疤，就像难看的泥巴，他人很瘦，就和猴子差不多。

说到这里刘海打断了男孩的描述，别瞎比喻啦，带我去看看。随后，他又对那个女人说，你去把老二他们叫过来，搞不好有情况。

刘海跨上了那辆在李山山看来无比威风的摩托车，就在他发愣时，刘海朝他喊道，看什么看，快上车呀。

等李山山笨手笨脚地跨上摩托车，还没来得及搂住刘海的腰时，车子就发出一阵咆哮，像箭一样飞了出去。

电游室外，已经聚集了一大群人，当他们听见街上传来摩托车的声音时，纷纷喊道，大海来了，大海来了。

在众人惊慌的目光中，李山山和刘海已经从摩托车上跃了下来，他们冲进游戏机室，发现刘川半倒在地，嘴角挂着一丝血，往下，一把刀插在了他的肚子上，鲜血从那里流了出来。

见此情景，李山山吓得哭了起来，而大海显然愣住了，许久才声嘶力竭地喊了一句，谁干的？

大海抱起弟弟瘦小的身子就往外冲，没有听见身边人的议论，小川果然有他哥哥的风范，明知打不过，也不做缩头乌龟。一旁的人也附和道，就是，就是，没有给他哥丢脸。

李山山边跑边哭，一行人朝医院涌去。正在路上时，大海的兄弟到了，他们面面相觑，都不知道发生了什么。大海向他们喊道，我弟弟被人捅啦。

好在医院离电游室不远，当小川被送进抢救室时，大海和他的兄弟都涌出了医院，他们朝铁葫芦街散去。在走之前，大海对李山山说，你留下来照顾小川，有什么情况立即通知我。

刘海和他的兄弟分头朝车站、码头、大桥跑去。他向他们描绘了该男子的相貌，当然这是援引李山山的讲述。人马四散开去，刘海和一个叫幺鸡的男子朝大桥奔去，他的摩托车在街上横冲直撞，一旁的孩子见了，便知道又有热闹看了，纷纷跟在车后，如同一群跟屁虫。

当这拨人马在大桥上踅了三圈也没发现可疑人物时，刘海对着身后的人群说，给老子看好了，一有长头发的就抓住，谁抓住了老子大大有赏。

说完，刘海又跨着摩托车消失在桥上，他去与其他人会合了，可据从车站和码头上搜寻的人说并没有发现一位长发青年，即便有也是铁葫芦街的人。

搜寻无果后，刘海回到了医院，那时母亲已经赶了过来，她坐在一把红色的塑料椅上泣不成声。刘海喊了一声妈，可陈兰并没有抬起头来，只是开始了抱怨，你就够伤我的心了，连你弟弟也走你的路，你们非要把我气死才甘心是不是？你弟弟伤成这样，一定是有人报仇，你这个天杀的害了你弟弟啊。

陈兰说到这里勾起了刘海的回忆，报仇？和我有仇的人实在是太多了，刘海想不起谁和他有这么大的仇恨，非要拿他的家人开刀不可。

刘海已经放下话去了，誓要抓住行凶者。也有人提醒他报警，却被他骂得狗血淋头。报警，亏你想得出来，老子什么时候报过警啦？这点屁事都要报警，老子以后怎么混。

直到刘川出院，刘海还是没有发现行凶者的行踪，虽然他多次从弟弟口中得知该青年的相貌，甚至还请铁葫芦街一位精神出了问题的画家为该男子画了像，又把画像拿给无数人看，可没有一个人对此有印象，他们认为画像上的男子完全是个陌生人。

在这期间，刘川一直在家养伤，他多次指着自己的肚子说，还好我用手抓住了刀，要不然就英勇牺牲啦。那把刀的确没有插入太深。李山山想，事实也许如刘川所说，但也不排除是凶手一时手软的结果。

刘川的爸爸也特意从外地赶了回来，他和山山的父亲是同事，同在一个工地。他在一个黄昏提着一包物品踏进了山山家的院子，龚阿姨，我是小刘啊。

外婆打开了门，急忙把他迎进屋。哟，是小刘啊，好久不见你了。

男子把物品交到外婆的手上，说，这是山山爸让我捎回来的，这阵子大江截流，他实在抽不了身。

外婆和客人说话的时候，李山山正在厨房吃晚饭，他竖着耳朵听着谈话内容，他很想跑出去看看爸爸带了什么回来，可又不好意思，只好强忍着把饭菜扒进自己的嘴里。

没想到这个时候外婆却主动叫了起来，山山，快出来，见见你刘叔叔。

山山从厨房探出了头，他看见一个男子和蔼地对着他笑，于是他大胆地走了出来，嘴里喊了句叔叔。

他本想摸一摸那包看上去很沉的包裹，可外婆把他的手打了回去。外婆说，看你急成那样，你还没有谢谢叔叔呢。

男孩好不容易说出了谢谢两个字，可刘川爸爸却说，我家川川的事也要谢谢你呢。

说到这里，外婆用一种低沉的语调安慰了男子，随后男子便起身告辞了。

男孩迫不及待地撕开了包裹，里面除了一大包药材外，一台红色的游戏机让男孩兴奋不已。他早就想拥有一台游戏机了，这样他就不用上街去玩五毛钱三个币的游戏了，他小心翼翼地摸着那台机器，不敢置信这是真的。

外婆见状便唠叨开了，就你爸惯你，给什么不好，偏给游戏机，小心玩游戏把心玩野了。

山山反驳说，这是爸爸怕我像刘川那样才买的。

外婆不再说什么了，她抱着那包药材进了卧室。

有了这台游戏机，山山和刘川的寒假过得无比幸福，他们再也不用去电游室和人争着玩游戏了，只用坐在电视机前轻轻遥控自己的手柄就可以了。而这时，刘海对追捕凶手也不再那么热心了，他恢复了以往的生活节奏，又开始出没街头与人斗殴了。

又一个春雨绵绵的清晨，男孩从睡梦中醒来，发现窗外的桃树开出了一些小花苞，而墙上的日历显示，离开学已经不远了，可男孩的作业仍有许多没有完成。平时外婆押他写作业时，他的脑子里想的是乱七八糟的事情，那时距开学还遥遥无期，所以男孩并不担心，可如今那个日期就在眼前，男孩慌了神，与他一块慌张的还有刘川。

刘川来找山山时是带着作业本的，从他的表情上可以看出一丝焦虑。两个男孩并肩坐在饭桌上开始写作业之一——日记。

李山山是这样开头的：

3月5日　星期五　阴雨

今天，我看见屋外的桃花要开了，就想到开学的时间越来越近了，我开始想念一些人……

写到十点半时，雨停了。刘川对山山说出了那件事，我哥哥找到那个人了。

山山正咬着笔杆费劲地算一道应用题，没认真听刘川的话，找什么？什么人？

刘川皱着眉说，就是那个用刀捅我的人，我哥哥在城北发现了他的踪迹。

李山山这才明白过来，精神为之一振，逮着没有？你哥哥把他怎么了？

刘川说，我也不太清楚，好像说是发现了他，但还没有抓到。

男孩陷入了沉思，随口说道，要是抓到了，你哥哥会把他怎么样？会杀了他吗？

刘川摇着头说，我不知道，杀人是要偿命的，我哥哥没这么傻，他已经进去过一次了。

李山山对刘川的回答很失望，他觉得进去过的人才应该凶悍呢。

当天晚上，刘川乘着夜色踅进了李山山家的院子，他敲响了那扇被雨淋湿的窗户，窗内的灯倏忽一下便亮了。不一会儿，随着窗户的开启，男孩的头露了出来。他问，干什么，都这么晚啦。

刘川说，我好不容易才溜出来，带你去个地方，保证你没玩过。

男孩打着哈欠说，去哪儿？玩什么？我都想睡觉了。

刘川神秘莫测地回答，跟我来就知道了。

李山山轻手轻脚地打开了房门，外婆已经睡下，只有屋檐还传来滴水的声响，他就利用这雨滴做掩护，顺利地溜了出去。

男孩们走在夜雨朦胧的街头，巷子里的路灯昏黄地照耀着这条泥泞的道路，李山山的套靴把泥淖踩得吧唧作响。他抱怨道，这破天气，我们去玩什么？

刘川的头埋在连衣帽里，只露出鼻子和嘴巴的部分，可浓重的夜色把这部分也模糊了，所以李山山并没有发现刘川的嘴巴在翕动，只听见一声古怪的笑声，嘿嘿。

李山山并不知道刘川要带他去桥上，当他们走到大桥下时，李山山抱怨说，你到底要带我去哪儿？再走，就去城北啦。

刘川钻到桥洞里去了，许久，才从黑黢黢的桥洞里钻出来，他对男孩说，快来帮我一把呀，我都拎不动了。

李山山凑拢一看，才发现刘川手里提着一只布满泥浆的麻袋，鼓鼓囊囊的，看不出里面装了什么。

喂，这是什么东西？李山山好奇地问。

石头。刘川简短地回道，你快帮我提一下呀。

两个少年在伸手不见五指的桥墩下搬运一袋石头，桥上的路灯不知为什么没有打开。他们把麻袋运上了那个岗亭，岗亭内空无一人，许多年前还有民兵荷枪实弹站岗，如今却沦为一个赌博的窝点了，不过在这样的时刻，赌徒们是不会光临的。

刘川悄悄把岗亭内的玻璃窗打开，站在这个位置，桥下的那条街道便展露无遗了。现在，他们居高临下地俯视铁葫芦街，脸上挂着令人捉摸不透的表情。

李山山还是没有明白刘川的意思，他要干什么？搞侦察吗？就在他疑惑不解时，刘川把麻袋里的石头倒了出来，随手拿起一块，在手里掂量着。这时，一辆运煤的东风牌卡车从码头的方向驶来，刘川示意蹲下，就在卡车即将穿过桥洞时，刘川把手中的石头飞快地扔了出去，这个举动把李山山吓了一跳，他听见“当”的一声，石头撞在了车身上，而刘川却会意地朝他一笑，笑得他胆战心惊。

你在干什么？砸车会出事的，你不怕他们上来抓我们吗？李山山问。

怕什么，等他们上来，我们早就跑啦。刘川兴奋地答道。

无论是从理论还是实践出发，刘川的话不假，因为桥下这条街道是通向码头的，车子要想上桥，只能沿岗亭后方三十米处的岔路口上来，这等于绕了一个圈子，而这个时间，想要逃得无影无踪是轻而易举的。

当李山山学着刘川拿起一块湿漉漉的石头时，还是忍不住打了一个寒战，要是砸死人怎么办？

刘川用一种排忧解难的口吻说，怎么会砸死人，你看看，石头这么小，连砸死一只鸡都不可能，放心吧。

就在男孩犹豫时，刘川已经扔出好几块石头了，他显得那么兴高采烈，仿佛干了一件被众人夸奖的事情。他看着李山山畏畏缩缩的手说，你怎么那么没出息，扔块石头都怕，你还是不是男人？

被刘川这么一说，李山山就没办法了，他试着朝一辆双排座的小货车扔出手中的石头，他是那么小心，几乎没有用劲，仿佛石头是从岗亭上坠落下去的。即便如此，石头仍然击中了卡车的车厢，发出清脆的声响。

刘川批评道，一点力气也没有，这样就不好玩了，你看我的。说着他朝一辆面包车扔了一块石头，砰的一声，把自己都吓了一跳。面包车应声而停，一个男人的辱骂声传了过来，谁他妈活不耐烦了，敢砸老子的车，给老子滚出来……

少年们蹲在岗亭内，心怦怦直跳，大气也不敢出。李山山悄声说，我们还是跑吧，万一他寻上来怎么办？

刘川说，不会的，他要是来就悄悄来了，不会在下面骂的。

刘川的预言很准，果然，一会儿后，就听见面包车重新启动的声音，声音沿着街边的梧桐远去了。

少年们长长地出了一口气，刘川自言自语道，真够刺激的。

接下来，李山山的胆子大了起来，他用劲扔着手中的石头，不过他点子不准，常砸不到车。每当这时，刘川就会提醒说，要节约子弹，不然一会儿就弹尽粮绝啦。

李山山很喜欢这句话，他觉得这渲染了一种战斗的意味。此刻，他们就像两个壮士，在弹尽粮绝后，朝敌人不知疲倦地扔着石头。

接下来的几个晚上，刘川和李山山都出没在这个岗亭，有时候，他们显然去晚了，岗亭已经被另一帮孩子占领了。黑暗中，你能听见石头击中车辆的声音，不时伴着辱骂传来。这时，他们只好沮丧地往回走，心里想着，这个游戏怎么传得这么快？

游戏风靡的程度超过了刘川的预想，一到夜晚，铁葫芦街的孩子们便会选择一个既靠近街道，又方便逃跑的地方，开始他们的暗夜袭击。

这个情况，一直持续到刘海出事那天。

那是一个晚上，刘海心猿意马地骑车前往一个约会地点，等着他的是某位铁葫芦街或城北的姑娘，就在他哼着小曲，途径桥洞时，数块黑乎乎的东西飞到了他的头上、臂上还有车头上，他来不及惨叫一声就失控倒下，他的一只脚卡在了车内侧，由机车牵引着朝水泥桥柱撞去。

刘海重伤了。但他并不知道自己的伤却成为刘川及李山山的噩梦，他们曾多次途经岗亭，每次都忍不住朝上望去，望一眼便颤栗一下。岗亭给两个少年带来了挥之不去的阴影，也使得他们看见石头就像看见手榴弹一样。

刘海受伤之后，扔石头的风气从铁葫芦街迅速消失，街头少年们再也不敢谈论自己曾威风凛凛地站在岗亭内朝来往的车辆扔掷石块了。那些曾洋洋自得的少年，面对此事时，无一例外地保持了沉默，从他们讳莫如深的眼神中，不难看出一丝惊慌与恐惧。

刘海的头被砸出了一个大洞，即便在出院后的日子，脸上还是留下了一块难看的疤，这疤使他看上去更加凶狠了。他的脚也瘸了，走路只能一摇一摆。这个曾经叱咤铁葫芦街的青年，如今只能像一位风烛残年的老人，端坐窗前，眺望时间消逝。

刘海变得喜欢照镜子起来，他不时拿起手中的镜子，边照边自言自语说，你说，我要不要留个长发，把疤盖住？

刘川没有勇气看自己的哥哥，仿佛那疤是他弄上去的，他支支吾吾地说，我不知道。

刘海放下镜子望着弟弟，发现他一脸难过，你怎么啦？哭丧着脸。是不是还怪我没把伤你的家伙抓到，没有给你报仇？

刘川摇着头，几乎就要哭了，他愧疚地说，你自己都伤成这样，还报什么仇呀。

刘海自以为看出了弟弟的心思，他还在怪我呢，刘海想。他知道弟弟受伤一事和自己脱不了干系，用母亲陈兰的话说就是，如果不是你在外面惹是生非，你弟弟怎么会被人捅？他们是不敢找你，所以就拿你弟弟开刀啦。

类似这样的话在刘海受伤之前经常听到，可他受伤之后，母亲再也没有念叨过了，只是以泪洗面，偶尔念上一句，我这是做了什么孽啊。

本来刘海已经发现了行凶者的踪迹，可每当他带着兄弟前往城北时，那人就闻风而逃、销声匿迹了。刘海听说，此人从前为人胆小，可自从他妹妹在铁葫芦街被人强奸后，便开始混迹街头，学人打架喝酒，无所不来了。

刘海曾对手下说，此人是把老子当成强奸犯了，老子要女人用得着强奸吗？

他的兄弟纷纷附和，就是，就是，大海女人多的是，谁稀罕城北妞。

就在刘海与凶手做着捉迷藏的游戏时，他出事了，此后再也没有离开过铁葫芦街。

刘海出事以后，刘川和李山山也渐渐疏远了，李山山曾多次去刘川家，邀请他去玩游戏，甚至他还把游戏卡带在身边，希望能引起刘川的兴趣。可刘川总是紧闭眉头，一言不发，并用一种恶狠狠的目光盯着李山山，仿佛在说，这个时候你还有心情玩游戏，要玩你自己玩去吧。

李山山莫名其妙成了罪魁祸首，他怎么也想不通自己一片好心却换来对方的无动于衷，还有愤怒的目光，这目光使他恼怒，他想，你凭什么用那种眼光看着我，又不是我想去岗亭的，当初不是你拉着我，我会去吗？

对此，刘川也有自己的想法，如果当初你拒绝去，我也不会单独去岗亭，那么就不会有后来的袭击游戏了，而没有这个游戏，哥哥就不会出事。

这些想法虽然未经他们的嘴说出来，但彼此间的眼神已经暴露了所有内容。从那以后，李山山再也没有找过刘川了。两个曾经形影不离的伙伴，现在行同路人，而放学的道路依旧，可人们再也见不到两个少年肩并肩嬉闹着回家的情景了，他们各走各的路，渐渐消失在一条平行线上。

（原载《青年文学》2008年第11期）

邹德斌

北风吹雪花飘

一

吃下个秤砣后，丘小就铁了心了，甩开两条长腿就往西沟的煤窑奔，几步就把他娘的哭声甩到了脑后。

他娘的哭声还在脑后拖着长长的尾巴，嫩爹，你去嘛，看你爸不打断你的腿！

丘小问跟在屁股后面的黑三，他会不会打断我的腿？黑三不说话。丘小又问，他要敢打断我的腿你帮不帮我？黑三还是不说话。丘小命令道，他要敢打断我的腿你就咬断他的腿！黑三说，汪！

日头好像就挂在头顶上，走不多远，黑三就把长长的舌头搭在了嘴巴外，是恨不得白送人的样子。一路上，只有知了在槐树上不停地叫，叫声跟炒铁似的。

走过奋斗家的苞谷地，丘小看到奋斗媳妇锦绣正在给苞谷浇清粪，丘小心头那个秤砣一下就成了一个烧红的秤砣，烙得满肚子青烟。

就是因为这个女人，丘小今天才要去找他爸的。刚才放学的时候，丘小又听到人家说他爸了。人家没有直接说他爸，人家只在他的背后喊“翻脚板”，丘小就恨得咬出了一嘴的火星子。之前，丘小就听人说，他爸跟这个女人“翻脚板”了。丘小冲锦绣狠狠地呸了一口。黑三也冲锦绣狠狠地呸了一口。

那个秤砣把丘小的两条腿带到了窑上。

窑上让一个生着茅草的土墙院子圈着。铁门里，那个人显然是识得丘小的，就给他开了门。

黑三愣怔着不敢进院。黑三望着一院的人都忘了叫。黑三想，他们怎么比我还黑？

丘小也一下跌进了一个黑色的魇里。丘小使劲揉了揉眼，又使劲揉了揉眼，他不能确定自己是在一个魇里还是在现实中。

院子里所有人除了身坯大小不同，全一个色。他们通身结着硬的块，像铠甲，在阳光下闪着贼亮贼亮的漆光。脸也看不到肉色，只两个小白点亮眼，却是死的，搭在你身上它就不管了，就交给你了。最突出的是横着的两片红，像才喝了血还没来得及揩，真担心一张嘴那血又吐了出来。再就是牙，因为脸的黑，显得更白，一龇，森森的，整一个黑面无常，太阳底下也瘆得丘小背脊浸凉。

正是晌午，黑的窑哥们都蹴在院子三面的墙根上往嘴里塞着馒头就着稀饭，只有从他们嘴里发出的此起彼伏的呼哧呼哧的喝粥声，证明丘小并非跌进了黑魇里。

丘小，找你爸？开门的红嘴问。

你是谁？丘小一边问，一边拿眼使劲地识。

我是你奋斗叔哩。红嘴说完，又向一面墙根喊，丘大，看谁来了！

墙根上一个黑面无常立起身，一瘸一拐地走了过来，边走边喊丘小，是你哪！黑三见一个黑人向自己走来，才回过神来汪汪叫。丘小止住了它，说别吵。丘小想，难怪黑三要汪汪：要不是走路的样子和说话的声音，哪敢相信这是他爸！爸瘸了一条腿，是让煤干石砸的，窑里给了钱让医，可他舍不得花，也舍不得误工，就成了现在这个样子，连声音也跟着瘸了。

丘小像被大脚黄蜂蜇了一下，一下就把心蜇了个窟窿。但也就是那一刹那，丘小把心一横，又横回了那个秤砣。丘小不去看眼前的爸，他两眼望着太阳。他爸问，有事？

这时候丘小才想起，我来找他做啥？就为正告他“翻脚板”？这个显然不能让丘小解愤。丘小说，我来上工，我不读书啦！丘小说得很急，也很不在乎的样子，一条腿还一晃一晃的。丘大说，你说什么？丘大一边问一边腾出捏着馒头的手去掏耳朵。他怀疑自己的耳朵让煤渣堵上了。

丘小对这个效果就比较满意了，就又说了一遍。丘大呢，把手从自己的耳朵眼里放了下来。丘大把一口馒头咽了下去，直勾勾地看着他，说，也好，你来吧。

村长兼着矿长的五星一脸狐疑，看看丘大，又看看丘小，再看看黑三。他看不到丘大一张黑脸的内容，也看不到丘小脸上的内容，丘小脸上的内容全是无所谓。黑三呢，它的脸上写着不关我的事。五星问，丘小你多大？丘小说，十七。五星说，未成年哪，回去回去。丘大说，未成年？搁旧社会都当爹了！

五星说，想好了？吃住都不能离开矿上的。

丘小嘴角往上一挂，眉眼里全是无所谓。

丘小没想到的是，他下井的时候，丘大一直在工棚陪着他，送他到了井口，还帮他正了正头上的安全帽跟矿灯，还帮他理了理屁股后面的电瓶，挥挥手说，去吧。丘小头都没给他回一个。丘小感觉到他爸那个嘴角一直挂着一个笑，是等着看笑话的不怀好意的笑。丘小看不得这个。不是看不得，简直都可以说恶心了。

黑三欢天喜地地走在丘小前面，越往深里走黑三的脚下就越重了，尾巴也夹在了屁股后面，越夹越死，夹成了一根枯棍儿。路过巷道的第一个拐弯，黑三一个转身呼地就往回跑，丘小喊都喊不住。奋斗叔在一边笑，这狗是怕哩！

黑三连村长都不怕，却怕这窑。

一碗水煤窑多了一个小窑哥。

丘小这天来当窑哥也不是一时的冲动，而且呢，也不全是赌“光脚板”的气。丘小都读了三个初三了，读得唇上都起了一层绒绒的黑毛了，一碗水像这个年龄的男男女女早就捞世界去了，丘小自己都觉得再读下去也没处放脸了，可他爸就一口咬着要他读；娘呢，只听他爸的，是他爸的一个黑三。

丘小咬了牙，铁定了心思，最多一个月，挣够了路费，就远远地捞世界去。

丘大发现丘小一见了他就噘起嘴吹口哨，吹的是“不经历风雨怎么见彩虹”。丘大记得丘小原先是不吹口哨的。丘大心头跟明镜似的，都吹口哨了，尥蹶子，看老子不把你这头小叫驴熬出驴膏来！

丘小终于扛不住了，表现出来了，除了吹口哨，主要表现在丘大送他到井口这个事上。又不是三岁两岁！丘小两个肩胛骨不耐烦地耸，说，又不是没有长脚。还给了黑三一脚，痛得黑三嗷嗷地叫——转身就迈开了两条腿。

下一班，丘小的话更歹了，送什么送，又不是生离死别！丘小一时找不到比这个更歹的话，话出了口，心头有种特别的快感。尤其是看到丘大瞪圆了两个惊惶的眼珠子那个样子，心头……确是一种说不出的痛快。丘大颤着声说，丘小，这是矿上哩，别说这话，行不？丘小不理他，丘大又追了两步，说，这不是你一个人的事哩。丘小知道点到他爸的死穴了，心头更痛快，便大步地往井下走去。走着走着，丘小的心开始变化了，是朝着不听他的话的另一个方向变。丘小不自觉地回了回头，恍惚看到井口歪着个剪影，剪影在挥着手。

丘小使一把大铁锨在掌子面不停地攉，奋斗说，歇一会吧，下一车都有了。丘小不歇，他只有弄出动静来，才能掩盖住什么。奋斗说，你这孩子，歇会哩，人家要说你叔欺小哩！

丘小收工一出了井口，院子里所有的人都向他围了过来，满眼的悚愕。丘小说看什么看，老子又不是恐怖分子！早有人跑去把丘大拉来了，丘大脸一下就歪到了半边，“叭”，一个耳光挟雷裹电给了丘小。丘大骂道，狗日的，要死死远点，别在这害人！丘大骂完，狠狠地哽了哽喉咙，哽得喉结一突一突的，像有一块煤干石堵在那里。

事后丘小才知道，窑上是最忌讳人哭的，更不要说在井下哭。丘小只顾着哭，两道泪痕在一张煤脸上不打自招了。丘小记住了他爸那一巴掌。丘小想，老子下一班再哭就不是人。

二

丘大来找村长五星请假，请他和丘小的假。本来，早几天就想请的，一个是舍不得钱，耽搁一天二三十块钱哩。再一个，丘小这头小叫驴还在尥蹶子哩。这个年龄的毛驹，磨他一磨不是坏事。现在呢，农时不候人了，家里那块田等着他回去插秧哩。丘小这一头，感觉也差不多了。丘大其实一直心头都不忍，谁忍心让自己家的孩子下井啊。特别是昨天，那一巴掌比打在自己身上还疼啊。可丘大又觉得值，丘小这几天的苦累，保不定够他一辈子受用哩。

五星两道浓眉拧成了一个疙瘩，说，你看，矿上多半都请假回去了，你两爷崽再一走……五星在村长办兼矿长办背着手踱着步子，半晌说，那你再顶个班吧，就顶一个班好不？按加班算。村长五星都在央求丘大了。丘大受不得这眼光。丘大就回工棚换工作服，一边对自己说，说好了，就顶这个班。丘大看到丘小也在换衣服，警觉了，问，你也这班？丘小换好衣服只对黑三说，走。

窑上有个规矩，当然这只是个规矩而不是规定：亲人是不安排在一个班下井的，更何况丘大丘小这样亲亲的父子。丘大扣着最后一颗纽子，手就停在了那里，犯踌躇。

丘小扛着锨走到井下那个拐弯处不自觉地回了回头，他只看到井口一个矮矮的剪影在摇着尾巴。丘小心上略略地有点空，回过头来，才看到爸在前面推着煤车。

丘小一等他爸推着矿车出去就蹴在了掌子面。眼前趴着身子推着矿车的鬼魅一般的黑影就是自己的爸啊！他这样的爬出爬进多少年了？十年还是八年——他为此还瘸了一条腿——他还要爬多久？十年、二十年还是三十年、一辈子？这个过程中他还会付出怎样的代价？蹴在掌子面，丘小心子上的血一股股地涌上了眼眶。什么“翻脚板”？什么逼读书？其实都是自己挖空心思的歪理，其实骨子里是对他那一身黑、那一条瘸腿的瞧不起！其实就是一个读了三个初三的你的虚荣心在闹鬼！他有些明白为什么爸一直不让他上煤窑来了。丘小啊丘小，看看你的亲爸，还有身边的奋斗叔，他们就安心比一个黑三还不如地在这个如同地狱一般冥暗悠长的洞穴里爬进爬出？

丘大跟那个窑哥推着一车煤离开掌子面，推过一个拐弯，他们听到身前的矿车响得有些不同以往，“轰轰轰，轰轰轰……”那不是矿车与钢轨摩擦的声响，而是来自窑的深处，来自地底的声响，不由分说，由里往外挤压的声响。丘大手上立马就感觉到了矿车在跳舞，矿车像个小甲壳虫拼命地跳起来，头上的光柱一下也扭曲了，凌乱了，乌黑的空气也开始蜷缩，抽搐。满世界都在咯吱咯吱地咬牙，就在脚底下咬，就在身边四周里咬，就像有千百个人在害着伤寒打着寒噤。每一根撑木都绷紧了脊梁骨在哆嗦，四周的煤渣扑簌簌往下掉。开始是掉，跟着是砸。同车的窑哥立马反应过来，喊，快跑！说完丢下矿车就跑，跑了几步，一回头，没见丘大跟上，反见他往里冲。窑哥停下来，喊，丘大，这边！丘大头也没回，死命往里冲。这时坑道里疯了似的往外涌人，人流撞着丘大，丘大挡了人家的道，人家骂他，你讨死啊！丘大不管，拼命往里冲。迎面又一个人喊，你还进去干啥？他说，找丘小。那人说，我就是！听不出来了，声音都麻花了。父子俩攥着手就往外冲，可丘大的腿哪跑得快，身后的撑木从里往外一根根地压，就像是多米诺骨牌，撵着他们的脚后跟。他们都不是自己在跑，是里面的气浪在推着他们，推到坑道那个拐弯的时候，气浪撵上来，轰的一口把他们吞了。

三

成群成群的白嘴乌鸦在一碗水上空盘旋，像一块斗篷。丘大家里的甩了甩两手的泥水，使手垫着后腰，才伸直了腰来，抬头看着天空，黑压压的斗篷越扣越紧，紧得让人透不过气了。丘大家里的突然听到一声轰响，那声沉闷的轰响来自脚下，乌鸦似乎也感觉到了，哇的一声，鼓起翅膀全没了影。丘大家里的感觉脚下的水田一震，一行一行的秧苗无声地跟着一扭。丘大家里的把心紧成了一颗卵石。

这个时候，西沟的苦槐林没魂似的跑来个黑人，像戏里的黑无常。黑无常连滚带爬一边跑一边号喃着什么。丘大家里的惊颤颤的敢问又不敢问。黑无常跑到田坎边说，快去啊，丘大丘小都埋了！黑无常又往前面的田坎连滚带爬地去通知。很快，那边秧田就传来奋斗家锦绣的哭嚎声。锦绣一边嚎，一边稀里哗啦地往田坎上扑。黑无常通知完了，也缓过魂来，又往回跑，跑过丘大家秧田，感觉有些不对，怎么丘大家里的一个响也没给？黑无常刹住步子再一望，丘大家里的依旧埋着头，屁股依旧高高地撅向着天，在插着她的秧。黑无常把手做成个喇叭，喊，你家两个男都埋了，快上窑啊！

黑无常喊了就又往窑上跑，他怕锦绣的哭声撵上了他。

五星早就有思想准备的，但事故发生了，还是让他成了一只热锅上的蚂蚁。整个院子都是哭声喊声叫声，特别是奋斗家里的那个嚎，血都要把你嚎倒流了。听着听着，五星猛然想起，丘大家里的怎么还没来？

黑无常再次跑向丘大家的水田，远远地就又看到了丘大家里的，她还是那个样子，屁股高高地撅起，全心全意插着她的秧。黑无常连唤了几声她也不给个响，甚至连头都没抬。黑无常感觉不对了，裤脚都没挽就扑到了田里。黑无常拨开秧苗吓得一屁股坐到了水田里，吓成了个白无常：丘大家里的把头深深地插在水田里，只露了两个肩在水面。你以为这样就听不到那个信了！白无常好不容易才把她的头从稀泥里拔了出来，一个人已经没气了。

四

丘小一刻不停地在巷道里狂奔，去追赶前面那一点亮光。丘小越跑越发觉自己沉入了一个看不到尽头的坑井，四周一片漆黑，睁大了双眼才能看到前面那一点亮，他不敢停下来，他怕自己一停下来那个亮也跟着熄灭了，自己就让四周的黑吞了。他心头只有一个念想，不停地跑下去，跑下去。终于，前方那团光晕在逐渐地放大，放大。丘小终于舒了口气：嗬——！

丘小听到了那声长舒，身子一挺，醒了过来。头上一只白炽灯静静地亮着，像一只恹恹的眼，瞅他。

他不知道，梦里梦外，是一派来世与今生的苍茫。

丘小想坐起身来，可是他坐不起来，他使了两条腿去蹬，一蹬，人就偏到了床沿。蹬的怎么是一条腿？丘小被自己吓得浑身地震，慌忙掀开被子，他只看到他的一条腿，是一条左腿。我的腿呢？我的腿呢？我的腿呢？丘小上下牙打着仗问自己，他听到他的两排牙在嗒嗒嗒嗒地打机关枪，他不相信这是真的，他以为他还在梦里头，他惊愕地瞪着眼放开嗓门啊啊啊地叫，那个灯泡在他的叫声中无辜地晃动。他使了手去找另一条腿，才注意到他的两只手背上插着塑料管子，管子里面的液体在他的叫声中惊慌地往回跑。

丘小，丘小！丘小听到了他爸丘大的喊声，他爸和他并排睡在另一张床上，他爸的手背上也插着管子。丘小的血一下就暴涨了，全冲涨到了脑门顶上，把他的两眼都冲出了血。丘小一把扯掉手上的管子，翻身就要下床，却一下摔到了床下，床头的瓶子稀里哗啦摔得粉碎。丘小趴在玻璃碎片上，大叫着向门口爬去。床上的丘大也慌了，去拉他，却咚一声滚下床来，手背上牵着的管子带着瓶子也乒乒乓乓摔了一地。丘大喊，丘小，你到哪去？你要到哪去？丘小哭着说，我要去找我的腿，我的腿没了，谁锯了我的腿啊？丘大一把拖住他那条腿，死死地抱在怀里。丘小不管不顾，用那腿使劲蹬他爸的心窝子。可任他怎样蹬，丘大搂着就是不放。丘小就用两只手在地上爬，拖着他爸往外爬，去找他的那条腿。他骂他爸，你为什么要救我？你为什么不让我死？你为什么不让我叫窑埋了？

值夜班的白大褂赶了过来，白大褂呵斥道，叫什么叫！丘小说，我的腿没了，我的腿没了！白大褂说，就你的腿没了，你爸的腿还没了哩。丘小一下就喑哑了，回过头来看他爸，他爸也拖着一条腿。他爸说，你奋斗叔命都没了哩！他爸放了他那条腿说，我还有一条右腿，你还有一条左腿，我们合起来还是一个圆全人。丘小就捶自己剩下的这条腿，你怎么不也断了啊？你怎么不也断了啊？

父子俩回到一碗水的时候，一碗水已经铺上厚厚的雪了。积雪看上去是柔柔嫩嫩的绒，老天大大气气地给一碗水的山山岭岭都盖了鸭绒被，盖得严实着哩。丘小一脚踩上去，雪就咯吱咯吱地叫。丘小不由地蹲下身去捧雪，一下就扑到了雪地里。雪糊了丘小一身一脸。丘小这才回过神来，已经不是一个圆全人了！丘小翻个身，干脆就仰躺在雪地上，睁着双眼看雪，一动也懒得动。

雪不紧不慢地下着，好像全在往丘小的眼睛里给，噗噗的声音也在耳边响。原来雪下到地上是有声音的，是耳语般的轻言细语。丘小都十七了，还从没这么近地看过雪，这还是第一次听到雪的声音。丘小看着从天而降的雪，突然发觉自己并不是躺在地上，而是飘在空中，四周如棉似絮的雪不是在往地上下，而是在往天上浮，雪是在托着他往天上浮，还一漾一漾的。丘小说，你们就漾吧漾吧，把我漾到天的外面去吧……

有一大团雪来到丘小身边，停在他头上，雪发出咻咻的声音，还在他脸上舔了舔。这个雪一点都不冷，相反，暖和，轻柔。是黑三，黑的黑三在这个雪天里变成了一团雪。

黑三被丘小的样子吓着了，张着嘴本来要打一个喷嚏的，喷嚏被吓成了从头到脚的一个激灵，黑三就换成了原来的黑三。黑三冲着丘小汪汪地喊了两声就跑了，很快又来到丘小面前，嘴里含着那根拐。丘大听到黑三的喊声也赶来了。丘大蹲下身就去牵丘小，扑通一声，也扑到了雪地里。丘大以为自己还是一个圆全人哩。黑三喊得更凶了。

丘小看他爹责怪的神情，说，我只想看看雪。丘大说，看雪也不能这样躺着呀。可是两个人在雪地里要起身很困难，他们挣扎了好一会儿，把院子里这块雪地都弄得稀里糊涂了。丘小说，爸，你躺着，我先起来。丘小慢慢地屈着腿撑着拐爬了起来，又把丘大小心地拉起来。黑三一直在他们身边转着圈鼓劲。

丘小不回屋，他还想看看雪，而且“想走走”。丘大揩着头上的汗，关切道，能走吗？这么烂的地。丘小说，我顺着路走。丘大下巴指着地，说，哪儿还有路？丘小已经走出两步了，说，我感觉得到。丘小不再理会丘大，踩着雪地，走在他感觉中的路上。丘大不放心，跟在他的身后，一步一步地跟。黑三也不放心，在他们身后，一步一步地跟。跟着跟着，黑三听出了与往年雪天不同的声响，簌簌的落雪声还是老样，远处雪地上空盘旋着的乌鸦的呱呱声还是老样，不同的是前面两个人的脚步声，他们踩在雪地上不是往年的咯吱咯吱，它们不吱，光咯，咯一声，又咯一声，这在黑三的两耳里是那么的惊天动地，把落雪的簌簌声和乌鸦的呱呱声都压没了，一个一碗水的天下地上全是这一声又一声的咯。

五

丘大一直是穿家里的做的鞋。丘小一直是穿娘做的鞋。他们也不知道她是不是找他们丢下的那只脚去了，去给那只脚做鞋去了——她怎么就不想想他们留下的这只脚呢？

我的腿，你一定还在“那边”等我吧？丘小没事的时候老爱这样痴痴地想，想得整个人像失了恋的情种。

要是当时没的是这一条腿呢？那么它现在在哪儿？一个说法是它一定在已经没掉的那条腿那个地方。但真是这样吗？丘小觉得不见得。这条是这条，那条是那条，否则为什么没的是那条而不是这条？这样想着，丘小就懵懵地感觉真是冥冥中有个神秘的东西在决定着这一切。这样想着，丘小就不由地摸着这条腿。这条腿是多么的孤单啊。那个时候还咒为什么不一并锯了哩！丘小恨不能把这条腿死死地搂在怀里。现在，他只有跟这条腿相依为命了。哦，还有一个同样只有一条腿的爸。

女人没了，他们的脚上却不能没鞋穿，哪怕他们只有一只脚。锦绣从县城带了三双解放鞋回来，锦绣很细心，她带回了三个码子的鞋，让父子俩试。她说，不合脚可以换的。丘小看到她，又才想起“翻脚板”的事来，脚下就很重，他睨了他爸一眼，他爸脸上似一块着了火的肉皮在不停地扭。丘小一下可怜起他来。

丘小接过鞋穿了，问爸，合脚不？

丘大反问他，你合不？

丘小跺了跺脚，说，可以。

丘大也跺了跺脚，说，可以。说完丘大又使劲跺了跺脚，一副很满意的样子。

锦绣提着另外两双鞋，也很满意的样子。她说，刚好，你两爷崽是一双鞋哩。丘大拄着拐去送她，黑三也跟着去送她。

家里又哑静了下来，丘小就去整理他那些课本。也不为什么，就是想翻翻。翻的是过往的岁月，那个岁月里头，丘小有一双行走如风的脚。翻着翻着，丘小住了手，人呆在了那里。一个课本里夹着好多的鞋样，肥肥瘦瘦的，长长短短的。丘小呆了一会儿，把它们全拿出来，按着大小左右，密密地排在床上，排着排着泪就下来了，眼泪里分明看到那是他从娘的怀里一路走过的脚印。丘大送了锦绣回屋，听到了他的抽泣声，丘大也木在了床沿。半晌，丘大说，我们合起来，还不是圆全的一双吗？

六

丘小被黑三咬出了梦境，他听到了一阵揪心的咳嗽声。爸一动不动地站在院子里，也不知站了多久了，头上肩上胡碴上的雪花让小北风吹成了冰凌子，一个人早成了个雪人。丘小傻了一下，赶紧去拉他爸回屋，黑三也跟着去拖他的拐。结果，父子俩又扑在了雪地里。

丘大喘着气说，是爸害了你。丘小也喘着气说，要不是爸，我这条腿都没了。丘大说，你恨爸不？丘小说，爸，你身子好烫，得上医院哩。丘大说，爸有数。丘小说，爸，只有我们两个合起来才是一个圆全的人呀。爸就不说话了。丘小说，爸，只有我一个就不圆全了呀。爸还是不说话。爸把头埋在雪里，把自己埋成了个雪人。

喀喀喀……丘大支起头，忍不住大咳起来。咳声就像一簇簇上气不接下气的火。

头上那盏矿灯随着丘小的狂奔不停地在前面晃荡，晃荡出一个隐约狂奔的影子，丘小感觉得到，影子是娘。丘小放开两腿可劲地追，他听到脚下的风声，双脚蹬得巷道里的煤渣飞沙走石。可娘的影子也如飞一般，丘小想喊住她，却喊不出声来，丘小就在脚下更加了力，他发现自己越跑越上劲，浑身有使不完的劲，特别是腿上，像安了弹簧。他发现其实自己就是想这样一直一直地跑下去，一直一直地追着娘的影子跑下去，这本身已经很有意义——意义在哪里，他来不及想，他怕一想就分了神……

一加劲，那只脚就跨到了梦外。

嗬！丘小两手撑着身子坐了起来，泪无声地在脸上狂奔。他用掌使劲地堵，堵不住。它们从每一个指缝间往外狂奔。

嗬，梦里从来都是行走如风，追风绝尘的啊！

丘小不敢哭出响来，只能在床上擂脑袋。如果爸不进来找他，而是先就毫不回头地跑出去，那未尝不是件好事！至少，爸那条腿不会丢呀。可现在不一样了，从爸进来找他那一刻，丘小就不是丘小了，丘小的身上就还有了爸的一条腿，有了娘的一条命了。

七

这夜里，丘小把爸实实地捆在背上，夹着拐出了门。黑三在前面开路。黑三四只脚在雪地里踩出一朵一朵的梅花。

丘大在背上谵话连连。丘小，我要去找那只脚了……它在那边等我，它一直在那边等我哩……

丘小噙着泪说，爸，你放心吧，我们上了医院就没事了。

丘大说，丘小……你锦绣婶给咱备下鞋了？

丘小哄他说，都备下了，我锦绣婶亲手做的。

丘大嘴角就有了笑，咳了两口，说，咱不上心这个，咱上心合脚不……

丘小说，比着脚上这双做的。

丘大说，叫她给咱做双合脚的吧……这双……不合……

丘小心头有一万颗针在锥，脚上就停下了。他说，爸，你咋不早说？

丘大说，爸要合脚了，你还合不？

丘小再也说不出话来，他埋了头迎着风雪往前走。原来爸是在紧着儿啊！爸宁可穿不合脚的鞋，只要儿穿得合脚。丘小心上说，可是爸，你知道吗？儿穿上也不合脚啊。丘小不敢让泪挡了他的脚。

丘大好像听到了他心上那个话，他说，其实一个人，一辈子能穿几双合脚的鞋……不合……还不是走过来了……

远远地看上去，雪地里走着一个圆全的人。

（原载《中国作家》2008年第1期）

姚晓英

芝麻芝麻，你为什么不开门

一

嘘，现在请听我讲一个真实发生的故事。

故事从一个梦开始。

7 月的一天，我做了一个梦。

梦里，那是一个我没有去过的陌生地方。那里看不见我们九河的水花，九河的水花不是很多人自以为见过的那种，九河的水花村里有能耐的人可以写进自己故事里。他们在回忆自己成长过程的细节时总要说：

九河流淌的水花就像母亲一样总是呼唤着他们。

九河的水在周围村庄里很有知名度。

九河村的名字就是因九条河流的汇集而得来的。九河是田地中的大超女，这是村里的人想不起要怎么说九河的词时憋出来的一句话。九河四周的村庄因为这条河而美丽，河水柔柔的，真的像一个少女；河岸的庄稼就像那些男子汉。小河调皮地笑着往前面去，小伙子永远不知道自己是背景，河水笑着走了，岸上的庄稼们永远会让自己的身子跳一下，要去追赶那些女孩似的。绿绿的庄稼摇晃在河的两岸，风里含着庄稼香香的气息，什么样的人走过九河都会说——

美。

见过九河的人都忘不了。那些可以回忆九河的人当然也不是真正的诗人，只是他们混得很好，回到九河站在河边说的话记录在村史中就成了诗，一般的人不可以说“水花是母亲在呼唤”，你没有本事，妈妈呼唤你就没有意义了。

这是我想讲却放在心里没有讲出来的话。

但是在梦里，虽然我清楚地知道自己还没有资格说“九河是母亲”这样的话，但我甚至听不到吃饭时间那一声接一声的吆喝：

小福贵，吃饭，吃饭嘞……

这样的声音想象出的画面被专家说成“清明上河图”，声音和图有什么关系我们不懂，还是什么上河图下河图的。但吃饭的声音在九河真的是不能少的一件什么，喊吃饭是喊儿子，听见了叫唤，什么富贵、家贵都往家跑了，这声音是信号，孩子往家一跑，村里的狗狗也跑着就回家了。好像家里做好的饭已经分好不同的内容，就等一一摆在桌面了。声音牵着孩子，孩子牵着狗狗就已经够让很多外人惊奇了。更诡异的是，九河的男人也跟着就回家了，女人要是敢在村里大叫一个男人回家，这在九河是不能想象的。喊一个男人敢这样，那这户人家绝对没有好人缘，家里家外都会说他家没有规矩。

九河的女人其实都是聪明的女人，喊男人是不贤惠的，其他女人还会在后面说这不是喊吃饭，是嚎春。女人和女人当面讲这个词的时候是姐妹，背后讲的时候就有被窝的气息，很让人看不起。在家做饭是尽本分，喊孩子回家就是尽责，喊孩子是喊自己生命的成果。女人喊了孩子后要做的另一个功课就是等待。

必须等待。因为另一个人也是聪明的，这样的叫喊，男人和女人都在打哑语，手都不用比划，男人的脚会跟着女人的呼唤回家就可以了。

这是真正的九河。我在九河是一个聪明的人，吃饭时间响在村子大小巷的呼唤和背后的哑语就是我发现的。

当然，什么河水和水花的字眼过去我并不会说。

这些话是很多文化人带到我们村里来的，“清明上河图”的语言也是他们带来的。外面很多人并不知道九河的水有多么美，更不知道那句“九河菜花江淮味，绿柳扑面高原风”的话是一个文化人哭着讲的。

文化人到村里多了，作为村里一个民间艺术家跟着学来学去讲话的味道确实也就有点变了。变了也不要紧，人是要变的。九河也在变。

问题是7月的这个梦出现以后，我的生活就不是九河一个农民的生活了。

变化当然不是一个梦造成的，而是这个让我有了远大理想的梦以后我还是农民。而且还是一个努力了却没有半点成功的农民。在广西卖面具的时候我们学到生意人爱说的一句话：芝麻开门喔。

芝麻于是对一个大盗开门，但它不会对我这样的农民开门。

在梦里，我对着大大的一栋楼房喊：

芝麻，开门；芝麻，开门。但是喊的声音却总是在自己的被子里，那个大楼根本就没有一点点反应。

我在梦里找寻的芝麻不是种在土里的芝麻，这个梦出现得很不是时候，或者说这个梦出现以后的生活对于我这样的农民来说是一个真实的幻觉。

在梦里，我的身份仍然是农民艺术家。在一个分不清南北的地方我为很多人表演来自远古的傩面具雕刻艺术，这是我的拿手技术，这在实际生活中我已经表演过很多次，所以，用刻刀在面具上旋转的时候我自己都没有感觉是在表演，我做的就是自己身在九河这个地方自然要做的事情。很多老艺人说我是手上带着的，一个人要当官是命里带着的那样，而我在这个地方让人记住的是手上功夫，可想技艺达到了什么程度。

在梦里我做的也还是手上天生就带的功夫，表演面具现场雕刻。一个武林高手在有很多观众的地方表演，是让人兴奋的，很多人的眼睛都在看着，但看着看着笑嘻嘻这个面具却意外出事了，一刀下去，笑嘻嘻的嘴居然就分成两瓣了，如同一朵正要对着太阳开放的花，被人一下打回了原形。

这不是笑嘻嘻，我也就不是我了。

二

要知道，在九河村里，很多人都被我的手惊奇过，看着我的手和刻刀一起飞旋，他们分不清手和刀的分界线在哪儿，好像我的手不是十个指头的手，而是可以自由分合的神手，我自己也觉得在做的时候手指头真的会自然的柔软，手指头那时候不是手指头了，有点像河边秋天还盛开的芦苇，是软软的柔柔的同时也是韧韧的，它会跟着风飘荡但最后还是会恢复成我们所认识的那样，就好像是一个不爱说话但心里特别有主意的孩子。

有时候我自己也会看看自己的手，它好像和我的心生来就是合在一起的，心里想什么它就可以实现什么。所以有些女的怀了孩子都要用手摸摸我的手，对自己肚里的孩子说：

娃娃，你摸的这不是一般的手，这是天仙下凡的七彩手。

这是九河的人都能听得懂的话，这是跳神的时候对天上的神仙要说的话。春节，到我们生活中来的人很多，关二爷要来，每户人家要点了香站在门口请关二爷来。张飞要来，吕布也得来，吕布不来村里的孩子就不会懂得一个人活着讲义气是多么重要。三英战吕布的故事孩子们最先是从爷爷们的嘴巴里听来的，然后在春节村里跳神迎神的时候看关二爷们如何威武。

我现在对你们说的语言不是我周阿发平时用的语言，这些语言是跟着文化人学的。当然，我费劲说了好半天的跳神、爷爷们傍晚时分给孩子们说的故事等话题，在一个文化人的文章中只用标题就把我要说的给你们说完了，她用的标题报纸一看就喜欢——在戏里和英雄约会。

这个标题我们本来不懂。来九河的文化人和其他地方的文化人不一样，他们说是来搞田野调查的，住在九河，吃在九河，对九河有点文化的人很是尊敬，我被他们称呼为周老师。他们对我说话很客气，这样我也能大胆地问他们很多问题：

怎么会是约会哦？

每年春节你们跳的神都要走进村里的每户人家，这就是不见不散的约会。不跳神不行，对吧？

对，对。

而且这个约会很重要，你们现在做的和你们爷爷做的一样，孩子们也在看的时候学会了你们做的，这样六百多年过去了，我们才可以在九河看见明代的那么多东西。平时老人给孩子们口述的故事是你们做庄稼时翻土，跳神的时候就是播种了。所以你们村的人喜欢说：这个人是吕布家的，小人一个。这是为什么？这就是你们看地戏的时候学会的做人的道理。

哦。

我心服口服。这些文化人始终是在九河搞了什么田野调查，连翻土播种都会了，她这样一说，我马上就学会一个全新的词——精神空间。

这个词让我在一个民间艺术的学术会上出够了风头。想想，一个农民都会用共有精神空间的词汇了，那他还是一个简单的农民吗？

对于九河的神我一直很感激，除了我的父亲和爷爷说古的时候给我说过的故事外，神来的时候是需要面具的。或者说本来走进我家、他家的是村里一个种田的人，他必须要戴着神的面具才是神，我就是做面具的人。

面具以前是专门为春节和神约会时用的，做面具的时候女人的手都不可以摸，尤其是怀了孩子的三眼人，那是对神的不敬。跳神的时候人对神要万分虔诚，神也对人要有神的姿态，人敬神是为了保佑村庄安宁、五谷丰收。春节的活动中，抱出来的一只公鸡也不是普通的鸡，而是有神性的鸡，有人会对着它说很多颂扬的话。

这是神应该接受的尊敬。九河的人活得有几分幽默，平时对什么人有点尊敬或者是佩服也会说。

说一个人不是平凡人，九河的人就会说，你啊，你简直就是仙女下凡尘。让孩子摸我的手指头的时候他们就是这样说的。

可是在梦里，我做出来了一个哭着的笑嘻嘻。照理无论如何我都是做不出这样的作品，也不能做出这样的作品来，因为在面具雕刻中，笑嘻嘻是最好做的角色了。

在傩面行业，我真的不是一般的人物。我雕刻最有名的是一组千里走单骑英雄人物的面具，把刘关张三人雕刻得像是真的就在桃园说话。在九河，不少人家都是靠做面具找零花钱的，和九河背靠背的小寨靠的就是做女人穿的丝头系腰，这是他们的老祖从安徽带来的手艺，这个手艺没有拿到知识产权，但外村的人却无法克隆，他们做出来的丝头系腰是显示女人的腰身的。本来这个女的走过你身边你不会想起被窝或者其他的内容，可是腰间扭动的腰带让你的心乱飞。

丝头系腰让好多男人就停在路边，大脑失控一样就看着那腰带甩着扭着，走路的女人心里也很清楚男人这个时候是什么样子，可恨的是要装成不知道的样子笑着说着从男人身边走过。

九河做旅游产品要做面具，而腰带就是小寨的专长。九河的人吃不了那个饭，反过来，他们也做不了九河的这门手艺。我做得最好的最找钱的就是三国英雄。其他人做张飞就是张飞，不会让人想到另外的内容。我做出来的关二爷如果挂在家里，不，不能说挂，要说敬在堂屋。好多人家里敬的就是关二爷，而这是穿了漂亮胡子的关二爷。如果没有穿上胡子，只买我的关二爷就出不了我周阿发的大门，关二爷的眼睛被我雕刻得会说话了，关二爷必须要用他的大眼睛找在桃园里的张飞和他们的大哥刘备。

要知道在地戏里，这组人物可是乡间人人都认识的。把张飞的眼睛做得长一点点都会有人戳你的后腰杆，大声问你是不是九河的人哦。可是在我手里，一个人物出来已经能让你看见另外的人，这是什么水平的手艺就不用我自己多说了。戏里，笑嘻嘻的面具并不重要，一个小人物的造型被我做得很多人注意也应该是正常的表现了。

笑嘻嘻的任务是给看戏的每个人带去笑声，现在这个咧着嘴的笑神是怎么啦？

笑嘻嘻哭起来完全就是一个我没有见过的人物，他不是我们这个地方的神灵，因为这里的神有自己的任务，一个神的眼睛长成什么样都和他要做的大事连在一起。关二爷他们在荆州杀来杀去太累了，笑嘻嘻要做的事情就是在阵前阵后说点让人轻松的话，他的嘴巴线条肯定是要往上翘的，在我手里，笑嘻嘻为了保护一方百姓要做的事情和刀枪无关，他需要笑，张开很大的嘴巴笑，我做出来的笑嘻嘻嘴角很夸张，笑着笑着嘴角几乎就和他的眼睛连在一起了。

这样的夸张在我之前没有人敢这样，我做了九河第一个把眼睛和嘴角连在一起的笑嘻嘻。这样的样式才是我想出来的笑神的样式。

后来一个北京来的专家还把这个图案作为他文章里的证据发表了，专家的文章让专家带到外国去了，其实他说的很多话都是我教他的。他来村里的时候一切术语都是从我这里学的。

只是我说的时候会把民间艺术家说成农民，他在书里写的时候就写成民间艺术家了，我搞不懂就这么小的一点区别，那芝麻就对着他把门打开了。而笑嘻嘻和我还留在九河这个地方，当然，笑嘻嘻是永远笑着在我的手里。

我的笑嘻嘻拿出来的时候在九河称绝肯定是事实。笑嘻嘻笑着就让自己的眼睛和嘴巴连在一起了。很多人到九河过春节，为的就是看这里的人是如何让各路神仙到这里来保佑寨门安全，保护老小平安的，笑嘻嘻出来就是不讲话他的作用也是每个人都可以看懂的。笑嘻嘻讲话也是讲让人笑的话。那个到外国去的专家春节是在我家里过的，他认真听我讲九河神仙们在春节做的每件事情。关二爷是正神，他的话不多，眼睛很有力量，笑嘻嘻就和土地佬一起说九河的孩子都会说的那句套话：

和尚佬，和尚佬，
满身都是跳蚤咬。

一年三百六十天都不说话的土地佬这时候也很愿意让这个村里的人快活一下，他要问笑嘻嘻：

你是要去哪里？

笑嘻嘻用手指着自己的肚子比划着，和尚说，哦，原来是你去印肚啊。

看的人在这时候都会笑。

现在完了……

我怎么会在这么多人面前就把笑嘻嘻做成这个样子？这样子的笑嘻嘻能让人笑吗？

他哭，我也要哭了。

记得我第一次把笑嘻嘻拿出来的时候，村里的人比我想象得还激动，笑神的作用每个人都是知道的。在很多人等着看我表演的时候，笑神却在我的手里被做成这个样子，急得我只能用右手敲打自己的左手，要不是你抖那么一下，笑嘻嘻的嘴巴肯定是咧得美美的。老实说，做这行以来，笑嘻嘻在我的手里已经笑过很多次了。我一直以来看见的都是笑嘻嘻的笑脸，现在被手里这个不笑的笑神吓坏了，心乱麻麻的一片，稻草从来和我都是在一起的，哭着的笑嘻嘻出来，她也不见了。

喊着芝麻开门我往后面退了两步，居然退到了南京城里。原来梦里那个看不见水花的地方就是南京。

三

我自己被梦吓醒。老婆还在身边睡着，看样子老婆也在做梦，嘴巴咂着像是吃东西的样子，我知道，要吃也是吃她最喜欢的盐巴拌烧辣椒，其他的东西吃不出这个感觉。

夜很深。这样的夜村里总是安静的，只听见村里的狗不知为什么在那些花花草草中间狂奔。脚步一会儿从王小大的门口过去，一会儿又跑到了后院李家猪圈旁，把熟睡的猪也弄得哼哼唧唧不安宁。

夜是更静了。我的心很乱，从梦中醒来，我知道那个哭泣的笑嘻嘻是梦和自己开的玩笑，但十二万的全部存款和作坊已经不是我手上的财物。虽然镇长说那只是名字变下而已。而三十万现金也经过我的手到了南京的展销会上。

一时间，我有些巴不得连自己近来经历的所有事情都是做梦，但用手摸摸正在咂嘴巴的老婆稻草，她可能是吃辣椒的缘故，宽宽的额头上好多汗。

这不是梦。

手里的感觉告诉我这不是梦。这三十万里只有十二万是我的，另外的是镇长找信用社的经理借给我的，镇长非常关心九河的面具制作，到我们这个镇的重要人物几乎都是跟着面具制作来的，所以镇长说：

我也是九河出去的人，外人都在给我们做事，我们只是站在岸上说不过去嘛！

关心是关心，只是镇里是真的没有钱，镇长说以前还不知道工作有这么艰难。镇长拉着我的手说：

你想，你算一下，养五十人的经费要养一百八十人，个个都长了嘴巴要吃饭，我能怎么办？现在的农民又比以前聪明，多收他一分钱都要拿起明白卡去告。难啊。

专家说的时候我只是听听而已，现在镇长对我这么说，我的表情也和他的一样沉重。这也许是镇长说话时拉了我手的缘故。镇长说了好半天掏心窝的话突然把语气变了。

周阿发，你说你想不想把自己的这个事业做大？

镇长叫了我的名字，而且把我的手艺叫作事业，我的心跟着镇长就激动起来，我说，我又不是憨包，咋不想嘛。

镇长说，你想我就帮你做大，反正现在镇里也没有钱，我给你找点钱把这件事情做起来，你看如何？

镇长说话的时候我想起三国男人过的生活，这画面在我自己想做大事情的时候是把大火，在我回忆并后悔的时候却是一个陷阱。

事情的开端是镇长对我说了让我心发烫的话，他说完我就心里想起刘关张桃园三结义的故事，蜀国就是有情有义的男人一起做成的。

这个故事激励我马上把头点得像是鸡啄米一样，好像我已经参加了三国的征战。

镇长接着说，这样，我马上找信用社的经理过来，让他先从信用社找点钱给你。

信用社？

你怕什么，反正那也是国家的钱，你先拿过来用了，还不了他还敢枪毙你？

用什么抵押呢？

你家的这个面具作坊价值可以让他估高一点，反正有政府在这里给你政策支持，你不用怕。

镇长的话我句句都听进心里，但想着作坊可是我自己多年的汗珠子做成的，心里还是有几分不踏实，要贷款的时候我也不是很随便就有动作的。在家里，我问了关二爷：

你说，我这样做可以吗？

关二爷笑着看我。他一直都是笑着看我的。我相信关二爷是同意的。而且要把队伍拉到南京的主意还是文化人出的，他们可是见了很多世面的人。

很多专家来到九河，眼睛都在发光，好像他们在我生活的这个村庄发现了一个大金矿一样。他们看九河的面具，听九河的历史，拍九河的照片，然后又带了很多人来看九河，然后给管九河的镇领导说：

现在要为农民增加收入，这是文件要求的。现在你们九河就有现成的好路子，政府应该把他们组织起来带到市场去……

镇长点头。

镇长说，我们也在想办法，我们不能让这里的老百姓守着金饭碗讨饭。

关于农民的富裕生活，镇长想出来的办法就是我用自己的作坊和现金与他一起先闯一次再说。

我的作坊在九河自然不是一般的。因为这个作坊的布置很有流浪艺术家的风格。说来你不要笑，什么流浪艺术家的风格也是艺术家到我作坊看的时候说的。虽然我也不懂什么是流浪风格，既然艺术家那么喜欢，那么，流浪风格应该是好东西吧。

镇长的理想很有说服力，这话说得有些重复。九河的人都是农民，镇长要把九河做成民间艺术家之乡。

老周，你不要做出一副不相信自己的样子，你说的话难道是农民会说的话？

那倒不是。

镇长的话里话我肯定听懂了。

镇长说，九河的价值虽然高，但是，由于历史、地理的原因，值钱的问题和找钱的问题就成了两个问题。所以，老周，你这么一个有实力的民间艺术家不应该和政府合力做一次大事？我们要打造九河，打造就要从宣传开始。

说起来把九河的面具带到南京去也是对的，因为来了那么多的人都说面具很珍贵。每一面面具都不是商品，而是神。

这话也是文化人对我们说的。文化人来到九河发现我们村里有很多其他地方没有的宝贝，还说我们可以像秦始皇的那个俑坑一样，就干着手上的活路，然后对来的人收门票就可以了。

事实不是这样。除了专家知道九河现在还有人在做的面具是宝贝，世界上很多很多人知道的就是秦始皇和他的俑坑，而不是九河，让外面的人知道九河就成了关键。但是，文化人和领导说完话就走了，如何落实的事情让镇长犯难了。

要出去就要有坐车的钱。要去为你们找市场就要你们自己也有三种钱：摊位费、坐车的钱、睡觉的钱。

镇长看来是把专家的话听进去了，他给我说的那些话说明他确实也很难，他能对我说让我很感动。

我当然知道专家说的话和领导说的话都是对的，因为我家成了九河有钱的人就是看外面的报道独立摸索着做出来的。提起我在村里的这些事情，只有得意，没有着急，有手艺还怕什么？

对，我周阿发是农民，在狗年跟着镇长做大事情的路子跑。以前在村里我是一个快乐的农民，后来的不快乐就是因为好好的农民没有好好做。现在的副县长也就是那时候的镇长说，做半天做不大是为什么？就是因为农民意识，吃不得一点亏，担不得一点事。

镇长的话牵着我就跟着他出发了。

但狗年要到南京去，以前我从梦里醒来真的觉得不妥——

要不好端端的我要做什么梦呢。

本来这件事情和我真的没有太大关系。镇里的领导说为了做大镇里的面具产业，镇里组织村里的雕刻大师向市场要出路，因为说起粑粑要用面捏。

这跟我有什么关系呢？

我在心里这样想的时候看见了镇长的动作。镇长很会做工作，他说的时候还用自己的两个手指头做了捏粑粑的样子。跟在动作背后就是镇长对我说的话。接下来我的作坊很快就被挂在信用社，等我们的面具像秦始皇的兵马俑一样有很多的人看，看完后带多多的纪念品回家，信用社和我们就双赢了。

双赢也是镇长教我的。镇长看见了我的内心活动，但他不知道在他拉着我的手说话以后，我已经不是阿发了，是桃园里和他做兄弟的人。我已经很同意他的说法。他还对我说：

信用社这样的地方靠的就是找项目把钱放出去，没有利息他活得下去？支持你们做大，就是他该做的，这样两边都可以赚钱，这就是双赢。

可是，梦里的事情。梦里那个会哭的笑神还是让我心里毛毛的。信用社毕竟是国家的，作坊和十二万可是我自己的啊。这个心理的确不太男人，可想想，让一个农民艺术家做这样大的事业，不心慌那才有问题。

这个梦让我心里毛毛的。回想把自己的作坊挂在信用社的过程，自己好像是另一个人，稻草还在好好睡着。三国的事业离我比我和镇长在一起的时候远了一点点，心里的不安让我起床到堂屋里，拉亮灯，我想看看关二爷的脸上有没有什么暗示。

关二爷是在我手里雕刻的，其实是我请来的，平时在九河每户人家都会把关二爷好好地供在自己家的堂屋里。在我们家，因为找了我这样的人，老婆稻草平时要做的重要事情就是好吃好喝供着关二爷。关二爷后来比他在三国的时候脾气好，他成了一个武财神，威力无比。

心里乱乱的我点了一炷香给关二爷供上，抬头看，关二爷脸上的表情是我熟悉的，嘴唇带了点点淡笑，这和梦里梦见的场面没有任何联系。关二爷是九河的神，他的这个表情是所有人的安心丸。看了关二爷我放心了，作坊看来还在。关二爷倒是没有说话，但他的那双大眼睛是这样告诉我的。

很累了，回头往床上倒去。看见老婆稻草还是吃盐巴拌辣椒的表情，此刻我的心情很好，镇长说的双赢在我看了关二爷后似乎马上就要成为现实。因此身上热血涌动，说到底，我过的还是农民的生活，走到床边，稻草还在像吃辣椒一样咂着嘴巴，我就如同翻麻袋一样把稻草翻过来，身上的裤子都没有脱完我就骑马一样骑在稻草身上。心情轻松，动作很快，稻草还没有清醒我已经满身轻松地睡去。

见了关二爷，我好像忘记了那个梦里发生的事情，很踏实地睡下了。但是，后来发生的很多事情好像就是跟着这个梦而来的。

7月，我在梦里真的没有看见家乡波光柔美的河水，记忆里就是狗狂奔着把猪圈里的猪弄得哼哼唧唧的。

四

南京后来还是去了。这是我永远忘不了的一次回忆。真的，在南京，我的眼泪让我忘记了自己的作坊和信用社的关系。本来我也没有想过要哭什么的，在很多人面前，最先哭的人肯定不是我，而是一个女的文化人，她对南京的记者说：

这里，就是这个小巷里有屯堡人对故乡的所有记忆，屯堡人在1831年离开南京后，这里就被写进了他们大山里的家谱中，二十多代人啊，南京是他们一次又一次说起的家啊……

她说的时候记者的长镜头短镜头一起对着我们，她说二十几代人在家谱上说南京的时候我的鼻子开始发酸，后来眼泪真的就下来了，因为我对儿子说过南京，我对儿子说的时候那个女的好像就是在旁边站着一样。我的爷爷也对我说：

老祖是从南京的豆芽巷来的。

想起二十几代人在那么远的地方想南京，我的眼泪很不争气地掉了下来，一点准备也没有，看看周围的人更是没有想到的场面，每个人都是眼泪汪汪的，好像我们是南京放在山里的孤儿。石灰巷里的老太太搂住那几个女孩，眼泪也是唰唰往下淌。

我想我真的不能忘记石灰巷2006年8月的那一天。在我们回来后也和家里的人说起南京的事情，说的时候我们也还在眼泪汪汪，稻草和她的婆婆也听得眼泪汪汪。为什么总有眼泪我自己也说不清，反正是到了南京看什么都跟认识的一样，这是南京和其他城市的最大区别，就是说话的声音，我们也是在南京的小巷里找到了知音。南京人最先看我们的时候还问我们是不是少数民族，听了那个文化人的介绍，南京人嘴巴马上张得大大的，因为这样的事情太新奇了，他们说自己以前还真的不知道明朝时候去云贵的人会还是明代的样子。

奇就是九河带给南京人的感觉。

去了南京，我学到的东西让我比过去有学问。

我知道我们的了不起是保留了中原文化，而且对研究明朝也有很多可取的资料。

专家讲的时候自然比我的这个深奥得多。因为他们从明朝南京又扯到了春秋和孔子。镇长到了现场感觉和我这个农民艺术家没有什么区别，他自己看起来也和我们一样眼泪汪汪地听着。本来每次到外地，我的心都会怯怯的，因为外面的世界比九河不知道大多少。到了南京在眼泪还没有开始流淌的时候就好像是来过了很多次。

对九河的每个人，南京其实是每个孩子会说话就能说出的一个地方。九河的孩子在跳石子游戏的时候会这样唱：

梦回石门高坎子，老娘扶杖泪汪汪。

春天来了花儿香，孩子想娘心事长。

我们小时候也和现在的很多孩子一样跳着唱着，没想到这么一首小孩子唱的儿歌里还藏有那么多东西。后来我和很多到九河的专家一起才知道这首歌大有来头，原来这儿歌唱的就是我们老祖来的地方。

南京的人不知道为什么也在流泪抹眼，那几个婆婆还一把就抱住我们选出来的屯堡之花，把自己的眼泪一把一把抹在花儿上，那几个被记者照了很多照片并且说是屯堡之花的妹妹平时在村里都是厉害人物，她们跟着南京婆婆哭的时候我也不相信，跟着自己的眼泪也下来了。

你想想，本来我们是要到南京卖面具，最主要是要把我们贵州的面具也弄成跟秦朝的兵马俑一样，只是想到家谱上写的二十几辈人原来住的地方看看，没想到，没想到会有那么多的人流那么多的眼泪，照相的记者都是哭着的，好像我们看见的婆婆就是六百年前送老祖出发的婆婆，就是我们在儿歌里唱过的泪汪汪的婆婆，隔了六百多年才会面，有眼泪就很正常，但事情又不是这样的。

如果到南京眼泪就在石灰巷里流了，我可能不会有这么深刻的记忆，后来回家后，稻草问起在南京的经历，我给她说了，她说那个女的又不是我们屯堡人带她去有什么意思，我用眼睛斜着看了看稻草，她问的话很没有见识，我们在石灰巷里所有的眼泪都是她说出来的，包括那些跟着集体哭的婆婆。我把她的话给稻草说了，虽然我用的不是普通话，但说到屯堡人在贵州的大山里看南京想南京想了二十几代人的时候，稻草的眼泪也跟着来了，那个女人说的话真的有点鬼气，不知道她为什么可以说这些让我们哭的话。

在南京哭过后我们都不好意思，都说要不是听那个女的这么说我们是不会哭的，稻草听了也哭了，稻草说：

真的，我在南京听这个话我也是要哭的，虽然我家住的地方在柳丝巷。

我说，废话，在南京哭，在这里你不是也在扯袖子抹眼泪吗?

南京本来离我们很远，在家谱里我们从来就没有读到眼泪。到了南京我们才发现，原来家谱里的南京居然是在我们命里面的。

这个发现是我们九河人到南京的收获。我们用自己的心跳体会了故乡的力量。力量自然是我想出来的语言。我想不出另外的。故乡这样的词一听就知道是我才学的，因为我们说了很多遍都是老家，我们的老家是南京的。说来也怪，真的怪，把老家说成故乡，味道好像就变了。

多读一点书，人看来是要厉害一点。这是我跟着专家到南京后的收获之一，也是我后来在九河被骂成“倒二人”的开端。

到南京后，我的心跳得很厉害，结婚的时候心好像就是这个样子，后来想结婚的时候心都没有这样的味道。

我的十二万，还有作坊和信用社捆在一起到南京，在展览会上，我们的眼泪又被整了出来，本来关二爷和我们的关系就是保护神的关系，我们当然在小的时候也听过无数次关二爷的故事，在打架的时候手上碰伤出血什么的都不可以哭，哭你就不是关二爷这一派，只可以被分到吕布那一派去。这样的游戏我们玩了很久，从来没有玩出过眼泪，到了南京，关二爷的面具和在九河时是一样的。很多人听了我们和南京的故事都过来看，他们的眼睛鼓得大大的，这是他们没有想过的展览品，他们的表情是我们想看到的，就是外国人看兵马俑的表情，镇长心里那时候想的就和我们想的是一个样，我们花那么多的钱参加展览，除了要把自己的东西卖出去，还有另外的想法，就是让很多人到我们九河来，来的人就不是随便进去喽，来看九河就是看我们老祖带到贵州的明朝。镇长经常说他为了让我们农民增加收入，头发都白了不少。

五

镇长在南京先是跟着我们哭了半天，本来屯堡男人、九河男人总是有泪不轻弹的，他哭的时候也和我们一样让自己的眼睛被眼泪憋得红红的。哭过后我们离开石灰巷，离开的时候又哭了，这次倒不是听了那个女人的什么话，而是看着送我们出来的婆婆想到了在九河唱的歌：

梦回石门高坎子，老娘扶杖泪汪汪。

……

离开石灰巷的时候这首歌变成了照片，它不是声音而是画面，想起六百年前离开的情形，我的眼泪要出来了，想起老娘扶杖泪汪汪的情形，眼泪又出来了。记忆中我周阿发好像从来没有流过这么多眼泪。

我敢说我们九河到南京的每个男人都是眼里包着泪水到展览馆的。到了展览馆，莫斯科真的就不相信眼泪只相信钱了。

一个平方米的展区是五千元，我们订了五十平方米的展区，还有自己的作品原材料，还有路上的花费。几十万花出去水泡泡都不起一个，来这里是要花钱的。在我们的展区面前也站了很多人，镇长对看我们作品的人说：

你来我们那个地方让你发财，也让我们那个地方得到发展。

我们自然不敢随便说话，尤其是我，因为来的每个人虽然回去都要分摊经费，但现在这个钱是我拿出去的，当然我就更上心，更紧张。镇长说的话真的也是我们农民想要听的话，说来说去，要像兵马俑一样有那么多人看，我们才可以有更多的收入。展区的墙面上，我雕刻的作品很醒目，关二爷的眼睛是坏人不敢看的眼睛，很有神，笑嘻嘻的嘴巴果然被行家看出了里面的伟大。

一个农民艺术家有这样的构图，这的确了不起。这样的意思就是观念造型。

说着，我的笑嘻嘻面具就成了明星。外国的专家也来了很多，相机闪个不停，把镇长和我的脸都弄得白一阵黑一阵的。那架势好像我做的面具今后需要装车皮才可以满足市场。我心里那时候就那么想的。

关二爷的胡子和眼睛也被行家看出我们雕刻时心里的意思来，因为关二爷是正神，他的眼睛就要雕刻得很正很有力道，而胡子就是他的象征。

看面具的专家说的话让我们心服口服。一时间我们的内心真的有几分激动，尤其是我，稻草在我要出门的时候也在提我们家的十二万，放在银行的时候稻草看的只是数字，但心里踏实，现在放在南京的展览会上，就要把面具换出去才可以先有十二万，再加新赚的一万或者两万。在石灰巷还没有想那么多，到了专门买卖东西的地方，我们心里转动的就是钱的样子。

镇长还在为我们服务，他对我们展区的客人介绍了面具在外国如何了得，他还说了我们从来没有听过的新消息——九河面具是埃及的保护神。镇长说的话不会错，面具如果在埃及都是神，那么需要买的人就会很多。我们的表情很自然是农民企业家的那种，看的人没有掏钱包，但我们相信他们会掏的，所以在心里盘算着要给家里的人从南京带什么礼物回去。

白想。

这是结果。镇长的嘴巴转动了半天也没有转出钱来。最后转出的又是我们的眼泪。

展览会有点像海滩，而且这个海滩和九河买卖东西的地方不同，东西很多，人也很多。

镇长说的情形看来是真的，不到这样的地方我们九河就成不了兵马俑，就总是只有吃饭的钱没有买衣服的钱。镇长说的热闹我们也见识了，但没有见到的就是钱，四十多个小时的火车坐过来都没有人对我们的神感兴趣。书上写着，面具是远古的活化石，这在九河没有读过书的人都知道。

这个方法还是专家教我们的。原来我们只知道在家里做生意，是原始方式。专家教我们要过现代人的生活就要有现代思维。就要让市场知道我们的价值。

我家的作坊想起来就是按照专家说的方法和信用社交换的。

对。专家的态度很支持。

过去你们就是不会和银行打交道。本钱大了利润当然就大了嘛。说这个话的专家是从大城市来的，他已经教了好多有用的方法给其他地方的人，这些方法就是让芝麻开门的密码。

南京的吸引力在开始的时候是为做大周家的手艺，后来的结果就是让我的心乱乱地哭了几次，看着秦淮河上的船真的就是我们在书上读过的样子，阳光照在水面上，船上的人变幻成了我们的祖先，在南京过着那种日子。我的眼泪跟着就出来了。

为什么?

记者喜欢问问题，一个女记者写了这样的标题——《妹妹，你眼前就是乌衣巷》。标题还配了图片，和我们一起去南京的几个妹妹穿着九河的服装，也就是明代的服装背对着观众在看秦淮河。这个画面让我想起了九河的水花，又想起六百年前，然后眼泪就出来了。记者问我：

你为什么要流眼泪?

不知道，就是心里乱乱的。

对着镜头我就是这么说的。

这是去南京的时候没有想过的。想过的、想要做的还是专家教了几个高招路子，却没有走通。

流过眼泪，我们站在产品面前，等的就是那颗让我们的产品可以大笔卖出的芝麻。

生意好了你们可要忙得抱怨哦。专家开玩笑地对我们说。

我们等的就是忙。

回答专家的时候我们心里喜滋滋的，更何况还有石灰巷那么感人的情景呢。

结果自然不合我们的心。钱虽然是信用社的，但自己做的那么用心的产品在展览大厅没有人动心，谁的心里都会乱乱的。

起码宣传的效果还是有吧。老周，你敢说现在知道的人不比在九河多？好像是为了证明镇长对我说的话，又一拨外国人走到了笑嘻嘻面前，笑嘻嘻当然不是我在梦里梦见的那个。

有个外国人走到我家展厅前，把这个九河的幸福神看成了玩具，认为它的形状很特别。但他们没有要买的意思，他们在看，当然，他们是看不懂的，所以，文化人出来对他们说：

这些面具就是大山里的神。而这个神就是笑神，他和另外的英雄一起每年在春节的时候来到人间。这些神最早的时候来自中原，被大明的士兵带到了贵州高原，因为是三十万人一起到了贵州，那里就成了一个完全移植的江淮世界，所以，民间对于幸福的祷告也就从江淮到了贵州高原。

这些话我们是听懂了，可外国人听不懂。面具要带给我们的钱就这样顺着风消失了。雇回去的车和我们来的车一样拖了满满的五车皮，面具带到南京的和带回家的差不多，很多人看我们的面具，看和真人没有多少区别的笑嘻嘻面具，但他们不买，掏手机出来拍照的人倒是不少。照相我们没有收钱，九河的人做不了这样的事情，不收钱得到表扬，跟着一起到南京的周老二还对拍照的人说：

收哪样钱，君子就是重义轻利。

话是不错。地戏里的正神一般都要说这句话，九河的很多人也会说这样的话。

回到九河，作坊还在。这是我做面具的地方，只是它已经不姓我的姓，而是信用社的姓了。这不是利和义的问题了。我着急地问镇长：

把面具做成兵马俑是全村的事情，可这是我家的作坊。

镇长也很生气，是生我的气。他说：

要给你说好多次你才能明白，就是换个名字。你现在不是自己在用吗？

六

“绿色产业——做出小康生活。”

“劳务输出是最好的增收方式。”

“生男生女都一样，女儿也是传后人。”

这是我们村口贴的标语。标语我们村比其他村贴得多，因为我们村是名村。很多检查无端端地就会放在我们这里。本来搞劳务输出和我们这个村没有什么关系，我们这个村的人就在家里做面具也是可以养活老婆孩子的。那个“劳务输出是最好的增收方式”的标语贴在我们村里看起来怪怪的。可镇里的领导说其他村的人也没有可以输出去的，现在要检查的内容是劳务输出，那就在我们村贴标语迎接检查就是了。

又不要你们做什么。问的时候把给你们的材料读读就可以了，搞不好来的人问也不问就结束了。你们把耳眼放活点就可以了。

这样，劳务输出的标语就放在了我们村口。其他的标语尤其是计划生育的标语倒是真的，只要违背了就要交钱。村领导说，你们也不要怪我，这些钱也是上面的人叫收的。

村里有几家人就是因为交钱和计划生育的人干上了，还差点被抓起来。钱交了，他家的锅也就揭不开了，女儿读书的钱还是外面的好心人给交的。

我也没有吃亏，就当我女儿的学费我已经交给计划生育的人了。呵呵。

说来说去，钱就是一个离不开的话题。要来检查的劳务输出也好，认真做的计划生育也好，读书可以改变未来也好，反正现在要的都是钱。

对我来说，村口贴的标语和我其实没有多大关系，在九河，周家不是大姓，我老爹他们还在的时候觉得这是个事情，都希望能让自己的儿女像一棵树一样在九河能掩盖半个村子，这样说话声音都可以大一点。这是我父亲经常给我说的。不能大声说话可能是父亲心里的一个隐痛吧。

不过，到了我和稻草这一辈，大不大姓根本就不再是问题了。声音大小和生多少孩子没有直接联系，有关系的是反面教材，生得多的人反成了声音最小的人。

而村里一个找不到婆家的女人嫁了一个外地弹棉花的流浪汉，从他们结婚的时候就不被人说好，在乡下，这样的婚姻就是一个村的大事件。但也就是五年的时间，生活就像是跳地戏一样日子呼啦一下就翻过来了。流浪汉后来就在村里种了最好的以色列西红柿，叫红将军。接着这个西红柿就是我们这个地方找不到的宝贝，买价十元一斤。其他人先是骂这个外地人。鬼，真鬼。后来就跟着他学，学不了就把自己的地交给他种，数钱的时候他的速度比弹棉花的时候快多了。

村里最没有出息的那个女人过上了最开心的生活，这被说成了民间故事。村里的很多工作都是从种西红柿开头。生多了有什么好？生一个男的又怎么样？看看人家种西红柿的生活，那是倒插门。

走产业化道路也是这么说：看看，你只种几分地能修房子？什么叫规模？

科学种田种地也这样说：看看西红柿的市场价值，以前种的那还叫西红柿啊。

嫁了西红柿的那个女人后来也不是赔钱货了，父亲母亲都是西红柿养着的。本来稻草跟着我过上的生活在村里也算好的，可现在大家对这个种西红柿的人都是稀罕的样子。人啊，谁能想清楚老天会在哪天翻出你的另一个故事来？说到那个外来的棉花匠，稻草的表情可以到计划生育宣传会上去做现场表演。

姓什么和你过什么生活已经不会连在一起。村领导说话的时候也是这么说，我家也是这样做的，但幸福的生活离我还是远了一点。在电脑上，我知道一个新的名词——幸福指数。

和父亲们相比，我觉得自己的幸福指数还不如他们。这个想法当然是我在狗年的经历带来的。

本来我就是一个农民，想清楚什么事情应该是正常的。九河的面具和西红柿的转换让我心里乱糟糟的。西红柿、棉花匠、能人现在说的都是同一个人。生活有时就是一次魔术表演。

过去到九河的领导喜欢对付的人是成分高的人，来了就要问：

最近他们没有什么坏动作吧？你们要提高警惕，这些人就是不想让你们过好日子。

老实说，过去领导到村里来，害怕的还不仅是成分高的人，我父亲做点小手艺都是躲着藏着的。

这些事情和现在的领导没有什么关系。镇长每次来说的话都是要我们发财的。种西红柿发财他高兴，少生孩子过好日子他高兴，九河每个人几乎都会的面具雕刻能做成最大的产业他更高兴。什么幸福指数，就是他说发财有理的时候说给我听的。镇长说幸福指数的时候，我的心总是听得很热，但做起来幸福指数却又总是离得很远。

七

谁让你想跟着那些金饭碗跑。

一听这话就知道稻草很不高兴。那张我喜欢的嘴巴是瘪下去的，而不是我喜欢的那种。

稻草睡觉的时候用她的脚夹我的腰，这是她和我想要那个的暗号。我知道她的意思，但从南京回来，我的心就是累累的。稻草的眼睛看着我，我把她的腿推开，说我累得很。稻草不高兴，就说了让我更烦的话。

南京是为了发财才去的，这么大的一个展销会会让多少人知道我们的面具啊，有人知道了就有人买，买的人多起来，九河的地里就不用种庄稼了，直接修宾馆开饭店。

结果是到南京我们的眼泪流淌了那么多，面具的销售没有任何动静。我自己的十二万没有用完，稻草把它存进另一家银行，信用社的钱直接就是为铁路作贡献了。面具没有卖出去，关公的、笑嘻嘻的、张飞的全都是和我们一样到南京旅游了一圈回来又各自回家去了。该收的摊位费和镇里要带来的钱都没有着落，东西又没有卖出去，拿什么钱给你？

这是村里人说的话。镇长拍打着我的肩膀说：

这样你就不用有后顾之忧了，反正你自己的钱还在手上不是？

问题是哪天信用社要求还钱呢？说这话的时候我已经不是艺术家，就是农民的样子。

还钱？该还的时候我会给你做主的嘛。又不是你一个人的事情。今后经济要发展靠的就是你们这个协会，懂不懂？

协会我当然知道。我自己就是当了这个协会的领导才要用作坊做抵押。其他人跟着分经费积极得要命，跟着到南京去不交一分摊位费，要把自己家的财产和协会连在一起就不可以。我是会长，要做这个事情就只有用我家的作坊抵押了，协会里的人很多，九河的每个人都是这个协会的，电视上说，九河的面具雕刻已经是这个村未来最大的产业，有文化价值，有历史底蕴，这样九河就有了最大的一个农民协会。这是电视里说的，是镇长对着电视说的。

镇长提到九河面具的时候我就很骄傲，我会暂时忘记作坊的事情。镇长说的和我的手艺有关系，跟在镇长的话音后面，还有我们周家祖传的雕刻手艺。

我一看就知道这是我们家的东西。我的心热乎乎的。想起父亲流传下来的手艺，想起我们经常说的要找颗芝麻开门的故事，好日子应该就藏在电视镜头的后面。

但芝麻没有跟在电视后面给我把门打开。九河的面具已经有点兵马俑的意思，从南京回来后，我、稻草、笑嘻嘻面具已经上了几次电视，镇长还在大会上发言，说农村的产业化是农民增收的唯一出路。

当然，镇长和我们在南京是一起流了眼泪的，他说得最多的就是南京，而且还说南京就是我们面具产业的重要突破口。镇长的表情过去我们没有看过，发言的时候镇长的表情太像我做新郎时的那个样子，无论内心怎么想，嘴巴就是无法正常的合拢。旁边有人开玩笑，说很多被窝里才说的话，我要想做出正常的表情让人不要说，但做不到，真的做不到。镇长发言的时候就是这样。他说：

我们要做一村一品，我们就要找出自己的优势，九河的面具雕刻和乡村旅游组合在一起对我们镇的产业结构调整都有历史意义。

历史意义我不是太懂，历史很远，是过去；做面具是每天，是现在。但镇长说话的时候我已经拿到了奖状，红红的大奖状，拿到这个奖状的时候我已经记不住自己做过的梦了，事实比梦应该更真实。

南京我们就这样去过了，想想六百年回一次故乡，流点眼泪真是应该的。从南京回来，九河还是过去的九河，所有的记忆都在九河的山山水水里；日子也是在这里，而且回到九河，我们觉得日子相当充实，一切都是真的，让我们淌了真实眼泪的南京好像不是真的，那个石灰巷好像也不是真的。

回家了，种西红柿的人让我真实想起自己和那个外来户的生活，其实不能用想起，该用的是看见。然后和南京有关的会也开了，参加的人不仅仅是九河做面具的农民，是全镇的大会，九河人的风头是出够了。

你要想远一点，看远一点。

后来我家的那个作坊变成法院拍卖的东西时，眼泪没有从我的眼眶里出来，冒出的是镇长对我说的这个话。

专家是这样给我们说的，说九河和那个兵马俑的关系；镇里的领导和其他领导到九河的时候也是这样说的，说协会和农民的关系，要求协会要自觉承担起市场和个人的关系。

我没有听错。说话的专家也不会说错。但说着做着，我家的作坊就跟着这些高水平的话到法院去了。很多人都知道，在九河，我是一个很有头脑的农民，在我自己的QQ上，我的话已经不是农民的话，而是一个民间艺术家的语言，我知道艺术作品和灵感的关系。但是这些解决不了我家的作坊，它无知无觉就落到了法院的手里，信用社的做法镇长解决不了，新来的经理说：

我没有办法，我不能拿我们信用社的前途做你们的学费。

我挠挠头，知道这个经理说的有道理。那看看镇长怎么说?

他们换人太快了，现在这个我不熟悉。我想办法找另外的人跑跑。

镇长说话的语气显然已经变了，他让我贷款的时候语气是好像信用社的钱可以被他支配一样，现在他已经支配不了了。

那……

我马上要开会，我会给你想办法的。

话说完镇长就走了，他真的要开会。他说现在开会比吃饭还多，开会让他的屁股坐起老茧，吃饭让他嘴里长了好多溃疡。

辛苦的样子不是嘴巴讲的，是老周你一眼就能看见的。镇长到九河的时间长了，和我已经是亲兄弟，要不他不会说完这话后就把他的舌头长长地伸了出来，伸出来的舌头就像酷热天狗的舌头，不过那难看的舌头上真的是长了好多溃疡。

我看完点头，表示我真的看见和相信了镇长说的话。镇长一直看着我的表情，他让我看完舌头后对我说：

老周，再准备八十面关二爷来得及吗?

八

从南京回来后，这样的话是我最怕听到的。

镇长的眼睛能看出我心里想的事情来。他重复说的话有很多，作坊就是改了姓，但还是我的。这是镇长对我说了很多次的话；还有就是下面这一句——

由于历史和地理的原因，我们发展经济比发达地方更困难。所以，现在只有往前，不能退后。

要往前就是要做，做的过程是需要钱的。镇长有思路，但镇长没有钱。所以，他到九河要面具时说话已经越来越客气了。村里的人怕镇长，后来他到九河，有些人干脆就不露面。镇长知道怎么解决他遇到的问题，他说他依靠的不会是没有多大眼界的人。

镇长到九河打我的电话，打电话的时候，镇长站在河边，河面的风把他的头发吹起来，加上打电话一定会有动作，那时候的镇长看上去像一个将军，手好像是被风吹起来一样摇晃着。镇长刚到九河摇晃手的时候，九河的人会上去听他讲九河做成兵马俑的光辉岁月，“兵马俑”对于九河的人非常有吸引力。后来大概是由于镇长说的历史和地理原因，“兵马俑”来得太慢，要靠近它的路还很长，走过去，用力气走过去都不行，“兵马俑”来到九河需要投资，投资成了问题。就因为这个，镇长到九河，其他的村民都不上前听镇长的规划了。手挥动着的镇长看起来有点孤独。

镇长不是平凡的村民。“兵马俑”太远，村民不想走就不走了。镇长要撑着走下去：

要不我做了这一届镇长做出什么事情了？

我不会放弃。把你们的面具做成大产业是我必须做的事情。

镇长拉着我的手说他心里只能对我说的话。所以，他到九河，能打的就是我的电话。不管心里着急还是不着急，电话我一定会接。我当然也知道，镇长做的是为我们好。我更知道，面具是要钱的。

村里的人后来都不喜欢和镇里做生意——一分现钱也看不到。这是村民们说的，当然也是我的真心话。我是会长，我把村民说的话转给镇长。镇长说：

时间不是问题，要多少就有多少。可现在他们要现钱。

我把村民说的话说了出来，这样的话关二爷可能不太喜欢，因为这话也是我自己想说的。稻草和我的生活，我们一家的生活都是从面具里找出来的。

镇长的脸被现钱两个字拉长了，好像现钱是一把大钳子可以在语言上把镇长的脸拉变形。他说嘴巴长溃疡的时候是一个小弟弟，说起钱来就不是弟弟了。他放大声音说：

你看见没有，现在你们的“皇粮”不用交了，读书的钱也由我们给你们买单了。收你们一分钱就有很多人盯着。

镇长说的我当然知道，经常有人到村里检查发在我们手上的本本，多收一分钱的确是不可以的。

可是来检查你们负担的人是我的负担，你知道吗？

第一次听镇长说的时候我都吓了一大跳，难道我们好过了你镇政府反而难过起来？

这样想着，我的脸上跟着就出现了一个问号。

不信？

你说他们是不是不吃你们的饭？

当然。

我回答得挺干脆。

他们要不要吃饭？

要。

在哪里吃饭？

我，我不知道。

你不知道可以。我能不知道吗？上一届政府吃饭吃到被老板告上法庭。收你们的钱是增加你们的负担，我们政府就没有负担？就可以吃？

那……

说真的，我是回答不了镇长的这个问题。不想让这些人吃你可以不吃啊。

我神经有问题啊？不请他们吃饭，我怎么混？

我还没有想清楚，镇长就这样大吼起来。他的眼睛瞪得圆圆的，有点像我做的面具。

是啊，是啊。镇长，我这就回家准备八十面关二爷的面具。

这个方法被镇长用过很多次了。我却找不到一个让自己开心找钱的方法。

你是副镇长？

稻草这样问我的时候我的眼睛都没有向她看去，真的，镇长神经没有问题，我看稻草是有问题了。

你的哪根神经不通顺了？我给你扯两下。

我是这样回答稻草的。

那你跟一个吃皇粮的人跑出跑进搞什么？

稻草就是这样一个老婆，要说自己心里的话总是会说到很远再猛一下拉近。我跟着她说的话就踩进了她要骂人的陷阱里。

的确，在南京之行后，九河是声音很大，很响。镇长工作的重心放在九河，就是放在我的身上。这个话一点都不是大话，是最内心的话。南京回来后，很多人跟着镇长就到了九河，这些人全部都是尊敬的学者或者领导。来的时候镇长陪着来，走的时候面具跟着走，关二爷的面具送人的时候镇长会给客人说关二爷的故事，客人听进去了，关二爷的故事跟着九河的面具也是越来越远了。九河的面具生产量明显增加。

这本来是好事情。落到我头上就是让稻草不高兴的事情了，因为镇长不能收各位学者和领导的钱，他又不能像过去那样向农民乱摊派钱，要向外人宣传面具又不能不送面具。

镇长很难。

镇长来的时候总是会叫上我，总是要给别人说这是九河最有名的雕刻大师，手艺是祖传的。讲到祖传我的心也是热热的，讲完后就是我的表演时间，那些木头在我手里很简单地就被做成会对着你笑的人物，我的表演完全能对应镇长介绍我时的那些语言。镇长得意，我也得意，那时候真的忘记自己和镇长的不同，我觉得镇长和我的关系已经是桃园里刘关张的那种关系。

接受了礼物的专家总是很高兴，有的还会给镇长说能不能再带几个走，因为这样的礼物太尊贵。

镇长的回答从来都是干部的而不是农民的，专家的话让我心里还在嘀咕的时候，镇长马上大声说：

没问题，没问题。就是希望你们多宣传宣传喽。

专家和镇长的工作做完，我做的事情就是回家取专家另外要的面具。专家还拍着我的肩膀说：

你应该把自己的产品申请知识产权，在网上注册，打开销路嘛。

对，对。这是金点子，好点子，我们尽快安排落实，镇长的答复专家很满意，九河的面具每接待一次专家就带来一次新的思路，我家的面具就多出去一次，而且只有销量增加，没有销售额的增加。

表演完了，吃饭的时候镇长会叫我一起去，他没有钱给饭店的老板，每次吃完他就在老板为他准备的本本上签自己的名字，他签字的时候老板会说：

哪天这些签名变成钱那就好了。

好？如果被抢你还不如放在这些签名上哦。

镇长，我真的没有钱进货了。

缺少眼光，你看远点嘛，你想，我是自己吃吗？是为了搞好工作吃嘛，还吃得我满嘴巴长溃疡，你看，你看嘛。

镇长说着又开始张开他的嘴伸出舌头让老板看，老板说：

我晓得，我晓得，领导你辛苦，可领导你看我家娃娃学费都快要交不起了，我又不能把镇上的这个账本拿去交学费。

镇长笑着对老板说：

你这个主意其实很好，这个也是钱。

说着镇长还把手里的账本甩甩，样子很潇洒。本来我跟镇长一起陪人吃饭，看他被老板逼着要钱替他着急，谁知镇长脑袋是这样聪明。老板摇头不说话走开了，镇长对我说：

没有眼水，下次我不会照顾他家生意了。

果然镇长有好长时间没有到这家饭店吃饭，直到另一个老板也对镇长说了同样的话，镇长才会到这家的饭店接待上面来的老板。

我知道镇长没有钱，而且我比饭店老板好的是我垫钱为镇长做的事情很多，时间很长。镇长为做九河的面具和书记都闹翻的事情镇长也给我说了，他说：

阿发，我跟你说，你现在做的是没有人和你竞争的一座金矿。你是一个明白人，你听这些专家说的是谎话吗？

接下来镇长说：

有人就是看做你们九河的面具有前途才看我不顺眼的。

话说到这个程度，我不跟着镇长跑，跟着九河就要成“兵马俑”的这个产业跑，我还是一个有见识的人吗？

面具让我们周家得到的，在我阿发这一辈子要做得更好，而且镇长还说他已经是拿着公家的钱在为我们九河的人做事了。镇长也认清了九河的人只有我是可以跟着他做这件大事的，所以，在我跟着他去陪专家吃饭之前，我家的面具一定会为了九河的产业被送出去不少。其他人可以堵着我要面具的钱，我不能不为镇长把场面维持下去。3月份送出去的面具有十份，镇长也没有钱。

签名就是钱。

这是镇长给饭店的老板说的，也是给我说的。稻草在家里经常还要为来提面具的人忙碌着穿胡子什么的。有谁会喜欢没有胡子的关二爷？没有胡子他能被叫作美髯公？

做好点，不要自己砸了九河的牌子。

不用镇长说我们也知道这个道理。

说起粑粑要用面捏嘛。

稻草是这样暗示镇长给钱买面具的。你老婆和你不同，没有见识。

凡是这样的话在镇长眼里都是没有见识。他坚持着把面具当成“兵马俑”在做着，很快，他做成了全新的一个干部。书记因为不做面具在换届的时候去了老龄委，镇长提的速度比起我们买面具的速度是快多了，很多人在议论的时候说镇长本来能接替书记就已经是幸运的事情，但是，镇长的辛苦被更大的领导看见了，说他是一个想要干事的干部。这样，镇长就被调到县里做副县长，而且是管旅游的。

九

阿发，你的眼睛是孙悟空的？

不是。

不是你能看出镇长要做县长来？

这些话在九河很是流行。直到我们家的作坊被法院拍卖。九河面具与“兵马俑”的时代从第一个专家提起到后来我家的作坊消失有十年的时间，我真的能听懂专家说的那些高深语言，我已经会在网上进行面具交易，我还有自己的网友专门探讨面具的原始艺术和现代艺术。

靠面具，我本来在九河过着幸福的生活，后来发生的事情真的很快，我甚至觉得自己还是在那个梦里，笑嘻嘻一下就被弄哭了，因为他的嘴巴在我的手里被刻坏了。只是生活不会是梦。

这个话让我家稻草听了会说不，会骂：

就是听这些鬼话才把这个家弄成这个样子，你看看，你看看啊……

接下来稻草要哭是肯定的。

但我说的也没有错。生活不是梦，生活是做面具的刻刀，划过就有伤痕。而且这样的事情怪专家和镇长都没有道理，专家说的是对的，镇长做的也对，唯一不对的就是给我们开门的那颗芝麻，它在我们用自己全部的力量撑着往前走的时候离得太远太远，我在跟着到南京去了一次后向这颗芝麻跑得又太用力，甚至学人家把作坊也抵押给了信用社。

我向我家稻草保证：

你放心，我保证用一个作坊抵押出两个作坊来。镇长说的话信用社敢违背啊。

稻草听了，相信了，后来镇长当了县长，我和稻草也忘记了信用社的事情。镇长走了，信用社的经理也换人了，新来的经理说：

我们又不是慈善机构，如果所有的钱放出去换来的就是别人在用的房子，那我们的员工还活不活啦。

那个时刻到来的时候我只有马上打电话给镇长，不，是副县长。电话那边的语言听起来真是爽：

你不用着急，我让秘书打电话问一下，拍卖？敢？作坊是周家的就是周家的。

镇长说的话让我心里比吃了秤砣还要踏实。我正在为自己的小幽默得意的时候，新的信用社经理来了：

赶快还钱啊，要不就启动法律程序了。

咦？

没有咦完，传票来了，过了还款期限信用社还真的启动法律程序。我给镇长打电话，他人跑了过来，他说：

这个项目真的很有前途，你知道吗？你就放几个月我再想想办法。

面对镇长的话我的眼泪都差点淌出来了，镇长真的够朋友。当然，这个作坊是我的，为了整个九河的面具发展才被抵押出去，还好有镇长撑腰。结果不是我和我家稻草想的样子，先前的镇长（后来的副县长）做的事情是好事情，但是，管信用社的县长说话比管旅游的副县长有权力，他说：

再不整顿，真的有需要钱发展的农民由谁来托底。办信用社是为一两个农民服务？领导说话的经济是市场经济吗？

我家的作坊就这样进入了法律程序，进入了市场。

家里饭是有得吃，但稻草的眼泪经常会逼我想起这个梦和那个梦，九河其他的人家不再对我说孙悟空的眼睛，新镇长来到九河的时候每家农民吸取了我的教训，把自己家的面具看守得如同我在梦里喊的那颗芝麻，他们说的话全是没有见识的话（如果被前镇长听了后他一定会这么说的），和他们比。我说的话倒是有见识，而且成了他们教育儿女的教训——做农民你就好好做，不要花里胡哨乱整。

我，周阿发，九河最好的面具雕刻大师，副县长最看重的农民艺术家，终于是没有等到那颗开门的芝麻，芝麻可能从来不买领导和专家的账，喊了整个狗年都没有把门喊开。

后来我做笑嘻嘻面具能选择的地点就是供着关二爷的堂屋。这是我做梦的时候没有梦见的。

（原载《贵州作家》2008年第9期；

《芝麻芝麻，你为什么不开门》获第三届乌江文学奖）